당신만아는 비밀

당신만 아는 비밀

소피 킨셀라 지음 · 장원희 옮김

BM 황금부엉이

차례

내껜 비밀이 있다

크랜베리 맛 거품이 콸콸 소리를 내며 캔에서 뿜어져 나온다.
보기만 해도 섬뜩한 시뻘건 액체가 온 사방으로 튄다. 책상 위에 놓인 서류를
적시는 것으로도 모자라…… 아, 안 돼. 거긴 안 돼……

내겐 비밀이 있다. 당연한 거 아닌가. 세상에 비밀 없는 사람이 어디 있어? 난 지극히 정상이다. 다른 사람들보다 특별히 많은 비밀을 가진 건 아니라고 확신한다.

그렇다고 내 비밀들이 세상을 뒤흔들 만큼 무시무시한 비밀인 것도 아니다. 대통령이 일본에 핵폭탄을 투하할 예정인데 오직 윌 스미스만이 이 세상을 구할 수 있다, 뭐 그런 식의 어마무시한 비밀은 아니란 말이다.

예를 들어, 생각나는 대로 비밀 몇 가지를 밝혀 보자면 이렇다.

1. 내가 들고 다니는 케이트 스페이드 가방은 짝퉁이다.

2. 촌닭이 따로 없지만 달착지근한 셰리주를 좋아한다.

3. NATO가 뭐의 약자인지 모른다. 거기가 뭐 하는 데인지도 모른다.

4. 남자 친구 코너는 내 몸무게가 52킬로그램인 줄 알고 있지만 사실은 60킬로그램이다. (변명을 하자면 52킬로그램이라고 처음 코너한테 말 했을 때는 다이어트를 할 예정이었음. 목표 체중인 52킬로그램까지 금 방 뺄 수 있을 줄 알았음.)

5. 코너가 켄을 닮았다고 생각한다. 거 왜, 바비 인형의 남자 친구인 켄 인형 있지 않나.

6. 가끔 코너와 둘이서 화끈하게 한판 하던 중 푸하하 웃고 싶을 때가 있다.

7. 엄마 아빠가 아래층에서 벤허를 보고 계실 때 2층 손님용 침실에서 대니 너스범과 첫 경험을 치렀다.

8. 아빠가 앞으로 20년 동안 잘 묵혀 두라고 하셨던 포도주는 이미 내가 마셔 없앴다.

9. 사실 지금 엄마 아빠가 키우시는 금붕어 새미는 두 분이 이집트에 가면서 잘 돌봐 달라고 맡기셨던 그 금붕어가 아니다.

10. 직장 동료인 아르테미스가 갈구면 그 년이 키우는 화분에 물 대신 몰래 오렌지 주스를 준다. (솔직히 거의 매일)

11. 아파트 룸메이트 리시와 아주 요상한 짓을 하는 레즈비언틱한 꿈을 꾼 적이 있다.

12. T자 팬티가 껴서 답답하다.

13. 항상 난 남들과 다르다고 생각해 왔다. 언젠가 아주 흥미진진한 삶이 내 앞에 펼쳐질 것 같다고 생각한다.

14. 회색 정장을 입은 이 남자가 대체 뭐라고 지껄여 대는지 전혀 알 수가 없다.

15. 게다가 벌써 이 남자 이름도 까먹었다.

만난 지 10분밖에 되지도 않았건만.

"저희 회사에서는 로지스틱한 제휴 관계 형성을 중시합니다." 남자는 코맹맹이 소리로 말꼬리를 질질 끈다. "생산 라인 전체를 통틀어서 말이죠."

"그럼요!" 난 마치 '지극히 당연하신 말씀이십니다' 란 투로 남자의 비위를 맞춘다.

로지스틱이라고? 그게 도대체 뭔 소리다냐?

엇, 이 남자가 혹시 무슨 뜻인지 아느냐고 물어 보면 어쩌지?

바보 같은 소리 하지 마, 엠마. 설마 저 사람들이 '로지스틱이 무슨 뜻인지 아십니까?' 라고 물을 리가 없잖아. 내가 자기들과 똑같은 마케팅 전문가라고 생각하고 있을 테니까, 안 그래? 당연히 나도 그런 단어쯤은 알고 있다고 생각하겠지.

어쨌거나 또 로지스틱이니 어쩌니 하는 말을 입에 올리면 얼른 주제를 돌려 버리지, 뭐. 아니면 난 로지스틱을 지양하는 입장이라고 해 두면 될 테지.

중요한 건 자신감을 잃지 말고 지극히 사무적인 태도를 유지하는 것. 난 할 수 있어. 아이 캔 두 잇! 이번이 얼마나 중요한 기회인데. 실패할 순 없다고.

지금 난 글래스고에 있는 글렌 오일 본사 사무실에 앉아 있다. 창문에 비친 지금의 내 모습을 흘끗 보니 유능한 커리어우먼이라 불러도 손색이 없다. 머리카락은 드라이어로 좍좍 폈지, '중요한 면접에서 200퍼센트 성공하는 법' 이란 기사에 나오는 대로 귀걸이도 눈에 안 띄는 걸로 달았지, 똑 떨어지는 새 직소 정장도 입었지. (아, 완전 새 건 아니지만 그래도 새 거나 다름없다. 캔서 리서치 숍에서 사서 떨어진 단추 하나만 비슷한 걸로 하나 새로 달았는데 거의 표시도 안 난다.)

난 지금 주식회사 팬서를 대표해 이 자리에 와 있다. 팬서는 내가 일하는 회사다. 난 지금 글렌 오일과 우리 회사에서 새로 내놓은 크랜베리 맛 스포츠 음료 팬서 프라임의 공동 프로모션 협의안을 마무리 짓기 위해 아침 일찍 런던에서 비행기를 타고 여기까지 왔다. (물론 경비는 회사가 전액 부담한다!)

처음 이곳에 도착했을 때 글렌 오일 마케팅 담당자들은 누가 더 자주 출장을 다니나, 비행기 탑승 누적 마일리지는 누가 더 높은가, 워싱턴엔 누가 더 많이 가봤나, 자기네들끼리 서로 잘났다고 뽐낸다고 난리도 아니었다. 그래서 나도 꽤 그럴싸하게 뻥튀기해 잘난 척을 해줬다. (유일한 옥의 티라면 콩코드 기를 타고 오타와에 갔다 왔다고 한 건데 알고 보니 오타와까지 가는 콩코드 기는 없다더라.) 솔직히 고백하자면 회사 일로 비행기까지 타고 출장을 온 건 이번이 처음이다.

내친김에 조금 더 솔직해지자. 회사에서 일다운 일을 맡은 건 이번이 처음이다. 마케팅부 보조로 팬서에서 근무하기 시작한 지 11개월이 되었는데, 지금까지 내게 돌아왔던 일은 워드 작성, 다른 사람들 회의 스케줄 잡기, 점심 배달 심부름, 상사가 드라이 맡긴 옷 찾아 오기 따위뿐이었다.

그러니 이번 건이야말로 정말 놓칠 수 없는 커다란 기회란 말이다. 이번 일을 잘 마무리 짓고 나면 승진을 할 수 있지 않을까 내심 기대하고 있는 중이다. 애초에 구인 광고에도 '1년 후 승진할 가능성 있음'이라 쓰여 있지 않았더냐. 돌아오는 월요일에 난 연례 인사 평가를 받는다. 사원 지침서에서 '인사 평가'에 대해 찾아보니 '승진 가능성 등을 논의하기에 적기'라고 나와 있었다.

승진 가능성이라! 그 생각을 하니 언제나처럼 가슴 한구석이 뻐근해진다. 내가 실패한 인생이 아니란 걸 아빠에게 증명할 기회다. 엄마에게도, 케리 언니에게도. 집으로 돌아가 아무렇지도 않게, "아, 그건 그렇고 나 마케팅부 주임으로 승진했어요"라고 말할 수 있다면 얼마나 멋질까.

엠마 코리건, 마케팅부 이사.

엠마 코리건, (마케팅 분야) 선임 부사장.

오늘 일만 잘 마무리 지으면 그런 것도 허황된 꿈만은 아니다. 직속 상사인 폴 부장 말이 길도 다 닦아 놨고 기름칠도 다 끝냈으니 가서 고개만 끄덕거리다가 악수만 하고 오면 된다고 했다. 아무리 나라도 그 정도는 할 수 있을 거라며. 아닌 게 아니라 지금까지는 모든 일이 순조롭다.

그래, 저 사람들이 하는 말의 90퍼센트가 무슨 말인지 전혀 못 알아듣고 있다는 건 인정한다. 그런데 그게 뭐 어때. GCSE(중학교 졸업 자격 및 고등학교 입학 시험-역주) 프랑스어 구술 시험을 볼 때도 무슨 말인지 하나도 못 알아듣기는 마찬가지였지만 점수는 B를 받았잖아.

"재再브랜딩…… 분석…… 가격 절감……."

회색 정장을 입은 남자는 여전히 말꼬리를 직직 끌며 이 얘기 저 얘기 늘어놓는다. 난 최대한 표시 내지 않고 자연스럽게 손을 내밀어 남자의 명함을 읽기 편하게 내 쪽으로 슬쩍 끌어당긴다.

더그 해밀턴. 그래, 그랬지. 이 정도는 기억할 수 있다. 더그Doug라. 더그dug는 '파다'라는 의미니까, 삽을 떠올리자. 그리고 햄을 떠올리면 된다. 삽과 햄이 같이 있으면 뭔가 기분이 나쁘니까ill…….

으, 관두자. 차라리 어디 적어놓고 만다.

난 메모장에 '재브랜딩'과 '더그 해밀턴'이라 끼적인 뒤 몸을 살짝 튼다. 아우, 그놈의 팬티 진짜 불편하구만. 원래 T자 팬티란 건 그 어떤 경우에도 편할 수 없다는 게 내 지론인데 지금 입고 있는 팬티는 정말 심하게 갑갑하다. 하긴 두 사이즈나 작은 걸 입었는데 말해 뭣하리.

내가 내 사이즈보다 작은 팬티를 입고 있는 이유는 코너가 이 팬티를 샀기 때문이다. 속옷 가게 종업원한테 여자 친구가 52킬로그램이라고 했더니 종업원이 그럼 8사이즈 정도 입으면 될 거라고 했단다. 8사이즈라고라! (그 여자 분명히 날 골탕 먹이려고 작심을 한 게 분명하다. 여자들이 자기 남자 친구에겐 몸무게를 줄여 말한다는 건 상식 아닌가?)

어쨌거나 크리스마스이브 날 남자 친구와 서로 선물을 교환하고 포장지를 벗겨 보니 너무너무 예쁜 연분홍색 실크 팬티가 상자 속에 들어 있는 게 아닌가. 그런데 문제는 사이즈가 8이라는 것. 그 시점에서 내겐 두 가지 선택안이 있었다.

1. 솔직하게 고백한다. "이거 나한텐 좀 작겠네. 난 8사이즈 입거든? 아, 그리고 말이지, 내 몸무게 사실 52킬로그램 아냐."

혹은······.

2. 어떻게든 그 팬티에 내 몸을 우겨넣어 본다.

막상 입어 보니 생각처럼 심하진 않았다. 살에 팬티 자국이 벌겋게 남지도 않았고. 이왕 끝까지 시치미를 떼기로 했으면 철두철미하게 해야 하는 법, 코너에게 내 진짜 사이즈를 들키지 않게 옷에 붙은 사이즈 라벨이란 라벨은 죄다 가위로 잘라 버렸다.

그날 이후 내가 이 팬티를 거의 입지 않았으리란 건 두말하면 잔소리. 하지만 가끔씩 서랍 속에 곱게 개켜놓은 이 팬티를 볼 때마다 너무 예쁘고 고급스러운 것 같아 또 정신을 못 차리고 야무진 꿈을 꾼다. 팬티가 껴 봐야 얼마나 끼겠어. 그러곤 팬티에 내 자신을 우겨 넣어 보는 거다. 오늘 아침에도 그 짓을 되풀이하고 만 거다. 입었을 땐 괜찮은 것 같아 살이 빠진 모양이라고 생각하기까지 했다.

진짜 허황된 꿈을 야무지게 꾸는 바보지.

"불행히도 재브랜딩 후에…… 우리 측 의식에도 큰 변화가 생겨서…… 상승효과를 보려면 다른 방법을 모색하는 것이……."

지금까지는 그냥 앉아서 고개만 끄덕이며 비즈니스 협상이란 게 진짜 별게 아니구나 하는 생각을 하고 있었는데 갑자기 더그의 목소리가 머릿속을 파고든다. 어이, 지금 뭔 소리를 하고 있는 거야?

"두 제품의 컨셉트가 너무 달라져서…… 더 이상 두 제품을 공동으로 프로모션하는 게 곤란한 것 아니냐……."

공동 프로모션이 어쨌다고? 의식에 변화가 생겨서 뭐가 어쩌고 저째? 퍼뜩 정신이 든다. 이 남자가 그냥 되는 대로 지껄이고 있는 게 아니었잖아? 이 남자, 정말로 뭔가 중요한 얘기를 하고 있던 거아냐? 정신 차려. 얼른 귀를 기울여봐.

"과거에 팬서 사와 글렌 오일이 가져왔던 기능적 동반자 관계에서 양사 모두 커다란 상승효과를 보아 왔던 것은 사실이나 이제는 서로 각자의 길을 걸을 때가 왔다는 걸 이해하시리라 믿습니다." 더그 해밀턴은 그런 말을 하고 있다.

각자의 길?

여태까지 이 남자가 늘어놓았던 얘기가 그거였단 말이야?

심장이 철렁 내려앉는다.

설마, 설마…….

지금 계약에서 발을 빼는 거야?

"잠깐만요, 더그." 난 최대한 여유로운 목소리로 더그를 부른다. "조금 전에 하시던 말씀 열심히 경청하고 있었는데 말이죠." 난 '우린 다 같은 프로잖아요?' 하는 표정을 살짝 짓는다. "그렇게까지 할 필요 없이…… 음, 쌍방의 이익을 위해 현상 유지를 하는 편이……." 알아듣기 쉽게 한 마디로 설명하자면 내가 더그의 바짓가랑이를 붙잡고 애원한다는 뜻이다.

더그 해밀턴과 동료들은 눈짓을 교환한다.

"저희 측에서는 그쪽의 이미지에 조금 불만이 있습니다."

"제 이미지요?" 난 내가 마케팅 전문가가 아닌 게 들통 난 줄 알고 공포에 질린 목소리로 되묻는다.

"아뇨, 그쪽 제품 이미지 말입니다." 더그는 무슨 뚱딴지 같은 소리냐는 표정을 지으며 날 본다. "설명 드렸다시피 저희 글렌 오일에서는 회사의 이미지를 쇄신하려고 노력중입니다. 회사 로고를 수선화로 바꾼 것에서도 알 수 있듯 좀 더 환경 친화적인 석유 회사란 이미지를 대중들에게 심어 주려고 노력하는 중이죠. 팬서 프라임은 아무래도 이온 음료이다 보니 컨셉트 자체가 스포츠나 경쟁 쪽으로 치우쳐 있는 것이, 아무래도 이미지 자체가 너무 공격적이지 않느냐는 게 저희 쪽 주류 의견입니다."

"공격적이라뇨?" 난 멍한 표정으로 더그를 본다. "하지만…… 저희 제품은 과일 맛 음료수인데요?”

도대체가 말이 안 된다. 글렌 오일은 매연을 내뿜으며 세상을 파괴하는 석유이고 팬서 프라임은 남에게 피해를 주지 않는 크랜베리 맛 음료수인데 어떻게 우리보고 공격적이란 소리를 할 수가 있냐고.

“내재되어 있는 이미지가 그렇다는 거죠.” 더그는 탁자 위에 놓인 팸플릿을 손으로 가리킨다. “도전. 최고가 되어야 한다는 엘리트 의식. 남성성. 슬로건만 해도 ‘멈추지 마’ 아닙니까. 솔직히 말하면 좀 시대에 뒤떨어졌단 느낌마저 들어요.” 더그는 어깻짓을 한다. “한마디로 공동 프로모션 진행은 불가능할 것 같습니다.”

도대체 말도 안 돼. 이게 현실일 리가 없어.

회사에선 이게 다 내 잘못이라 생각할 것 아냐? 내가 잘못해서 다 된 밥에 재를 뿌렸다고 생각할 것 아냐.

심장이 미친 듯이 두근거린다. 얼굴이 후끈 달아오른다. 가만히 있으면 안 돼. 그렇지만 뭐라고 하지? 아무런 준비도 없이 왔잖아? 다 결정 난 일이니 와서 그냥 악수만 하면 된다고 했잖아.

“물론 최종적으로 결정을 내리기 전에 마지막으로 한 번 더 짚어보긴 할 겁니다.” 더그는 짧게 미소를 지으며 말한다. “아까도 말씀드렸다시피 팬서와는 앞으로도 계속 지속적인 유대를 이어가고 싶으니까요. 그러니까 어떤 식으로 결론이 나건 상관없이 오늘 미팅에는 나름대로의 의미가 있는 거지요.”

더그는 이제 자리에서 일어나려는 모양인지 의자를 뒤로 뺀다.

여기서 그냥 보낼 순 없어! 어떻게든 저 사람 마음을 돌려 놔야 해. 무슨 수를 써서라도 끝장을 봐야 돼.

끝장을 보는 게 아니라 계약을 마무리 지어야지.

"잠깐만요!" 내 목소리가 들린다. "저기…… 잠깐만 기다려 주세요! 꼭 짚고 넘어가고 싶은 게 있어요."

나 도대체 무슨 소리를 하고 있는 거지? 짚고 넘어가고 싶은 게 있긴. 뭘 알아야 짚고 넘어가지!

책상 위에 팬서 프라임 음료수 캔이 보이기에 그걸 잡으면 무슨 영감이라도 떠오르지 않을까 싶어 얼른 집어 든다. 시간을 벌어 보려는 심산으로 일어서서 회의실 가운데로 걸어가 모두가 볼 수 있게 음료수 캔을 번쩍 치켜든다.

"팬서 프라임은…… 스포츠 드링크입니다."

난 말을 멈추고 주위를 둘러본다. 모두들 잠자코 있다. 얼굴이 화끈거린다.

"팬서 프라임은…… 음…… 아주, 뭐랄까……."

아우, 이게 웬 날벼락이냐.

엠마, 정신을 차려. 머리를 굴려봐. 팬서 프라임은…… 팬서 콜라는…… 생각을 해봐…… 생각을…….

그래! 이거다!

자, 처음부터 다시.

"1980년대 후반 팬서 콜라가 출시된 이래 팬서 음료는 대중들에게 최고, 에너지, 열정의 대명사로 인식되어 왔습니다." 난 유창하게 읊어 나간다.

진짜 다행이다. 이 말은 솔직히 팬서 콜라 광고에 빠지지 않고 들어가는 문구다. 저 문구를 도대체 몇 번이나 쳤는지, 잠을 자면서도 줄줄 외울 수 있을 지경이다.

"팬서 음료는 업계에서도 놀라운 성공을 거두었습니다." 나는 계속 물 흐르듯 유창하게 말한다. "팬서의 로고는 전 세계적으로 알려졌고, 창업 이래 사용해 온 슬로건인 '멈추지 마' 는 사전에 실릴 정도가 되었습니다. 지금 저희는 글렌 오일 측에 세계적인 브랜드로 발돋움한 저희 팬서와 함께 나아갈 수 있는 독점적인 기회를 제안하는 것입니다."

점점 자신감이 붙는다. 난 음료수 캔을 들고 제스처까지 취하며 회의실 안을 걷기 시작한다.

"팬서 스포츠 음료를 선택함으로써 소비자들은 다른 사람들에게 자신이 최고만을 원한다는 이미지를 전달하는 것입니다." 난 손으로 캔을 탁 소리 나게 쳐 보인다. "음료수 하나를 고를 때에도 최고를 선택하는 소비자라면 자동차에 기름을 넣을 때에도 최고의 제품을 선택할 것입니다. 왜냐? 항상 최고의 제품만을 고르는 사람이니까요."

좋았어! 이대로 밀고 나가! 잘하고 있어! 지금 내 모습을 부장이 봤다면 당장 승진을 시켜줬을 거다.

난 책상 앞으로 다가가 더그 해밀턴의 눈을 똑바로 바라본다. "소비자가 팬서 음료를 선택하고 캔을 딸 때, 소비자는 온 세상에 자신이 어떤 사람인지를 행동으로 보여줍니다. 저는 지금 글렌 오일 역시 같은 선택을 하라고 제안하는 바입니다."

난 말을 마치고 음료수 캔을 책상 정중앙에 기세 좋게 올려놓은 뒤 캔 고리에 손가락을 걸고 자신감 넘치는 미소를 머금은 채 캔을 딴다.

순간 화산 폭발이 일어난다.

크랜베리 맛 거품이 콸콸 소리를 내며 캔에서 뿜어 나온다. 보기만 해도 섬뜩한 시뻘건 액체가 사방으로 튄다. 책상 위에 놓인 서류를 적시는 것으로도 모자라…… 아, 안 돼, 거긴 안 돼……, 더그 해밀턴의 와이셔츠까지 적시고 만다.

"아쒸!" 난 숨을 헉 들이마신다. "아, 그게 아니라…… 죄송해요……."

"이게 뭐야!" 더그 해밀턴이 잔뜩 짜증난 소리로 외치며 벌떡 일어나 주머니에서 손수건을 꺼낸다. "이거 얼룩 남아요?"

"그게……." 난 잔뜩 몸을 웅크리고 음료수 캔을 집는다. "모르겠어요."

"제가 가서 수건을 가져오죠." 남자 하나가 벌떡 일어선다.

그 남자가 나간 뒤 회의실 안에는 쥐 죽은 듯 한 침묵이 흐른다. 책상 위로 홍수를 이룬 크랜베리 맛 음료수가 바닥으로 뚝뚝 떨어지는 소리만이 들릴 뿐.

난 더그 해밀턴을 바라본다. 얼굴이 화끈거리고 귓가에선 쿵쾅거리는 고동 소리가 들린다.

"저기, 부탁인데요……." 목소리가 너무 잠겨서 난 얼른 헛기침을 한다. "저희 회사 윗분들한테는 이 얘기 하지 말아주셨으면 해요."

한 마디로 말해 망했다.

무거운 발걸음을 질질 끌며 글래스고 공항 청사 안을 걷는다. 난 완전히 기가 꺾인 상태다. 나중에는 더그 해밀턴도 나한테 상당히 친절하게 대했다. 얼룩이 남지 않을 테니 걱정 말라는 말을 하질 않나, 부장에게 이 얘기는 하지 않겠다고 약속하질 않나. 하지만 계약 체결 문제에 관한 한은 원래 입장을 고수했다.

이번이 내 인생 최초의 중요한 미팅인데. 최초의 기회였는데 이런 일이 생기다니. 차라리 모든 걸 다 포기해 버릴까 하는 생각마저 든다. 회사에 전화를 걸어서 이렇게 말해 버릴까. "이젠 저도 더 이상 못 하겠어요. 이대로 퇴직할게요. 아, 기왕 퇴직하게 되었으니까 말인데, 그때 복사기 망가뜨린 거 저였어요."

그런데 그럴 수가 없다. 4년 동안 벌써 이번이 네 번째 직장이 아니던가. 어떻게든 버티고 살아남아야 한다. 여기서 그만두면 완전히 주저앉아 버릴 것 같다. 게다가 아빠한테서 빌린 4천 파운드도 갚아야 되잖아.

"뭘 드릴까요?" 호주 억양이 강한 남자의 물음에 나는 멍한 표정으로 고개를 든다. 공항에 도착한 지 벌써 1시간이나 되었다. 난 공항에 오자마자 한잔 하게 바로 직진했던 거다.

"어……." 머릿속이 텅 빈 상태다. "음…… 백포도주 주세요. 아니다. 보드카 토닉으로 할게요. 그걸로 주세요."

남자가 멀어진다. 난 어깨를 축 늘어뜨린다. 디스코 머리를 한 스튜어디스 하나가 바 안으로 들어와 내 의자에서 두 자리 떨어진 곳에 앉는다. 그 여자가 날 보고 미소 짓기에 나도 맥 빠진 미소로 되돌려 주었다.

다른 사람들은 도대체 무슨 수로 직장에 붙어 있는 건지 도저히 알 수가 없다. 진짜 감도 잡히질 않는다. 고리짝부터 친구였던 리시만 봐도 그렇다. 리시는 아주 어릴 때부터 변호사가 되겠다고 하더니 지금은 결국 사기 사건을 전담하는 변호사님이 되셨다. 난 대학을 졸업할 때까지도 뭘 하고 싶다는 생각이 없었다. 처음에는 부동산 회사에 들어갔다. 그곳에 취직한 이유는 간단했다. 내가 원래 집

구경을 좋아하기도 하지만 취업 설명회에서 만난, 정말 예쁜 빨간색 매니큐어를 바른 여자가 자기는 부동산 중개업으로 떼돈을 벌기 때문에 마흔 살에 완전히 은퇴를 해도 노후 걱정이 없을 정도라고 말했기 때문이었다.

하지만 막상 일을 시작해보니 전혀 적성에 맞질 않았다. 그 회사에 취직한 다른 인턴 사원들도 무지하게 싫었다. 이 집의 장점이 어쩌고저쩌고 하는 것도 싫었다. 게다가 자신의 예산으론 30만 파운드가 한계라는 고객에게 최하 40만 파운드는 나갈 만한 집의 장점을 요모조모 설명한 뒤에 "어머, 30만 파운드까지밖에 못 쓰세요? 하, 참, 여태 그 정도도 못 벌고 뭐하셨어요?" 하는 투로 거만을 떨어야 하는 것도 싫었다.

그래서 딱 6개월이 지난 후에 사진작가가 되겠다며 회사를 때려치웠다. 영화 속에 나오는 멋진 사진작가가 될 꿈을 꾸며 가슴이 벅찼었다. 아빠한테서 강습료와 기자재 구입비를 빌렸다. 정말 멋진 새 삶이 펼쳐질 줄 알았다……

그런데 현실은 그게 아니었다.

아주 산난한 셋 하나만 싶고 넘어가자면, 혹시 독자 여러분 중에 사진사 조수가 한 달에 얼마 버는지 아시는 사람 계실까?

몇 푼 못 번다. 입에 풀칠도 못 한다.

이쯤에서 다들 눈치 채셨겠지만, 솔직히 누가 사진사 조수만이라도 시켜주기만 했어도 난 아무 불만 없었을 거다.

난 땅이 꺼져라 한숨을 내쉬며 바에 붙은 거울에 내 꿀꿀한 모습을 비추어 본다. 현재 내 기분과 마찬가지로, 헤어 세럼까지 잔뜩 발라가며 신경 써서 쫙쫙 펴놓은 머리카락도 잔뜩 부스스해진 상태다.

처절하기 그지없다.

그래도 한 가지 위안이라면 취직 못 한 사람이 나 하나는 아니었다는 거. 강좌를 들었던 여덟 명 가운데 딱 한 명만 제대로 떠서 지금 보그 지에서 사진을 찍고, 나머지 한 명은 결혼식 전문 사진사가 되었고, 또 한 명은 강사랑 눈이 맞아 불륜을 저질렀고, 한 명은 여행을 떠났고, 한 명은 아이를 낳았고, 한 명은 사진 현상소에서 일하고, 나머지 한 명은 모건 스탠리에 취직했다.

날이 갈수록 빚만 쌓여 가니 나도 별수없이 꼬박꼬박 월급이 나오는 직장을 알아볼 수밖에 없었다. 그러다가 결국 11개월 전에 주식회사 팬서에 마케팅 보조로 입사를 한 거다.

바텐더가 내 앞에 보드카 토닉을 내려놓으며 말한다. "기운 내요! 무슨 일인지는 모르지만 세상엔 더 끔찍한 일도 훨씬 많다고요."

"고마워요." 난 진심으로 대답하고 보드카 토닉을 홀짝 마신다. 기분이 조금은 나아지는 것 같다. 다시 한 모금 마시려는데 휴대전화가 울린다.

갑자기 심장이 철렁 내려앉는다. 회사에서 온 전화면 못 들은 척할 거야.

다행히 회사 전화는 아니다. 집 전화번호가 액정 화면에 뜬다.

"여보세요." 난 통화 버튼을 누르며 말한다.

"어이!" 리시의 목소리가 들린다. "나야, 나! 어떻게 됐어?"

리시는 아파트 룸메이트이면서 내 제일 친한 친구이기도 하다. 숱이 많은 검은 머리에 아이큐는 한 600쯤 되는 것 같지만 착하기 그지없다.

"끔찍했어." 난 우울하게 말한다.

"왜? 계약 못 땄어?"

"계약을 못 딴 건 고사하고 글렌 오일 마케팅 팀장을 크랜베리 음료수로 목욕시켜 버렸어."

내 건너건너 옆에 앉은 스튜어디스가 슬그머니 미소를 감추는 바람에 난 홍당무가 된다. 아, 이젠 온 세상이 다 알아 버렸구만.

"저런." 리시가 어떻게든 좋은 말을 해 주려고 고민하는 게 수화기 너머로 느껴질 지경이다.

"적어도 관심은 끌었겠네." 한참 후에 리시가 말한다. "널 쉽게 잊지는 않을 거 아냐."

"그렇겠지." 난 침울하게 말한다. "나한테 메시지 온 거 있어?"

"아! 음…… 없어. 뭐, 너희 아버지께서 전화하시긴 했지만…… 음…… 너도 알잖아…… 그다지……." 리시는 말꼬리를 흐린다.

"아빠가 뭐라고 하셨는데?"

잠시 침묵.

"네 사촌언니가 업계에서 주는 무슨 상을 받았다나봐." 리시가 미안하다는 듯 말한다. "토요일에 그 축하 파티가 있을 거라네. 너희 어머니 생신 파티를 겸해서."

"허허허허."

난 어깨뿐 아니라 온몸을 축 늘어뜨린다. 왜 하필 이런 때에. 사촌언니인 케리는 분명 '세상에서, 아니 전 우주에서 가장 훌륭한 여행사' 트로피를 들고 나타날 게 뻔하다.

"아, 코너한테서도 연락 왔었어, 어떻게 됐냐며." 리시가 얼른 덧붙인다. "정말 마음 씀씀이도 갸륵하지. 혹시나 네가 미팅 중일까 봐 네 휴대폰으로 전화 안 걸었다더라."

"진짜?"

오늘 처음으로 기분이 한결 나아지는 것 같다.

코너. 내 애인. 배려심 많고 멋진 내 남자 친구.

"정말 괜찮은 남자야." 리시가 말한다. "오늘 오후 내내 중요한 미팅에 들어가지만 스쿼시 게임은 취소했다면서, 저녁 함께 할 거냐고 묻던데?"

"어, 그래?" 기분이 확 좋아진다. "뭐, 그럼 좋지. 고마워, 리시."

난 보드카를 한 모금 더 마신다. 기분이 훨씬 나아진다.

내 남자 친구.

사운드 오브 뮤직에서 줄리 앤드루스가 노래했던 대로다. 개에게 물렸을 때, 벌에게 쏘였을 때…… 내게 남자 친구가 있다는 걸 떠올리면…… 더 이상 세상이 더럽게 꿀꿀하지만은 않다는 걸 깨닫게 된다.

원래 노래 가사가 정확하게 그렇지는 않은 것 같기는 하다만, 뭐.

코너가 어디 보통 남자 친구인가. 키도 크지, 잘생겼지, 거기에 똑똑하기까지 하다. 《마케팅 위크》지에서 '마케팅 리서치 분야의 톱 스페셜리스트'라고까지 했으니까.

난 보드카를 홀짝이며 코너 생각으로 머릿속을 가득 채운다. 괴로움이 점점 사라지기 시작한다. 햇빛에 반짝이는 코너의 금발. 언제나 웃는 얼굴. 며칠 전에 나한테 말도 않고 내 컴퓨터에 있는 프로그램들을 몽땅 업그레이드해 준 것 하며. 또…… 또…….

갑자기 머릿속이 새하애진다. 말도 안 돼. 코너의 장점이 왜 안 떠오르는 거지? 아, 그래, 코너의…… 코너의 기나긴 다리. 그래. 넓은 어깨. 내가 독감에 걸렸을 때 날 간호해줬던 일. 세상에 그런 남자가 몇 명이나 돼? 바로 그거다.

내가 봉 잡았지. 운도 좋지.

난 휴대전화를 가방 안에 넣고 머리카락을 쓸어 올리며 바에 붙은 시계를 본다. 비행기 이륙 40분 전. 시간이 많이 남지는 않았다. 갑자기 초조감과 불안감이 벌레처럼 내 몸을 스멀스멀 기어다닌다. 난 보드카를 단숨에 입 안에 털어 넣는다.

괜찮을 거야. 도대체 이 말을 몇 번이나 되뇌는 건지. 정말 괜찮을 거야.

난 겁나지 않아. 그저…… 그저…….

아, 그래. 나 무서워.

16. 비행기 타기가 무섭다.

비행기 타기가 무섭다는 소리는 그 누구에게도 한 적이 없다. 왠지 엄청 촌스럽게 들리지 않나? 그렇다고 아예 비행기 가까이에만 가도 숨이 턱턱 막힌다거나 할 정도는 아니다. 비행기를 못 탈 정도는 아니다. 그저…… 가능하나면 땅에 두 발 붙이고 있는 게 더 좋다는 뜻이지.

예전에는 비행기 여행을 두려워하지 않았다. 그런데 최근 몇 년 동안 조금씩 조금씩 두려움이 쌓이기 시작했다. 무서워할 이유가 없다는 건 나도 잘 안다. 매일 수천 명이나 되는 사람들이 비행기를 타고, 비행기 여행이 침대에 누워 있는 것만큼 안전하다는 것도 안다. 내가 탄 비행기가 떨어질 확률은…… 예를 들자면 런던에서 괜찮은 남자 만날 확률보다 더 낮다.

그래도 싫은 건 싫은 거지.

잽싸게 보드카나 한 잔 더 마시면 괜찮아질까나.

비행기에 탑승할 때는 이미 보드카 세 잔을 들이켠 후다. 기분이 훨씬 더 나아진 상태다. 그래, 리시가 한 말이 맞다. 더그 해밀턴에게 오랫동안 잊히지 않을 강렬한 기억을 남겨 주지 않았나. 적어도 내가 누군지는 기억할 테니까. 서류 가방을 꼭 움켜쥐고 탑승구 쪽으로 걸어가며 난 다시 유능한 비즈니스 우먼이 된 기분을 맛본다. 몇몇 사람들이 나와 엇갈려 지나가며 미소를 짓는다. 왠지 다른 사람들에게 친절해지고 싶은 생각이 들어 나도 활짝 미소를 지어 준다. 이것 봐. 세상이 그리 나쁜 곳만은 아니잖아. 긍정적인 사고를 갖자. 살면서 무슨 일이 일어날지 그 누가 알겠어? 다음에 무슨 일이 일어날지는 아무도 모르는 거다.

탑승구 앞이다. 탑승권을 받는 스튜어디스는 아까 바에서 건너건너 옆에 앉았던 그 디스코 머리 여자다.

"아, 안녕하세요." 난 미소를 지으며 말한다. "또 만나네요!"

스튜어디스가 날 뚫어져라 바라본다.

"안녕하세요. 저기……."

"네?"

왜 이 여자가 당황한 표정을 짓는 거지?

"죄송한데요, 저기…… 혹시 아시나 모르겠는데……." 그 여자는 내 앞섶을 어색한 손짓으로 가리킨다.

"왜 그러시는데요?" 난 여전히 쾌활한 목소리로 말하며 아래를 내려다보다가 입을 딱 벌린 채 얼어붙는다.

바에서 탑승구까지 걸어오는 동안 어떻게 된 영문인지 내 블라우스 단추가 저절로 풀린 모양이다. 단추가 세 개나 풀려서 블라우스 앞깃이 입을 떡 벌리고 있다.

브래지어가 보인다. 분홍색 레이스 브래지어가. 그것도 빨래를 잘못해서 레이스가 너덜너덜해진 브래지어가.

이래서 사람들이 날 보고 웃었구나. 세상이 살기 좋은 곳이라서가 아니라 내가 너덜거리는 분홍색 브래지어를 자랑하고 다녀서.

"감사합니다." 난 그렇게 말하고 허둥지둥 단추를 채운다. 창피해서 얼굴이 달아오른다.

"일진이 별로 안 좋은 날인가 봐요." 스튜어디스가 안됐다는 투로 말하며 손을 내밀어 내 탑승권을 받는다. "실례인 줄은 알지만 아까 바에서 잠깐 엿들었어요."

"그러게요." 난 씁쓸한 미소를 짓는다. "하루 종일 꼬이기만 하네요." 내 탑승권을 보며 스튜어디스는 잠시 머뭇거린다.

"저기요." 스튜어디스가 낮은 목소리로 넌지시 말한다. "좌석 업그레이드 해드릴까요?"

"네?" 난 어리둥절한 표징을 짓는다.

"오늘 그래도 기분 좋은 일이 하나쯤은 있어야죠."

"정말요? 하지만…… 그냥 그렇게 업그레이드를 해주실 수 있는 거예요?"

"남는 좌석이 있으면 가능해요. 승무원 재량으로 할 수 있거든요. 어차피 운항 시간도 짧잖아요." 스튜어디스가 날 보며 씩 웃는다. "아무한테도 말하지 않겠다고 약속만 해 주시면 돼요."

스튜어디스는 날 비행기 맨 앞으로 안내한 뒤 크고 널찍하고 편해 보이는 좌석을 가리킨다. 좌석 업그레이드를 받는 건 평생 이번이 처음이다! 이 여자가 처음 보는 내게 이런 은혜를 베풀었다는 걸 도저히 믿을 수가 없다.

"여기가 퍼스트 클래스인가요?" 호사스럽기 그지없는 내부를 둘러보며 내가 속삭인다. 내 오른쪽에서는 비싸 보이는 정장을 입은 남자가 노트북 컴퓨터를 두드리는 중이고 저 끝에 앉은 두 노부인은 헤드폰을 꽂고 있다.

"비즈니스 클래스예요. 이 구간엔 퍼스트 클래스가 없어요." 그리고 스튜어디스는 정상적인 목소리로 말한다. "이 자리 괜찮으십니까, 손님?"

"좋아요! 감사합니다."

"네, 그럼." 스튜어디스가 미소를 지으며 돌아선다. 난 앞좌석 아래 공간에 내 서류 가방을 밀어 넣는다.

이야. 끝내 준다. 크고 넓은 좌석에 발받침까지. 진짜 좋다. 비행 시작부터 끝까지 즐겁기가 최고겠어. 무섭지 않을 거야. 난 스스로에게 다짐하듯 말하며 아무렇지도 않은 척 좌석 벨트를 맨다. 심장이 마구 두근거리기 시작하지만 애써 무시하려 한다.

"샴페인 드시겠습니까?"

내 친구 스튜어디스 양이 환한 미소를 지으며 날 바라본다.

"샴페인 좋죠." 내가 말한다. "감사합니다!"

샴페인이라니!

"샴페인 하시겠습니까, 손님?"

내 옆 좌석에 앉은 남자는 고개도 들지 않는다. 청바지에 낡은 스웨터를 입고 창밖만 바라본다. 남자가 대답을 하려고 고개를 들었을 때 난 남자의 얼굴을 살짝 훔쳐본다. 검은 눈, 짧게 난 수염, 이마에 고랑처럼 파인 주름.

"브랜디로 부탁합니다."

상당히 건조한 목소리의 그 남자는 미국식 억양을 쓴다. 어디서 왔냐고 예의바르게 물어 보려 하지만 남자는 금세 고개를 돌리고 다시 창밖을 내다본다.

뭐 어때. 어차피 나도 재잘재잘 떠들고 싶은 기분은 아니라고.

생판 처음 보는 남자한테 몽땅 털어놓다

내 주위가 어떻게 돌아가는지 완전히 잊어버린 상태다. 세상은 나와 이 낯선 남자와 내 입과 거기에서 쉴 새 없이 쏟아져 나오는 내 은밀한 생각과 비밀들에게로만 초점이 맞춰진다. 내가 이젠 무슨 말을 하는지도 모르겠다. 그저 후련하다, 기분 좋다는 느낌만 든다.

솔직히 말하면 자리가 불편하다. 여기가 아무리 비즈니스 클래스라고 해도, 아무리 좌석이 호사스럽다고 해도 두려움 때문에 체할 것만 같다.

비행기가 이륙할 땐 눈을 감고 아주 천천히 숫자를 세었다. 나름대로 효과는 있었다. 350까지 세고 나니 더 이상 세기가 귀찮아졌다. 난 조용히 샴페인을 홀짝이며 코스모폴리탄 지에 난 '서른 살이 되기 전에 해야 할 서른 가지 일'이란 기사를 읽고 있다. 비즈니스 클래스에 익숙한 회사 중역인 것처럼 느긋하게 행동하려고 애쓴다. 하지만 쉽지가 않다. 조그만 소리만 나도 화들짝 놀라고 기체가 조금 흔들리기만 해도 숨을 멈춘다.

겉으로는 제법 태연한 척하면서 손을 뻗어 안전 수칙이 적힌 코팅지를 집어 들고 훑어본다. 비상탈출구. 긴급 착륙 시 자세. 구명조

끼 착용 시에는 먼저 노약자들의 착용을 도와라.

도대체 난 왜 이딴 걸 보고 있는 거야? 사람들이 폭발하는 비행기에서 바다로 뛰어드는 어설픈 그림을 본다고 유사시에 정말 도움이 되긴 할까? 난 얼른 안전 수칙을 앞좌석 포켓에 넣고 샴페인을 들이켠다.

"손님, 죄송합니다만." 빨간 곱슬머리 스튜어디스 하나가 내 옆으로 다가선다. "업무차 여행 중이신가요?"

"네." 난 머리카락을 쓸어 내리며 자부심 가득한 목소리로 대답한다. "그런데요?"

스튜어디스는 내게 '정상급 비즈니스맨을 위한 시설'이라 쓰인 팸플릿을 건넨다. 앞에는 물결무늬 그래프가 그려진 필기판을 들고 열심히 얘기를 하는 비즈니스맨들의 사진이 박혀 있다.

"개트윅에 있는 저희 새 비즈니스 클래스 라운지에 관한 설명서입니다. 필요하실 경우에는 전화 회의 장비와 회의실을 제공하는데 혹시 관심이 있으신가요?"

물론이다. 난 톱 클래스 비즈니스 우먼이 아니더냐. 난 잘나가는 회사 중역이란 밀이다.

"필요할 일이 있을지도 모르겠네요." 난 팸플릿을 보며 늘상 있는 일이란 투로 말한다. "네. 여기 회의실에서…… 팀원들과 함께 브리핑을 해야 할 일이 생길지도 모르겠어요. 워낙 팀이 크다 보니 브리핑할 일이 많거든요. 아무래도 일을 하다 보면……." 난 헛기침을 한다. "요새 트렌드는 아무래도 로지스틱이다 보니 브리핑을 할 일이 많아서요."

"지금 회의실 하나를 예약해 드릴까요?" 스튜어디스가 돕는답시고 거든다.

"아, 아뇨." 난 잠시 뭐라고 대답할까 고민하다 말한다. "제 팀원들은 지금…… 다 집에 있어요. 오늘 휴가를 줬거든요."

"아, 네." 스튜어디스는 약간 얼떨떨한 표정을 짓는다.

"다음에 기회가 또 있겠죠." 나는 얼른 덧붙인다. "아, 그리고 기왕 말이 나왔으니까 말인데요, 저기 저 소리 정상인가요?"

"무슨 소리 말씀이십니까?" 스튜어디스는 고개를 갸웃거린다.

"저 소리요. 날개 쪽에서 나는 윙윙거리는 소리 말이에요."

"전 아무 소리도 안 들리는데요." 스튜어디스는 딱하다는 표정으로 날 본다. "비행기 타는 걸 싫어하시나 봐요?"

"그건 아니고요!" 난 얼른 대답한 뒤 하하 웃어 보인다. "싫어하는 건 절대 아니고요, 그냥…… 평소와는 좀 다르게 들려서, 그냥 궁금해서 물은 거예요."

"가서 다른 승무원들에게 물어 보고 올게요." 스튜어디스는 친절하게 말한다. "손님, 여기 개트윅에 있는 회의 시설에 대한 설명서입니다."

남자는 아무 말 없이 팸플릿을 받아들더니 보지도 않고 옆에 내려놓는다. 스튜어디스는 그다음 좌석 쪽으로 걸어간다. 비행기가 살짝 요동을 치는 바람에 그 걸음걸이가 약간 흔들린다.

어, 비행기는 왜 흔들리는데?

미치겠다. 갑자기 두려움이 왈칵 밀려든다. 정말 이건 미친 짓이야, 미친 짓! 도망칠 구석도 없이 지상에서 수천 수백 미터나 떨어진 공중에 쇠로 만든 커다란 기체 안에 앉아 있다니…….

나 혼자선 도저히 못 버텨. 누군가와 애기를 하고 싶다는 욕구가 물밀듯 밀려든다. 내 마음을 안정시켜 줄 사람. 날 안전하게 지켜 줄 사람.

그래, 코너다.

난 거의 무의식적으로 휴대전화를 꺼내들지만 그 모습을 본 스튜어디스가 잽싸게 달려온다.

"죄송하지만 운항 중에는 휴대전화를 쓰실 수가 없습니다." 스튜어디스가 환한 미소를 지으며 말한다. "휴대전화 전원이 꺼져 있는지 확인해 주시겠습니까?"

"아…… 네…… 죄송합니다."

휴대전화를 못 쓴다는 것을 뻔히 알면서 왜 그랬을까. 비행기를 탈 때마다 수천 수백 번 들었던 소리 아닌가. 진짜 머저리라니까. 어쨌거나 그럼 코너와 통화하는 건 포기. 상관없어. 괜찮아. 난 전화기를 핸드백 속에 넣고 기내에서 상영하는 시트콤 〈폴티 타워즈〉에 시선을 고정하려 한다.

차라리 아까처럼 숫자를 세어 볼까. 349. 350. 3…….

헉. 난 고개를 번쩍 치켜든다. 비행기가 또 요동을 친다. 뭔가가 날아와서 기제에 부딪히기라도 했나?

괜찮아. 괜히 겁먹을 필요 없어. 비행기가 조금 흔들린 걸 가지고 왜 그래. 다 괜찮을 거야. 비둘기나 뭐 그런 게 날아와 부딪혔을 거야. 어디까지 셌더라?

351. 352. 35…….

바로 그 순간이다.

머릿속이 새하얗게 질린다.

어떻게 된 것인지 깨닫기도 전에 머릿속에서 비명 소리가 메아리

친다.

하느님. 하느님. 하느님. 하느님. 싫어. 싫어. 싫어…… 죽기 싫어…… 안 돼. 안 돼.

비행기가 떨어진다. 하느님. 비행기가 떨어지고 있어요.

기체가 아래로 떨어진다. 허공에서 돌이 떨어지듯 비행기가 뚝뚝 떨어진다. 저쪽에 앉아 있던 남자의 몸이 붕 떠서 비행기 천장에 머리를 부딪힌다. 남자의 머리에서 피가 흐른다. 난 나도 저렇게 될까봐 헉 숨을 들이마시며 좌석 손잡이를 꼭 움켜쥔다. 비행기가 어찌나 빨리 떨어지는지 내 몸도 자꾸만 위로 치솟으려고 한다. 누군가가 위에서 날 자꾸 잡아당긴다. 갑자기 중력이 거꾸로 작용하는 듯한 느낌이다. 생각을 할 여유조차 없다. 머릿속이 텅……. 여기 저기 수하물들이 날아다닌다. 음료수들이 엎질러진다. 승무원 중 한 명이 넘어진 채 좌석을 끌어안고 몸을 지탱하고 있다…….

어떻게 해. 어떻게 해. 앗, 떨어지는 속도가 줄어든다. 아…… 훨씬 나아졌다.

아씨. 어떻게 해…… 도저히…… 난…….

난 옆 좌석의 미국 남자를 본다. 그 남자도 나처럼 좌석 손잡이를 꼭 붙잡고 있다.

멀미가 난다. 토할 것만 같다. 어떻게 해.

아. 이젠…… 이젠 좀 정상적으로 돌아온 것 같다.

“승객 여러분께 안내방송 드립니다.” 내선 스피커로 방송이 나온다. 모두들 고개를 치켜들고 귀를 기울인다. “저는 이 비행기의 기장입니다.”

심장이 벌렁거린다. 차마 들을 수가 없다. 아무 생각도 하고 싶지 않다.

"현재 난기류 지대를 통과하기 때문에 기체가 심하게 흔들리고 있습니다. 이런 상태가 당분간 지속될 예정이오니 승객 여러분께서는 속히 좌석으로 돌아가 좌석 벨트를 매시기 바랍니……."

기체가 또 요동을 하고, 비행기 이곳저곳에서 터져 나오는 비명 소리와 울음소리에 기장의 목소리가 삼켜진다.

이건 악몽이다.

승무원들마저 부지런히 좌석에 앉아 좌석 벨트를 매고 있다. 스튜어디스 중 한 명은 얼굴에 묻은 핏자국을 닦아낸다. 1분 전만 해도 만면에 미소를 머금고서 승객들에게 꿀 땅콩 봉지를 나눠 주고 있었는데 말이다.

내게 이런 일이 일어날 리가 없어. 내가 탄 비행기가 이렇게 될 리가 없어. 이건 안전 수칙 교육 비디오에서나 나오는 일이야.

"승객 여러분께서는 침착해 주시기 바랍니다." 기장이 그렇게 말하고 있다. "관제탑으로부터 정보를 받는 대로……."

침착하라고? 숨도 제대로 못 쉬겠는데 침착을 하라고? 어쩌면 좋지? 기체가 고삐 풀린 망아지처럼 마구 껑충껑충 뛰는데 가만히 앉아만 있으란 말이야?

뒤쪽에 앉은 누군가가 "은총이 가득하신 마리아 님……" 하며 기도를 하는 소리가 들린다. 두려움과 공포가 다시금 왈칵 밀려든다. 숨이 막힌다. 사람들이 기도를 하는구나. 이건 실제 상황인 거야.

우린 이렇게 죽나 봐.

이렇게 죽을 건가 봐.

"네?" 옆 좌석의 미국 남자가 잔뜩 긴장하고 새하얗게 질린 얼굴로 날 본다.

헉. 나 지금 소리 내서 말했나?

"우리 이렇게 죽나 보다고요." 난 남자를 똑바로 보며 말한다. 내 살아생전 마지막으로 보는 얼굴이 이 얼굴이 될지도 모르는 판이다. 난 남자의 검은 눈가 주위에 잡힌 주름을 머릿속에 새겨 넣는다. 수염 그늘이 드리워진 강인한 인상을 주는 턱 선도.

비행기가 또 뚝 떨어진다. 나도 모르게 입에서 꺅 비명 소리가 터져 나온다.

"죽기까지야 하겠느냐고 생각합니다만." 말은 그렇게 하지만 남자도 좌석 손잡이를 손가락이 부러져라 움켜쥐고 있다. "기류가 불안정한 곳을 지나간다고밖에……."

"당연한 거 아니에요?" 내가 듣기에도 히스테리 발작을 일으키는 목소리다. "그럼 설마, '하이고, 일 났습니다. 우리 이제 다 죽게 생겼네요'라고 말하겠어요?" 비행기가 다시 한번 급강하를 하고 난 두려움에 질려 남자의 손을 꽉 움켜쥔다. "우린 가망이 없다고요. 살아서 땅을 밟는 건 끝이라고요. 이게 끝이야. 억울해. 스물다섯 살밖에 안 됐는데, 아직 마음의 준비가 안 됐단 말이에요. 아무것도 이뤄놓은 게 없는데. 아이도 없고, 다른 사람 생명을 구해 준 적도 없고……." 내 눈이 어느새 '서른 살 되기 전에 해야 할 서른 가지 일' 기사에 꽂힌다. "높은 산에 등정을 해 본 적도 없고, 문신을 새겨 본 적도 없고, 내게 G스팟(여체에서 가장 강렬한 성적 쾌감을 불러일으키는 곳—역주)이 있는지 없는지도 아직 모르는데……."

"네? 뭐라고요?" 남자는 뜨악한 목소리로 되묻지만 난 그런 것도 듣지 못한다.

"내 경력은 들으면 진짜 코웃음만 나와요. 난 사실 잘나가는 비즈니스 우먼이 아니라고요." 난 울상을 하며 내 좌석을 손으로 가리킨다. "마케팅 팀은 뭔 팀! 사실은 진짜 아무것도 아닌 딱가리라고요. 오늘 정말 처음으로 제대로 된 미팅에 갔는데 완전히 말아먹고 말았어요. 사람들이 무슨 말을 하는 건지 반도 못 알아들었단 말이에요. 로지스틱이 뭔지 내가 어떻게 알아. 난 평생 승진도 못 할 거고, 아빠한테서 빌린 4천 파운드는 무슨 수로 갚을 거며, 진한 사랑을 해 본 적도 없는데……."

난 번쩍 고개를 든다. "죄송해요." 난 그렇게 말하며 숨을 크게 들이마신다. "이런 얘기 듣고 싶지 않으시겠죠."

"괜찮습니다." 남자가 말한다.

난 이렇게 미쳐 가는 걸까?

어쨌거나 내가 조금 전에 한 말은 진실이 아니다. 난 코너를 사랑하고 있으니까. 고도가 너무 높아서 그런지 뭔지는 모르겠지만 잠깐 머리가 혼란스러워졌나 보다.

난 얼굴 위로 잔뜩 흘러내린 머리카락을 신경질적으로 쓸어 올리며 어떻게든 침착함을 되찾으려고 노력한다. 좋아, 다시 숫자를 세어 보자. 35…… 6. 3…….

헉. 안 돼. 하느님, 제발. 살려 주세요. 비행기가 또다시 마구 흔들거린다. 아래로 확 떨어진다.

"부모님에게 자랑스런 딸자식 노릇을 한번도 한 적이 없어요." 나도 모르는 사이에 입에서 말이 줄줄 흘러나온다. "단 한번도요."

"설마 그렇기야 하겠어요." 남자가 달래듯 말한다.

"진짜라니까요. 아, 뭐, 예전에는 절 자랑스럽게 생각하신 적이

있을지도 모르죠. 그런데 사촌언니인 케리가 우리 집에 오고부터는
갑자기 내 존재가 사라져 버린 느낌이에요. 부모님 눈엔 언니만 보
이나 봐요. 언니가 우리 집에 온 게 내가 열 살 때, 언니가 열네 살
때인데, 처음에는 언니가 생겼다며 무지 좋아했죠. 그런데 결과적
으론 그게 그렇질 않았어요……."

도무지 말을 멈출 수가 없다. 이건 내 힘 밖의 문제다.
기체가 흔들거리거나 급강하를 할 때마다 내 입에선 새로운 진실
이 온천 치솟듯 콸콸 쏟아져 나온다.
말을 하지 않으면 비명을 지를 것 같아서 선택의 여지가 없다.

"……언니는 수영대회 챔피언이었어요. 뿐만 아니라 뭘 해도 다
일등이었고 난…… 언니에 비교하면 정말 아무것도 아니었던 거
죠……."
"……정말이지 사진 강좌로 내 인생이 완전히 바뀔 줄 알았더랬
어요……."
"……52킬로그램이라고 했지만 원래는 다이어트를 해서 그 몸무
게까지 뺄 생각이었기 때문에……."
"자리가 난 곳엔 가리지 않고 모조리 지원서를 보냈어요. 내가 어
느 정도 다급했는지는 지원서를 넣은 곳 이름만 들어도 짐작이 가실
거예요. 몇 군데 대자면……."
"……진짜 마음에 안 드는 여자가 하나 있는데 이름이 아르테미
스예요. 며칠 전에 새 책상이 배달되었는데 자기가 냉큼 차지하지
뭐예요? 내 책상은 완전히 헐어빠진 고물인데……."

"……열이 많이 받을 때에는 복수 겸 해서 아르테미스가 키우는 접란에 오렌지 주스를 부어 버려요……."

"……인사과에 근무하는 캐티는 진짜 괜찮아요. 우리 둘이서 비밀 암호를 만들었는데 예를 들어 캐티가 다가와서 '서류에 나온 숫자 확인하는 거 좀 도와줄 수 있어, 엠마?' 라고 물으면 그건 '잠깐 스타벅스 갔다 오지 않을래?' 하는 뜻인 거죠……."

"……진짜 마음에 들지 않는 선물을 받아도 억지로 마음에 드는 척할 수밖에 없어요……."

"……우리 회사 커피 진짜 구정물 같아요. 사약이나 다름없어요……."

"……이력서에다간 GCSE 수학 성적 A를 받았다고 썼지만 사실은 C밖에 못 받았어요. 그런 거짓말은 하면 안 된다는 건 알지만 취직을 하기 위해선 어쩔 수가 없었어요……."

나 도대체 어떻게 된 거야? 평소에는 말하기 전에 내 생각을 한 번 걸러주는 필터가 있었다. 그래서 적당히 자제하고 조절할 수가 있었나.

그런데 오늘은 그 필터가 망가진 모양이다. 머릿속에 드는 생각들이 쉴 새 없이 닥치는 대로 흘러나온다. 그런데 나도 이런 내 자신을 막을 수가 없다.

"가끔은 말이죠, 진짜 하느님이 있는 게 아닌가 하는 생각을 해요. 안 그러면 우리가 어떻게 생겨났겠어요? 그런데 또 전쟁이니 뭐 끔찍한 재앙들을 떠올리면……."

"……솔기 자국이 안 남아서 T자 팬티를 입긴 하지만 진짜 불편해서 죽을 거 같아요……."

"……8사이즈더라고요. 어떻게 하면 좋을지 몰라서 그냥 '이야, 정말 너무 예쁜 팬티다' 말해 버렸어요……."

"……거기에 살짝 구운 피망을 곁들이면 완전 좋아하는 음식이에요……."

"……독서 클럽에 가입했는데, 도저히 '위대한 유산'을 끝까지 읽을 수가 없어서 뒤표지에 쓰인 줄거리만 보고 다 읽은 척을 했어요……."

"……금붕어 밥을 다 줘 버렸는데 어떻게 되었는지 모르겠어요……."

"……카펜터스가 부른 〈당신에게 가까이 Close to you〉만 들으면 눈물이 나서……."

"……가슴이 정말이지 좀 더 컸으면 좋겠어요. 너무 커서 멍청해 보이는 것도 싫고, 그렇다고 누드 잡지에 나올 정도는 바라지도 않지만, 그래도 지금보다는 좀 더 컸으면 좋겠어요. 가슴이 큰 게 어떤 기분인지 한번이라도 알고 싶어서……."

"……식탁에 앉자마자 마법처럼 샴페인 병이 짜잔 나타나는 데이트가 역시 최고 아닐까요……?"

"……정신이 확 나가 버려서 하겐다즈 대자 한 통을 사서 미친 듯이 퍼먹었어요. 리시한테는 한번도 얘기한 적 없지만……."

내 주위가 어떻게 돌아가는지 완전히 잊어버린 상태다. 세상은 나와 이 낯선 남자와 내 입과 거기에서 쉴 새 없이 쏟아져 나오는 내 은밀한 생각과 비밀들에게로만 초점이 맞춰진다.

내가 이젠 무슨 말을 하는지도 모르겠다. 그저 후련하다, 기분 좋다는 느낌만 든다.

사람들이 이래서 상담을 받는 걸까?

"……이름이 대니 너스범이었어요. 엄마랑 아빠는 아래층에서 벤허를 보고 계셨죠. 그때 세상 사람들이 정말 별것도 아닌 걸 갖고 호들갑을 떤다, 웃긴다고 생각했죠……."

"……일부러 옆으로 누웠어요. 왜, 그러면 가슴 골이 더 깊어 보이잖아요……."

"……마케팅 리서치 쪽에서 일해요. 맨 처음에 그 사람을 봤을 때 정말 잘생겼다고 생각했어요. 키도 무지하게 크고 머리카락은 금발인데 아마 부모님 중 한 분이 스웨덴 분이라 그런가 봐요. 눈도 얼마나 새파란지. 그런데 그 사람이 데이트 신청을 하잖아요……."

"……데이트하러 나가기 전에는 항상 달착지근한 셰리를 한 잔 마셔요. 그러고 나면 불안감도 가시고……."

"정말 멋진 남자예요. 코니 만한 남자, 세상에 없어요. 난 정말 운이 좋은 거 같아요. 모두들 코너가 정말 괜찮은 남자라고 말해요. 착하지, 다정하지, 전도유망하지, 모두들 우리가 정말 잘 어울린대요……."

"……이런 얘기 그 누구에게도 절대 못 하지만, 가끔 보면 코너가 너무 잘생긴 게 아닌가 싶어요. 도대체 인간 같지가 않다니까요. 켄인형 있잖아요, 바비 인형 남자 친구. 켄의 금발 버전 같아요."

어느새 난 코너 얘기를 하고 있다. 아무에게도 한 적 없는 얘기들을, 내가 그렇게 생각하고 있었는지 나 자신조차 몰랐던 얘기들이다.

"······크리스마스 때 정말 멋진 가죽 시계를 선물했는데도 코너는 항상 오렌지 색 디지털 시계만 차고 다녀요. 뭐, 그 시계를 차면 폴란드 기온이 몇 도인지도 알 수 있다나 뭐라나. 웃기지도 않아······."

"······날 온갖 재즈 콘서트란 콘서트에는 다 끌고 다니는데, 기분이 상할까 봐 어쩔 수 없이 좋은 척을 했더니 이젠 내가 진짜로 재즈를 좋아하는 줄 알아요······."

"······우디 앨런 영화 대사를 모조리 다 외우고 있어서, 영화 속에서 배우가 대사를 치기도 전에 먼저 자기가 대사를 하는 거예요. 아주 미치는 줄 알았지 뭐예요······."

"······내가 무슨 외계어라도 말한 것처럼 날 보잖아요······."

"······내 G스팟을 찾고야 말겠다고 결심을 하더니 주말 내내 이 자세 저 자세 시도를 해보기에 나중에 난 완전히 뻗어 버렸어요. 그냥 피자나 먹고 프렌즈나 보면 안 되나······."

"······자꾸만 묻잖아요. 어땠어? 이번엔 어땠어? 결국에는 되는 대로 주워섬겼죠. 정말 끝내 준다, 온몸이 꽃처럼 활짝 피어나는 거 같더라. 그랬더니 어떤 꽃이냐고 묻기에 베고니아 꽃이라고 해 줬죠······."

"······아니, 오래 만나다 보면 처음에 느꼈던 열정 같은 게 죽잖아요. 그게 서로한테 익숙해지고 편안해져서 그렇게 된 건지, 아니면 더 이상 상대방한테 매력을 못 느껴서 그런 건지, 그걸 누가 아느냔 말이죠…….”

“……백마 탄 왕자님처럼 비현실적인 꿈을 꾸는 건 아니지만, 그래도 마음 한구석에서는 남들이 다 부러워할 만큼 로맨틱한 사랑을 하고 싶다는 거죠. 열정적인 사랑을 하고 싶어요. 누가 날 확 채 갔으면 좋겠어. 지진처럼 강렬하거나…… 아, 모르겠어요, 폭풍우 같은 사랑? 하여간 뭐건 짜릿한 사랑이었으면 좋겠어요. 조금만 더 가면 흥미진진하고 새로운 미래가 날 기다리고 있을 것 같아서 조금만 더…….”

“저기, 죄송한데요…….”

“네?” 난 멍한 눈을 들어 본다. “왜요?” 디스코 머리 스튜어디스가 미소를 지으며 날 내려다본다.

“비행기가 착륙했습니다.” 난 스튜어디스를 바라보기만 한다.

“착륙했다고요?”

말이 안 된다. 우리가 무슨 수로 착륙했다는 거지? 난 주위를 둘러본다. 아닌 게 아니라 비행기는 정지한 상태다. 우린 공항에 착륙한 뒤다.

왠지 도로시가 된 기분이다. 조금 전만 해도 오즈에서 발뒤꿈치를 딱딱 부딪쳐서 일어난 소용돌이 속에서 빙글빙글 돌고 있었는데 정신을 차려 보니 모든 것이 예전처럼 정상으로 돌아온 상태다.

“기체가 흔들리지 않네요.” 난 바보처럼 멍하니 말한다.

“흔들리지 않은 지도 꽤 되었는데요.” 옆에 앉은 미국 남자가 말한다.

“우리…… 안 죽을 건가 보네요.”

"안 죽을 것 같습니다만."

난 처음 보는 사람이라도 보듯 남자를 가만히 보다가 깨닫는다. 생판 처음 보는 남자한테 1시간 동안 쉴 새 없이 떠들어댔다는 것을. 내가 무슨 얘기를 어디까지 했을지는 정말 그야말로 하느님만이 아실 테지.

당장 이 비행기에서 내려야겠다.

"죄송해요." 난 어색하게 우물거린다. "진작에 그만 하라고 그러시지 그랬어요."

"그게 말처럼 쉽지가 않아서요." 남자의 입가에 희미한 미소가 머문다. "기회를 전혀 주시지 않아서."

"창피해서 몸 둘 바를 모르겠네요." 난 대수롭지 않다는 듯 미소를 지으려 하지만 남자의 눈조차 제대로 볼 수가 없다. 뭐야, 이 남자한테 정말 별의별 얘기를 다 했잖아. 팬티 얘기부터 심지어 G스팟 얘기까지.

"너무 신경 쓰지 마세요. 모두들 신경이 최고로 곤두섰었으니까. 정말 최악의 비행이었어요." 남자는 배낭을 들며 자리에서 일어나더니 날 다시 본다. "집까지는 무사히 갈 수 있겠어요?"

"네, 괜찮을 거예요. 어쨌거나 감사합니다. 영국에서 즐거운 시간 보내세요!" 난 남자의 등에 대고 외치지만 그 남자가 과연 내 말을 들었을는지는 솔직히 의문이다.

난 천천히 내 소지품을 챙기고 비행기를 나선다. 온몸이 끈끈하다. 머리카락은 사방에 날리고 머리가 욱신거린다.

팽팽한 긴장감이 흐르던 비행기 안과 비교하니 공항은 너무나 밝고 평온하고 조용하게 느껴진다. 역시 사람은 땅바닥에 발을 붙이고 살아야 한다니까. 난 조용히 탑승구 앞 의자에 앉아서 정신을 가다듬는다. 마침내 자리에서 일어서지만 여전히 머리가 띵하다. 멍한 상태로 걷는다. 내가 이곳으로 돌아왔다는 게 믿어지지 않는다. 내가 생환했다는 게 믿어지지 않는다. 정말로 다시는 살아서 땅을 밟지 못할 줄 알았는데.

"엠마!" 누군가가 도착 출구 앞에서 내 이름을 부르는 소리가 들리지만 난 고개를 들지 않는다. 엠마란 이름은 어차피 흔해 빠졌으니까.

"엠마! 이쪽이야!"

난 놀라서 고개를 든다. 설마…….

설마, 그럴 리가 없어. 설마…….

코너다.

역시 가슴이 무너질 정도로 잘생겼다. 북유럽 혈통 특유의 하얀 피부, 그 어느 때보다 푸르른 눈동자. 그런 코너가 내게 달려오고 있다. 어떻게 된 영문인지 파악이 되질 않는다. 코너가 여기서 뭘 하는 거래? 코너가 나사오너니 날 자기 가슴에 으스러져라 꼭 끌어안는다.

"다행이야." 코너는 탁한 목소리로 말한다. "정말 다행이야. 괜찮아?"

"코너, 도대체…… 도대체 여기는 웬일이야?"

"비행기가 몇 시에 도착하는지 확인하려고 항공사에 전화를 걸었더니 비행기가 아주 심한 난기류에 말려들었다잖아. 가만히 있을 수가 없어서 달려왔어." 코너는 날 훑어본다. "엠마, 네가 탄 비행기가 착륙하는 걸 봤어. 비행기가 착륙하자마자 대기하고 있던 앰뷸런스가 쏜살같이 그쪽으로 가더라고. 그런데 넌 나오질 않지, 난……." 코너는 침을 꿀꺽 삼킨다. "내가 무슨 생각을 했었는지 나도 정확하게 모르겠어."

"난 괜찮아. 그저…… 잠깐 정신을 가다듬느라 탑승구 앞에 앉아 있다 나온 것뿐이야. 아, 코너. 정말 끔찍했어." 갑자기 목소리가 떨린다. 우습기도 하지. 이젠 안전한데 왜 울음이 나오려는 거야. "정말 이렇게 죽는구나 싶었다니까."

"아무리 기다려도 네가 안 나오기에……." 코너는 잠시 입을 다물고 날 응시한다. "그제야 처음으로 깨달았어. 내가 널 얼마나 소중하게 생각하고 있었는지."

"정말?" 땅바닥이 흔들리는 것 같다.

심장이 마구 두근거린다. 이러다가 나 기절하는 거 아냐?

"엠마, 생각해 봤는데 우리……."

결혼하자고? 갑자기 두려워서 심장이 철렁 내려앉는다. 어쩜 좋냐, 어쩜 좋아. 지금 나한테 프러포즈하려는 거야? 공항 한가운데에서? 난 뭐라고 대답하지? 아직은 결혼할 마음의 준비가 되지 않았단 말이야. 하지만 내가 싫다고 하면 코너는 뒤도 안 돌아보고 가 버릴 텐데. 우씨. 어쩔 수 없지. 이렇게 말하자. 어머, 코너, 생각해 볼 시간을 좀…….

"……같이 살자." 코너는 말을 맺는다.

역시 야무진 꿈을 꾸는 머저리였어, 난. 프러포즈를 하려던 게 아니었군.

"어떻게 생각해?" 코너는 부드럽게 내 머리카락을 쓰다듬는다.

"음……." 난 땀도 안 난 내 얼굴을 손으로 문지르며 시간을 벌어 보려고 한다. 도무지 제대로 생각을 할 수가 없다. 코너와 동거라. 그것도 나쁘진 않다. 동거하지 말아야 할 이유도 없잖아? 혼란스럽다. 무슨 생각이 머릿속에서 자꾸 떠오르려고 하는데, 내게 뭔가 신호를 보내려고 하는 모양인데…….

갑자기 내가 비행기 안에서 했던 말 중 몇 마디가 떠오른다. 제대로 진한 사랑 한번 못 해봤다고 했던가. 코너는 날 이해하지 못한다고 했던가.

하지만…… 그건 그저 되는 대로 지껄인 소리였잖아, 안 그래? 생각을 좀 해보라고. 죽기 일보 직전까지 갔던 거잖아. 깊이 생각도 안 하고 그냥 입에서 나오는 대로 떠들어 댄 거였다고.

"오늘 중요한 미팅 있다고 하지 않았어?" 갑자기 그 생각이 나서 묻는다.

"취소했어."

"취소했어?" 난 멍하니 코너를 본다. "나 때문에?"

갑자기 가슴이 뭉클하다. 다리가 풀려 금방이라도 쓰러질 것 같다. 이게 끔찍한 비행 후유증인지, 아니면 사랑 때문인지 알 수가 없다.

이게 꿈이야 생시야. 눈앞에 서 있는 이 남자를 좀 봐. 키도 크지, 얼굴도 엄청 잘생겼지. 이런 남자가 날 위해 중요한 미팅을 취소하고 날 구하러 달려와 줬어.

이건 사랑이야. 사랑일 수밖에 없어.

"나도 같이 살고 싶어." 난 속삭인다. 그러고는 나조차도 놀랍게도 눈물을 흘리고 만다.

남자 친구와 동거를 시작하다

"몰랐니? 연애는 원래 체스 게임의 일종이야." 제미마는 그렇게 쏘아붙이며 속눈썹에 마스카라를 바른다. "울 엄마가 그러시는데 항상 몇 수 앞을 읽어야 한 대. 치밀한 전략을 세워야 하는 거래. 한 번 수를 잘못 두면 그걸로 끝이라고."

그 다음 날 아침, 난 눈꺼풀 위로 눈부신 햇살을 느끼고 공기 중에 맴도는 커피 향을 맡으며 잠에서 깨어난다.

"잘 잤어?" 코너의 목소리가 머나먼 곳에서부터 들려 온다.

"안녕." 난 눈도 못 뜨고 우물거린다.

"커피 마실래?"

"응."

난 돌아누워 욱신거리는 머리를 베개에 묻고 단 1분이라도 좋으니 다시 잠을 청하려 한다. 평소에는 별 무리 없이 다시 잠에 빠지는데 오늘은 뭔가 꺼림칙한 게 있다. 뭐 잊은 게 있나?

코너가 부엌에서 달그락거리는 소리와 텔레비전이 모기처럼 앵앵대는 소리를 건성으로 들으며 난 도대체 뭘 빼먹었나 열심히 고민한다. 오늘은 토요일 아침이다. 여긴 코너의 침대다. 어제 함께 저녁을 먹었고…… 헉, 그래, 그 끔찍한 여행…… 코너가 공항으로 왔고, 뭐라고 말을 했는데…….

같이 살기로 했지!

코너가 머그잔 두 개와 커피포트를 들고 다가오자 난 벌떡 일어나 앉는다. 새하얀 목욕 가운을 입은 그이의 모습이 너무너무 사랑스럽다. 가슴 벅찬 자부심을 느끼며 난 고개를 내밀어 코너한테 입을 맞춘다.

"안녕." 코너는 웃음을 터뜨린다. "조심." 그러고는 내게 머그잔을 건넨다. "기분은 좀 어때?"

"괜찮아." 난 머리카락을 쓸어 넘기며 말한다. "조금 멍하긴 하지만."

"그렇겠지." 코너는 눈썹을 치킨다. "어제 워낙 힘들었잖아."

"응." 난 고개를 끄덕이며 커피를 한 모금 마신다. "그건 그렇고, 우리…… 같이 사는 거야?"

"마음 바뀌었어?"

"아니! 그럴 리가 없지!" 난 환한 미소를 짓는다.

그 말은 거짓말이 아니다.

갑자기 하룻밤 사이에 어른이 된 것 같은 기분이다. 남자 친구와 동거를 시작하다. 마침내 내 삶도 다른 사람들과 똑같이 정상적으로 가는구나.

"앤드루에게 말해 놓을게……." 코너는 룸메이트의 방이 있는 쪽을 손으로 가리킨다.

"나도 리시랑 제미마한테 말할게."

"일단은 우리 둘 다 마음에 들 만한 곳을 찾아야겠지. 같이 살면 정리정돈 잘 할 거라고 약속해야 돼.” 코너는 장난스레 미소를 짓는다.

“정리정돈을 해야 할 사람이 누군데!” 난 짐짓 화난 척을 한다. “CD 수백만 장을 가지고 있는 사람이 누구지?”

“그건 다르잖아!”

“다르긴 뭘 달라.” 난 시트콤에 나오는 사람들처럼 엉덩이에 손을 척 짚고, 코너는 그런 내 모습에 웃음을 터뜨린다.

갑자기 할 말이 바닥난 것처럼 침묵이 흐른다. 우리 둘은 커피를 홀짝인다.

“어쨌거나 난 이만 나가 봐야겠어.” 코너가 잠시 후에 말한다. 코너는 이번 주말에 컴퓨터 강좌를 듣는다. “너희 부모님 못 뵈어서 아쉽네.” 코너가 덧붙인다.

그 말은 진짜다. 안 그래도 어디 한 군데 흠 잡을 데 없이 완벽한 남자인데 우리 부모님 집에 찾아가는 걸 진짜로 즐거워하기까지 하다니. 이렇게 완벽할 수 있는 거야?

“괜찮아.” 난 너그럽게 말한다. “별로 중요하지도 않은데, 뭐.”

“아, 잊어버리고 말 안 한 거 있다.” 코너는 날 보며 씩 웃는다. “내가 표를 샀는데 무슨 표게?”

“이야!” 난 신이 나서 말한다. “글쎄. 음…….”

내가 ‘파리행 비행기표?’ 라고 물으려는 순간.

“재즈 페스티벌 표지!” 코너가 환하게 웃는다. “데니슨 퀴텟! 올해 마지막 콘서트 표야. 로니 스코트 클럽에서 들었던 거 기억나지?”

일순간 난 한 마디도 할 수가 없다.

"이야!" 난 마침내 간신히 그렇게 말한다. "그…… 데니슨 쿼텟 말이야? 물론 기억하지."

그때 클라리넷을 불었던 4인조를 말하나 보다. 쉬지도 않고 2시간 동안 클라리넷을 불고 불고 또 불었던 것들.

"네가 좋아할 줄 알았어." 코너는 애정이 담뿍 담긴 몸짓으로 내 팔을 톡 건드린다. 난 힘없이 미소를 짓는다.

"당연하지!"

그래, 언젠가는 나도 재즈를 좋아하게 될 날이 올지도 모른다. 그런 날이 올 거라고 믿는다.

난 코너가 옷을 입고 치실로 이를 청소하고 서류 가방을 드는 모습을 애정 어린 시선으로 지켜본다.

"내가 선물한 걸 입었네?" 코너는 바닥에 던져 놓은 내 팬티를 보며 기쁜 듯 미소를 짓는다.

"자주…… 입어." 난 속으로 거짓말을 용서해 달라고 기도한다. "워낙 예쁘잖아!"

"가족들과 즐거운 시간 보내." 코너는 침대로 다가와 내게 키스를 하더니 잠시 머뭇거린다. "엠마?"

"응?"

"하고 싶은 말이 있어." 코너는 입술을 깨문다. "너도 잘 알다시피 우린 우리 관계에 대해서 항상 솔직하게 얘기해 왔잖아."

"어…… 그랬지." 난 조심스럽게 대답한다.

"그냥 갑자기 생각이 나서 하는 말인데 넌 어떨지 모르겠어. 그러니까…… 순전히 네가 어떻게 하고 싶으냐에 달린 거긴 한데 말이야."

난 어리둥절해서 코너를 본다. 코너의 얼굴이 불그레 물든다. 창피해하는 것 같다.

허걱. 혹시 뭐 변태 짓이라도 하고 싶은 건가? 설마 어디서 이상한 의상 같은 거나 사 와서 나보고 입으라고 시키려는 건가?

간호사 의상은 나도 별 불만이 없다. 아니면 배트맨에 나오는 캣우먼 의상도 괜찮다. 캣우먼은 상당히 쿨하지. 그런 의상을 사 오면 나도 아예 반짝이 부츠를 사 가지고…….

"생각해 봤는데…… 있잖아…… 우리…….." 코너는 어색하게 말꼬리를 흐린다.

"말해봐." 난 코너의 팔에 손을 얹어 용기를 불어 넣어 준다.

"우리…….." 코너는 또 말을 잇지 못한다.

"응?"

또다시 침묵. 난 숨조차 쉴 수 없다. 도대체 우리 뭘 어쩌자는 건데? 말을 하란 말이다.

"우리…… 서로 '자기' 라고 부르면 안 될까?" 창피해서인지 코너는 한 달음에 털어놓는다.

"뭐?" 난 멍하니 되묻는다.

"그냥…….." 코너의 얼굴이 더더욱 달아오른다. "이제 우리 같이 살기로 했잖아. 이 정도면 우리가 정말 심각한 관계란 뜻이잖아. 그런데 얼마 전에 생각이 났는데 우린 한번도…… 서로를 애칭으로 부른 적이 없었던 것 같아."

난 코너를 뚫어져라 본다. 갑자기 도둑질을 하다 들킨 기분이다.

"그런 적 없던가?"

"응."

"그래?" 난 커피를 한 모금 마신다. 찬찬히 생각해 보니 코너 말이 맞다. 우린 그런 적이 없다. 왜 그랬을까?

"그래서, 어떻게 생각해? 엠마가 그러기 싫으면 안 그래도 되고."

"당연하잖아!" 난 얼른 대답한다. "내 말은 그러니까, 구구절절 옳은 말이란 거지. 그렇게 해야지, 당연히." 난 헛기침을 한다. "자기!"

"고마워, 자기." 코너는 다정한 미소를 짓는다. 나도 미소를 짓는다. 머릿속에서 울려 퍼지는 거부의 외침을 애써 무시하면서.

뭔가 맞지 않는 느낌이다.

난 코너가 딱히 '자기'로 느껴지지 않는데.

나한테는 '자기'가 알콩달콩한 신혼부부끼리나 쓰는 말로 들리는데.

"엠마?" 코너가 날 본다. "왜 그래, 뭐 잘못된 거 있어?"

"잘 모르겠어." 난 어색한 미소를 짓는다. "난 별로 '자기'가 와 닿지 않거든. 하지만…… 뭐, 자꾸 쓰다 보면 익숙해지겠지."

"그래? 뭐 꼭 '자기'가 아니라도 되거든. 그럼 '여보야'는 어때?"

여보야? 제정신이니?

"그건 그냥 그래." 난 얼른 말한다. "'자기'가 더 나은 거 같아."

"그럼 '허니'…… '천사'…… '예쁜이'……."

"글쎄. 음, 결정은 나중에 하면 안 돼?"

코너의 얼굴이 구겨지는 걸 보고 난 죄책감을 느낀다. 어려울 게 뭐 있어. 남자 친구를 '자기'라고 부르는 게 뭔 대수겠냐. 다른 사람들도 다 하는 건데. 익숙해지면 괜찮을 거다.

"미안." 난 말한다. "나 어디가 좀 이상한가 봐. 아마 어제 너무 끔찍한 일을 겪어서 그럴지도 몰라." 난 코너의 손을 잡는다. "마음 풀어, 자기."

"괜찮아, 자기." 코너는 날 보며 미소를 짓는다. 그러더니 다시금 햇살도 부럽지 않게 환한 표정을 지으며 입을 맞춘다. "이따가 봐."

이것 봐. 뭐가 어렵다고 그래…….

헉, 닭살 돋아서 죽어도 못 하겠어.

어쨌거나 그건 별로 중요한 게 아니다. 그 어떤 커플들도 다 어색한 순간이 있게 마련일 테니까. 그건 지극히 정상적일 거라 믿어 의심치 않는다.

마이다 베일에 있는 코너의 집에서 내가 사는 이슬링턴까지 오는 데 30분이 걸렸다. 아파트 문을 열고 들어가니 리시가 소파에 앉아 있다. 온 사방에 서류를 잔뜩 늘어놓고 미간까지 찌푸려 가며 뭔가에 집중을 하고 있다. 리시는 정말 일을 열심히 한다. 어떨 때 보면 일 중독이 아닌가 싶기도 하다.

"뭐 해?" 나는 딱하다는 투로 묻는다. "그게 그때 얘기했던 사기 사건이야?"

"아니, 기사를 보고 있어." 리시는 그렇게 말하며 잡지에서 고개를 든다. "클레오파트라 시절부터 미적 균형은 바뀌질 않았다네. 그래서 자신의 아름다움의 지수는 얼마인지 따져볼 수가 있대, 과학적으로. 여기에 나온 대로 치수를 재보면……."

"어, 그래?" 호기심이 발동한다. "그래서 네 점수는 얼마인데?"

"지금 계산해 보고 있는데." 리시는 얼굴을 찡그리며 다시 기사를 본다. "그러니까 합이 53에…… 20을 빼고…… 그럼…… 우헉!" 리시는 당혹스런 표정을 지으며 고개를 든다. "33점밖에 안 나와!"

"몇 점이 만점인데?"

"100점! 100점 만점에 33점밖에 안 된다고!"

"쯧쯧."

"알아." 리시가 진지하게 말한다. "내가 못생겼다는 건 나도 알아. 있지, 아무한테도 말은 안 했지만 나도 사실은 알고 있었다고. 하지만……."

"그게 아니지!" 난 웃지 않으려고 애쓴다. "쓰잘데기 없는 허접한 기사를 갖고 고민하는 네가 기가 막혀서 그런 거지! 별별 웃기지도 않는 기준으로 아름다움을 재겠다는 게 말이나 돼? 널 좀 봐!" 난 리시를 가리킨다. 세상에 다시없을 커다란 회색 눈동자에 잡티 하나 없이 투명한 피부를 가진 리시는 정말 예쁘다. 저번에 머리를 좀 잘못 잘라 우스운 꼴이 되긴 했어도 예쁘다는 사실엔 변함이 없다. "넌 누굴 믿을래? 거울을 믿을래, 아니면 팔푼이 소리나 하는 허접한 기사를 믿을래?"

"팔푼이 소리나 하는 허접한 기사." 리시는 뭐 그리 당연한 말을 하느냐는 투다.

리시가 반쯤은 농담으로 하는 소리란 건 안다. 하지만 사귀던 남자 친구에게 차인 후로 리시는 괜히 자기 비하에 빠져 있다. 요샌 슬슬 걱정이 된다.

"미美의 황금 분할 얘기야?" 또다른 룸메이트인 제미마가 키튼힐을 또각거리며 거실로 나온다. 언제나처럼 완벽하게 태닝을 하고 빈틈없이 몸단장을 한 제미마는 연분홍색 진바지에 타이트한 흰색 윗도리를 입고 있다. 조각 전문 화랑에서 일하는 제미마는 언제 시간이 나는지 항상 에스테틱에서 피부 관리며 제모며 마사지를 받고, 잘나가는 은행가들과 데이트만 한다. 그것도 상대의 월급을 먼저 체크해본 뒤에야 데이트 신청을 받아들인다.

우린 제미마와는 잘 지내는 편이다. 뭐 그럭저럭. '약지에 다이아 반지를 끼고 다니고 싶거든' 이나 'SW3(런던 남서부 지대 부촌의 우편번호-역주)에 살려면' 이나 '멋진 디너파티를 잘 여는 집주인으로 소문이 나려면' 등등의 말을 만날 입에 달고 사는 게 문제라면 좀 문제랄까.

아니, 나도 멋진 디너파티를 잘 여는 집주인으로 소문나고 싶긴 하다만, 그렇다고 그게 지금 내 인생 최우선 순위는 아니란 말이다.

게다가 제미마가 말하는 멋진 디너파티란 결국 아파트 안을 화려하게 장식하고 돈 많은 친구들을 불러 출장 요리사가 만든 맛있는 음식들을 전부 다 자기가 만들었다고 뻥치는 거다. 물론 자기 아파트 룸메이트들(이 경우엔 나와 리시가 되겠다)은 영화나 보라고 집에서 쫓아내야 하는 건 필수다. 혹여 룸메이트들이 밤 12시쯤 슬쩍 집으로 기어 들어와 코코아를 타고 있는 꼴이라도 보면 왜 벌써 돌아왔냐며 성질을 부릴 게 분명하다.

"나도 거기 나온 문제 다 풀어 봤어." 제미마가 분홍색 루이비통 가방을 들며 말한다. 그 가방은 제미마가 세 번쯤 만났던 남자와 헤어졌을 때 제미마의 아버지가 위로 선물로 사주신 물건이다. 고작 세 번 만나고 헤어졌는데 뭐 큰 상처를 받았기야 했겠냐마는.

아 참, 그 남자는 요트까지 가진 부자였지. 그래, 가슴이 찢어졌겠다.

"넌 몇 점이나 나왔는데?" 리시가 묻는다.

"89점." 제미마는 향수를 뿌리며 기다란 금발을 등 뒤로 넘긴 뒤 거울에 비친 자기 모습을 보며 해죽 웃는다. "아, 엠마. 너 코너랑 같이 살기로 했다는 거 진짜야?" 난 놀라서 입을 딱 벌린다.

"그 얘길 어디서 들었어?"

"온 동네에 소문 쫙 났던데? 앤드루가 크리켓 경기 얘기로 아침에 루프스에게 전화를 걸었다가 그 얘기를 들었다더라."

"코너랑 같이 살기로 했어?" 리시가 놀란 목소리로 묻는다. "그 얘기 나한테는 왜 안 했어?"

"안 그래도 지금 하려던 참이었어. 진짜로. 끝내 주지?"

"별로 현명한 선택이 아냐, 엠마." 제미마는 고개를 도리도리 젓는다. "악수惡手야."

"수?" 리시가 눈을 또르르 굴린다. "수라니? 제미마, 저 두 사람은 연애를 하는 거지, 체스 게임을 하는 게 아니라고!"

"몰랐니? 연애는 원래 체스 게임의 일종이야." 제미마는 그렇게 쏘아붙이며 속눈썹에 마스카라를 바른다. "울 엄마가 그러시는데 항상 몇 수 앞을 읽어야 한대. 치밀한 전략을 세워야 하는 거래. 한 번 手를 잘못 두면 그걸로 끝이라고."

"말도 안 돼!" 리시가 목소리를 높인다. "연애는 상대방과 얼마나 마음이 잘 맞냐 하는 문제라고. 영혼의 공명을 느낄 수 있는 상대를 찾는 과정이란 말이야."

"영혼의 공명?" 제미마는 기가 막힌다는 투로 말하며 날 본다. "엠마, 내 말 잘 새겨들어. 약지에 다이아 반지 끼고 다니고 싶거들랑 코너랑 동거하지 마."

제미마의 눈이 버릇처럼 벽난로 위에 놓인 액자를 훑고 지나간다. 액자에는 제미마가 자선 폴로 경기에서 윌리엄 왕자와 만나 함께 찍은 사진이 들어 있다.

"아직도 왕족에 대한 꿈을 못 버렸냐?" 리시가 말한다. "도대체 윌리엄 왕자가 너보다 몇 살이나 어리더라? 몇 살이니, 제미마?"

"말도 안 되는 소리 하지 마!" 제미마가 발끈 외친다. 뺨이 살짝 붉게 물든다. "넌 가끔가다 진짜 유치하게 굴더라, 리시."

"어찌 됐건 난 결혼에 욕심 없어." 내가 말한다.

제미마는 완벽한 아치형으로 손질한 눈썹을 치켜올린다. 그 표정은 마치 '진짜 멍청할 정도로 한심한 소리나 하고 자빠졌네' 라고 말하는 듯하다. 제미마는 핸드백을 든다.

"아, 맞다." 제미마는 갑자기 실눈을 뜨고 말한다. "둘 중 누가 말도 없이 내 조세프 스웨터 빌려 간 거지?"

잠시 침묵이 흐른다.

"난 아닌데." 난 모르는 척 말한다.

"어떤 옷을 얘기하는지도 모르겠네." 리시는 어깨를 으쓱해 보인다.

난 차마 리시를 볼 수가 없다. 아무리 생각해도 제미마가 말하는 옷이란 어젯밤에 리시가 입고 있던 그 옷인 것 같다.

제미마의 푸른 눈이 스캐너처럼 리시와 날 훑고 지나간다.

"난 말이지, 팔이 워낙 가늘어서." 제미마가 경고조로 말한다. "팔 소매가 늘어나는 게 싫거든? 한번 입고 가져다 놓는다고 내가 눈치 못 챌 거라고 생각했다면 커다란 오산이야. 잘 있어."

제미마가 문을 닫고 나가자마자 리시와 난 서로를 바라본다.

"우씨." 리시가 내뱉는다. "그 옷 회사에다 놓고 온 거 같은데. 어쩔 수 없지, 뭐. 월요일날 갖다놔야지." 리시는 다시 어깻짓을 하고 읽던 잡지로 시선을 돌린다.

음, 솔직하게 말하자면 리시와 난 종종 제미마의 옷을 빌려 입곤 한다. 물론 제미마한테 물어 보고 빌리는 건 아니다만. 하지만 굳이 변명을 하자면 제미마는 옷이 워낙 많아서 우리가 한두 벌쯤 빌려 입는다 해도 눈치도 채지 못한다. 게다가 리시의 말에 의하면, 룸메이트끼리 서로 옷을 빌려 입는 건 같은 집에 사는 사람들의 기본 권리라고 한다. 영국 헌법에 명문화만 안 되어 있을 뿐이지 관습법이나 마찬가지라는 거다.

"어찌 되었거나 제미마는 나한테 빚이 있으니까 이걸로 쌤쌤인 거지. 주차 위반 딱지 때문에 시의회에 보낸 편지 내가 써 줬잖아. 그랬는데 나한테 고맙다는 말도 안 했고." 리시는 니콜 키드먼 기사를 읽다 말고 말한다. "넌 오늘 뭘 할 건데? 나랑 영화나 보러 갈래?"

"안 돼." 난 아쉬운 목소리로 거절한다. "엄마 생신이라 점심 먹으러 가야 돼."

"아, 맞아. 그랬지." 리시는 딱하다는 표정을 짓는다. "살해 봐. 끔찍하지 않기만을 빌어줄게."

리시야말로 내가 부모님 집에 가는 걸 어떻게 생각하는지 이해하는 유일한 사람이다. 그런 리시조차도 전말을 알지 못하니 말 다 했지.

엄마의 생신날

마치 열 살 때로 되돌아간 느낌이다. 언니는 항상 저런 식으로 날 골탕 먹인다. 우리 집으로 온 그날부터 꼭 저런다. 언니가 뭘 하건 모두들 언니 편만 든다. 언니는 엄마를 잃었으니까, 우리 모두 언니에게 잘해줘야 하니까. 그래서 난 절대로, 단 한 번도 언니를 이길 수가 없었다.

하행선 기차에 앉아 난 오늘은 저번보다 낫기만을 간절히 기도한다. 며칠 전에 신디 블레인 쇼를 보았다. 오랫동안 가족들과 연락을 끊고 살았던 모녀지간끼리 만나는 내용이었는데 가슴이 너무나도 뭉클해져서 나도 모르게 눈물을 줄줄 흘리고 말았다. 토크쇼 마지막에 신디는 다들 가족의 존재를 너무나도 당연하게 받아들이기 쉽지만, 우리가 이 세상에 태어날 수 있었던 것도 가족들 덕이니 소중하게 여겨야 한다는 말로 끝을 맺었다. 그 말을 들으니 정신이 확 드는 느낌이었다.

그래서 오늘 내 목표는 다음과 같다.

● 일단 하지 말아야 할 것

가족들에게 내가 받은 스트레스 발산하기.

케리 언니에게 질투 느끼기, 혹은 네브 형부 때문에 스트레스 받기.
자꾸 시계 들여다보며 언제쯤 떠날 수 있을까 고민하기.

● 해야 할 것
이성을 잃지 말고 침착할 것.
가족을 사랑하는 모습을 보일 것.
우리 모두가 삶을 이루는 성스러운 연결 고리임을 잊지 말 것.
(성스러운 연결 고리 운운은 신디 블레인한테서 배운 말이다.)

부모님은 예전에는 트위크넘에 사셨다. 나도 거기에서 자랐다. 하지만 지금은 런던 외곽에서 완전히 이사를 나오셔서 햄프셔에 있는 마을에 살고 계신다. 부모님 집에 도착한 건 12시가 막 넘은 시각. 엄마는 케리 언니와 함께 부엌에 계신다. 지금은 케리 언니와 네브 형부 역시 부모님의 집에서 이사를 나간 상태다. 그래도 부모님 집에서 5분 떨어진 마을에 살고 있기 때문에 항상 자주 만나는 모양이다.

엄마가 케리 언니와 함께 가스레인지 옆에 나란히 서 있는 모습을 보니 언제나처럼 가슴이 저릿하다. 고모와 조카라기보다는 모녀 관계로 보인다. 얼굴이 닮은 건 아니다. 케리 언니는 사람 찌르게 생긴 뾰족코에다가 주걱턱인 반면 엄마는 나처럼 보조개를 갖고 계신다. 하지만 두 사람은 세월이 흐르면서 여러 가지 면에서 비슷해졌다. 둘 다 똑같이 가볍게 날리는 커트 머리를 하고 있다. 차이라면 케리 언니가 엄마보다 좀 더 진하게 블리치를 넣었다는 것 정도. 똑같이 밝은 색 톱을 입고, 똑같이 볕에 탄 가슴 골짜기를 내보이고 있고, 똑같이 웃고 있다. 조리대 위에 놓인 포도주 병은 이미 반이나 비어 있다.

"생신 축하해요!" 난 마음이 한껏 들떠 엄마를 끌어안는다. 엄마에게 그야말로 최고의 생신 선물을 준비했기 때문이다. 빨리 드리고 싶어서 좀이 쑤신다!

"안녕!" 앞치마를 입은 케리 언니가 내 쪽으로 몸을 돌린다. 진한 눈화장을 한 파란 눈. 목에는 처음 보는 다이아몬드 십자가 목걸이를 걸고 있다. 언니는 매번 만날 때마다 새로운 보석을 하고 나타난다. "오랜만이네, 엠마! 그동안 왜 이리 뜸했니? 그렇죠, 고모?"

"그랬지." 엄마도 날 끌어안으며 말씀하신다.

"코트 걸어줄까?" 내가 가져온 샴페인을 냉장고에 넣는데 케리 언니가 묻는다. "뭐 마실래?"

케리 언니는 원래 이런 식으로 말한다. 듣고 있다 보면 누가 이 집 친딸인지 알쏭달쏭하다.

하지만 상관없다. 오늘 이런 걸로 스트레스 받지 않겠노라 다짐하지 않았던가. 우린 다들 삶을 이루는 성스러운 연결 고리가 아니더냐.

"괜찮아." 난 일부러 쾌활하게 말한다. "내가 알아서 할게." 유리잔을 넣어두던 찬장을 열었는데 어찌 된 일인지 잔은 하나도 없고 토마토 소스 깡통만 가득하다.

"잔은 여기 있어." 케리 언니가 부엌 반대편으로 걸어간다. "위치를 다 바꿨어. 이젠 뭘 찾기가 훨씬 더 쉬워졌지."

"아, 그랬구나. 고마워." 난 언니가 내민 유리잔을 받아 포도주를 한 모금 따라 마신다. "뭐 도와줄까?"

"그럴 필요 없을 거 같아……." 언니는 부엌 안을 꼼꼼하게 둘러본다. "대충 다 끝났거든. 그래서 말이죠, 제가 일레인한테 물었거든요." 언니는 다시 엄마한테 말한다. "'그 신발 어디서 샀어?' 그랬더니 일레인 말이 막스 앤드 스펜서에서 샀다는 거예요! 믿을 수가 없는 거죠."

"일레인이 누군데?" 난 두 사람의 대화에 끼어보려고 노력한다.

"골프 클럽에서 만난 여자야." 케리 언니가 말한다.

엄마는 원래 골프를 치지 않으셨다. 하지만 햄프셔로 이사를 오신 뒤로 케리 언니와 함께 골프를 배우기 시작하셨다. 요새는 입만 뻥긋하면 골프 경기네, 골프 클럽에서 저녁 모임이 있었네, 골프 클럽에서 만난 친구들과 파티를 했네 같은 얘기밖에 안 하신다.

나도 한번은 골프가 뭐 그리 재미있나 궁금해서 따라 나간 적이 있었다. 그런데 골프장에는 우습지도 않은 드레스 코드 같은 게 있는 모양이다. 그런 사정을 전혀 모르는 난 청바지를 입고 나갔고, 그 꼴을 본 한 노인네는 심장마비를 일으키려고까지 했다. (엄마 말로는 케리 언니가 나한테 미리 말을 했을 줄 아셨다지만 그런 말은 들은 적도 없었단 말이다.) 결국엔 누군가가 내게 골프 치마와 남는 스파이크 골프화를 한 켤레 가져다주었다. 그리고 막상 필드 위로 나갔더니 난 공을 칠 수가 없었다. 공을 잘 못 쳤다느니 하는 개념이 아니라, 골프채를 공에 맞히지조차 못 했던 것이다. 결국 다들 눈짓을 교환하더니 나보고 클럽하우스에서 기다리라고 말했다.

"미안, 엠마. 잠깐만……." 언니는 접시를 꺼낸다고 내 등 뒤에서 찬장에 손을 뻗는다.

"아, 미안." 난 얼른 옆으로 비켜선다. "정말 내가 도울 일 없어,

엄마?"

"새미한테 먹이나 주지 그러니." 엄마는 내게 금붕어 먹이통을 건네다가 살짝 얼굴을 찡그리신다. "있잖니, 난 새미가 좀 걱정이 돼."

"응?" 그 말에 갑자기 더럭 불안해진다. "어…… 왜?"

"하는 짓이 예전과는 너무 달라." 엄마는 새미가 든 어항 속을 들여다보신다. "넌 어떤 것 같니? 네 눈에는 똑같아 보이니?"

난 엄마의 시선을 따라 진지하게 새미를 들여다보는 양 제법 심각한 표정을 지어 보인다.

어쩜 좋냐. 엄마가 눈치를 채실 거라곤 상상도 못 했다. 새미와 똑같아 보이는 물고기를 찾으려고 나름대로 열심히 노력은 했는데. 오렌지 색 몸통에 지느러미가 두 개. 물 속에서 헤엄쳐 다니는 금붕어가 달라 봐야 얼마나 다르겠어?

"그냥 좀 우울한가 보지, 뭐." 마침내 난 그렇게 말한다. "금세 괜찮아질 거야."

아아, 제발 엄마가 금붕어를 데리고 수의사를 찾아가시는 사태만은 없게 해주세요. 난 속으로 기도한다. 예전에 키우던 놈과 성별이 같은 걸로 사 왔는지 아닌지조차 모른다. 그런데 금붕어한테도 성별이 있긴 하던가?

"또 뭐 도울 거 없어?" 난 엄마가 새미를 제대로 보지 못하게 수면 위로 먹이를 넉넉하게 뿌려 주며 말한다.

"대충 다 끝났다니까." 케리 언니가 말한다.

"가서 아버지께 인사나 드리지 그러니?" 엄마가 콩을 체로 치며 말씀하신다. "어차피 한 10분은 지나야 식사를 할 수 있을 것 같은데."

아빠와 네브 형부는 응접실에 앉아 크리켓 경기를 보고 계신다. 슬슬 하얗게 세어 가는 아빠의 턱수염이 깔끔하게 정리되어 있다. 아빠는 커다란 은색 잔에 든 맥주를 드시고 계신다. 최근에 응접실 인테리어를 새로 했지만, 여전히 한쪽 벽에는 케리 언니가 타 온 수영 트로피들이 진열되어 있다. 엄마는 매주 그 트로피들을 광이 나게 닦으신다.

트로피 옆엔 내가 승마 대회에서 탄 장미 모양 리본도 두 개 놓여 있다. 내 리본은 그냥 총채로 먼지만 터시는 것 같다.

"아빠, 저 왔어요." 난 아빠의 뺨에 입을 맞추며 말한다.

"엠마!" 아빠는 놀란 척 한 손을 번쩍 치켜들어 보이신다. "왔구나! 길 안 잃어버리고, 옆길로 안 새고 제대로 찾아왔네!"

"오늘은 운이 좋았죠." 난 하하 살짝 웃음소리를 낸다. "무사히 잘 왔어요."

엄마 아빠가 이 집으로 이사 오시고 나서 내가 처음으로 이 집을 찾아올 때 기차를 잘못 타서 솔즈베리까지 내려갔던 적이 있다. 아빠는 항상 그 얘기로 날 놀리신다.

"형부 안녕." 난 형부의 뺨에 짧게 입을 맞추며 독한 애프터쉐이브 냄새에 질식하지 않으려고 조심한다. 형부는 면바지에 흰색 터틀넥을 입고 팔에는 묵직한 금팔찌를 찬 데다가 손에는 다이아몬드가 박힌 결혼 반지를 끼고 있다. 형부는 전국에 사무기기를 공급하는 가족 회사를 경영하고 있다. 언니와는 젊은 기업가들의 컨벤션인지 뭔지에서 만났다고 한다. 서로 상대가 찬 롤렉스 시계를 감탄하며 보다가 대화를 나누게 되었다나 뭐라나.

"처제, 안녕." 형부가 말한다. "새로 뽑은 내 장난감 봤어?"

"에?" 난 멍한 얼굴로 형부를 보다가 집 앞에 주차되어 있던 번쩍거리는 새 차를 떠올린다. "아, 네! 멋지던데요."

"벤츠5 시리즈야." 형부는 맥주를 쭉 들이켠다. "정가는 4만 2천 파운드지."

"이야."

"물론 그 가격 주곤 안 샀지." 형부는 의기양양한 표정을 짓는다. "얼마나 줬게? 맞혀 봐."

"한…… 4만 파운드?"

"더 낮춰."

"3만 9천?"

"3만 7천 2백 5십." 형부는 무척이나 자랑스럽게 말한다. "거기에 서비스로 CD 체인저에 세금 감면 혜택까지."

"이야. 멋지네요."

그렇게 말하고 나니 더 이상 할 말이 없어서 난 소파 팔걸이에 엉덩이를 걸치고 앉아 땅콩을 먹는다.

"너도 언젠가는 저런 차 한 대 뽑아야지, 엠마!" 아빠가 말씀하신다. "어떠냐, 가능할 것 같냐?"

"음…… 글쎄요…… 전…… 아빠, 그 말을 들으니 생각이 나네요. 아빠 드리려고 수표 가져왔어요." 난 가방 안에서 300파운드짜리 수표를 꺼낸다.

"아, 잘했다." 아빠가 말씀하신다. "300파운드 받았다고 장부에 써 두마." 아빠는 녹색 눈을 반짝거리며 수표를 호주머니에 넣으신다. "이게 다 돈의 가치를 너에게 가르쳐주려고 이러는 거다. 네 스스로 살아 나가는 방법을 가르쳐주려고!"

"아주 소중한 가르침이죠." 네브 형부는 옆에서 고개를 끄덕거리더니 다시 맥주를 쭉 들이켜고 아빠를 보며 미소를 짓는다. "아, 물어 본다는 거 잊었네. 처제, 요번 주에는 어떤 직장에 나가시나?"

내가 처음 네브 형부를 만난 건 부동산 회사를 그만두고 사진사가 되겠다고 할 때였다. 정확하게는 2년 반 전이다. 그리고 그 이래로 만날 때마다 형부는 매번 똑같은 농담을 한다. 정말이지 한 번도 안 빠지고 매번…….

아. 마음을 가라앉혀. 기분이 좋아질 만한 생각을 해. 가족들을 소중히 여겨야지. 형부도 소중하게 여겨야 돼.

"여전히 마케팅을 하고 있어요!" 난 애써 밝은 목소리로 말한다. "벌써 1년째 다니고 있는데요."

"아, 마케팅. 그거 좋지, 좋아!"

그리고 몇 분간 침묵. 들리는 건 TV에서 흘러나오는 크리켓 경기 해설자 목소리뿐. 갑자기 크리켓 경기에서 무슨 일이 일어났는지 아빠와 형부가 동시에 낮게 신음을 뽑으신다. 그러고 나서 또다시 동시에 안타까운 탄성을 내지르신다.

"아, 그러고 보니 잊고 있었네." 난 얼른 둘러댄다. "전 이만……."

내가 소파에서 일어서는데도 두 사람은 고개조차 돌리지 않는다.

난 복도로 나가 가지고 온 마분지 상자를 안고서 옆문으로 나가 별채 문을 조심스럽게 밀어 연다.

"할아버지?"

엄밀하게 말하면 외할아버지인 우리 할아버지는 10년 전 심장 수술을 받으신 이래 우리와 함께 사신다. 트위크넘의 오래된 집에 살 때는 그냥 할아버지 침실이 따로 있었지만 이번 집에선 본채 옆에 붙은 방 두 개에 조그만 부엌이 달린 별채에서 살고 계신다. 할아버지는 라디오에서 흘러나오는 클래식 음악을 들으며 커다란 가죽 안락 의자에 앉아 계신다. 발치에는 뭔가로 가득 찬 마분지 상자 여섯 개가 놓여 있다.

"할아버지 안녕하세요."

"엠마!" 할아버지는 얼굴을 환하게 빛내며 고개를 드신다. "어이구, 우리 손녀딸 왔구나. 이리 오렴!" 할아버지에게 다가가 허리를 구부려 뺨에 입을 맞추자 할아버지는 내 손을 꼭 쥐신다. 할아버지의 피부는 서늘하고 머리카락은 저번에 뵀었을 때보다 더 하얘진 것 같다.

"할아버지 드리려고 팬서 바 가져왔어요." 난 안고 온 상자를 눈짓으로 가리킨다. 할아버지는 팬서 에너지 바에 완전히 중독되셨다. 뿐만 아니라 할아버지가 나가시는 볼링 클럽의 다른 친구 분들도 다 똑같이 중독되신 모양. 그래서 난 집에 올 때마다 용돈을 털어 팬서 에너지 바를 한 박스씩 사다 드린다.

"고맙구나." 할아버지가 환한 미소를 지으신다. "역시 내 손녀딸이 최고야."

"어디에 둘까요?"

우리 두 사람은 비좁은 방안을 난감한 표정으로 둘러본다.

"저기…… TV 뒤가 어떠냐?" 마침내 할아버지가 말씀하신다. 난 방 안을 가로질러 상자를 내려놓은 뒤 방 안에 떨어진 물건들을 밟지 않으려고 조심조심 걸음을 옮겨 할아버지 앞으로 돌아온다.

"며칠 전에 말이다, 신문에서 어떤 기사를 읽었는데 그걸 보고 나니 마음이 놓이질 않더구나." 내가 바닥에 놓여 있던 상자 중 하나에 걸터앉자 할아버지가 말씀하신다. "런던의 치안 상태에 대한 기사였어." 할아버지는 눈을 번득이신다. "너 혹시 야밤에 버스나 전철 타고 돌아다니는 거 아니지?"

"에…… 드물죠." 난 등 뒤에서 손가락을 꼬아 십자를 만들며 말한다. "정말 어쩔 수 없을 때만 아주 가아끔씩……."

"애야, 그러면 안 된다!" 할아버지가 잔뜩 걱정스런 표정으로 말씀하신다. "잭나이프를 든 십대 아이들이 후드티를 입고 지하를 오간다고 쓰여 있더라. 술주정뱅이들이 술병을 깨서 다른 사람들 눈알을 후벼 판다더라……."

"그렇게 심하진 않아요……."

"엠마, 아무리 그래도 굳이 위험을 무릅쓸 이유는 없어요! 택시 값 아끼려다가 더 큰 봉변 당한다."

아마 할아버지에게 요새 런던 택시 값이 평균 얼마냐고 여쭤본다면 할아버지는 분명 5실링이라고 대답하실 게 뻔하다.

"할아버지, 저도 조심하고 있어요." 난 할아버지를 안심시킨다. "택시도 타고 다니고요."

가끔 타기야 하시. 아마 일년에 한번쯤 타려나.

"어쨌거나 이건 다 뭐예요?" 내가 얼른 주제를 바꾸자 할아버지는 휴우 한숨을 내쉬신다.

"네 엄마가 지난주에 다락을 정리했다. 이 중에서 버릴 것과 버리지 않을 걸 나누는 중이야."

"그거 괜찮겠네요." 난 바닥에 널린 온갖 잡동사니들을 본다. "이쪽에 있는 게 버리실 거예요?"

"아니! 그쪽에 있는 건 안 버릴 거다." 할아버지는 내가 당장 내다 버리기라도 할까 봐 걱정이신지 얼른 손으로 그것들을 덮어 버리신다.

"그럼 버릴 물건들은 어디에 있는데요?"

침묵. 할아버지는 내 눈길을 피하신다.

"할아버지, 버릴 건 적당히 버리셔야죠!" 난 그렇게 말하며 웃지 않으려고 애를 쓴다. "옛날 신문 기사 오려놓은 게 다 필요하세요? 이건 또 뭐예요?" 난 오려놓은 신문 기사들 속에서 오래된 요요를 찾아낸다. "이것도 이젠 낡아서 못 써요."

"그건 짐의 요요다." 요요를 받아 드시는 할아버지의 눈빛이 아련해진다. "짐이 그립구나."

"짐이란 분이 누구신데요?" 난 어리둥절한 표정으로 묻는다. 짐이란 분 얘기는 한번도 들은 적이 없는데. "옛날 친구 분이신가 봐요?"

"서커스를 보러 갔다 만나 오후 내내 함께 놀았지. 그때 내 나이가 아홉이었던가." 할아버지는 손으로 요요를 조물락거리며 말씀하신다.

"그래서 그분과 친구가 되셨나 봐요?"

"그 후론 다시는 못 만났지." 할아버지는 안타깝다는 듯 고개를 흔드신다. "하지만 난 한번도 짐을 잊은 적이 없어."

우리 할아버지의 문제는 뭐든 잊는 법이 없으시다는 거다.

"그럼 여기 이 카드들은 어때요?" 난 크리스마스 카드 뭉치를 집어 든다.

"카드는 버리는 게 아니다." 할아버지는 서글픈 표정으로 날 쳐다보신다. "너도 내 나이 되면 알겠지만, 오랫동안 알아 왔던 사랑하는 사람들이 하나씩 세상을 떠나기 시작하지…… 그러면 그 사람과의 추억이 담긴 기념물 같은 걸 버리기가 싫어진단다. 아무리 작은 물건이라도 말이야.”

“그건 이해할 수 있을 것 같아요.” 난 약간 감동을 받는다. 난 손에 잡히는 카드 하나를 집어 열어 보다가 금세 표정이 바뀐다. “할아버지! 이건 1965년에 스미스 전기 관리 회사에서 온 거잖아요.”

“프랭크 스미스는 훌륭한 남자였다…….” 할아버지가 또 연설을 시작하신다.

“그만 하세요!” 난 단호한 몸짓으로 카드를 바닥에 내려놓는다. “이건 버리세요. 게다가 이것 역시…….” 난 그 다음 카드를 펼친다. “사우스웨스턴 가스 공급회사. 그리고 펀치지 과월호 20권도 필요 없으세요.” 난 잡지 뭉텅이를 버릴 물건 무더기에 쌓아올린다. “이건 또 뭐예요?” 난 상자 안에서 사진이 가득 든 봉투 하나를 꺼낸다. “이건 정말 할아버지께 중요한 사진…….”

갑자기 심장이 덜컹 내려앉는 느낌이 들어 난 말을 하다 말고 멈춘다.

나와 아빠와 엄마가 공원 벤치에 앉아 있는 사진이다. 엄마는 꽃무늬 원피스를 입고 계시고 아빠는 우스꽝스러운 챙 넓은 모자를 쓰고 계신다. 아홉 살쯤 되어 보이는 난 아빠의 무릎에 앉아 아이스크림을 먹고 있다. 모두들 행복하기 그지없어 보인다.

난 아무 말 없이 그 다음 사진으로 넘긴다. 난 아빠의 모자를 쓰고 있고 모두들 뭔가를 보며 배꼽을 잡고 있다. 우리 가족 세 명이서.

딱 우리 셋뿐이다. 케리 언니가 우리 집으로 오기 전의 일이다.

언니가 우리 집에 처음 온 날을 난 아직도 생생하게 기억한다. 현관에 놓여 있던 빨간색 여행 가방. 부엌에서 들려오는 처음 듣는 목소리. 공기 중에 떠도는 낯선 향수 냄새. 부엌으로 들어가 보니 언니가 거기에 있었다. 처음 보는 낯선 소녀가 홍차를 마시고 있었다. 언니는 학교 교복을 입고 있었지만 내 눈에는 다 큰 어른처럼 보였다. 그때도 벌써 언니의 가슴은 무지하게 컸다. 귀에 달린 금 귀걸이. 블리치를 넣은 머리카락. 저녁을 먹을 때 엄마와 아빠는 언니에게 포도주까지 주셨다. 엄마는 계속 나보고 언니에게 잘해주라고 하셨다. 언니 엄마가 돌아가셨으니까 우리 모두 케리 언니에게 잘해줘야 한다고 하셨다. 그러다 결국 난 언니에게 내 방까지 내주게 되었지만.

난 나머지 사진들을 넘겨 본다. 목구멍에서 뭔가 뜨거운 것이 치미는 것 같다. 사진 속의 배경이 어디인지 이제야 기억이 났다. 예전에 자주 가던 공원이다. 그네와 미끄럼틀이 있던 공원. 하지만 나보다 나이가 많은 케리 언니는 그곳에 가면 할 게 없어 지루해했다. 그때 난 언니를 닮으려고 무지하게 노력을 하고 있을 때라 나도 그곳이 지겹다고 말했고 이후로 우리 가족들은 그곳을 찾지 않았다.

"아무도 안 계세요?" 그 목소리에 난 화들짝 놀라 고개를 든다. 케리 언니가 포도주 잔을 들고 문가에 서 있다. "점심 식사 드시러 오세요!"

"고마워." 내가 말한다. "안 그래도 방금 나가려던 참이었어."

"쯧쯔, 할아버지." 언니는 바닥에 굴러다니는 상자를 손가락으로 가리키며 혀를 찬다. "아직도 못 끝내셨어요?"

"쉽지가 않아." 나는 할아버지를 변호한다. "워낙 추억 어린 것들이 많아서 그냥 내다 버리기가 힘드실 것 같아."

"뭐, 네가 그렇게 말한다면 어쩔 수 없지." 케리 언니는 눈을 굴린다. "나라면 그냥 한꺼번에 쓰레기통에 처넣고 말겠지만."

도무지 정이 안 간다. 언니만큼은 소중히 하기가 어렵다. 먹고 있는 파이를 언니에게 던지고 싶다.

벌써 40분째 식탁에 앉아 있는데 들리는 소리는 케리 언니 목소리뿐이다.

"이미지 메이킹이 중요한 거예요." 언니는 지금 그런 말을 하고 있다. "옷 잘 갖춰 입고, 외모 다듬고, 걸음걸이도 자신감 있게. 거리를 걸을 때 세상에 '난 성공한 여자야' 란 기를 내뿜는 거죠."

"좀 보여다오!" 엄마가 말씀하신다.

"음." 케리 언니는 괜히 창피한 척 수줍은 미소를 짓는다. "이런 거예요." 언니는 의자를 뒤로 빼고 냅킨으로 입을 닦는다.

"너도 좀 봐라, 엠마." 엄마가 말씀하신다. "보고 좀 배워야지."

우리 모두가 지켜보는 가운데 케리 언니는 방 안을 걷기 시작한다. 턱을 치켜들고 가슴을 쭉 내밀고 시선은 앞에 고정한 채 엉덩이를 양옆으로 실룩실룩.

언니의 걷는 폼은 뭐랄까, 꼭 타조와 〈클론의 습격〉에 나오는 안드로이드가 걷는 모습을 짬뽕해놓은 것 같다.

"물론 하이힐을 신어야 제대로 폼이 나오죠." 언니는 계속 걸으며 말한다.

"케리가 회의실 안으로 들어가면 정말 케리 쪽으로 시선이 확 집중되죠." 네브 형부가 자랑스럽게 말하며 포도주를 홀짝인다. "다들 일하다가 손을 놓고 우리 와이프만 쳐다본다니까요!"

아아, 당연히 그러시겠지.

어, 어쩜 좋아. 웃음이 나오려고 그래. 여기서 웃으면 안 되는데. 절대 안 돼.

"너도 한번 해볼래?" 케리 언니가 묻는다. "내가 하는 대로 한번 따라 해 봐."

"에…… 난 됐어." 내가 말한다. "대강…… 중요한 건 감 잡았어."

나도 모르게 작게 콧방귀가 나오는 바람에 난 얼른 기침을 하며 그 소리를 얼버무린다.

"케리는 널 도와주려고 그러는 거지." 엄마가 말씀하신다. "고마운 줄을 알아야지! 하여간 너도 애가 너무 착해서 탈이라니까, 케리."

엄마는 케리 언니를 보며 다정한 미소를 지으시고 케리 언니 역시 선웃음을 짓는다. 난 포도주를 왕창 들이켠다.

하, 웃겨. 케리 언니가 날 도와주려고 그러는 거라고?

정말 도와주고 싶었으면, 내가 직장 못 찾아 눈이 벌게져 경력이라도 쌓게 언니 회사에서 잠깐 일을 하면 안 되겠냐고 부탁했을 때 거절했겠어? 그때 난 아주 조심스런 어조로 언니에게 기나긴 편지를 썼다. 내 부탁 받고 곤란해하리란 건 알지만 며칠만이라도 좋으니, 하다못해 심부름 같은 일이라도 할 수 없겠냐고 썼다. 뭐든 기회를 달라며.

그런데 언니한테서 날아온 답장은 이력서 받았고 일단 보관은 해두겠다는 극히 형식적인 거절 편지였다.

난 그걸 보고 완전히 게거품을 물었다. 그 얘기는 아무에게도 하지 않았다. 특히나 엄마나 아빠께는.

"케리가 이것저것 비결을 얘기해 줄 땐 좀 새겨들어라, 엠마." 아빠가 날카로운 목소리로 말씀하신다. "언니 얘기를 잘 들으면 너도 지금보다 훨씬 더 나은 자리에 올라갈 수 있지 않겠니."

"에이, 그래 봐야 걸음걸이 하나뿐인데요, 뭐." 네브 형부가 껄껄거리며 빈정거린다. "그거 하나 배운다고 뭐가 크게 달라지겠어요?"

"네브!" 엄마가 못마땅하다는 투로 말씀하신다.

"엠마는 제가 농담하는 건지 다 알아요, 그렇지?" 형부는 태연하게 말하며 잔에 포도주를 더 따른다.

"물론이죠!" 나도 억지 미소를 지으며 그렇게 말한다.

내가 승진하면 어디 두고 보자.

두고 봐. 어디 두고 보라고.

"엠마! 엠마 나와라, 오버!" 케리 언니가 내 얼굴 앞에서 우스꽝스럽게 손을 흔든다. "일어나, 잠꾸러기! 선물 드릴 시간이라고."

"어어. 가서 내 선물 가져올게."

엄마는 아빠가 선물하신 카메라 상자를 열어 보고 할아버지가 선물하신 핸드백 상사노 열어 보신다. 점점 마음이 조마조마해진다. 엄마가 내 선물을 마음에 들어 하셨으면 좋겠는데.

"별것 아냐." 난 엄마에게 분홍색 봉투를 건넨다. "봉투를 열어 보면 알겠지만……"

"뭘까?" 엄마는 호기심 가득한 표정을 지으신다. 봉투를 열자 속에서 꽃무늬 카드 한 장이 나온다. 엄마는 카드를 들여다보신다. "어머, 엠마!"

"뭔데 그래?" 아빠도 궁금하신 모양이다.

"일일 스파 이용권이에요!" 엄마가 잔뜩 신이 난 목소리로 말씀하신다. "하루 종일 마사지니 지압이니 그런 걸 받으며 여왕처럼 지내는 거예요."

"그거 괜찮네." 할아버지는 내 손등을 두드리신다. "넌 원래 선물 고르는 재주가 있었지."

"고맙다, 정말 마음에 든다!" 엄마는 허리를 숙여 내게 입을 맞추신다. 마음속이 따스해진다. 몇 달 전부터 생각해왔던 선물이다. 웬만한 서비스는 다 무료로 받을 수 있는 패키지 상품권이다.

"샴페인까지 곁들인 정찬이 나온대요." 난 신이 나서 말한다. "거기서 신으신 슬리퍼는 집으로 가져오셔도 되고요!"

"그거 좋구나! 정말 기대가 된다. 엠마, 정말 멋진 선물이다!"

"어머, 이런." 케리 언니가 맥이 빠진 작은 웃음소리를 하하 낸다. 언니는 자기 손에 들린 커다란 크림색 봉투를 내려다본다. "내 선물은 김이 빠지게 생겼네. 어쩔 수 없죠, 뭐. 다른 걸로 바꿔 드릴게요."

난 긴장하며 고개를 든다. 언니 목소리가 심상치 않다. 분명 무슨 꿍꿍이가 있는 게다. 목소리만 들어도 딱 감이 온다.

"그게 무슨 말이니?" 엄마가 말씀하신다.

"상관없어요." 케리 언니가 말한다. "저도 뭐…… 다른 걸 찾아보죠, 뭐. 걱정하지 마세요." 언니는 천천히 봉투를 핸드백 속에 다시 넣기 시작한다.

"케리! 그러지 마! 말도 안 되는 소리 하지 말아라. 뭔데 그러니?" 엄마가 말씀하신다.

"그게요…… 저도 엠마와 똑같은 생각을 했지 뭐예요." 언니는 엄마에게 봉투를 건네며 모호한 미소를 짓는다. "저도 믿을 수가 없네요."

온몸이 굳는 게 느껴진다.

설마.

안 돼. 설마 지금 내 생각이 틀린 거겠지?

봉투를 연 엄마는 한참 동안이나 말을 잇지 못하신다.

"세상에, 세상에!" 엄마는 금박이 인쇄된 팸플릿을 꺼내 드신다. "이게 뭐야? 르 스파 메리디엥?" 봉투에서 또다른 뭔가가 엄마의 손에 떨어진다. 엄마는 그것을 뚫어져라 들여다보신다. "파리행 비행기표? 어머, 얘!"

역시나. 언니는 이렇게 또 내 선물이 빛을 잃게 만든다.

"두 분 몫이에요." 언니는 의기양양하게 말한다. "고모부도 함께 가셔야죠."

"케리!" 아빠가 기쁜 목소리로 말하신다. "이 녀석아!"

"꽤 괜찮은 곳이래요." 케리 언니는 흡족한 미소를 짓는다. "별 다섯 개짜리 호텔에…… 레스토랑은 미슐랭 가이드에서 별 세 개를 받은 데고……."

"이게 꿈이야 생시야." 엄마는 정신없이 팸플릿을 들여다보신다. "여보, 여기 수영장 좀 봐요! 이 정원 좀 봐요!"

내 꽃무늬 카드는 포장지 더미 속에 묻혀 이미 잊히고 만 뒤다.

갑자기 눈물이 날 것만 같다. 언니는 알고서 이런 거야. 알고 있었어.

"언니, 알고 있었지?" 난 나도 모르게 갑자기 내뱉는다. "엄마 생신 선물로 스파 선물권을 드릴 거라고 언니한테 말했잖아. 똑똑히 말했잖아! 몇 달 전에 그런 얘기를 했잖아. 정원에서!"

"그랬나?" 케리년이 담담하게 받아친다. "기억이 안 나네."

"기억이 안 나긴 뭘 안 나! 분명 기억하고 있으면서."

"엠마!" 엄마는 날카로운 목소리로 내 말을 저지하신다. "그저 우연의 일치였을 뿐이야. 그렇지, 케리?"

"물론이죠." 케리년은 순진한 척 눈을 휘둥그레 뜬다. "엠마, 나 때문에 네 기분이 상했나 보구나. 어쩌니, 내가 할 수 있는 건 사과밖에……."

"사과할 필요 없다, 케리." 엄마가 말씀하신다. "살다 보면 이런 우연도 있게 마련이지. 둘 다 너무 고마운 선물이란다. 둘 다." 엄마는 내 카드를 다시 한번 보신다. "이러지 마. 너희 두 사람, 친자매 같은 사이 아니니! 두 사람이 다투는 모습은 보고 싶지 않구나. 특히나 내 생일날엔."

엄마는 날 보며 미소를 지으시고 나도 억지로 미소를 지으려고 노력한다. 마치 열 살 때로 되돌아간 느낌이다. 언니는 항상 저런 식으로 날 골탕 먹인다. 우리 집으로 온 그날부터 꼭 저런다. 언니가 뭘 하건 모두들 언니 편만 든다. 언니는 엄마를 잃었으니까, 우리 모두 언니에게 잘해줘야 하니까. 그래서 난 절대로, 단 한 번도 언니를 이길 수가 없었다.

난 간신히 마음을 진정시키고 포도주 잔을 들어 한입 가득 마신다. 그리고 나선 손목시계를 들여다본다. 요새 기차가 자꾸 연착하기 때문에 런던에 일찍 도착하려면 4시에는 나가야 한다는 핑계를 대자. 그럼 한 시간 반만 더 버티면 된다. 그때까진 TV를 보거나 하면…….

"무슨 생각을 하는 거니, 엠마?" 할아버지가 내 손을 꼭 잡으며 미소를 지으신다. 난 죄책감에 시달리며 할아버지를 본다.

"에…… 아무 생각 안 했어요." 난 억지로 미소를 쥐어짠다. "정말로 별 생각 안 했어요."

팬서의 공동 창립자 잭 하퍼가 온다고?

이 사태를 어쩌면 좋냐. 난 자신에 대한 모든 걸 이 남자에게 털어놓고 말았다. 정말 모든 걸. 팬티는 어떤 걸 입는지, 아이스크림은 어떤 맛을 좋아하는지, 첫 경험은 어땠는지…….

어쨌거나 상관없다. 난 결국 승진을 하고 말 테니까. 그렇게 되면 형부도 내 경력을 두고 이러쿵저러쿵 농담을 못 할 테고 아빠가 빌려 주신 돈도 모조리 갚을 수 있을 거다. 그러고 나면 모두들 눈을 비비고 날 쳐다보겠지. 진짜 그렇게 되면 얼마나 좋을까!

월요일 아침 잠에서 깨어났을 때까지는 기분이 상당히 좋았다. 청바지에 좀 좋은 윗도리(이건 프렌치 커넥션 거다)를 걸쳐 입는다.

음, 엄밀히 따지면 프렌치 커넥션에서 산 건 아니다. 솔직하게 말하면 옥스팸에서 샀다. 하지만 프렌치 커넥션이란 라벨이 붙어 있는 건 정말이다. 아직은 아빠께 빌린 돈을 갚느라 허덕이는 중이기 때문에 쇼핑 한번 내가 하고 싶은 곳에서 할 형편이 못 된다. 프렌치 커넥션에서 제 값 주고 새 윗도리를 사면 아마 한 50파운드쯤 할 거다. 하지만 이 옷은 단돈 7.5파운드에 샀다. 그런데도 거의 새것과 다름이 없다.

지하철 계단을 올라가니 햇살이 눈이 부신다. 모든 게 장밋빛으로 보인다. 내가 승진을 하는 상상을 해본다. 그 얘기를 모두에게 하는 상상을 한다. 엄마는 아마 전화를 해서 이렇게 물으시겠지. "이번 주는 어땠니?" 난 그럼 이렇게 대답해야지. "아, 그게 말이죠, 사실……"

아니다. 집에 갈 때까지 꾹 참았다가 엄마에게 새로 찍은 명함을 드리는 거다.

아냐. 회사 차를 몰고 집으로 돌아가는 거야! 혼자서 북 치고 장구 치고 다 한다. 다른 마케팅 중역들에게도 회사에서 차가 지급되는지는 확실하게 모르겠다만, 그래도 혹시 모르잖아. 지금부터라도 자동차를 지급할지도 누가 알아? 혹은 또 모르지. "엠마, 이번에 승진하면서 특별 케이스로……"

"엠마!"

고개를 돌려 보니 인사과에 근무하는 내 친구 캐티의 얼굴이 보인다. 캐티는 헐떡거리며 지하철 역 계단을 기어 올라온다. 곱슬거리는 캐티의 빨강머리가 산뜩 헝클어져 있다. 손에는 하이힐 한 짝을 들고 있다.

"도대체 뭔 일이야?" 난 캐티가 다 올라올 때까지 기다렸다 묻는다.

"이 망할 신발이 말이지." 캐티는 우울한 목소리로 말한다. "며칠 전에 고쳤는데 굽이 또 나갔네." 그러면서 내 눈앞에 신발을 흔들어 보인다. "굽 가는 데 6파운드나 냈다고! 휴우우. 일진이 진짜 안 좋은가 봐. 우유 배달부는 내 우유를 잊고 안 가져왔지, 주말은 끔찍했지…….”

“주말을 찰리랑 함께 보낸다고 하지 않았나?” 난 놀란 목소리로 묻는다. “무슨 일이 있었는데 그래?”

찰리는 캐티가 요즘 만나는 남자 이름이다. 만난 지 몇 주 되었나. 주말마다 찰리가 수리중인 작은 시골 오두막집을 찾아간다고 했다.

“끔찍했어! 도착하자마자 찰리는 골프를 치러 나간다잖아.”

“아, 그래?” 난 그 상황에서도 최대한 긍정적인 면을 발견하려고 애쓴다. “적어도 그런 말을 할 수 있을 정도로 널 편하게 생각한다는 거잖아. 평소처럼 행동하려고 했나 보지.”

“모르지.” 캐티는 미심쩍다는 표정을 짓는다. “자기가 나간 사이에 특별히 할 것도 없을 테니까 집 고치는 거나 좀 거들어 달라는 거야. 그래서 그러마 했지. 그랬더니 내 손에 솔하고 페인트를 세 통이나 들려 주면서, 빨리 하면 자기가 나간 사이에 응접실은 다 칠할 수 있을 거라는 거야.”

“뭐라고?”

“그러더니 한 6시쯤 돼서 기어 들어오더라. 그래 놓고 뭐라는 줄 알아? 페인트 칠을 엉성하게 했다는 거야!” 캐티는 주먹을 불끈 쥐고 부르짖는다. “엉성하긴 뭘 엉성해! 한 군데 조금 삑사리가 났지만 그건 그 인간이 갖다놓은 망할 사다리 길이가 짧아서 그랬던 거라고.”

난 멍한 표정으로 캐티를 본다.

“캐티, 너 설마 지금 네가 네 손으로 그 인간 응접실을 다 칠했다는 말 하는 거 아니지?”

“응…… 그랬다니까.” 캐티는 푸른 눈을 크게 뜨고 날 본다. “있지, 나도 좀 도와주고 싶었거든. 그런데 지금 와서 생각하니까 왠지 찜찜한 게…… 그 인간이 날 이용해 먹은 거 아닌가 싶기도 하고.”

난 기가 막혀 말문까지 다 막힐 지경이다.

“이용당한 거야.” 난 마침내 그렇게 말한다. “공짜로 부려먹을 일손이 필요했던 거야. 그 자식이랑 헤어져. 당장. 지금 당장!”

캐티는 잠시 아무 말도 안 한다. 난 걱정스런 표정으로 캐티를 본다. 담담한 표정을 짓고 있지만 속으로는 온갖 생각이 오갈 것이다. 조스가 수면 아래로 들어갔을 때와 비슷하달까. 모습은 보이지 않지만 금세 조스가 물 밖으로…….

“아우 씨, 네 말이 맞는 거 같아!” 캐티가 갑자기 버럭 외친다. “네 말이 구구절절 옳아. 그 인간 날 이용해 먹은 거야! 누굴 탓하겠어. 다 내가 잘못한 거지. 애당초 배관이나 지붕 널 깔아 본 적 있냐고 물었을 때 눈치 챘어야 했어.”

“그건 또 언제 물어 본 건데?” 기가 막힌다.

“맨 처음 만났을 때! 난 그냥, 뭐 특별히 할 말도 없고 해서 그냥 물어 본 줄만 알았지.”

“캐티, 네 잘못 아니야.” 난 캐티의 팔을 꼭 쥔다. “그런 인간인 줄 네가 어떻게 알았겠어.”

“도대체 난 뭐가 잘못된 거야?” 캐티는 걷다 말고 길에서 우뚝 멈춰 선다. “왜 맨날 못돼 처먹은 것들한테만 걸리는 거냐고?”

“그렇지 않아.”

“그렇지 않긴 뭘 그렇지 않아! 내가 만났던 남자들을 떠올려 봐.” 캐티는 손가락을 꼽기 시작한다. “대니얼은 나한테서 돈을 왕창 빌려서 그 돈 들고 멕시코로 날랐지. 에릭은 내가 일자리 구해주자마자 날 찼지. 데이비드는 양다리 걸치고 있었지. 뭔가 패턴이 보이지 않아?"

"그게…… 음……." 뭐라고 말을 해야 할지 알 수가 없다. "어쩌면……."

"아, 그냥 포기해버리는 게 낫겠어." 캐티는 고개를 푹 숙인다. "난 평생 멀쩡한 인간은 못 만날 거야."

"아냐." 난 얼른 말한다. "포기하지 마, 캐티. 네 인생에도 반전이 있을 거야. 멋지고 착하고 성실한 남자를 만날 수……."

"그런 남자를 어디에서 만나?" 캐티가 풀이 죽은 소리로 묻는다.

"그건…… 나도 모르지. 하지만 언젠간 반드시 그런 남자를 만나게 될 거야. 왠지 그럴 것 같다는 필이 팍팍 온다고." 아아, 난 오늘도 또 거짓말을 하는구나.

"정말?" 캐티가 날 바라본다. "정말 그런 필이 와?"

"당연하지!" 난 얼른 머리를 굴린다. "이거 어때? 오늘은…… 평소와는 다른 곳에서 점심을 먹는 거야. 전혀 안 가던 곳을 찾아봐. 혹시 또 알아? 거기서 누굴 만날지."

"효과가 있을까?" 캐티는 날 바라본다. "알았어. 한번 해볼게."

캐티는 땅이 꺼져라 한숨을 쉬고 우린 다시 걷기 시작한다. "주말에 있었던 일 중에 괜찮은 건 새 윗도리를 완성했다는 것밖에 없어." 길모퉁이에서 캐티가 말한다. "어때?"

캐티는 입고 있던 재킷을 벗고 자랑스럽게 그 자리에서 빙글 돈다. 난 몇 초간 멍하니 캐티를 바라본다. 무슨 말을 하면 좋을지.

그렇다고 내가 크로셰를 좋아하지 않는 건 아닌데……

아니, 솔직히 말하면 난 크로셰를 싫어한다.

가슴이 푹 파인 레이스 크로셰 톱은 특히나 싫다. 레이스 사이로 브래지어가 다 들여다보이잖아.

"그거…… 멋있다." 난 마침내 간신히 말한다. "대단하네!"

"멋있지?" 캐티는 흡족한 미소를 짓는다. "시간도 얼마 안 걸렸어. 다음엔 이거랑 한 쌍으로 치마도 뜨려고."

"야, 진짜 끝내 준다." 난 기어 들어가는 소리로 말한다. "넌 역시 손재주가 좋아."

"에헤헤, 뭐 이런 걸 갖고. 난 뜨개질을 좋아하거든."

캐티는 수줍게 웃은 뒤 다시 재킷을 걸친다. "그건 그렇고 넌 어땠어?" 길을 건너며 캐티가 묻는다. "주말 잘 보냈어? 당연히 그랬겠지. 코너는 여전히 멋있고 로맨틱하지? 분명히 널 근사한 레스토랑이나 뭐 그런 곳에 데려갔을 거야."

"사실 코너가 자기랑 같이 살지 않겠냐고 물었어." 그 말을 하는데 어찌나 기분이 어색한지.

"정말?" 캐티는 부럽다는 표정을 짓는다. "너희 두 사람 정말 잘 어울려. 널 보고 있으면 나도 희망이 생겨. 넌 항상 별 어려움 없이 남자를 만나더라."

은근히 기분이 좋다. 나와 코너가 잘 어울린다고. 다른 사람들이 우리를 보고 부러워한단 말이지.

"뭐, 항상 그런 건 아냐." 난 겸손하게 웃는다. "코너랑 나도 말다툼을 하는걸, 다른 사람들처럼."

"정말?" 캐티가 놀란 표정을 짓는다. "너희 둘이 말다툼하는 모습은 한번도 못 봤는데."

"우리도 사람인데 당연하지!"

난 코너와 마지막으로 싸운 게 언제인지 열심히 기억을 더듬어 본다. 우리도 당연히 말다툼을 한다. 원래 사귀는 사이에선 당연한 일 아닌가? 그게 정상적인 남녀관계인 거다.

생각을 해 봐. 말도 안 돼. 우리도 분명 한번쯤은…….

그래. 그때 언젠가 강가에 갔을 때 커다란 흰 새들을 보고 난 그 게 거위라고 하고 코너는 백조라고 한 적이 있었다. 바로 그거야. 우 린 역시 정상적인 커플이야. 그럴 줄 알았다니까.

팬서 빌딩에 거의 다 왔다. 우린 엷은 잿빛 돌 계단을 올라간다. 계단을 올라갈 때마다 점점 마음이 무거워진다. 글렌 오일과의 미팅 이 어떻게 되었는지 부장이 상세한 보고서를 써 내라고 할 텐데.

뭐라고 하지?

뭐라고 하긴, 사실대로 말하는 수밖에 없지. 진실을 뺀 나머지 사 실들만을 말하는 수밖에…….

"야, 저거 봐." 캐티의 목소리에 난 정신을 차리고 캐티의 시선을 좇는다. 통유리 문을 통해 로비 쪽에 사람들이 웅성거리는 모습이 보인다. 평소와는 다른 분위기. 무슨 일이지?

헉, 혹시 불이 나거나 그런 거 아냐?

캐티와 나는 묵직한 회전문을 밀고 건물 안으로 들어가며 어찌 된 영문인지 몰라 서로 시선만 교환한다. 모두가 웅성거린다. 몇몇 사람들은 이리저리 종종걸음으로 오가고, 누군가는 놋쇠로 만든 계 단 난간을 윤나게 닦고 있고, 또 다른 누군가는 조화가 꽂힌 화분의 먼지를 털고 있다. 시릴 실장이 사람들에게 얼른 엘리베이터나 타라 고 손짓하고 있다.

"다들 자기 사무실로 돌아가요! 괜히 이 앞에서 어슬렁거리지 말고. 얼른 가서 자기 책상 앞에 앉아요." 실장은 상당히 스트레스를 받은 목소리로 말한다. "다들 뭔 구경 났습니까? 얼른 제자리로 돌아가세요."

"도대체 무슨 일이래요?" 난 평소처럼 홍차 잔을 들고 벽에 비스듬히 기대어 서 있는 경비 데이브에게 묻는다. 데이브는 홍차를 한 모금 마시더니 우릴 보고 씩 웃는다.

"잭 하퍼가 온답니다."

"네?" 우리 둘은 입을 딱 벌린다.

"오늘요?"

"진짜예요?"

주식회사 팬서 안에서 그 말은 곧 교황께서 몸소 이곳을 찾아주신다는 말과 동일하다. 혹은 산타클로스가 찾아오신다는 말과도 동일할 수 있겠다. 잭 하퍼는 주식회사 팬서의 공동 창립자다. 팬서 콜라도 잭 하퍼의 작품이라고 한다. 내가 이런 걸 다 알고 있는 건 팬서 콜라 광고 문구를 칠 때마다 그 소리가 수백만 번도 넘게 나왔기 때문이다. "1987년에 젊은 청년 기업가 잭 하퍼와 피트 레이들러는 쇠퇴해 가는 주트 청량음료 회사를 인수해 이미 판매되고 있던 주타 콜라의 외양을 완전히 바꾸어 팬서 콜라로 재창조해냈다. 팬서 콜라의 슬로건인 '멈추지 마'와 함께 두 사람은 마케팅 업계의 역사를 새로 쓰기에 이르렀다."

실장이 잔뜩 긴장한 것도 당연하군.

"아마 한 5분 후면 도착할 거랍니다." 데이브가 시계를 들여다보며 말한다.

"하지만…… 하지만 그분이 왜 오시는 거죠?" 캐티가 묻는다. "난데없이 왜 회사를 방문하시는 걸까요?"

데이브의 눈이 반짝거린다. 표정으로 보아 오늘 아침 내내 사람들에게 이 소식을 신이 나서 전해 준 모양이다.

"듣자하니 영국에 있는 자기 사업체를 다 돌아보는 중인가 봐요."

"요새는 일선에서 뛰지 않으신다고 들었는데." 경리부의 제인이 코트를 입은 채 우리 뒤에 서서 대화를 엿듣다가 끼어든다. "피터 레이들러 씨가 돌아가신 후론 실의에 빠져 자기 목장인지 어딘지에서 은둔 생활을 하신다던데요."

"벌써 3년이나 지난 일이잖아요." 캐티가 지적한다. "이젠 많이 나아지셨을지도 모르죠."

"혹시 회사를 팔아치우시려는 거 아닐까?" 제인이 암울하게 말한다.

"그럴 이유가 없잖아요?"

"그거야 모르는 일이죠."

"제 생각엔." 데이브가 입을 여는 바람에 우린 모두 귀를 쫑긋 기울인다. "그냥 뭐, 조화에 먼지는 안 쌓였나, 그런 걸 검사하러 오시는 게 아닐까요?" 그러면서 고갯짓으로 시릴 실장을 가리키는 바람에 우린 키득거리고 만다.

"조심해요." 실장이 쏘아붙인다. "그러다가 줄기가 꺾이겠네." 실장은 고개를 든다. "거기, 뭣들 하는 거예요?"

"가요!" 캐티는 그렇게 말했고 우린 계단으로 다가간다. 귀찮아서 헬스에 가지 않는 대신 난 항상 엘리베이터가 아니라 계단을 이용한다. 게다가 운 좋게도 마케팅부서는 2층에 있다. 계단 바로 앞에 멈취 섰을 때 제인이 꺅 소리를 낸다. "저기 좀 봐요! 어쩜 좋아! 그분이야!"

번쩍거리는 리무진이 건물 앞에 멈춰 서는 광경이 유리문을 통해 보인다.

저런 차들은 뭘 발라서 항상 저렇게 번쩍번쩍 광이 날까? 일반 자동차들과는 다른 종류의 금속으로 만들기라도 하는지.

어쩜 그렇게 타이밍도 절묘한지 로비 저편에 있는 엘리베이터 문이 열린다. 그 안에서 대표 이사이신 그레이엄 힐링던 씨가 나온다. 먼지 하나 안 묻은 짙은 색 정장을 차려입은 상무부터 대여섯 명쯤 되는 회사 중역들이 힐링던 씨 뒤를 졸졸 따른다.

"그만!" 실장은 로비에서 분주히 일하던 애꿎은 청소부들에게 잔뜩 목소리를 죽여 외친다. "얼른! 다들 들어가 봐요!"

우리 셋은 그 자리에 멈춰 서서 리무진 문이 열리는 모습을 어린아이들처럼 눈을 동그랗게 뜨고 구경한다. 잠시 뒤 그 안에서 감색 코트를 입은 금발 남자가 내린다. 남자는 짙은 색 선글라스를 끼고 몹시 비싸 보이는 서류 가방을 들고 있다.

히야. 진짜 딱 보기만 해도 돈 많은 티가 나는구만.

힐링던 씨 이하 중역들은 건물 바깥으로 나가 계단에 주르륵 줄을 지어 도열한다. 한 명씩 잭 하퍼와 악수를 한 뒤 얼른 건물 안으로 안내한다. 건물 안에선 시릴 실장이 기다리고 있다.

"주식회사 팬서 영국 본사에 오신 걸 환영합니다." 실장이 비굴한 목소리로 말한다. "오시는 길 불편하지는 않으셨는지요?"

"보시다시피 오늘도 평소와 똑같이 근무하고 있습니다만……."

"어, 저기 봐." 캐티가 중얼거린다. "케니가 바깥에 갇혔네."

디자이너 중 한 명인 케니 데이비가 청바지에 목 높은 운동화 차림으로 건물 계단 아래에서 서성거리고 있다. 들어와야 하나 말아야하나 고민하는 모양인지 문에 손을 댔다가, 뒤로 물러섰다가, 결국엔 문을 빼꼼 열고 우물쭈물 안을 들여다본다.

"케니, 들어오게!" 실장이 냉혹한 미소를 지으며 문을 열어 준다. "저희 디자이너 중 한 명인 케니 데이비입니다. 10분 지각이로군, 케니. 하지만 괜찮네!" 실장은 어리둥절해하는 케니를 엘리베이터 쪽으로 밀어 넣으며 고개를 돌려 짜증스런 표정으로 우리보고 얼른 들어가라는 손짓을 한다.

"가자." 캐티가 말한다. "가는 게 낫겠다." 우린 키득거리지 않으려고 애를 쓰며 얼른 계단을 올라간다.

사무실 분위기가 딱 고등학교 때 파티에 가기 직전의 내 침실 분위기와 비슷하다. 사람들은 여기저기에서 머리를 빗는다, 향수를 뿌린다 하면서 정신이 없다. 몇몇은 서류를 정리하고 흥분된 어조로 숙덕거린다. 난 미디어 홍보 전략을 담당하는 닐 그레그의 사무실 앞을 지나친다. 닐이 책상 위에 놓인 마케팅 상패들의 위치를 이리저리 조정하는 게 보인다. 닐의 비서인 피오나는 닐이 유명 인사들과 악수를 하는 사진이 담긴 액자를 열심히 닦고 있다.

코트를 옷걸이에 거는데 마케팅부장인 폴이 날 옆으로 잡아끈다.

"도대체 글렌 오일에서 뭔 짓을 하고 온 거야? 오늘 아침에 더그 해밀턴한테서 해괴한 이메일을 받았어. 해밀턴 씨 머리에 음료수를 부었다면서?"

난 당황한 표정으로 부장을 쳐다본다. 더그 해밀턴이 부장에게 일렀단 말야? 아무 말 하지 않겠다고 약속해 놓고서!

"그런 게 아니에요." 난 얼른 대답한다. "그저 팬서 프라임의 장점을 직접 보여드리려고 하다가…… 실수로 조금 쏟은 것뿐이에요." 부장은 험상궂은 표정으로 눈썹을 꿈틀거린다.

"알겠네. 어차피 엠마에겐 어차피 너무 벅찬 일이었겠지."

"그렇지 않아요." 난 얼른 말한다. "무사히 넘어갈 수도 있었는데…… 그러니까, 제게 다시 한번 기회를 주신다면 잘할 수 있어요. 약속 드릴게요."

"두고 보자고." 부장은 시계를 들여다본다. "얼른 자리로 돌아가. 책상 꼴이 엉망이군."

"네. 그런데 인사 평가는 몇 시에 할까요?"

"엠마, 자네는 못 들었나 본데, 잭 하퍼 회장님이 오늘 이곳에 들르신다고." 부장은 신랄한 목소리로 빈정거린다. "아, 물론, 자네는 회사 창립자의 방문보다 자네 인사 평가가 더 중요하다고 생각할 수도 있겠지만……."

"아뇨, 그런 뜻이 아니라…… 그냥……."

"가서 책상이나 정리하라니까." 부장이 지긋지긋하다는 목소리로 말한다. "회장님 머리에다 팬서 프라임을 쏟으면 그때는 진짜 해고야."

난 졸래졸래 책상으로 걸어간다. 실장이 정신 없다는 표정을 지으면서 사무실로 들어온다.

"주목!" 실장이 손뼉을 친다. "모두들 주목! 회장님이 오늘 비공식적으로 회사에 방문하셨어요. 회장님께서 들어오셔서 몇몇 사람에게 말을 걸고 여러분들이 무슨 일을 하나 지켜보실 겁니다. 모두들 아무 일 없는 듯 행동하세요. 하지만 최대한 성실하게 일하는 모습을 보여드리고…… 거기, 그 서류 뭡니까?" 실장은 갑자기 퍼거스 그레이디의 책상 아래쪽에 깔끔하게 쌓인 교정지를 보며 날카롭게 묻는다.

"이건…… 저…… 새 껌 캠페인에 쓸 광고 시안인데요." 창작력은 뛰어나지만 수줍음을 많이 타는 퍼거스가 우물거린다. "책상 위에 자리가 모자라서요."

"그래도 거기에 두면 안 돼요!" 실장은 서류를 집어 들어 퍼거스의 가슴에 들이민다. "어디 다른 데다 치워요. 자, 회장님께서 질문을 하시면 자연스럽게, 사근사근하게 대답하세요. 회장님께서 들어오시면 모두 일을 하고 있는 모습을 보여 줬으면 해요. 평소에 하는 업무를 하는 모습을 보여 주세요." 실장은 주위를 둘러본다. "몇몇은 전화를 받고, 몇몇은 키보드를 두드리고…… 그쪽 몇몇은 심각하게 브레인스토밍 하는 모습을 보여주고…… 이 부서야말로 우리 회사의 중추라는 걸 잊지 마세요. 주식회사 팬서는 기발한 마케팅 전략으로 승부하는 회사라는 거!"

실장이 말을 멈추자 우린 모두 멍한 표정으로 실장을 바라본다.

"자, 일!" 실장은 다시 한번 박수를 친다. "가만히 서 있지만 말고. 거기!" 실장은 날 가리킨다. "얼른 움직여요!"

헉, 어쩜 좋냐. 내 책상 위엔 서류들이 무질서하게 흩어져 있다. 난 책상 서랍을 열고 닥치는 대로 서류들을 쑤셔 넣는다. 그러고는 연필꽂이에 꽂힌 펜들을 가지런히 정리한다. 옆 책상에 앉은 아르테미스 해리슨은 립스틱을 고쳐 바른다.

"회장님을 만나게 되다니 가슴이 뛰네." 아르테미스는 손거울에 자신의 얼굴을 비추어 본다. "많은 사람들이 회장님이 마케팅 실무에 커다란 변화를 가져왔다고 생각하잖아." 아르테미스의 시선이 내게 닿는다. "그 윗도리, 새로 샀나 봐, 엠마? 어디서 샀어?"

"어, 프렌치 커넥션요." 난 조금 시차를 두고 대답한다.

"주말에 프렌치 커넥션에 갔는데." 아르테미스는 실눈을 뜬다. "그 디자인은 없던데."

"아, 아마 품절되었을 거예요." 난 몸을 돌리고 책상 위쪽 서랍을 정리하는 시늉을 한다.

"그분을 뭐라고 불러야 될까요?" 캐롤린이 묻는다. "그냥 회장님 이라고 부르면 되나?"

"딱 5분만 얘기를 할 수 있게 해줘." 닉이 전화기에 대고 누군가 에게 애걸을 하고 있다. "정말 5분이면 돼. 5분이면 웹사이트에 대한 내 의견을 설명해 드릴 수 있을 거야. 생각을 좀 해 봐. 만일 회장 님이 오케이를 하시면……"

흥분이 전염되는 것 같다. 아드레날린이 마구 뿜어 나온다. 난 빗을 들고 립글로스를 제대로 발랐나 거울에 비춰 본다. 혹시 또 알아? 회장님이 내 가능성을 알아봐 주실지? 운이 좋으면 날 이 자리에서 끌어올려 주실지도 모르잖아!

"자, 여러분." 부장이 사무실로 들어온다. "회장님이 지금 이 층으로 올라오셨어요. 먼저 총무부에 들르셨다가……"

"다들 평소대로 업무를 보라니까요!" 시릴 실장이 외친다. "어서!"

우쒸. 내 평소 업무가 뭐더라?

난 전화기를 들고 음성 사서함 번호를 누른다. 음성 사서함을 확인하는 건 평소 업무에 포함되지, 아암.

난 사무실 안을 둘러본다. 모두들 나와 똑같은 일을 하고 있는 게 아닌가.

다들 전화기를 들고 있으면 어쩌자고. 머리가 그렇게 안 굴러가나? 좋아. 컴퓨터를 켜고 부팅이 되길 기다리자.

모니터 색깔이 바뀌는 걸 보고 있는데 갑자기 아르테미스가 큰 소리로 떠들기 시작한다.

"컨셉트의 핵심은 활력이라고 생각해요." 아르테미스는 계속 문가를 곁눈질하며 말한다. "내 말이 무슨 뜻인지 알겠죠?"

"어, 알겠어." 닉이 말한다. "그러니까 현대 마케팅 시장에서 우리가 관심을 가지고 지켜봐야 할 부분은…… 음…… 퓨전적 성향의 전략과 앞을 내다보는 선견지명이……."

젠장. 오늘따라 컴퓨터가 유난히 느리다. 내가 멍하니 모니터만 들여다보고 있으면 잭 하퍼는 뭐라고 생각할까.

아, 이렇게 하면 되겠다. 가서 커피를 타 오자. 이보다 더 자연스러운 게 어디 있어?

"가서 커피를 가져올게요." 난 들으란 듯 말하며 자리에서 일어선다.

"나도 한잔 부탁해." 아르테미스가 잠깐 고개를 들고 말한다. "어쨌거나 내가 MBA 수업을 들을 땐……."

커피메이커는 사무실 입구 쪽에 놓여 있다. 사약과 다를 바 없는 액체가 컵을 채우기를 기다리다가 고개를 드니 그레이엄 힐링던이 몇몇 사람들과 함께 총무부에서 나오는 게 아닌가. 끄아악! 벌써 이리로 오고 있잖아!

괜찮아. 침착해. 아르테미스의 컵이 차길 기다려. 자연스럽게. 서

둘지 말고…….

아, 저기 있다! 비싸 보이는 정장을 입고 짙은 색이 들어간 안경을 낀 금발 남자. 그런데 이게 웬일? 그 남자가 옆으로 물러서며 길을 비키는 게 아닌가.

뿐만 아니라 아무도 그 남자를 쳐다보지 않는다. 모두의 관심은 그 옆에 있는 남자에게 집중되어 있다. 청바지에 검정색 터틀넥 스웨터를 입은 남자가 이쪽으로 걸어온다.

난 넋을 잃고 그 남자를 쳐다본다. 갑자기 그 남자가 고개를 돌린다. 그 남자의 얼굴을 보는 순간 볼링 공이 내 가슴에 쿵 떨어진 것 같다.

흐어어어어억.

그 남자잖아.

검은 눈. 눈 주위에 잡힌 가느다란 주름살. 꺼끌꺼끌해 보이던 수염을 깎긴 했지만 그 남자가 분명하다.

비행기에서 만났던 그 남자다.

저 사람이 여기서 뭘 하는 거야?

왜 모두들 저 사람을 쳐다보는 거지? 저 남자가 입을 열면 모두들 그 말 한마디 한마디를 놓칠세라 경청하는 중이다.

남자가 이쪽으로 얼굴을 돌린다. 난 본능적으로 몸을 숙여 그 시선을 피한다. 침착해. 저 사람이 여기서 뭘 하는 거래? 설마…….

그럴 리가…….

설마 그럴 리가…….

후들거리는 다리로 난 책상으로 돌아왔다. 커피를 엎지르지 않으려고 조심하면서.

"저기." 난 아르테미스를 부른다. 긴장 탓인지 목소리가 갈라진다. "저기요…… 잭 하퍼가 어떻게 생겼는지 아세요?"

"아니." 아르테미스는 말하며 커피를 받아든다. "고마워."

"검은 머리." 누군가가 말한다.

"검은 머리라고요?" 난 침을 꿀꺽 삼킨다. "금발이 아니라요?"

"이리로 온다!" 누군가가 속닥속닥 외친다. "이쪽으로 온다고!"

난 떨리는 다리로 의자에 주저앉아 커피를 한 모금 마시지만 아무 맛도 느끼지 못한다.

"……마케팅과 프로모션을 담당하는 폴 플레처입니다." 부장 목소리가 들린다.

"만나서 반갑습니다." 미국 억양이 강한 예의 그 건조한 목소리.

그 남자야. 그 남자가 틀림없어.

어쩌지? 일단은 진정해. 날 기억 못 할 수도 있잖아. 아주 짧은 비행이었어. 저 남자가 어디 비행기를 한두 번 탔겠어?

"여러분." 부장이 그 남자를 사무실 중앙으로 안내한다. "모두에게 우리 회사 창립자이시자 우리 세대 마케팅에 새로운 방향을 제시하신 분을 소개하게 되어 영광입니다. 잭 하퍼 회장님이십니다!"

여기저기에서 박수가 터져 나온다. 잭 하퍼는 고개를 설레설레 흔들며 미소 짓는다. "아아, 이럴 것까지는 없어요. 평소에 하던 일을 해 주십시오."

잭 하퍼는 사무실 안을 걷기 시작한다. 가끔씩 멈춰 서서 사람들에게 질문을 던진다. 폴 부장이 길을 안내하며 사람들을 하나씩 소개한다. 금발 남자가 아무 말 없이 그 뒤를 따라다닌다.

"이리로 오신다!" 아르테미스의 속삭임이 나자 우리 쪽에 앉아 있는 사람들이 한순간에 뻣뻣하게 굳는다.

심장이 마구 두근거린다. 난 몸을 잔뜩 움츠리고 컴퓨터 모니터로 얼굴을 가리려 한다. 날 기억 못 할지도 몰라. 날 못 알아볼지도 몰라. 날…….

우쒸. 날 봤다. 잭 하퍼의 눈에 놀란 기색이 스치고 지나가더니 눈썹이 치켜 올라간다.

날 알아본 거다.

제발, 이쪽으로 오지 말아요. 난 속으로 기도한다. 그냥 지나쳐줘요.

"이쪽은 누구죠?" 잭 하퍼가 부장에게 묻는다.

"엠마 코리건이라고, 마케팅 신입 보조직원입니다."

잭 하퍼가 내 쪽으로 다가온다. 아르테미스는 말을 멈춘다. 모두가 보고 있다. 난 창피해서 죽을 것만 같다.

"안녕하십니까." 잭 하퍼가 밝은 목소리로 인사를 건넨다.

"안녕하세요." 난 간신히 말한다. "회장님."

그래, 날 알아봤다 이거지. 그렇다고 내가 한 말들을 기억한다는 뜻은 아니잖아. 옆 좌석에 앉은 사람이 되는 대로 시껄인 말들을 기억할 사람이 어디 있어? 내 말을 귀담아 듣지도 않았을 거야.

"저는, 음, 마케팅부서를 보조하고, 프로모션 초기 단계의 일을 돕는 일을 합니다." 난 우물거린다.

"엠마는 지난주에 글래스고에 출장을 다녀왔습니다." 부장이 옆에서 끼어들며 헤벌쭉 웃는다. "저는 신입 사원들에게도 가능한 한 일찍부터 책임 의식을 심어주는 것이 중요하다고 생각합니다."

"현명한 판단이군요." 잭 하퍼는 고개를 끄덕거린다. 잭 하퍼의 시선이 내 책상 위를 훑다가 스티로폼 컵에 멈추며 반짝 빛을 발한다. 잭 하퍼는 고개를 들고 나와 눈길을 마주친다. "커피는 어때요?" 잭 하퍼가 천연덕스럽게 묻는다. "맛있습니까?"

카세트테이프가 돌아가듯 머릿속에서 내 목소리가 울려 퍼진다.

"……우리 회사 커피 진짜 구정물 같아요. 사약이나 다름없어요……"

"네!" 난 얼른 대답한다. "정말…… 맛있습니다!"

"그 말을 들으니 기쁘군요." 잭 하퍼의 눈이 장난기로 반짝거린다. 얼굴이 점점 달아오른다.

"이쪽은 아르테미스 해리슨이라고, 저희 부서 대리들 중에서도 능력이 가장 출중한 축에 속하는 사원입니다."

"아르테미스." 잭 하퍼는 고개를 끄덕이더니 아르테미스의 책상 쪽으로 몇 걸음 다가간다. "책상 참 크고 좋네요, 아르테미스." 잭 하퍼는 미소를 짓는다. "새 책상인가 봐요?"

"……며칠 전에 새 책상이 배달되었는데 자기가 널름 차지하지 뭐예요?"

다 기억하고 있는 거였어? 하나도 빠짐없이?

어쩜 좋냐. 내가 또 무슨 이상한 소리를 했더라?

아르테미스가 잘난 척 이것저것 대답을 하는 동안 난 쥐 죽은 듯 꼼짝도 않고 가만히 앉아 열심히 일하는 직원다운 표정을 짓고 있지만, 머릿속으로는 내가 했던 말들을 하나씩 떠올려 보려 정신없이 노력한다. 이 사태를 어쩌면 좋냐. 난 자신에 대한 모든 걸 이 남자에게 털어놓고 말았다. 정말 모든 걸. 팬티는 어떤 걸 입는지, 아이스크림은 어떤 맛을 좋아하는지, 첫경험은 어땠는지……

피가 차갑게 식어버리는 느낌이다.

갑자기 이 남자에겐 절대로 해서는 안 되었을 말을 했던 게 떠오른다.

그 누구에게도 해서는 안 되었을 말을.

"……그런 거짓말은 하면 안 된다는 거 알지만, 취직을 하기 위해선 어쩔 수가 없었어요……."

이력서에다가 A학점을 받았다고 거짓말로 써놓은 것까지 얘기해버렸다.

아, 끝장이다. 난 죽었어.

해고당하겠지. 이력서에 학점을 위조한 여자란 딱지가 붙어 그 누구도 다신 날 고용하려 들지 않을 거야. 난 '영국 최악의 직종' 다큐멘터리 영화 따위에 나오게 되겠지. 밝은 표정으로 소똥을 치우며 "이것도 그리 나쁘지만은 않아요." 뭐 이딴 소리를 읊어대겠지.

아직 기절하진 마. 뭔가를 할 수 있을지도 몰라. 사과를 하자. 그래, 그거야. 그때는 잠시 마음이 흔들려서 그랬던 것뿐이고, 지금은 깊이 뉘우치고 있으며 회사에 거짓말을 하려던 의도는 아니었고…….

아니다. 차라리 이렇게 말하자. "어머, 나중에 생각해 보니까 A를 받긴 받았더라고요, 하하. 제가 이렇게 깜빡깜빡한다니까요. 참 바보 같지 뭐예요!" 그러고 나선 GCSE 성적 증명서를 위조하면 된다. 어차피 저 사람은 미국인이잖아. GCSE 성적 증명서가 어떻게 생겼는지 자기가 어떻게 알겠어?

안 돼. 그래도 무슨 수를 써서든 결국엔 알게 될 거야. 어떡해. 어떡하냐. 어쩜 좋지?

아냐, 나 지금 오버하는 거야. 괜히 고민하는 거라고. 잭 하퍼는 잘 나가는 거물급 기업가잖아. 저걸 좀 봐! 리무진에, 달고 다니는 측근들하며, 한 해에 몇 백만 파운드를 벌어들이는 거대한 기업을 가지고 있잖아. 그런 사람이 직원 중 하나가 진짜로 A학점을 받았는지 말았는지 신경이나 쓰겠어? 정신을 차리고 생각 좀 해보라고.

하도 긴장한 나머지 입에서 신경질적인 웃음소리가 새어나온다. 아르테미스는 날 미친년 보듯 바라본다.

"어쨌거나 여러분 모두를 만나 뵙게 되어 기뻤습니다." 잭 하퍼는 조용한 사무실 안을 쭉 둘러본다. "아, 제 개인 비서인 스벤 피터슨도 소개해 드려야겠군요." 그러고는 뒤쪽에 서 있는 금발 남자를 손짓으로 부른다. "이곳에 머칠 머무르는 동안 여러분 중 몇몇과 좀 더 많은 대화를 나누고 싶군요. 여러분들도 다 아시겠지만, 저와 함께 주식회사 팬서를 창립한 피트 레이들러가 영국인이었기 때문에 저는 영국이란 나라에 커다란 애정을 가지고 있습니다."

여기저기에서 피터 레이들러에게 뭐라고 조의를 표한다. 잭 하퍼는 한 손을 번쩍 들고 고개를 끄덕거린 뒤 사무실을 나간다. 그뒤를 따라 스벤 이하 다른 중역들도 줄줄이 쫓아 나간다. 모두가 사무실 밖으로 완전히 나갈 때까지 쥐 죽은 듯한 침묵이 흐르다가 금세 모두 흥분에 들뜬 목소리로 수군거리기 시작한다.

난 안도감에 온몸이 축 늘어진다. 감사합니다, 하느님. 이 시련을 무사히 넘기게 해 주셔서 감사합니다.

정말 나 같은 바보가 세상에 또 있을까. 한순간이라도 잭 하퍼가 내가 한 말을 단 한 마디나 기억할 수 있을 거라 믿었다니. 내 말에 어디 신경이나 썼겠어? 어찌 그런 망상을 품었을꼬. 그건 차치하고

서라도, 나같이 말단 중에서도 말단이 이력서를 위조했는지 말았는지 따위의 시시한 일 때문에 저런 거물이 그 바쁜 시간 쪼개어 조사를 할 거란 허무맹랑한 망상 따위를 했다니! 마우스를 쥐고 새 문서를 클릭하며 난 입가에 미소까지 머금는다.

"엠마." 고개를 들어보니 부장이 내 책상머리에 서 있다.

"네?" 미소가 사그라진다. "부르셨어요?"

"5분 후에 회의실로 오라고 하시는군."

"무슨 일 때문에요?"

"난 모르지."

부장은 뚜벅뚜벅 걸어간다. 난 멍하니 모니터를 응시한다. 토할 것만 같다.

맨 처음에 했던 생각이 맞았어.

난 쫓겨나는 거야.

바보같이 비행기 안에서 머저리처럼 지껄였던 말들 때문에 회사에서 잘리게 생겼잖아.

도대체 왜 좌석 승급 따위를 받은 거야? 왜 그리 멍청하게 입을 놀렸지? 난 바보야. 천치야. 주둥이 싸게 놀린 벌을 받는 거야.

"왜 회장님이 자기를 찾으시는 걸까?" 아르테미스가 뿌루퉁해서 묻는다.

"모르죠."

"혹시 딴 사람들도 만나시려나?"

"그걸 어떻게 알겠어요!" 난 망연자실해서 말한다.

더 이상 질문을 듣기가 싫어서 난 아무 거나 생각나는 대로 키보드를 두드린다. 머릿속이 너무 복잡하다.

회사에서 쫓겨나면 안 되는데. 이번에도 또 직장과 직업을 바꾸고 싶진 않다.

날 해고할 순 없어. 해고하면 안 된단 말이야. 불공평해. 난 그 사람이 누군지도 몰랐단 말이야. 자기가 우리 회사 회장이란 소리만 했어도 이력서 얘기까지는 하지 않았을 거라고. 딴 얘기들도 안……했을 거야.

그렇다고 내가 대학 졸업장을 위조한 것도 아니잖아? 전과가 있는 것도 아니고, 이만하면 괜찮은 직원이란 말이야. 잘하려고 무지하게 노력하고, 근무 시간에 땡땡이도 자주 안 치고, 스포츠웨어 프로모션 때는 야근도 하고 말이지, 크리스마스 때 했던 추첨 이벤트는 내가 다 준비했다고…….

난 점점 더 세게 키보드를 두드리고 얼굴은 점점 더 시뻘겋게 달아오른다.

"엠마." 부장이 의미심장하게 손목시계를 들여다보며 날 부른다.

"네." 난 심호흡을 하고 자리에서 일어난다.

날 해고 못 시키게 하겠어. 그런 일, 절대로 일어나게 내버려두지 않을 거야.

잭 하퍼는 원탁에 앉아 종이에 뭔가를 끼적거리고 있다. 내가 들어서자 심각한 표정을 지으며 날 쳐다본다. 내 심장이 덜컹 내려앉는다.

하지만 가만히 있을 순 없지. 변명이라도 해야지. 이대로 쫓겨날 순 없잖아.

"안녕하세요." 잭 하퍼가 말한다. "문 좀 닫아주겠어요?" 잭 하퍼는 내가 문을 닫을 때까지 기다렸다가 날 본다. "엠마, 우리 할 얘기가 있지요?"

"네, 저도 그렇게 생각합니다만." 난 최대한 침착하게 말을 하려고 애쓴다. "가능하다면 제 입장을 먼저 말씀 드리고 싶은데요."

내가 이렇게 나오리라고는 전혀 예상을 못 했는지 잭 하퍼는 잠시 당황하는 눈치다. 그러더니 눈썹을 쓱 치켜 올린다.

"그래요, 어디 한번 해봐요."

난 방 중앙으로 걸어가 심호흡을 한 뒤 잭 하퍼와 눈을 맞춘다.

"회장님, 저를 왜 부르셨는지에 대해서는 나름대로 짐작을 하고 있습니다. 제가 잘못했다는 거 압니다. 순간적인 판단 착오였고 그 점은 깊이 반성하고 있습니다. 정말 죄송스럽고, 앞으로는 절대 그런 일 하지 않겠다고 약속 드립니다. 하지만 굳이 변명을 하자면……." 감정이 복받치는 바람에 나도 모르게 어조가 올라간다. "변명을 드리자면 그때 비행기에서 전 회장님이 누구신지도 몰랐습니다. 정말 몰라서 한 실수 때문에 처벌을 받는 것은 부당하다고 생각합니다."

잠시 침묵.

"내가 엠바를 처벌하는 거라 생각합니까?" 잭 하퍼가 얼굴을 찡그리며 묻는다.

어떻게 저렇게 무감각하게 말을 할 수가 있지?

"네! 회장님도 짐작은 하시겠지만, 회장님 정체를 알았더라면 제 이력서 얘기 따위는 절대 하지 않았을 거예요! 이건 뭐랄까…… 함정 수사나 다름없다고요. 여기가 법정이었다면 판사가 사건을 기각했을 거예요. 원래 함정 수사는……."

"이력서?" 잭 하퍼의 미간이 활짝 펴진다. "아! 이력서에 쓰인

A?" 잭 하퍼는 날 빤히 본다. "그게 위조였다고 했지?"

이 사람 입에서 그 말을 듣고 나니 말문이 막힌다. 얼굴이 점점 더 빨갛게 달아오른다.

"엠마는 아는지 모르겠지만, 그 정도면 문서 위조죄에 해당합니다." 잭 하퍼는 의자에 느긋하게 등을 기대고 말한다.

"네, 알아요. 잘못했다는 거 알아요. 하지 말았어야 했지만…… 하지만 제 업무 내용과는 아무런 상관이 없으니 수학에서 뭘 받았건 상관이 없는 거라고요."

"정말 그렇게 생각해요?" 잭 하퍼는 고개를 설레설레 내두른다. "글쎄, 난 잘 모르겠는데. C와 A라…… 그 정도면 차이가 상당히 큰데…… 혹시라도 회사에서 산수나 뭐 그런 걸 시키면 어떻게 할 거예요?"

"산수는 할 수 있어요." 난 지푸라기라도 잡는 심정으로 매달린다. "산수 문제 내 보세요. 어서요. 뭐든 물어 보세요."

"오케이." 잭 하퍼는 입술을 삐죽거린다. "9 곱하기 8."

난 잭을 본다. 심장이 두근거린다. 머릿속이 텅 빈다. 9 곱하기 8. 답이 떠오르지 않는다. 어떡해. 아씨. 좋아, 9 곱하기 1은 9고, 9 곱하기 2는…….

아냐. 이렇게 하면 되겠다. 10 곱하기 8이 80이니까, 9 곱하기 8은…….

"72!" 난 버럭 외친다. 잭이 한쪽 입술로만 미소를 짓는 모습을 보며 난 움찔한다. "답은 72입니다." 이번에는 좀 더 점잖게 대답한다.

"좋아요." 잭은 정중하게 손짓으로 의자를 가리킨다. "자, 할 말은 다 한 겁니까, 아니면 아직도 할 말이 남은 겁니까?"

난 뭐가 어떻게 되어 가는 건지 몰라 손바닥으로 얼굴을 비빈다.

"절…… 해고하지 않으실 건가요?"

"네." 잭 하퍼가 조용조용 대답한다. "엠마를 해고할 마음은 없어요. 자, 이제 얘기를 시작해도 될까요?"

자리에 앉는데 끔찍한 의문이 머릿속을 파고든다.

"저기……." 난 헛기침을 한다. "제 이력서 때문에 절 보자고 하신 건가요?"

"아니." 잭 하퍼가 온화하게 대답한다. "그것 때문에 보자고 한 거 아니에요."

창피해서 죽을 것 같다.

지금 이 자리에서 콱 죽어 버리고 싶다.

"아, 네." 난 머리카락을 쓸어 넘기며 침착함을 되찾으려 한다. 최대한 유능하고 사무적으로 보이려고 애쓴다. "아, 네. 저, 그럼, 왜…… 저를…… 무엇 때문에……."

"조그만 부탁을 하려고 불렀어요."

"네에!" 난 얼른 매달리다시피 한다. "뭐든 시켜만 주세요! 그런데…… 뭘 시키시려고요?"

"여러 가지 이유가 있기는 한데." 잭 하퍼는 느긋하게 말을 잇는다. "지난주에 내가 스코틀랜드에 갔다는 걸 아무에게도 알리고 싶지 않아요." 잭은 나와 시선을 맞춘다. "그러니까, 비행기에서 우리가 마주쳤다는 얘기는 우리끼리만 아는 걸로 해뒀으면 좋겠다 이 말입니다."

"네! 물론이에요! 당연히 그래야죠. 그렇게 할 수 있어요."

"아무한테도 말 안 했습니까?"

"아무한테도 말 안 했어요. 심지어 제…… 어쨌거나, 아무한테도 말 안 했어요."

"다행이군요. 고마워요. 잊지 않을게요." 잭은 미소를 지으며 자리에서 일어선다. "다시 만나게 되어서 반가웠어요, 엠마. 분명히 또 만나게 될 거예요."

"이게 전부예요?" 난 어리둥절한 목소리로 묻는다.

"이게 전부입니다. 뭐, 다른 얘기 하고 싶은 게 더 남았다면 모르겠지만."

"아니에요!" 난 허둥지둥 일어서다가 원탁 다리에 복숭아뼈를 부딪힌다.

그럼 뭘 바랐는데? 잭 하퍼가 나더러 새로운 글로벌 프로젝트 하나를 떠맡을 생각이 없냐고 묻기라도 할까봐서?

잭 하퍼는 문을 열고 정중하게 내가 나가기를 기다린다. 난 반쯤 나가다 말고 멈춰 선다. "잠깐만요."

"왜 그러죠?"

"회장님이 절 왜 부르셨냐고 사람들이 물으면 뭐라고 대답하죠?" 난 어색하게 묻는다. "모두들 저한테 질문 공세를 퍼부을 텐데요."

"아, 비즈니스 로지스틱에 관해 토론을 했다고 해두는 건 어때요?" 잭은 눈썹을 꿈틀거려 보이고는 문을 닫는다.

날아가 버린 승진의 꿈

아빠에게 진 빚도 못 갚은 채, 케리 언니와 네브 형부의 비웃음을 사며, 인생 낙오자가 된 기분을 맛보며 또 1년을 이렇게 굴러다니란 말이지. 난 컴퓨터를 켜고 맥없이 키보드를 두드리지만 의욕이고 뭐고 눈곱만큼도 남아 있질 않다.

회사 분위기는 하루 종일 붕 떠 있었지만 난 멍하니 앉아만 있었다. 도대체 오늘 이런 일이 일어났다는 걸 믿을 수 없었다. 저녁에 퇴근하는데 심장이 여전히 두근거린다. 이게 현실이라고 믿어지지가 않는다. 너무나도 불공평하게 느껴진다.

그 사람은 낯선 사람이었는데. 낯선 사람으로 남았어야만 했던 거다. 낯선 사람이란 한번 우연히 만나고 다시는 마주칠 일이 없는 사람이란 거다. 낯선 사람이 왜 사무실에 나타나는데. 왜 나한테 9 곱하기 8이 뭐냐고 묻는 건데. 낯선 사람이 왜 갑자기 내가 다니는 회사 회장이 되어 나타나는 거냐고.

정말이지 이번 일로 톡톡히 교훈을 얻었달까. 부모님은 항상 낯선 사람과는 말도 하지 말라고 말씀하셨다. 그 말이 맞다. 다시는 낯선 사람에게 무슨 소리 하나 봐라. 어디 한번 두고 보라고.

저녁에는 코너의 아파트에 놀러갈 예정이었다. 코너의 집에 도착하자 드디어 긴장감이 사라지고 어깨 결리던 것도 사라지는 느낌이 든다. 사무실에서 천리만리 떨어진 것 같다. 그 지겨운 잭 하퍼 얘기도 더 이상 들을 필요 없다. 코너는 벌써 저녁을 준비하는 중이다. 정말 완벽한 남자 아냐? 부엌에선 먹음직스러운 마늘과 허브 향이 감돈다. 식탁 위에선 포도주 한 잔이 날 기다리고 있다.

"안녕!" 난 코너한테 키스를 한다.

"안녕, 자기!" 코너가 레인지 앞에서 요리를 하다가 고개를 든다.

컥, 실수. 자기라고 하는 거 까먹었다. 음, 도대체 어떻게 해야 기억할 수 있을까.

아, 그거다. 손바닥에 적어 놓자.

"저걸 좀 봐. 인터넷에서 다운 받았어." 코너는 환한 미소를 지으며 식탁 위에 놓인 서류철을 가리킨다. 서류철을 열어 보니 그 안에는 소파와 화분이 놓인 방의 저화질 흑백 사진이 들어 있다.

"아파트 사진이구나!" 어머, 웬일이니. "이야, 이런 걸 벌써 다 찾아봤어? 난 아직 룸메이트들한테 언제쯤 이사 나갈 거라고 얘기도 안 했는데."

"뭐, 슬슬 찾아봐야 하잖아." 코너가 말한다. "거기에 발코니 달린 아파트 사진도 있어. 근사한 벽난로가 딸린 아파트도 있고!"

"이야!"

난 앞에 놓인 의자에 앉아 흐릿한 사진들을 들여다보며 그 안에서 내가 코너와 함께 사는 모습을 그려 본다. 소파에 앉아 있는 모습. 우리 둘만. 그것도 매일 밤.

밤마다 코너와 무슨 얘기를 할까.

글쎄, 아마…… 평소에 하던 얘기를 하겠지, 뭐.

만약에 심심해지면 모노폴리 게임을 할지도 모르겠다.

그 다음 장 사진을 넘겼다가 숨이 넘어갈 뻔한다.

원목 마루에 목제 셔터까지 달렸잖아! 난 옛날부터 그런 집에서 살고 싶었다. 야, 부엌도 으리으리하네. 조리대 위는 모두 화강암으로 깔았잖아…….

야, 정말 이 집 멋지다. 빨리 이사 가고 싶어!

기쁜 마음으로 포도주를 홀짝 마시고 느긋하게 의자에 등을 기대는데 갑자기 코너가 입을 연다. "잭 하퍼가 와서 다들 흥분했지?"

꾸에에엑. 또 망할 잭 하퍼 얘기야? 제발 그 얘기는 안 하고 지나가면 안 되나?

"회장 직접 만나 봤어?" 코너가 땅콩 접시를 들고 오며 묻는다. "듣자하니 회장이 마케팅부서에 들렀다던데."

"어, 응. 만나 봤어."

"오후에는 리서치 부서에 들렀다는데 난 회의에 참석중이었지 뭐야." 코너는 눈을 반짝거리며 날 본다. "직접 만나 보니 어때?"

"회장님은…… 모르셌어. 검은 머리에…… 미국인이고…… 회의는 어떻게 되었는데?"

어떻게든 주제를 바꿔 보려는 나의 노력은 완전히 묵살되고 만다.

"어쨌거나 흥분되지 않아?" 코너는 눈을 반짝반짝 빛낸다. "잭 하퍼가 오다니!"

"그렇긴 하지." 난 어깻짓을 한다. "어쨌거나……."

"엠마! 자기는 흥분되지 않아?" 코너는 희한하다는 듯 날 쳐다본다. "우리 지금 우리 회사 창업주 얘기를 하고 있는 거라고! 팬서 콜라의 컨셉트를 개발한 사람 얘기를 하고 있는 거야. 아무도 모르던 콜라를 재브랜딩해서 전 세계에 팔아먹은 사람 얘길 하는 거라고! 별 볼일 없이 쇠락해 가던 회사를 인수해서 세계적인 기업으로 키운 사람이야. 그런 전설적인 인물을 직접 만나게 되다니, 흥분되지 않아?"

"뭐, 나도…… 흥분돼." 별수없이 동의를 해준다.

"이런 건 정말 평생에 한번 올까 말까 하는 기회야. 천재에게 직접 배울 수 있는 기회라고! 자기 그거 알아? 잭 하퍼는 책을 쓴 적도, 피트 레이들러 외에는 그 어떤 사람과도 자기 생각을 공유한 적도 없다고……." 코너는 냉장고로 걸어가 팬서 콜라 캔 하나를 꺼내 딴다. 코너는 정말 세상에서 애사심이 제일 투철한 사람일 거다. 한번은 둘이서 피크닉을 가는데 내가 펩시 콜라를 사 간 적이 있었다. 코너는 그때 그걸 보고 입에 거품을 물었다.

"뭐가 제일 멋진지 알아?" 코너는 콜라를 꿀꺽꿀꺽 마신다. "그 잭 하퍼와 일대일 대면을 할 기회가 생긴다는 거야." 코너는 눈을 반짝거리며 날 본다. "잭 하퍼와의 일대일 면담! 그것보다 경력에 도움이 되는 게 세상에 또 어디 있겠어?"

잭 하퍼와의 일대일 면담이라.

그래, 내 경력에는 참으로 많은 도움이 되었지.

"그렇긴 하겠네." 난 마지못해 대답한다.

"당연하지. 그걸 말이라고 해? 그 사람이 하는 말을 들을 기회가 생긴다니. 도대체 어떤 말을 할지 궁금하다고. 생각해봐. 그 사람, 근 3년 동안 은둔하다시피 했다고. 3년 동안 또 얼마나 많은 아이디어를 냈겠어? 분명히 마케팅계에서 떠도는 수많은 이론에 대해 날

카로운 통찰력을 보여줄 거라고. 마케팅뿐만이 아니라 기업 경영에서도…… 우리가 나아갈 방향에 대해서도…… 인생 그 자체에 대해서도 말이지."

코너의 흥분된 목소리가 마치 상처에 소금을 문지르는 것 같다. 자, 내가 뭘 얼마나 끝내 주게 잘못했는지 한번 짚어 봅시다. 난 비행기에서 위대하신 잭 하퍼와 나란히 앉을 기회를 얻었습니다. 기업 경영과 마케팅뿐 아니라 삶의 모든 미스테리에 대한 지식의 근원이자 창조적인 천재인 그 잭 하퍼 옆에 앉아 있었습니다.

그런데 제가 뭘 했을까요? 예리한 통찰력이 번득이는 질문을 했을까요? 지적인 대화를 나눴을까요? 위대한 천재에게서 뭔가를 배웠을까요?

아니요. 저는 제가 어떤 속옷을 좋아하는지 따위의 헛소리만 늘어놓고 말았던 것입니다.

아아, 정말 경력에 대단히 도움이 될 만한 짓을 했군요, 엠마. 정말 왕입니다요.

그 다음날 아침, 코너는 회의가 있다며 일찌감치 집을 나선다. 하지만 출근하기 전에 어디선가 오래된 잭 하퍼의 인터뷰 기사를 갖다 준다.

"이거 읽어둬." 코너가 한입 가득 토스트를 씹으며 말한다. "이 정도면 사전 지식으로 충분할 거야."

사전 지식 따위가 왜 필요한 건데! 그렇게 쏘아붙여주고 싶은 마음은 굴뚝같지만 코너는 이미 집을 나선 후다.

정말 마음 같아선 기사를 그 자리에 그대로 팽개쳐두고 거들떠보고 싶지도 않지만 불행히 코너의 집에서 회사까지는 상당히 멀다. 게다가 오늘은 잡지도 가져오질 않았다. 난 별수없이 그 기사를 챙겨 나와 전철 안에서 투덜거리며 펼쳐 든다. 결과적으로 말하자면 꽤 재미난 읽을거리였다. 친구였던 하퍼와 피트 레이들러가 어떻게 사업을 시작하게 되었나, 잭 하퍼는 창조적인 쪽이고 피트는 외향적인 플레이보이였다는 것까지. 형제라고 해도 좋을 정도로 우정이 깊었던 두 사람은 함께 백만장자가 되었지만 그 후 얼마 되지 않아 피트 레이들러가 불의의 교통사고로 목숨을 잃는다. 너무나도 실의에 빠진 잭 하퍼는 모든 걸 포기하겠다며 일선에서 물러나 은둔 생활에 들어간다.

이 기사를 읽고 있자니 난 점점 더 바보가 된 기분이 든다. 왜 잭 하퍼를 몰라봤을까. 사진을 보니 피트 레이들러의 얼굴은 확실히 알겠는데. 내가 레이들러의 얼굴을 알아보는 이유는 일단 두 가지로 정리된다. 첫째, 피트 레이들러는 로버트 레드퍼드와 상당히 닮았다. 게다가 피트 레이들러가 죽었을 때 얼굴 사진이 신문 지상을 온통 도배하기도 했고. 당시의 난 주식회사 팬서와 아무런 연관도 없었는데도 그때 일을 생상하게 기억하고 있다. 벤츠를 타고 가다가 어딘가에 충돌했지, 아마. 모두들 다이애나 왕세자빈 사건의 재현이라고 수군거렸다.

기사에 푹 빠져 하마터면 내려야 할 역을 지나칠 뻔해서 허둥지둥 사람들을 밀치고 출입문으로 달려가는 바보짓을 하고 만다. 보통 전철에서 누가 저런 짓을 하면 모두들 '도대체 정신을 어디다 빼놓고 다니기에 자기가 내릴 역에 다 왔다는 것도 모르냐?' 라 말하는 것 같은 표정을 짓는다. 전철문이 닫히는 순간 난 읽고 있던 기사를 좌석에 놓고 내렸다는 것을 깨닫는다.

아쉽네. 슬슬 재미를 붙이고 있었는데 말이지.

햇살이 눈부신 아침이다. 난 보통 출근하기 전에 들르는 주스 바에 들어간다. 매일 아침 이곳에 들러 망고 스무디를 사 가는 게 버릇이 되어 버렸다. 건강에도 좋잖아.

게다가 카운터에서 일하는 에이단이란 이름의 뉴질랜드 남자애는 또 어찌나 귀여운지. (솔직히 고백하자면 코너와 사귀기 전에는 에이단을 조금 짝사랑하기도 했다.) 스무디 바에서 일하지 않을 때는 스포츠 과학 강의를 듣는다고 했다. 나보고 항상 필수 미네랄이니 이상적인 탄수화물 섭취 비율이니 하는 얘기를 해 준다.

"안녕하세요." 내가 들어가자 에이단이 인사를 한다. "킥복싱은 잘돼 가요?"

"아!" 난 살짝 얼굴을 붉힌다. "네, 잘돼 가요."

"내가 그때 가르쳐 준 자세는 시도해 봤어요?"

"네! 정말 도움이 되던걸요."

"그럴 줄 알았다니까요." 에이단은 흡족한 미소를 지으며 망고 스무니를 만들러 간다.

그래, 솔직히 말하자. 난 킥복싱을 하지 않는다. 동네 강습소에서 딱 한번 시도해 본 게 전부다. 그때 난 상당한 충격을 받았다. 그렇게 폭력적일 수가. 하지만 에이단이 매번 킥복싱 얘기에 열을 올리며, 그걸 배우고 나면 내 인생이 확 바뀔 거라기에 난 차마 딱 한번 해보고 때려 치웠다는 말을 할 수가 없었다. 그렇게 말하고 나면 날 의지력도 없는 인간이라 생각할 거 아냐? 그래서 어쩔 수 없이…… 조금 살을 보탠 것뿐이다. 뭐, 중요한 건 아니잖아? 어차피 진실을 알게 될 리가 없는데. 내가 에이단을 가게 밖에서 따로 만나는 것도 아니고.

"망고 스무디 하나 나왔습니다." 에이단이 말한다.

"초콜릿 브라우니도 하나 주세요. 저기…… 직장 동료 주려고요." 에이단은 브라우니를 집어 들어 망고와 함께 종이 봉지에 넣는다.

"그 직장 동료 분 말이에요, 몸에 좋지도 않은 정제 설탕을 너무 많이 드시는 거 아닌가 몰라요." 에이단은 걱정스러운 듯 얼굴을 찡그린다. "이번이 벌써 몇 번째야. 이번 주에만도 벌써 네 번째 아니에요?"

"그러게 말이에요. 그렇게 말해 둘게요. 고마워요, 에이단."

"안녕히 가세요!" 에이단이 말한다. "아, 그리고, 하나-둘-회전 잊지 마세요!"

"하나-둘-회전." 난 밝은 목소리로 대답한다. "안 잊을게요."

사무실에 도착해보니 폴 부장이 자기 사무실에서 나와 날 보며 손가락을 탁 튕긴다. "인사 평가 하지."

갑자기 뱃속이 잔뜩 오그라드는 느낌이다. 먹고 있던 초콜릿 브라우니가 목에 턱 걸린다. 헉, 올 게 왔구나. 어떻게 하지? 난 아직 준비가 안 되었는데.

무슨 소리야. 힘내. 자신감을 내뿜어 봐. 넌 성공을 목표로 하는 여자잖아.

갑자기 케리 언니의 '난 성공한 여자야' 워킹이 떠오른다. 아무리 못된 언니라지만, 그래도 자기 여행사를 가지고 있고 돈을 갈퀴로 긁어모으긴 하잖아? 그러니까 언니한텐 분명 성공의 노하우 같은 게 있을 거야. 한번쯤 따라 해보는 것도 나쁘진 않겠지? 난 조심스럽게 가슴을 쭉 내밀고 고개를 쳐든 뒤 빈틈이라곤 찾아볼 수 없는 표정을 짓고 걷기 시작한다.

"생리통이라도 있는 건가?" 부장 사무실 앞까지 걸어가자 부장이 성희롱에 가까운 발언을 한다.

"아뇨!" 황당하기 그지없다.

"그래? 걸음걸이가 이상하기에 물은 거였네. 자, 앉게." 부장은 사무실 문을 닫고 자기 책상 앞에 앉아 직원 인사 평가록이라 쓰인 서류를 꺼낸다. "어제는 시간 못 내서 미안. 회장님께서 오시는 바람에 정신이 좀 없었지."

"괜찮습니다."

미소를 지으려고 하지만 입 안이 바짝바짝 타들어 간다. 사람이 이렇게까지 긴장할 수도 있는 건가. 이건 학교 다닐 때 진학지도 받던 것보다 더 심하다.

"그래…… 엠마 코리건이라." 부장은 서류를 들여다보며 여러 항목을 체크하기 시작한다. "뭐, 그럭저럭 잘 하고 있어. 지각이 잦은 것도 아니고…… 업무 내용을 잘 파악하고 있고…… 제법 능률적이고…… 다른 직원들과도 사이가 좋고…… 건너뛰고…… 이것도 별로 안 중요하고…… 특별히 애로 사항 같은 건 없나?"

"에…… 없는데요."

"인종 차별을 당한다고 생각하나?"

"에…… 아뇨."

"다행이군." 부장은 또 다른 항목에 체크를 한다. "자, 그럼 이걸로 끝마치도록 하지. 잘했네. 나가서 닉한테 들어오라고 전해주겠나?"

뭐야? 까먹은 건가?

“저기, 제 승진은 어떻게 되나요?” 난 지나치게 긴장하는 티를 내지 않으려고 애쓰며 묻는다.

“승진?” 부장은 멍한 표정으로 날 본다. “승진이라니, 무슨?”

“마케팅 주임으로요.”

“도대체 무슨 귀신 씨나락 까먹는 소리지?”

“그게요, 구인 광고에 그렇게 나와 있었어요…….” 난 어제부터 청바지 주머니에서 굴러다니느라 잔뜩 구겨진 광고지를 꺼낸다. “‘1년 후 승진할 가능성 있음.’ 여기에 그렇게 쓰여 있잖아요.” 난 광고지를 부장 책상 위에 올려놓는다. 부장은 미간에 주름을 잡으며 광고지를 내려다본다. “엠마, 그건 아주 특별한 경우에만 가능한 거야. 엠마는 아직 승진할 준비가 안 되었다고 보는데. 먼저 자기 능력을 발휘해야지.”

“하지만 저도 할 수 있는 한 최대로 노력하고 있는걸요! 제게 기회만 주신다면…….”

“기회는 글렌 오일 건으로 줬잖아.” 부장이 눈썹을 쓱 치키고 날 꼬나보자 난 쥐구멍에라도 들어가고 싶은 심정이 된다. “엠마, 한마디로 정리하겠어. 아직은 더 높은 자리로 올라갈 준비가 안 되어 있어. 앞으로 1년 동안 다시 한번 두고 보겠어.”

1년이라고?

“알겠지? 이만 가 보게.”

머릿속이 빙글빙글 돈다. 침착하게, 기품 있게 받아들여. ‘부장님 결정을 따르도록 하겠어요.’ 뭐 그런 소리를 하고 악수를 한 다음에 나가라고. 그렇게 해야 해.

문제는 도저히 의자에서 엉덩이를 뗄 수가 없다는 거다.

몇 초가 흐르고 부장은 의아하다는 표정으로 날 본다. "평가 끝났다니까, 엠마."

움직일 수가 없다. 이 방에서 나가면 승진은 물 건너가는 거다.

"엠마?"

"제발 승진시켜 주세요." 난 애절하게 애원한다. "제발, 승진을 해야 가족들한테 위신을 세울 수가 있어요. 전 꼭 승진해야 해요. 정말 열심히 일할게요. 약속 드려요. 주말에도 회사에 나올게요. 매일 매일…… 정장도 입고 나올게요……."

"뭐라고?" 부장은 내가 금붕어로 변신이라도 했다는 듯한 표정으로 날 본다.

"월급은 안 올려 주셔도 돼요! 예전에 하던 일들도 그대로 다 할게요. 명함도 제 돈으로 박을게요! 부장님께는 아무런 차이가 없잖아요. 그냥 직함만이라도 좋으니 주임을 달게 해주세요!"

난 거칠게 숨을 몰아쉰다.

"승진의 의미는 그런 게 아니야, 엠마." 부장이 신랄하게 말한다. "미안하지만 대답은 '안 돼' 일세. 그런 식으로 생각하고 있다니, 더더욱 안 될 말이야."

"하지만……."

"엠마, 내 조언 한마디 하지. 남들보다 앞서 나가고 싶으면 스스로 기회를 만들라고. 자기 힘으로 실적을 내봐. 이제 그만 내 사무실에서 나가서 닉을 불러 주겠나?"

부장 사무실을 나서면서 보니 부장이 기가 막힌다는 표정으로 내 인사 평가 서류에 뭔가를 끼적거린다.

망했다. 보나마나 '과대망상증에 걸린 정신 이상자. 전문가의 도움이 필요한 것으로 사료됨' 이라고 쓰고 있겠지.

어깨를 축 늘어뜨리고 내 책상으로 돌아가는데 아르테미스가 묘한 표정으로 날 본다. "저기, 엠마. 케리라고, 사촌언니라는 사람한테서 방금 전화 왔었어."

"그래요?" 케리 언니가 회사에 전화한 적은 여태 한번도 없었는데 무슨 일일까? 회사는 고사하고 집으로 전화하는 일도 없던 언니다. "메시지를 남기던가요?"

"어, 남겼어. 승진 건은 어떻게 되었는지 궁금해서 걸었다던데?"

헉. 이젠 당당하게 선언하겠어. 난 케리 언니가 싫어.

"아, 네." 난 매일같이 듣는 지겨운 얘기를 또 들었다는 식으로 행동하려 한다. "감사합니다."

"자기 승진해? 난 그것도 몰랐네!" 아르테미스가 제법 큰 소리로 말을 하는 바람에 몇몇 사람들이 호기심을 품고서 이쪽을 돌아본다. "그래서, 자기 이제 주임 되는 거야?"

"아뇨." 창피해서 얼굴이 확 달아오른다.

"그래?" 아르테미스는 이해가 안 간다는 표정을 짓는다. "그럼 자기 사촌언니는 왜……."

"그만 해, 아르테미스." 캐롤린이 끼어든다. 난 캐롤린에게 고맙다는 표정을 지어 보이고는 의자에 앉아 온몸을 축 늘어뜨린다.

또 1년을 더 두고 보겠다고. 허드렛일만 하며 또 1년을 보내란 말이지. 모두에게 아무 도움도 안 되는 바보 취급을 1년 더 받으란 말이지? 아빠에게 진 빚도 못 갚은 채, 케리 언니와 네브 형부의 비웃음을 사며, 인생 낙오자가 된 기분을 맛보며 또 1년을 이렇게 굴러다니란 말이지. 난 컴퓨터를 켜고 맥없이 키보드를 두드리지만 의욕이고 뭐고 눈곱만큼도 남아 있질 않다. 기운이 하나도 없다.

"저 커피 마실 건데 커피 드시고 싶은 분 계세요?" 내가 묻는다.

"커피 지금 안 돼." 아르테미스가 희한하다는 표정을 지으며 날 바라본다. "엠마는 못 봤어?"

"뭘요?"

"사람들이 와서 커피 기계 가져갔어." 닉이 말한다. "아까 엠마가 부장님 사무실에 있을 때."

"가져가요?" 난 어리둥절한 표정을 짓는다. "왜요?"

"모르지, 나야." 닉이 부장 사무실로 걸어가며 말한다. "그냥 사람들이 와서 싣고 가던데."

"새 기계를 들여놓는대!" 캐롤린이 한 팔 가득 교정지를 안고 가며 말한다. "아래층에서 사람들이 그런 얘기를 하던데? 진짜 제대로 된 커피가 나오는 괜찮은 기계를 들여놓을 거라나 봐. 회장님 지시라더라고."

캐롤린이 지나가고 난 후에노 난 넝하니 그 뒷모습을 응시한다.

잭 하퍼가 커피 기계를 교체하란 지시를 내렸다고?

"엠마!" 아르테미스가 짜증스런 목소리로 부른다. "내가 부르는 거 못 들었어? 2년 전 테스코 프로모션 때 제작했던 팸플릿 좀 찾아 달라니까. 엄마, 미안." 아르테미스는 전화기에 대고 말한다. "그냥 내 비서한테 뭘 좀 시키느라고."

네 비서? 미친년. 저년이 저렇게 말할 때마다 울화통이 치민다.

하지만 사실 지금은 너무 얼떨떨해서 화도 나지 않는다.

절대로 나 때문에 그렇게 된 게 아냐, 난 단호하게 속으로 뇌까리며 파일 보관함 제일 아래쪽을 뒤진다. 나 때문에 커피 기계가 교체된다고 생각하는 것 자체가 과대망상이야. 어차피 처음부터 커피 기계를 교체해 주려고 생각하고 있었겠지. 아마도…….

난 파일을 한 아름 들고 일어서다가 하마터면 몽땅 바닥으로 떨어뜨릴 뻔한다.

잭 하퍼.

잭 하퍼가 바로 내 눈앞에 서 있는 게 아닌가.

"또 보네요." 미소를 짓자 잭의 눈가에 주름이 간다. "잘 지냈어요?"

"어…… 네." 난 마른침을 꼴깍 삼킨다. "조금 전에 커피 기계 얘기 들었어요. 저…… 감사합니다."

"뭐 그런 걸 가지고."

"여러분!" 부장이 잭 하퍼의 뒤에 나타난다. "오늘 아침엔 회장님께서 우리 부서를 견학하실 겁니다."

"괜히 딱딱한 호칭 쓰지 말고 잭이라고 불러요." 잭 하퍼가 빙긋 미소를 짓는다.

"아, 예. 잭이 오늘 우리 부서를 견학하실 거예요. 부서원 개개인이 어떤 업무를 담당하는지, 우리 부서가 어떻게 운영되는지 하는 걸 보실 겁니다. 모두들 특별히 뭘 할 건 없고, 그냥 평소처럼만 일하시면 됩니다." 부장의 시선이 날 보며 우는 애 달래듯 미소를 짓는다. "엠마, 별 문제 없지? 일은 잘 되고?"

"어, 네, 부장님." 난 그렇게 우물거린다. "아무 문제 없습니다."

"잘됐군. 팀원들 전부가 해피한 게 좋지. 아, 기왕 얘기를 시작했으니까 말인데." 부장은 멋쩍은지 헛기침을 한다. "우리 회사 사원 가족의 날이 일주일 후 토요일이라는 거 잊지 말아요. 모두들 일터에서 벗어나 동료들의 가족을 만나서 즐거운 시간을 보냅시다!"

우리는 모두 멍한 표정으로 부장을 바라본다. 평소에는 사원 가족의 날을 지랄 염병하는 날이라 부르며 자기 가족들을 데려오느니 차라리 자기 거시기를 자르고 말지 어쩌고 하던 사람이 저게 뭔 소리라냐.

"어쨌거나, 모두들 하던 일 계속 해요! 잭, 의자를 가져다드리겠습니다."

"아, 나한테는 신경 쓰지 말아요." 잭 하퍼는 밝게 말하며 구석에 자리를 잡고 앉는다. "평소처럼 일들 보세요."

평소처럼 일을 보긴, 얼어죽을. 그게 될 법이나 한 소리야?

평소 같으면 이렇게 했겠지. 일단 신발을 벗고 이메일을 체크한 다음, 손에 크림을 바르고, 초콜릿을 먹으며 인터넷에서 나와 코너의 오늘 운세를 읽고, 필기장에 화려한 장식체로 '엠마 코리건 상무'란 글씨를 몇 번 써 본 뒤 ㄱ 글자 주위를 빙 둘러 꽃그림을 그린 다음 코너에게 이메일을 보내고, 몇 분 기다렸다가 코너가 답장을 썼나 체크하고, 물을 몇 모금 마시다가 마침내 미적거리며 일어나 아르테미스에게 테스코 팸플릿을 갖다준다.

절대 이렇게 할 수는 없지.

난 책상에 앉으며 열심히 머리를 굴린다. 기회를 스스로 만들라고. 자기 힘으로 실적을 거둬 보라고. 부장이 그렇게 말했지.

이것도 따지고 보면 하나의 기회 아니겠어?

잭 하퍼가 저기에 앉아 내가 일하는 걸 보고 있잖아? 그 위대하신 잭 하퍼께서. 이 회사의 최고 우두머리이신 분께서. 어떻게든 잭 하퍼한테 좋은 인상을 남겨 줄 수 있지 않을까?

물론 첫 단추는 대단히 잘못 꿰었지만 이번에 어떻게 점수를 만회할 방법이 없을까? 내가 정말 똑똑하고 의욕에 넘친다는 걸 보여 주면 혹시라도…….

난 앉아서 프로모션 관련 서류 파일철을 뒤적거린다. 난 내가 마치 차밍 스쿨에서 자세 교정을 받은 듯 평소보다 더 꼿꼿하게 고개를 치켜들고 있다는 걸 깨닫는다. 주위를 둘러보니 사무실 안에 있는 모든 사람들이 다들 차밍 스쿨에 나온 모습을 하고 있다는 걸 깨닫는다. 잭 하퍼가 오기 전까지만 해도 전화통이나 붙잡고 자기 엄마와 수다를 떨던 아르테미스도 뿔테 안경을 끼고 열심히 키보드를 두드리고 있다. 가끔씩은 손길을 멈추고 자기가 쓴 글을 들여다보며 '난 역시 천재야' 하는 미소를 짓는 것도 잊지 않는다. 좀 전까지 텔레그래프 지의 스포츠 섹션을 읽고 있던 닉 역시 미간을 찌푸리고 무슨 그래프가 들어간 서류를 보고 있다.

"엠마?" 아르테미스가 역겹게도 다정한 목소리로 날 부른다. "아까 부탁한 팸플릿 찾았어? 뭐, 아주 급한 건 아니지만…….”

"네, 찾았어요." 난 그렇게 말하며 자리에서 일어서서 아르테미스의 책상으로 다가간다. 최대한 자연스럽게 행동하려고 노력하지만 왠지 TV에 나간 것처럼 어색하기만 하다. 다리는 뻣뻣하고, 내 미소 역시 부자연스럽기 그지없으며, 갑자기 "팬티!"라고 뜬금없는 헛소리를 내뱉을 것 같아 불안하다.

"여기 있어요, 아르테미스." 난 조심스럽게 아르테미스의 책상 위에 팸플릿을 내려놓는다.

"어머, 고마워라!" 아르테미스가 말한다. 서로 시선이 얽히는 순간 난 아르테미스 역시 연기를 하고 있음을 깨닫는다. 아르테미스는 내 손등에 자기 손을 포개고 아방한 미소를 짓는다. "자기가 없으면 난 정말 아무것도 못 했을 거야."

"에이, 뭘요." 나 역시 못지않게 다정한 목소리로 말해 준다. "뭐든 부탁만 하세요!"

우쒸. 책상으로 돌아오면서 생각해 보니 뭔가 좀 더 똑똑한 소리를 할 걸 잘못했다 싶다. 예를 들어 '역시 같이 일하려면 팀워크가 제일 중요한 거 아니겠어요?' 같은 대사를 날려 주는 건데.

뭐, 신경 쓰지 마. 앞으로도 잭 하퍼를 감동시킬 기회는 많으니까.

난 최대한 자연스럽게 행동하려 노력하며 문서 파일 하나를 열어 최대한 빠르게, 최대한 정확하게 키보드를 두드리기 시작한다. 그 와중에도 등을 꼿꼿하게 세운 채. 사무실이 이렇게 조용한 적이 있었던가 싶다. 모두들 미친 듯이 키보드를 두드린다. 아무도 잡담을 하지 않는다. 무슨 시험을 보는 것 같다. 발이 간질거리는데 난 감히 긁을 생각도 못 하고 있다.

꼼짝도 않고 곤충 따위를 관찰하는 다큐멘터리 프로그램 같은 걸 제작하는 사람들은 도대체 무슨 수로 하는가 몰라. 심신이 지칠 지경이다. 아직 5분밖에 안 흘렀는데.

"여긴 굉장히 조용하군요." 잭 하퍼가 신기하다는 듯 말한다. "평소에도 이렇게 조용한가요?"

"에……." 우리 모두는 뭐라 대답을 못 하고 서로서로 눈치만 본다.

"정말 난 신경 쓰지 마세요. 평소처럼 얘기도 하고 그러시라고요.

사무실에서 토론도 하고 그럴 거 아니에요." 잭 하퍼는 친근한 미소를 짓는다. "예전에 일선에서 일할 때는 뭐든지 얘기를 하곤 했어요. 정치나 책이나…… 예를 들어 최근에 여러분들이 읽고 있는 책은 어떤 게 있죠?"

"전 요새 새로 나온 마오쩌뚱의 전기를 읽고 있어요." 아르테미스가 냉큼 대답한다. "아주 흥미롭더라고요."

"저는 14세기 유럽 역사에 관한 책을 읽고 있습니다." 닉이 말한다.

"저는 예전에 읽었던 프로스트 시집을 다시 읽고 있어요." 캐롤린은 겸손하게 어깻짓을 한다. "프랑스어 원서로요."

"그렇군요." 잭 하퍼는 읽기 힘든 표정으로 고개를 끄덕인다. "그럼…… 이름이 엠마라고 했던가요? 엠마는 뭘 읽고 있나요?"

"전 요새……." 난 침을 삼키며 시간을 번다.

〈스타들의 낙서-그들의 진의는?〉이란 책을 읽는다고 말할 순 없잖아. 꽤 재미있는 책이긴 해도. 얼른 생각을 해 봐. 뭐 그럴싸한 책 없을까?

"자기는 〈위대한 유산〉을 읽고 있지 않았어? 독서 클럽 때문에."

"네!" 난 안도하며 말한다. "맞아요. 요새……."

그 순간 잭 하퍼와 시선이 얽히며 난 더 이상 말을 잇지 못한다.

망했다.

아무것도 모르고 순진하게 비행기 안에서 나불거리는 내 목소리가 머릿속에 울려 퍼진다.

"…… 〈위대한 유산〉을 끝까지 읽을 수가 없어서 뒤표지에 쓰인 줄거리만 보고 다 읽은 척을 했어요……."

"〈위대한 유산〉이라." 잭 하퍼가 생각에 잠긴 어조로 말한다. "그

책을 본 소감은 어때요, 엠마?"

저 인간이 저런 질문을 할 줄이야.

너무나도 당황한 나머지 말문이 막힌다.

"아, 네!" 난 마침내 헛기침을 하며 입을 연다. "뭐랄까…… 아주…… 상당히……."

"굉장한 작품이죠." 아르테미스가 옆에서 열을 올리며 끼어든다. "그 책에서 사용된 상징들을 이해하기만 하면요."

입 닥쳐, 이 잘난 척만 하는 재수 없는 년아. 아, 미친다. 뭐라고 말해야 하지?

"전 아주…… 공명을 느꼈어요." 난 마침내 말한다.

"뭐가 공명하는데?" 닉이 묻는다.

"그게…… 음……." 난 또 헛기침을 한다. "파장요."

모두들 어리둥절한 표정을 짓는다.

"파장이…… 공명한다고?" 아르테미스가 되묻는다.

"네." 난 자못 당당하게 말한다. "정말 그렇던데요. 아, 전 이만 하던 일을 계속 해야겠어요."난 돌아앉아 눈을 떼구르르 굴린 다음에 열심히 키보드를 두드린다.

음, 책에 대한 토론은 별로 성과가 없었어. 그냥 운이 나빴을 뿐이야. 긍정적으로 생각해. 난 할 수 있다고. 잭 하퍼한테 좋은 인상을 심어줄 수…….

"도대체 왜 이러는지 알 수가 없네!" 아르테미스가 나이에 안 어울리게 어린 목소리로 칭얼거린다. "매일같이 물을 주는데."

아르테미스는 접란 화분을 쿡쿡 찌르며 잭 하퍼에게 애교 넘치는 표정을 짓는다. "혹시 화초에 대해 뭘 좀 아세요, 잭?"

"미안하지만 전혀." 잭은 그렇게 말하며 무표정한 얼굴로 내 쪽을 넌지시 본다. "저 화초는 어디가 잘못된 걸까요, 엠마?"

"……열이 많이 받았을 때엔 복수 겸 해서 아르테미스가 키우는 접란에……."

"전혀…… 모르겠는데요." 난 간신히 대답하고 다시 키보드를 두드린다. 얼굴이 화끈 달아오른다.

상관없어. 신경 꺼. 그래, 내가 저 화분에 오렌지 주스를 부었다. 그래서 뭐?

"누가 내 월드컵 머그 못 봤나?" 부장이 얼굴을 찡그리며 우리 사무실로 들어온다. "도무지 찾을 수가 없네."

"……지난 주에 상사 머그잔을 깨서 그 조각을 내 핸드백에 숨겨서……."

우쒸.

아냐, 신경 쓰지 마. 머그잔 하나 깬 게 뭐 그리 대수라고. 상관없어. 계속 타이핑이나 하라고.

"아, 잭." 닉이 갑자기 '같은 남자끼리 친하게 지내 봅시다' 하는 투로 친한 척 말을 건다. "우리가 재미도 하나 없이 산다고 생각하실까 봐 하는 말인데, 저길 보세요!" 닉은 크리스마스 무렵부터 공지 게시판에 붙어 있는 T자 팬티 엉덩이를 찍은 사진을 복사한 종이를 가리킨다. "아직까지도 저 엉덩이의 임자가 누군지 찾질 못했는데……."

"……작년 크리스마스 파티 때 술을 좀 과하게 마셔서……."

아, 이젠 정말 죽고 싶다. 누가 제발 날 좀 죽여 줘.

"안녕, 엠마!" 캐티의 목소리에 고개를 들어 보니 캐티가 상기된 얼굴로 사무실로 들어오다가 잭 하퍼를 보고는 그 자리에서 얼어붙는다. "어머!"

"신경 쓰지 말아요. 벽에 파리가 붙었거니 여겨요." 하퍼는 캐티에게 손을 흔들어 보인다. "머뭇거리지 말아요. 하려던 말 해요."

"안녕, 캐티." 난 간신히 말한다. "무슨 일이야?"

내가 캐티의 이름을 말하는 순간 잭 하퍼가 뭔가 떠오른 듯한 표정을 지으며 다시 고개를 든다.

저 표정이 왠지 마음에 걸리는구만.

내가 캐티에 대한 얘기를 했던가? 무슨 얘기를 했지? 난 열심히 기억을 더듬어 본다. 내가 뭐라고 했더라? 내가 뭐라고…….

헉. 갑자기 심장이 철렁 내려앉는다. 어쩜 좋냐.

"……우리 둘이서 비밀 암호를 만들었는데 예를 들어 캐티가 다가와서 '서류에 나온 숫자 확인하는 거 좀 도와줄 수 있어, 엠마?' 라고 물으면 그건 '잠깐 스타벅스 갔다 오지 않을래?' 하는 뜻인 거죠……."

땡땡이 칠 때 쓰는 비밀 암호를 말해 줬구나.

난 캐티의 진지한 얼굴을 쳐다보며 어떻게든 그 소리를 하지 말란 신호를 보내려고 노력한다.

말하지 마. 서류에 나온 숫자 확인하는 거 도와달라는 소리는 제발 하지 마.

물론 캐티는 전혀 감도 못 잡고 있다.

"난…… 그냥……." 캐티는 제법 사무적으로 헛기침을 한 뒤 찜찜한 듯 잭 하퍼 쪽을 흘끔 본다. "미안한데, 서류에 나온 숫자 확인하는 거 좀 도와줄 수 있어, 엠마?"

망했다.

얼굴이 시뻘겋게 달아오른다. 온몸이 따끔거린다.

"있잖아." 난 최대한 밝으면서도 무척이나 부자연스러운 목소리로 말한다. "미안한데, 오늘은 불가능할 것 같네."

캐티는 놀란 표정으로 날 본다.

"하지만…… 정말로 오늘 꼭 숫자를 확인해야 할 것 같거든." 캐티가 열심히 고개를 끄덕인다.

"지금 업무가 밀려서 도저히 안 될 것 같아, 캐티." 난 미소를 지으며 어떻게든 '그만 해!' 란 메시지를 보내려고 노력한다.

"오래 걸리진 않아! 금방 끝나."

"정말 힘들 것 같다니까."

캐티는 발을 동동 구르다시피 한다.

"하지만 엠마, 아주…… 중요한 숫자라고. 정말로…… 당장 확인받지 않으면 안 돼……."

"엠마." 잭 하퍼의 목소리에 난 화들짝 놀라 펄쩍 뛸 뻔한다. 잭 하퍼는 내 쪽으로 슬쩍 몸을 기울이고 말한다. "가서 확인해 주고 오는 게 좋을 것 같네요."

난 한동안 말도 못 하고 멍하니 잭 하퍼의 얼굴만 쳐다볼 뿐이다. 귓가에서 맥박 치는 소리가 북소리처럼 크게 들린다.

"네." 한참이 지난 후 난 간신히 말한다. "알겠습니다. 그렇게 하죠."

악몽 같은 하루

5시 30분 땡 하는 순간 난 치고 있던 문장을 채 끝내지도 않고 컴퓨터를 끈 다음 코트를 입는다. 회장이 다시 나타날지도 모르는데 1분 1초도 낭비할 순 없다. 난 계단을 거의 뛰다시피 내려간다. 회사 건물을 나서고 나서야 비로소 긴장이 풀린다.

한편으론 두려워서 온몸이 마비되는 것 같고, 또 한편으론 히스테리 발작을 일으키며 미친 듯이 웃어젖힐 것 같은 상태로 난 캐티와 함께 길을 걷는다. 모두들 사무실에 앉아서 잭 하퍼에게 최대한 좋은 인상을 심어 주려고 노력중인데 난 뻔뻔스럽게도 그 면전에서 카푸치노나 마시려고 밖으로 나왔다니.

"방해해서 미안해." 스타벅스 안으로 들어서며 캐티가 밝은 목소리로 말한다. "안 그래도 회장님이 그 자리에 계시는데. 거기에 회장님이 버티고 계실 줄 내가 어떻게 알았겠어? 하지만 나도 최대한 표시 안 나게 하려고 노력했잖아." 캐티는 걱정 말라는 투로 말한다. "우리가 무슨 얘기를 했는지 아마 회장님은 절대 모르실 거야."

"그래, 그럴 거야." 난 간신히 쥐어짜 대꾸한다. "백만 년이 지나도 모르겠지."

"괜찮니, 엠마?" 캐티가 의아하다는 표정으로 날 본다.

"괜찮아." 난 전혀 멀쩡하지 않은 높은 목소리로 대답한다. "멀쩡해! 그런데…… 도대체 왜 갑자기 긴급 정상 회담을 소집한 거야?"

"얘기를 안 할 수가 없어서. 카푸치노 두 잔 주세요." 캐티는 날 보며 환한 미소를 짓는다. "아마 못 믿을걸?"

"뭔데?"

"데이트하기로 했어. 새 남자를 만났어!"

"에, 설마!" 난 캐티를 바라본다. "진짜야? 굉장히 빠르네, 이번엔."

"응, 어제 만났어. 글쎄, 네 말이 맞더라니까! 점심 시간에 일부러 먼 데까지 걸어서 나갔는데 진짜 괜찮은 레스토랑을 하나 찾지 않았겠어? 줄을 서서 기다리는데 내 뒤에 서 있던 괜찮은 남자가 우연히 말을 걸잖아. 그러다가 결국 동석해서 식사를 하며 얘기를 하고…… 회사로 돌아오려는데 혹시 시간 나면 언제 자기랑 함께 술 한잔 하지 않겠냐고 묻잖아." 캐티는 여전히 환한 얼굴로 카푸치노를 받아 든다. "그래서 오늘 저녁에 데이트하기로 했어."

"야, 그거 멋지다!" 내 일처럼 기쁘다. "자세히 좀 얘기해 봐. 어떤 남자야?"

"끝내 줘. 이름이 필립이래. 귀엽게 반짝거리는 눈 하며. 진짜 스타일 좋고, 예의바르고, 유머 감각도 끝내 주고……."

"듣기만 해도 괜찮은 남자란 필이 팍 온다!"

"그렇지? 이번엔 느낌이 아주 좋아." 캐티의 얼굴은 쉴 새 없이 빛을 발한다. "정말 느낌이 좋아. 다른 남자들과는 다른 것 같아. 이렇게 말하면 굉장히 우습게 들리겠지만, 엠마……." 캐티가 잠시 망설인다. "난 말이지, 왠지 네가 이 남자를 내게 데려다 준 것 같아."

"내가?" 난 입을 딱 벌린다.

"너 때문에 내가 용기를 내서 그 사람이랑 말을 한 거잖아."

"하지만 내가 한 말이라곤……."

"내가 누군가를 만날 것 같은 느낌이 든다고 했잖아. 정말 네 말대로 그렇게 되었지 뭐야!" 캐티의 눈가에 물기가 고인다. "미안." 캐티는 속삭이며 냅킨으로 눈가를 찍는다. "감정이 너무 격해졌나 봐."

"캐티."

"이번에는 정말 내 삶이 바뀔 것 같아. 모든 게 다 나아질 것 같아. 이게 다 네 덕분이야, 엠마!"

"그러지 마." 난 어색하게 말한다. "정말 아무것도 아닌데."

"아무것도 아니긴!" 캐티가 열을 낸다. "그래서 나도 그 보답으로 너에게 뭔가를 해 주고 싶었어." 캐티는 핸드백을 뒤져 커다란 오렌지 색 크로셰를 꺼낸다. "너 주려고 어젯밤에 만들었어." 그러고는 굉장히 기대에 찬 표정으로 날 본다. "두건이야."

잠시 난 움직일 수도 없다. 크로셰 두건이라고라.

"어우, 야." 난 간신히 말하며 손가락으로 두건을 만지작거린다. "뭐 이런 걸, 다…… 왜 그랬어."

"그러고 싶어서! 너한테 내 마음을 표시하고 싶어서." 캐티는 무척이나 진지하다. "게다가 저번 크리스마스 때 내가 만들어 준 크로셰 벨트 잃어버렸다며."

"아!" 갑자기 양심이 찔린다. "어, 그래. 정말…… 어찌나 안타깝던지." 난 침을 꿀꺽 삼킨다. "정말 마음에 드는 벨트였는데. 그거 잃어버리고 진짜 가슴 아프더라.”

“어때, 뭐.” 캐티의 눈에 또 눈물이 고인다. “벨트도 다시 새로 만들어 줄게.”

“아냐!” 난 얼른 말한다. “아냐, 캐티. 그러지 마.”

“그러고 싶다니까!” 캐티는 몸을 숙여 날 꼭 끌어안는다. “친구란 게 원래 이런 거잖아!”

우린 그 후로 카푸치노를 한 잔씩 더 마시고 20분이 지난 후에야 다시 회사로 돌아온다. 팬서 빌딩 앞에서 시계를 들여다보니 우리가 35분이나 땡땡이를 쳤다는 걸 알게 되어 가슴이 무거워진다.

“커피 기계 새로 들여놓는다니 정말 좋지 않니?” 종종걸음으로 계단을 올라가며 캐티가 말한다.

“어…… 그래. 좋지.”

다시 잭 하퍼와 얼굴을 마주할 생각을 하니 가슴 위에 바위를 떡 얹어 놓은 것 같다. 이렇게 긴장하는 건 정말 중고등학교 때 클라리넷 1급 시험을 볼 때 이후로 처음이다. 얼마나 긴장했냐 하면 이름이 뭐냐고 묻는 시험관의 질문에 울음을 터뜨렸을 정도였으니까.

“나중에 봐.” 2층에 도착하자 캐티가 말한다. “그리고 고마워, 엠마.”

“그런 말 마. 나중에 보자.”

복도를 걸어 마케팅부서로 걸어가는데 다리가 평소처럼 움직이길 거부한다. 문이 가까워질수록 다리는 천근만근 무거워지고 느려지고…… 또 느려지고…….

경리부 비서가 날 추월한다. 하이힐을 신고 또각또각 활기차게 걸어가며 묘하다는 표정으로 날 돌아본다.

아윽, 차마 들어갈 수가 없다.

아냐, 할 수 있어. 괜찮을 거야. 조용히 자리에 앉아 하던 일이나 계속 하면 되는 거야. 잭 하퍼는 내가 언제 돌아왔는지도 모를 거야.

힘내. 1초라도 빨리 돌아가는 게 좋아. 난 심호흡을 하고 눈을 감고서 마케팅부서로 몇 걸음 다가가 사무실 문을 연다.

아르테미스의 책상 쪽에서 사람들이 왁자지껄 떠들고 있고 잭 하퍼의 모습은 어디에도 보이질 않는다.

"모르겠어. 어쩌면 우리 회사에 대한 회장의 개념 자체가 바뀌지 않을까." 누군가가 말한다.

"듣자하니 회장이 모종의 비밀 프로젝트를 준비하고 있다는데……."

"마케팅 기능을 완전히 한곳에 집중시키는 건 무리 아닌가?" 아르테미스가 다른 사람들 목소리를 누르고 자기 말을 하려고 기를 쓴다.

"회장님은 어디 갔어요?" 난 아무렇지도 않게 묻는다.

"갔어." 닉의 말에 난 무한한 안도감을 느낀다. 갔대! 잭 하퍼가 갔대!

"다시 돌아온대요?"

"몰라, 엠마. 내가 부탁한 편지 끝냈어? 벌써 3일 전에 줬잖아……."

"지금 할게요." 난 닉을 보며 환한 미소를 짓는다. 헬륨이 가득 든 풍선처럼 날아갈 것 같은 기분을 느끼며 자리에 앉는다. 신나게 신발을 벗고 에비앙 물병을 집어 들다가 딱 멈춘다.

키보드 위에 곱게 접힌 종이가 놓여 있다. 종이 위에는 생전 처음 보는 필체로 '엠마' 라고 쓰여 있다.

난 어리둥절한 표정으로 사무실 안을 둘러본다. 내가 그 편지를 발견하길 기다리며 이쪽을 보는 사람은 아무도 없다. 그 정도가 아니라, 내 책상 위에 편지가 놓여 있다는 걸 눈치 챈 사람도 없는 것 같다. 다들 잭 하퍼 얘기로 정신이 없다.

난 천천히 종이를 펼치고 그 안에 쓰인 글을 읽는다.

생산적인 미팅이 되었길 바라겠어요. 난 숫자 얘기만 나오면 항상 머리가 띵하더군요.

— 잭 하퍼

이 정도이길 다행이지. 더 심했을 수도 있잖아. 예를 들어 '당장 책상 비우게' 라든가.

어쨌거나 그 편지 때문에 난 하루 종일 신경이 곤두선 상태가 된다. 누군가가 사무실 안으로 들어올 때마다 난 허걱 놀라곤 한다. 사무실 밖에서 누군가가 큰 목소리로 '회장이 그러는데 다시 마케팅 부서에 들를지도 모른대' 라고 말하는 소리가 들려서 난 회장이 퇴근할 때까지 화장실에 숨어 있을까 진지하게 고민하기도 한다.

5시 30분 땡 하는 순간 난 치고 있던 문장을 채 끝내지도 않고 컴퓨터를 끈 다음 코트를 입는다. 회장이 다시 나타날지도 모르는데 1분 1초도 낭비할 순 없다. 난 계단을 거의 뛰다시피 내려간다. 회사 건물을 나서고 나서야 비로소 긴장이 풀린다.

이게 웬 기적인지 전철이 오랜만에 빠르게 다녀서 집까지 도착하는 데는 20분도 채 걸리지 않는다. 아파트 문을 여는데 리시의 방 쪽에서 이상한 소리가 들린다. 뭔가 쿵쿵거리는 소리. 아마 리시가 가구를 재배치라도 하는 모양이지.

"리시." 난 부엌으로 들어가며 리시를 부른다. "오늘 무슨 일이 있었게? 넌 아마 못 믿을걸." 냉장고를 열고 에비앙 병을 꺼내 뜨겁게 달아오른 이마에 댄다. 잠시 그러고 서 있다가 뚜껑을 따서 몇 모금 마신 뒤 다시 복도로 나가는데 리시의 방문이 열린다.

"리시! 도대체 너……."

리시의 방문에서 리시가 아니라 웬 남자가 나오는 바람에 난 그 자리에 우뚝 멈춰 선다.

남자다! 큰 키에 마른 체구의 남자는 트렌디한 검정 바지 차림에 은테 안경을 끼고 있다.

"어랏." 난 놀라서 뒤로 물러선다. "저기…… 안녕하세요."

"엠마!" 리시가 그 남자 뒤를 쫓아 나온다. 전에는 한번도 본 적 없는 회색 레깅스 위에 티셔츠를 걸친 차림으로 물을 마시며 놀란 듯 눈을 동그랗게 뜬다. "웬일로 일찍 왔어?"

"그러게. 좀 서둘렀거든."

"이쪽은 장폴." 리시가 말한다. "장폴, 이쪽은 아파트 룸메이트 엠마예요."

"안녕하세요, 장폴." 난 친근한 미소를 지으며 인사한다.

"만나서 반가워요, 엠마." 장폴이 프랑스 억양으로 말한다.

어머어머. 프랑스 억양은 너무 섹시해. 콕 집어서 어딘지는 모르지만 어쨌건 섹시하다니까.

"장폴이랑 난…… 어…… 소송 건으로 논의를 하고 있었어." 리시가 말한다.

"어, 그래." 난 밝은 목소리로 말한다.

소송 건 좋아하시네. 뭔 소송 건 논의를 하는데 그렇게 쿵쿵거리는 소리가 나냐?

이게 웬일이야. 리시가 남자를 집에 들일 줄이야!

"난 이만 가 봐야겠네." 장폴이 리시를 보며 말한다.

"바래다 줄게." 리시는 조금 당황한다.

두 사람이 밖으로 나가더니 문 앞에서 뭐라고 중얼거리는 소리가 들린다.

난 에비앙을 꿀꺽꿀꺽 마시고 응접실로 건너가 소파 위에 철푸덕 주저앉는다. 하루 종일 꼿꼿하게 앉아 있었더니 긴장감 때문에 온몸이 부서질 것 같다. 자꾸 이러면 건강에 나쁘지. 일주일 내내 잭 하퍼와 얼굴 마주치며 과연 살아남을 수 있을까.

"어이!" 응접실로 들어오는 리시를 보고 난 외친다. "어떻게 된 거야?"

"뭐가?" 모르는 척 시치미 뚝 떼는 것 좀 보라지.

"너랑 장폴 말이야. 두 사람 만난 지 얼마나……."

"그런 관계 아냐." 리시의 얼굴이 시뻘겋게 달아오른다. "그런 거…… 진짜 소송 문제로 얘기를 하고 있었다니까. 그게 전부야."

"그러셔, 퍽이나."

"진짜야! 아무 일 없었대도."

"그으래애." 난 눈썹을 치킨다. "네가 그렇다면 그런 거지."

리시는 가끔가다 저렇게 새침을 떨며 수줍음을 탈 때가 있다. 뭐, 나중에 자꾸 캐물어서 성가시게 만들면 그때는 귀찮아서라도 인정하겠지.

"넌 오늘 하루 어땠냐?" 리시가 바닥에 주저앉아 잡지를 집어 들며 묻는다.

하루 종일 어땠냐고?

어디서부터 말을 꺼내야 할지도 모르겠다.

"내 하루." 난 마침내 입을 연다. "내 하루는 한 마디로 좀 악몽 같았지."

"진짜?" 리시가 놀란 표정으로 날 쳐다본다.

"아니다. 방금 그 말 취소. 완전한 악몽이었어."

"뭔 일이 있었는데? 말해 봐."

"어디 보자." 난 심호흡을 하며 머리카락을 쓸어 올린다. 도대체 어디서부터 시작하는 게 좋을까. "지난주에 스코틀랜드 출장 갔다 오면서 비행기가 장난이 아니었다고 말했지?"

"응!" 리시의 얼굴이 환하게 피어오른다. "그런데 코너가 널 만나러 공항까지 갔다며. 진짜 로맨틱했지……."

"어, 그래." 난 헛기침을 한다. "그런데 착륙하기 전이 문제였어. 비행기가 운항 중에 갑자기 미친 듯이 흔들렸거든. 내 옆에 앉은 남자가 있었는데……." 난 아랫입술을 깨문다. "문제는 말이지, 난 진짜 비행기가 떨어질 줄 알았어. 그래서 그 사람이 내가 살아생전 마지막으로 볼 사람이라고 생각을 했고, 그래서…… 난……."

"어쩐다니." 리시는 손으로 입을 딱 막는다. "설마 그 남자랑 비행기 안에서 해 버린 거야?"

"더 끔찍해! 내 비밀을 몽땅 다 털어놓아 버렸어."

난 리시가 숨을 헉 들이켜거나 '그 일을 어째!' 비슷한 말을 하기를 기다리지만 리시는 맹한 눈으로 날 보기만 할 뿐이다.

"비밀이라니, 무슨?"

"내 비밀들 말이야."

리시는 '네가 의족을 달고 있었는데 내가 여태 그걸 몰랐구나' 하는 표정을 짓는다.

"너한테 비밀이 있어?"

"당연하지!" 내가 외쳤다. "누구한테나 비밀 한두 가지쯤은 있는 거 아냐?"

"난 없어!" 리시는 억울하다는 표정으로 대뜸 말한다. "난 비밀 없어."

"없긴 뭘 없어."

"예를 들어 봐."

"예를 들어…… 음…… 아." 난 손가락을 꼽기 시작한다. "예전에 차고 열쇠 잃어버린 게 너라는 거 너희 아버지께 말씀 안 드렸잖아."

"그게 진짜 언제 적 얘긴데!" 리시는 말도 안 된다는 투로 말한다.

"사이먼이 너한테 프러포즈 해주길 내심 바라고 있었다는 거 사이먼한테 말 안 했지……."

"그런 적 없어!" 리시의 얼굴이 붉게 물든다. "음, 그래. 어쩌면 그랬을지도 모르지……."

"옆집 사는 불쌍한 남자가 널 짝사랑한다고 생각하지……."

"그게 무슨 비밀이야!" 리시는 기가 막힌다는 양 눈을 떼구르 굴린다.

"어, 그러서? 그럼 내가 그 남자한테 말해 주리?" 난 몸을 뒤로 젖히고 창문을 연다. "여보세요, 마이크." 난 옆집 남자를 부른다.

“내 말 좀 들어 볼래요? 리시는 그쪽이…….”

“그만!” 리시가 허둥지둥 내 입을 막는다.

“그거 보래도! 너도 비밀 있잖아. 모두들 비밀이 있는 거야. 심지어 교황한테도 비밀이 있을 거라고.”

“알겠어. 네가 하고 싶은 말 무슨 뜻인지 알겠다고. 하지만 그게 왜 문제가 된다는 건지 난 모르겠어. 비행기에서 만난 처음 보는 남자한테 네 비밀을 털어놓았는데…….”

“그런데 그 남자가 회사에 나타났다는 거지.”

“뭐시라?” 리시는 날 본다. “농담이지? 그 남자가 누군데?”

“그 남자가 바로…….” 잭 하퍼란 말을 하려다가 약속을 했던 게 떠오른다. “그 사람이 바로…… 오늘 우리 부서에 견학을 왔더란 거지.” 난 모호하게 얼버무린다.

“윗사람이야?”

“음…… 어. 아주 높은 사람이라고 할 수 있지.”

“난리 났네.” 리시는 얼굴을 찡그리고 잠시 생각에 잠긴다. “그래도 별 문제 없잖아? 너에 대해 몇 가지 안다고 큰일 나겠어?”

“리시, 몇 가지 정도가 아니었이.” 나도 모르게 얼굴을 살짝 붉힌다. “전부 다 말했어. 이력서에 성적을 위조했다는 말까지 했다니까.”

“이력서에 성적을 위조했어?” 리시가 놀란 목소리로 되묻는다. “진짜야?”

“아르테미스의 접란에 오렌지 주스를 붓는다는 얘기도 하고, T자 팬티는 답답하단 얘기도 했고…….”

말꼬리를 흐리며 리시의 얼굴을 보니 입을 딱 벌리고 있다.

“엠마.” 리시가 마침내 입을 연다. “너 혹시 그런 말 안 들어 봤니,

'너무 많이 알면 몸에 해로울 수가 있다' ?"

"그런 것까지 말하려던 의도는 아니었다니까!" 난 변명조로 외친다. "어쩌다 보니 튀어나온 거였어! 보드카를 세 잔 마셔서 약간 알딸딸했던 데다가 우리가 죽을 거라고 생각했다니까. 네가 그 상황에 처해 있었더라도 아마 똑같이 했을걸? 모두들 비명을 지르고, 기도를 하고, 비행기는 위아래로 요동치고……."

"그래서 네 모든 비밀을 상사한테 털어놓았다는 거네."

"그러니까, 비행기 안에서는 그 남자가 내 윗사람인지도 몰랐다니까!" 답답하기 그지없다. "전혀 모르는 사람이었어. 다시는 만날 일이 없을 줄 알았다니까!"

리시가 내 말을 곱씹어 보는 동안 잠시 침묵이 흐른다.

"듣고 보니 내 사촌도 그 비슷한 경우를 당했다더라만." 마침내 리시가 말한다. "파티에 갔는데 갑자기 두 달 전에 자기 아이를 받아 준 의사가 눈앞에 서 있더라는 거 아냐."

"윽." 난 얼굴을 찡그린다.

"바로 그거지! 걔 말이 자긴 너무 창피해서 어쩔 수 없이 파티장에서 도망 나올 수밖에 없었대. 생각을 해봐, 그 의사는 걔의 모든 걸 다 본 거잖아! 병원에 있을 때는 의사가 어딜 보건 말건 상관이 없었는데, 눈앞에서 그 의사가 포도주 잔을 들고 집 값이 어땠느니 하는 얘기를 하고 있는 걸 보니까 느낌이 완전 다르더란 거지."

"내 경우랑 똑같네." 난 맥 빠진 소리로 말한다. "내 가장 은밀하고 개인적인 부분까지 다 알고 있는 거잖아, 그 남자. 하지만 차이가 있다면 난 벗어날 수가 없다는 거지. 그 사람 앞에서 가만히 앉아서 성실한 직원인 척을 해야 한다는 거야. 내가 그렇지 않다는 건 그 사람이 너무나도 잘 알고 있는데도.”

“그래서 어떻게 할 건데?”

“모르겠어. 일단은 최대한 그 사람을 피해 봐야지.”

“얼마나 있을 거라는데?”

“이번 주 내내.” 난 자포자기한 심정으로 말한다. “이번 주 내내 있을 거래.”

난 리모컨을 들어 TV를 켠다. 우린 잠시 갭 청바지를 입은 모델들이 떼거리로 몰려나와 춤을 추는 광고만 묵묵히 지켜본다.

광고가 끝나자 난 다시 고개를 든다. 리시가 날 호기심 가득한 표정으로 쳐다보고 있다.

“왜? 뭔데?”

“엠마…….” 리시는 어색하게 헛기침을 한다. “너 설마 나한테도 비밀로 하는 게 있니?”

“너한테?” 난 약간 당황해서 묻는다.

수많은 광경들이 머릿속을 스치고 지나간다. 리시와 내가 레즈비언틱하게 나왔던 꿈. 동네 슈퍼마켓에서 잡히는 대로 사 온 당근을 유기농 채소라고 거짓말했던 일. 우리가 열다섯 살 때 리시가 프랑스로 여행을 갔는데 그 틈에 리시가 짝사랑해 마지않던 마이크 애플턴이랑 잠시 눈이 맞았지만 리시에겐 절대 말하지 않았던 일까지.

“아니! 그럴 리가 없지!” 난 얼른 그렇게 말하고 물을 마신다. “왜? 그러는 너야말로 나한테 숨기는 일 있는 거 아냐?”

리시의 뺨에 살짝 홍조가 피어오른다.

“당연한 걸 꼭 물어야 아냐? 없지!” 리시가 어색한 목소리로 말한다. “그냥…… 궁금해서.” 리시는 TV 가이드를 집어 들고 페이지를

넘기며 내 시선을 피한다. "그냥, 갑자기 궁금해져서 물은 것뿐이
야."

"아, 그래." 난 어깻짓을 한다. "나도 그냥 궁금해서."

허. 리시한테 비밀이 있나 보네. 도대체 뭘까 궁금…….

아, 그랬지. 아까 그 남자랑 소송 건 문제로 의논하고 있었다고
한 말 같은 거. 내가 정말 바보 천치인 줄 아나, 그 말을 믿게?

엘리베이터 안 세 사람

그 다음날 아침, 난 오직 한 가지 목표만을 가지고 회사에 출근한다. 그것은 바로 잭 하퍼를 피하는 것.

어렵진 않을 거라 생각한다. 주식회사 팬서는 커다란 건물 안에 있는 큰 회사니까. 잭 하퍼가 다른 부서 일로 바쁠 수도 있는 것 아닌가. 미팅의 홍수에 발이 묶여 있으면 난 너너욱 좋고. 어쩌면 임원신이 주로 포진하고 있는 12층 같은 곳에서 하루를 보낼지도 모르는 일.

아무리 그래도 건물 현관으로 향하는 내 발걸음이 점점 느려지는 건 어쩔 수 없다. 난 아예 유리문 앞에 멈춰 서서 혹시 잭 하퍼가 보이나 건물 안을 살핀다.

"괜찮아요, 엠마?" 경비인 데이브가 다가와 문을 열어 주며 묻는다. "길 잃은 사람처럼 왜 그래요?"

"아니에요! 괜찮아요. 고마워요." 난 웃음소리까지 내 보이면서도 여전히 눈으로는 건물 안을 훑는다.

어디에도 잭 하퍼의 모습은 보이지 않는다. 좋았어. 오늘은 운이 괜찮으려는 모양이지? 아직 출근을 안 했나 보다. 혹시 또 알아? 아예 오늘은 안 나올지도. 난 여유를 부리며 머리카락을 뒤로 홱 넘기고는 대리석 바닥을 또각거리며 신나게 계단을 올라가기 시작한다.

"잭!" 2층에 거의 다 올라간 순간 갑자기 누군가의 목소리가 들린다. "시간 있으세요?"

"물론입니다."

잭 하퍼의 목소리다. 이게 웬…….

어리둥절한 표정으로 고개를 들어 보니 이층 계단 앞에서 잭 하퍼가 그레이엄 힐링던과 이야기를 하고 있는 게 아닌가. 심장이 덜컥 내려앉는다. 난 계단 난간을 꼭 움켜쥔다. 내가 미쳐. 잭 하퍼가 고개를 돌리면 난 그대로 들키는 거다.

왜 저기에 서 있는 거야? 아니, 우리 회사에 간부들 사무실이 얼마나 많은데 왜 하필 저기에 서 있는 거냐고.

어쨌거나 상관없어. 그냥…… 다른 길로 돌아서 가면 되니까. 난 천천히 천천히 뒷걸음질로 계단을 내려가기 시작한다. 하이힐 소리가 나지 않게, 혹시나 너무 빨리 움직여 잭 하퍼의 이목을 끌지 않게 최대한 노력한다. 경리부의 모이라가 지나가며 뒷걸음질치는 날 이상한 눈으로 바라보지만 상관없다. 내겐 지금 이 방법밖에 없으니까.

잭 하퍼의 시야에서 벗어나는 순간 긴장이 조금 풀린다. 좀 더 속도를 내서 계단을 내려간다. 엘리베이터를 타고 사무실로 올라가는 거다. 문제없어. 난 열심히 1층 로비를 가로지른다. 그런데 로비 중앙에서 또 얼어붙고 만다.

"맞아요." 다시 잭 하퍼의 목소리가 들린다. 게다가 그 목소리가 점점 커지는 게 아닌가. 나 혹시 정신병?

"……나중에 찬찬히 살펴볼……."

고개를 이리저리 돌린다. 어디 있는 거야? 어느 쪽으로 오는 거야?

"……내 생각엔 아마도……."

우쒸. 계단을 내려오고 있다. 이젠 숨을 곳이 없다!

두 번 생각할 겨를도 없이 난 뛰다시피 해서 현관문을 통해 건물 밖으로 빠져나온다. 계단을 쪼르르 내려가 건물에서 한 100미터 떨어진 곳까지 뛰어간 뒤 멈춰 서서 숨을 헉헉 몰아쉰다.

조짐이 심상치가 않아.

난 아침 햇살 아래 몇 분간 서서 도대체 얼마를 기다려야 할까 고민을 하다가 다시 조심스럽게 현관 쪽으로 다가간다. 전략을 바꾸자. 최대한 빠른 걸음으로 사무실까지 가자. 그러면 오히려 사람들 눈에 안 띌지도 몰라. 잭 하퍼 옆을 스치고 지나가건 말건 신경을 쓰지 말자. 오른쪽 왼쪽 둘러보지 않고서 앞만 보고 걸으면…… 흐어어어억, 잭 하퍼가 데이브와 얘기를 하고 있다.

그러려던 생각은 아니었는데 나도 모르게 다시 계단을 뛰어내려 길가까지 달려가고 만다.

이게 무슨 코미디야. 하루 종일 이렇게 길가에 서 있을 순 없잖아. 내 책상까지 가야 한다고. 생각을 좀 해 봐. 어떻게든 저 인간과 안 마주치고 사무실로 들어가는 수가 있을 거야. 어딘가에…….

그래! 갑자기 좋은 생각이 떠오른다. 그거라면 분명히 효과가 있을 거다.

3분 뒤 난 다시 팬서 빌딩 앞으로 다가간다. 손에 든 《타임스》 지에 난 기사에 완전히 푹 빠져 있는 척을 하며. 난 아무것도 안 보여. 아무도 내 얼굴을 볼 수가 없다. 그래, 훌륭한 변장이야!

난 어깨로 문을 열며 로비를 가로질러 계단을 올라간다. 그동안 얼굴 한번 들지 않는다. 복도를 걸어 마케팅부서로 걸어가는데 무척이나 기분이 뿌듯하다. 《타임스》 지에 얼굴을 묻고 있으니 어찌나 안전한 기분인지. 다음에도 자주 이렇게 해야겠다. 여기에 파묻혀 있으면 아무도 날 괴롭힐 수 없다. 굉장히 안정되고 보호받는 기분. 마치 내가 투명인간이 된 것처럼…….

"아얏! 죄송합니다!"

난 누군가와 부딪힌다. 우쒸. 잡지를 아래로 내렸더니 부장이 이마를 문지르며 날 본다.

"엠마, 도대체 이게 뭐 하는 짓거리야?"

"《타임스》 지를 읽고 있었어요." 난 기어 들어가는 소리로 말한다. "정말 죄송합니다, 부장님."

"알았어. 어쨌거나 어디서 뭘 하다 이제 들어오는 거야? 10시에 있는 부서 회의에 낼 홍차랑 커피 좀 준비해줘."

"홍차랑 커피라뇨, 무슨……?" 난 어리둥절한 표정으로 묻는다. 원래 부서 회의에 음료수 따위가 나온 적은 없었는데. 게다가 사람도 고작 여섯 명밖에 없잖아.

"오늘은 홍차랑 커피를 내 오라니까, 글쎄." 부장이 말한다. "그리고 비스킷도. 알겠지? 아, 그리고 회장님도 참석하신다니까."

"네?" 난 화들짝 놀라 부장을 쳐다본다.

"잭 하퍼 씨가 온다고." 부장은 답답하다는 표정으로 다시 한번 말한다. "알아들었으면 후딱 서둘러, 좀."

"저도 참석해야 하나요?" 두 번 생각할 겨를도 없이 순식간에 질문이 튀어나온다.

"뭐?" 부장은 멍하니 얼굴을 찡그리며 날 본다.

"아니, 그게요…… 저도 참석을 하는 건지, 아니면……." 난 기어들어가는 목소리로 말꼬리를 흐린다.

"엠마한테 초능력이 있어서 홍차랑 커피를 회의실 안으로 순간이동시킬 수 있으면 그냥 자기 자리에 앉아 있어도 상관없어." 부장이 빈정거린다. "그런 재주 없으면 미안하지만 회의실까지 행차해 주셔야겠는데. 참나, 빨리 승진하고 싶어 안달난 사람이 도대체 정신 상태가……." 부장은 고개를 설레설레 저으며 걸어간다.

진짜 허탈하네. 오늘은 어떻게 된 게 자리에 앉기도 전부터 일이 꼬이냐고.

난 책상 위에 가방과 재킷을 던져 놓고 얼른 복도를 가로질러 엘리베이터로 다가가 올라가는 버튼을 누른다. 잠시 후 땡 소리와 함께 눈앞에서 엘리베이터 문이 열린다.

헉. 안 돼.

이건 진짜 악몽이야.

낡은 청바지에 갈색 캐시미어 스웨터를 입은 잭 하퍼가 홀로 엘리베이터 안에 서 있다.

난 정신을 차릴 새도 없이 본능적으로 뒷걸음질을 친다. 잭 하퍼는 귀에 대고 있던 휴대전화를 떼고 고개를 갸웃거리며 의아하다는 표정을 짓는다.

"안 탈 겁니까?" 잭 하퍼가 조용하게 묻는다.

어쩌지? 여기서 뭐라고 말해야 하는데? '아뇨, 그냥 심심해서 버튼 좀 눌러 봤어요, 오호호호' 라고 할 순 없잖아.

"타요." 난 마침내 그렇게 말하고 뻣뻣한 다리를 움직여 엘리베이터에 탔다. "탄다고요."

엘리베이터 문이 닫히고 우리는 침묵 속에서 위로 올라간다. 체한 것처럼 속이 더부룩하기만 하다.

"어, 회장님." 내가 어색하게 부르자 잭 하퍼는 고개를 든다. "어제 근무를 태만하게 한 거 사과 드리고 싶어요. 앞으로는 절대로 그런 일 없도록 하겠습니다."

"뭐, 이제는 맛있는 커피가 있으니까." 잭 하퍼는 눈썹을 치킨다. "굳이 커피 때문에 스타벅스까지 갈 일은 없겠죠."

"알아요. 정말 죄송합니다." 얼굴이 화끈거린다. "정말로 그런 짓은 어제부로 종지부를 찍었다고 맹세할게요." 난 헛기침을 한다. "전 정말 주식회사 팬서에 제 모든 것을 걸었습니다. 회사에서 최선을 다할 생각이에요. 지금이나 앞으로나, 매일매일 정말 열심히 일하겠습니다."

끝에 '아멘' 이라고 덧붙이고 싶을 만큼 경건한 말투다.

"아, 그래요?" 잭이 입술을 비죽거리며 날 바라본다. "그거…… 훌륭하네요." 그리고 잠시 생각을 하더니 말한다. "엠마, 비밀 지킬 수 있어요?"

"네." 난 조심스레 대답한다. "뭔데요?"

잭이 바짝 기대어 서며 속삭인다. "나도 옛날엔 가끔 근무 중에 땡땡이도 치고 그랬어요."

"네?" 난 놀란 눈으로 잭을 본다.

"맨 처음 직장 다닐 때였나." 잭은 담담하게 이야기를 늘어놓는다. "항상 같이 어울리던 친구가 있었지. 우리도 비밀 암호가 있었어요." 잭의 눈이 마구 반짝인다. "둘 중 한 사람이 상대방에게 레오폴드 파일을 갖다달라고 하는 거였지."

"레오폴드 파일이 뭐였는데요?"

"존재하지도 않는 파일이에요." 잭은 씩 웃는다. "그냥 자리를 뜨기 위한 구실에 불과했죠."

"어머, 어머."

갑자기 기분이 조금 나아진다.

천하의 잭 하퍼 님께서도 농땡이를 치고 그러셨다고? 난 또, 창조적이고 정력적이고 비범한 천재들은 너무 바빠서 농땡이를 칠 시간도 없는 줄 알았지.

엘리베이터가 4층에 멈춰 서며 문이 열리지만 타는 사람은 아무도 없다.

"사무실 동료들, 나 괜찮은 사람늘인 것 같던데." 엘리베이터가 다시 위로 올라가기 시작하자 잭 하퍼가 말한다. "결속력도 좋고 열심히 일하는 편인 것 같더군요. 사무실 분위기는 항상 그런 편인가요?"

"물론입니다!" 난 냉큼 대답한다. "모두들 한 팀을 이루기 위해 서로서로 즐겁게 협력하면서…… 능률을 극대화해서……." 또 뭐 그럴싸한 수식어가 없나 고민하다가 실수로 잭과 눈이 마주치고 만다.

내가 지금 헛소리 개수작 중인 걸 아는구나, 이 남자!

아우, 젠장. 뻔한 걸 왜 물었니, 그럼?

"좋아요." 난 엘리베이터 벽에 기대어 선다. "솔직히 말하면 평소에는 전혀 그렇지 않아요. 부장님은 하루에 못해도 여섯 번쯤 나한테 소리를 지르시고요, 닉이랑 아르테미스는 만나기만 하면 서로를 못 잡아먹어 안달이죠. 평소에는 그렇게 둘러앉아 문학을 논하지도 않고요. 그거 순 연기였어요."

"여기나 거기나 다 똑같구나." 잭이 이죽거린다. "총무부 분위기도 정말 묘하더라고요. 내가 결정적으로 이게 아니구나 낌새를 챈 건 직원 두 사람이 벌떡 일어나 주식회사 팬서 사가社歌를 부를 때였어요. 아니, 회사 창립주인 나조차도 우리 회사에 사가가 있다는 걸 몰랐는데."

"그건 저도 몰랐는데요." 난 놀라서 눈을 동그랗게 뜬다. "노래는 어떻던가요?"

"어땠을 것 같아요?" 잭이 우스꽝스레 눈썹을 꿈틀거리는 바람에 난 키득거린다.

참 묘한 일이다. 둘 사이의 분위기가 더 이상 어색하지만은 않다. 어색하기는커녕 아주 오랜 친구 사이 같은 기분마저 들 지경이다.

"사원 가족의 날은 어때요?" 잭이 묻는다. "진짜로 다들 기대하고 있는 겁니까?"

"뭐랄까, 이 뽑으러 치과 가기만을 기다리는 심정이죠." 난 솔직하게 대답한다.

"그럴 줄 알았다니까." 잭은 고개를 끄덕인다. 이제 슬슬 내게서 이런 얘기를 듣는 데 재미를 붙여 가는 모양이다. "그럼 사람들이……." 잠시 망설이다 다시 말을 잇는다. "나에 대해서는 뭐라고 들 말하던가요?" 잭은 손으로 자기 머리카락을 헝클어뜨린다. "뭐, 대답하기 싫으면 말 안 해도 괜찮아요."

"아니에요, 모두들 회장님은 좋아해요!" 난 잠시 생각하다 덧붙인다. "하지만…… 몇몇 사람들이 회장님 친구는 좀 소름 끼친다고 생각하는 것 같아요."

"누구, 스벤?" 잭은 날 한참 바라보다가 고개를 젖히고 푸하하 웃는다. "스벤과는 진짜 오랜 친구 사이인데, 내 말 믿어요, 그 녀석은 소름 끼치는 구석이라곤 전혀 없는 놈이에요. 심지어……."

엘리베이터가 땡 소리를 내는 바람에 잭은 말을 멈춘다. 우리 둘 다 동시에 무표정한 얼굴로 서로에게서 떨어진다. 엘리베이터 문이 열린 순간 난 심장이 덜컹 내려앉는 줄로만 안다.

코너가 바로 그 앞에 서 있는 게 아닌가.

잭 하퍼를 보는 순간 코너의 얼굴이 크리스마스 선물을 받은 아이처럼 환해진다.

"안녕!" 난 최대한 자연스럽게 코너에게 인사한다.

"안녕." 코너는 신이 나서 눈을 빛내며 엘리베이터에 탄다.

"안녕하세요." 잭이 기분 좋은 목소리로 말한다. "몇 층 눌러 드릴까요?"

"9층 부탁합니다." 코너는 침을 꿀꺽 삼킨다. "회장님, 저는 리서치 부서의 코너 마틴이라고 합니다." 그리고 손을 내민다. "오늘 오후에 저희 부서에 들르실 예정이라 들었습니다만."

"아, 만나서 반가워요, 코너." 잭이 사근사근하게 대답한다. "우리 같은 업계에선 정말 리서치가 생명이죠."

"지당하신 말씀이십니다!" 코너가 신이 나서 말한다. "안 그래도 팬서 스포츠웨어에 관한 최근 리서치 결과를 가지고 회장님께 의논을 드리고 싶었습니다. 옷감의 두께에 따라 고객의 선호도가 변한다는 아주 흥미로운 결과를 얻었답니다. 회장님도 들으시면 아마 깜짝 놀라실걸요!"

"아마…… 그렇겠지요." 잭이 말한다. "나중에 꼭 듣도록 하죠."

코너는 날 보며 입이 찢어져라 미소를 짓는다.

"아, 마케팅부서에 근무하는 엠마와는 이미 만나신 모양이로군요?" 코너가 묻는다.

"네, 만났죠." 잭의 시선이 날 쓱 훑고 지나간다.

잠시 어색한 침묵 몇 초가 흐른다.

진짜 이상하다.

아니, 이상할 게 뭐 있어. 멀쩡하구만.

"지금이 몇 시나 되었을까요?" 코너가 말하며 시계를 들여다보는 순간 잭의 시선이 코너의 시계에 머무는 것을 난 경악하며 지켜본다.

헉.

"……크리스마스 때 정말 멋진 가죽 시계를 선물했는데 코너는 항상 오렌지 색 디지털 시계만 차고 다녀요……."

"잠깐만!" 잭이 기억이 떠오른 듯한 표정을 짓는다. 새삼 처음 본다는 듯한 시선으로 코너를 바라본다. "잠깐만요. 그쪽이 켄이었군요?"

헉, 안 돼.

안 돼 안 돼 안 돼 안 돼 안 돼 안 돼…….

"제 이름은 코너인데요." 코너가 어리둥절한 표정으로 말한다.

"코너 마틴입니다."

"아, 실례!" 잭이 주먹으로 자기 이마를 톡톡 두드린다. "코너. 맞아. 그리고 두 사람……." 잭은 나와 코너를 손가락으로 가리킨다. "사귀는 사이 아닌가요?"

코너가 불편한 표정을 짓는다.

"회장님, 회사에서는 지극히 사무적인 동료 관계를 유지하고 있습니다만 사적인 자리에서는…… 엠마와 저는, 네…… 사귀는 사이입니다."

"그거 멋지군요!" 잭이 싱긋 웃으며 말하자 코너도 해를 보는 해바라기처럼 따라 웃는다.

"사실." 코너는 조잘조잘 잘도 지껄여댄다. "최근에 엠마와 전 함께 살기로 결정을 내렸죠."

"그래요?" 잭은 날 보며 자기가 왜 그런 얘기를 못 들었는지 정말 이해가 안 간다는 표정을 짓는다. "그거…… 좋은 소식이군요. 언제 그런 결정을 내렸어요?"

"며칠 되었습니다." 코너가 말한다. "공항에서요."

"공항이라." 잠시 침묵이 흐른 뒤 잭 하퍼가 되뇐다. "흥미롭군요."

난 차마 잭 하퍼를 쳐다볼 수가 없다. 죽어라고 바닥만 볼 뿐이다. 이 망할 놈의 엘리베이터는 왜 이리 느린 거야?

"두 사람 아마 아주 행복하게 살 것 같아요." 잭 하퍼가 코너에게 말한다. "서로 아주 잘 맞을 것 같은데."

"물론이죠!" 코너가 얼른 대답한다. "아주 간단한 예를 들자면, 저희 두 사람 모두 재즈를 아주 좋아하거든요."

"아, 그래요?" 잭이 생각에 잠긴 어조로 말한다. "그래요, 재즈에 대한 열정을 공유할 수 있는 사람을 만난다는 것보다 멋진 일은 아마 세상에 없을 겁니다."

이 남자가 지금 무슨 소리를 하고 있는 거야. 아주 신이 났구만. 참을 수가 없다.

"회장님도 그렇게 생각하십니까?" 코너가 진지하게 되묻는다.

"물론이죠." 잭은 고개를 끄덕거린다. "재즈뿐 아니라…… 우디 앨런 영화도."

"저희 둘 다 우디 앨런 영화를 얼마나 좋아한다고요!" 코너가 신이 나서 외친다. "그렇지, 엠마?"

"응." 난 약간 잠긴 소리로 대답한다. "그렇지."

"아, 코너, 이거 하나 대답해 보겠어요?" 잭이 비밀 얘기를 하듯 목소리를 바짝 낮춘다. "엠마는 있을까, 없을까…… 그런 생각 해본 적 없어요?"

뭐가 있어? G스팟이란 말을 하면 난 죽어 버릴 거야. 죽어 버릴 거야. 죽을 거야.

"아무래도 같은 회사에 있다 보면 지금 자리에 있을까, 뭐 그런 생각 하지 않나요? 나라면 그럴 것 같은데!" 잭은 장난스레 웃으며 말하지만 코너는 웃지 않는다.

"회장님, 아까도 말씀드렸다시피 엠마와 전 회사에 있을 땐 철저하게 사무적인 관계를 유지하고 있습니다." 코너는 잔뜩 딱딱한 어조로 말한다. "사적인 관계를 하자고 귀중한 근무 시간을 낭비한다는 건 말도 안 된다고 생각합니다." 코너의 얼굴이 새빨갛게 달아오른다. "아니, 그러니까, 사적인 관계 때문에요. 그런 뜻이 아니라…… 제 말뜻은……."

"그 말 들으니 기쁘군요." 잭은 아주 재미가 나 죽겠다는 표정이다.

쳇, 코너는 왜 저렇게 저자세로 나가는 거야?

엘리베이터가 땡 하는 순간 안도감이 밀려든다. 하느님 감사합니다. 전 이대로 달아나도록 하겠습니…….

"어, 우연이네. 우리 모두 같은 곳을 찾아가는 모양이네요." 잭 하퍼가 미소를 짓는다. "코너, 앞장서지 그래요?"

참을 수 없어. 정말 싫어. 마케팅부서 회의를 위해 커피와 홍차를 따르며 난 겉으로는 침착한 척, 모두를 보며 미소를 짓고 심지어 사람들과 재잘거리며 잡담도 나누지만 머릿속은 영 혼란스럽고 정리가 되질 않는다. 나 역시도 인정하고 싶진 않지만, 잭 하퍼의 눈을 통해서 본 코너는 날 당황하게 만든다.

난 코너를 사랑해. 그 말을 수십 번도 넘게 되풀이한다. 비행기에서 했던 말은 다 진심이 아니었어. 난 그이를 사랑한다고. 코너의 얼굴을 훔쳐보며 확신을 가져보려고 노력한다. 내가 저 사람을 사랑한다는 사실에는 의심의 여지가 없어. 그 어떤 짓대로 보아도 잘생긴 남자잖아. 딱 보기만 해도 빛이 나잖아. 머리카락은 반짝거리고 눈은 파랗고 미소를 지을 때면 예쁜 보조개가 파이는 남자잖아.

그 반면 잭 하퍼는 피곤해 보이고 지저분해 보인다. 눈 아래에는 그림자가 졌고 머리카락은 사방으로 흐트러져 있다. 아니, 저게 뭐야. 게다가 청바지는 찢어지기까지 했잖아.

그럼에도 잭 하퍼에겐 사람을 끌어당기는 묘한 매력이 있다. 가만히 앉아 홍차와 커피를 실어 놓은 수레에 시선을 고정하려고 해도 정신을 차려보면 내 눈길은 어느새 잭에게 향하고 있다.

아냐, 이건 다 비행기에서 있었던 일 때문에 그래. 함께 죽을 뻔한 고비를 넘겼기 때문에 그런 거야. 그게 이유야. 다른 이유가 있어서 그런 게 아니라고.

"좀 더 생각의 폭을 넓히는 게 좋지 않을까 싶어요." 부장이 말하고 있다. "팬서 바가 생각보다 반응이 별로라서요. 코너, 가장 최근에 나온 통계 결과를 발표해 주겠나?"

코너가 일어선다. 코너의 긴장감이 여기까지 전해져 괜히 나까지 불안해진다. 소맷부리를 자꾸 만지작거리는 것만 봐도 코너가 얼마나 긴장하고 있는지 느낄 수 있다.

"그렇습니다, 부장님." 코너는 필기판을 집어 들고 헛기침을 한다. "천 명의 십대 청소년들이 팬서 바에 대한 설문 조사에 응답해 주었습니다만 불행히도 조사 결과는 결정적이지 못했습니다."

코너가 리모컨을 누르자 스크린에 그래프가 나타난다. 우린 충실하게 그 그래프를 쳐다봐 준다.

"열 살에서 열네 살 사이 청소년의 74퍼센트는 씹는 질감이 좀 더 쫀득쫀득했으면 좋겠다고 답변했습니다." 코너는 진지하게 말한다. "하지만 열다섯 살에서 열여덟 살 사이의 청소년 중 67퍼센트는 좀 더 우두둑거리며 씹히는 맛이 있었으면 좋겠다고 답변했으나 22퍼센트는 씹히는 맛이 덜했으면 좋겠다고 답변했습니다……"

어깨너머로 아르테미스의 필기판을 훔쳐보니 거기엔 '쫀득쫀득/우두둑??' 이라고 쓰여 있다.

코너가 리모컨을 다시 누르자 이번에는 또다른 그래프가 나타난다.

"자, 열 살에서 열네 살 사이 청소년의 46퍼센트는 맛이 너무 톡 쏘지 않느냐고 답변을 했으나 열다섯 살에서 열여덟 살 사이의 청소년들은 맛이 너무 안 쏜다고 답변을 했고……."

내가 미친다. 그래, 지금 발표하는 사람이 코너란 건 안다. 내가 아무리 코너를 사랑한다지만, 꼭 저렇게 지루하게 발표를 해야겠어? 좀 더 흥미진진하게 발표하면 안 돼?

회장은 어떻게 생각하나 궁금해져 그쪽을 슬쩍 훔쳐보니 잭 하퍼는 나에게 눈썹을 꿈틀거려 보인다. 얼굴이 확 달아오른다. 왠지 배신을 한 느낌이다.

분명히 내가 코너를 비웃는다고 생각할 거 아냐. 그런 게 아냐. 아니라고.

"십대 소녀들의 90퍼센트는 칼로리를 좀 더 줄였으면 좋겠다고 응답했습니다. 하지만 동일한 그룹의 십대 소녀들은 초콜릿을 좀 더 두껍게 입혔으면 좋겠다고 응답했습니다." 코너는 자기도 모르겠다는 투로 어깻짓을 한다.

"걔네들은 지네들이 뭘 원하는지도 모르는 거야." 누군가가 그렇게 말한다.

"다양한 지역에 거주하는 다양한 가정 환경의 십대들을 조사한 결과입니다." 코너가 답변한다. "백인, 흑인, 라틴 계, 아시아 계, 거기다…… 음……." 코너는 종이를 들여다본다. "자신이 제다이 기사라고 답변한 응답자도 있었군요."

"하여간 애들은!" 아르테미스가 시답잖다는 투로 말한다.

"우리가 노리는 주 고객층이 누구인지 대답해 주게, 코너." 부장이 얼굴을 찡그리며 말한다.

“저희가 설정한 고객층 타깃은…….” 코너가 또 다른 필기판을 들여다보며 대답한다. “나이는 열 살에서 열여덟 살 사이, 현재 학생이고, 일주일에 팬서 콜라를 최소한 네 번 마시고, 햄버거를 세 번 먹으며, 극장에는 두 번 가고, 잡지나 만화책을 읽지만 책은 읽지 않으며, 돈이 많은 것보단 쿨하게 사는 편이 더 좋다는 생각을 가졌고…….” 코너는 고개를 든다. “계속할까요?”

“우리가 겨냥하는 고객층은 아침 식사로 토스트를 먹나요?” 누군가가 진지하게 묻는다. “아니면 시리얼을 먹나요?”

“그 부분은…… 잘 모르겠습니다.” 코너가 페이지를 넘기며 대답한다. “그 부분에 대해서 다시 조사를 해 봐도 되기는 한데…….”

“고객층이 대강 어떤지 윤곽을 잡은 것 같은데, 의견 있는 사람 없나?” 부장이 우리를 보고 묻는다.

이 순간을 위해 여태껏 용기를 그러모으고 있던 난 심호흡을 한다.

“저기요, 저희 할아버지께서 팬서 바를 정말 좋아하세요.” 내 말에 모두가 일제히 의자를 돌려 날 쳐다본다. 얼굴이 화끈거린다.

“그 얘기가 지금 우리 회의 내용과 무슨 연관성이 있지?” 부장이 얼굴을 찌푸리며 묻는다.

“전 그냥…….” 난 침을 꼴깍 삼킨다. “리서치 전문가의 견해는 어떤지 들어 보고 싶었을 뿐이에요.”

“하지만 엠마 할아버님은 우리 타깃 고객층에서 거리가 상당히 머시잖아.” 코너는 말도 안 되는 생떼 쓰는 아이를 달래는 듯한 미소를 짓는다.

“뭐, 결혼을 아아주 일찍 하셨으면 또 모를까.” 아르테미스가 이

죽거린다.

바보가 된 기분이다. 난 시뻘겋게 달아오른 얼굴로 괜스레 티백을 가지런히 정리하는 척한다.

솔직히 말하면 조금 상처가 된다. 코너는 꼭 그런 식으로밖에 말하지 못 하는 거야? 물론 코너가 회사에선 철저하게 사적인 감정을 배제하길 원한다는 건 잘 알지만 그렇다고 저렇게까지 얄밉게 굴 필요는 없잖아? 나라면 무슨 일이 있어도 코너 편을 들어 줄 텐데.

"제 의견을 말할게요." 아르테미스가 말한다. "팬서 바의 판매가 계속 부진하면 차라리 이대로 생산을 중지하는 게 낫지 않을까 싶어요. 너무 문제점만 많지 않은가요?"

난 그 말에 당황해서 고개를 든다. 팬서 바 생산을 중지해선 안 돼! 팬서 바가 안 나오면 우리 할아버지는 볼링 경기에 뭘 들고 가시라고?

"그럴 것까지는 없고, 차라리 철저한 원가 분석을 통해 고객 지향적인 관점에서의 재브랜딩을 하는 게……." 누군가가 입을 연다.

"저는 반대입니다." 아르테미스가 몸을 앞으로 숙이며 말한다. "기능적이고도 로지스틱하게 긴셉트 쇄신을 극대화하려면 우리 제품의 전략적인 경쟁 능력에 초점을 맞추는 것이……."

"잠깐만 실례." 잭 하퍼가 손을 치켜든다. 잭이 입을 연 건 처음이기 때문에 모두들 고개를 돌려 회장을 바라본다. 공기중에 묘한 긴장감이 감돌고 아르테미스는 의기양양한 미소를 짓는다. "네, 회장님?"

"도대체 무슨 소리를 하는 건지 모르겠군요." 잭이 말한다.

온 방 안에 충격파가 퍼져 나간다. 난 저도 모르게 콧방귀를 뀌듯 웃음소리를 내고 만다.

"아시다시피 내가 경영 실무에서 손을 뗀 지가 꽤 되었잖습니까." 잭은 미소를 짓는다. "방금 한 말을 알아듣기 쉬운 말로 통역 좀 해 주겠어요?"

"아, 네." 아르테미스가 당황한 표정을 짓는다. "제가 하고 있던 말은요, 간단하게 말해서, 회사의 비전을 배제하고 전략적인 측면에서만 보자면……." 잭의 표정에 아르테미스는 말꼬리를 흐린다.

"다시 설명해 주세요." 잭은 친절을 가장한 목소리로 말한다. "되도록이면 '전략적' 이란 단어 빼고."

"아, 네." 아르테미스는 또 그렇게 말하며 손으로 콧등을 문지른다. "그러니까, 제가 하고 싶은 말은…… 우리는…… 잘 팔리는 제품에…… 집중을 하자, 뭐 그런 거였어요."

"아!" 잭 하퍼가 눈을 빛낸다. "이제야 이해가 가는군요. 자, 다들 계속 하세요."

잭이 날 보며 눈을 또르륵 굴린 뒤 씩 웃는다. 얼굴에 작은 미소가 번져나가는 걸 나도 막을 수 없다.

미팅이 끝나자 사람들이 뭐라고 얘기를 하며 회의실에서 빠져나간다. 난 탁자 주위를 돌며 사람들이 마신 커피 잔을 치운다.

"만나서 정말 기뻤습니다, 회장님." 코너가 열렬하게 떠드는 소리가 들린다. "혹시 제 프레젠테이션의 사본을 보고 싶으시다면……."

"아, 그럴 필요까지는 없을 것 같군요." 잭은 건조하면서도 장난기 섞인 목소리로 말한다. "어찌 되었든 간에 핵심 포인트는 파악한 것 같으니까요."

쯧쯧, 한심해라. 코너는 자기가 지금 정도를 지나쳤다는 걸 모르나?

난 수레에 커피 잔을 아슬아슬하게 쌓아 올린 다음 이번엔 비스킷을 쌌던 포장지를 걷으러 간다.

"아, 디자인 스튜디오에 가기로 했는데 거기가 어딘지 정확하게 위치를 모르겠네……." 잭이 웅얼거린다.

"엠마!" 부장이 날 부른다. "잭에게 디자인 스튜디오가 어디인지 좀 알려 드릴 수 있겠나? 치우는 건 나중에 치워도 되잖나."

난 파스텔 오렌지 색 포장지를 손에 쥔 채 얼어붙는다.

아아, 제발. 더 이상은 싫다니까.

"물론입니다." 난 마침내 간신히 대답한다. "그럴 수 있으면 저도…… 영광이죠. 따라 오십시오."

난 어색하게 잭 하퍼를 안내해 회의실에서 나오고 우린 나란히 복도를 걷는다. 사람들이 일부러 우리 쪽을 쳐다보지 않으려고 애를 쓰는 모습을 보니 괜스레 얼굴이 뜨거워진다. 복도를 오가던 사람들이 잭 하퍼를 보자마자 갑자기 어설픈 로봇처럼 뻣뻣하게 굳어지는 게 내 눈에도 보인다. 복도 양옆 사무실에 있던 사람들은 신이 나서 상대편을 쿡쿡 찔러대고 그중 누군가가 쉿소리로 '회장님 떴다!' 라고 속삭이는 것도 여러 번 들린다.

잭 하퍼가 가는 길은 항상 이런가?

"그래서 켄과 같이 살기로 결정했군요." 한참 후에 잭이 말을 붙인다.

"켄이 아니라 코너예요. 그리고 그렇게 하기로 했고요."

"기대돼요?"

"네. 당연히 기대되죠."

엘리베이터 앞에 도착한다. 단추를 누르는데 잭이 호기심 가득한 시선으로 날 쳐다보는 게 느껴진다. 문자 그대로 잭의 시선이 느.껴.진.다.

"왜 그러세요?" 난 사뭇 변명조로 말하며 고개를 돌려 잭을 쳐다본다.

"왜요, 내가 뭐라고 그랬어요?" 잭이 눈썹을 치킨다. 잭의 얼굴에 떠오른 표정을 보자 괜히 기분이 나빠진다. 도대체 당신이 뭘 안다고 그런 표정을 짓는 건데?

"무슨 생각 하시는지 알아요." 난 반항적으로 턱을 치켜든다. "하지만 틀리셨어요."

"내가 틀렸다고? '

"네! 회장님은…… 오해하고 계세요."

"오해라고?"

잭 하퍼는 금방이라도 웃음을 터뜨릴 기세다. 머릿속에선 이쯤에서 그만두라는 경고의 소리가 들린다. 하지만 그럴 수가 없다. 잭 하퍼에게 모든 걸 제대로 설명하지 않고선 그만두려야 둘 수가 없다.

"저기요, 제가 비행기 안에서 회장님께…… 무슨 말을 했는지는 알고 있어요." 난 주먹을 꼭 움켜쥐고 말한다. "하지만 회장님께서 들으신 건 아주 급박한 상황에서, 극심한 긴장 상태에서 했던 말이에요. 제 의도나 평소 생각과는 아주 다른 말들을 많이 했어요. 그날 제가 했던 말들의 대부분이 그렇다고요!"

자, 하고 나니 그렇게 어렵진 않았지?

"그렇군요." 잭이 진지하게 대답한다. "그러면…… 더블 초코칩

하겐다즈 아이스크림을 좋아하지 않는다는 거로군요.”

난 황당하다는 표정으로 잭을 본다.

“전······.” 난 몇 번이고 헛기침을 한다. “그중 몇몇 말들은 진심이었······.”

엘리베이터가 땡 소리를 내는 바람에 우리 두 사람은 고개를 번쩍 치켜든다.

“잭!” 엘리베이터 안에서 시릴 실장이 부른다. “어디로 가셨나 했잖아요.”

“여기 엠마와 즐거운 대화를 나누고 있었죠.” 잭이 말한다. “친절하게도 내게 길을 안내해 주겠다고 하질 않겠어요?”

“아, 네.” 실장이 그만 가 보라는 시선을 보낸다. “스튜디오에서 모두 기다리고 있었습니다.”

“아, 저······ 전 그럼 이만 가보겠습니다.” 난 어색하게 말한다.

“또 봐요.” 잭이 씩 웃는다. “얘기 재미있었어요, 엠마.”

코너와 회사에서 한판, 어때?

기절할 것처럼 머리가 아찔해진다. 잡지를 한 다발이나 안고 문 앞에 서 있는 사람은 잭 하퍼가 아닌가. 하퍼의 눈길이 우리를 천천히 스치고 지나간다. 코너의 성난 표정에서, 내 가슴팍에 꽂힌 코너의 손, 고통스러워하는 내 얼굴까지.

그날 저녁 퇴근하는데 마음이 뒤숭숭하다. 마치 스노 글로브가 된 느낌이다. 평범하고 조용한 생활에 만족하고 있는데 잭 하퍼가 나타나 내 세계를 완전히 뒤흔들어 놓았다. 눈가루가 온 사방에 날리며 모든 것이 정신없이 뒤죽박죽이 되었다. 뭐가 뭔지 알 수가 없다.

물론 날리는 스노 글로브 속에는 눈송이뿐 아니라 반짝이도 섞여 있게 마련. 반짝반짝 빛을 발하는 은밀한 흥분감이 없다면 거짓말이다.

잭과 시선이 마주치거나 잭의 목소리를 들을 때마다 가슴에 다트가 꽂히는 것 같다.

웃겨. 정말 말도 안 돼.

내 남자 친구는 코너야. 코너야말로 내 미래야. 그이는 날 사랑하고 나도 그 사람을 사랑하잖아. 우린 이제 동거를 할 거야. 원목 마루에 셔터가 달리고 화강암 조리대가 달린 집에서 살게 될 거야. 그 집까지 이제 거의 다 왔는데.

거의 다 왔는데.

집에 돌아와 보니 리시가 응접실에서 무릎을 꿇고 앉아 제미마가 검정색 스웨이드 원피스를 입는 걸 돕고 있다. 저렇게 딱 달라붙는 원피스는 난생 처음 본다.

"이야!" 난 가방을 내려놓으며 말한다. "끝내 주는 원피스네!"

"됐다!" 리시가 헐떡거리며 엉덩이를 대고 주저앉는다. "지퍼 다 채웠어. 어때, 숨 쉴 수 있겠어?"

제미마는 꼼짝도 하지 않는다. 리시와 나는 서로를 바라본다.

"제미마!" 리시가 걱정스런 목소리로 외친다. "숨 쉴 수 있니?"

"대충은." 제미마가 마침내 말한다. "괜찮을 거야." 아주 천천히, 아주 뻣뻣한 몸짓으로 제미마는 의자 위에 놓인 자신의 루이비통 백 쪽으로 걸어간다.

"화장실에 가고 싶으면 어떻게 할 건데?" 난 그런 제미마를 보며 말한다.

"그 남자네 집에 가게 되면 더 큰 문제지." 리시가 키득거린다.

"겨우 두 번째 데이트인데 내가 그 남자 집까지 왜 따라가!" 제미마는 기가 막힌다는 듯 말한다. "그래 가지곤……." 제미마는 호흡이 가쁜 듯 잠시 말을 멈추고 숨을 몰아쉰다. "……어디 약지에 다이아 반지 끼고 다닐 수 있겠어?"

"그래도 서로에 대한 욕망에 눈이 멀 수도 있는 거잖아."

"그래, 그 남자가 택시 안에서 널 더듬기라도 하면?"

"그런 남자 아니야." 제미마는 눈을 또르륵 굴린다. "그 남자는 말이지, 재무 차관보란 말이야."

리시와 눈이 마주치는 순간 난 나도 모르게 코웃음 비슷한 소리를 낸다.

"엠마, 웃지 마." 리시는 지극히 진지한 표정으로 말한다. "비서(차관보assistant undersecretary란 말에 비서란 단어가 들어가는 것을 빗댄 표현-역주)가 어디가 어때서 그래? 자격증 좀 따면 언제든 승진할 기회는……."

"오호호호호. 꽤나 우습구나." 제미마가 짜증스런 표정으로 말한다. "언젠가는 작위를 받을 사람이야. 그때가 되어서도 너희가 웃을 수 있나 보자."

"걱정 마, 그때가 되어도 웃어 줄게." 리시가 말한다. "그때는 더 열심히 웃어 주지." 리시는 의자 옆에 서서 가방을 집으려고 애를 쓰는 제미마를 본다. "뭐야! 너 몸을 숙여서 가방을 집는 것도 안 될 정도야?"

"할 수 있어!" 제미마는 그렇게 외치며 마지막으로 한번 더 몸을 숙여 가방을 집으려고 한다. "내버려둬 봐, 할 수 있어. 이것 봐!" 제미마는 인조 손톱 끝에 간신히 가방 끈을 걸쳐 들어 어깨에 멘다. "봤지?"

"그 남자가 춤이라도 추자고 하면 어쩔 건데?" 리시가 짓궂게 묻는다. "그때는 어쩔 거냐고."

제미마의 얼굴에 순간적으로 경악하는 표정이 떠올랐다가 사라진다.

"그럴 리가 없어." 제미마는 말도 안 된다는 투로 잘라 말한다. "영국 남자치고 먼저 춤추자는 사람은 없으니까."

"맞는 말이네." 리시는 씩 웃는다. "잘 놀다 와."

제미마가 나가자마자 난 소파에 털썩 주저앉아 옆에 놓인 잡지를 끌어당긴다. 리시를 흘끗 쳐다보니 뭔가 골똘히 생각하는 표정으로 뚫어져라 앞만 바라보고 있다.

"조건부!" 리시가 난데없이 외친다. "그래, 그거였어. 난 왜 이렇게 바보지?"

리시는 소파 아래를 더듬더니 묵은 신문지에서 잘라 놓은 가로세로 낱말 맞추기 묶음을 한 다발 찾아 종이를 한 장씩 넘겨 보기 시작한다.

참나, 기가 막혀. 넌 잘나가는 변호사인 걸로는 머리 쓰는 게 모자라다고 생각이라도 하는 거냐. 리시는 시간만 나면 가로세로 낱말 맞추기에다가 우편으로 날아오는 체스 묘수 풀이, 머리가 비상하게 좋은 공부벌레들의 연합회에서 보내주는 희한한 퍼즐을 푼다. (물론 그 모임 이름이 진짜 그렇다는 건 아니다. 아마 '사고방식-생각하길 좋아하는 사람들의 모임'이 정식 명칭이었던 것 같다. 퍼즐 문제지 제일 하단에 정말 아무렇지도 않게, 모임에 가입하려면 아이큐가 600 이상이어야 한다고 쓰여 있다.)

게다가 리시는 주어진 힌트로 문제를 풀 수 없다고 해서 나처럼 '별별 웃기는 퍼즐이 다 있어'라고 생각하며 문제지를 버리거나 하지 않는다. 죄다 차곡차곡 곱게 모아 둔다. 저번에도 나랑 같이 TV에서 방영하는 이스트엔더인지 뭔지를 보다가 갑자기 세 달 전에 못 푼 낱말 맞추기 퍼즐의 정답을 떠올리는 게 아닌가. 어찌나 신바람을 내던지. 그게 마지막 남은 문제의 답이었다나 뭐라나.

아무리 내 오랜 친구이고 내가 이 애를 사랑한다지만 가끔은 애가 왜 이러나 도무지 이해가 안 갈 때가 있다.

"그건 뭔데?" 리시가 정답을 적어 넣는 모습을 보며 내가 묻는다. "1993년에 나왔던 낱말 맞추기 문제라도 되냐?"

"허허, 우습구나." 리시가 심드렁하게 말한다. "넌 오늘 저녁에 뭐 해?"

"조용히 집에서 쉬려고." 난 잡지를 넘기며 대답한다. "어쩌면 내가 가진 옷들이나 살펴볼지도 모르겠네." 나는 '소중한 옷 관리하기'란 기사를 보며 덧붙인다.

"뭘 하겠다고?"

"옷에 떨어진 단추는 없나, 단이 늘어진 데는 없나 살펴보겠다고." 난 기사를 읽으며 말한다. "옷솔로 재킷들도 다 한번씩 털어 주고."

"너 옷솔이나 있어?"

"그럼 헤어브러시를 쓰면 되지."

"그럼 되긴 하겠네." 리시는 어깻짓을 한다. "어쩔 수 없지, 뭐. 같이 놀러 나가지 않겠냐고 물으려고 했는데."

"진짜?" 내가 보고 있던 잡지가 바닥으로 툭 떨어진다. "어디?"

"이게 뭐게?" 리시는 눈썹을 장난스레 꿈틀거리며 핸드백 속에 손을 넣어 그 안에서 커다랗고 녹슨 열쇠고리를 천천히 꺼낸다. 열쇠고리에는 처음 보는 새 열쇠가 달려 있다.

"그게 뭔데?" 난 어리둥절한 표정으로 묻다가 갑자기 깨닫는다. "설마!"

"바로 그거야! 나 가입됐어!"

"만만세다, 리시!"

“내 말이.” 리시는 환하게 웃는다. “끝내 주지?”

리시가 들고 있는 열쇠는 세상에서 제일 끝내 주는 열쇠다. 저 열쇠로 클러큰웰에 있는 멤버 전용 클럽의 문을 열 수 있다. 그 클럽이야말로 요새 제일 잘 나가는 클럽이면서도 들어가고 싶다고 다 들어갈 수 있는 곳이 아닌 것이다.

그런데 리시가 그곳 회원이 된 거다.

“네가 최고야!”

“아니, 사실은 내가 아니라 우리 사무실에 있는 재스퍼 덕이지.” 리시가 키득거린다. “재스퍼가 그 클럽 신규 멤버 심사 위원회에 있는 사람들을 전부 다 안다잖아.”

“누구 덕인지 내가 알 게 뭐야. 어쨌건 감동이네!”

난 리시한테서 열쇠를 받아들고 신기한 눈으로 들여다본다. 이름도, 주소도, 로고도, 정말 아무것도 안 쓰인 열쇠. 얼핏 보면 우리 집 정원에 있는 창고 열쇠 같아 보이기도 한다. 무슨 소리 하는 거야? 저 열쇠를 그런 데다가 비교하면 안 되지!

“오늘은 누가 올까?” 난 고개를 든다. “마돈나도 거기 회원이라는 거 알지? 주드 로링 새디 프로스트 부부도! 그리고 그 왜, 이스트엔더에 새로 나오던 배우 있잖아. 그 남자도 거기 회원이래. 다들 그 남자가 동성애자라고 하긴 하더라만…….”

“엠마.” 리시가 갑자기 내 말을 끊는다. “반드시 연예인들이 오리란 보장 없다는 거 알지?”

“당연하지!” 난 기분이 좀 상한다.

아니, 진짜, 리시는 날 뭘로 보는 거야? 난 쿨하고 세련된 런던 사람이라고. 촌닭들처럼 연예인보고 꺅꺅대진 않는단 말이야. 그냥 말이 그렇다는 거지.

"하긴 클럽 안이 완전 연예인 판이면 분위기 좀 흐리겠다. 너도 생각을 해 봐. 자리에 앉아서 아무나랑 얘기나 좀 하려고 하는데 네 주위에 앉아 있는 사람들이 전부 영화배우에 슈퍼모델에…… 또 팝스타면 아무래도……."

우리 두 사람은 잠시 그 광경을 머릿속에 그리며 침묵에 잠긴다.

"야, 그냥 나갈 준비나 하자." 리시는 아무렇지도 않은 목소리로 말한다.

"그러지, 뭐." 나도 흥분되어 죽을 것 같은 마음을 감추고 시치미를 뚝 떼며 쿨하게 대답한다.

뭐, 나갈 준비 하는 데 오래 걸릴 건 없지. 청바지나 입으면 되잖아. 그전에 머리나 감아야겠다. 어차피 놀러 나가기 전엔 항상 머리를 감는데, 뭐.

기왕 씻을 거, 얼굴에 잠깐 팩 좀 할까?

1시간 뒤 리시가 내 방문 앞으로 온다. 청바지에 딱 달라붙는 검정색 뷔스티에, 버티 하이힐 차림이다. 저 신발 신으면 발에 물집 잡힌다고 만날 투덜거리지 않았던가?

"어때?" 리시는 아까처럼 여전히 아무렇지도 않은 척하는 목소리로 묻는다. "뭐, 예쁘게 보이려고 특히 신경을 쓰거나 한 건 아니지만……."

"그건 나도 마찬가지야." 난 두 번이나 덧칠한 매니큐어를 후후 불며 대꾸한다. "그냥 편하게 놀러 나가는 거잖아. 귀찮아서 화장도 대강 했어." 난 고개를 들고 리시를 바라본다. "어랏, 너 속눈썹 붙었니?”

“아냐! 아니, 그게…… 응. 표시 내려고 붙인 건 아닌데. 내추럴 룩이란 종류거든.” 리시는 거울 앞으로 다가가 눈을 깜박거리며 걱정스런 표정을 짓는다. “그렇게 표시 나?”

“아냐!” 난 그렇게 말한 뒤 볼터치 브러시를 집어 든다. 다시 고개를 들었을 때 리시는 내 어깨를 뚫어져라 바라보고 있다.

“그게 뭐야?”

“뭐가?” 난 시치미를 뚝 떼며 어깻죽지에 붙인 조그만 하트 모양 큐빅을 손으로 만져 본다. “아, 이거. 이거 붙이는 큐빅 문신이야. 그냥 심심해서 한번 붙여 봤어.” 난 홀터넥 톱을 목 뒤로 묶고는 앞코가 뾰족한 스웨이드 부츠를 신은 차림새다. 1년 전에 수 라이더 숍에서 산 건데 조금 닳기는 했지만 어두운 데서 보면 전혀 표시도 안 난다.

“야, 우리 너무 꾸민 거 아냐?” 내가 거울 앞에 선 리시 옆에 다가가 서자 리시가 말한다. “다들 청바지만 입고 왔으면 어떻게 하지?”

“우린 뭐 청바지 안 입었나.”

“다들 두툼한 점퍼 같은 걸 입고 왔으면 우리 너무 바보같이 보이지 않겠어?”

리시는 언제나 다른 사람들의 옷차림에 지나치게 신경을 쓰는 편이다. 변호사 사무실에 들어갔을 때 맨 처음 열린 크리스마스 파티 때에는 ‘야회복 착용’이란 말이 긴 드레스를 입으라는 건지, 아니면 그냥 반짝거리고 화려한 윗도리 같은 걸 입고 오라는 건지 몰라서 여차하면 갈아입을 수 있게 여섯 벌이나 되는 옷이 담긴 가방을 내게 들려서 파티장 앞에 서 있게 만들었던 적도 있다. (결국 애당초 입

고 간 드레스로도 오케이였다. 내가 괜찮을 거라고 누누이 말했거늘)

"두꺼운 점퍼 입은 사람은 없을 거야!" 내가 말한다. "자, 이만 가자."

"아직 안 돼!" 리시는 시계를 들여다본다. "너무 일러."

"상관없어. 다른 파티에 가기 전에 잠시 들러 술이나 가볍게 한잔하는 척하면 누가 알겠냐?"

"그러고 보니 그렇네." 리시의 얼굴이 환해진다. "좋았어. 그럼 가자."

이슬링턴에서 클러큰웰까지 가는 데 버스로 15분 정도가 걸렸다. 리시는 날 끌고 스미스필드 마켓 근처의 인적 드문 길로 간다. 주로 창고나 빈 사무실 건물들이 늘어선 곳이다. 거기서 모퉁이를 돌고 또 한번 모퉁이를 돌자 좁은 골목길이 나온다.

"대강 이쯤인데." 리시가 가로등 불빛에다 메모지 조각을 비춰 보며 말한다. "이제 여기 어디쯤에 숨어 있을 거야."

"거긴 간판도 없대?"

"응. 이 클럽은 애당초 회원이 아니면 어디에 있는지 찾을 수도 없게 만드는 게 목적이니까. 인터폰을 누른 다음에 알렉산더를 찾아야 한다는데."

"알렉산더가 누군데?"

"모르지." 리시는 어깻짓을 한다. "그게 암호라나 봐."

암호라고! 이거 점점 갈수록 멋지잖아. 리시가 벽에 주르륵 박힌 인터컴 버튼을 찬찬히 살펴보는 동안 난 주위를 둘러본다. 아무리 봐도 별로 유별날 것이 없는 지극히 평범한 거리. 심지어 초라하다는 느낌마저 드는 거리다. 똑같이 생긴 문들이 주르륵 열을 지어 서 있고 창문에는 하나같이 불이 꺼져 있다. 사람의 모습은 그 어디에도 보이질 않는다. 이 어찌 멋지지 아니한가. 이 평범한 거리 이면에는 런던의 각종 유명 인사들이 모여드는 그들만의 세계가 숨겨져 있는 것이다!

"저기, 알렉산더 있나요?" 리시가 인터컴 버튼을 누르고 말한다. 잠시 후 마치 마법처럼 문이 벌컥 열린다.

우오오옷. 알라딘과 요술 램프 같다. 우린 조금 긴장된 표정으로 서로를 쳐다본 후 건물 안으로 들어간다. 복도가 벌써부터 음악 소리로 쿵쿵 울린다. 우린 아무 장식도 없는 두툼한 철문 앞에 멈춰 선다. 리시는 열쇠를 꺼내 그 문을 연다. 문이 열리는 동안 난 재빨리 윗도리를 잡아 끌어올리고 머리카락을 매만진다.

"오케이. 문은 열렸어." 리시가 웅얼거린다. "두리번거리지 말고, 누굴 빤히 쳐다보지도 말고, 쿨한 척해."

"오케이." 난 그렇게 속삭이곤 리시를 따라 클럽 안으로 들어간다. 리시가 앞에 서 있는 여자에게 멤버십 카드를 보여주는 동안 난 열심히 리시의 등만 바라본다. 우리는 크고 어둑어둑한 실내로 들어간다. 이번에는 바닥에 깔린 베이지 색 카펫에 시선을 고정한다. 연예인 따위나 보고 멍하니 입 벌리진 않을 거야. 뚫어져라 쳐다보지도 않을 거야. 주위를 두리번거리지도…….

"조심해!"

너무 열심히 바닥만 내려다보다가 난 리시의 등에 부딪히고 만다.

"미안." 난 속삭인다. "어디에 앉을까?"

난 감히 빈 자리를 찾으려고 실내를 둘러볼 엄두도 못 낸다. 혹시라도 마돈나랑 눈이 마주쳤는데 내가 자길 빤히 쳐다본다고 생각하기라도 하면 안 되니까. "저기." 리시가 뻣뻣한 고갯짓으로 나무 테이블 하나를 가리킨다.

어떻게 그 자리까지 걸어가 앉았는지 기억도 나지 않는다. 우린 핸드백을 내려놓고 칵테일 메뉴를 집어 든다. 그 와중에도 죽어라고 서로의 얼굴만 쳐다보는 걸 잊지 않는다.

"혹시 누구 봤니?" 내가 속삭인다.

"아니. 넌?"

"나도." 난 메뉴판을 열고 훑어본다. 거 참 진이 빠지는 일일세. 눈이 근질거릴 지경이다. 주위를 둘러보고 싶어. 이 안이 어떻게 생겼는지 구경하고 싶다고.

"리시." 난 살짝 리시를 부른다. "나 주위를 둘러볼 거야."

"진짜?" 리시는 내가 마치 금역에 발을 디디겠다고 말하기라도 한 것 같은 표정을 짓는다. "응…… 알았어. 하지만 조심해. 너무 티 내지 말고."

"알았어. 조심할게."

자, 준비됐나요? 입 벌리지 말고 얼른 주위를 쓱 둘러보는 거야. 난 의자에 등을 기대고 심호흡을 한 뒤 눈으로 실내를 재빨리 훑는다. 최대한 빨리, 그러면서도 최대한 많은 것들을 보려고 노력한다. 어두운 조명…… 보라색 소파랑 의자가 많기도 하네…… 티셔츠를 입은 남자가 둘…… 청바지에 점퍼 입은 여자가 셋…… 컥, 점퍼다. 리시가 쟤들 옷차림을 보면 입에 거품을 물겠군…… 서로 속삭이는 커플 하나…… 프라이비트 아이 잡지를 보는 수염 난 남자가 하나…… 그게 전부네.

말도 안 돼. 이게 다란 말이야?

이럴 순 없어. 로비 윌리엄스는? 주드 로와 새디 프로스트 부부는? 슈퍼모델들은 다 어디 갔냐고요오오오오.

"어때, 누구 있니?" 리시는 여전히 칵테일 메뉴판에 시선을 고정한 채 묻는다.

"잘 모르겠어." 난 애매하게 대답한다. "혹시 저 수염 난 남자가 유명한 배우 아닐까?"

리시는 아무렇지도 않게 쓱 몸을 돌려 그 남자를 쳐다본다.

"아닌 것 같은데." 마침내 날 보며 말한다.

"그럼 저쪽에 회색 티셔츠 입은 남자는?" 난 끝까지 희망을 못 버리고 묻는다. "보이 밴드 출신 아냐?"

"음…… 아냐. 아닌 것 같아."

우린 아무 말도 못 하고 서로를 응시한다.

"이중에 유명한 사람이 한 명이라도 있냐?" 내가 마침내 묻는다.

"유명 인사가 꼭 온다는 보장은 없댔잖아!" 리시가 변명처럼 말한다.

"그건 나도 알지만 그래도……."

"안녕하세요!" 누군가의 목소리에 우리 두 사람은 동시에 그쪽을 돌아본다. 청바지를 입은 여자 둘이 우리 테이블 쪽으로 다가온다. 그중 한 명이 주뼛거리며 미소를 짓는다. "저, 죄송한데요, 혹시…… 홀리옥스에 새로 출연하시는 그 분 아니세요?"

아주 코미디가 따로 없구만.

어쨌거나 상관은 없다. 연예인들이 자기네들 연예인이랍시고 괜히 거들먹거리고 마약하는 꼴 보자고 온 건 아니니까. 그냥 둘이서 조용히 술이나 한잔 하는 게 원래 목적이었는데, 뭐.

우린 딸기 대커리를 시키고 또 뭔가 굉장히 호사스런 모듬 견과류도 주문한다. (병아리 눈물만큼에 4.5파운드나 한다. 술값이 얼마나 나왔는지는 묻지도 마시라.) 솔직히 인정하건대 주위에 유명 인사가 없으니 굳이 잘 보이려고 노력을 할 필요도 없고, 그러다 보니 아까처럼 긴장할 필요도 없다. 훨씬 편하다.

"요새 일은 어때?" 칵테일을 홀짝거리며 내가 묻는다.

"뭐, 그럭저럭." 리시는 애매한 몸짓을 한다. "아, 오늘 험프리 씨 봤다."

험프리 씨는 리시의 의뢰인 중 하나로 툭하면 사기죄로 기소되었다가 변호사 잘 둔 덕에 무죄 선고를 받는 사람이다. 이건 순전히 리시의 능력이 워낙 뛰어난 덕분이랄까. 수갑 차고 있던 사람이 그걸 풀자마자 수제 양복으로 갈아입고 리시에게 리츠칼튼 호텔에서 근사한 점심 대접을 하는 게 아예 일상이다.

"나한테 다이아몬드 브로치를 사 주려고 그러더라." 리시는 눈을 또르륵 굴린다. "아스프레이 카탈로그를 펴놓고 계속 이거 예쁘네, 저거 괜찮네 그러잖아. 그래서 내가 말해 줬지. '험프리 씨, 여기 지금 교도소거든요? 제 얘기에 집중 좀 해 주세요!'" 리시는 고개를 내두르며 칵테일을 한 모금 마시곤 날 쳐다본다. "그건 그렇고…… 그 사람이랑은 어떻게 됐냐?"

난 리시가 잭 얘기를 한다는 걸 단박에 눈치 채지만 잭을 떠올렸다는 걸 인정하기가 괜히 민망해 일부러 멍청한 표정으로 되묻는다. "누구, 코너?"

“아니, 이 바보. 비행기에서 만났다는 그 남자 말이야. 너에 대해 모르는 게 없다던.”

“아, 그 사람.” 난 얼굴이 좀 달아올라서 고개를 숙여 종이로 만든 고급스런 칵테일 잔받침을 들여다보는 척한다.

“그래, 그 사람. 어떻게 좀 피해 봤어?”

“아니.” 난 솔직하게 대답한다. “도대체 날 가만히 내버려두질 않더라.”

난 잠시 웨이터를 불러 딸기 대커리를 두 잔 더 시킨다. 웨이터가 가고 나자 리시는 바짝 다가앉아 날 뚫어져라 바라본다.

“엠마, 너 그 남자한테 마음 있어?”

“아니, 그게 무슨 말이야. 마음이 있을 리가 없잖아.” 너무 과민 반응을 보인 게 아닌가 싶긴 하다. “그냥 그 사람 때문에…… 불편해. 사람이라면 그런 반응 보이는 게 당연하지 않겠어? 너라도 마찬가지였을걸. 어쨌거나 상관없어. 금요일에 돌아간다니까, 그때까지만 버티면 돼.”

“그러고 나선 코너랑 같이 사는 거야?” 리시는 칵테일을 한 모금 더 마신 뒤 앞으로 바짝 다가앉는다. “내 생각엔 말이지, 코너가 결혼하자고 할 것 같아.”

뱃속에서 뭔가가 철렁한다. 아마 칵테일이 식도를 타고 넘어가는 느낌일 거라 여기고 싶다.

“넌 운도 좋아.” 리시가 부러운 목소리로 말한다. “너도 알지? 왜, 예전에 내가 부탁하지도 않았는데 코너가 내 방에 선반을 달아 줬잖아. 세상에 그런 남자가 또 어디 있냐?”

“그건 그래. 코너는 정말…… 멋져.” 잠시 침묵. 난 칵테일 잔받침을 갈갈이 찢어발기기 시작한다. "그래도 굳이 문제가 있다면, 이제 우리 사이가 예전처럼 로맨틱하지가 않다는 거겠지."

"로맨틱한 기분이 평생을 가길 바라는 게 무리야." 리시가 말한다. "관계는 변하기 마련이야. 사귀다 보면 점점 상대방이 편해지는 건 당연한 거지."

"아, 나도 그걸 모르는 건 아니야. 우린 둘 다 이성적인 성인이고, 서로를 사랑하고, 안정적인 관계를 유지하고 있어. 나도 그런 걸 바라는 건 맞는데 문제는……." 난 어색하게 헛기침을 한다. "예전처럼 섹스를 자주 하지는 않는다고……."

"한 사람과 오래 사귀다 보면 흔히 생기는 문제지." 리시가 아는 체를 한다. "뭔가 짜릿한 방법을 써야 돼."

"예를 들어?"

"수갑 써 봤어?"

"아니! 넌?" 난 기겁을 해서 리시를 본다.

"아주 옛날에." 뭐 별것도 아닌 걸 가지고 유난을 떠느냐는 표정을 짓는다. "그렇다고 별로…… 음…… 아니, 그거 말고 색다른 걸 해봐. 회사에서 한번 해보는 건 어때?"

회사! 그래, 그거 괜찮겠다. 역시 리시는 똑똑하다니까.

"알았어!" 난 말한다. "한번 해볼게."

난 가방에서 펜을 꺼내 손바닥에 써 놓은 '잊지 말 것: 자기' 라고 쓰인 아래에 '회사에서 한판' 이라고 쓴다.

갑자기 짜릿한 흥분감이 든다. 진짜 멋진 아이디어야. 내일 회사에서 코너와 한번 해야지. 진짜 끝내 줄 거야. 예전 같은 짜릿함이 되돌아올 거고, 우린 다시 미친 듯이 사랑에 빠질 게 분명해. 이 정도면 잭 하퍼도 정신을 차리겠지.

아니, 가만. 잭 하퍼가 이거랑 무슨 상관인데? 그 사람 이름이 여기에서 왜 나오는 거지?

그러나 내 계획에는 약간 문제가 있다. 그것은 남자 친구와 직장에서 한번 한다는 게 생각만큼 만만한 일이 아니라는 거다. 전에는 우리 사무실 공간이 얼마나 확 트여 있는지 한번도 심각하게 생각해 본 적이 없었다. 거기다가 칸막이는 또 왜 다 유리로 되어 있는 건지. 사무실 안에 수많은 사람들이 있다는 것, 그 사람들이 항상 이리저리 움직인다는 걸 '회사에서의 짜릿한 한판' 계획을 세울 때 전혀 고려하질 않았다는 게 문제였다.

그 다음 날 아침 11시가 되었는데도 난 아직까지도 구체적인 실행 계획을 짜지 못한 상태다. 처음에는 커다란 화분 뒤에서 하면 될 거라고 생각했는데 막상 와 보니 화분이 턱없이 작다. 게다가 잎이 워낙 작아서 뭘 제대로 가려주지도 못한다. 저 화분 뒤에 코너랑 같이 숨는 것조차도 불가능한데 거기에서 감히…… 뭔 짓을 한다는 건 상상조차 하기 힘들다.

그렇다고 화장실에서 하는 것도 불가능이다. 여자 화장실엔 항상 사람들이 옹기종기 모여서 화장을 고치며 사내에 떠도는 소문 얘기로 수다꽃을 피운다. 남자 화장실은…… 우웩, 내가 싫다.

그렇다고 코너의 사무실에서도 불가능하긴 마찬가지. 벽은 유리로 만들어진 데다가 블라인드고 뭐고 아무것도 없다. 게다가 코너의 사무실 안에 있는 파일 캐비닛에서 뭘 찾는답시고 항상 사람들이 들락거린다.

진짜 말도 안 돼. 영화 같은 데 보면 전부 다 자기 회사에서 한번씩들 하잖아. 아니, 사내에 나만 모르는 비밀스런 공간이라도 있단 말야? 다른 사람들은 다 거기서 하나?

그렇다고 문제의 성격상 코너에게 이메일을 보내 당신 생각은 어떠냐고 물을 수도 없다. 요는 코너를 깜짝 놀라게 해주는 데 있는 거니까. 그래야 코너도 많이 흥분을 할 테고, 그래야 우리 관계도 이글이글 지글지글 로맨틱해지는 거 아니겠냐고. 게다가 내가 아는 코너라면 미리 말해 줄 경우 갑자기 성실 회사원 모드로 돌변해 그럴 거라면 차라리 한 시간 무급 휴가를 내자고 할지도 모를 인간이다.

비상구 같은 데에서라도 해야 하나 고민을 하고 있는 차에 닉이 부장 사무실에서 나오며 마진이 어땠네 하는 소리를 한다.

난 얼른 고개를 든다. 약간 걱정이 된다. 어제 그 회의 이래로 닉에게 하고 싶은 말이 있어서 용기를 모으던 중이었는데.

"저기, 닉!" 난 닉이 내 책상 옆을 지나갈 때 불러 세운다. "팬서 바는 닉 작품이죠?"

"작품이라 부를 수 있다면 그렇지." 닉은 암울한 표정을 짓는다.

"정말 생산 중지할 거래요?"

"그럴 가능성이 다분해."

"제 말 좀 들어 보세요." 난 얼른 말한다. "마케팅부서 예산 중에 아주 조금만 끌어다가 잡지에 할인 쿠폰을 실을 수 없을까요?" 닉은 양손을 허리에 걸치고 날 멍하니 내려다본다.

"뭘 하자고?"

"쿠폰을 곁들인 광고 있잖아요. 별로 비싸진 않을 거예요. 부서에서도 아무도 눈치조차 채지 못할 거예요."

“어느 잡지에?”

“주간 볼링요.” 난 얼굴을 살짝 붉힌다. “저희 할아버지도 그 잡지를 구독하시거든요.”

“주간 뭐?”

“부탁이에요! 정말 닉은 아무것도 안 하셔도 돼요. 제가 다 알아서 할게요. 정말 여태까지 팬서 바에 들이부었던 광고료에 비하면 정말 새 발의 피도 안 될 거예요. 표시도 안 날걸요.” 난 애원하는 표정으로 닉을 바라본다. “제발…… 부탁이에요…….”

“아, 뭐, 그러지.” 닉은 심드렁하게 말한다. “어차피 가망 없는 제품인데 이제 와 뭘 한들 큰일이야 나겠어.”

“감사합니다!” 난 함박웃음을 짓는다. 닉이 자기 책상으로 돌아가자마자 난 수화기를 들고 할아버지의 전화번호를 돌린다.

“할아버지, 저예요.” 할아버지의 자동 응답기가 삐 소리를 내자 난 말한다. “주간 볼링 지에 팬서 바 할인 쿠폰 광고를 실을 거예요. 그러니까 친구 분들한테 다 소문내 주세요! 아주 싼 값에 사재기하실 수 있어요. 다음에 또 뵈어요.”

“엠마?” 갑자기 할아버지의 목소리가 수화기 서편에서 들려온다. “나 집에 있다. 그냥 응답기 켜 놓고 듣고 있었어.”

“네?” 난 너무 놀란 척을 하지 않으려고 한다. 귀찮은 곳에서 전화가 오기에 누가 걸었는지 확인을 하고 받으시는 걸까.

“아, 이게 내 새로운 취미예요. 그런 사람들 꽤 있다던데 넌 못 들었냐? 친구들이 메시지를 남기는 걸 들으면서 낄낄 웃는 거지. 얼마나 웃긴다고. 어쨌거나 안 그래도 너한테 전화하려던 참이었단다. 어제 뉴스에서 아주 신경 쓰이는 얘기를 하더라고. 런던 중심부에서 강도 사건이 요새 잦다던데."

으으, 또 시작이시다.

"할아버지……."

"애야, 런던 대중교통 수단은 이용하지 않겠다고 약속해다오."

"저…… 약속할게요." 난 손가락으로 재빨리 십자를 만들며 거짓
말을 한다. "할아버지, 저 이만 끊어야 해요. 하지만 곧 전화 다시
드릴게요. 사랑해요."

"나도 사랑한다, 아가야."

전화를 끊으며 난 뿌듯한 만족감을 느낀다. 자, 한 가지는 처리했
고.

그 다음은 코너 문제인데 이건 어떻게 하지?

"별수없이 직접 가서 자료 보관실을 뒤져 봐야겠네." 사무실 저편
에서 캐롤린이 누군가에게 하는 말에 내 귀가 번쩍 뜨인다.

그래, 자료 보관실. 그래. 거기야! 거기엔 정말 꼭 가야 할 일이
있지 않은 이상에야 다들 가길 꺼리지. 지하실 안쪽 끝에 있는 데다
가 창문이 없어서 컴컴하지, 있는 것은 오래된 책과 잡지들뿐이다.
게다가 자료 분류도 제대로 되어 있지 않아서 뭔가를 찾으려면 한참
을 헤매야 한다.

완벽해.

"괜찮으면 제가 갈게요." 난 시치미를 뚝 떼고 말한다. "뭘 찾으
시는데요?"

"정말 그래 주겠어?" 캐롤린이 얼씨구나 하며 말한다. "정말 고
마워, 엠마. 그게 말이지, 폐간된 잡지에 나온 오래된 광고인데, 여
기 잡지 이름이랑 그런 거 써 놨어……." 캐롤린이 내민 쪽지를 받

아들며 난 은근히 흥분을 느낀다. 캐롤린이 가고 나자 난 조심스럽게 수화기를 들고 코너의 내선 번호를 누른다.

"나야." 난 낮고 탁한 목소리로 속삭인다. "자료 보관실에서 만나. 보여 주고 싶은 게 있어."

"뭔데?"

"그냥…… 거기서 봐." 마치 샤론 스톤이 된 듯한 기분이다.

오호호호! 회사에서의 한판이여, 내가 간다!

난 최대한 빨리 복도를 가로지른다. 총무부 앞을 지나치는데 갑자기 웬디 스미스가 달라붙어 사내 네트볼 팀에서 뛰지 않겠냐고 묻는다. 결국 지하실까지 내려가는 데는 몇 분이 걸렸고 자료실 문을 열었을 때에는 코너가 그 안에 서서 시계를 들여다보고 있다.

잠시 짜증이 난다. 원래는 내가 코너를 기다리고 있을 생각이었는데 이게 뭐냐. 바닥에 책을 한 무더기 쌓아놓고 그 위에 앉아서 유혹적으로 말려 올라간 치마 아래 드러난 다리를 요염하게 꼬고 있을 작정이었는데.

뭐, 그건 물 건너갔군.

"안녕." 난 굉장히 탁한 목소리로 섹시하게 말한다.

"안녕." 코너가 얼굴을 찡그린다. "엠마, 무슨 일이야? 나 오늘 굉장히 바쁘다고."

"보고 싶었어. 자기 모든 걸." 난 엉덩이로 문을 밀어 닫은 뒤 애프터셰이브 광고에 나오는 것처럼 손가락으로 코너의 가슴을 살살 문지른다. "요샌 옛날처럼 마음 내킬 때마다 하지는 않잖아."

"뭐?" 코너는 멍한 눈으로 날 본다.

"해보는 거야." 난 요염한 미소를 머금고 코너의 셔츠 단추를 푼다. "하자고. 여기서. 지금."

"지금 제정신이야?" 코너가 내 손가락을 옆으로 밀치며 얼른 단추를 잠그기 시작한다. "엠마, 우리 지금 회사에 있다고!"

"그래서? 우린 젊잖아. 우린 서로를 사랑하잖아……." 난 손을 점점 더 아래로 미끄러뜨린다. 코너의 눈이 휘둥그레진다.

"그만!" 코너가 목소리를 낮추고 외친다. "지금 당장 그만 해! 엠마, 술 취하거나 뭐 그런 거야?"

"난 그냥 하고 싶다고! 그게 그렇게도 무리한 부탁이었어?"

"보통 사람들처럼 그냥 침실에서 하면 안 돼? 그게 그렇게도 무리한 부탁이야?"

"하지만 우린 침실에서도 안 하잖아! 요새는 정말 한참 동안 안 했잖아!"

불편한 침묵이 흐른다.

"엠마." 코너가 마침내 입을 연다. "시간도 그렇고 장소도 그렇고……."

"그게 뭐가 어때서? 이렇게 하면 우리 사이도 예전같이 다시 뜨거워질 거라고! 리시가 그러는데……."

"리시한테 우리 얘기를 했어?" 코너는 기가 막힌다는 표정을 짓는다.

"우리 얘기를 한 건 아냐." 난 당황해서 얼버무린다. "그냥…… 일반적인 커플 얘기가 나왔는데, 리시 말이 회사에서 한번 하면…… 끝내 준다잖아! 부탁이야, 코너!" 난 코너한테 다가가 손을 잡고 내 가슴팍으로 밀어 넣는다. "흥분되지 않아? 누군가가 금방이라도 복도 저편을 지나갈지도 모른다고 생각하면……." 갑자기 무슨 소리가 들려서 난 행동을 딱 멈춘다.

아닌 게 아니라 복도 저편에서 발걸음 소리가 들려오긴 한다.

흐어어억.

"발걸음 소리가 들려!" 코너가 낮게 속삭이며 얼른 내게서 떨어지지만 손만큼은 여전히 내 가슴팍에 꽂혀 있다. 코너는 자기 손을 기절초풍하며 내려다본다. "걸렸어! 이 망할 시계, 자기 점퍼에 걸렸다고!" 코너는 힘껏 손을 잡아당긴다. "미치겠네! 팔이 안 움직여!"

"잡아 빼 봐!"

"하고 있다고!" 코너는 기겁을 하며 주위를 둘러본다. "여기 어디 가위가 있지 않아?"

"설마 내 점퍼를 자르려는 건 아니지?" 난 당황해서 묻는다.

"그거 말고 딴 방법 있어?" 코너가 다시 한 번 손을 홱 잡아당기자 난 숨죽여 비명 소리를 낸다. "아야! 그만 해! 그러다가 옷 망가지겠어!"

"지금 옷 망가지는 게 그렇게 큰 문제야?"

"그 웃기지도 않은 시계는 원래부터 마음에 안 들었어. 내가 선물해 준 걸 차고만 다녔어도……."

난 말을 멈춘다. 발걸음 소리가 점점 더 가까워진다. 누가 자료 보관실 바로 문 앞에 서 있는 것 같다.

"미치겠네." 코너는 어쩔 줄 몰라 하며 주위를 둘러본다. "우쒸…… 이걸 그냥……."

"침착해! 구석에 숨으면 돼." 내가 속삭인다. "운이 좋으면 안 들어올지도 몰라."

"진짜 훌륭한 아이디어 냈구나, 엠마." 서둘러 보관실 안쪽 구석으로 가며 코너가 성난 음성으로 뇌까린다. "진짜 진짜 훌륭해."

"왜 나만 탓하고 그래? 난 그저 우리 관계에 다시 불길을 되살리려던……." 문이 열리는 순간 난 얼어붙는다.

안 돼. 악몽이야.

기절할 것처럼 머리가 아찔해진다.

잡지를 한 다발이나 안고 문 앞에 서 있는 사람은 잭 하퍼가 아닌가.

하퍼의 눈길이 우리를 천천히 스치고 지나간다. 코너의 성난 표정에서, 내 가슴팍에 꽂힌 코너의 손, 고통스러워하는 내 얼굴까지.

"회장님." 코너는 말까지 더듬는다. "정말 죄송하게 되었습니다. 우리는…… 그게, 그러니까……." 코너는 헛기침을 한다. "제가 얼마나 당황하고 있는지…… 우리 두 사람 모두……."

"아, 물론 그렇겠지요." 잭이 말한다. 담담하고 무표정한 얼굴, 건조하기 그지없는 목소리. "사무실로 돌아가기 전에 옷매무새를 가다듬는 게 좋겠습니다."

잭은 문을 닫고 나간다. 우린 마네킹처럼 꼼짝도 않고 그 자리에 서 있다.

"손 좀 어떻게 빼 봐." 난 마침내 말한다. 갑자기 목을 졸라 죽이고 싶을 만큼 코너가 미워진다. 한번 하고 싶다는 욕구는 씻긴 듯이 사라졌다. 내 자신이 미워 죽겠다. 코너도 밉다. 세상 모두가 다 밉다.

코너랑 헤어지다

"유리로 만들어진 이상 언젠가는 깨질 수밖에 없었던 거야." 한참 후 내가 말한다. "그리고 지금 봤지? 난 이렇게 내팽개칠 수 있어. 그게 내게 어울리지 않는 거라면."

잭 하퍼는 오늘 떠난다.

만세. 만세. 만만세. 더 이상 견디기가 힘들었는데 정말 잘됐다. 조용히 구석에 틀어박혀 퇴근 시간까지 잭을 피하다가 5시 땡 해서 곧장 집으로 돌아가면 만사 오케이다. 내 삶은 예전대로 돌아올 거고, 지꾸만 남자 친구가 아닌 딴 사람을 감지하고 마는 내 레이더 밍도 원상태로 돌아올 거다.

어제 비록 민망해서 죽을 뻔했다고는 하지만 그후에는 나름대로 잘 마무리가 되었는데 왜 이렇게 신경이 곤두서고 예민해지는지 알 수가 없다. 처음에 걱정했던 대로 회사에서 한번 하려 했다는 이유로 코너와 동반 해고당하는 일은 일어나지 않았다. 게다가 내 시도가 결국에는 열매를 맺었다고나 할까. 각자 사무실로 돌아가자마자 코너가 내게 사과하는 이메일을 보내기 시작하더니 급기야 어젯밤에는 코너와 오랜만에 섹스를 하고야 말았다. 그것도 두 번씩이나. 향기 나는 초를 켜 놓고 말이다.

아마 여자들이 향초를 켜 놓고 섹스하기를 좋아한다는 걸 어딘가에서 읽은 모양이다. 《코스모폴리탄》 잡지에서 읽었나? 향초를 꺼내 올 때마다 날 보며 '역시 난 멋진 남자 친구지?' 하는 표정을 짓는 게, 분명 어디선가 그런 얘기를 들은 게 분명하다. 그러면 난 어쩔 수 없이 "어머! 향초야! 최고다!" 하는 말을 해 준다.

그렇다고 내가 향초를 싫어한다는 말은 아니니까 오해하지 마시길. 하지만 향기 나는 초가 뭐 그리 특별한 건데? 그래 봤자 타는 게 전부잖아. 게다가 그런 게 있으면 아무래도 신경이 쓰여서 아주 중요한 순간에도 '이러다가 향초가 넘어지는 거 아닐까?' 같은 생각이 나 한다고.

어쨌거나, 거두절미하고, 우린 어젯밤에 섹스를 했다.

오늘 밤엔 함께 살 아파트를 둘러보기로 했다. 원목 마루나 목제 셔터는 없지만 욕실에 기포 욕조가 설치되어 있단다. 멋지잖아? 내 인생이 드디어 활짝 피려는 모양이다. 그런데 난 왜 이렇게 심란한 걸까. 도대체 뭐가 문제인지…….

코너랑 동거하기가 싫은 거야. 머릿속에서 작은 목소리가 속삭인다.

아냐. 말도 안 돼. 내가 잘못 들은 거야. 코너는 완벽한 남자잖아. 모두들 다 그 사실을 아는데.

하지만 난 코너랑…….

시끄러워. 입 닥쳐. 우린 완벽한 커플이란 말이야. 향초 켜 놓고 섹스도 하고 강가로 산책도 나가잖아. 일요일에는 파자마만 입고 뒹굴면서 커피도 마시고 신문도 읽잖아. 완벽한 커플들은 원래 다 그런 거야.

하지만…….

그만 하라니까!

난 꿀꺽 침을 삼킨다. 코너는 내 인생의 유일한 빛이다. 코너가 없었으면 난 어떻게 되었을까?

전화기 울리는 소리가 상념을 꿰뚫는다. 난 전화를 받는다.

"여보세요, 엠마?" 귀에 익은 건조한 목소리. "나 잭 하퍼입니다."

내 심장이 갈비뼈를 뚫고 밖으로 뛰쳐나가려고 펄쩍 뛰어오르는 바람에 하마터면 커피를 쏟을 뻔한다. 잭 하퍼와는 어제 자료 보관실에서 본 게 마지막이었고, 난 지금 이대로 영영 못 본다고 하더라도 전혀 불만 없는데.

우쒸. 전화를 왜 받았지?

애초에 오늘 월차를 내는 거였는데.

"아, 네. 저…… 안녕하세요."

"잠시 시간 되면 내 사무실로 올라와 주겠어요?"

"어…… 저요?" 난 긴장한 목소리로 묻는다.

"그래요."

난 헛기침을 한다.

"저…… 뭐 필요하세요? 심부름인가요?"

"아니. 그냥 올라만 오면 돼요."

잭이 전화를 끊자 난 한참 동안 수화기만 들여다본다. 등골을 타고 뭔가 서늘한 기운이 흐른다. 아우, 젠장. 이럴 줄 알았어. 어쩐지 아무 일 없이 지나간다 싶었지. 날 자를 건가 봐…….

회사에서 남자 친구의 손을 가슴팍에 찔러 넣고 있는 모습을 들켰는데 사실 할 말 없지.

뭐, 어쩔 수 없지. 다 내 잘못이니까.

난 심호흡을 하고 자리에서 일어나 엘리베이터를 타고 12층까지 올라간다. 사무실 앞에 책상이 놓여 있지만 그 자리를 지키는 비서가 없기에 내가 직접 문을 두드린다.

"들어오세요."

난 조심스럽게 문을 밀고 들어간다. 무척이나 크고 환하며 나무로 벽을 마감한 방이다. 잭 하퍼가 원탁에 앉아 있고 그 주위로 여섯 명이 모여 앉아 있다. 다들 처음 보는 얼굴들이다. 모두들 서류를 들고 물을 마시고 있는데 사무실 안 공기는 제법 팽팽하게 긴장되어 있다.

뭐야, 나 해고당하는 꼴 보려고 여기들 모여 있는 건가? 뭐야, 이거 혹시 '사원 해고하는 법' 강좌라도 하는 거야?

"안녕하세요." 난 최대한 침착하게 버티려고 애쓰지만 얼굴이 화끈거린다. 누가 봐도 눈에 띄게 당황하고 있는 표시가 날 거다.

"안녕하세요." 잭이 미소를 짓는다. "엠마…… 긴장을 풀어요. 걱정할 거 하나도 없어요. 몇 가지 물어 보려고 부른 것뿐이니까."

"아, 네." 난 기계적으로 대답한다.

도대체 어떻게 되어 가는 거야? 도대체 잭 하퍼가 나한테 뭘 물어 보고 싶은 건데?

잭은 내가 잘 볼 수 있게 종이 한 장을 치켜든다. "이게 무슨 그림인 것 같아요?" 잭이 묻는다.

아우, 미치고 팔짝 뛰겠다.

정말 악몽 중에서도 최악의 악몽을 꾸는 것 같다. 예전에 레인스

은행에 면접 보러 갔던 일이 떠오른다. 나에게 지렁이처럼 구불구불한 선을 보여 주며 어떻게 보이냐고 묻기에 구불구불한 선처럼 보인다고 대답한 적이 있다.

모두가 날 쳐다본다. 정말 마음 같아선 정답을 맞히고 싶은데, 문제는 정답이 뭔지 도저히 알 도리가 없다는 거다.

난 그림을 가만히 본다. 심장이 마구 두근거린다. 두 개의 둥근 물체가 그려진 그림이다. 하나는 모양이 좀 불규칙적이다. 그게 뭔지 도저히 알 수가 없다. 감도 잡히지 않는다. 뭘 닮았을까…… 뭘까…….

갑자기 뭔지 알 것 같다.

"호두네요! 호두 두 알이요!"

잭은 푸하하 웃음을 터뜨리고 몇몇 사람도 작게 키득거리다가 얼른 헛기침으로 소리를 감춘다.

"이걸로 내가 하고자 하는 말의 요점은 전달된 것 같은데." 잭이 말한다.

"호두 아니에요?" 난 원탁 주위를 둘러보며 어리둥절한 표정으로 묻는다.

"난소를 그린 그림이네." 무테 안경을 쓴 남자가 딱딱한 어조로 말한다.

"난소요?" 난 그림을 다시 본다. "아, 그렇네요! 아, 네. 그렇게 말씀하시는 걸 들으니까 보이네요. 확실히…… 난소 비스무리한……."

"호두지." 잭은 너무 웃어서 눈물까지 났는지 눈가를 닦는다.

"말씀드렸다시피 난소는 여성성에 대한 상징의 일부에 지나지 않습니다.” 비쩍 마른 남자가 변명투로 말한다. “난소는 다산과 지혜를 상징하며, 여기 이 나무는 생명의 근원인 어머니 지구를 표현한 것으로……”

“게다가 이 이미지는 모든 상품에 걸쳐 다양하게 쓰일 수 있습니다.” 검은 머리 여자가 상체를 앞으로 숙이며 말한다. “건강 음료, 의류, 향수……”

“주요 타깃층 고객들은 추상적인 이미지에 긍정적인 반응을 보인다는 평가가 있었습니다.” 무테 안경을 쓴 남자가 다시 말을 받는다. “조사 결과로 보면……”

“엠마.” 잭은 다시 날 쳐다본다. “난소 그림이 그려진 음료수 사고 싶어요?”

“저……” 몇몇 사람들이 적대적인 표정으로 쳐다보는 것을 의식하며 난 헛기침을 한다. “아마…… 안 살 거예요.”

몇몇이 시선을 주고받는다.

“적절하지 않다고 생각합니다.” 누군가가 웅얼거린다.

“회장님, 이건 창작팀 세 팀이 붙어서 일한 결과물입니다.” 검은 머리 여자가 열변을 토한다. “무無에서부터 시작할 수는 없습니다. 그런 건 불가능합니다.”

잭은 에비앙 물병을 들어 꿀꺽 물을 마신 뒤 손등으로 입을 닦고 그 여자를 바라본다.

“혹시 내가 ‘멈추지 마’란 회사 슬로건을 술집에서 냅킨 위에다가 2분 만에 썼다는 걸 알고 하는 말인지?”

“네, 압니다.” 무테 안경 남자가 기어 들어가는 소리로 말한다.

“난소 그림이 붙은 음료수는 팔 수 없다는 게 내 결론이네.” 잭은 숨을 내쉬며 헝클어진 머리카락을 쓸어 올린다. 그러고는 의자를 뒤로 뺀다. "오케이. 잠시 쉬었다 가지. 엠마, 미안하지만 여기 있는 폴더들을 스벤의 사무실로 가져가야 하는데 좀 도와주겠어요?"

뭐야, 도대체 무슨 일이 있었던 거지? 하지만 난 감히 물어볼 엄두도 못 낸다. 잭은 아무 말도 없이 날 앞장세워 복도를 지나가더니 엘리베이터에 타고 10층 버튼을 누른다. 엘리베이터가 내려가기 시작한 지 2초쯤 되자 잭은 갑자기 정지 버튼을 누르고 엘리베이터는 덜컹거리며 멈춰 선다. 마침내 잭은 날 바라본다.

"도대체 이 회사에서 제정신인 건 당신과 나 둘뿐인가 봐."

"저……."

"도대체 직관이란 게 없는 인간들이야." 잭은 기가 막힌다는 표정을 짓는다. "아무도 뭐가 좋고 나쁜지 판단을 못 해. 난소라니." 잭은 고개를 설레설레 흔든다. "난소라니, 기가 막혀서!"

왜 그랬는지는 모른다. 잭 하퍼가 머리끝까지 화가 난 표정으로 '난소'라는 단어를 외치는 게 왜 그리 우습게 들렸는지. 정신을 차릴 겨를도 없이 난 웃음을 터뜨린다. 잭은 잠시 얼떨떨한 표정을 짓다가 금세 날 따라 배꼽을 잡고 웃기 시작한다. 잭 하퍼가 웃을 때면 갓난아이처럼 코가 위로 들려 올라간다. 그걸 보면 웃겨서 더더욱 웃음을 멈출 수가 없다.

우와. 나 정말 정신없이 웃고 있구나. 코를 킁 고는 소리까지 내면서 옆구리가 아플 때까지 웃고 있다. 잭 하퍼를 쳐다볼 때마다 잦아들려던 웃음이 다시 터져 나온다. 콧물까지 줄줄 흐른다. 휴지도 없는데…… 어쩔 수 없이 난소 그림이 그려진 종이로 코를 푼다.

"엠마, 왜 그런 남자를 만나?"

"네?" 난 여전히 웃다가 고개를 든다. 그제야 난 잭 하퍼가 웃음을 멈춘 상태임을 깨닫는다. 잭이 날 바라본다. 읽을 수 없는 표정을 띠고 있다.

"왜 그 남자를 만나냐고." 잭이 되풀이한다.

웃음이 잦아든다. 난 머리카락을 쓸어 넘긴다.

"무슨 말씀이세요?" 난 시간을 벌 요량으로 말한다.

"코너 마틴. 그 남자는 엠마를 행복하게 해 줄 수 없어. 당신의 모든 걸 채워줄 수 없다고."

난 잭을 쳐다본다. 뭔가 뜨끔한 기분.

"누가 그러는데요?"

"나도 코너란 남자에 대해 전혀 모르는 건 아니라고 봐. 그 사람과 같이 회의에도 참석해 봤고 그 사람 머릿속이 어떻게 돌아가는지도 대강 봤어. 좋은 남자인 건 맞아. 하지만 당신한텐 단순히 좋은 남자로는 모자란다고." 잭은 날 오랫동안 바라본다. "내 짐작이긴 하지만, 당신도 코너와 같이 사는 게 딱히 내키지는 않을 거야. 하지만 거절하기는 또 뭐해서 그냥 묻혀서 따라가는 것뿐이지."

기분이 갑자기 나빠진다. 불쾌하다. 자기가 뭔데 날 분석하고 그래? 그것도 왜 그렇게…… 그렇게 잘못된 결론을 내리는 건데? 무슨 소리야, 당연히 난 코너랑 같이 살고 싶다고.

"오해를 하셨나 보군요." 난 차갑게 말한다. "저는 코너와 함께 살기만을 손꼽아 기다리고 있어요. 심지어…… 심지어 조금 전만 해도 책상에 앉아서 빨리 같이 살았으면 좋겠다는 생각을 하고 있었는걸요."

어때, 당신이 졌지?

잭은 고개를 젓는다.

"당신한텐 불꽃이 팍팍 튀는 남자가 필요해. 당신을 흥분시켜 줄 사람."

"말씀드렸잖아요. 비행기 안에서 한 말들은 진심이 아니었다니까요. 코너는 절 흥분시켜요!" 난 반항적인 표정을 짓는다. "어제…… 저희 못 보셨어요? 상당히 열정적인 사이로 보이지 않던가요?"

"아, 그거." 잭은 어깻짓을 한다. "난 꺼져 가는 열기를 어떻게든 되살려 보려는 처절한 몸부림이라고 생각했는데."

난 잡아먹을 듯한 표정으로 잭을 쳐다본다.

"그런 것 아니었어요!" 난 물어뜯듯 말한다. "그저…… 순간적인 열정에 휩싸여 저지른 일이었을 뿐이에요."

"아, 그래?" 잭이 온화하게 말한다. "내 착각이로군."

"그나저나 회장님이 무슨 상관이세요?" 난 팔짱을 낀다. "제 행복이 회장님과 무슨 관계가 있냐고요?"

부담스런 침묵이 흐른다. 어느새 내 호흡이 가빠져 있음을 깨닫는다. 잭의 검은 눈과 시선이 부딪치는 순간 난 얼른 고개를 돌린다.

"내 자신에게도 똑같은 질문을 해 봤지." 잭은 그렇게 말하고 어깻짓을 한다. "아마 우리가 함께 비행기 안에서 특이한 경험을 했기 때문일까. 어쩌면 우리 회사에서 내게 잘 보이려고 억지로 되지도 않은 유치한 연기를 하지 않은 유일한 사람이 당신이기 때문일까."

회장님을 비행기 안에서 만나지 않았더라면 나도 연기를 했을 거라고요! 그렇게 쏘아붙여 주고 싶다. 난 선택의 여지가 없었단 말이에요!

"그러니까 내가 하고 싶은 말은…… 난 당신이 친구처럼 느껴져."
잭이 말한다. "난 내 친구들이 행복하길 바라는 사람이거든."

"아, 네." 난 코를 문지르며 대답한다.

나도 친구처럼 느껴진다고 말을 하려는데 잭이 먼저 말한다. "게다가 우디 앨런 영화 대사를 줄줄 읊을 수 있는 사람이 제대로 된 멀쩡한 인간일 리가 없어."

갑자기 화가 벌컥 치민다.

"회장님이 뭘 아신다고 그런 말을 하시는 거예요!" 내가 버럭 외친다. "그 망할 비행기에서 회장님 옆에 앉았던 걸 두고 두고 후회해요! 사무실 안을 돌아다니며, 제가 바짝 긴장할 만한 말들을 툭툭 뱉으시고, 세상 그 누구보다도 절 제일 잘 아시는 듯 행동하시고……."

"어쩌면 그게 정답 아닐까." 잭이 눈을 반짝이며 말한다.

"뭐가요?"

"내가 이 세상 그 누구보다 엠마에 대해서 제일 잘 알고 있지 않을까?"

난 잭을 바라본다. 분노와 흥분이 뒤범벅이 되어 숨조차 제대로 쉴 수가 없다. 갑자기 우리가 공을 이리저리 주고받으며 테니스를 치고 있었던 게 아닌가 하는 생각이 든다.

"그렇지 않아요!" 난 최대한 오만한 목소리로 대꾸한다.

"엠마가 코너 마틴과 오래가지 않을 거란 건 알아."

"그건 모르는 일이죠."

"아니, 알아."

"아니, 모르세요."

"안다니까."

잭이 갑자기 웃음을 터뜨린다.

"모르세요! 그렇게 꼭 대답이 듣고 싶으시다니 말씀드리겠는데 전 아마 코너와 결혼할 거예요."

"코너와 결혼을 해?" 잭은 별 웃긴 농담 다 들었다는 반응을 보인다.

"그래요! 왜 안 되는데요? 그이는 키도 크고 잘생겼고 친절하고 또…… 또…….." 말이 꼬인다. "어쨌거나 그건 제 사생활이에요. 회장님은 제 상관이시고, 저를 아시게 된 지 일주일이 조금 넘었을 뿐이에요. 회장님이 끼어드실 문제가 아니라고요!"

잭은 웃음을 멈추고 마치 모욕을 당했다는 표정을 짓는다. 한참 동안 아무 말 없이 날 바라보더니 뒤로 물러서서 정지 버튼을 다시 누른다.

"그래, 그 말이 맞네." 아까와는 너무나도 다른 목소리로 말한다. "엠마의 사생활은 내가 끼어들 문제가 아니지. 내가 선을 넘었군. 사과하겠어."

도대체 뭐가 뭔지.

"저…… 그런 뜻으로…….."

"아니, 맞는 말 한 거야." 잭은 한참 동안 엘리베이터 바닥을 내려다보다가 고개를 든다. "내일 미국으로 떠나. 여기 있는 동안 아주 즐거웠어. 그동안 도와준 거 고맙게 생각해. 오늘 저녁 환송 파티에서 볼 수 있겠지?"

"저는…… 잘 모르겠어요."

공기가 산산조각이 나서 부스러지고 만다.

끔찍하다. 이건 아니다. 뭔가 말을 하고 싶다. 조금 전 그 분위기로 돌아가고 싶다. 편안하고 장난스런 분위기로. 하지만 아무 말도 떠오르지 않는다.

엘리베이터는 10층에서 멈춰 선다.

"여기서부터는 나 혼자서도 찾아갈 수 있을 것 같군요." 잭이 말한다. "사실은 그냥 말동무가 필요했던 것뿐이었어요."

난 주뼛거리며 폴더를 잭의 팔에 안겨 준다.

"그럼 엠마." 잭은 깍듯이 예의를 갖춘다. "나중에 다시 볼 기회가 안 된다면…… 엠마를 알아서 즐거웠어요." 시선이 얽히는 순간 잭은 예전처럼 따스한 표정을 지어 보인다. "이건 진심이야."

"저도요." 목구멍이 꽉 죄어 온다.

당신이 떠나길 원치 않아. 이걸로 끝이라는 게 싫어. 어디서 술이나 한잔 하지 않겠냐고 묻고 싶다. 잭의 팔에 매달려 가지 말라고 말하고 싶다.

너 미쳤구나. 왜 그러니?

"즐거운 여행 되세요." 잭과 악수를 나누며 난 간신히 말한다. 잭은 돌아서서 복도를 걸어가 버린다.

난 몇 번이고 몇 번이고 입을 벌려 잭을 부르려 한다. 하지만 뭐라고 말할 수 있을까? 할 말은 아무것도 없는걸. 내일 아침이면 잭은 비행기를 타고 자신의 원래 삶으로 되돌아가 버릴 것을. 난 여기 남아 내 삶으로 되돌아가야 하거늘.

하루 종일 온몸이 무겁다. 모두들 잭 하퍼의 환송 파티에 대해 이야기꽃을 피우지만 난 평소보다 30분 일찍 퇴근하고 만다. 곧장 집으로 돌아가 코코아를 타서 소파에 앉아 있는데 코너가 아파트로 들어온다.

응접실을 가로질러 다가오는 코너를 보는 순간 난 뭔가가 다르다는 것을 느낀다. 코너가 달라진 건 아니다. 코너는 조금도 변하지 않았다.

변한 건 나다.

"안녕." 코너가 내 이마에 입을 맞추며 말한다. "이만 갈까?"

"가다니?"

"에디스 가에 있는 아파트를 보러. 파티에 참석하려면 서둘러야 할 거야. 아, 어머니가 집들이 선물을 보내 주셨어. 회사로 배달되어 왔더라고."

코너는 내게 마분지 상자를 건넨다. 난 상자 속에서 유리 티포트를 꺼내어 멍하니 들여다본다.

"이걸로 차를 끓이면 홍차 잎이 물에 떠다니지 않는대. 어머니 말씀이 그럼 맛이 훨씬 더 좋아진다고……."

"코너." 내 목소리가 들린다. "나 못 할 것 같아."

"어렵지 않아. 그냥 여길 들어서……."

"아니." 난 눈을 감고 용기를 그러모은 후 다시 눈을 뜬다. "못 하겠다고. 같이 못 살 깃 같아."

"뭐?" 코너는 날 멍하니 바라본다. "무슨 일 있었어?"

"응. 아니." 난 침을 꿀꺽 삼킨다. "꽤 오랫동안 확신이 없었어, 우리 관계에 대해서. 그런데 최근에 겨우 확실하게 깨닫게 되었어. 더 이상의 위선을 감당할 수가 없어. 코너에게나, 내게나 옳지 못해."

"뭐?" 코너는 손으로 이마를 문지른다. "엠마, 지금 하는 말…… 그러니까…… 엠마가 원하는 게……."

"헤어지고 싶어." 난 카펫만 내려다보며 말한다.

"농담하는 거지?"

"농담이 아니야." 갑자기 너무나도 고통스럽다. "농담 아니고 진지하게 하는 말이야."

"하지만…… 말도 안 돼! 정말 말도 안 된다고!" 코너는 신경질적인 맹수처럼 응접실 안을 걷기 시작한다. 그러더니 갑자기 날 바라본다.

"그때 비행기 여행 때문이지?"

"뭐?" 난 화들짝 놀라 코너를 쳐다본다. "그게 도대체 무슨 말이야?"

"스코틀랜드에서 돌아온 이래 넌 뭔가 달라졌어."

"그렇지 않아!"

"아니, 변했어. 계속 신경이 곤두서 있고, 긴장해 있고……." 코너는 내 앞에 쭈그리고 앉아 내 손을 잡는다. "엠마, 내 생각엔 아직도 그때의 충격에서 못 벗어나고 있는 거 같아. 카운슬링 같은 걸 받아 보는 게 어떻겠어?"

"코너, 카운슬링은 필요 없어." 난 코너에게 잡힌 손을 뺀다. "어쩌면 그 말이 맞을지도 몰라. 어쩌면 그 비행기 여행 때문에……." 난 침을 꿀꺽 삼킨다. "내가 좀 변한 걸지도 몰라. 그 여행 덕분에 내 삶을 돌아볼 수 있었고, 그동안 몰랐던 것들을 깨달을 수 있었을지도 몰라. 내가 깨달은 것 중 하나는 우린 어울리지 않는다는 거야."

천천히 코너는 카펫 위에 주저앉는다. 도무지 믿을 수 없다는 표정이다.

"하지만 우리 사이에는 아무런 문제도 없었잖아! 섹스도 여러 번 하고……."

"알아."

"딴 남자가 생긴 거야?"

"아냐!" 난 날카롭게 말한다. "딴 남자 같은 건 당연히 없다고!" 난 손가락으로 소파를 문지른다.

"지금 제정신으로 하는 소리가 아닐 거야." 코너가 불쑥 말한다. "요새 기분이 좀 안 좋아서 그런 말을 하는 걸지도 몰라. 내가 욕조에 뜨거운 물 받아 줄 테니까 향초 켜고서 몸을 담그고 나면……."

"코너, 이러지 마" 난 울음을 터뜨린다. "향초는 이제 필요 없어. 내 말 좀 들어 줘. 내 말 좀 믿어 줘." 난 코너의 눈을 똑바로 들여다본다. "나 정말로 헤어지고 싶어."

"난 그 말 도저히 못 믿겠어!" 코너는 고개를 젓는다. "난 널 알아, 엠마. 넌 그런 사람이 아니잖아. 우리 관계처럼 소중한 걸 내팽개칠 사람이 아니라고. 넌……."

내가 아무런 경고도 없이 유리 티포트를 바닥에 던지자 순간 코너는 헉 하며 말을 멈춘다.

우린 얼떨떨한 표정으로 멍하니 티포트를 내려다본다.

"유리로 만들어진 이상 언젠기는 깨질 수밖에 없었던 거야." 한참 후 내가 말한다. "그리고 지금 봤지? 난 이렇게 내팽개칠 수 있어. 그게 내게 어울리지 않는 거라면."

"깨진 것 같네." 코너가 티포트를 집어 들고 들여다보며 말한다. "완전히 깨진 건 아니지만 금이 가 버렸어."

"그것 봐."

"그래도 쓸 수 있을지도……."

"아니, 쓸 수 없어."

“테이프라도 붙이면 되잖아.”

“하지만 유리는 일단 금이 가면 예전으로 돌아갈 수가 없어.” 난 주먹을 꼭 쥐고 말한다. “그게…… 유리인 거야.”

“그렇구나.” 코너가 한참 후에 말한다.

마침내 코너도 내가 진심임을 깨달은 모양이다.

“그럼…… 난 이만 가볼게.” 코너가 마침내 말한다. “그 아파트 주인한텐 내가 전화할게. 우리가…….” 코너는 멈춰 서서 거칠게 손등으로 코를 닦는다.

“그래.” 내 목소리가 아닌 것처럼 느껴진다. “회사 사람들에겐 이 얘기 하지 않았으면 좋겠어. 적어도 당분간은.”

“그래.” 코너는 탁한 목소리로 대답한다. “아무 말 안 할게.”

코너는 문을 반쯤 나서다 말고 돌아서서 자기 주머니에 손을 집어 넣는다. “엠마, 여기 재즈 페스티벌 티켓이야.” 코너의 목소리가 갈라진다. “가져.”

“뭐?” 난 당황하며 코너가 내민 티켓을 바라본다. “아냐! 네가 가져. 네가 산 거잖아.”

“네가 가졌으면 좋겠어. 네가 데니슨 쿼텟 공연을 얼마나 기다렸는지는 내가 제일 잘 알아.” 코너는 밝은 색 티켓을 내 손에 꼭 쥐어 준다.

“나…… 난…….” 난 침을 꿀꺽 삼킨다. “코너…… 난…… 정말 무슨 말을 해야 할지 모르겠어.”

“우리는 헤어져도 우리에겐 재즈가 있잖아.” 코너는 꽉 잠긴 목소리로 말한 뒤 현관문을 나선다.

잭 하퍼에게 데이트 신청 받다

세상에, 세상에. 내가 잭 하퍼와 저녁 식사 데이트를 하게 되다니. 정말이지…… 믿을 수가…… 하 누굴 속이려 드는 거야? 이렇게 될 줄 알고 있었잖아. 그 사람이 미국으로 돌아가지 않았다는 말을 들은 순간부터 이렇게 될 줄 알았지.

승진은 물 건너가고, 남자 친구랑은 헤어지고, 밤새도록 울어서 눈은 퉁퉁 붓고. 게다가 모두들 나보고 정신이 나갔다고 한다.

"미쳤어." 제미마는 10분마다 한 번씩 그렇게 말한다. 토요일 아침, 우리는 언제나처럼 가운을 입고 커피를 마시며 숙취를 달래고 있다. 내 경우엔 숙취가 아니라 남자 친구와의 이별이 되겠지만.

"네 손에 완전히 들어온 먹이였다는 거 알지?" 제미마는 연분홍색 매니큐어를 바르던 발톱을 보며 얼굴을 찡그린다. "내가 볼 땐 6개월 안에 약혼 반지 받을 수 있었는데 말이야."

"저번엔 코너랑 동거하면 결혼할 가능성은 완전히 사라지는 거라며." 내가 뿌루퉁하게 말한다.

"그래도 상대방이 코너라면 결혼할 수 있을 거라고 생각했지." 제미마는 고개를 내젓는다. "미쳤어."

"너도 내가 미친 것 같니?" 난 흔들의자에 앉아서 무릎을 끌어안고는 건포도가 박힌 토스트를 먹고 있는 리시를 바라본다. "솔직하게 말해 봐."

"음…… 아니." 대답은 그렇게 하지만 왠지 미덥지가 않다. "절대 아니지."

"너도 그렇게 생각하는구나!"

"아니, 그냥…… 두 사람 그렇게 잘 어울렸는데 안타까울 따름이지."

"그건 나도 알아. 겉으로 보기엔 정말 잘 어울려 보였지." 난 어떻게 설명을 하면 좋을까 고민한다. "하지만 실제로는 난 내 자신이었던 적이 없었어. 항상 연기를 하는 기분이었다고. 그 왜 있잖아, 뭔가 진실성이 결여된 듯한 느낌."

"그게 전부야?" 제미마는 기겁을 하며 날 쳐다본다. "그것 때문에 헤어졌단 말이야?"

"그 정도면 헤어질 만한 이유가 되지 않니?" 리시가 내 편을 든다. 제미마는 기가 막힌다는 표정으로 우리 둘을 쳐다본다.

"너희들 생각이 틀린 거야. 엠마, 꾹 참고 계속 완벽한 커플 행세를 하다 보면 언젠가는 진짜 완벽한 커플이 되는 거라고."

"하지만…… 그랬더라면 우린 행복하지 않았을 거야."

"완벽한 커플이 되면 당연히 행복해지지." 제미마는 바보에게 설명하듯 차근차근 되풀이한다. 그러고는 조심스럽게 일어나서 발가락을 벌리고 어정거리며 문가로 걸어간다. "어차피 세상 사람들 모두들 다 그렇게 연기하며 사는 거라고."

"아냐, 그렇지 않아. 그건 잘못된 거야."

"무슨 소리야. 다 그렇게 사는 거라고. 상대방에게 정직해야 하느니 어쩌느니, 그건 다 사람들의 착각일 뿐이야." 제미마는 짐짓 우월한 표정을 짓는다. "우리 부모님은 같이 사신 지가 30년이나 되셨는데 우리 아버지는 아직도 우리 엄마가 천연 금발인 줄 아신다고."

제미마가 자기 방으로 들어가 버리자 난 리시와 시선을 주고받는다.

"넌 저 말이 옳다고 생각해?" 내가 묻는다.

"아니." 리시는 조금 애매하게 말한다. "맞는 말일 리가 없잖아. 남녀 사이의 가장 기본은 아무래도…… 아무래도…… 신뢰와…… 진실이 되어야……." 리시는 말을 멈추고 날 쳐다본다. "엠마, 그런 생각을 하고 있다는 거 나한테는 왜 말 안 했니?"

"아무한테도 말하지 않았어."

하지만 그건 사실이 아님을 말하는 순간 깨닫는다. 하지만 어떻게 말할 수 있겠니. 제일 친한 친구인 네가 아니라 생판 모르는 타인에게 더 많은 얘기를 한다는 걸?

"어쨌거나 나한테 더 많은 얘기를 해 줬으면 좋았을 거야." 리시가 진지하게 말한다. "엠마, 우리 약속하자. 앞으로는 서로한테 전부 다 털어놓기로. 서로한테 아무것도 감추지 말자. 우린 제일 친한 친구 사이잖아!"

"그래, 그러자고!" 갑자기 따스한 기분이 밀려든다. 난 충동적으로 몸을 숙여 리시를 끌어안는다.

그래, 리시 말이 맞다. 우린 서로에게 의지해야 하는 거다. 서로에게 비밀을 가져선 안 된다. 우리가 몇 년을 안 사이야. 벌써 20년이 넘었잖아.

"그래, 서로한테 모든 걸 다 털어놓기로 했으니……." 리시는 건포도 토스트를 한입 베어 물며 날 곁눈질로 쳐다본다. "네가 코너를 찬 것에 그 남자가 무슨 영향을 끼친 거야? 왜, 그 비행기에서 만났다는 남자 말이야."

난 가슴이 저릿하게 아파 오는 걸 애써 무시하며 커피를 마신다.

그거랑 이거랑 무슨 관계가 있었을까. 아니, 아무런 연관 관계도 없었던 것 같다.

"아니." 난 고개를 숙인 채 말한다. "아무런 관계도 없어."

우린 잠시 TV 화면만 바라본다. 화면 속에서는 카일리 미노그가 인터뷰를 하고 있다.

"아, 맞다, 맞아!" 갑자기 뭔가가 떠오른다. "기왕 솔직해지기로 했으니 말인데…… 너 말이야, 그날 장폴이란 남자랑 네 방에서 진짜로 뭘 했던 거야?"

리시는 헉 하고 숨을 들이켠다.

"소송 건 논의를 했단 변명 따윈 하지 마." 리시가 거짓말을 하기 전에 내가 먼저 선수를 친다. "소송 건 논의하는데 그렇게 쿵쿵 소리가 나냐?"

"어." 리시는 궁지에 몰린 표정을 짓는다. "음. 사실…… 우린……." 리시는 커피를 마시며 내 시선을 피한다. "우린…… 음…… 섹스하고 있었어."

"뭐?" 난 황당한 표정으로 리시를 바라본다.

"어, 우리 하고 있었다고. 그래서 말 안 했던 거야. 창피해서."

"너랑 장폴이랑 섹스하고 있었다고?"

"그래." 리시는 헛기침을 한다. "우린…… 열정적이고…… 끈적

끈적하게…… 격렬한 섹스를 하고 있었어."

뭔가가 이상하다.

"안 믿어." 난 눈을 가늘게 뜨고 리시를 쳐다본다. "섹스하고 있었던 게 아닌 것 같은데."

리시의 얼굴이 빨갛게 물든다.

"하고 있었다니까!"

"아닌 것 같은데. 도대체 진짜로 두 사람 뭐 했냐?"

"아우, 참, 진짜 그거 하고 있었다니까." 리시가 발끈하며 말한다. "그 사람이 내 새 남자 친구고…… 둘이서 방 안에서 섹스를 하고 있었다니까! 이제 그 얘기는 좀 그만 해." 리시는 빵 부스러기를 온 사방에 흩뿌리며 허둥지둥 일어나 자기 방으로 들어가다가 바닥 깔개에 발이 걸려 하마터면 넘어질 뻔하기까지 한다.

난 황당한 표정으로 리시의 뒷모습을 지켜본다.

왜 거짓말을 하는 거지? 방 안에서 도대체 뭔 짓을 한 거야? 아니, 세상에 섹스하다 들킨 것보다 창피한 게 또 있어? 너무 궁금해서 기분이 한결 나아질 지경이다.

안 그래도 우울한 주말인데 부모님이 르 스파 메리디엥에서 정말 즐거운 시간을 보내고 계신다고 엽서를 보내시는 바람에 기분이 더더욱 처졌다. 거기다가 우편으로 날아온 별점에는 내가 아주 커다란 실수를 저질렀다고 쓰여 있지를 않나. 정말 최악이다.

하지만 월요일 아침에는 기분이 한결 나아진 상태다. 난 실수를 저지른 게 아니야. 오늘부터 새 삶이 시작되는 거야. 사랑이니 로맨스니 하는 건 다 잊고 일에만 매진하겠어. 어쩌면 새로운 직장을 알아보는 것도 나쁘지 않겠다.

전철역에서 나오는데 직장을 정말 옮기는 것도 괜찮을 것 같다는 생각이 든다. 코카 콜라나 뭐 그 비슷한 곳에 마케팅 팀장 같은 걸로 지원서를 내 보는 거다. 그리고 뽑히는 거지. 그러면 부장은 그동안 날 박대한 게 잘못이었다는 생각을 하겠지. 날 승진시켜 주지 않은 걸 두고두고 후회할 거다. 나보고 회사에 남아 달라고 할 테지. 그럼 이렇게 말해 주자. "너무 늦었어요. 부장님은 이미 기회를 잃으신 거예요." 그럼 부장은 애원을 할 테지. "엠마, 내가 뭘 해야 엠마 마음을 돌릴 수 있을까?" 그럼 난 이렇게 말해…….

사무실에 도착했을 때쯤엔 이미 상상은 과대망상 수준을 넘어선 참이다. 상상 속에서 난 부장의 책상에 심드렁한 표정으로 앉아 있고 부장은 내 바짓가랑이를(상상 속의 난 평소와는 달리 바지 정장에 프라다 신발 차림이다) 붙잡고 있다. 난 부장에게 이렇게 말한다. "부장님, 제가 원했던 건 정말 별게 아니었어요. 절 좀 더 존중해 주셨더라면……."

우씨. 눈에 초점이 맞는 순간 난 현관 유리문에 한 손을 얹고 딱 멈춰 서고 만다. 로비에 금발이 보인다.

코너. 갑자기 두려움이 엄습한다. 들어가기 싫어. 난 못 해. 난 절대…….

그 순간 금발이 고개를 돌린다. 다행히 코너가 아니라 경리부의 앤드리아다. 난 완전히 바보가 된 기분으로 문을 열고 안으로 들어간다. 아주 갖은 바보짓은 다 하는구나. 정신 차려. 어차피 같은 회사에서 근무하는 이상 언젠가는 마주치게 되어 있어. 그때가 되어서도 이럴래?

적어도 회사 사람들은 아직 모르잖아. 난 그런 생각을 하며 계단을 올라간다. 회사 사람들이 알면 버티기가 더 힘들 것 같다. 계속 직장 동료들이 다가와…….

"엠마, 코너와의 일은 들었어. 안됐지 뭐야."

"네?" 난 놀라 고개를 번쩍 든다. 낸시라는 여자가 내 쪽으로 다가오고 있다.

"정말 마른하늘에 날벼락이지 뭐야! 왜 하필 두 사람이 헤어진 건지 난 정말 상상도 못 하겠네. 하지만 뭐, 남녀 사이의 일은 당사자들 빼고는 모르는 법이니까……."

난 멍하니 낸시를 바라본다.

"저기…… 어떻게 아셨어요?"

"어머, 모르는 사람 없어!" 낸시가 말한다. "금요일 저녁에 환송회 겸 해서 술자리가 있었잖아? 코너가 거기에 왔다가 완전히 곤드레만드레 취해 버렸지. 그래서 모두를 붙잡고 말을 하던걸. 아예 일장 연설을 늘어놓더라고."

"코너…… 가 뭘 어쨌다고요?"

"감동적이었어. 회사 동료들이 자기 가족처럼 느껴진다고, 지금은 너무 힘들지만 모두가 자기를 격려해줄 걸 안다면서. 물론 엠마도 격려해 달라고. 마음 씀씀이가 곱지 뭐야. 엠마가 헤어지자고 했으니 상처는 코너가 더 받았을 텐데 말이지." 낸시는 바짝 상체를 숙이고 비밀스럽게 말한다. "있지, 여직원들 대부분은 엠마가 어디 나사가 풀린 게 아니냐고 하더라."

기절하시겠네. 우리가 헤어졌다고 코너가 연설을 늘어놓으셨다고? 입 다물고 있기로 해 놓고서 회사 전체를 자기 편으로 만들어?

"아, 네." 난 마침내 입을 뗀다. "뭐, 전 이만……."

"정말 아깝게 됐어." 낸시는 호기심이 가득한 눈으로 날 본다. "두 사람 정말 잘 어울렸는데."

"네, 알아요." 난 억지로 미소를 쥐어 짜낸다. "어쨌거나 다음에 또 뵈어요."

난 새 커피 기계가 있는 곳으로 걸어가 멍하니 앞을 바라본다. 정신을 차리려고 노력하는데 누군가가 떨리는 목소리로 날 부른다.

"엠마?" 고개를 드는 순간 가슴이 철렁한다. 내가 마치 머리가 셋 달린 괴물이라도 되는 듯한 표정으로 캐티가 날 쳐다보고 있다.

"어, 안녕!" 난 쾌활하게 대답하려 애쓴다.

"그거 정말이야?" 캐티가 속삭인다. "그거 정말이야? 네 입으로 듣기 전까지는 도저히 믿을 수가 없어."

"응." 난 마지못해 대답한다. "정말이야. 코너랑 나 헤어졌어."

"말도 안 돼." 캐티의 숨소리가 점점 거칠어진다. "정말 말도 안 돼. 그런 일이 진짜로 일어나다니. 말도 안 돼, 말도 안 돼. 나 정말 견딜 수가 없어……."

흐어어억, 캐티가 과호흡 발작을 일으키고 있다. 난 빈 설탕 봉지를 집어 들어 얼른 캐티의 입에 갖다댄다.

"캐티, 침착해!" 난 겨우 그렇게 말하는 게 고작이다. "들이마시고…… 내쉬고……."

"주말 내내 계속 발작을 일으켰어." 캐티는 중간중간에 간신히 말한다. "어젯밤에도 식은땀을 흘리며 깨어났어. 그 말이 정말 사실이라면 이 세상이 미쳐 가는 게 분명하다고 생각했어. 정말 이해할 수가 없어."

"캐티, 그래 봐야 내가 코너랑 헤어진 게 전부야. 사귀다가 헤어지는 경우는 세상에 발로 차일 만큼 많다고."

"하지만 너랑 코너는 보통 사람들과 달랐다고! 너희 둘은 완벽했어. 그런 너희 둘조차 헤어진다면 나 같은 사람은 아무리 노력해도 소용없는 게 아닐까?"

"캐티, 코너랑 난 완벽한 커플이 아니었어." 난 최대한 성질을 억누르며 말한다. "우리도 남들하고 똑같은 커플에 지나지 않았다고. 사귀다가 맞지 않아서 헤어진 거야…… 흔히 일어나는 일이라고."

"하지만……."

"캐티, 나 정말 그 얘기는 더 이상 하고 싶지 않아."

"어." 캐티는 설탕 봉지 너머로 날 쳐다본다. "아, 그래. 그렇겠지. 당연한 소리야. 미안, 엠마. 난 그저…… 그러려던 게 아니라…… 알잖아, 너무 충격을 받아서 그런 것뿐이야."

"자, 이젠 필립과의 데이트가 어떻게 되었는지 말해 줘야지. 기쁜 소식으로 내 마음을 좀 달래 줘 봐."

호흡이 점차 안정이 되자 캐티는 자기 손으로 봉지를 지운다.

"음, 꽤 잘됐어." 캐티가 말한다. "앞으로 또 만나기로 했어."

"잘됐네."

"진짜로 멋진 남자야. 아주 신사적이고. 게다가 유머 감각도 비슷하고 좋아하는 것도 같아." 캐티는 수줍은 미소를 짓는다. "정말 사랑스런 남자야!"

"얘기만 들어도 훌륭하네. 그것 보라고." 난 캐티의 팔을 꼭 쥔다. "너랑 필립은 나하고 코너보다 훨씬 더 멋진 커플이 될 거야. 커피 마실래?"

"아니, 됐어. 이만 가 봐야 해. 인사 문제로 잭 하퍼와 미팅이 있어. 다음에 봐."

"그래. 나중에 봐." 난 기계적으로 대답한다.

5초 후 내 뇌가 정상적으로 가동하기 시작한다.

"잠깐만." 난 복도를 달려가 캐티의 어깨를 잡는다. "좀 전에 잭 하퍼라고 그랬어?"

"응."

"하지만…… 그 사람 떠난 거 아니었어? 금요일날 떠난다며?"

"아니. 마음을 바꿨다나 봐."

난 어안이 벙벙한 표정으로 캐티를 바라본다.

"마음을 바꿨대?"

"그렇대도."

"그럼……." 난 침을 꼴깍 삼킨다. "그 사람 지금 여기에 있는 거야?"

"당연하지!" 캐티는 웃음을 터뜨린다. "위층 회장실에 있겠지."

갑자기 다리에 맥이 빠진다.

"왜……." 난 목이 꽉 막혀 헛기침을 한다. "왜 마음을 바꿨다는데?"

"그걸 누가 알겠어." 캐티는 어깻짓을 한다. "자기 회사니까 자기 마음대로 아니겠어? 근데 회장이란 위치에 있는 사람치곤 굉장히 소탈하더라." 캐티는 주머니에서 껌을 꺼내 내게 준다. "코너가 그 연설을 한 후에 코너한테 무지 잘해주더라고……."

머리에 번개를 맞은 느낌이다.

"회장이 코너의 연설을 들었다고? 우리가 헤어진 얘기 말이야?"

"응. 바로 그 옆에 서 있었는걸." 캐티는 껌 포장지를 깐다. "그러고 나서는 코너의 기분을 잘 이해한다고 그랬던가, 뭐 아주 좋은 말을 해 줬어. 괜찮은 사람 아니니?"

어디 좀 앉아야겠다. 생각을 좀 해보자. 정신을 차리고……

"엠마, 괜찮아?" 캐티가 당황하며 묻는다. "내 정신 좀 봐. 네 앞에서 코너 얘기를……."

"응, 괜찮아." 난 멍하게 말한다. "진짜 괜찮아. 나중에 보자."

마케팅부서로 돌아오는데 머릿속이 빙글빙글 돈다.

일이 왜 이렇게 되어 버렸지? 잭 하퍼는 미국으로 돌아갔어야 했잖아. 그날 내가 자기와 대화를 나눈 뒤 집으로 돌아가 코너를 찼다는 걸 모르게 되어 있었잖아.

창피해서 죽을 것 같다. 그 사람은 내가 엘리베이터에서 자기가 한 말을 듣고 코너를 찼다고 생각할 거 아냐. 이젠 우리가 헤어진 게 자기 때문이라 생각할 거 아냐. 그건 아냐. 정말로 그건 아냐.

음, 전적으로 그 사람 탓이었던 긴 아니지만…….

혹시 그래서…….

아냐. 그 사람이 나 때문에 여기에 남았다고 생각하는 것 자체가 착각이야. 말도 안 돼. 내가 이렇게 황당무계한 발상을 한다는 것 자체가 믿어지지 않는다.

책상으로 다가가는데 아르테미스가 주간 마케팅 지를 읽다가 고개를 든다.

"어머, 엠마. 코너랑 헤어졌다며? 나까지 가슴이 아프더라."

"네, 감사합니다. 그런데 그 얘기는 되도록 하고 싶지 않은데요."

"그래? 그러지, 뭐." 아르테미스가 말한다. "나도 뭐, 그냥 예의상 한 말이니까." 그러고는 자기 책상에 붙은 포스트잇을 본다. "아, 그건 그렇고 회장님께서 메시지를 남기셨네."

"네?" 난 당황한 목소리로 되묻는다.

우쒸. 너무 놀란 티가 나잖아. "아, 그래요? 뭔데요?" 이번엔 좀 더 침착하게 말한다.

"회장실로……." 아르테미스는 쪽지를 보며 눈살을 찌푸린다. "……레오폴드 파일을 가지고 올 것. 그렇게만 전하면 그게 뭔지 엠마가 알 거라던데. 찾을 수 없으면 안 가져와도 그만이라시네."

난 아르테미스를 바라본다. 가슴이 미친 듯이 두근거린다.

레오폴드 파일이라고.

그냥 자리를 뜨기 위한 구실에 불과했죠…….

이건 암호다. 좀 보자는 뜻.

어쩜 좋아. 어쩜 좋냐.

평생 이보다 더 흥분된 적이 있었던가. 이보다 더한 스릴을 느낀 적이 있었던가. 이보다 더 두려웠던 적이 있었던가. 그 세 가지 기분을 한꺼번에 맛보다니.

난 자리에 앉아 모니터만 멍하니 들여다본다. 그러고 난 다음 떨리는 손가락으로 새 서류철 하나를 꺼낸다. 아르테미스가 등을 돌릴 때까지 기다리다가 서류철에 재빨리 내 필체가 아닌 것처럼 위조해서 '레오폴드'라고 쓴다.

이젠 어떻게 할까.

뭐, 뻔하잖아. 이걸 들고 위층 회장실로 올라가면 되는 거지.

하지만…… 아, 젠장. 나 혹시 정말 바보짓 하는 거 아냐? 진짜로 레오폴드 파일이란 게 있는 거 아닌가?

난 얼른 회사 데이터베이스에서 '레오폴드'란 검색어로 검색을 해본다. 검색 결과는 0건이다.

그래. 내 생각이 처음부터 맞았던 거야.

의자를 뒤로 빼고 일어서려는데 갑자기 불안감이 엄습한다. 혹시 누가 날 불러 세우고 레오폴드 파일이 뭐냐고 물으면? 혹시라도 내가 넘어져서 파일을 땅바닥에 떨어뜨렸는데 그 안에 아무것도 없는 걸 다른 사람이 본다면?

난 얼른 새 문서를 열어서 편지 위쪽에 적당히 회사 이름과 주소, 전화번호 등등을 써 넣은 다음 어네스트 P. 레오폴드 씨가 주식회사 팬서에 보낸 편지를 타이핑한다. 문서를 프린터로 보낸 뒤 인쇄가 되어 나오자마자 행여 누가 볼세라 잽싸게 낚아챈다. 물론 이쪽에 눈곱만큼도 신경을 쓰는 사람은 아무도 없다.

"됐어." 난 마분지 서류철에 종이를 끼우며 혼잣말을 한다. "이제 이걸 위로 가지고 가면……."

아르테미스는 고개조차 들지 않는다.

난 복도를 지나간다. 뱃속에서 난리가 난다. 온몸이 따끔따끔한 게 신경이 곤두선다. 건물 안에 있는 사람들 모두가 내가 지금 무슨 짓을 하는지 알아차릴 것처럼 불안하기 그지없다. 엘리베이터 문이 열려 있지만 난 계단으로 올라간다. 혹시 엘리베이터에서 누구라도 만나면 곤란하니까. 게다가 심장이 너무너무 빨리 뛰어서 그렇게라도 몸을 움직이지 않으면 터져 버릴 것만 같다.

도대체 잭 하퍼가 날 왜 보자는 거지? 혹시라도 코너에 관한 한 역시 자기 생각이 맞았지 않느냐 뭐 그런 얘기를 지껄여댈 거라면…… 난 확…… 음. 갑자기 그날 엘리베이터 안에 감돌던 그 끔찍한 분위기가 떠오른다. 다시 속이 뒤집힌다. 그때처럼 분위기가 어색하면 어쩌지? 나한테 화난 거 아닐까 몰라.

꼭 가야 하는 건 아니잖아? 못 찾으면 안 와도 된다고, 빠져나갈 구멍을 마련해 줬잖아. 그냥 회장 비서에게 전화를 걸어 '죄송하지만 레오폴드 파일을 찾을 수가 없네요' 라고 말만 하면 끝인데.

난 서류철을 든 손가락에 힘을 꾹 주며 대리석 계단 위에서 잠시 머뭇거린다. 그러곤 다시 걷기 시작한다.

잭 하퍼의 사무실 앞에 다다른 나는 회장실 문 앞을 지키고 있는 게 비서가 아니라 스벤임을 깨닫는다.

흐음. 아니, 저 남자랑 잭이 아주 오래된 친구 사이란 건 알지만 그래도 거부감이 드는 건 어쩔 수 없다. 아무리 봐도 뭔가 소름 끼치는 구석이 있는 남자다.

"안녕하세요." 난 스벤에게 말을 건다. "저기…… 회장님께서 레오폴드 파일을 갖다달라고 하셨는데요."

스벤은 날 본다. 그 짧은 순간 우리 두 사람 사이에 암묵적인 대화가 오가는 느낌이다. 아, 이 사람도 아는구나! 이 사람도 레오폴드 파일이란 암호를 쓴 적이 있나 보다. 스벤은 전화기를 들더니 잠시 후 말한다. "잭, 엠마 코리건이 레오폴드 파일을 들고 왔는데." 그러고는 전화기를 내려놓고 미소도 없이 말한다. "곧장 들어가세요."

난 주뼛거리며 회장실로 들어간다. 나무로 사방 벽을 마감한 커다란 방이다. 잭 하퍼는 큼지막한 책상 뒤에 앉아 있다. 고개를 든 잭의 눈이 따스하고 부드러워서 마음이 조금은 놓인다.

"안녕." 잭이 말한다.

"안녕." 내가 대답하고 잠깐 침묵이 흐른다.

"아, 저, 여기 레오폴드 파일이에요." 난 잭에게 마분지 서류철을 건넨다.

"레오폴드 파일." 잭은 쿡쿡 웃는다. "훌륭해." 그러더니 서류철 안에 종이가 한 장 든 걸 보고 놀란 표정을 짓는다. "이건 뭐지?"

"그건…… 그러니까 레오폴드 앤 컴퍼니의 레오폴드 씨한테서 온 편지인 거죠."

"레오폴드 씨한테서 온 편지까지 만들어 왔어?" 놀란 잭의 표정을 보니 왠지 바보가 된 기분이다.

"혹시나 서류철을 바닥에 떨어뜨렸는데 그 안에 아무것도 없다는 걸 누가 보기라도 할까 봐요." 난 웅얼거린다. "그냥 아무 거나 대강 만들어서 썼어요. 중요한 내용은 아니니까." 난 그 편지를 가로채려고 하지만 잭이 내 팔에 안 닿는 곳으로 치워 버린다.

"어네스트 P. 레오폴드 사무실에서 드림." 잭은 미소를 머금고 편지를 읽어나간다. "아, 팬서 콜라 6천 박스를 주문하고 싶으시다고. 이 레오폴드란 분 꽤 큰 고객일세."

"회사 이벤트에 쓰신대요. 여태까지는 펩시 콜라를 썼는데 최근 사원 중 하나가 팬서 콜라를 마시고 나서 정말 맛있었다고 하는 바람에……."

"그래서 팬서 콜라로 바꿨다?" 잭이 말을 맺는다. "'귀사에서 생산하는 모든 제품에 푹 빠져 버렸습니다. 최근에는 팬서 조깅복을 즐겨 입게 되었습니다. 여태껏 입어 본 그 어떤 운동복보다 편하더군요.’” 잭은 편지를 뚫어져라 들여다보더니 미소를 지으며 날 본다. 그런데 놀랍게도 그 눈가가 살짝 젖어 있다. “이걸 피트가 봤으면 정말 마음에 들어했을 텐데.”

“피트 레이들러 씨요?” 난 머뭇거리며 되묻는다.

“음, 레오폴드 파일이란 아이디어를 낸 사람도 애당초 피트였거든. 원래 그런 장난을 좋아했던 친구지.” 잭은 손끝으로 편지를 톡톡 두드린다. “이거 내가 가져도 될까?”

“물론이에요.” 조금 당황스럽다.

잭이 편지를 접어 주머니에 넣고 나서 또다시 침묵이 흐른다.

“듣자하니.” 마침내 잭 하퍼가 침묵을 깨고 고개를 든다. 읽을 수 없는 표정. “코너와 헤어졌다면서.”

뱃속이 요동을 친다. 뭐라고 대답하면 좋을까.

“듣자하니.” 난 도전적으로 턱을 치켜든다. “회장님께선 여기 남기로 결정하셨다면서요.”

“아, 뭐…….” 잭은 손가락을 쭉 펴더니 괜히 들여다본다. “이 기회에 유럽 자회사들을 쭉 살펴보는 게 좋을 것 같아서.” 그러고는 고개를 든다. “그러는 엠마는?”

지금 나보고 자기 때문에 코너를 찼다는 말을 하라는 거지? 흥. 어디 말하나 봐라. 어디!

“아, 뭐, 저도 그냥 다른 남자나 찾아볼까 해서요.”

잭이 입술을 일그러뜨리며 미소를 짓는다.

“그렇군. 엠마는…… 괜찮아?”

“괜찮아요. 다시 솔로가 된 기쁨을 만끽하고 있다고나 할까요.” 난 팔을 펼쳐 보인다. “자유, 홀가분함…….”

"아, 그거 잘됐네. 그러면 이 얘기를 하기엔 별로 기회가 좋질 않겠군……." 잭이 말꼬리를 흐린다.

"무슨 얘기요?" 너무 빨리 물었나.

"지금 마음이 상당히 아프리란 건 짐작이 가는데." 잭은 조심스럽게 말을 꺼낸다. "그래도 혹시나." 잭은 계속 뜸을 들인다. 심장이 마구 쿵쾅거린다. "괜찮으면 언제 저녁이라도 함께 하지 않겠느냐, 뭐 그런 건데."

데이트 신청이다. 이건 데이트 신청이야.

입이 움직이질 않는다.

"네." 난 마침내 간신히 말한다. "네, 그러도록 하죠."

"그거 잘됐네!" 잭은 잠시 머뭇거린다. "그런데 말이지, 지금은 내 사정이 좀 복잡해서 말이야, 게다가 아무래도 우리는 같은 회사를 다니니까……." 잭은 양손을 펼친다. "이것도 우리끼리 비밀로 할 수 있을까?"

"아, 저도 전적으로 동감이에요. 사람들 입에 오르내리지 않는 게 좋겠죠."

"그럼…… 내일 서녁쯤은 어떨까? 시간 괜찮을까?"

"내일 저녁 좋아요."

"내가 마중을 갈 테니까 집 주소를 이메일로 보내 줘요. 8시?"

"8시로 하죠!"

회장실을 나서는데 스벤이 날 쳐다보며 눈썹을 쓱 치킨다. 난 아무 말도 하지 않고 곧장 마케팅부서로 돌아온다. 최대한 멀쩡한 척, 아무 일도 없는 척 표정 관리를 하기가 어찌나 힘든지. 속에서는 신이 나서 죽겠는데 멀쩡한 척 연기하기도 너무 힘들다. 자꾸만 입가에 미소가 걸린다.

세상에, 세상에. 내가 잭 하퍼와 저녁 식사 데이트를 하게 되다니. 정말이지…… 믿을 수가…….

하. 누굴 속이려 드는 거야? 이렇게 될 줄 알고 있었잖아. 그 사람이 미국으로 돌아가지 않았다는 말을 들은 순간부터 이렇게 될 줄 알았지.

백만장자와의 데이트

거대한 최고급 승용차가 우리 집 앞에 서 있다. 크기가 어마무지하다. 은색으로 반짝거리는 차가 좁은 집 앞 골목과는 너무나도 어울리지 않는다. 눈에 띄어도 너무 띈다. 아닌 게 아니라 건너편 건물에 사는 사람들이 죄다 호기심 가득한 시선으로 바깥을 내다보고 있다.

제미마가 저렇게 질겁하는 모습은 정말 처음이다.

"그 남자가 네 비밀을 다 안다고?" 제미마의 표정만 보면 마치 내가 연쇄 살인범과 데이트를 하겠다고 선언하기라도 한 것 같다. "그게 대체 무슨 소리야?"

"그 사람, 비행기에서 내 옆 좌석에 앉았거든. 그때 나에 대한 모든 얘기를 했지."

난 거울에 비친 내 모습을 보고 얼굴을 찡그리며 족집게로 눈썹을 한 올 뽑는다. 지금 시각 7시. 목욕은 다 했고 머리도 드라이 했고 현재는 화장 중이다.

"그런데도 데이트 신청을 한다잖아." 리시는 자기 무릎을 끌어안으며 말한다. "진짜 로맨틱하지 않니?"

"지금 농담하는 거지?" 제미마가 처절하게 외친다. "제발 지금 농담하는 거라고 말해 줘.”

“농담일 리가 없잖아! 도대체 뭐가 문젠데?”

“지금 너에 대해 모든 걸 낱낱이 아는 남자를 만나겠다며.”

“응.”

“그런데도 나한테 뭐가 문제냐고 물었어, 너 지금?” 제미마는 기가 막힌다는 듯 언성을 높인다. “너 미쳤지?”

“내가 왜 미친 거냐고!”

“그래, 네가 그 사람한테 호감을 가지고 있다는 건 내 진작 알아챘다니까.” 리시는 수백만 번쯤 한 소리를 그대로 또 한다. “난 알았다니까. 네가 처음에 그 남자 얘기를 할 때부터 눈치 깠지.” 리시는 거울에 비친 내 얼굴을 바라본다. “오른쪽 눈썹은 이제 그만 뽑아도 되겠다.”

“진짜?” 난 거울에 비친 내 얼굴을 들여다본다.

“엠마, 남자들한테 너에 대해 모든 걸 털어놓으면 안 되는 거라고! 적당히 숨길 건 숨겨야지. 우리 엄마가 항상 말씀하시길, 남자한테 네 감정이나 핸드백 속을 들켜선 절대로 안 된대.”

“저기, 너무 늦었다니까.” 난 짜증이 나서 좀 날이 선 목소리로 말한다. “이미 들킬 거 다 들켰다니까 그러네.”

“그럼 이 관계는 잘될 리가 없어.” 제미마가 말한다. “절대로 널 존중해주지 않을걸?”

“아닐걸?”

“엠마.” 제미마는 딱하다는 목소리로 말한다. “아직도 모르겠니? 넌 이미 졌다고.”

“지긴 뭘 져!”

가끔가다 보면 제미마는 남자를 인간으로 보는 게 아니라 무슨 수를 써서건 쳐부숴야 하는 외계인 부하 로봇이라고 생각하는 것 같다.

"왜 꼭 부정적인 얘기만 하는 거야?" 리시가 제미마에게 한 소리 한다. "야, 넌 그래도 돈 많은 사업가들이랑 수도 없이 만나 봤잖아. 뭔가 도움이 될 만한 얘기를 좀 해 줘 보란 말이야!"

"알았어." 제미마는 한숨을 쉬며 가방을 내려놓는다. "듣자하니 애당초 별 가망도 없는 것 같다만 그래도 어디 한번 해보자." 제미마는 손가락을 하나씩 꼽기 시작한다. "일단 제일 중요한 건 최대한 흐트러지지 않고 정돈된, 세련된 모습을 보여야 한다는 거야."

"내가 지금 왜 눈썹을 뽑고 있는 것 같은데?" 난 얼굴을 찡그린다.

"알았어. 그 다음엔 그 사람 취미에 흥미를 보여 주면 좋아. 그 사람은 뭘 좋아한대?"

"몰라. 자동차 아닐까. 목장 딸린 대저택에 사는데 거기에 온갖 클래식 차들을 다 갖다 놨다던데."

"좋았어!" 제미마의 얼굴이 환해진다. "그거 좋네. 자동차를 좋아하는 척해. 모디쇼 같은 데 같이 가자고 넌지시 말해 봐. 약속 장소까지 가는 동안 자동차 잡지라도 넘겨 보라고."

"안 돼." 난 데이트 전에 긴장을 달래려고 갖다놓은 브리스톨 크림(스페인 산의 달착지근한 셰리주-역주)을 한 모금 마신다. "비행기 안에서 클래식 차들은 딱 질색이라고 이미 말해 버렸어."

"뭘 어쩌고 저째?" 아예 사람 한 대 칠 것 같다. "만나는 남자한테 그 남자가 제일 좋아하는 취미를 싫어한다고 말했단 말이야?"

"그때야 내가 이 사람이랑 이렇게 될 줄 알았나, 뭐." 난 변명이랍시고 말하며 손을 뻗어 파운데이션을 집는다. "어쨌거나 그게 진실인데 어떻게 해. 난 클래식 자동차가 싫어. 그런 차들을 탄 인간들은 하나같이 잘난 척 뻐기는 것 같단 말이야."

"아니, 그게 진실이건 아니건 무슨 상관이 있는데?" 제미마는 정말 기가 막혀 말도 하기 싫다는 투다. "엠마, 미안. 도저히 못 도와줄 것 같네. 이건 진짜 어떻게 손써 볼 단계를 넘었다 싶어. 넌 완전히 무장해제 당한 거라고. 잠옷 입고 전쟁터에 싸우러 나간 격이야."

"제미마, 이건 전쟁이 아니래도." 난 눈을 굴린다. "그렇다고 체스 게임처럼 두뇌 싸움도 아니고. 그냥 괜찮은 남자랑 저녁 식사 하러 나가는 거라니까."

"그래, 그 말이 맞아. 제미마는 너무 시니컬해." 리시도 거든다. "난 정말 로맨틱하다고 생각한단 말이야. 어색한 순간이라고는 없는 진짜 완벽한 데이트가 될 거야. 그 사람은 엠마가 뭘 좋아하고 뭣에 관심이 있는지 알잖아. 그걸 다 알면서도 데이트 신청을 한 걸 보면 확실히 자기랑 맞는다는 걸 아는 거고."

"몰라. 어쨌거나 난 여기서 손 뗄 거야." 제미마는 고개를 설레설레 내두르며 말한다. "뭐 입고 갈 건데?" 갑자기 제미마의 눈매가 가늘어진다. "오늘 입고 갈 옷 어디 있어?"

"검정 원피스 입고 갈 거야." 난 시치미를 뚝 떼고 말한다. "신은 검정 끈 샌들." 난 원피스를 걸어놓은 문 뒤쪽을 손으로 가리킨다.

제미마는 더더욱 실눈을 뜬다. 종종 하는 생각이지만 제미마는 히틀러 친위대에 들어갔으면 정말이지 대성했을 것 같다.

"내 건 아무것도 안 빌려 줄 줄 알아!"

"왜 이래? 나도 옷쯤은 있다고!" 난 분하다는 목소리를 낸다.

"알았어. 어쨌건 잘 갔다 와."

리시와 나는 제미마의 발걸음 소리가 복도 아래로 멀어져 마침내 현관문 닫히는 소리가 날 때까지 기다린다.

"됐다!" 난 벌떡 일어나지만 리시는 손을 치켜든다.

"기다려."

우린 2분 동안 꼼짝도 않고 가만히 앉아 있는다. 그때 갑자기 현관문이 살며시 열리는 소리가 들린다.

"저 봐. 확인 사살하려고 돌아왔잖아." 리시가 낮게 속삭인다. "누구세요?" 리시는 큰 목소리로 묻는다. "누구 왔어요?"

"아, 나야." 리시가 방 안에 고개를 들이민다. "립글로스를 안 가지고 나갔지 뭐야." 제미마의 눈이 재빨리 내 방 안을 훑고 지나간다.

"여기다가 놓고 가진 않은 것 같은데?" 리시가 시치미를 뚝 뗀다.

"그러게." 제미마의 시선이 다시 한번 샅샅이 방 안을 살핀다. "그냥 가야겠네. 잘 있어."

다시 복도를 걸어가고 현관문 닫히는 소리가 들린다.

"오케이. 이제 진짜 됐어." 리시가 말한다. "얼른 가자!"

우린 제미마의 방문에 붙은 스카치테이프를 조심스럽게 떼어낸다. 리시는 원래 테이프가 붙어 있던 자리에 표시를 한다. "잠깐만!" 내가 문을 밀어 열려는데 리시가 외친다. "아래쪽에 하나가 더 있어."

"야, 넌 스파이 할 걸 잘못했다!" 조심조심 테이프를 떼어내는 리시를 보며 난 말한다.

"자, 이건 끝났고." 리시는 미간을 모으고 집중을 한다. "분명히 어딘가에 부비 트랩을 설치해 놨을 거야."

“어, 옷장에도 스카치테이프가 붙어 있다. 그리고…… 허어억!”
난 위쪽을 가리킨다. 옷장 문 위에 물컵이 아슬아슬하게 균형을 잡
고 놓여 있다. 모르고 문을 열었으면 쫄딱 물벼락을 맞기 십상이다.

“나쁜 계집애!” 내가 물컵을 집어 드는데 리시가 내뱉는다. “있
지, 저번에는 저녁 내내 자기한테 걸려온 전화를 내가 다 막아 줬는
데 고맙다는 말 한 마디 없더라.”

리시는 내가 물컵을 안전하게 내려놓을 때까지 기다렸다가 옷장
문을 잡는다.

“준비됐어?”

“응.”

리시는 심호흡을 하고 옷장 문을 연다. 갑자기 고막을 찢는 사이
렌 소리가 울리기 시작한다. 삐뽀 삐뽀 삐뽀…….

“에잇!” 리시가 문을 쾅 닫으며 말한다. “당했다! 저건 또 어떻게
설치한 거야?”

“아직도 울려!” 내가 안절부절못하며 말한다. “어떻게 좀 해봐!
꺼 보라고!”

“어떻게 끄는 줄 알아야 끄지! 아마 비밀 번호 같은 게 있어야 될
거야!”

우린 필사적으로 옷장을 찔러 보고 주위를 더듬거리면서 사이렌
끄는 스위치를 찾아 헤맨다.

“스위치고 뭐고 아무것도 없어.”

갑자기 소리가 뚝 끊긴다. 우린 헐떡거리며 서로를 마주 본다.

“있지…….” 리시가 한참 있다 말한다. “조금 전 그 소리, 밖에서
들린 자동차 경보장치 소리였던 것 같아.”

“어.” 내가 말한다. “그러고 보니 그런 것 같네. 진짜 밖에서 들린 소리였나 보다.”

우린 좀 머쓱한 표정을 짓는다. 리시는 다시 한번 옷장 문을 조금 열어 본다. 예상대로 이번엔 아무런 소리도 들리지 않는다. “좋았어.” 리시가 말한다. “어디 한번 볼까.”

“우와!” 문이 열리는 순간 우린 동시에 그렇게 외친다.

제미마의 옷장은 정말 보물 상자가 따로 없다. 크리스마스 선물 모음 패키지라고나 할까. 고급 부티크에서처럼 주름 하나 없는 새 옷들이 향기가 폴폴 나는 옷걸이에 걸려 있고 스웨터들은 각을 맞춰 개어 차곡차곡 포개져 있다. 신발들은 전부 곁에 폴라로이드 사진이 붙은 신발 상자 안에 들어가 있다. 벨트는 고리에 나란히 걸려 있고 핸드백은 선반 위에 조로록 줄을 맞추어 놓여 있다. 마지막으로 제미마의 옷을 빌려 입은 이래 옷장 속 내용물들이 완전히 물갈이가 된 상태다.

“이렇게 깔끔하게 정리를 하려면 하루에 한 시간씩은 정리를 꼭꼭 해야 할 거야.” 엉망진창 뒤죽박죽인 내 옷장을 떠올리며 난 한숨을 쉰다.

“정말 그러더라.” 리시가 말한다. “내가 봐서 알아.”

말이 나왔으니까 말인데 리시의 옷장은 나보다 더 심하다. 리시의 방에 놓인 의자가 사실상 옷장 역할을 하고 있달까. 그 위로 옷가지들이 한 무더기 쌓여 있다. 물건을 치우면 머리가 아프다며, 방 안이 깨끗하기만 하면 되지 더 뭘 바라냐고 되묻기까지 하더라.

“자!” 리시는 씩 웃으며 새하얀 반짝이 원피스를 한 벌 꺼낸다. “손님께선 오늘 어떤 의상을 입고 싶으신지요?”

원래 새하얀 반짝이 원피스는 내 취향이 아니지만 한 번 입어 보기로 한다. 나뿐만 아니라 리시도 이것저것 꺼내 입어 본다. 한번 꺼냈던 옷들은 아주 조심스럽게 원래 자리에 건다. 그러는 와중에 바깥에서 또 한번 자동차 경보 장치가 굉음을 내는 바람에 둘 다 깜짝 놀라 펄쩍 뛰지만 금세 언제 그랬냐는 듯 멀쩡한 척을 한다.

결국 난 어깨끈이 여러 개 달린 정말 끝내 주는 새빨간 톱에 내가 가진 DKNY의 시폰 바지 (노팅힐 주택 조합이 운영하는 중고 가게에서 25파운드에 산 거다.), 거기에 제미마의 은색 프라다 하이힐을 신기로 결정한다. 그러고는, 원래 그럴 생각은 없었는데 마지막에 마음을 바꿨다는 듯 제미마의 옷장에서 조그만 검정색 구찌 핸드백을 쓱 꺼내 든다.

"끝내 준다!" 내가 한 바퀴 빙글 돌자 리시가 외친다. "죽여 줘!"

"너무 꾸민 거 같진 않아?"

"무슨 소리야! 너 지금 백만장자랑 저녁을 먹으러 나가는 거잖아."

"그런 말 하지 마!" 갑자기 뱃속이 울렁거리는 느낌이다. 난 시계를 들여다본다. 8시가 거의 다 됐다.

웬일이야. 정말 긴장이 되잖아. 준비를 하면서 너무 신이 난 나머지 내가 오늘 어디를 왜 가는지 완전히 잊고 있었다.

침착해, 난 내 자신을 타이른다. 고작 저녁 식사 한끼잖아. 그게 전부잖아. 특별할 거 하나 없어. 별것도 아닌데…….

"헉!" 리시가 응접실 창문을 내다보다 외친다. "저게 뭐야? 바깥에 끝내 주는 차가 있다!"

"뭐? 어디에?" 난 얼른 리시 옆으로 뛰어나간다. 심장이 미친 듯이 두근거린다. 난 숨도 제대로 못 쉬고 리시의 시선을 따라 눈길을 돌린다.

거대한 최고급 승용차가 우리 집 앞에 서 있다. 크기가 어마무지하다. 은색으로 반짝거리는 차가 좁은 집 앞 골목과는 너무나도 어울리지 않는다. 눈에 띄어도 너무 띈다. 아닌 게 아니라 건너편 건물에 사는 사람들이 죄다 호기심 가득한 시선으로 바깥을 내다보고 있다.

진짜로 더럭 겁이 난다. 나 뭐 하는 거지? 그 사람은 내가 전혀 모르는 별세계에 속한 사람이다. 비행기 옆 좌석에 앉았을 때는 서로 동등한 위치였지만 지금 우리 두 사람을 좀 보라. 잭 하퍼의 세계를 좀 보라…… 그리고 내가 사는 지금 이 세계를 보라.

"리시." 난 기어 들어가는 목소리로 말한다. "나 가기 싫어졌어."

"무슨 소리야!" 리시도 말은 그렇게 하지만 저 차를 보고 나만큼 기가 죽었다는 걸 느낄 수 있다.

초인종이 울린다. 우리 둘은 화들짝 놀란다.

토할 것만 같다.

좋아. 침착하자고. 자, 이제 가는 거야.

"안녕." 난 인터컴에 대고 말한다. "금방…… 금방 내려갈게요." 난 인터컴 수화기를 내려놓고 리시를 본다.

"나 이제 가." 목소리가 떨린다.

"엠마." 리시는 내 손을 꼭 잡는다. "가기 전에 이 말 듣고 가. 제미마가 했던 말 다 무시해. 그냥 둘이서 재미있게 놀다 오기만 하면 되는 거야." 리시는 날 꼭 끌어안는다. "기회 생기면 전화 주고."

"그럴게."

난 거울에 내 모습을 마지막으로 한번 더 비춰 본 뒤 현관문을 열고 계단을 내려간다.

아파트 건물 밖을 나서자 잭이 서 있는 모습이 보인다. 재킷에 넥타이까지 맨 잭이 날 보며 미소를 짓는 순간 모든 두려움은 날아가 버린다. 제미마의 말은 틀렸던 거다. 지금 우리는 누가 이기고 누가 지는 싸움을 하는 게 아니다. 우리는 한 팀이다.

"안녕." 잭이 따스한 미소를 짓는다. "멋있네."

"고마워요."

내가 자동차 문손잡이를 향해 손을 뻗자마자 각 잡힌 모자를 쓴 남자가 앞으로 달려 나와 대신 문을 열어 준다.

"어랏, 내 정신 좀 봐." 난 잔뜩 긴장한 목소리로 말한다.

내가 지금 이런 차에 탄다는 게 믿어지지 않는다. 내가 누구야? 엠마 코리건 아냐. 그런 내가 공주가 된 것 같다. 영화 배우가 된 기분이다.

푹신한 좌석에 앉는다. 내가 최근에 타 본, 아니, 평생 타 본 그 어떤 차와도 다른 느낌이지만 애써 무시하려 한다.

"괜찮아?" 잭이 묻는다.

"네! 물론이에요!" 너무나 긴장한 나머지 빽 소리를 지른다.

"엠마." 잭이 나직하게 말한다. "난 엠마를 잡아먹으려는 것도 아니고, 그냥 재미난 시간을 보내려는 것뿐이야. 데이트 전에 항상 마신다는 달착지근한 셰리는 마셨어?"

그건 또 어떻게 아는…….

아, 그래. 비행기에서 그 얘기도 했지.

"네. 마셨어요." 난 솔직하게 고백한다.

"좀 더 마실래?" 잭이 차에 붙은 미니바를 열자 은쟁반에 놓인 브리스톨 크림 한 병이 보인다.

"그거 나 주려고 산 거예요?" 정말 믿어지지가 않는다.

"아니, 원래 내가 제일 좋아하는 술이라서." 잭의 표정이 너무 진지해서 난 웃지 않을 수가 없다. "같이 마시지, 뭐." 잭은 내 손에 유리잔을 들려 준다. "솔직히 말하면 전에는 한번도 마셔 본 적이 없어." 잭은 자기 잔에 술을 가득 따르더니 한 모금 맛을 보고는 캑캑거린다. "이런 게 진짜로 좋단 말이야?"

"맛있잖아요! 달착지근한 게!"

"이 맛은 뭐랄까……." 잭은 고개를 젓는다. "설명하는 것만도 손발이 오그라드는 맛이네. 괜찮다면 난 그냥 위스키로 하겠어."

"그래요." 난 어깻짓을 한다. "자기 손해지 내 손해인가, 뭐." 난 한 모금 더 마시며 행복한 미소를 짓는다. 이젠 정말 마음이 너무 편하다.

정말 완벽한 데이트가 될 것 같은 예감이 든다.

끔찍한 데이트

일어서서 핸드백을 잡는데 눈물이 핑 돈다. 오늘 밤이 완벽하길 얼마나 바랐는데. 정말 기대가 컸다. 이렇게까지 잘못될 수 있을 거라고는 정말 상상도 못했다.

우리가 도착한 곳은 메이페어에 있는 레스토랑. 난 한번도 못 와 본 곳이다. 레스토랑은 고사하고 메이페어란 동네 자체가 처음이다. 이렇게 비싼 동네에 내가 와 봤을 리가 없잖아?

"회원제 비슷한 곳이라서." 기둥이 서 있는 정원으로 들어서며 잭이 말한다. "아는 사람이 별로 없는 곳이지."

"하퍼 회장님, 코리건 양." 어디선가 차이나 칼라가 달린 양복을 입은 남자가 나타난다. "이쪽으로 오십시오."

이야! 내 이름까지 알고 있네!

기둥 몇 개를 더 지나가자 아주 정교한 방이 나온다. 그 안에 앉은 사람들은 딱 세 커플. 오른쪽에 앉아 있는 커플 옆을 지나가는데 백금발에 금색 재킷을 입은 중년 여자가 눈에 들어온다.

"어머, 이게 누구야!" 그 여자가 갑자기 말한다. "레이첼 아냐?"

"네?" 난 어리둥절한 표정으로 주위를 둘러본다. 지금 저 여자, 날 보고 있는 건가?

여자는 자리에서 일어나 이쪽으로 다가와 내 뺨에 입을 맞춘다. "그동안 어떻게 지냈어? 정말 얼마 만이야, 이게?"

뭐, 술 냄새가 팍팍 풍기는 게 좀 많이 취한 것 같긴 하다만. 여자의 저녁 식사 상대를 쓱 훑어보니 그 남자도 곤드레만드레 취한 것 같다.

"죄송한데 사람을 잘못 보신 것 같네요." 난 정중하게 말한다. "전 레이첼이 아닌데요."

"어머!" 여자는 한동안 날 보더니 잭을 쓱 쳐다본다. 그러고는 갑자기 알 만하다는 표정을 짓는다. "어머, 내가 무슨 말을 한 거야. 그렇네요, 레이첼이 아니군요." 여자는 날 보며 윙크까지 척 한다.

"그게 아니라니까요!" 난 헉 숨을 들이켠다. "이해를 못 하시나 본데 전 정말로 레이첼이 아니거든요. 전 엠마라고 해요."

"아, 그래. 엠마라고요?" 그 여자는 걱정 말라는 듯 고개를 끄덕인다. "즐거운 시간 보내요! 그리고 다음에 연락 한번 주고."

여자가 비틀거리며 다시 자기 자리로 돌아가자 잭이 어리둥절한 표정을 짓는다.

"나한테 뭐 하고 싶은 말 없어?"

"있어요. 저 여자 상당히 취한 것 같네요." 난 잭의 눈을 쳐다보며 키득거린다. 잭도 입술을 비죽거린다.

"자, 앉을까? 아니면 여기에 또 오랜만에 만나는 옛 친구가 남았나?"

난 진지한 표정으로 방 안을 둘러본다.

"아뇨, 더 이상은 없는 것 같네요."

"정말 확실해? 찬찬히 더 훑어보라고. 저쪽에 앉아 계신 저 노신사 분이 할아버님이 아닌 거 확실해?"

"아닌 것 같은데요……."

"아, 그리고, 가명을 써도 난 상관없어." 잭이 덧붙인다. "나도 종종 에그버트라는 가명을 쓸 때가 있거든."

난 콧바람까지 불며 웃다가 얼른 흠흠 하며 얌전을 떤다. 여기는 최고급 레스토랑이라고. 봐, 벌써 우리 쪽을 쳐다보는 사람들도 있잖아.

우리는 구석에 있는 벽난로 옆자리로 안내를 받는다. 웨이터 한 명이 내가 앉는 걸 도와주더니 내 무릎 위에 냅킨을 곱게 깔아준다. 다른 웨이터는 내 물잔에 물을 붓고 세 번째 웨이터는 내 앞접시 위에 롤빵을 올려놓는다. 잭이 앉아 있는 곳에서도 똑같은 상황이 벌어지고 있다. 우리 테이블에 달라붙어 시중을 드는 웨이터만 지금 여섯 명이다! 난 잭과 시선을 마주치고 하도 기가 막혀 웃어 주려고 하지만 잭은 지극히 무감흥에 무표정 그 자체인 얼굴. 이런 게 너무나도 자연스럽다는 표정이다.

그 순간 깨닫는다. 그래, 이 사람한텐 이게 일상일지도 몰라. 헉, 혹시 이 사람 집에 가면 차를 끓여 주고 옷을 다림질해 주고 아침마다 신문을 갖다주는 집사가 있는 게 아닐까?

정말 그러면 어쩌지? 아냐, 그럼 또 어때. 괜히 기죽지 말자.

웨이터 떼거리들이 썰물 빠지듯 사라진 뒤에 난 입을 연다. "그런데 술은 뭘 마실 거예요?" 사실은 아까 금색 옷을 입은 여자가 마시던 술을 눈여겨봐 두었다. 뭔지 알 수는 없지만 수박 조각이 장식된

분홍색 칵테일이 너무 맛있어 보였던 거다.

"아, 그건 이미 알아서 준비해 뒀지." 잭이 씩 미소를 짓는 순간 웨이터 하나가 샴페인 병을 들고 와 코르크를 퐁 딴 뒤 잔에 따르기 시작한다. "비행기에서 엠마가 했던 말을 기억하고 있었지. 완벽한 데이트의 시작은 자리에 앉자마자 마법처럼 웨이터가 샴페인 한 병을 테이블로 가져오는 거라며."

"어랏." 난 희미한 실망감을 애써 억누르며 말한다. "어…… 그래요. 그렇게 말했죠."

"자, 건배." 잭이 내 잔에 자기 잔을 톡 대며 말한다.

"건배." 난 한 모금을 마셔 본다. 맛있는 샴페인이다. 정말 괜찮다. 쌉쌀하면서도 맛있다.

하지만 아까 그 수박 칵테일은 어떤 맛일까.

그만 해. 이렇게 맛있는 샴페인을 앞에 두고 왜 그래? 잭이 틀린 말 한 거 아니잖아. 완벽한 꿈의 데이트로 가는 시작이라고.

"제일 처음에 샴페인을 마신 게 말이죠, 내가 여섯 살 때였는데……."

"수 숙모님 댁에서였지." 잭은 빙그레 미소를 짓는다. "옷을 홀랑 벗어서 연못에 집어던졌다고 했던가."

"아, 맞아. 그때 얘기했죠?"

음. 한번 한 얘기라면 구태의연하게 또 되풀이할 필요는 없는 법. 난 샴페인을 홀짝거리며 무슨 말을 해야 하나 고민한다. 잭이 모르는 얘기가 뭐 없을까.

모르는 얘기가 있기나 할까?

"당신을 위해 특별히 식사를 준비했어. 아마 마음에 들 거야." 잭

이 미소를 머금는다. "엠마가 좋아할 만한 음식들로 미리 다 주문해
뒀어."

"어어, 그렇게…… 멋진 일을." 난 사실 조금 당황하는 참이다.

날 위해서 음식들을 미리 다 맞춤 주문해 놓다니! 이야. 정말 믿
어지지 않는다.

하지만…… 외식의 즐거움은 뭘 먹을지 음식을 고르는 재미에 있
는 거 아닌가. 내가 메뉴 보면서 이것저것 고민하는 걸 얼마나 좋아
하는데.

어쨌거나 상관없어. 완벽한 데이트가 될 거니까. 지금까지도 완
벽했잖아.

음, 일단 대화를 시작해 볼까나.

"여유 시간에는 주로 뭘 해요?" 내 질문에 잭은 어깻짓을 한다.

"빈둥거리거나, 야구 경기를 보거나, 차를 고치거나……."

"클래식 자동차 컬렉션을 가졌다고 했죠? 맞아. 이야. 난 정말……
음……."

"클래식 자동차를 싫어한다고 했지." 잭은 미소를 짓는다. "기억
해."

우씨. 그런 얘기는 잊어 주길 바랐는데.

"자동차 그 자체를 싫어하는 건 아니에요." 난 얼른 덧붙인다.
"난 그 자동차를 타는…… 타는……."

나도 참. 그런 자동차를 타는 사람들이 싫은 것뿐이란 말을 하면
어색해지잖아. 난 얼른 샴페인을 꿀꺽 마신다. 하필이면 샴페인이
기도로 넘어가는 바람에 난 기침을 하기 시작한다. 아주 캑캑 컥컥
난리가 난다. 눈물이 핑 돈다.

식당 안에 앉아 있던 여섯 사람들이 아예 몸까지 돌리고 이쪽을 쳐다본다.

"괜찮아?" 잭이 놀라서 묻는다. "물을 좀 마셔. 에비앙 좋다고 했지?"

"어…… 네. 고마워요."

아, 괴롭다. 제미마가 맞는 말을 할 때도 있다는 건 진짜 죽기보다 인정하기 싫지만, 정말이지 이 순간에 내가 그냥 화사하게 웃으며, '어머, 클래식 자동차 정말로 좋아해요!' 하고 말할 수 있었으면 모든 게 얼마나 쉬웠을까?

하지만 어쩌랴. 이미 엎질러진 물인걸.

물을 꿀꺽꿀꺽 마시는데 눈앞에 구운 피망 요리가 나온다.

"이야! 구운 피망 정말 좋아하는데."

"안 잊었다니까." 잭은 몹시 자랑스런 표정을 짓는다. "비행기 안에서 그랬잖아. 엠마가 제일 좋아하는 요리가 구운 피망이라고."

"내가요?" 난 조금 놀란 표정으로 잭을 본다.

어랏. 그건 나조차도 기억을 못 하는데. 음, 구운 고추 요리를 좋아하는 건 사실이긴 하다만 그렇다고 그런 얘기까지…….

"그래서 미리 레스토랑에 전화를 걸어서 메뉴에는 없지만 엠마를 위해 준비를 해 두라고 했지. 난 고추를 못 먹어." 그 말을 하는 순간 잭 앞에 조개 관자 요리가 턱하니 나온다. "안 그랬으면 나도 같은 걸 시켰을 텐데 말이야."

난 입을 떡 벌리고 잭의 접시를 내려다본다. 우와우와. 조개 관자가 정말 맛있어 보인다. 난 조개 관자도 무지하게 좋아하는데.

"자, 식사합시다." 잭이 밝은 목소리로 말한다.

"아…… 네! 잘 먹겠어요."

난 구운 고추를 한입 베어 문다. 맛있다. 이런 것까지 기억하고 챙겨 주는 남자라니. 정말 멋지지 뭐야.

하지만 자꾸만 잭의 접시로 시선이 간다. 보기만 해도 입에 침이 고인다. 저 녹색 소스 좀 봐! 분명히 쫄깃쫄깃 촉촉하고 맛있게 요리되었을 거야…….

"한입 먹어볼래?" 잭이 내 시선을 눈치 챘는지 묻는다.

"아뇨!" 난 화들짝 놀란다. "아뇨, 괜찮아요. 이 고추 요리, 정말 완벽하네요!" 난 환한 미소를 지으며 고추를 한입 덥석 먹는다.

갑자기 잭이 가슴 앞주머니에 손을 얹는다.

"전화가 온 모양이군." 잭이 말한다. "엠마, 미안하지만 이 전화 잠깐 받아도 될까? 중요한 전화일지도 모르니까."

"어, 당연하죠. 얼른 받아 보세요."

잭이 자리를 비운 사이 난 더 이상 자제하지 못하고 손을 뻗어 포크로 잭의 조개 관자 하나를 콕 찍는다. 눈까지 감고 맛을 음미한다. 그 맛이 혀 전체로 퍼져 나간다. 환상이다. 내 평생 이렇게 맛있는 음식은 처음 먹어 본다. 한 개 더 먹으면 표시가 날까? 이리저리 포크로 요리를 건드리며 표시가 안 나게 배열하는데 갑자기 술 냄새가 난다. 고개를 들어 보니 금색 재킷을 입은 여자가 바로 내 옆에 서 있는 게 아닌가.

"얼른 말해 줘!" 그 여자가 말한다. "이게 도대체 어떻게 된 일이야?"

"저녁 식사를…… 하는 중인데요."

“나도 눈이 있으니까, 그건 알지.” 여자는 자꾸만 날 재촉한다. “하지만 제러미는 어쩌고? 그 사람, 레이첼이 이러고 다니는 거 알아?”

뭐냐, 이건.

“저기요.” 난 답답한 심정으로 입을 연다. “저를 안다고 생각하시는 것 같은데……”

“글쎄, 내 말이! 내가 어떻게 알았겠어? 레이첼에게 이런 면이 있는 줄 전혀 몰랐다니까.” 여자는 내 팔을 꼭 쥔다. “어쨌거나 상관없지, 뭐. 기왕 이렇게 된 거 즐거운 시간 보내라고! 결혼 반지는 뺐네.” 여자는 내 왼손을 보며 말한다. “똑똑해…… 어머! 남자 친구가 돌아오는 모양이야! 난 이만 가야겠어!”

여자가 멀어지고 잭은 다시 자기 자리에 앉는다. 난 이 얘기를 하려고 바짝 앞으로 몸을 숙인다. 입에서 키득거리는 웃음소리가 새어 나온다. 이 얘기를 들으면 잭도 분명히 웃을 거야.

“정말 난리 났어요!” 내가 말한다. “나한테 제러미란 남편이 있대요! 저쪽에 앉은 내 친구가 좀 전에 이리로 와서 말해 주지 뭐예요. 어떻게 생각해요? 제레미도 바람을 피운 적이 있을까요?”

대답이 없다. 마침내 잭이 고개를 든다. 얼굴이 팽팽하게 긴장되어 있다.

“뭐라고 했어?” 잭이 묻는다.

내가 한 말을 듣고 있지 않았구나.

하지만 조금 전 그 말을 그대로 되풀이할 수는 없는 노릇. 갑자기 바보가 된 기분이다. 아니, 갑자기가 아니라 좀 전부터 바보가 된 기분을 느끼고 있던 터였다. “아무것도 아니에요.” 난 억지로 미소를 짓는다.

또다시 침묵이 흐른다. 난 무슨 말을 하면 좋을까 고민을 한다. "저기, 솔직히 고백할 게 있어요." 난 잭의 접시를 가리킨다. "조개 관자 하나를 찍어 먹었어요."

난 잭이 놀란 척을 하거나 화를 내는 척을 할 줄 알았다. 그게 아니라면 적어도 무슨 반응이라도 보일 줄 알았다.

"괜찮아." 잭은 멍하니 대답한 뒤 남은 요리를 묵묵히 먹는다.

이해가 가질 않는다. 무슨 일이 벌어진 거지? 조금 전까지 농담하고 장난치던 잭 하퍼는 어디로 간 거야? 완전히 다른 남자가 된 느낌이다.

주 요리인 로켓 샐러드에 감자튀김을 곁들인 태라곤 허브 치킨을 다 먹었을 때쯤엔 온몸이 뻣뻣하게 굳은 상태다. 우울하고 괴롭기 그지없다. 정말 오늘 데이트는 실패다. 완전 실패작이다. 농담을 하고 말을 걸고 잭을 웃기려고 갖은 애를 썼지만 잭은 그후로도 전화를 두 통 더 받았고, 식사 내내 정신은 어디 딴 곳에 가 있는 것 같다. 내가 없어져도 아마 없어진 줄 모를 정도로 생각에 잠겨 있다.

실망스러워서 눈물이 다 날 지경이다. 정말 이해가 안 간다. 조금 전까지는 분위기가 그렇게 좋았는데. 정말 환상으로 잘 어울렸는데. 도대체 뭐가 잘못된 거지?

"잠깐 화장 좀 고치고 올게요." 메인 코스 요리를 물리고 나서 난 말한다. 잭은 그냥 고개만 끄덕거린다.

여자 화장실은 화장실이라기보단 궁전에 가깝다. 금테 두른 거울에 푹신한 의자. 제복을 입은 여자가 수건을 건넨다. 이 여자 앞에서 리시에게 전화를 걸기가 조금 부끄럽지만 여기서 일하는 여자가 어디 나 같은 여자 처음 보랴 싶다.

"여보세요." 리시가 전화를 받자마자 난 말한다. "나야."

"엠마! 어떻게 되어 가고 있어?"

"끔찍해." 난 서글픈 목소리로 말한다.

"무슨 말이야?" 리시가 기겁을 하며 묻는다. "어떻게 끔찍할 수가 있어? 도대체 무슨 일이 있었는데?"

"그게 제일 끔찍한 부분이야." 난 의자에 축 늘어지듯 앉는다. "처음에는 진짜 끝내 줬거든? 웃고 농담하고…… 레스토랑도 정말 괜찮고, 잭이 날 위해 내가 좋아하는 요리로만 전부 골라 메뉴에도 없는 요리를 특별히 준비해 뒀고……."

난 침을 꿀꺽 삼킨다. 이렇게 말하고 나니 정말 완벽한 데이트였던 것처럼 들린다.

"거기까진 훌륭하네." 리시는 놀란 어조로 말한다. "그런데 도대체 뭐가……."

"그런데 갑자기 휴대폰으로 온 전화를 받았어." 난 코를 팽 푼다. "그러고 난 후로는 내게 말 한 마디도 안 하는 거야. 계속 전화를 받으려고 어딘가로 사라지고, 난 식탁 앞에 멍하니 혼자 앉아 있었어. 잭이 다시 돌아오고 나서도 대화는 뭔가 핀트가 안 맞고 제대로 이어지지도 않는 게, 내 말을 모조리 건성으로만 듣고 있더라."

"뭔가 걱정거리가 생긴 거 아닐까? 그런데 너까지 걱정시키기가 싫어서 그러는 것 같은데." 한참 있다가 리시가 말한다.

"그 말이 맞는 것 같긴 하다." 난 천천히 대답한다. "상당히 괴로워하는 것 같긴 하던데."

"뭔가 끔찍한 일이 터졌는데 분위기를 망치기 싫어서 말을 안 하는 걸 수도 있어. 계속 말을 걸어 봐. 그 사람의 문제를 같이 고민해 주라고!"

"알았어." 갑자기 기운이 솟는다. "응, 그렇게 해볼게. 고마워, 리시."

난 조금 전보다 훨씬 더 긍정적인 마음가짐으로 식탁으로 돌아간다. 또다시 어디선가 웨이터가 나타나 내가 의자에 앉는 걸 도운다. 난 자리에 앉은 뒤 최고로 따뜻하고 최고로 너그러운 표정을 지으며 잭을 쳐다본다. "잭, 무슨 일 있어요?"

잭은 얼굴을 찡그린다.

"왜 그런 말을 하는데?"

"아니, 자꾸 어딘가로 사라지고 하기에 무슨 일이 있나 싶어서요…… 혹시 내게 말해 주고 싶은가 해서요."

"괜찮아." 잭은 짤막하게 말한다. "물어줘서 고마워." 그 말투는 더 이상 얘기하고 싶지 않다고 말하고 있지만 난 쉽게 포기할 수가 없다.

"무슨 안 좋은 소식을 들었나 봐요?"

"아냐."

"혹시…… 사업 쪽 일인가요?" 난 끈질기게 묻는다. "아니면…… 아니면 혹시 개인적인 일로……."

잭이 고개를 치켜든다. 얼굴에서 노여움이 번쩍거린다.

"말했잖아, 아무것도 아니라고. 그만 하자니까."

하. 그래, 그렇게까지 말하지 않아도 내 위치가 어디인지 알겠다고.

“디저트 하시겠습니까?” 웨이터의 목소리가 들린다. 난 웨이터에게 억지로 미소를 지어 보인다.

“전 괜찮은 것 같네요.”

오늘 저녁은 여기서 끝이다. 그냥 빨리 끝내고 집으로 가고 싶은 마음만 굴뚝같다.

“알겠습니다.” 웨이터는 미소를 짓는다. “커피라도 드릴까요?”

“숙녀 분께선 디저트를 드실 거요.” 잭이 수그린 내 머리 위로 말한다.

뭐시라? 지금 뭐라고 말한 거야? 웨이터가 머뭇거리며 날 본다.

“안 먹겠어요!” 난 단호하게 말한다.

“엠마, 왜 그래.” 잭이 말한다. 다시 그 따스하고 장난기 가득한 목소리로 되돌아와 있다. “내 앞에서까지 얌전 떨 필요는 없잖아. 비행기 안에서 말했잖아. 항상 그렇게 말한다고. 디저트는 필요 없다고 말하지만 사실은 먹고 싶은 거라고.”

“하지만 오늘은 정말 먹고 싶지 않아요.”

“엠마를 위해 특별히 준비를 했다니까.” 잭은 앞으로 몸을 숙인다. “하겐다즈 아이스크림에 머랭, 옆에 베일리스 소스를 얹어서…….”

갑자기 짜증이 왈칵 밀려든다. 자기가 뭔데 이래라저래라야? 내가 뭘 먹고 싶은지 자기가 어떻게 알고? 내가 그냥 과일을 먹고 싶어 할 수도 있는 거잖아. 아무것도 먹고 싶지 않을 때도 있는 거잖아? 자기가 나에 대해 얼마나 안다고 이래? 날 조금도 모르는 주제에.

“배불러요.” 난 의자를 뒤로 빼며 말한다.

“엠마, 난 엠마를 알아. 사실은 먹고 싶을 거야. 솔직히…….”

“당신은 날 몰라요!” 난 나도 모르게 큰 소리로 외친다. “잭, 당신이 나에 대해 이것저것 단편적인 조각들을 안다는 건 사실이지만 그렇다고 날 안다는 뜻은 아니에요!"

"뭐?" 잭은 눈을 동그랗게 뜨고 날 쳐다본다.

"당신이 정말로 날 안다면." 난 떨리는 목소리로 말한다. "내가 누군가와 저녁을 함께 먹으러 나갔을 때 상대방이 내 말에 귀 기울여 주는 걸 좋아한다는 것, 상대방이 날 존중해 주는 걸 좋아한다는 것쯤은 알았을 거예요. 어떻게든 대화를 해보려고 시도하는데 '그만 해' 따위 말 같은 건 하지 않았을 거라고요……."

잭은 놀란 표정으로 날 쳐다본다.

"엠마, 괜찮은 거야?"

"아뇨, 괜찮지 않아요! 저녁 내내 날 무시하다시피 했잖아요."

"그렇게 말하는 건 부당해."

"그게 사실이니까요! 휴대폰이 울리기 시작한 이래 거의 기계적인 반응밖에 보이질 않았다고요……."

"엠마." 잭은 얼굴을 문지른다. "지금 현재 내 인생에서 여러 가지 일들이 일어나고 있는데 그 전부가 아주 중요한……."

"알았어요. 어차피 나 따위는 필요 없을 테니 계속 잘 살아 보시죠."

일어서서 핸드백을 집는데 눈물이 핑 돈다. 오늘 밤이 완벽하길 얼마나 바랬는데. 정말 기대가 컸다. 이렇게까지 잘못될 수 있을 거라고는 정말 상상도 못 했다.

"옳소! 말 잘했어, 레이첼!" 방 저편에 앉아 있던 금색 재킷 여자가 날 응원한다. "그쪽 양반 아시는지 모르겠지만 레이첼한텐 멋진 남편도 있다고요." 여자가 잭을 노려보며 말한다. "레이첼한테 그쪽은 필요 없어요!"

"잘 먹었어요." 난 식탁보에 눈길을 고정한 채 말한다. 어디선가 웨이터가 내 코트를 들고 내 옆에 나타난다.

"엠마." 잭은 여전히 황당하다는 표정을 지으며 자리에서 일어선다. "설마 진짜로 그냥 가 버리려는 건 아니겠지."

"맞는데요."

"다시 한번만 기회를 줘. 부탁이야. 하다못해 나랑 같이 커피라도 마셔 줘. 약속할게. 열심히 말도 하고……."

"커피 마시고 싶지 않아요." 웨이터의 도움을 받아 코트를 입으며 난 말한다.

"커피가 싫으면 민트 차는 어때? 초콜릿은 어때? 당신을 위해 고디바 트뤼플을 준비해 뒀어……." 잭이 애원하다시피 하는 바람에 잠깐 내 마음이 흔들린다. 게다가 고디바 트뤼플 초콜릿을 내가 얼마나 좋아하던가.

하지만 안 돼. 이미 마음을 정했잖아.

"필요 없어요." 난 꿀꺽 침을 삼킨다. "이만 가겠어요. 감사했어요." 그리고 난 웨이터를 처다보며 묻는다. "내가 코트를 찾는다는 걸 어떻게 아셨죠?"

"손님이 원하시는 걸 파악하는 게 저희 일이기 때문입니다." 웨이터가 낮은 목소리로 말한다.

"들으셨죠?" 난 잭에게 말한다. "오히려 여기 이분들이 날 더 잘 아네요."

우린 서로를 가만히 응시하기만 한다.

"알았어." 마침내 잭이 포기한 듯 어깻짓을 하며 말한다. "알겠어. 대니얼이 엠마를 집까지 바래다 줄 거야. 밖에 세워둔 차 안에서 기다리고 있을 거야."

"당신 차를 타고 집까지 갈 일은 없어요!" 기가 막힌다. "집까지 는 내 발로도 걸어갈 수 있어요."

"엠마. 자꾸 바보 같은 소리 하지 마."

"안녕, 잭." 그리고 난 웨이터에게 말한다. "고마워요. 저에게 신 경 써 주시고 잘해 주셔서."

레스토랑에서 나와 보니 밖에는 비가 주룩주룩 내리고 있다. 우 산도 안 가져왔는데.

알 게 뭐냐. 그래도 나는 간다. 난 길을 따라 걷는다. 보도블록이 젖어 있어 조금 미끄럽다. 발이 가끔 미끄러진다. 눈물과 빗물이 섞 여 볼을 타고 흘러내린다. 여기가 어딘지 전혀 감도 잡히지 않는다. 가까운 전철역이 어느 쪽인지도 모르겠다. 근처에 어느 역이 있는지 도 모르겠다…….

잠깐만. 저기 버스 정류장이 보이잖아. 노선 안내도를 자세히 들 여다보니 이슬링턴으로 가는 버스 번호가 쓰여 있다.

좋아. 그럼 버스를 타고 집에 가면 되지. 집에 가서 뜨거운 코코 아를 한잔 마시자. 아니면 TV 앞에 앉아서 아이스크림을 먹거나.

다행히 지붕과 좌석까지 달린 버스 정류장이라 머리카락이 더 젖 을 염려는 없다. 난 멍하니 자동차 광고 입간판을 바라보며 하겐다 즈 푸딩은 어떤 맛이었을까 생각한다. 머랭은 하얗고 딱딱한 스타일 이었을까, 아니면 쫄깃쫄깃한 캐러멜 식으로 되어 있었을까. 그런 쓸데없는 생각을 하는데 커다란 은색 자동차가 소리도 없이 인도 옆에 멈춰 선다.

진짜 기가 막힌다.

"부탁이야." 잭이 차에서 내리며 말한다. "집까지 데려다 줄 테니 제발 차에 타."

"싫어요." 난 그쪽을 쳐다보지도 않고 말한다.

"비 오는데 여기 계속 이러고 있을 순 없잖아."

"왜 안 되는데요? 누구와는 달리 난 현실 세계에 사는 사람이거든요."

난 돌아앉아 에이즈 홍보 포스터를 열심히 들여다보는 척한다. 잭은 기어이 버스 정류장 안까지 들어와 내 옆 비좁은 좌석에 앉는다. 우린 한참동안 아무 말도 하지 않는다.

"오늘 저녁에 내가 형편없이 굴었다는 건 알아." 잭이 마침내 말한다. "미안해. 내가 왜 그랬는지 아무 말도 할 수 없어서 그것도 미안해. 하지만 내 삶은…… 너무나도 복잡해. 아주 민감한 문제도 몇 개 끼어 있고. 제발 이해해 줄 수 없을까?

싫어요. 난 그렇게 말하고 싶다. 내가 왜 이해해 줘야 해요? 당신은 나에 내한 모든 섯들을 알고 있잖아요.

"노력해 보죠." 난 어깻짓을 하며 대답한다.

빗줄기가 더 굵어진다. 정류장 지붕 위를 후두둑 때리며 바닥에도 물이 고이기 시작해 내(사실은 제미마의)샌들까지 젖기 시작한다. 헉, 어쩌지. 얼룩이 안 남았으면 좋겠는데.

"오늘 저녁에 엠마를 실망시켜서 미안해." 잭은 시끄러운 빗소리 때문에 목소리를 높인다.

"그런 거 아니에요." 그렇게 말하지만 난 갑자기 양심의 가책을 느낀다. "그저…… 기대치가 너무 높았나 봐요. 나도 당신에 대해서 좀 더 알고 싶었어요. 즐거운 시간을 보내고 싶었는데…… 함께 웃을 수 있었으면 했는데…… 샴페인이 아니라 분홍색 칵테일이 마시고 싶었는데……."

허억. 내가 무슨 소리를 지껄이는 거야! 정신을 차리기도 전에 그런 말이 입에서 흘러나온다.

"하지만…… 엠마는 샴페인을 좋아한다면서!" 잭이 당황한 표정을 짓는다. "내게 그렇게 말했잖아. 엠마가 생각하는 완벽한 데이트는 샴페인으로 시작하는 거라고."

차마 잭의 눈을 쳐다볼 수가 없다.

"네. 그러긴 했지만 그때는 그 분홍색 칵테일의 존재를 몰랐을 때 잖아요. 안 그래요?"

잭은 고개를 젖히고 웃음을 터뜨린다.

"맞는 말이네. 맞는 말이야. 그러고 보니 난 엠마한테 선택의 여지도 주지 않았네." 잭은 씁쓸한 표정으로 고개를 젓는다. "아마 엠마는 아까 그렇게 생각을 했겠군. 이 눈치 없는 남자. 내가 분홍색 칵테일을 마시고 싶어 한다는 걸 그렇게도 모르겠어?"

"아니에요!" 얼른 그렇게 대답하지만 내 뺨은 이미 새빨갛게 물들기 시작한다. 잭이 너무나도 귀여운 표정으로 빤히 보는 바람에 난 잭을 꼭 끌어안아 주고 싶다.

"엠마, 정말 미안해." 잭은 고개를 내젓는다. "나도 당신에 대해서 더 많은 걸 알고 싶었어. 나도 즐거운 시간을 보내고 싶었어. 그러고 보니 우리 두 사람 다 똑같은 것을 원했던 모양이네. 그런데도 그러지 못한 건 다 내 잘못 같아."

“당신 잘못은 아니에요.” 난 옹색하게 웅얼거린다.

“나도 잘해보고 싶었다고. 이러려던 계획은 아니었어.” 잭은 진지한 표정으로 날 본다. “내게 한번만 더 기회를 주면 안 될까?”

커다란 빨간색 이층 버스가 정류장 앞에 멈춰 선다. 우린 그 버스를 올려다본다.

“이만 가 봐야겠네요.” 난 자리에서 일어서며 말한다. “이걸 타야 되거든요.”

“엠마, 이러지 마. 내가 태워다 줄 테니 차에 타.”

“버스 타고 가겠다니까요!”

문이 열리고 난 버스에 탄다. 버스 정기권을 보여 주자 운전 기사가 고개를 끄덕인다.

“정말로 이걸 타고 갈 작정이야?” 잭은 내 뒤를 따라 타더니 버스 안에 있는 승객들을 걱정스런 시선으로 훑어본다. “아무래도 안전할 것 같지가 않아.”

“꼭 우리 할아버지 같은 소리를 하네요!” 안전하니까 걱정 말아요. 이걸 타면 우리 집 근처에 내린다고요.”

“낼 거요, 말 거요?” 운전사가 잭을 쳐다보며 채근을 한다. “돈 없으면 내리시고.”

“아멕스 카드 있어요.” 잭이 주머니를 뒤적인다.

“버스 타면서 아멕스 카드로 돈 내는 사람이 어디 있어요?” 난 눈을 또르륵 굴린다. “도대체 아무것도 모르는군요.” 난 내 버스 승차권을 본다. “오늘은 그냥 혼자 갈게요.”

“그렇다면 어쩔 수 없지.” 잭이 풀이 죽은 목소리로 말하며 기사를 본다. “그럼 난 내리도록 하죠.” 그러곤 날 바라본다. “내 말에 대답 안 했어. 다시 시작할 수 있을까? 내일 밤은 어때? 이번에는 엠마가 원하는 대로 하자고. 다 엠마가 정해.”

“그래요.” 난 심드렁하게 어깻짓을 하지만 잭과 눈이 마주치는 순간 미소를 짓고 만다.

“또 8시에?”

“8시. 그리고 차는 끌고 오지 말아요.” 난 단호하게 조건을 내건다. “이번에는 내 방식대로 할 거니까.”

“기대하고 있을게. 잘 가.”

“잘 가요.”

잭이 버스에서 내리자 난 계단을 통해 버스 2층으로 올라간다. 어릴 때처럼 2층 제일 앞좌석에 앉아 바깥을 내다본다. 어둡고 비가 주룩주룩 내리는 런던의 밤. 오랫동안 계속 보고 있노라면 가로등 불빛이 번져 모든 것이 현실감을 잃는다.

금색 재킷을 입은 여자의 모습이 자꾸만 떠오른다. 내가 그만 가겠다고 했을 때 잭이 짓던 표정. 코트를 가져다주던 웨이터. 버스 정류장 앞에 멈춰 서던 잭의 자동차…… 내가 무슨 생각을 하고 있는지도 모르겠다. 가만히 앉아서 멍하니 넋을 놓고 바깥을 내다보기만 한다. 귀에 익은 소리가 내 마음을 편안하게 가라앉혀 준다. 버스 엔진 소리. 출입문이 여닫히는 소리. 정차를 요청하는 벨 소리. 쿵쿵거리며 버스에 오르내리는 사람들의 발소리.

버스가 모퉁이를 돌면 몸이 기우뚱한다. 어디로 가는 건지 난 알 수가 없다. 한참이 지난 후에 익숙한 바깥 풍경이 텅 빈 머릿속을 파고든다. 버스가 집 근처까지 왔음을 깨닫고 서둘러 가방을 챙겨 종종걸음으로 1층으로 내려가는 계단 끝에 선다.

갑자기 버스가 왼쪽 모퉁이를 휙 돈다. 난 중심을 잃지 않으려고 난간을 꽉 움켜쥔다. 왜 왼쪽으로 돌았지? 난 창문을 내다본다. 집 근처 큰길가에 설 줄 알고 탔는데 이러다 한참을 걸어야 하는 거 아냐? 왠지 그럼 굉장히 짜증이 날 것 같은데. 그러다가 난 멍하니 눈을 깜박인다.

뭐야, 설마…….

이럴 수는 없어. 여긴…….

농담이 아니다. 창문 밖을 내다보며 난 입을 떡 벌린다. 여긴 우리 집 앞 좁은 골목길 아니야?

버스는 바로 우리 집 앞에 멈춰 섰다.

계단을 뛰어 내려가다가 하마터면 발목을 삘 뻔한다. 난 얼떨떨한 표정으로 버스 기사를 바라본다.

"엘러우드 가 41번지 내리세요." 기사가 배우처럼 멋을 부려 말한다.

이건 현실이 아니야. 말도 안 돼.

난 어리둥절한 표정으로 버스 안을 살펴본다. 술에 취한 십대 두 녕이 날 빤히 쳐다본다.

"이게 어떻게 된 일이죠?" 난 기사를 바라본다. "혹시 그 사람이 돈을 주던가요?"

"500파운드 받았습니다." 기사가 윙크를 하며 말한다. "그 사람이 누군지는 모르지만, 아가씨, 나라면 그 남자 절대 안 놓칠 거유."

500파운드라고. 크어어억.

"감사합니다." 난 여전히 얼떨떨하게 대답한다.

꿈을 꾸는 기분이다. 난 버스에서 내려 아파트 현관으로 걸어간다. 초인종을 누르기도 전에 리시가 문을 열어 준다.

"야. 지금 그 차 버스 아니었어?" 리시가 어리둥절한 표정을 짓는다. "버스가 왜 이 골목까지 들어온 거야?"

"내가 타고 온 버스야. 날 내려 주려고 여기까지 들어왔어."

난 기사에게 손을 흔든다. 기사도 손을 흔들더니 잠시 후 버스는 부릉거리며 어둠 속으로 사라진다.

"믿어지지가 않아! 기절하겠네." 리시는 넋을 놓고 사라지는 버스 뒤꽁무니를 쳐다보다가 천천히 날 바라본다. "뭐야…… 결국엔 잘 된 거야?"

"어." 난 대답한다. "응. 다 잘…… 된 것 같아."

엄마의 세계에 들어온 잭 하퍼

계속 방 안에 잭을 내버려두었다간 어딘가에서 탐폰을 찾아내 이게 뭐냐고 물을지도 모를 판이다. 진짜 궁금한 것도 많아! 이 남자는 도대체 왜 그렇게 모든 것이 다 궁금한 거냐고!

음. 아무한테도 말하면 안 돼. 절대로 얘기해선 안 돼.

어젯밤에 잭 하퍼와 데이트했다는 소리는 절대로 하면 안 된다고.

물론 그 얘기를 누군가에게 하려는 마음은 없다. 하지만 그 다음 날 회사에 출근을 하는데 실수로 그 얘기를 해 버리는 게 아닐까 하는 걱정이 늘기 시작한다.

그게 아니면 하다못해 누군가가 눈치를 챌 것 같다. 왠지 내 얼굴에 그렇게 쓰여 있는 기분이다. 내 옷에, 내 걷는 폼에도. 내가 뭘 하건 온몸으로 '나 어제 누구랑 데이트했게?' 라고 소리치는 느낌이 든다.

"안녕." 커피를 타고 있는데 캐롤린이 인사를 한다. "좋은 아침."

"네." 난 괜스레 뜨끔한다. "어젯밤엔 아무 데도 안 가고 집에만 있었지 뭐예요. 룸메이트들이랑 비디오를 세 개나 빌려 봤어요. 뭘 봤더라. 프리티 우먼. 노팅힐. 4번의 결혼식. 우리 셋이서만, 진짜 아무도 안 부르고 말이에요.”

“어머, 그래?” 캐롤린이 좀 뜨악한 표정을 짓는다. “재미있었겠네.”

뭐야. 나 왜 이러는 거야. 범죄자들이 다 이래서 잡히는 거구나. 죄 짓곤 못 산다더니. 괜히 묻지도 않았는데 쓸데없는 얘기만 만들어 내고. 이러다가 덜미를 잡히는 거라고.

그래. 그만 떠들자. 단답형으로, 대답은 최대한 짧게.

“안녕.” 내가 책상에 앉는데 아르테미스가 말을 건다.

“좋은 아침입니다.” 난 정말 쓸데없는 말은 안 붙이려고 노력한다. 피망 피자를 시켰는데 가게에서 주문을 잘못 알아듣고 페퍼로니 피자를 가져왔지 뭐예요, 하하. 정말 기가 막혀서, 그런 초보적인 실수를 하다니. 뭐 이 정도까지 얘기할 준비는 해 뒀지만 그런 말을 하지 않고 무사히 넘어간다.

오늘 아침에는 파일 분류를 하게 되어 있었는데 일은 난 안 하고 종이에다 잭을 데리고 갈 만한 곳이나 하나하나 적고 있다.

1. 술집. 아냐. 너무 재미없어.

2. 극장. 아냐. 서로 말도 못 하고 오랫동안 가만히 앉아만 있어야 되잖아.

3. 스케이트장. 스케이트도 못 타는 주제에 이건 왜 썼을까. 나 자신도 이유를 알 수가 없다. 아무래도 영화 〈스플래시〉에 나오는 스케이트 장면에 너무 큰 감동을 받았나 보다.

4.

헉. 벌써 아이디어가 바닥나다니. 이렇게 한심할 데가. 난 멍하니 종이를 바라보며 주위 사람들이 하는 말에 슬쩍 귀를 기울여 본다.

"……무슨 극비 프로젝트를 추진중이라던데, 그거 그냥 뜬소문이야?"

"……회사 운영 방침을 바꾼다는데, 어떤 방향으로 갈 건지 회장님 빼곤 아무도 모른다던데……."

"……스벤이란 사람은 도대체 뭐야? 아니, 내 말은, 그 사람이 회사에서 하는 일이 정확하게 뭐냐는 거지."

"그 사람 그냥 회장 따라다니는 거 아니에요?" 재정부에서 일하는 에이미가 말한다. 에이미는 우리 부서의 닉을 짝사랑하기 때문에 틈만 나면 구실을 만들어 우리 사무실로 온다. "회장 애인이잖아요."

"네?" 난 갑자기 상체를 꼿꼿이 일으키며 쥐고 있던 연필까지 두 동강 내고 만다. 다행히 다들 잡담을 나누느라 정신이 팔려 내가 이상한 반응을 보였다는 걸 눈치 채지 못한다.

잭이 게이였어? 진짜로 게이야?

어제 그래서 나한테 잘 자란 뽀뽀도 안 해 준 거구나. 나랑 그냥 친구로 지내고 싶은 거였군, 날 스벤한테 소개시켜 주면 난 아무렇지도 않은 척을 해야겠다. 두 사람이 그런 사이란 걸 원래 처음부터 알고 있었던 것처럼……

"잭 하퍼가 게이였어?" 캐롤린이 놀란 목소리로 묻는다.

"전 그런 줄 알았는데요." 에이미가 어깨를 으쓱해 보인다. "생긴 것도 좀 게이틱하지 않아요?"

"별로 그런 줄 모르겠던데." 캐롤린은 얼굴을 찡그린다. "게이치곤 너무 안 가꾼다 싶어."

"별로 게이같이 생기진 않은 것 같은데요." 난 아무렇지도 않게, 그저 당신들이 그런 얘기를 하니까 심심해서 끼어드는 것뿐이란 투로 말한다.

"절대 게이 아냐." 아르테미스가 아는 척을 하며 끼어든다. "예전에 뉴스위크에 난 기사를 읽었는데 오리진 소프트웨어 여사장과 데이트 중이란 얘기가 있었어. 또 그 여자 전에는 슈퍼모델을 만나기도 했다던데."

안도감이 물밀 듯 밀려온다.

그래, 게이 아닌 줄 알았다니까. 난 처음부터 알고 있었다고.

이 인간들은 진짜 할 일이 그렇게도 없나? 잘 알지도 못하는 사람을 두고 이러쿵저러쿵 입방아나 찧고 있게?

"요새는 누굴 만난대요?"

"그걸 누가 알겠어?"

"꽤 섹시하지 않아, 그 사람?" 캐롤린이 씩 웃으며 말한다. "난 그런 타입 좋더라."

"하이고, 그게 아니시겠지." 닉이 거든다. "회장처럼 개인 제트기 타고 다니는 타입이 좋은 거겠지."

이런 얘기를 듣고 있자니 상당히 거북하다. 잡담이 끝날 때까지 사무실 밖에 나갔다 올까? 아냐, 그럼 관심이 내 쪽으로 쏠릴지도 몰라.

여기서 내가 벌떡 일어나 '아, 어제 잭 하퍼랑 단둘이 저녁 식사를 했어요'라고 말하면 무슨 일이 일어날까 잠시 고민해 본다. 모두들 경악하며 날 쳐다볼 테지. 누군가는 헉 소리를 낼지도 모르고······.

지금 무슨 헛소리야? 누가 내 말을 믿어주기나 하겠어? 쯧쯧, 드디어 현실과 망상을 구분 못 하는군, 뭐 그런 소리나 듣겠지.

"어머, 안녕, 코너." 캐롤린의 목소리가 머릿속을 파고든다.

코너? 난 조금 당황해서 고개를 번쩍 치켜든다. 아니나 다를까, 코너가 우리 사무실 안에 있는 게 아닌가? 게다가 이게 웬일이래. 잔뜩 풀 죽은 표정으로 내 책상으로 다가오고 있잖아?

아니, 이 남자 여기서 뭐 하는 거래?

혹시 나랑 잭 얘기를 어디서 주워들은 건가?

심장이 마구 두근거린다. 난 머리카락을 뒤로 쓸어 넘긴다. 헤어진 이래 건물 안에서 코너의 모습을 몇 번 본 적은 있지만 정식으로 얼굴을 맞대는 건 이번이 처음이다.

"안녕." 코너가 말한다.

"안녕." 난 어색하게 대답한다. 침묵이 흐른다.

불현듯 아까 쓰다 만 데이트 장소 목록이 여봐란 듯이 책상 위에 그대로 펼쳐져 있다는 걸 깨닫는다. 난 최대한 자연스럽게 손을 뻗어 종이를 구긴 뒤 쓰레기통에 던져 넣는다.

스벤과 잭에 대한 수다는 이미 멎은 뒤다. 비록 다들 업무를 보는 척 딴청을 피우지만 사무실 안에 있는 모두가 우리에게 촉각을 곤두세우고 있는 게 느껴진다. 마치 관객들 앞에서 일일 연속극을 찍는 기분이다.

내가 맡은 배역이 뭔지는 똑똑히 알고 있다. 별 이유도 없이 정말 멀쩡하고 괜찮은 남자를 차 버린 비정한 악녀.

그런데 문제는 내가 죄책감을 느낀다는 데 있다. 어쩜 좋냐. 진짜 미안하다. 코너를 볼 때마다, 아니 심지어 코너를 떠올리기만 해도 가슴이 꽉 죄어 온다. 그건 그렇다 쳐도 코너는 꼭 저런 표정을 지어야 하는 건가? 당신 때문에 영원히 지울 수 없는 상처를 입었지만 난 그래도 착한 사람이니 당신을 용서하노라, 뭐 그런 느낌이랄까.

죄책감이 밀려나고 짜증이 그 자리를 채운다.

마침내 코너가 입을 연다. "'사원 가족의 날'에 핌 테이블에서 우리 둘이 자원봉사를 하겠다고 신청했던 것 때문에 찾아왔어. 그때 신청을 할 때는 우리가 그때까지……." 코너는 더더욱 상처받은 표정을 지으며 말꼬리를 흐린다. "어쨌거나 엠마가 괜찮으면 난 그거 해도 괜찮다는 말을 하려고."

그래서 지금 나보고 30분 동안 옆에 나란히 서 있는 짓은 차마 못 하겠단 말을 하라고? 나 혼자 나쁜 년 되라고?

"난 상관없어." 내가 말한다.

"알았어."

"응."

다시 어색한 침묵.

"아, 참, 네 파란색 셔츠 찾았어." 난 살짝 어깻짓을 한다. "회사로 가져올게."

"고마워. 우리 집에도 네 물건이 좀 있는 것 같은데……."

"어이." 닉이 짓궂게 눈을 빛내며 우리 쪽으로 다가온다. 어디 한번 들쑤셔 보자는 표정이다. "어젯밤에 누군가랑 있는 걸 봤지."

심장이 덜컥 내려앉는다. 아씪! 우씪! 어쩌냐! 괜찮아…… 진정하고…… 괜찮아. 닉이 날 보는 게 아니잖아. 닉은 코너를 바라보고 있다.

근데 코너는 도대체 누구랑 있었던 거야?

"그냥 친구였어." 코너가 어색하게 말한다.

"진짜 친구 맞아?" 닉이 능글맞게 쑤셔 본다. "그냥 단순한 친구 사이라고 하기엔 너무 친밀한 것 같던데."

"그만 해, 닉." 코너는 고통스런 표정을 짓는다. "아직은…… 다음 만남을 생각하기에 너무 일러. 안 그래, 엠마?"

"어…… 그렇지." 난 여러 번 침을 삼킨다. "지당한 말이지. 당연해."

헉, 또 오버하고 말았다!

어쨌거나 상관없어. 내가 왜 코너를 걱정해야 되는데? 난 지금 몹시 중요한 데이트를 앞두고 있잖아? 다행히도 퇴근 전까지는 괜찮은 데이트 코스를 정할 수 있었다. 왜 진작 그 생각을 못 했는지 신기할 정도다! 실행하는 데 조그만 장애물이 있긴 하지만 해 낼 수 있을 거라 믿어 의심치 않는다.

예상대로, '그 어떤 경우에도 열쇠를 비회원에게 대여 또는 양도해선 안 된다' 는 규칙을 한번 어긴다고 해서 큰일 나진 않는다고 리시를 설득하는 데 걸린 시간은 30분 남짓. 리시는 그래도 걱정스런 표징을 지으미 핸드백 속에서 열쇠를 써내서 내게 준다.

"잃어버리면 안 돼!"

"걱정 마! 고마워, 리시." 난 리시를 꼭 끌어안는다. "나중에 나도 이런 회원 전용 클럽 멤버가 되면 이 은혜 꼭 갚을게."

"암호는 기억하지?"

"응. 알렉산더라며."

"어디 가?" 제미마가 외출 준비를 마치고 내 방으로 들어오더니 날 찬찬히 훑어본다. "윗도리 괜찮네. 어디 거야?"

"옥스팸에서. 원래는 휘슬스 거지만."

오늘 밤만큼은 제미마의 옷을 빌릴 시도조차 하지 않겠노라 결심한다. 머리부터 발끝까지 전부 내 옷으로만 입고 나갈 작정이다. 만일 내 옷이 잭의 마음에 안 들면 그땐 다시는 안 만나면 그만이다.

"아, 물어 볼 게 있었다." 제미마가 갑자기 눈을 가늘게 뜬다. "혹시 너희 두 사람 어제 저녁에 내 방에 들어오거나 하지 않았지?"

"우리가?" 리시는 시치미를 뚝 뗀다. "왜, 누가 방에 들어갔던 거 같아?"

제미마가 귀가한 시각은 새벽 3시. 이미 빌렸던 옷은 원래 자리에 돌려놓은 후였다. 스카치테이프니 물컵도 원상태로 해 두었다. 절대로 들키지 않게 조심에 또 조심을 했다.

"아니." 제미마는 마지못해 대답한다. "물건들은 다 제자리에 있는데 왠지 그런 느낌이 들어서. 꼭 누가 방에 들어갔다 나간 거 같은 느낌 있지?"

"혹시 창문을 열어 놓았던 거 아냐?" 리시가 시치미를 뚝 떼고 말한다. "아니, 최근에 어딘가에서 기사를 읽었는데 말이지, 요샌 도둑들이 원숭이를 훈련시켜서 방 안에 들여보낸다더라."

"원숭이?" 제미마는 기가 막힌다는 표정을 짓는다.

"그러게. 원숭이한테 도둑질 훈련을 시킨다는 거야."

제미마는 진담인지 농담인지 구분이 안 가는지 나와 리시의 얼굴을 번갈아 바라본다. 난 억지로 진지한 표정을 짓는다.

"어쨌거나 잭에 대해선 네가 틀렸어." 난 얼른 주제를 바꾼다. "오늘 밤에도 만나기로 했거든. 네가 생각했던 것처럼 그렇게 끔찍하진 않더라고."

물론 우리가 식당에서 말다툼을 벌이고 내가 먼저 뛰쳐나온 다음에 잭이 날 버스 정류장까지 쫓아왔다는 사소한 일들은 굳이 얘기할 필요성을 느끼지 못한다. 중요한 건 우리가 오늘 두 번째로 데이트를 한다는 것뿐이다.

"글쎄, 난 내가 틀렸다고 생각하지 않아." 제미마가 말한다. "두고 보라니까. 분명히 잘 안 될걸?"

난 방에서 나가는 제미마의 등에 대고 메롱을 해 준 뒤 마스카라를 바르기 시작한다. "지금 몇 시야?" 눈꺼풀에 마스카라를 조금 묻혀 얼굴을 찡그리며 묻는다.

"8시 10분 전. 거기까지는 뭘 타고 갈 건데?"

"택시."

갑자기 초인종이 울리는 바람에 우린 고개를 든다.

"빨리 왔네." 리시가 말한다. "데이트 시간에 빨리 오는 남자도 다 있네 그래."

"잭이 아닌가 봐!" 우린 얼른 응접실로 뛰어나간다. 리시는 창가로 달려간다.

"헉, 어쩌냐." 리시가 아래쪽을 바라보며 말한다. "코너야."

"코너?" 난 기절초풍하는 표정으로 리시를 본다. "코너가 왔어?"

"무슨 상자를 들고 있네. 들어오라고 할까?"

"안 돼! 집에 없는 척하자."

"이미 늦었어." 리시가 얼굴을 찡그린다. "미안. 코너가 날 봤거든."

초인종이 다시 울린다. 우린 어쩔 줄 몰라 하며 서로를 쳐다본다.

"어쩔 수 없네. 내가 내려가 볼게." 내가 한참 고민하다 말한다.

우쒸. 에이 씨. 망할…….

난 욕설을 뇌까리며 아파트 출입구까지 내려가 단숨에 벌컥 문을 연다. 아까 사무실에서와 똑같이 순교자의 표정을 지은 코너가 출입문 앞에 서 있다.

"안녕." 코너가 말한다. "아까 얘기했던 네 물건들 가져왔어. 필요할지도 몰라서."

"어, 고마워." 난 상자를 받아들며 말한다. 상자 안에는 로레알 샴푸 한 병과 내 평생 처음 보는 점퍼 한 벌이 들어 있다. "나는 아직 네 물건 다 정리 못 했거든. 정리가 끝나는 대로 사무실로 가져갈게."

난 상자를 계단참에 내려놓다가 행여나 내가 자기를 집 안으로 들여놓는다는 생각을 하지 못하게 잽싸게 다시 코너를 쳐다본다.

"저기, 고마워. 여기까지 가져올 필요는 없었는데."

"뭐, 그런 걸 가지고." 코너는 말한 뒤 길게 한숨을 내쉰다. "엠마…… 이 기회에 말 좀 해. 술이나 한잔 할까? 아니면 저녁 식사를 해도 괜찮고."

"어, 그거 괜찮은 생각이네." 난 밝은 목소리로 말한다. "정말 그러고 싶긴 한데 지금은 별로 시간이 좋질 않네."

"외출하는 거야?" 코너의 얼굴이 구겨진다.

"그게, 어, 리시랑 나가기로 했거든." 난 슬쩍 시계를 들여다본다. 8시 6분 전. "어쨌거나, 나중에 봐. 그러니까, 회사에서……."

"왜 그렇게 허둥거리는데?" 코너가 날 빤히 본다.

"내가 허둥거리긴 뭘!" 난 시치미를 뚝 떼고 문틀에 몸을 기댄다.

"왜 그래?" 코너의 눈매가 가늘어진다. 코너는 내 어깨너머로 아파트 복도를 들여다본다. "무슨 일 있는 거야?"

“코너.” 난 코너를 달래듯 팔에 손을 얹어 준다. “아무 일도 없어. 괜한 착각이야.”

그 순간 리시가 내 뒤에서 나타난다.

“저기, 엠마, 급한 전화가 왔네.” 리시가 과장된 목소리로 말한다. “얼른 와서 전화를 받는 게 좋겠어…… 어머, 안녕, 코너!”

불행히도 리시는 거짓말에는 영 재주가 없다.

“지금 날 쫓아 버리려는 거네!” 코너가 리시와 나를 번갈아 바라보며 기가 막힌다는 목소리로 외친다.

“그런 게 아니야!” 리시는 얼굴을 새빨갛게 물들인다.

“잠깐만.” 코너가 내 옷차림을 훑어보더니 불쑥 말한다. “잠깐만. 이거…… 너 혹시 지금…… 데이트하러 가는 거야?”

머리가 재빨리 돌아간다. 여기서 아니라고 하면 보나마나 말싸움이 벌어질 거다. 차라리 내가 솔직하게 인정을 한다면 코너는 화가 나서 씩씩거리며 돌아설지도 모른다.

“맞아. 데이트 약속이 있어.”

충격. 그리고 침묵.

“믿어지지가 않아.” 코너는 고개를 젓는다. 그러고는 하필이면 정원 벽에 기대어 스르륵 주저앉는 게 아닌가. 난 시계를 들여다본다. 8시 3분 전. 제길!

“코너…….”

“딴 사람은 없다고 했잖아! 맹세했었잖아, 엠마!”

“딴 사람은 없었어! 하지만…… 지금은 있어. 그 사람이 곧 올 거야…… 코너, 정말 이러지 마. 너도 그 사람과 얽히는 건 바라지 않을 거야.” 난 팔을 잡아 코너를 일으켜 세우려 하지만 코너의 몸무게는 77킬로그램. "코너, 부탁이야. 모두 다 힘들게 만들지 마."

"그래, 네 말이 맞아." 마침내 코너가 일어선다. "내가 가지."

코너는 패배감으로 어깨를 축 늘어뜨리고 대문으로 터덜터덜 걸어간다. 난 코너가 어서 빨리 사라져 주었으면 하는 마음과 더불어 양심의 가책을 느낀다. 그런데 이게 웬 기절초풍할 일? 코너가 돌아서는 게 아닌가.

"누구야?"

"그 사람…… 너는 모르는 사람이야." 난 등 뒤에서 손가락으로 십자를 만든다. "저기, 조만간 같이 점심 먹으며 이야기하든가 하자. 약속할게."

"알았어." 코너는 정말 상처받은 표정을 짓는다. "알았어. 네가 무슨 말 하고 싶은 건지 알았다고."

난 숨도 못 쉬고 조마조마한 심정으로 코너를 본다. 코너는 대문을 닫고 천천히 길가로 나간다. 계속 걸어. 계속 걸어…… 멈추지 말라고…….

코너의 모습이 모퉁이 너머로 사라지는 순간 길 반대편에서 잭의 은색 승용차가 모습을 드러낸다.

"허걱!" 리시가 입을 떡 벌리고 그 자동차를 쳐다본다.

"이제 한계야!" 난 아파트 벽에 기대어 주저앉고 만다. "리시, 나 도저히 더 못 버티겠어."

다리가 후달달 떨린다. 술이라도 한 잔 마셔야겠다. 마스카라를 아직 한쪽밖에 못 칠했다는 것도 떠오른다.

은색 차는 집 앞에 멈추어 선다. 그 안에서 어제와 똑같은 제복을 입은 운전사가 내린다. 운전사가 문을 여니 잭이 내린다.

“안녕!” 내가 나와 있는 걸 보고 잭은 조금 놀란 눈치다. “나 늦은 거야?”

“아뇨! 그냥…… 음…… 여기에 앉아 있는 것뿐이에요. 그냥 경치나 감상할 겸.” 난 길가를 가리킨다. 그제야 안 사실이지만 길 건너편에서 트레일러 타이어를 갈고 있는 배불뚝이 남자 말고는 쥐새끼 한 마리 주위에 없다. “어쨌거나!” 난 자리에서 벌떡 일어선다. “난 아직 준비가 덜 끝났거든요? 올라와서 조금만 기다려 줄래요?”

“그러지.” 잭이 미소를 짓는다. “그거 괜찮겠네.”

“차는 얼른 보내요. 오늘 차 안 가지고 오기로 했잖아요!”

“엠마가 집 밖에 앉아 있을 줄 알았나? 안 들킬 수 있었는데.” 잭이 씩 웃으며 대꾸한다. “대니얼, 오늘은 이만 가 보도록 하지.” 잭은 운전사에게 고갯짓을 한다. “지금부터는 여기 계신 이 숙녀 분께서 날 맡아 주실 테니까.”

“이쪽은 룸메이트인 리시예요.” 운전사가 차에 타는 동안 내가 말한다. “리시, 이쪽은 잭.”

“안녕하세요.” 리시는 수줍은 미소를 지으며 잭과 악수를 나눈다.

나 같이 내가 사는 층으로 올라가다가 난 불현듯 아파트 계단이 정말로 비좁다는 것을 깨닫는다. 벽에 칠한 크림색 페인트는 온통 긁힌 자국투성이인 데다가 카펫에선 양배추 썩은 내가 난다. 잭은 분명히 으리으리하고 근사한 저택에 살 테지. 계단은 아마 나선형 대리석일 거야.

그래서? 그게 어때서? 세상 사람 모두가 대리석 계단을 가질 수는 없는 거잖아.

대리석 계단이 뭐가 좋아. 분명히 싸늘하고 다그닥다그닥 말굽

소리처럼 요란하기만 할 거야. 매번 미끄러질지도 몰라. 흠도 정말 쉽게 날지도 모르고…….

"엠마, 네가 준비하는 동안 내가 잭한테 술을 한잔 대접할게." 리시가 미소를 머금고 날 본다. 잭에게 합격점을 줬다는 신호다.

"고마워." 나도 리시를 보며 신호를 보낸다. 진짜 괜찮지? 그러고는 얼른 내 방으로 돌아가 나머지 속눈썹에 마스카라를 바른다.

잠시 후 누가 내 방문을 두드린다.

"들어와!" 리시인 줄 알고 말했는데 잭이 달착지근한 셰리가 든 잔을 내민다.

"어랏, 고마워요." 난 정말 감사히 받는다. "진짜 이게 필요했는데."

"들어가진 않을게." 잭이 정중하게 말한다.

"아뇨, 괜찮아요. 들어와서 앉아요!"

난 침대를 가리키지만 침대 위엔 옷이 산더미처럼 쌓여 있다. 게다가 화장대 위에는 잡지가 한 무더기 쌓여 있다. 우쒸, 진작에 좀 치울걸.

"서 있을게." 잭이 살짝 미소를 짓는다. 위스키 같아 보이는 뭔가를 한 모금 마시며 신기한 듯 내 방 안을 둘러본다. "여기가 당신 방이로군. 엠마의 세계야."

"네." 난 살짝 얼굴을 붉히며 립글로스 봉을 돌려 뺀다. "좀 지저분하긴 하지만……."

"아냐, 아주 좋아. 아주 편안해." 잭은 방구석에 쌓여 있는 신발들과 천장에 달린 물고기 모양 모빌을 둘러본다. 옆에 목걸이를 주르륵 걸어놓은 거울과, 옷장 문에 걸린 새로 산 치마를 쳐다본다.

"캔서 리서치?" 잭은 어리둥절한 표정으로 옷에 붙은 태그를 들여다본다. "이게 도대체 어디……."

"가게 이름이에요." 난 조금 대들 듯 말한다. "중고 가게요."

"아." 잭은 얼른 이해한다는 표정으로 고개를 끄덕인다. "침대 커버 예쁘네." 씩 웃으며 한 마디 덧붙인다.

이번에는 화장품이 빼곡히 담긴 열린 화장대 서랍 안을 신기하다는 눈으로 빤히 주시한다. "립스틱이 도대체 몇 개나 되는 거야?"

"에…… 그냥 몇 개……." 난 얼른 서랍을 닫는다.

음, 잭에게 들어오라고 한 건 별로 좋은 생각이 아니었던 모양. 잭은 내 비타민 병을 집어서 이리저리 살펴본다. 아니, 비타민이 뭐 그리 신기한데? 그러더니 캐티가 만들어 준 크로셰 벨트를 관찰한다.

"이게 뭐야? 뱀 껍질?"

"벨트예요." 난 귀걸이를 끼며 얼굴을 찡그린다. "끔찍하게 생겼죠? 알아요. 나도 크로셰는 싫거든요."

귀걸이 한 짝이 어디로 갔을까? 어디에 있지?

아, 여기 있었구나. 그런데 잭은 지금 뭘 하는 거야?

뒤를 돌아보니 잭이 내 운동 계획표를 신기한 눈으로 들여다보고 있다. 크리스마스 내내 초콜릿을 퍼먹고 나서 1월달에 붙여 놓은 것이다.

"월요일 아침 7시." 잭이 소리 내어 읽는다. "아파트 주위를 조깅한다. 윗몸 일으키기 40회. 점심 시간: 요가 강좌. 저녁: 필라테스 테이프 시청. 윗몸 일으키기 60회." 잭은 위스키를 한 모금 마신다. "상당히 놀랍군. 진짜로 이걸 다 해?"

"음." 난 한참 있다 간신히 입을 연다. "거기 적힌 걸 다 하지는…… 그걸 썼을 때는 마음만 앞서서…… 그 왜, 알잖아요……
음…… 어쨌거나!" 난 향수를 칙칙 뿌린다. "이만 가죠!"
　계속 방 안에 잭을 내버려두었다간 어딘가에서 탐폰을 찾아내 이
게 뭐냐고 물을지도 모를 판이다. 진짜 궁금한 것도 많아! 이 남자는
도대체 왜 그렇게 모든 것이 다 궁금한 거냐고!

엄마표 데이트

나야말로 진정한 런던 사람이라고. 런던의 구석구석 숨어 있는 곳으로 안내해 주지. 물론 그렇다고 잭이 고른 레스토랑이 별로였다는 뜻은 절대 아니다. 하지만 오늘 내가 데려가는 곳이 훨씬 더 쿨하지 않나? 비밀 클럽이라니! 혹시 또 알아? 오늘 밤엔 마돈나가 올지?

밤거리를 걸으며 난 잔뜩 기대감에 부푼다. 벌써 시작부터가 어제와는 느낌이 다르다. 날 위축시키는 차도 없고 사치스런 레스토랑도 없다. 어제보다 훨씬 더 거품을 뺀 느낌. 한결 즐겁다.

"그래서 오늘은 엠마 스타일의 저녁을 보내는 거야?" 큰 길가로 나가며 잭이 말한다.

"두말 하면 잔소리죠!" 난 손을 들어 택시를 부른다. 기사에게 클러큰웰의 그 조그만 골목 이름을 댄다.

"택시를 타도 되는 거야?" 택시를 타며 잭이 묻는다. "버스를 기다려야 하는 게 아니고?"

"오늘은 특별 접대니까요." 난 제법 진지하게 말한다.

"어디 가는 거야? 저녁 먹으러? 술 마시러? 춤추러?" 택시 안에서 잭이 묻는다.

"두고 보면 알아요!" 난 환한 미소를 짓는다. "오늘은 좀 편안하게, 그 순간에 마음 내키는 대로 하자고요."

"어제는 내가 너무 계획을 열심히 짰나 보군." 잠시 후 잭이 나직하게 말한다.

"아뇨, 어제도 좋았어요." 난 얼른 대답한다. "하지만 너무 고민하다 보면 소소한 것에도 너무 신경을 쓰게 되잖아요. 그냥 흐름에 몸을 맡기고 풀려 나가는 대로 따라가는 것도 가끔은 나쁘지 않다고요."

"맞는 말이야." 잭이 미소를 짓는다. "그래, 어디 한번 흐름에 몸을 맡기면 어떻게 되나 볼까?"

택시가 어퍼 가를 가로지른다. 난 제법 내 자신이 자랑스럽다. 나야말로 진정한 런던 사람이라고. 런던의 구석구석 숨어 있는 곳으로 안내해 주지. 물론 그렇다고 잭이 고른 레스토랑이 별로였다는 뜻은 절대 아니다. 하지만 오늘 내가 데려가는 곳이 훨씬 더 쿨하지 않나? 비밀 클럽이라니! 혹시 또 알아? 오늘 밤엔 마돈나가 올지?

20분쯤 후 우리는 클러큰웰에 도착한다. 난 굳이 내가 택시비를 내겠다고 우겨 요금을 치른 다음 잭을 골목길로 인도한다.

"아주 흥미로운걸." 잭이 주위를 둘러보며 말한다. "정확하게 어디를 가는 거지?"

"그냥 두고 보라니까요." 난 일부러 대답을 피한다. 문 앞에서 초인종을 누르며 리시한테서 얻어 온 열쇠를 주머니에서 꺼내는데 온몸에 짜르르 전율이 흐른다.

분명히 잭도 감동할 거야. 아주 감동할 거라고!

"누구세요?" 목소리가 묻는다.

"네." 난 담담하게 말한다. "알렉산더와 얘기하고 싶은데요."

"누구요?" 목소리가 되묻는다.

"알렉산더요." 난 알 만하다는 미소를 짓는다. 그래, 두 번 세 번 확인을 하나 보군.

"알렉산더란 사람 없어요."

"제대로 못 들었나 보군요. 알.렉.산.더.요." 난 또박또박 한 음절씩 끊어서 말한다.

"알렉산더 없다니까요."

내가 호수를 잘못 알았나? 갑자기 그런 생각이 든다. 분명히 여기였던 것 같긴 한데…… 아, 저쪽에 간유리를 낀 저 집이었나? 그래. 저 집인 것 같다. 왠지 낯이 익다.

"잠깐 착각했네요." 난 잭에게 미소를 지어 보이며 다른 초인종을 누른다.

침묵. 잠시 기다리다가 다시 초인종을 누른다. 그리고 또 한번 연달아 누른다. 아무런 응답이 없다. 음, 그럼…… 이 집도 아닌 모양이군.

우쒸. 망했다.

왜 이렇게 바보짓을 했지? 리시한테 주소를 물어 보고 올걸. 딴에는 확실하게 기억하고 있는 줄 알았는데.

"문제 있어?" 잭이 묻는다.

"아뇨!" 난 얼른 대답하며 환한 미소를 짓는다. "잠깐 생각을 해 보면 기억이 날 텐데……."

난 길을 좌우로 두리번두리번 살핀다. 긴장하지 마. 어느 쪽이더라? 이러다가 집집마다 초인종을 눌러 봐야 하는 사태가 벌어지는 거 아냐? 난 인도를 몇 발자국 걸어가며 기억을 되살리려고 애쓴다. 그 순간 저쪽에 이 골목과 똑같이 생긴 골목길이 하나 더 보이는 게 아닌가.

난 그 자리에서 얼어붙는다. 이 골목이 그 골목은 맞는 겨? 난 달려가 옆 골목을 쳐다본다. 이 골목과 똑같아 보인다. 특징 없는 문들에 불 꺼진 창문.

심장이 마구 두근거린다. 어쩌지? 이 근처에 있는 골목이란 골목을 다 헤매며 초인종을 눌러 볼 순 없잖아. 이런 일이 벌어지리라곤 예상치 못했다. 정말 꿈에도 몰랐다. 어쩌지? 뭘 하면…….

이 바보, 리시한테 전화를 걸면 되잖아! 리시가 가르쳐 줄 거야. 휴대전화를 꺼내 집 전화번호를 누르지만 신호가 가자마자 응답기가 받는다.

"여보세요, 리시. 나야." 난 최대한 담담하게, 아무렇지도 않게 말한다. "조금 문제가 생겼어. 클럽으로 들어가는 문이 어느 문이었는지 기억이 안 나네…… 어느 골목이었는지도 잘 모르겠고. 이 메시지 들으면 연락 줄래? 고마워!"

고개를 들어보니 잭이 날 보고 있다.

"뭐가 잘못된 거야?"

"조그만 문제가 있었어요." 난 작게 하하 웃음소리를 낸다. "이 근처 어딘가에 비밀 클럽이 있는데 거기가 어디였는지 정확하게 기억이 안 나네요."

"괜찮아." 잭이 말한다. "그럴 때도 있는 거지."

난 다시 한번 집 전화번호를 누른다. 통화중. 난 얼른 리시의 휴대전화 번호를 눌러보지만 전화기가 꺼져 있단다.

이런 망할. 우쒸. 밤새도록 여기에 이러고 서 있을 순 없잖아.

"엠마?" 잭이 조심스럽게 부른다. "내가 어디 레스토랑에 예약이라도……."

"아니에요!" 난 펄쩍 뛴다. 오늘도 또 잭에게 맡길 순 없다. 오늘 저녁은 내가 다 알아서 한다고 호언장담하지 않았던가. 반드시 그렇게 하고야 만다. "괜찮아요. 걱정 말아요." 난 얼른 결론을 내린다. "계획을 바꿔요. 안토니오로 가요."

"기사를 불러도 되는데……." 잭이 말한다.

"차는 필요 없어요!" 난 뚜벅뚜벅 큰길가로 걸어간다. 다행히 저쪽에 빈 택시 한 대가 온다. 난 손을 흔들어 택시를 세운 뒤 잭과 타고는 운전사에게 말한다.

"클래팜의 샌더스테드 가에 있는 안토니오요."

만세. 어른답게 결단을 내려 상황을 수습한다.

"안토니오가 어디야?" 택시가 출발하자 잭이 묻는다.

"런던 남쪽에 있는 곳인데 여기서 좀 멀어요. 하지만 갈 만한 가치는 있어요. 예전에 완즈워스에 살 때 리시랑 자주 가던 곳인데 테이블도 큼직하고 음식노 맛깔스럽고 좌석도 푹신해서 편히 앉아 있을 수 있는 곳이에요. 거기다가 손님을 가려서 받거나 빨리 가게 문 닫아야 한다고 쫓아내지도 않거든요."

"괜찮은 곳 같네." 잭이 미소를 짓는다. 나도 뿌듯한 미소를 지어 보인다.

뭐야. 클러큰웰에서 클래팜이 아무리 멀기로서니 이렇게 오래 걸리나? 벌써 도착을 했어야 정상인데 왜 이렇게 오래 걸리는 거야?

30분쯤 뒤 난 상체를 세우고 기사에게 다시 묻는다. "왜 이렇게 오래 걸리죠?"

"길이 막히네요, 아가씨." 기사는 어깻짓을 한다. "어쩔 도리가 없죠."

어쩔 도리가 없긴! 아니, 택시 기사면 택시 기사답게 안 막히는 골목길이나 뒷길 같은 데를 찾아 달리면 될 거 아냐! 그렇게 소리를 질러 주고 싶은 마음은 굴뚝같지만 보는 눈이 있으니 차마 그럴 수는 없는 노릇. "저기…… 앞으로 얼마나 더 걸릴 것 같나요?"

"그거야 알 수가 없죠."

난 좌석에 등을 기댄다. 짜증이 나서 속이 다 뒤틀린다.

차라리 클러큰웰에 있는 데 아무 곳이나 찾아갈걸. 아니면 코벤트 가든도 괜찮았는데. 난 왜 이리 바보지…….

"엠마, 걱정하지 마." 잭이 말한다. "가기만 하면 되는 거잖아. 일단 도착하고 나면 다 괜찮을 거야."

"그리길 빌어야죠." 난 다 죽어 가는 미소를 짓는다.

잭과 대화를 나눌 기력도 없다. 택시가 빨리 가도록 기도하는 데 내 모든 집중력과 의지력을 한데 모으는 중이니까. 창 밖을 내다본다. 이정표에 쓰인 우편번호가 목적지에 점점 더 가까워질 때마다 속으로 만세를 부른다. SW3…… SW11…… SW!

마침내 클래팜에 도착한다. 이제 진짜 다 와 간다…….

제기랄. 재수 없게 빨간불에 또 걸렸네. 자리에 가만히 엉덩이를 붙이고 앉아 있을 수가 없다. 택시 기사는 차가 신호에 걸리거나 말거나 천하 태평이다.

오케이, 파란불! 가자! 밟으라고!

이런 내 마음을 아는지 모르는지 기사는 느긋하게 차를 몬다……
아예 콧노래까지 흥얼거리질 않나…… 얼씨구, 이번엔 앞차에게 양
보까지 해 주네! 도대체 당신 뭐 하는 인간이야?

아냐. 침착해, 엠마. 저 앞에 보이잖아. 어찌 되었건 여기까지 왔
으면 된 거 아냐?

"여기에요!" 택시에서 내리며 난 그동안의 긴장감을 감추고 편안
한 목소리로 말하려 애쓴다. "너무 오래 걸려서 미안해요."

"괜찮아." 잭이 말한다. "근사해 보이는 식당인데."

기사에게 택시비를 주며 그래도 여기 오길 잘했다는 생각을 한다.
정말 탁월한 선택이다. 눈에 익은 녹색 벽면을 장식한 꼬마전구. 천
개에 매달린 풍선. 열린 문을 통해 웃음소리와 음악 소리가 흘러나온
다. 심지어 식당 안에서 누군가가 노래를 부르는 소리까지 들린다.

"평소엔 이렇게 붐비진 않는데." 난 호호 웃음소리를 내며 입구로
걸어간다. 식당 주인인 안토니오가 서 있는 모습이 보인다.

"안녕하세요!" 난 레스토랑 문을 밀어 연다. "안토니오!"

"엠마!" 출입문 바로 옆에서 와인 잔을 들고 있던 안토니오가 날
보며 말한다. 뺨이 발갛게 달아오른 채로 평소보다 더 환한 미소를
짓는다. "벨리시마!" 안토니오는 내 양쪽 볼에 한번씩 쪽쪽 입을 맞
춘다. 마음이 한결 놓인다. 그래, 역시 이리로 오길 잘했지. 이봐, 주
인과 이렇게 친하잖아? 우리가 불편한 곳 없게 특별히 신경을 써 줄
거야.

"이쪽은 잭이에요." 난 활짝 웃으며 말한다.

"잭! 만나서 반가워요!" 안토니오는 잭의 뺨에도 번갈아 입을 맞
춘다. 난 그 모습을 보고 키득거린다.

“저기, 두 사람 자리 될까요?”

“아…….” 안토니오가 곤란한 표정을 짓는다. “엠마, 어쩌지? 오늘은 가게 문을 닫았는데.”

“네?” 난 멍하니 안토니오를 바라본다. 뭐가 어찌 된 영문인지. “하지만…… 하지만 아직 영업 중이잖아요. 안에 아직 손님들도 있는데!” 난 즐거운 표정을 짓고 있는 가게 안 손님들을 둘러본다.

“결혼식 피로연 손님들이야!” 가게 저 안쪽에서 누군가가 이탈리아어로 뭐라고 외치자 안토니오는 잔을 들어 보인다. “오늘이 조카 녀석 결혼식이거든. 그 녀석 본 적 있던가? 귀도라고, 몇 년 전 여름에 여기서 서빙을 봤지.”

“저는 잘 기억이…….”

“법대에서 괜찮은 아가씨를 만났지 뭐야. 아, 그 녀석 얼마 전에 변호사가 되었어. 나중에라도 혹시 법률 조언이 필요하거든…….”

“감사합니다. 뭐…… 어쨌거나 축하드려요.”

“피로연 잘 끝내시길 빕니다.” 잭은 그렇게 말하며 내 팔을 살짝 쥐었다 놓는다. “괜찮아, 엠마. 전혀 몰랐던 일이잖아.”

“엠마, 진짜 미안해!” 안토니오가 내 안색을 살피며 말한다. “다음에 오면 제일 좋은 좌석을 줄게. 오기 전에 꼭 미리 전화 주고…….”

“그럴게요.” 난 간신히 미소를 짓는다. “고마워요, 안토니오.”

난 차마 잭의 얼굴을 쳐다보지도 못한다. 겨우 이러려고 잭을 클래팜까지 끌고 왔단 말인가.

이 사태를 어떻게 처리해야 되지? 얼른 생각 좀 해 봐.

“술집으로 가요.” 난 길가로 나오자마자 말한다. “그냥 편안하게 앉아서 술이나 한잔 하죠.”

“그러지.”

난 얼른 길을 건너 ‘낵즈 헤드’란 간판이 붙은 술집 문을 연다. 여기 한번도 와 본 적 없지만 그래도 괜찮지 않……구나.

내 평생 이렇게 후줄그레한 술집은 생전 처음이다. 하도 닳아 구멍이 나기 일보 직전인 카펫. 음악도 없고 손님이라곤 배불뚝이 남자 달랑 하나뿐이다.

잭과 이런 곳에서 데이트를 할 순 없어. 난 못 해.

“여긴 관두죠!” 난 얼른 술집 문을 닫으며 말한다. “딴 데로 가는 게 낫겠네요.” 난 얼른 길 이쪽저쪽을 살펴보지만 안토니오의 레스토랑과 무너져 가는 테이크아웃 전문점 두 곳, 그리고 택시 회사 하나를 빼곤 다들 영업이 끝난 모양이다. “응…… 다시 택시 타고 도심으로 돌아가죠.” 난 쾌활한 척하다 못해 갈라지는 목소리로 말한다. “오래 걸리진 않을 거예요.”

난 인도 끄트머리로 걸어가 손을 치켜든다.

그뒤로 3분간 차 한 대도 안 지나간다. 택시뿐만이 아니라 아예 자동차가 얼씬도 하지를 않는다.

“좀 조용하네.” 마침내 잭이 평을 한다.

“아무래도 여긴 번화가가 아니라 주거 지역이다 보니까요. 안토니오의 레스토랑이 좀 특이한 거죠.”

겉으로는 침착한 척하지만 난 속으로는 비명을 지르기 일보 직전이다. 어쩌지? 클래팜 하이 가까지 걸어 나가 볼까? 여기서 족히 3킬로미터는 떨어져 있을 텐데.

시계를 본 순간 9시 15분임을 깨닫고 숨을 헉 들이켠다. 근 한 시간이 넘게 길에서만 헤맨 거다. 여태 술 한잔도 못 마시고 말이다.

이게 전부 내 잘못이다. 난 저녁 데이트 코스조차 제대로 못 짜는 한심한 인간이다.

갑자기 엉엉 울고 싶어진다. 인도 위에 주저앉아 양손에 얼굴을 묻고서 울고 싶다.

"피자 어때?" 잭의 말에 난 잔뜩 희망을 품고 고개를 든다.

"왜요? 어디 피자 집 보여요?"

"저기 피자가 세일이라기에." 잭은 예의 그 무너져 가는 테이크아웃 전문점을 고갯짓으로 가리킨다. "저쪽엔 벤치도 보이고." 길 반대편도 가리킨다. 울타리를 두른 자그마한 정원과 나무와 벤치가 보인다. "엠마는 가서 피자를 사 와." 잭은 빙그레 미소를 짓는다. "난 벤치에 자리를 맡아 두고 있을 테니까."

아무리 기억을 더듬어 봐도 평생 이렇게 창피했던 적은 없는 것 같다.

잭 하퍼는 날 으리으리하고 고급스런 레스토랑에 데리고 갔는데 난 고작 클래팜에 있는 공원 벤치로밖에 못 데려가는 건가.

"여기 피자요." 난 뜨끈뜨끈한 피자 상자를 잭이 앉아 있는 벤치까지 가져간다. "피자는 햄에 양송이에 페퍼로니 토핑이고요 마실 걸로는 마르가리타를 사 왔어요."

저녁으로 이런 걸 먹는다는 현실을 도저히 받아들일 수가 없다. 이건 맛있는 피자도 아니지 않은가. 아티초크를 구워 올린 고급 피자도 아니다. 퍼석퍼석한 싸구려 반죽에 떡이 된 피자 치즈, 토핑조차 싸구려 하급품.

"맛있겠네." 잭은 미소를 머금는다. 잭은 피자를 한입 베어 먹더니 상의 안주머니에 손을 넣는다. "이건 원래 엠마가 집에 갈 때 선물로 주려고 한 건데 기왕 이렇게 된 거……."

난 입을 떡 벌리고 잭이 호주머니에서 조그만 은색 칵테일 셰이커와 은색 잔 두 개를 꺼내는 모습을 멍하니 지켜본다. 잭이 셰이커 뚜껑을 돌려 연 다음 분홍색 투명한 액체를 잔에 따르는 것을 보고 난 깜짝 놀란다.

설마 저거……

"도저히 못 믿겠어요!" 난 눈을 동그랗게 뜨고 잭을 본다.

"에이, 이 정도를 가지고 뭘 그래. 엠마가 그 칵테일 맛은 어떨까 평생 궁금해하게 만들 수야 없잖아?" 잭은 잔 하나를 내게 건네고 자기 잔을 치켜든다. "엠마의 건강을 위해."

"건배." 난 칵테일을 조금 맛본다…… 이럴 수가, 정말 맛있다. 톡 쏘면서도 달콤한 것이 보드카 맛이 느껴진다.

"괜찮아?"

"맛있어요!" 난 또 한 모금 마시며 말한다.

나한테 정말 너무 잘해준다. 겉으로는 즐거운 척하지만 속으로는 무슨 생각을 하고 있을까? 내가 같잖게 보일 거다. 날 무능력하고 멍청한 어지라고 생각할 게 분명하다.

"엠마, 괜찮아?"

"아뇨." 난 꽉 잠긴 목소리로 말한다. "잭, 미안해요. 정말 미안해요. 완전무결한 계획을 짰다고 생각했는데. 원래는 연예인들도 오는 진짜 쿨한 클럽에 데려가려고 했어요. 정말 즐거운 시간을 보내려고 했는데……."

"엠마." 잭은 잔을 내려놓고 날 바라본다. "내가 원했던 건 엠마와 함께 있는 것뿐이야. 지금 그러고 있는데 뭐가 문제야?"

“하지만⋯⋯.”

“지금 이걸로 난 충분해.” 잭은 단호하게 말한다.

천천히 잭은 내 쪽으로 상체를 숙인다. 심장이 마구 두근거린다. 어쩜 좋아. 이걸 어쩌냐. 나한테 키스하려고 하나 봐. 지금 나한테⋯⋯.

“엄마야! 꺅! 어떻게 해!”

난 기겁을 하며 펄쩍 뛰어오른다. 거미 한 마리가 내 다리를 기어오르는 게 아닌가. 큼직하고 시커먼 거미다. “저것 좀 떼어 줘요!” 난 미친 듯이 비명을 지른다. “빨리요!”

잭은 손으로 내 다리에 붙은 거미를 쓸어 버린다. 난 헐떡거리며 다시 벤치에 주저앉는다.

아쒸. 분위기 완전히 잡쳤네. 잘했어. 진짜 왜 이러는 거야? 잭이 키스를 하려고 하는데 비명을 지르고 기겁을 해버리다니. 너 오늘 정말 끝내 주게 잘하고 있구나, 엠마.

난 왜 이렇게 한심한 걸까? 내 자신에게 화가 난다. 왜 비명을 질렀지? 그냥 이 악물고 잠시만 참았어도 괜찮았잖아!

물론 키스를 하는데 문자 그대로 이를 악물 수야 없었겠지. 그래도 침착하게 꾹 참을 순 있었잖아. 아니, 그 순간에 푹 빠져 거미가 내 다리를 기어오르는지 마는지 눈치도 못 챘어야 정상이었던 건 아닐까?

“당신은 거미가 안 무서운가 봐요.” 난 잭에게 그렇게 말하고 어색하게 하하 웃음소리를 낸다. “하긴 당신이 뭐 무서울 게 있겠어요?”

잭은 그냥 씩 웃어넘긴다.

"당신도 무서운 게 있긴 있어요?" 난 끈질기게 묻는다.

"진짜 사나이는 겁이 없는 법이지." 잭은 장난스레 말한다.

이유를 알 수 없게 실망감이 든다. 역시 이 사람은 자기 얘기는 통 안 한단 말이야.

"이 흉터는 어쩌다 생긴 거예요?" 난 잭의 손목에 난 흉터를 가리킨다.

"아주 길고 재미없는 얘기야." 잭은 미소를 짓는다. "별로 듣고 싶지 않을 거야."

듣고 싶어요! 마음이 그렇게 외친다. 정말 듣고 싶다. 하지만 난 그저 조용히 미소를 지으며 칵테일을 한 모금 더 마실 뿐이다.

갑자기 잭이 먼 곳을 바라본다. 마치 내가 그 자리에 없다는 듯.

나한테 키스하려던 마음은 싹 사라진 걸까.

내가 먼저 키스해 버릴까? 아냐. 안 돼.

"피트는 거미를 좋아했지." 잭이 불쑥 말한다. "애완용으로 키우기까지 했어. 그 왜, 크고 털 숭숭 난 거미들 있잖아. 뱀도 키웠지."

"정말요?" 난 상을 찌푸린다.

"제정신이 아니었지. 정말 제정신이 아닌 녀석이있어." 잭이 하하고 한숨을 내쉰다.

"아직도…… 피트를 그리워하는군요?" 난 조심스럽게 묻는다.

"그래. 아직도 피트의 빈자리가 너무나도 커."

또다시 침묵. 멀리서 사람들이 안토니오의 레스토랑을 나서는 소리가 들린다. 서로서로 뭐라고 이탈리아어로 외친다.

"그분에겐 가족들이 있었나요?" 난 조심스럽게 묻는다. 그 말을 하자마자 잭의 표정이 딱딱하게 굳는다.

“응.”

“그분들과 아직도 만나요?”

“가끔.” 잭은 다시 한숨을 쉰 뒤 고개를 들고 미소를 짓는다. “턱에 토마토 소스 묻었어.”손을 뻗어 내 뺨을 닦는 잭과 시선이 뒤엉킨다. 천천히 잭이 내 쪽으로 몸을 숙인다. 허어어억. 지금이야. 이번엔 정말이야. 이번이…….

“잭.”

우리 두 사람은 화들짝 놀라 자리에서 벌떡 일어선다. 내 칵테일 잔은 바닥으로 떨어져 버린다. 고개를 돌린다. 내 눈을 믿을 수 없다. 기가 막힌다. 스벤이 이 조그만 정원의 입구 앞에 서 있는 게 아닌가.

우씨, 스벤이 여기서 뭘 하는 거야?

“타이밍도 절묘하군.” 잭이 웅얼거린다. “어이, 스벤.”

“도대체…… 저 사람이 여기에서 뭘 하는 거예요?” 난 잭을 쳐다본다. “우리가 여기에 있다는 건 어떻게 알았대요?”

“엠마가 피자를 사러 간 사이에 전화가 왔어.” 잭은 한숨을 쉬며 얼굴을 문지른다. “이렇게 빨리 올 줄은 몰랐지. 엠마…… 무슨 일이 터졌어. 잠깐 스벤과 얘기를 해야 할 것 같아. 오래 걸리진 않을 거야. 괜찮지?”

“네.” 난 어깻짓을 한다. 안 된다고 말할 수는 없는 일 아닌가. 지금 내 감정은 짜증과 분노의 경계에서 아슬아슬한 줄타기를 하고 있다. 침착하자. 난 칵테일 셰이커로 손을 뻗어 남은 칵테일을 내 잔에 모조리 붓고는 꿀꺽꿀꺽 마신다.

잭과 스벤은 입구에서 낮은 목소리로 뭐라뭐라 얘기를 주고받는 중이다. 난 칵테일을 홀짝거리며 두 사람의 대화를 좀 더 잘 엿들을 수 있게 그쪽으로 슬쩍 자리를 옮겨 앉는다.

"……이제부터는 어떻게 할 건지……."

"……작전 B로 가야겠지…… 글래스고로 다시 돌아가든가……."

"……급한데……."

고개를 들다가 스벤과 눈이 딱 마주친다. 난 얼른 시선을 피하며 바닥을 열심히 내려다보는 척을 한다. 두 사람의 목소리가 더욱 낮아진다. 이젠 한 마디도 들을 수가 없다. 갑자기 잭이 스벤에게서 떨어지더니 내 쪽으로 다가온다.

"엠마…… 정말 미안하게 됐는데 난 좀 가 봐야 할 것 같아."

"가다뇨?" 난 어리둥절한 표정을 지었다. "지금 당장요?"

"며칠간 어딜 좀 다녀와야 할 것 같아. 미안." 잭은 내 옆에 앉는다. "하지만…… 정말 중요한 일이라서."

"아, 네. 그렇겠죠."

"엠마가 집까지 타고 갈 차를 스벤이 섭외해 놨어."

하. 고맙기도 하셔라. 스벤은 이제 내게 완전히 미운털 박힌 거다.

"정말…… 고맙네요." 난 그렇게 말하며 발끝으로 바닥에 아무 의미 없는 모양을 그린다.

"엠마, 정말 가 봐야 하는 일이라서 그래." 잭이 내 얼굴을 살핀다. "나중에 돌아오면 만나 줄 거지? 아마 사원 가족의 날엔 볼 수 있을 거야. 그때 계속하자고."

"네." 난 애써 미소를 지으려 노력한다. "그러죠, 뭐."

"오늘 즐거웠어."

"나도요." 난 시선을 바닥에 꽂은 채 말한다. "나도 즐거웠어요."

"다음번에도 즐거운 시간 보낼 수 있을 거야." 잭은 내 턱을 치켜 들어 눈을 마주 본다. "약속할게, 엠마."

잭이 상체를 앞으로 내민다. 이번에는 아까와 같은 망설임이 없다. 잭의 입술이 내 입술에 달콤하게 와 닿는다. 잭이 내게 키스를 하고 있다. 잭 하퍼가 공원 벤치에서 내게 키스를 하고 있다고.

잭의 입술이 내 입술을 연다. 피부에 닿는 까칠까칠한 잭의 수염이 따끔거린다. 잭의 팔이 내 등을 타고 기어 올라와 날 자신에게 끌어당긴다. 숨이 턱 막힌다. 난 잭의 재킷 아래로 손을 집어넣는다. 셔츠 아래로 잭의 탄탄한 근육이 느껴진다. 셔츠를 찢어버리고 싶다. 미칠 것 같아. 좀 더 많이. 조금만 더. 더 많은 것을 원한다.

갑자기 잭이 몸을 뗀다. 한창 꿈을 꾸고 있는데 누군가가 갑자기 날 흔들어 깨운 기분이다.

"엠마, 진짜 가봐야 할 것 같아."

입술에 아직도 잭의 감촉이 남아 있다. 아직도 피부가 서로 맞닿아 있는 느낌이다. 온몸이 욱신거린다. 이렇게 끝낼 수는 없어. 안 된다고.

"가지 말아요." 난 잔뜩 잠긴 목소리로 말한다. "딱 30분만 더 있다 가요."

지금 내가 뭔 소리를 하는 거래? 저기 저 덤불 뒤에서 숨어서 하자고?

솔직히 말하자면 그렇다. 어디건 무슨 상관이랴. 정말 내 평생 남자 때문에 몸이 이렇게 달아오르긴 처음인 것 같다.

"나도 가기 싫어." 잭의 검은 눈이 흐려진다. "하지만 어쩔 수가 없거든." 잭은 내 손을 잡는다. 난 조금이라도 더 잭을 느끼고 싶어 그 손에 매달린다.

"나중에…… 나중에 봐요." 말조차 제대로 나오지 않는다.

"그때만을 기다릴게."

"나도요."

"잭." 우린 고개를 든다. 스벤이 입구에 서 있다.

"알았어." 우린 일어난다. 흥분한 몸을 감추려고 선 잭을 난 애써 못 본 척 시선을 돌린다.

차를 타고 따라가 볼까? 그럼 차 안에서…….

아냐. 아냐. 삭제. 삭제. 조금 전 그 생각은 내가 한 게 아닌 거야.

큰길가로 나가 보니 은색 차 두 대가 인도 옆에 붙어 서 있다. 스벤이 한쪽에 서 있는 걸 보니 다른 차가 내가 타고 갈 차인 모양이다. 뭐야. 내가 갑자기 로열 패밀리라도 된 느낌이다.

기사가 자동차 문을 열어 주는 동안 잭이 내 손을 살짝 건드린다. 잭을 끌어당겨 마지막 키스를 나누고 싶은 마음은 굴뚝같지만 난 애써 자제한다.

"잘 가." 잭이 웅얼거린다.

"잘 가요." 나도 웅얼거린다.

난 차에 탔다. 비싼 차답게 묵직하게 문 닫히는 소리가 들린다. 그리고 차는 떠난다.

사원 가족의 날 행사

엄마는 기모노를 입고 피크닉 바구니를 들고 계신다. 아빠는 로빈 후드 차림에 접는 의자 두 개를 들고 계시고 네브 형부는 슈퍼맨 복장에 포도주병을 들고 있다. 캐리 언니는 완벽한 마릴린 먼로 의상을 갖춰 입고 있다.

그때 계속하자고. 그 말 뜻은…….

아니면 혹시…….

미치겠다. 잭이 남긴 말을 떠올릴 때마다 흥분감에 뱃속이 요동을 친다. 직장에서도 도저히 집중이 되질 않았다. 그 말 외에는 아무것도 생각할 수가 없다.

사원 가족의 날은 회사 행사라고. 난 계속 내 자신에게 되뇌었다. 데이트가 아니란 말이야. 일의 연장이니까, 아무래도 잭과 나는 고용주와 고용인답게 서로 깍듯이 예의를 지켜 인사를 주고받는 게 고작일 것이다. 끽해야 악수나 하는 정도일까. 그 이상은 아무것도 바랄 수가 없다.

하지만…… 그후에 무슨 일이 일어날지는 아무도 모르는 노릇.

그때 계속하자고.

아우, 아우. 정말 미치겠다.

토요일 아침 난 평소보다 훨씬 일찍 일어나 스크럽제로 온몸을 샅샅이 씻은 뒤 제모제로 겨드랑이 털을 깨끗하게 제거하고, 가진 것 중 제일 비싼 바디로션을 온몸에 꼼꼼이 바른 다음 발톱에 매니큐어를 칠한다.

레이스가 잔뜩 달린 비싼 브래지어에 한 세트인 팬티까지 입은 뒤, 여름 원피스 가운데 내 체형에 제일 잘 어울리는 바이어스 커트의 원피스를 입는다.

그러고는 얼굴을 살짝 붉히며 핸드백에 콘돔을 몇 개 집어넣는다. 뭐, 준비는 철저할수록 좋은 거니까. 이건 열한 살 때 걸스카우트에서 터득한 교훈으로 이후 언제나 지키려고 노력하는 것이다. 물론 걸스카우트 교관은 손수건과 반짇고리를 가지고 다니라고 한 말이지 콘돔을 가지고 다니란 뜻은 절대 아니었지만, 그래도 그 얘기나 이 얘기나 결국엔 매한가지 아닌가?

거울을 보며 입술에 립글로스를 한 번 더 바르고 알뤼르 향수를 온몸에 뿌린다. 좋아, 섹스할 준비 끝.

아니, 내 말은 잭과 할 준비가 끝났다고.

그러니까 내가 하고 싶은 말은…… 아우, 모르겠다.

사원 가족의 날은 팬서 하우스라고 하트퍼드셔에 있는 회사 소유의 저택에서 열린다. 평소에는 사원 연수나 회의나 신제품 연구부원 등이 몇날 며칠이고 숙식을 함께 하며 브레인스토밍을 할 때 사용된다. 하지만 난 아직 그런 행사에 초대받은 적이 없다. 한마디로 말해 이곳에 오는 건 이번이 처음이란 소리다. 택시에서 내리며 난 상당히 놀란다. 정말 꽤나 오래되고 큰 저택이다. 창문도 많고 현관 쪽에는 기둥도 달린 것이, 건축 양식으로 보건대 아마…… 몰라, 어쨌건 옛날에 지어진 집일 거다.

"조지 왕조 시대 건물이네. 대단해." 누군가가 자갈 깔린 집 앞길을 자박자박 걸어가며 말한다.

그래, 그거야. 조지 왕조 시대. 내가 하고 싶었던 말도 그거였어.

난 음악 소리를 따라 집 주위를 빙 돌아본다. 커다란 잔디밭에서 행사가 한창 진행되고 있었다. 집 뒤에는 색색의 깃발이 빙 돌아가며 꽂혀 있다. 여기저기 천막이 서 있고 밴드가 단상에서 음악을 연주한다. 어린 아이들은 바운시 캐슬(공기를 불어 넣어 안에서 뛰어 노는 성 모양 놀이 기구-역주) 안에서 깍깍거리며 뛰어 논다.

"엠마!" 고개를 들어보니 시릴 실장이 내 쪽으로 다가온다. 빨간색과 노란색이 섞인 뾰족한 조커 모자를 쓰고 있다. "의상은 어쩌고?"

"의상이요?" 난 시치미를 뚝 떼고 의아하다는 표정을 짓는다. "어머! 저기…… 입고 와야 하는 건지 몰랐어요."

새빨간 거짓말이다. 어제 오후 5시쯤 실장이 사원 모두에게 긴급 이메일을 돌렸다. "사원 가족의 날 행사에 팬서 전 사원들은 반드시 의상을 입고 와야 한다는 사실을 잊지 말 것." 이메일에는 그렇게 쓰여 있었다.

하지만 말이야 바른 말이지, 그 전날 통보를 해주면 의상을 어디서 구하냐고? 게다가 오늘같이 중요한 날 파티 용품 가게에서 빌린 끔찍한 나일론 의상을 입고 올 수는 없지 않나.

지금 와서 어쩔 건데? 배 째란 심보다.

"죄송해요." 난 그렇게 말하며 잭을 찾아 주위를 둘러본다. "전

이만……."

"하여간 정신머리들 하고는! 전 사원에게 진작 알림장을 보내고 소식지에도 그렇게 써 놨건만……." 실장은 자리를 피하려는 내 어깨를 턱 붙잡는다. "어쩔 수 없지. 남는 의상 중 아무거나 입는 수밖에."

"네?" 난 멍하니 실장을 쳐다본다. "남는 의상이라뇨?"

"이런 일이 있을 줄 알았지." 실장이 의기양양한 표정을 짓는다. "그래서 내가 준비를 해 왔다고."

불길한 예감이 등골을 타고 스멀스멀 기어오른다. 설마…….

지금 실장이 한 말의 뜻이 설마…….

"한 무더기 있으니까 아무 거나 골라 입으라고." 실장이 말한다.

안 돼. 절대 못 해. 달아나자. 지금 당장.

난 열심히 버둥거리지만 내 어깨를 쥔 실장의 손은 꿈쩍도 하지 않는다. 실장은 날 텐트로 끌고 간다. 중년 여자 두 명이 옷걸이 앞에 서 있다. 거기엔…… 꾸에에엑. 정말 구역질이 날 정도로 끔찍스러운 인조 섬유 의상들이 줄줄이 걸려 있다. 이건 오히려 파티 용품 가게보다 더 심하다. 실장은 도대체 이런 걸 어디서 구해 온 거야?

"저기, 안 입으면 안 될까요?" 난 겁에 질린 목소리로 묻는다.

"반드시 의상을 입어야 한다니까." 실장이 단호하게 말한다. "알림장에도 쓰여 있었잖아!"

"하지만…… 하지만 이게 제 의상인데요!" 난 얼른 내가 입은 원피스를 가리킨다. "말씀드리는 걸 깜빡한 모양인데 제 컨셉트는…… 1920년대의 가든 파티 복장이에요. 그 시대의 느낌을 충실하게 재현한……."

"엠마, 모두 재미난 시간을 보내자는 게 오늘 행사의 목적이라고." 실장이 짜증스럽다는 듯 내뱉는다. "동료 직원들과 가족들이 우스꽝스런 의상을 입은 걸 구경하는 게 재미 아니겠어? 아, 그러고 보니 가족 분들은 어디에 계신 거야?"

"아." 난 이번 주 내내 갈고닦은 안타까운 표정을 짓는다. "저기, 제 가족들은…… 사정이 있어서 참석을 할 수가 없었어요."

참석을 못 하는 게 당연하지. 이 얘기는 한마디도 안 했는데 무슨 수로 알고 오시겠는가.

"말씀을 드리기는 드린 거야?" 실장은 자못 의심스럽다는 표정으로 날 본다. "팸플릿은 보내드렸고?"

"네!" 난 얼른 등 뒤에서 손가락을 꼬아 십자를 만든다. "당연히 말씀드렸죠. 정말 오고 싶어 하셨는걸요!"

"어쩔 수 없지. 다른 사원들이나 사원 가족들과 어울릴 수밖에. 자, 이거 좋구만. 백설공주." 실장이 보기만 해도 역겨운 나일론 드레스에 붕어 소매가 달린 의상을 내민다.

"저, 백설공주는 싫……." 입을 여는 순간 경리부의 모이라가 일그러진 표정으로 털북숭이 고릴라 의상을 입는 모습이 눈에 들어온다. "네, 입을게요." 난 얼른 의상을 받아 든다. "백설공주 좋죠."

정말 울고 싶다. 내가 입고 온 예쁜 원피스는 쇼핑백에 들어가 보관소로 들어갔다. 오늘 저녁에나 되찾을 수 있단다. 유치하기 짝이 없는 백설 공주 의상을 입고 있자니 꼭 여섯 살배기 어린애가 된 것 같다. 그것도 어디 보통 여섯 살배기인가? 감각이라곤 전혀 없는 데다가 색맹인 여섯 살배기다.

난 정말 죽고 싶은 심정으로 주뼛거리며 텐트를 나선다. 밴드는 신이 나서 뮤지컬 올리버에 나오는 〈움 파 파〉 어쩌고 하는 노래를 연주한다. 누군가가 갈라진 목소리로 알아들을 수도 없게 뭐라고 쩌렁쩌렁 스피커로 안내 방송을 한다. 난 주위를 둘러본다. 햇살이 따가워서 눈을 찡그린다. 여기저기 보이는 의상을 입은 사람들이 누구인지 알아내려고 노력한다. 해적 의상을 입은 부장이 아이들 셋을 다리에 매달고 풀밭 주위를 걷고 있다.

"폴 아저씨! 폴 아저씨!" 아이들 중 하나가 빽빽 소리를 지른다. "또 무서운 얼굴 보여 주세요!"

"웃긴 얼굴 보여 주세요!" 또 다른 아이가 외친다. "폴 아저씨, 난 웃긴 얼굴이요오오오오!"

"안녕하세요." 난 비참한 목소리로 인사를 한다. "즐거우세요?"

"사원 가족의 날을 처음 만든 인간이 누군지는 모르지만 총살형을 받아 마땅해." 웃음기라고는 하나도 없는 표정으로 부장이 말한다. "이것들아, 내 다리에서 떨어져!" 아이들 중 한명에게 부장이 소리를 지르자 아이들은 즐거운 웃음을 까아 터뜨린다.

"엄마, 그 돈을 내가 왜 내야 하는데?" 인어 의상을 입은 아르테미스가 커다란 모자를 쓴 여자 뒤를 졸졸 따라가며 투덜거린다.

"아르테미스, 왜 그렇게 예민하게 구니?" 여자가 버럭 소리를 지른다.

묘한 느낌이다. 가족들과 있는 동료들의 모습이 평소와는 너무나 다르다. 우리 가족들이 안 온 게 얼마나 다행이야.

잭은 어디에 있을까. 저택 안에 있나? 가서 한번 찾아 볼까…….

"엠마!" 고개를 드니 이쪽으로 걸어오는 캐티가 보인다. 정말 괴

상망측한 당근 의상을 입고서 머리가 하얗게 센 나이 든 남자 팔을 잡고 있다. 아마 캐티 아버님이신가 보다.

그러고 보니 좀 이상하네. 내가 듣기로 캐티가 오늘 초대한 사람은 새로 만난…….

"엠마, 이쪽이 필립!" 캐티가 환한 얼굴로 말한다. "필립, 내 친구 엠마예요. 왜, 우리를 만나게 해 줬다던 그 친구요!"

뭐…… 뭐시라?

말도 안 돼. 믿을 수가 없어.

이 남자가 새 남자 친구야? 이 남자가 필립이라고? 나이가 일흔은 되었겠다!

난 멍한 정신으로 남자와 악수를 한다. 남자의 손은 바짝 마른 고목 같다. 꼭 우리 할아버지 손 같다. 무슨 말을 했는지 정확히 기억은 안 나지만 날씨 얘기를 잠깐 한 것 같다. 난 완전히 제정신이 아니다.

그렇다고 오해를 하진 마시길. 난 원래 나이 차별주의자는 아니다. 그 무엇에도 차등을 두지 않는 나다. 어차피 사람은 다 똑같은 거라고 생각하니까. 피부색이 검건 희건, 남자건 여자건, 젊건…….

하지만 이 남자는 노인이라고! 늙었다고!

"정말 괜찮은 남자지?" 필립이 음료수를 가지러 간 사이 캐티가 애정 넘치는 목소리로 내 동의를 구한다. "어찌나 사려가 깊은지. 전혀 문제가 없다니까. 저런 사람은 정말 처음이라니까."

"그래, 왠지 믿어진다." 난 약간 목 졸린 목소리로 말한다. "저기, 두 사람, 정확하게 나이 차가 얼마나 나지?"

"잘 모르겠어." 캐티는 놀란 표정을 짓는다. "한번도 물어 본 적 없는데, 왜?”

캐티의 저 얼굴을 보라. 반짝반짝 빛을 발하며 행복해 죽겠다는 표정이다. 현실 감각을 완전히 잃어버린 얼굴. 아니, 자기 남자 친구 나이가 얼마나 많은지도 여태 눈치 못 챘단 말이야?

“아니, 별건 아니고!” 난 헛기침을 한다. “아…… 저…… 다시 얘기해 봐. 필립과는 정확하게 어디서 만났다고?”

“애도 참, 기억력 좀 봐!” 캐티가 장난스럽게 혀를 끌끌 찬다. “네가 그때 평소에는 잘 안 가는 곳에 가서 점심을 먹으라고 했잖아. 기억나지? 그런데 마침 좁은 골목 안쪽에 꼭꼭 감춰져 있는 진짜 특이한 가게를 찾았어, 거기 꽤 괜찮더라. 너도 다음에 한번 가 봐.”

“거기가…… 레스토랑이었니? 아니면 카페?”

“그런 건 아니고.” 캐티는 잠시 고민을 하는 표정을 짓는다. “나도 그런 곳은 정말 처음이었어. 내가 들어가니까 누가 나한테 식판을 쥐어 주더라. 거기에 이것저것 배식을 받아서 여기저기 널린 식탁에 아무 데나 앉아서 먹는 거야. 가격이 고작 2파운드라는 게 믿어져? 식사가 끝나니 여흥이 준비되어 있더라. 빙고도 하고 다른 게임노 하고…… 모누늘 피아노 앞에 둘러서서 노래도 같이 따라 부르고. 또 한 번은 차를 마시다가 갑자기 모두들 일어나서 댄스파티를 하는 거야. 거기서 괜찮은 사람들을 무척 많이 사귀었지.”

난 아무 말도 못 하고 한참 동안 캐티의 얼굴을 들여다보기만 한다.

“캐티.” 난 마침내 입을 연다. “그, 네가 갔다는 곳 말이지, 설마 그럴 일은 없겠지만 혹시나 해서 묻는 건데, 주간 양로원 같은 데 아니야?”

"어머!" 캐티는 좀 당황하는 눈치다. "저기, 음……."

"자세히 생각을 해 봐. 거기 있던 사람들 다 나이가 좀…… 많지 않았어?"

"아, 이런." 캐티는 천천히 말하며 눈썹을 손끝으로 문지른다. "그 말을 듣고 보니까 거기 있던 사람들이 전부 좀…… 나이가 있긴 했던 것 같다. 하지만 너도 한번 와 보면 알 거야, 엠마." 캐티가 환한 표정을 짓는다. "거기 가면 사람들도 다 좋고 정말 재미있어!"

"아직도 거길 드나든단 말야?" 난 캐티를 뚫어져라 본다.

"매일 가는걸." 캐티는 당연하다는 투로 말한다. "내가 거기 친목부 부장 됐잖아."

"나 왔어요!" 필립이 술잔 세 개를 들고 밝은 목소리로 말한다. 그러고는 캐티를 보고 환하게 웃으며 캐티의 뺨에 입을 맞추자 캐티도 똑같이 환한 표정을 지어 보인다. 갑자기 마음속이 따스해지는 기분이 든다. 음, 나이 차 때문에 좀 어색해 보이긴 하지만 그래도 정말 서로를 아껴 주는 커플이구나.

"칵테일 테이블에 있는 남자는 상당히 우울한 표정을 짓고 있던데 딱하기도 하지." 필립의 말을 건성으로 흘려들으며 난 핌을 한 모금 마시고 맛을 음미한다.

음. 정말 더운 여름엔 시원한 핌 한 잔이 최고…….

잠깐만! 난 눈을 번쩍 떴다. 핌이라고라!

아쒸. 코너와 핌 테이블을 지키기로 하지 않았나? 시계를 들여다보니 벌써 10분이나 지각한 상태다. 내가 미쳐. 코너가 우울한 표정을 짓고 있는 것도 무리는 아니지.

난 필립과 캐티에게 사과를 한 뒤 핌 테이블로 최대한 냉큼 달려간다. 테이블은 정원 구석에 있다. 코너는 헨리 8세 의상을 입고 혼자서도 씩씩하게 장사진을 친 손님들에게 핌을 대접하는 중이다. 부푼 소매에 딱 달라붙는 바지 차림으로 얼굴에는 빨간 수염까지 치렁치렁 붙인 참이다. 이 날씨에 저러고 있으면 쪄 죽을 텐데.

"미안." 난 코너 옆에 다가선다. "의상을 갈아입느라 좀 늦었어. 뭘 해야 하지?"

"핌을 따라야지." 코너는 딱딱하게 말한다. "한 잔에 1.5파운드야. 할 수 있겠어?"

"물론이지!" 난 조금 신경질을 낸다. "그 정도는 당연히 할 수 있지 않겠어?"

그후 몇 분 동안은 핌을 따르느라 정신이 없어서 서로 변변히 대화를 나눌 시간조차 없다. 그러다 보니 어느새 줄이 줄어들고 결국에는 둘만 남게 된다.

코너는 내 쪽을 쳐다보려고도 하지 않는다. 하도 거칠게 유리잔을 다루는 바람에 저러다가 잔을 깨는 게 아닐까 걱정마저 들 지경이다. 왜 저렇게 기분이 나쁜 거래?

"코너, 늦게 온 건 정말 미안해."

"괜찮아." 코너는 뻣뻣하게 말한 뒤 칵테일에 넣을 민트 잎을 쳐죽일 듯 다지기 시작한다. "그날 밤엔 즐거운 시간 보냈어?"

아, 그것 때문에 이러는 거구나.

"응." 난 조금 틈을 두고 대답한다.

"새로 만난다는 그 미스테리의 남자랑?"

"응." 난 그렇게 말하며 몰래몰래 잭을 찾아 시선을 이리저리 돌린다.

"우리 회사 사람이지?" 갑자기 코너가 묻는 바람에 심장이 덜컹한다.

"왜 그렇게 생각하는데?" 난 가볍게 묻는다.

"그러니까 누군지 나한테 말 안 해 주는 거 아냐?"

"그런 거 아냐. 단지…… 그런데 내가 그런 것까지 너한테 꼬박꼬박 보고해야 하는 거야?"

"내가 누구 때문에 너한테 차였는지 알 권리쯤은 있는 거 아냐?" 코너가 날 잡아먹을 듯 본다.

"없어!" 발끈해서 그렇게 말해 놓고 나니 너무 매몰찬 것 같다. "그런 얘기 해봐야 별 도움 안 될 것 같아서 그래."

"그거야 내 문제고." 코너의 턱 근육이 꿈틀거린다. "그건 네가 걱정할 바가 아냐."

"코너, 이러지 말자. 정말 이런 얘기 해봐야……."

"엠마, 난 바보가 아니야." 코너는 찬찬히 날 본다. "난 네가 생각하는 것보다 훨씬 더 널 잘 알아."

갑자기 불안한 기분이 든다. 여태껏 코너를 너무 얕본 게 아닌가 싶기도 하다. 정말로 나에 대해서 잘 알지도 모른다. 헉. 혹시 내가 만나는 남자가 잭이란 걸 알아채면 어쩌지?

난 레몬을 썰며 눈으로는 잭을 찾는다. 도대체 잭은 어디 있는 거야?

"누군지 알겠어." 코너가 불쑥 말한다. 고개를 들어보니 코너가 의기양양한 표정으로 날 보고 있다. "폴 부장이지, 맞지?"

"뭐?" 난 입을 딱 벌린다. 기가 막혀 웃음이 나오기 일보 직전이다. "아니, 부장은 아냐! 도대체 왜 내가 부장을 만난다고 생각한 거야?"

"자꾸 부장을 쳐다보잖아." 코너는 저 앞쪽에 서서 맥주 병나발을 부는 부장을 가리킨다. "2분마다 한 번씩!"

"부장 쳐다보는 거 아냐." 난 얼른 말한다. "난 그냥…… 분위기가 어떤가 둘러본 것뿐이라고."

"그러면 부장은 왜 이 근처에서 알짱거리는 거야?"

"그런 거 아냐! 정말 내 말 믿어 줘, 코너. 부장과는 아무런 사이도 아니라고."

"넌 내가 바보인 줄 알지?" 코너의 눈에 시퍼런 불길이 일렁거린다.

"그런 적 없어! 난 그냥…… 아니, 정말 소모적인 대화라고 생각하는 것뿐이야. 어차피 넌 절대로 누구인지……."

"그럼 닉이야?" 코너의 눈꼬리가 가늘어진다. "너랑 닉 사이에는 항상 묘한 분위기가 감돌았어."

"아냐!" 난 또 얼른 대답한다. "닉 아냐."

정말 미치겠다. 안 그래도 남들 몰래 사내 연애하기가 쉬운 일이 아닌데 옛 남자 친구가 꼬치꼬치 캐묻는 바람에 더더욱 감추기가 어려워진다. 내가 왜 이 망할 펌 테이블에서 자원봉사를 한다고 했을꼬.

"허억." 코너가 낮은 목소리로 내뱉는다. "저길 봐."

고개를 든 순간 가슴이 철렁 내려앉는다. 잭이 풀밭을 가로질러 우리 쪽으로 오고 있다. 청바지에 카우보이 가죽바지를 하나 더 걸치고 체크무늬 셔츠에 카우보이 모자까지 그럴듯하게 쓴 차림이다.

깨물어 주고 싶을 만큼 섹시해 보여서 난 기절하기 일보 직전이다.

"회장님이 이쪽으로 오신다!" 코너가 속닥속닥 외친다. "얼른! 거기 레몬 껍질 좀 정리해. 안녕하십니까, 회장님." 갑자기 우렁차게 인사를 한다. "핌 한잔 하시겠습니까?"

"고마워요, 코너." 잭이 미소를 짓고 말하면서 날 한번 건너다본다. "안녕, 엠마. 재미는 있어요?"

"안녕하세요." 평소보다 목소리가 족히 한 옥타브는 높아진 것 같다. "네…… 재미있어요." 난 덜덜 떨리는 손으로 핌을 따라 잭에게 건넨다.

"엠마! 민트 넣는 거 잊었잖아!" 코너가 점잖게 날 나무란다.

"민트는 안 넣어도 상관없어요." 잭은 날 뚫어져라 보며 말한다.

"민트 필요하시면 넣어 드려도 되는데요." 난 그윽한 시선으로 잭을 응시한다.

"안 넣어도 괜찮은데요, 뭐." 잭의 눈이 살짝 빛을 발한다. 잭은 핌을 한 모금 꿀꺽 마신다.

이게 꿈이야 생시야. 우린 서로에게서 눈을 떼질 못한다. 주위에서 우리를 쳐다보거나 말거나 신경도 쓰이질 않는다. 이 정도면 코너도 눈치를 챘겠지? 난 얼른 고개를 돌리고 얼음이 얼마나 남았나 살피는 척을 한다.

"아, 엠마." 잭이 천연덕스럽게 말을 건다. "오늘 같은 날 일 얘기 꺼내서 미안한데, 그 왜, 내가 타이핑해 달라고 부탁한 일 있잖아요. 레오폴드 파일 말이에요."

"어, 네?" 난 화들짝 놀라 얼음 덩어리를 카운터 위에 떨어뜨리고 만다.

"가기 전에 그 파일 문제로 몇 마디 하고 싶은데." 잭이 내 눈을 들여다본다. "저택에 내가 쓰는 방이 있는데 그리로 잠깐 와 주겠어요?"

"네." 심장이 두근거린다. "그럴게요."

"그럼…… 1시쯤에?"

"1시에 찾아 뵙죠."

잭은 잔을 들고 어슬렁어슬렁 우리에게서 멀어진다. 난 멀어지는 잭의 뒷모습을 빤히 지켜보다가 이번에는 얼음 조각을 풀밭에 떨어뜨리고 만다.

방이라고. 그 말이 의미하는 것은 오직 한 가지밖에 없을 터.

잭과 난 드디어 오늘 하는 거야.

갑자기 무지하게 긴장이 되기 시작한다. 왜 이럴까 싶을 정도로 몸이 떨린다.

"난 바보였군!" 코너가 외치며 들고 있던 칼을 도마 위에 내팽개친다. "난 앞도 못 보는 장님이었어." 코너가 시퍼런 도끼눈을 뜨고 날 째려본다. "엠마, 네 새 남자가 누군지 이제야 드디어 알겠어."

갑자기 두려움이 밀려든다.

"네가 착각한 거야." 난 얼른 코너를 달랜다. "코너, 넌 그 사람이 누군지 몰라. 우리 회사 사람도 아니라고. 우리 회사 사람이라고 했던 거, 그거 거짓말이었어. 런던 서쪽에 사는 사람이라서 넌 아마 한 번도 만난 적이 없을 거야. 그 사람 이름은…… 음…… 개리라고 해. 직업은 우편 배달부야……."

"나한테 거짓말하지 마! 누군지 똑똑하게 알았어." 코너는 팔짱을 끼고 한참 동안 날 뚫어져라 본다. "디자인 부서에 근무하는 트리스탄 맞지?"

칵테일 테이블 봉사가 끝나자마자 난 코너한테서 달아나 핌 한 잔을 들고 나무 그늘 아래로 가 앉는다. 2분에 한번씩 자꾸만 시계를 들여다보게 된다. 왜 이렇게 긴장이 되는 건지 내 자신도 알 수가 없다. 잭은 테크닉도 끝내 줄 거야. 내가 세련된 여자처럼 담담하고 대담한 모습을 보이길 원할지도 몰라. 어쩌면 내가 듣도 보도 못한 희한한 테크닉을 나한테서 기대하는 건 아닐까.

그렇다고 내가…… 섹스를 못 한다고 생각하진 않지만.

그렇다고 특별히 잘한다는 것도 아니지만, 뭐 여러 가지 이것저것 종합해 본 결과 그렇다는 말이다.

하지만 그 기준이 뭐냐고? 지역구 작은 물에서 놀다가 갑자기 전국구, 아니 올림픽에 끌려 나간 심정이다. 잭 하퍼는 세계적으로 유명한 갑부 아니던가. 모델들도 만나 봤을 테고…… 어쩌면 체조 선수들하고도 사귀었을지도 모른다…… 가슴이 무지무지하게 큰 여자들을 만났을지도 모르지…… 내겐 있는지도 모르는 은밀한 근육을 이용한 아주 변태적이고 기발한 짓거리들을 해봤을지도 모른다.

그런데 도대체 내가 어떻게 해야 잭을 실망시키지 않을 수 있을까? 도대체 뭘 해야 하지? 토할 것만 같다. 아, 정말 내가 야무진 꿈을 꿨던 거였어. 그 오리진 소프트웨어 여사장만큼 잘할 자신이 없는데. 머릿속에서 상상이 간다. 그 여사장은 분명 기나긴 다리에 400달러짜리 속옷을 입고 구석구석 선탠을 한 잘 다듬어진 육체의 소유자였을 거다…… 어쩌면 채찍질에 능했을지도 몰라…… 어쩌면 바이인 글래머 모델까지 끌여들여 3P를 했을지도 모르지…….

오케이, 거기까지. 이젠 아주 망상 수준이 되는구만. 괜찮을 거야. 나답게 행동하는 것만으로도 괜찮을 거라고. 발레 시험을 보는 거랑 똑같을 거야. 일단 시작이 되면 긴장했다는 것도 잊어버릴걸. 예전에 날 가르치던 발레 선생님이 늘상 하시던 말씀이 있다. "다리 벌리는 각도에 유념하고 미소 짓는 것만 잊지 않으면 모두들 다 잘 할 수 있어요."

어떻게 생각해 보면 그 똑같은 원리가 여기에서도 적용이 된단 말이지.

시계를 들여다본 순간 다시 두려움이 밀려든다. 1시다. 1시 정각.

이제 일어나서 집으로 들어가 섹스를 할 시간이다. 난 일어서서 혹시 모르니까 남들 눈에 띄지 않게 가볍게 스트레칭을 한다. 그러곤 깊이 심호흡을 하고 떨리는 가슴을 부여안고는 저택 쪽으로 발걸음을 옮긴다. 잔디밭 끝에 섰을 때 갑자기 높은 목소리가 내 귀를 찌른다.

"저기 있네. 엠마! 여기야!"

꼭 우리 엄마 목소리 같네. 거 참 이상하다. 난 멈춰 서서 뒤를 돌아보지만 아무도 보이지 않는다. 귀가 어떻게 됐나. 아마 무의식적으로 양심의 가책을 느껴서 그런 소리를 들었다고 착각한 건가.

"엠미, 이쪽이야. 여길 보라고!"

잠깐만. 저 목소리는 케리 언니 같은데?

난 햇살이 눈부셔 눈살을 찡그린 채 얼떨떨한 표정으로 정원에 빼곡히 들어찬 사람들을 훑어본다. 아무것도 보이지 않는다. 주위를 계속 돌아보지만 아무도……

갑자기 매직아이를 할 때처럼 찾고 있던 그림이 눈으로 쏙 들어온다. 케리 언니, 네브 형부, 그리고 엄마, 아빠. 네 사람이 내 쪽으로 다가온다. 하나같이 다 의상을 입고 있는 게 아닌가. 엄마는 기모노를 입고 피크닉 바구니를 들고 계신다. 아빠는 로빈 후드 차림에 접는 의자 두 개를 들고 계시고 네브 형부는 슈퍼맨 복장에 포도주 병을 들고 있다. 케리 언니는 완벽한 마릴린 먼로 의상을 갖춰 입고 있다. 백금발 가발에 하이힐까지 갖춘 차림으로 주위 시선을 아주 자연스럽게 빨아들이고 있다.

도대체 이게 어찌 된 거지?

다들 여기서 뭘 하는 거야?

사원 가족의 날에 대해선 식구들에게 한마디도 말을 안 했는데. 분명히 말 안 했는데. 하지 않은 것 같은데.

"안녕, 엠마." 케리 언니가 내 앞으로 다가오며 말한다. "내 의상 괜찮아?" 언니는 상반신을 살짝 흔들며 금발 가발을 손으로 톡톡 두드린다.

"네 의상은 뭐니?" 엄마는 내 나일론 드레스를 보며 의아하다는 표정을 지으신다. "알프스 소녀 하이디?"

"저기……." 난 얼굴을 문지른다. "엄마…… 여기엔 어쩐 일이야? 난 절대로…… 아니, 그러니까 내가 깜빡 잊고 말씀을 안 드린 줄 알았는데."

"내 그럴 줄 알았지." 케리 언니가 말한다. "하지만 네 친구 아르테미스가 자세하게 설명해 주더라. 왜 며칠 전에 내가 전화했을 때 말이야."

난 할 말을 잊고 사촌언니를 쳐다본다.

아르테미스년, 죽여 버릴 테다. 쥐도 새도 모르게 없애 버릴 테다.

"의상 콘테스트는 몇 시니?" 언니는 입을 떡 벌리고 자기를 구경하는 십대 남자애 두 명에게 찡긋 윙크를 해 보이며 묻는다. "혹시 벌써 끝난 건 아니지?”

“콘테스트…… 같은 건 없어.” 난 간신히 말한다.

“진짜?” 언니는 잔뜩 실망한 표정이다.

기가 막힌다. 아니, 그것 때문에 온 거야? 유치하게 의상 콘테스트에서 상을 받아 보겠다고?

“아니, 콘테스트 때문에 그 먼 길을 온 거야?” 묻지 않고는 배길 수가 없다.

“그런 건 절대 아니지!” 언니는 평소의 시니컬한 표정을 되찾는다. “네 부모님을 한우드 메이너 레스토랑에 모셔드리려고. 여기에서 멀지 않거든. 그래서 기왕 온 김에 잠깐 들렀어.”

갑자기 조금 안심이 된다. 다행이지 뭐야. 조금 떠들어 주면 알아서들 돌아가겠지.

“피크닉 준비를 해 왔단다.” 엄마가 말씀하신다. “자, 어디 앉을 만한 곳을 찾아 보자.”

“피크닉할 시간이 돼?” 난 천연덕스럽게 묻는다. “그러다 나중에 집에 갈 때 차 막히면 어쩌려고. 빨리 가 보는 게 낫지 않을까? 괜히 차 막히고 그러면 힘들잖아…….”

“괜찮아. 예약 시간은 저녁 7시인걸!” 언니는 웬일로 네가 그런 걱정을 다 하느냐는 듯 수상쩍다는 표정으로 날 본다. “저기 저 나무 아래 어때?”

난 엄마가 체크무늬 피크닉 담요를 바닥에 까시는 걸 멍하니 지켜볼 수밖에 없다. 아빠는 의자 두 개를 펼치신다. 잭이 지금 섹스를 하려고 날 기다리고 있는데 여기 앉아서 놀고 있을 순 없잖아. 뭔가를 해야 돼. 무슨 수를 내야지, 얼른. 생각을 좀 해 봐.

갑자기 좋은 생각이 떠오른다. "아, 저기, 죄송한데요, 저 여기에 있을 수가 없어요. 사원들끼리 모두 할 일을 나눠 맡았거든요."

"그래서 30분도 시간을 못 낸다는 거냐?" 아빠가 말씀하신다.

"우리 엠마가 빠지면 행사가 어디 제대로 굴러가겠어요?" 언니가 빈정거리며 키득거린다. "고모부도 참."

"엠마!" 시릴 실장이 우리 쪽으로 다가온다. "가족들이 결국엔 다들 오셨군! 게다가 의상까지 입고 오셨네. 이거 보기 좋구만." 실장은 우리를 둘러보며 환한 미소를 짓는다. 실장의 조커 모자 끝에 달린 방울이 미풍에 딸랑거린다. "다들 잊지 마시고 경품 추첨 복권 한 장씩 꼭 사세요……."

"어머, 물론이죠." 엄마가 말씀하신다. "그런데 말이죠……." 엄마는 실장에게 미소를 지으신다. "엠마와 피크닉을 즐길 수 있게 잠시만 의무 봉사에서 빼 주실 수 없을까요?"

"무슨 말씀이세요, 당연히 그래야죠!" 실장이 말한다. "어차피 칵테일 테이블 봉사는 다 끝나지 않았나, 엠마? 그러니 지금부턴 푹 쉬라고."

"아이, 잘됐다." 엄마가 말씀하신다. "그렇지, 엠마?"

"그러게요!" 난 억지 미소를 띠고 간신히 맞장구를 친다.

선택의 여지가 없다. 빠져나갈 구멍이 없거늘. 난 뻣뻣한 다리를 접어 담요 위에 앉아 와인 잔을 받는다.

"코너는 어디에 있니?" 엄마가 닭다리를 접시 위에 올려놓으며 물어 보신다.

"쉿! 코너 얘기 꺼내지 마!" 아빠가 바질 폴티(시트콤 폴티 타워즈의 한 배역—역주) 목소리를 흉내 내신다.

“코너랑 조만간 같이 살 거라고 하지 않았니?” 케리 언니가 샴페인을 마시며 묻는다. “무슨 일 있었어?”

“처제가 만든 아침 식사를 먹고 정신을 차린 모양이지.” 네브 형부의 빈정거림에 언니는 키득거린다.

난 억지로라도 웃으려고 하지만 도무지 얼굴 근육이 마음 먹은 대로 움직여 주질 않는다. 시각은 벌써 1시 10분. 잭이 기다리고 있을 텐데. 어쩌지?

아빠가 내민 접시를 받아 드는데 스벤이 저쪽을 지나가는 게 보인다.

“스벤.” 난 얼른 스벤을 불러 세운다. “저기요, 아까 회장님이 제 가족들은 어떻게 되었냐고 친절하게 물어 주셨거든요? 제 가족들이 왔는지 안 왔는지 물어 보셨는데, 저기, 제 가족들이…… 전혀 예상치도 않게 나타났다고 회장님께 꼭 전해 주시겠어요?” 난 애절한 시선으로 스벤을 올려다본다. 스벤의 얼굴에 알 만하다는 표정이 떠오른다.

“회장님께 전해 드리도록 하죠.” 스벤이 말한다.

오늘 내 야심 찬 계획은 이렇게 막을 내리나 보다.

케리 언니에게 통쾌하게 한 방 먹이다

난 언니 손을 홱 뿌리치며 언니를 노려본다. 예전부터 차곡차곡 쌓인 상처와 수치심이 부글부글 끓어오르기 시작한다. 더 이상은 속에 가만히 담아둘 수가 없게 되고 만다.

예전에 한 잡지에서 '원하는 목표를 성취하는 법'이란 기사를 읽은 적이 있다. 거기에서 말하기를, 하루가 계획했던 것대로 되지 않으면 그날 하루에 일어났던 일들을 차근차근 분석해서 자신이 목표했던 것과 실제 얻은 결과 사이에 무슨 차이가 있었는지를 써 보라고 했다. 자신이 어떤 실수를 저질렀는지 확실하게 깨닫고 똑같은 실수를 범하지 말라는 뜻이었다.

좋아. 오늘 하루가 아침에 세웠던 원래 계획에서 얼마나 벗어나게 되었는지 어디 한번 차근차근 짚어 봐 주지.

목표: 내게 잘 어울리는 예쁜 원피스를 입고서 세련되고 섹시한 여인의 이미지를 연출한다.

결과: 끔찍한 나일론 붕어 소매 의상을 입고 알프스의 소녀 하이디인지, 오

즈의 마법사에 나오는 먼치킨 엑스트라 역인지 구분이 안 가는 꼬락
서니가 되었다.

목표: 잭과 은밀한 밀회를 갖는다.
결과: 잭과 은밀한 밀회를 가질 약속을 하긴 했으나, 약속 장소에 나가질
못했다.

목표: 로맨틱한 장소에서 잭과 끝내 주는 섹스를 한다.
결과: 피크닉 담요 위에서 땅콩 소스를 발라 구운 바비큐 닭다리나 먹고 있다.

전체 목표: 해피 해피.
전체 결과: 죽고 싶다.

난 정말 기가 막혀 멍하니 내 접시를 내려다보며, 조금만 더 참아
보자고 다짐한다. 아빠와 네브 형부는 '코너 얘기는 하지 마'의 경
위를 두고 별별 시답잖고 우습지도 않은 농담을 수백만 번도 넘게
하고 있다. 케리 언니는 새로 산 4천 파운드짜리 스위스 시계를 자
랑하며 자기 회사가 얼마나 쑥쑥 성장하고 있는지 잘난 척을 해 댔
다. 그러더니 지금은 브리티시 항공 CEO와 골프를 쳤는데 그 사람
이 스카우트 제의를 하더란 얘기를 늘어놓는다.

"그런 사람들 만나면 한번씩은 다 스카우트 제의를 하더라고요."
언니는 신나게 닭다리를 뜯으며 말한다. "그런 제의를 받으면 전 항
상 이렇게 말하죠. 나중에 제가 정 갈 곳이 없으면 그리로 가
죠……." 언니가 갑자기 말꼬리를 흐린다. "왜 그러시죠?"

"안녕하세요." 귀에 익은 건조한 목소리가 머리 위에서 들린다.

난 아주 천천히 고개를 든다. 햇볕이 눈부셔서 눈을 몇 번 깜박거린다.

잭이다. 잭이 파란 하늘을 배경으로 카우보이 차림을 하고 서 있다. 잭은 날 보며 눈에 띌락 말락 은밀하게 미소를 짓는다. 갑자기 기분이 붕 뜬다. 날 구해 주러 왔구나. 그래, 잭이 이렇게 나올 줄 내 진작 알았어야 했는데.

"안녕하세요!" 난 반쯤은 꿈을 꾸듯 말한다. "여러분, 이분은……."

"전 잭이라고 합니다." 잭이 능숙하게 내 말을 자르며 끼어든다. "엠마의 친구입니다. 엠마……." 잭은 일부러 미안하다는 표정을 짓는다. "가족들과 함께 있는데 미안하지만 좀 와 봐야 할 것 같아."

"어머!" 난 속으로는 쾌재를 부른다. "뭐, 어쩔 수 없죠. 아무래도 회사 일이 중요한 거죠."

"어쩜 좋아!" 엄마가 말한다. "포도주라도 한잔하고 가면 안 되나? 잭, 같이 앉아서 닭다리나 키시 파이라도 드세요."

"얼른 가 봐야 할 거예요." 난 냉큼 말한다. "그렇죠, 잭?"

"그래야 할 것 같네. 미안하게 됐어." 잭은 그렇게 말하며 손을 내밀어 날 일으켜 세운다.

"모두들 죄송해요." 난 말한다.

"우리 걱정은 하지 마!" 케리 언니가 떨리는 목소리로 하하 웃는다. "분명히 뭔가 중요한 일이 있을 테지. 엠마, 안 그래도 네가 여기에 이러고 있는 동안 행사 운영에 문제가 있을까 봐 걱정이 되더라!"

잭은 움찔 멈춰 서서 천천히 몸을 돌린다.

“아, 제가 맞혀 보죠.” 잭은 밝은 목소리로 말한다. “그쪽이 케리 맞죠?”

“어머, 네!” 케리 언니가 놀란 목소리로 말한다. “맞아요.”

“그리고 어머님…… 아버님…….” 잭은 우리 가족들 얼굴을 하나하나 둘러본다. “그러면 이쪽 분은…… 네브?”

“맞습니다!” 네브 형부가 낄낄 웃는다.

“잘 맞히시네요!” 엄마가 웃으신다. “엠마가 저희 얘기를 많이 했나 보네요.”

“아…… 네. 그랬죠.” 잭은 기묘하게 흥미로운 표정으로 담요 위에 앉은 내 가족들을 돌아본다. “그러고 보니 잠깐 포도주 한잔하고 갈 시간 정도는 있겠네요.”

뭐시라? 지금 잭이 뭐라고 했대?

“다행이네.” 엄마가 말씀하신다. “엠마 친구는 언제 만나도 반갑죠.”

잭이 담요 위에 편하게 자리를 잡고 앉는 모습을 난 기가 막힌 눈으로 내려다본다. 아니, 지금 날 구하러 온 거 아니었어? 그런 사람이 왜 여기 자리를 잡고 앉느냔 말이야? 난 어쩔 수 없이 잭의 옆에 앉는다.

“이 회사에서 일하나요, 잭?” 아빠가 잭에게 포도주를 따라주며 물으신다.

“어떤 의미로는요.” 잭은 잠시 후에 덧붙인다. “뭐, 전에는…… 그랬습니다만.”

“그럼 지금 직장을 옮기는 중인가 보죠?” 엄마가 조심스레 실례가 되지 않게 물으신다.

"네, 뭐, 그렇게 말할 수도 있겠네요." 잭이 씩 웃는다.

"저런." 엄마가 안타까운 목소리로 말씀하신다. "힘들겠네요. 하지만 금세 좋은 곳이 나타날 거예요."

이를 어째. 엄마는 잭이 누군지 전혀 감도 못 잡고 계시나 봐. 잭이 어떤 사람인지 아무도 모르고 있다.

웃어야 좋을지, 아니면 울어야 좋을지 대체 알 수가 없다.

"아, 며칠 전에 우체국에서 대니 너스범을 봤다." 엄마가 토마토를 자르시다가 무심결에 말씀하신다. "네 안부 묻더라."

시야 끝에서 잭의 눈이 빛나는 게 보인다.

"어머!" 얼굴이 후끈 달아오른다. "대니 너스범요? 야, 몇 년 동안 완전히 잊고 있었네."

"대니와 엠마는 예전에 사귀었죠." 엄마는 친절한 미소를 띠며 잭에게 설명을 해 주신다. "정말 괜찮은 아이였는데. 아주 공부벌레였어요. 그 애랑 엠마는 오후 내내 엠마 방에서 함께 공부를 하곤 했죠."

잭을 볼 수가 없다. 차마 얼굴을 볼 수가 없다.

"아…… 벤허란 영화 참 좋죠." 잭이 생각에 잠긴 어조로 갑자기 말한다. "아주 좋은 영화예요." 잭은 엄마를 보며 미소를 짓는다. "그 영화 좋아하십니까?"

잭, 나중에 죽여 버릴 거예요.

"어…… 그래요!" 엄마는 약간 어리둥절한 표정으로 대답하신다. "벤허, 예전에 정말 좋아했죠." 엄마는 큼지막하게 파이 한 조각을 썰고 그 위에 토마토를 얹어 잭에게 주신다. "저기, 잭." 엄마는 종이 접시를 건네며 안쓰럽다는 표정을 지으신다. "경제적으로는 힘들지 않아요?”

“괜찮습니다.” 잭은 진지하게 대답한다.

엄마는 한참 잭을 쳐다보다가 갑자기 피크닉 바구니를 뒤지더니 슈퍼마켓에서 사 온 파이를 상자째 꺼내신다.

“이거 가져가요.” 엄마는 잭에게 파이 상자를 내미신다. “그리고 토마토도. 이거 먹고 기운 내요.”

“아니, 괜찮습니다.” 잭이 얼른 말한다. “정말로 이러실 필요는…….”

“싫다는 말은 안 듣겠어요. 꼭 가져가요!”

“정말 감사합니다.” 잭은 따스한 미소를 짓는다.

“내가 구직에 도움이 될 만한 조언을 하나 해도 될까요?” 케리 언니가 닭고기를 뜯으며 말한다.

갑자기 심장이 벌렁 뒤집힌다. 제발, 제발 잭 앞에서 성공한 비즈니스 우먼인 척 생색 내지 말아 줘.

“케리 말, 귀담아 들어요.” 아빠가 자랑스런 목소리로 말씀하신다. “저 애가 우리 집 스타예요! 케리는 벌써 자기 회사도 가지고 있다고요.”

“아, 그러세요?” 잭이 예의바르게 말한다.

“네, 여행사를 가지고 있어요.” 케리 언니는 흡족한 미소를 짓는다. “땡전 한푼도 없이 시작해서 거기까지 갔죠. 지금은 직원이 40명이나 돼요. 일년 매출은 2백만 파운드가 조금 넘고요. 제가 어떻게 해서 그렇게 성공했는지 아세요?”

“저는…… 전혀 알 도리가 없죠.” 잭이 말한다.

케리 언니는 앞으로 몸을 숙여 파란 눈을 잭에게 고정한다.

"골프예요."

"골프요?" 잭이 되묻는다.

"비즈니스는 전부 인맥 싸움이에요." 케리 언니가 말한다. "사람을 많이 아는 게 제일 큰 재산이죠. 우리나라에서 내로라 한다는 특급 비즈니스맨들하고는 전부 다 골프 코스에서 만났답니다. 그 어떤 회사도 다 마찬가지예요. 이 회사만 해도 그렇죠." 언니는 팔을 활짝 펴 보인다. "이 회사 톱과도 아는 사이에요. 마음만 먹으면 내일이라도 그분께 전화를 넣을 수 있죠."

난 기겁을 하며 언니를 본다.

"정말요?" 잭이 흥미로운 목소리로 묻는다. "그러십니까?"

"아, 네, 물론이죠." 언니는 비밀 얘기를 하듯 바짝 상체를 숙인다. "지금 제가 말하는 분은 이 회사 제일 꼭대기에 계신 분이죠."

"꼭대기에 계신 분이라고요. 이거 놀랐는걸요."

"어머, 케리한테 부탁해서 그분께 얘기 좀 잘해 달라고 부탁하면 되겠네요, 잭!" 엄마가 갑자기 신이 나서 외치신다. "케리, 그렇게 해 줘라. 꼭 좀. 응?"

입에 거품을 물 정도로 기가 막히고 황당한 상황만 아니었어도 난 아마 실성한 듯 웃음을 터뜨렸을 거다.

"그럼 당장 골프를 배워야겠네요." 잭이 말한다. "그리고 중요한 분들을 만나고." 잭은 날 보며 눈썹을 꿈틀거린다. "엠마 생각은 어때?"

난 말도 제대로 할 수가 없다. 창피해서 죽을 것만 같다. 담요를 들추고 그 아래에 숨어 다시는 나오고 싶지 않다.

"잭?" 누군가의 목소리가 나기에 난 이 기묘한 상황에서 놓여난 것이 고마워 안도의 한숨을 쉰다. 고개를 들어 보니 시릴 실장이 어색하게 허리를 숙이고서 잭을 바라보고 있다.

"방해해서 정말 죄송합니다." 실장은 어리둥절한 표정으로 우리 가족들을 둘러본다. 왜 잭 하퍼가 우리 가족들과 피크닉을 하고 있는지 이해가 안 가는 모양이다. "맬컴 세인트존스 씨가 오셨는데 잠시 할 말이 있으시답니다."

"그래요." 잭은 엄마를 보며 정중하게 미소를 짓는다. "죄송하지만 잠시 실례하겠습니다."

잭이 접시 위에 아슬아슬하게 포도주 잔을 올려놓고 일어서는데 우리 가족들은 모두 이게 어찌 된 영문인가 얼떨떨한 표정을 짓는다.

"아, 저 친구한테 다시 한번 기회를 줘 봐요!" 아빠가 장난스럽게 실장에게 말씀하신다.

"네?" 실장은 우리 쪽으로 몇 걸음 다가온다.

"저 잭이란 친구 말입니다." 아빠는 남색 정장을 입은 남자와 대화를 나누는 잭을 가리킨다. "저 친구, 다시 받아 줄까 어쩔까 고민하고 계시는 거 아닙니까?"

실장은 나와 아빠를 번갈아 바라본다.

"신경 쓰지 마세요, 실장님." 난 쾌활하게 외친다. "아빠, 제발 그만 하세요, 네?" 난 낮은 목소리로 내뱉는다. "저 사람이 우리 회사 주인이에요."

"뭐?" 모두들 날 쳐다본다.

"저 사람이 우리 회사 회장이라고요." 난 후끈 달아오른 얼굴로 말한다. "그러니까…… 제발 더 이상 잭에 대한 농담은 하지 마시라고요."

"지금 조커 의상을 입은 사람이 너희 회장이니?" 엄마는 놀란 얼굴로 시릴 실장을 쳐다본다.

"아뇨, 저 사람이 아니라 잭 말이에요! 100퍼센트는 아니라도 우리 회사 지분의 대부분을 소유하고 있다고요." 모두들 여전히 얼떨떨하고 멍한 표정이다 "잭이 바로 주식회사 팬서의 공동 창립자 중 한 사람이라고요!" 난 도무지 이해를 못 하는 우리 가족들에게 짜증이 난다. "조금 전엔 그냥 엄마 아빠를 생각해서 그렇게 말한 것뿐이라고요."

"지금 그 사람이 잭 하퍼였단 말이야?" 형부가 도저히 못 믿겠다는 목소리로 되묻는다.

"그렇다니까요!"

모두들 기가 막혀서 아무 말도 하지 못한다. 고개를 들어 보니 케리 언니는 조금 전까지 뜯고 있던 닭다리를 툭 떨어뜨다.

"그 백만장자 잭 하퍼?" 아빠는 마지막으로 확인을 하신다.

"백만장자라고?" 엄마는 정말 뭐가 어찌 된 것인지 아직도 감이 안 잡히시는 모양이다. "그럼…… 그런 분에게 그런 싸구려 파이를 드려도 되는 건가?"

"그런 분이 왜 파이가 필요하겠어!" 아빠가 답답하다는 듯 말씀하신다. "마음만 먹으면 파이 따위는 수백만 개도 사고 남을 텐데!"

엄마는 조금 당황한 눈으로 피크닉 담요 위를 살펴보신다.

"얼른 좀 치우자!" 엄마가 갑자기 말씀하신다. "바구니 안에 접시가 있으니까 저 감자칩은 접시에 담고……."

"엄마, 그냥 이대로도 괜찮아요……." 난 기운 빠진 소리로 말한다.

"그런 부자들은 봉지에 든 감자칩 안 먹을 거다!" 엄마가 낮은 목소리로 마구 외치신다. 엄마는 플라스틱 접시 위에 감자칩을 쏟은 뒤 얼른 담요 주름을 펴신다. "여보! 수염에 빵 부스러기 묻었어요!"

"도대체 처제가 어떻게 잭 하퍼 같은 사람을 아는 거야?" 형부가 묻는다.

"그냥…… 어쩌다 보니 알게 됐어요." 난 슬쩍 얼굴을 붉힌다. "함께 여러 가지 일을 했거든요. 그러다 보니…… 친구 사이처럼 됐어요. 아, 괜히 다르게 행동하지 마세요." 잭이 정장 입은 남자와 악수를 하고 이쪽으로 다시 돌아오자 난 얼른 주의를 준다. "아까와 똑같이 대해 주세요……."

아아, 내가 왜 입 아프게 그런 소리를 했던가. 잭이 다가오자 우리 가족 모두가 꼿꼿하게 허리를 펴고 앉아 경외하는 시선으로 잭을 쳐다본다.

"어서 와요!" 난 최대한 자연스럽게 말한 뒤 얼른 우리 가족들을 노려본다.

"저기…… 잭!" 아빠가 머뭇머뭇 쑥스러운 듯 말씀하신다. "술 한 잔 더 해요! 이 포도주가 입에 맞아요? 마음에 안 들면 얼른 와인 가게에 가서 좋은 걸로 사 와도 되는데."

"아, 전 괜찮은데요." 잭은 조금 당황한 표정으로 주위를 둘러본다.

"잭, 뭐 다른 거라도 드릴까요?" 엄마가 허둥거리며 물으신다. "어딘가에 괜찮은 연어 롤이 들어 있는데. 엠마, 잭에게 네 접시를 드려라!" 엄마가 얼른 말씀하신다. "종이 접시에 대접할 순 없잖니."

"저기…… 잭." 형부가 괜히 친한 척하는 목소리로 묻는다. "그런 위치에 있는 남자는 도대체 어떤 차를 몹니까? 아, 말하지 말아요."
형부는 손을 치켜든다. "포르셰. 맞죠?"

잭은 이게 어찌 된 영문이냐는 표정으로 날 쳐다본다. 난 애원하
는 듯한 표정으로 잭을 쳐다본다. 어쩔 도리가 없었다, 정말 미안하
다, 나도 진짜 죽고 싶은 심정이다…… 뭐 그런 뜻을 담은 시선을 보
낸다.

"아, 내 정체가 들통 난 모양이로군요." 잭은 씩 미소를 짓는다.

"잭!" 케리 언니가 정신을 차리고 외친다. 언니는 비위를 맞추듯
비굴한 미소를 지으며 손을 내민다. "정식으로 인사하죠. 만나서 반
가워요."

"아, 물론입니다!" 잭이 말한다. "하지만…… 조금 전에 만나지
않았던가요?"

"이번에는 정식으로 인사를 드리는 거죠." 언니는 천연덕스럽게
받아넘긴다. "사업가 대 사업가로서요. 여기 제 명함이에요. 혹시나
나중에 여행 스케줄 문제로 제 도움이 필요하시면 전화 주세요. 혹
시 나중에 그냥이라도 저희와 어울리고 싶으시다면…… 넷이서 함
께 보도록 하죠! 필드에라도 나갈까요? 너도 좋겠지, 엠마?"

난 정말 멍한 표정으로 언니를 쳐다본다. 아니, 내가 언제부터 언
니랑 어울리는 사이가 되었지?

"엠마와 저는 자매지간이나 마찬가지예요." 언니는 내 어깨에 팔
을 두르며 다정하게 말한다. "벌써 엠마한테서 들으셨겠지만요."

"아, 얘기는 좀 들었죠." 잭의 표정을 읽을 수가 없다. 잭은 닭구
이를 뜯기 시작한다.

"저희는 함께 자랐어요. 뭘 하든 다 같이 했죠." 언니가 내 팔을

꼭 쥐기에 난 미소를 지으려고 하지만 언니 향수 냄새에 질식사할 지경이다.

"어머, 어머, 정말 안타깝네." 엄마가 말씀하신다. "카메라라도 가져올 걸 그랬어."

잭은 아무 대답도 하지 않는다. 그저 한참 케리 언니를 뚫어져라 바라볼 뿐이다.

"친자매라도 이보다 더 가까울 순 없을 거예요." 언니의 미소가 한층 더 비굴해진다. 언니가 어찌나 내 어깨를 꼭 쥐는지 손톱이 내 살을 파고든다. "그치, 엠마?"

"어, 그렇지." 난 마침내 대답한다. "친자매보다 더 가깝지."

잭은 여전히 닭고기만 씹을 뿐이다. 그러더니 마침내 닭고기를 다 삼키고 고개를 든다.

"아, 그럼 그때 참 결정을 내리기가 힘드셨겠네요. 그때, 왜 엠마의 부탁을 거절하셨을 때 말입니다." 잭은 아무렇지도 않게 케리 언니에게 말한다. "두 분 사이가 가까웠다니 더더욱 그러셨겠네요."

"부탁을 거절하다뇨?" 케리 언니는 떨리는 소리로 웃는다. "도대체 무슨 말씀을 하시는지 저는……."

"아니, 그때 엠마가 직장 경력이 필요해서 언니 회사에서 일하게 해 달라고 부탁을 했다가 거절을 당했다고 들어서요." 잭은 유들유들 말하며 닭고기를 뜯는다.

난 꼼짝도 할 수가 없다.

그건 비밀이라고. 누구한테도 말하면 안 되는 비밀이란 말이야.

"네?" 아빠는 허허 웃음소리를 내신다. "엠마가 케리 회사에 지원을 했었어요?"

"저는…… 무슨 말씀을 하시는 건지 전혀 모르겠는데요." 케리 언니의 얼굴이 슬슬 분홍색으로 물든다.

"아, 제가 제대로 알고 있는 것 같습니다만." 잭은 닭고기를 씹으며 말한다. "아마 그때 엠마가 무급으로라도 좋으니 일을 시켜 달라고 부탁을 했다지요? 그런데도…… 거절을 하셨다던데." 잭은 이해할 수 없다는 표정을 짓는다. "거 참, 특이한 결정이라 생각했죠."

천천히 부모님의 표정이 바뀐다.

"하지만 우리 팬서로선 정말 다행이지 뭡니까?" 잭은 밝은 목소리로 거든다. "저희 쪽에선 엠마 같은 인재를 여행업계에 빼앗기지 않아서 얼마나 기쁜지 모릅니다. 그러니까 어떻게 보면 제가 그쪽에게 감사를 드려야겠군요, 케리! 사업가 대 사업가로서 말입니다." 잭은 케리 언니에게 미소를 짓는다. "정말 저희 쪽에 큰 은혜를 베푸신 거나 다름없죠."

케리 언니의 얼굴은 빨갛다 못해 암갈색을 띤다.

"케리, 저 말이 사실이니?" 엄마가 날카롭게 묻는다. "엠마가 도와달라는데 네가 거절을 했니?"

"엠마, 우리한텐 그런 말 한 마디도 하지 않았잖니." 아빠가 놀란 목소리로 말씀하신다.

"창피해서 그랬어요, 됐죠?" 목소리가 갈라진다.

"엠마가 그런 부탁을 한 게 좀 뻔뻔스럽긴 했지." 형부가 돼지고기 파이를 한 입 크게 베어 물며 말한다. "혈연을 빌미 삼아서. 그때 당신이 그렇게 말했지?"

"뻔뻔스러워?" 엄마는 기가 막힌다는 듯 되물으신다. "케리, 넌 기억을 못 하나 본데, 네가 처음에 회사를 세울 때 우리가 돈을 빌려 주지 않았니? 우리 가족들이 없었으면 네 회사도 없었을 거야.”

“그런 게 아니었어요.” 케리 언니는 형부에게 험한 시선을 보낸 뒤 우리를 둘러본다. “아마…… 무슨 착각이나 실수가 있었나 봐요. 제대로 얘기가 전달이 안 된 거죠.” 케리 언니는 머리카락을 매만지며 방실 미소를 짓는다. “무슨 소리야. 네가 우리 회사에서 일을 한다면 난 당연히 쌍수 들고 환영했겠지, 엠마. 왜 전에는 이런 말 안 했니? 내 사무실에 전화만 줬어도 내가 할 수 있는 건 다…….”

난 언니를 바라본다. 정말 살기를 느낀다. 이런 상황에서도 어떻게든 빠져나가려 하는 저 얍삽함. 두 얼굴을 가진 뻔뻔스럽기 그지없고 진짜 얄미운 년이다.

“착각이나 혼선 따위는 없었어, 언니.” 난 최대한 침착하게 말한다. “어떻게 된 건지 우리 둘 다 정확하게 알고 있잖아? 난 언니에게 도와달라고 했고, 언니는 내 요청을 거절했어. 그래. 그건 상관없어. 거긴 언니 회사고 언니가 그렇게 결정을 했는데 누가 뭐라고 하겠어? 하지만 그런 일이 없었다고 딱 잡아떼진 말아줘. 그건 사실이 아니니까.”

“엠마!” 케리 언니가 살살거리며 내 손을 잡으려 한다. “얘도 참! 난 정말 몰랐대도! 그렇게 중요한 문제인 줄 알았다면…….”

‘그렇게 중요한 문제인 줄 알았다면’ 이라고? 그게 얼마나 중요한 문제였는지 어떻게 모를 수가 있어?

난 언니 손을 홱 뿌리치며 언니를 노려본다. 예전부터 차곡차곡 쌓인 상처와 수치심이 부글부글 끓어오르기 시작한다. 더 이상은 속에 가만히 담아둘 수가 없게 되고 만다.

“알고 있었잖아!” 내 목소리에 울음기가 배어 있다. “언니는 상황을 정확하게 판단하고서 그런 결론을 내린 거였잖아! 내가 얼마나 절박한 사정이었는지도 알았잖아! 언니가 우리 가족이 되면서부터 언니는 어떻게든 날 밟아 누르려고 애썼어. 내 형편없는 경력을 비웃고, 언니 잘난 척만 하고. 난 평생 내가 저능아에 열등생인 기분으로 살았다고. 좋아, 인정할게. 언니가 이겼어! 언니는 스타고 난 아무것도 아냐. 언니는 성공했고 난 실패했어. 하지만 이제 와서 나랑 제일 친한 친구인 척은 하지 마, 알았어? 전에도 그랬고 앞으로도 그럴 테지만 우린 그런 사이가 되려야 될 수가 없으니까."

난 말을 끝내고 적막이 감도는 피크닉 담요 위를 둘러보며 가쁘게 숨을 몰아쉰다. 금방이라도 눈물이 나오고 말 것 같은 불길한 예감이 든다.

잭과 시선이 마주친다. 잭은 내게 잘한다고 칭찬하는 미소를 살짝 짓는다. 난 조심스럽게 엄마 아빠를 슬쩍 쳐다본다. 부모님은 완전히 온몸이 마비가 되신 듯하다. 뭘 어쩌면 좋을지 도저히 몰라 그 자리에 계속 얼어붙어 계신다.

원래 우리 식구들은 이렇게 큰 소리 내가며 감정을 폭발시키는 성격들이 아니다.

그리고 보니 나도 이젠 뭘 어떻게 하면 좋을지 알 수가 없다.

"저, 음…… 전 이만 가 볼게요." 난 떨리는 목소리로 말한다. "저 가요. 잭, 안 가세요? 할 일 있다면서요?"

떨리는 다리로 난 하이힐을 신고 약간 비틀거리며 풀밭을 걸어간다. 아드레날린이 혈관 속으로 풍덩풍덩 밀려든다. 온몸이 짜르르하다. 내가 뭘 하는지도 모르겠다.

“끝내 줬어, 엠마.” 잭의 목소리가 내 귓가에 들린다. “정말 대단했다고! 진짜로…… 로지스틱한 평가였네.” 잭은 시릴 실장 옆을 스치고 지나가며 맨 마지막 말은 일부러 들으라고 좀 크게 한다.

“이렇게 말해본 적은 평생 없어요.” 난 말한다. “정말이지 한번도…… 실무 관리는 해 본 적이 없죠.” 경리부 사람 몇몇을 스치고 지나가며 나도 얼른 약간 언성을 높여 전문 용어를 내뱉는다.

“나도 그럴 거라 생각했지.” 잭은 고개를 내젓는다. “기가 막혀. 당신 사촌이란 여자는 정말…… 시장 동향 조사가 맞더군.”

“정말 한 마디로…… 스프레드시트.” 난 코너 옆을 지나가며 얼른 말한다. “얼른 가서 스프레드시트를 준비해 드리겠습니다, 회장님.”

결국 이런저런 위기를 넘기고 우린 저택 안으로 들어와 계단을 올라간다. 잭은 날 기나긴 복도로 안내하더니 열쇠를 꺼내 문을 연다. 문 반대편에는 방이 있다. 넓고 환한 크림색 방이다. 세 사람쯤 누워도 넉넉할 것 같은 침대도 있다. 문이 닫힌다. 갑자기 긴장감의 홍수가 밀려든다. 이거야. 바로 이거야. 때가 온 거라고. 잭과 나. 단 둘이서 한 방에. 그것도 침대가 있는 방에.

그 순간 난 금테 두른 거울에 비친 내 모습을 보고 숨을 헉 들이마신다. 우스꽝스런 백설공주 의상을 아직도 입고 있었다는 것을 까맣게 잊고 있었다. 얼굴은 빨갛고 화장이 번져 얼룩투성이인 데다 눈은 팅팅 부어 있고 머리카락은 온 사방에 비어져 나와 있다. 심지어 브래지어 어깨끈마저 드러나 있다.

원래는 이런 모습을 보이려던 게 절대 아니었는데.

“엠마, 아까 내가 말다툼을 붙여서 정말 미안해.” 잭이 반성하는 표정으로 날 본다. “내가 너무 도를 넘었지? 그런 식으로 끼어들 문제가 아니었는데. 하지만 그…… 당신 사촌이란 여자가 하도 내 신경을 건드리기에……."

"아뇨!" 난 잭의 말을 자르며 고개를 들어 잭을 본다. "잘했어요! 내가 케리 언니를 진짜로 어떻게 생각하는지 단 한번도 말해준 적이 없었거든요. 한마디로…… 뭐랄까……." 난 말꼬리를 흐리며 숨을 몰아쉰다.

잠시 침묵의 시간이 흐른 뒤에도 난 여전히 말을 잇지 못한다. 잭은 달아오른 내 얼굴을 찬찬히 훑어본다. 나도 잭을 쳐다본다. 갈비뼈가 오르락내리락. 심장 뛰는 소리가 귓가에서 쿵쿵 들린다. 그 순간 잭이 갑자기 허리를 숙여 내게 입을 맞춘다.

잭의 입술이 내 입술을 연다. 벌써 신축성 있는 백설공주 의상의 소매를 잡아당겨 옷을 내 어깨에서 벗기고 있다. 잭은 내 브래지어 후크를 풀고, 난 떨리는 손으로 허둥지둥 잭의 셔츠 단추를 푼다. 잭의 입술이 내 젖꼭지에 닿는 순간 난 예리한 극치감에 헉 숨을 삼키고, 잭은 날 끌어당겨 햇볕을 받아 따뜻하게 데워진 카펫 위에 눕힌다.

어쩜 좋냐. 왜 이리 진도가 빨라. 잭이 내 의상 속바지를 잡아 찢는다. 잭의 손이…… 잭의 손가락이…… 난 아무것도 못 하고 숨만 헐떡거린다…… 속도가 너무 빨라서 무슨 일이 벌어지는 건지 정신도 못 차리고 있다. 코너 때와는 너무나도 다르다. 이런 경험은 정말 처음이다…… 조금 전까지만 해도 옷 다 입고 문 앞에 서 있었는데. 난 벌써 준비가 되었고 잭도 준비가 되었고…….

"잠깐만요." 난 간신히 말한다. "잠깐만요, 잭. 당신한테 꼭 하고 싶은 말이 있어요."

"뭔데?" 잭은 다급하게 흥분된 눈으로 날 본다. "뭔데, 뭔데?"

"난 아무런 테크닉도, 기술도 없어요." 난 탁한 목소리로 속삭인다.

"뭐가 없다고?" 잭은 몸을 살짝 떼고 날 본다.

"기술요! 특별한 기술이나 테크닉 따윈 모른다고요!" 난 변명조로 말한다. "그 왜 있잖아요, 아마 당신은 수천만 명도 넘는 슈퍼모델이나 체조 선수 같은 여자들과 잤을 거 아니에요? 뭐 다들 특이하고 놀라운 자기만의……." 난 잭의 표정을 보며 말꼬리를 흐린다. "아니에요." 난 얼른 입을 다문다. "상관없어요. 조금 전 애기 잊어버려요."

"아니, 난 흥미가 동하는데." 잭이 묻는다. "그럼 엠마가 생각하고 있었던 테크닉이란 건 어떤 건데?"

아아, 왜 난 바보같이 입을 열었을까. 왜?

"아무 생각 없었어요!" 얼굴이 뜨겁게 달아오른다. "내 말의 요점이 그거라고요. 난 아무런 테크닉이고 기술도 없다고요."

"그건 나도 마찬가지인데?" 잭이 지극히 진지한 표정으로 말한다. "특이한 기술 같은 건 하나도 모른다고."

갑자기 속에서 웃음이 터져 나온다.

"퍽이나 그러시겠어요."

"진심이야. 하나도 모른다니까." 잭은 잠시 생각에 잠긴 표정을 지으며 손가락으로 내 어깨를 가볍게 쓸어 준다. "아, 그래. 이거 하나 있다."

"뭔데요?" 난 궁금해서 얼른 묻는다.

"음……." 잭은 한참 동안 날 바라보다가 고개를 젓는다. "아냐.

아무래도 안 되겠어.”

“말해 줘요!” 이젠 웃음소리를 감출 생각도 못하고 배꼽이 빠져라 웃는다.

“말해 주는 건 그만두고 아예 몸으로 보여 주지.” 잭은 내 귀에 소곤거리며 날 끌어당긴다. “백 번 말하는 게 한 번 보여 주는 것보다 못하다는 말 못 들어 봤어?”

사랑에 빠진 엠마

정말 인생은 알 수가 없다. 만일 그 비행기에서 내가 잭에게 아무 말도 하지 않았더라면 그래서 내 비밀들을 완전히 쏟아내 놓지 않았더라면 이런 일은 절대 일어나지 않았을 거다. 그랬더라면 우리가 다시 만나게 되는 일도 없었을 테고. 이건 운명이다.

난 사랑에 빠졌다.

나, 엠마 코리건은 사랑에 빠졌다.

난생 처음으로 난 완전히 100퍼센트 사랑에 빠져 버린 거다! 어젯밤에는 팬서 하우스에서 잭과 함께 밤을 보냈다. 잭의 품에 안겨 잠에서 깨어났고 그후로 섹스를 한 95번쯤은 한 것 같다. 그런데 또 우리 속궁합이…… 완벽하더란 거지. (그 외중에 테크닉이고 기술이고 낄 자리가 없어서 천만다행이긴 했다만)

완벽했던 것은 섹스와 속궁합만이 아니었다. 전부가 다 완벽했다. 침대에 누워 꾸물거리는 나에게 홍차를 타다 준 것 하며, 내가 인터넷에서 별점을 볼 수 있게 자기 노트북을 켜준 것 하며, 그 많은 별점 사이트 중에서 제일 좋은 사이트를 골라준 것 하며. 뭐랄까, 내가 대부분의 남자들에겐 어떻게든 들키지 않고 숨기고 싶어 하는,

정말 시시하고 유치하고 창피스런 시시콜콜한 비밀들을 잭은 하나도 빠짐없이 다 알고 있다…… 그런데도 잭은 날 사랑해 준다.

음, 물론 사랑이란 단어를 입에 올리지는 않았다만, 그보다 더 좋은 말을 하긴 했다. 난 아직도 그 말을 사탕 먹듯 머릿속에서 이리저리 굴려 보고 있다. 아침에 침대에 누워서 별 할 일도 없어 가만히 천장을 쳐다보고 있으려니 나도 모르게 내 입에서 질문이 나와 버렸던 것이다. "잭, 내가 직장 경력을 쌓기 위해 언니 회사에서 일하게 해 달란 부탁을 언니가 거절했다는 거, 그런 걸 어떻게 기억하고 있었어요?

"뭐?"

"케리 언니가 내 부탁을 거절했다는 걸 어떻게 기억하고 있었냐고요." 난 천천히 고개를 돌려 잭을 보았다. "그러고 보니 그것뿐만이 아니네. 내가 비행기에서 했던 말 한 마디 한 마디를 세세한 부분까지, 회사 얘기, 식구 얘기, 코너 얘기…… 뭐든지 다 기억하고 있더군요. 난 그게 이해가 안 돼요."

"어디가 이해가 안 가는데?" 잭은 얼굴을 찡그리고 물었다.

"난 당신 같은 사람이 왜 바보같이 따분할 정도로 지루하고 평범한 내 삶에 흥미를 가지는지 알 수가 없다고요." 말을 하는데 얼굴이 화끈거려서 혼났다.

잭은 한참 아무 말 없이 날 바라보았다.

"엠마, 당신 삶은 바보 같지도 않고 따분할 정도로 지루하지도 않아."

"그렇대도요!"

"그렇지 않아."

"당연히 그럴 수밖에 없죠! 난 흥미진진한 일은 아무것도 하질 않고 현명한 짓도 절대 하지 않잖아요. 내 회사가 있기를 해, 내가 뭘 발명한 적이 있길 해……."

"내가 왜 당신 비밀들을 모두 기억하고 있는지 알고 싶은 거야?" 잭이 내 말을 자르고 물었다. "엠마, 당신이 비행기 안에서 입을 연 순간 난 완전히 옴짝달싹할 겨를도 없이 사로잡혀 버렸어."

난 못 믿겠다는 표정을 지었다.

"사로잡혀요?" 확실하게 해두기 위해 다시 한번 물었다. "나한테요?"

"완전히 코가 꿰인 거지." 잭은 다정한 목소리로 반복하며 허리를 숙여 내게 키스했다.

사로잡혔다고!

잭 하퍼가 내 인생에 사로잡혔단다! 내게 사로잡혀 버렸단다!

정말 인생은 알 수가 없다. 만일 그 비행기에서 내가 잭에게 아무 말도 하지 않았더라면 그래서 내 비밀들을 완전히 쏟아내 놓지 않았더라면 이런 일은 절대 일어나지 않았을 거다. 그랬더라면 우리가 다시 만나게 되는 일도 없있을 테고. 이건 운명이나. 난 그 비행기에 탈 운명이었고, 좌석 승급을 받게 될 운명이었고, 잭에게 내 비밀을 죄다 털어놓게 될 운명이었던 거다.

집에 도착한다. 온몸에서 빛이 나는 것 같다. 내 몸속에 든 조그만 꼬마 전구에 스위치가 들어와 몸속에서부터 빛을 발하고 있는 기분이다. 인생의 의미가 뭔지 갑자기 알 것 같다. 제미마가 틀렸던 것이다. 남자와 여자는 적대 관계가 아니다. 남자와 여자는 영혼의 동반자일 뿐. 처음부터 솔직해지면 한눈에 상대를 알아볼 수 있을 거다. 신비감이니 초연함이니, 뭐 이딴 건 다 개소리에 불과하다. 모두들 자신의 비밀을 다른 이들과 공유하세요!

난 기합이 아주 바짝 든 상태다. 아예 이 기회에 남녀관계에 대한 책을 써 봐? 제목은 이렇게 정하자. '두려워하지 말고 나눠라.' 남녀가 서로에게 솔직하면 더 많은 대화를 나눌 수 있고, 그렇게 되면 서로를 이해하기가 더 쉽고, 그러다 보면 절대로 서로를 속이거나 뭔가를 감출 필요가 없다는 내용이 주가 될 것이다. 이 얘기는 비단 남녀 관계에만 국한되는 것이 아니라 가족 관계에도 적용이 된다. 심지어 정치판에도 먹힐 만한 내용이다! 그래. 세계 각국 지도자들이 자신의 개인적인 비밀을 솔직히 털어 놓을 수 있다면 더 이상 전쟁도 일어나지 않을 것이다! 야, 이거 정말 괜찮은 책이 될 것 같은데?

난 계단을 날 듯 뛰어 올라가 아파트 현관문을 열쇠로 연다.

"리시!" 난 외친다. "리시, 나 사랑에 빠졌어!"

아무런 대답도 들리지 않는다. 조금 실망스럽다. 이야기할 상대가 필요했는데. 삶에 대한 나의 눈부신 고찰과 그 이론을 누군가와 토론하고 싶었는…….

리시의 방 쪽에서 쿵쿵대는 소리가 들린다. 난 복도 가운데에서 완전히 얼어붙어 버린다. 허어억. 또 그놈의 정체를 알 수 없는 쿵쿵 소리다. 쿵. 쿵쿵. 아니, 도대체 이게 뭐…….

응접실 쪽에 뭔가가 보인다. 소파 옆 바닥에 서류 가방이 놓여 있다. 검정색 가죽 서류 가방. 그 사람이다. 또 장폴이란 남자가 왔구나. 지금 이 순간 그 남자가 리시의 방에 있다! 난 살금살금 앞으로 몇 발자국 걸어가 호기심 가득한 눈으로 리시의 방 쪽을 바라본다.

도대체 안에서 뭘 하는 걸까?

그냥 섹스를 했다던 리시의 말, 난 안 믿는다. 하지만 그게 아니면 뭘까? 도대체 뭘 하는데 저런 소리가 나는 걸까.

오케이…… 거기까지. 내가 상관할 바가 아니잖아? 리시가 얘기하길 꺼린다면 모르는 척하는 게 친구 된 도리. 이런 성숙한 생각을 하는 내 자신이 자랑스럽다. 난 부엌으로 걸어가 차를 마시려고 전기 포트를 집어 든다.

그러다가 다시 포트를 조리대 위에 내려놓는다. 아니, 나한테 왜 말을 안 해 주는 건데? 나한테 뭘 감추는 거지? 우리 제일 친한 친구 사이 아니었어? 말이야 바른 말이지, 우리 사이에 아무것도 감추지 말자고 한 건 리시 아니었던가?

도저히 가만있을 수가 없다. 호기심이 자꾸만 날 쿡쿡 부추긴다. 참을 수가 없다. 그리고 이번이 진실을 밝혀낼 수 있는 유일한 기회잖아? 하지만 어떻게 하지? 무턱대고 그 방으로 들어갈 수는 없잖아? 그래도 되나?

갑자기 좋은 아이디어가 떠오른다. 그래, 난 서류 가방을 못 본 거야. 난 평소처럼 아무것도 모르고 아파트로 들어와 우연히 리시 방문을 연 거야. 모르고 한 일인데 누가 날 탓하겠어? 순전히 타이밍을 못 맞춘 실수인 거지.

난 부엌에서 나와 귀를 쫑긋거린다. 그리고는 까치발로 살금살금 현관으로 걸어간다.

그래, 처음부터 다시 시작하자. 난 지금 막 집에 온 거야.

"리시!" 난 카메라 앞에 선 배우가 된 느낌이다. 자꾸만 주위가 의식된다. "얘는 도대체 어디 간 거야? 혹시…… 음…… 자기 방에 있나?"

난 최대한 자연스럽게 복도를 걸어간다. 리시의 방문 앞에 멈춰 서서 들릴락 말락 노크를 한다.

안에서는 아무런 소리도, 반응도 없다. 쿵쿵거리던 소리도 이젠 안 들린다. 난 방문을 뚫어져라 바라보며 마지막으로 고민을 한다.

정말 해도 될까?

물론이지. 궁금해서 숨이 넘어가는 것보다야 낫잖아?

난 문고리를 연다. 그러곤 기겁을 하며 비명을 지른다.

정말 기가 막힌 광경이다. 뭐가 어찌 된 것인지 제대로 분간도 할 수가 없다. 리시는 알몸이다. 두 사람 모두 알몸이다. 리시와 그 남자는 내 평생 처음 보는 정말 기괴한 체위로 뒤엉겨 있다…… 리시는 두 다리를 허공에 뻗고 있고 남자의 다리는 희한한 자세로 리시의 몸을 휘감고 있다. 두 사람 모두 시뻘건 얼굴로 숨을 몰아쉰다.

"미안!" 난 소리쳤다. "어떡해, 미안!"

"엠마, 기다려!" 내가 내 방으로 뛰어들어 문을 쾅 닫고 침대 위로 몸을 던지는데 리시가 외친다.

심장이 미친 듯이 두근거린다. 오바이트가 쏠린다. 평생 이렇게 충격을 받기도 처음인 것 같다. 내가 왜 그 문을 열어 봤을꼬.

리시가 거짓말을 한 게 아니었구나! 진짜로 하고 있었어. 그런데 그 해괴망측하고 이상한 체위는 도대체 뭐야? 우쒸, 누가 알았냐고. 누가 진짜로 그러고 있을지 짐작이나 했겠냐고.

갑자기 내 어깨에 누군가의 손이 턱 와 닿는 바람에 난 다시금 목청이 터져라 비명을 지른다.

"엠마, 진정해!" 리시가 말한다. "나야, 나. 장폴은 벌써 갔다고."

난 도저히 고개를 들 수가 없다. 리시와 눈을 맞출 용기가 없다.

"리시, 미안해." 난 바닥을 내려다보며 우물거린다. "정말 미안해! 그러려던 게 아니었어. 도대체 난 왜…… 네가 누구랑 뭘 하건 내가 상관할 바가 아닌데."

"엠마, 이 바보야. 우린 섹스한 게 아냐."

"무슨 말이야! 내가 봤다고! 옷을 홀랑 벗고 있었잖아."

"엠마, 우리 옷 입고 있었어. 날 좀 봐!"

"싫어!" 난 겁에 질린 목소리로 외친다. "널 보고 싶지 않아."

"날 좀 보라니까!"

난 조심스럽게 고개를 든다. 점차 초점이 맞는다. 리시는 내 앞에 서 있다.

어, 어머…… 진짜네. 리시는 살색 레오타드를 입고 있다.

"섹스를 하는 게 아니었으면 도대체 뭘 하고 있었던 거야?" 난 리시를 탓하다시피 한다. "그리고 그런 건 왜 입고 있는 건데?"

"우린 춤추고 있었어." 리시는 창피한 얼굴로 말한다.

"뭐?" 난 도대체 뭐가 어떻게 되어 가는 건지 알 수가 없다.

"춤추고 있었다고, 알겠어? 이끼 그기 춤이었던 말이야."

"춤? 그런데…… 네가 왜 춤을 추고 있었는데?"

도저히 이해가 가질 않는다. 리시와 장폴이란 이름의 프랑스 남자가 리시의 침실에서 춤을 추고 있었다고? 기괴한 꿈을 한바탕 꾼 기분이다.

"모임에 가입했어." 리시가 한참 후에 말한다.

"허억! 너 혹시 무슨 사이비 종교단체 같은 데……."

"아냐. 사이비 종교집단 같은 건 아냐. 그냥……." 리시는 입술을 깨문다. "변호사들 몇 명이 모여서…… 댄스 동호회 같은 걸 만든 거야."

댄스 동호회?

몇 분 동안 난 아무 말도 하지 못한다. 아까 받았던 충격이 잦아들자 이번에는 자꾸만 웃음이 터질 것 같다.

"그러니까 네가…… 변호사 댄스 동호회에 가입했다는 거지?"

"응." 리시는 고개를 끄덕거린다.

배가 불룩 나온 변호사들이 법정에서 쓰는 가발을 쓰고 이리저리 뛰어다니는 광경이 머릿속에 펼쳐진다. 막을 틈도 없이 입에서 웃음 소리가 새어나온다.

"그것 봐!" 리시가 씩씩댄다. "내가 이래서 말을 안 하려고 했던 거라고. 네가 웃을 줄 알았다니까!"

"미안! 미안! 웃은 거 아냐. 정말 잘했다고 생각해!" 또다시 내 입에서 으흐흐 웃음소리가 터져 나온다. "그저…… 그냥, 왜, 변호사들이 춤을 춘다는 발상 자체가……."

"회원들 전부가 변호사인 건 아냐." 리시가 변명하듯 말한다. "은행에 다니는 사람도 몇 명 있고 판사도 한 명 있고…… 엠마, 그만 좀 웃으라니까!"

"미안, 어쩔 수가 없네." 난 헉헉대며 말을 잇는다. "널 비웃는 게 아니라니까." 난 심호흡을 하며 어떻게든 입술을 꼭 붙이고 있으려고 갖은 애를 다 쓴다. 하지만 머릿속에는 자꾸만 은행원이 너풀너풀한 발레복을 입고 손에 007 가방을 든 채 백조의 호수에 맞춰 춤을 추는 광경만이 떠오른다. 판사가 법의 자락을 나부끼며 무대 위로 펄쩍 도약하는 모습이 그려진다.

"그게 왜 웃긴데!" 리시가 분통을 터뜨린다. "우린 그저 춤을 통해 자신을 표현하고자 하는 같은 목적을 지닌 전문직 종사자들의 모임일 뿐이야. 그게 뭐가 나빠?"

"미안." 난 또다시 말하며 눈꼬리를 찍는다. 어떻게든 정신을 차리려고 애쓴다. "나쁜 거 하나도 없어. 아주 좋은 생각인 거 같아. 그래서…… 공연이라도 있는 거야?"

"3주 후가 공연이야. 그래서 따로 연습을 했던 거고."

"3주?" 갑자기 웃고 싶은 욕구가 싹 가신다. "나한테는 말도 안 해 주려고 했던 거야?"

"아직…… 마음을 정하지 못했어." 리시는 댄스화로 마루 바닥을 비비적거린다. "창피해서."

"왜 창피해해야 하는 건데?" 난 당황한 목소리로 말한다. "리시, 웃은 건 정말 미안해. 하지만 진짜로 좋은 생각 같은걸. 나 꼭 공연 보러 가고 싶어. 맨 앞줄에 앉아서 봐 줄게……."

"앞줄은 안 돼. 널 보면 주의가 산만해질 거야."

"그럼 중간에 앉을게. 아니면 맨 뒤에 앉든가. 어디든 네가 앉으란 데 있을게." 난 궁금한 눈으로 리시를 본다. "리시, 네가 춤출 수 있다는 거 몰랐어."

"아, 잘 출 리가 있냐." 리시는 두 번 생각도 않고 곧바로 대답한다. "진짜 못 해. 하지만 재미는 있더라. 커피 마실래?"

리시를 따라 부엌으로 들어가는데 갑자기 리시가 눈썹을 치키며 날 본다. "그런데 너 배짱도 좋다. 나보고 섹스를 한다고 뭐라고 그래? 그러는 넌 어젯밤에 어디서 뭘 했는데?"

"잭이랑 있었어." 난 꿈을 꾸는 듯한 표정으로 솔직하게 대답한다. "밤새도록 했지."

"그럴 줄 알았다니까!"

"있잖아, 나 그 사람을 사랑하는 거 같아."

"사랑?" 리시는 전기 포트에 스위치를 넣는다. "엠마, 너 진심이니? 그 사람을 알게 된 지 겨우 얼마나 되었다고 그래?"

"상관없어! 우린 정말 서로를 위해 태어난 것 같다니까. 그 사람과 있으면 거짓말을 할 필요도 없고…… 잘 보이려고 일부러 꾸밀 필요도 없고…… 섹스도 끝내 줘…… 코너한테서 부족한 것 같았던 부분을 완벽하게 채워 줘. 정말 완벽해. 게다가 내게 어찌나 관심이 많은지. 하루 종일 이것저것 물어 봐. 내 대답에 진심으로 귀기울여 주고."

난 팔을 벌리고 행복에 겨운 미소를 지은 채 의자에 앉는다. "있잖아, 난 말이지, 언젠가는 내게도 정말 멋진 일이 일어날 거라고 평생 믿어 왔어. 언제나 그런 믿음이 있었어. 항상 마음속에 그런 믿음을 가지고 있었는데 이제야 비로소 그대로 된 거야."

"지금 잭은 어디에 있는데?" 리시가 커피 가루를 프렌치 프레스에 넣으며 말한다.

"잠깐 출장을 다녀온댔어. 신상품 기획팀과 새 컨셉트를 잡으려고 브레인스토밍을 한다나 봐."

"무슨 신상품?"

"나도 잘 몰라. 정확하게는 설명을 안 해 주더라. 아주 바쁠 모양이라나 봐. 전화할 시간도 아마 없을 거래. 그래도 날마다 이메일은 쓰겠다더라." 난 아주 행복한 목소리로 말한다.

“비스킷 먹을래?” 리시가 비스킷 깡통을 열며 묻는다.

“어, 음…… 그래. 고마워.” 난 비스킷 하나를 받아 한입 베어 문다. “있지, 내가 사람들 사이의 관계에 대한 새 이론을 세웠어. 너무 간단해. 세상 사람들은 모두 좀 더 서로에게 정직해질 필요가 있어. 모두들 자신의 비밀을 남과 나누는 거야! 남녀 사이에서도, 가족들과도 서로의 비밀을 공유하는 거야. 세계 각국의 지도자들도 마찬가지고.”

“흠.” 리시는 아무 말 없이 날 한참 바라본다. “엠마, 잭이 왜 그때 데이트 하다 말고 갑자기 서둘러 떠나야 했던 건지 이유는 얘기해 줬니?”

“아니.” 난 어리둥절한 표정으로 말한다. “그거야 사실 내가 상관할 바가 아니잖아.”

“맨 처음 데이트할 때 왜 그렇게 자꾸 전화를 받아야 했는지, 어디서 온 전화였는지는 얘기해 줬니?”

“웅…… 아니.”

“아주 기본적인 것 빼고 자기 자신에 대한 이야기를 하던?”

“그 정도면 꽤 많이 한다고 봐!” 난 잭을 감싼나. “리시, 노대체 왜 그래? 무슨 문제 있어?”

“문제랄 것까지는 없는데 갑자기 그런 생각이 드네…… 혹시 비밀을 공유하는 건 너 혼자만인 게 아닌가 하는.”

“뭐?”

“그 사람도 너한테 자기 비밀을 얘기해주니?” 리시는 뜨거운 물을 프렌치 프레스에 붓는다. “아니면 너 혼자만 그러고 있는 거니?”

“서로 그러고 있어.” 난 고개를 돌려 냉장고에 붙은 자석을 만지작거리며 대답한다.

거짓말이 아닌걸, 난 내 자신에게 말한다. 잭도 나한테 많은 얘기를 해 줬다고! 어디 보자, 잭이 무슨 얘기를 했더라…….

잭도 자기 얘기를 다…….

음, 무슨 상관이야. 별로 자기 얘기를 할 기분이 아니었나 보지. 그게 뭐 그렇게 큰 죄야?

"커피 마셔." 리시가 내게 머그잔을 준다.

"고마워." 약간 가시 돋친 내 목소리에 리시는 한숨을 쉰다.

"엠마, 네 기분 망쳐 놓으려고 이러는 거 아냐. 내가 듣기에도 정말 괜찮은 남자인 것 같다만……."

"정말 괜찮은 남자야! 리시, 넌 정말 그 사람을 못 봐서 그래. 얼마나 로맨틱한데. 오늘 아침에 그 사람이 뭐라고 했는지 아니? 내가 그 비행기 안에서 내 얘기를 하기 시작한 순간 자기는 나에게 완전히 사로잡혀 버렸대."

"진짜?" 리시는 날 쳐다본다. "그렇게 말했어? 정말 로맨틱하다, 야."

"내가 뭐랬어?" 나도 모르게 절로 입꼬리가 올라간다. "리시, 그 사람 정말 너무 완벽해!"

잭 하퍼가 TV쇼에 출연하다

내 비밀들. 내 개인적이고 은밀한 비밀들이 TV에서 낱낱이 벗겨지고 있다. 워낙에 심하게 충격을 받은지라 TV에서 흘러나오는 말소리들이 귀에 하나도 들어오지 않는다.

이후 몇 주간 그 무엇도 내 행복을 침범할 수 없었다. 정말 그 어떤 것도. 둥실둥실 날아가는 기분으로 출근했고, 하루 종일 컴퓨터 단말기 앞에 앉아 바보처럼 배시시 웃고만 있다가, 또다시 둥실둥실 구름 위를 날아가는 기분으로 퇴근했다. 부장의 빈정거림 공격도 내 행복함의 방탄력에는 튕겨나가 버릴 수밖에 없었다. 심지어 회사를 방문한 어느 회사 홍보팀한테 아르테미스가 날 자기 개인 비서라고 소개를 했는데도 화가 나지 않았다. 뭐라고 짖어 대건 상관없다. 내가 컴퓨터 앞에서 미소를 짓는 건 잭이 내게 또 귀여운 이메일을 보냈기 때문이란 걸 다른 사람들은 모르니까. 다른 사람들은 자기네들을 고용한 바로 그 고용주가 날 사랑한다는 걸 모르니까. 나, 엠마 코리건. 마케팅부서의 보조를 말이다.

"아, 물론 그 문제에 관해선 회장님과 진지하게 심도 깊은 대화를 나눴어요." 내가 교정지를 보관하는 캐비닛을 치우고 있는데 아르테미스가 전화에 대고 하는 말이 들린다. "네. 회장님께서도 저와 같은 의견이세요. 이번 컨셉트는 정말로 다시 조명해 볼 필요가 있다고요."

거짓말! 자기가 언제 잭과 심도 깊은 대화를 나눠 봤다는 거야? 정말 마음 같아선 잭에게 아르테미스가 지금 당신 이름을 팔아먹는다고 이메일을 날려 주고 싶다.

하지만 그건 좀 비열한 짓 같아 꾹 참는다.

게다가 그런 짓을 하는 건 아르테미스뿐만이 아니다. 모두들 자기네 대화에 잭 하퍼의 이름을 슬쩍 끼워 넣는다. 시도 때도 없이 잭을 판다. 잭이 회사에 안 나오니 모두들 자기가 잭 하퍼와 아주 친한 사이인 척하고, 잭이 자기네들의 아이디어를 마음에 들어 했던 척을 하고 있다.

안 그러는 사람은 오직 나 하나뿐. 난 쥐 죽은 듯 튀는 행동은 하지 않으려고 안간힘을 다 했다. 어떻게든 잭 애기를 하지 않으려고 애를 썼다.

잭 애기가 나오면 완전 홍당무가 될 거 같아서, 아니면 어벙한 미소를 지어버릴 것 같아서, 아니면 뭐든 눈에 띄는 짓을 할 것만 같아서. 일단 잭의 이름을 입에 올리면 입을 못 다물고 끝까지 이 애기 저 애기 조잘거리게 될 것 같아서. 물론 내가 잭 애기를 하지 않는 이유는 그런 것도 있지만, 솔직히 말하자면 아무도 내 앞에서 잭 애기를 꺼낸 적이 없기 때문이라는 이유도 크다. 나 따위가 잭 하퍼에 대해 알 게 뭔가? 어차피 난 잔챙이 보조에 불과한데.

"어이!" 닉이 전화를 받다가 고개를 든다. "회장이 TV에 나올 거라네?"

"네?"

난 화들짝 놀란다. 잭이 왜 TV에 나오지?

그 얘기를 왜 나한테는 안 한 거래?

"왜요, 방송국에서 회사로 온대요?" 아르테미스가 매무새를 가다듬으며 묻는다.

"몰라."

"모두들 주목." 부장이 자기 사무실에서 나오며 말한다. "회장님이 비즈니스 워치와 인터뷰를 하셨답니다. 12시에 방송될 예정인데 대형 회의실에 TV를 설치할 거예요. 관심 있는 사람은 누구나 방송을 볼 수 있어요. 하지만 한 사람만큼은 사무실에 남아서 전화를 받아야 할 거예요." 부장의 시선이 내게 꽂힌다. "엠마. 사무실에 남아도 좋아요."

"네?" 난 멍한 표정을 짓는다.

"엠마가 남아서 전화를 받아도 된다고." 부장이 말한다. "알겠지?"

"저도…… 저도 가서 보면 안 돼요?" 난 낭황해서 묻는다. "다른 사람이 남으면 안 되나요? 아르테미스, 사무실에 남아 계시지 않을래요?"

"내가 왜?" 아르테미스가 매몰차게 말한다. "엠마, 왜 그렇게 이기적이야? 어차피 자기한텐 아무 재미도 없는 내용일 텐데."

"저도 보고 싶다고요!"

"봐도 아무 소용 없다니까." 아르테미스는 한심하다는 듯 눈을 또르륵 굴린다.

"도움이 될 거예요." 난 절박한 심정으로 말한다. "저도…… 저도 우리 회사 직원이잖아요!"

"그래, 그렇긴 하지." 아르테미스가 빈정거린다. "하지만 좀 차이가 있다고 봐. 엠마는 회장님과 말 한마디도 제대로 못 나눠 봤잖아."

"아니에요!" 저도 모르게 그런 소리를 내뱉고 만다. "저도 얘기한 적 있어요! 전……." 뺨이 화끈 달아오른다. "저도…… 회장님이 참석하신 회의에 참석했던 적이 있어요……."

"그래서 회장님께 차를 타 드렸다고?" 아르테미스가 한껏 가소롭다는 표정을 지으며 닉과 눈을 마주친다.

난 잡아먹을 듯한 시선으로 아르테미스를 노려본다. 귓가에 심장 뛰는 소리가 쿵쿵 들린다. 여기서 정말 아르테미스를 골탕 먹여 줄 만한 신랄한 소리 한 마디라도 해 줄 수 있다면 얼마나 좋을까.

"아르테미스, 그만 해요." 폴 부장이 말한다. "엠마, 자네가 여기 남도록 해. 자, 이제 정리 다 된 거지?"

12시 5분 전, 사무실 안은 텅 비었다. 날 제외하면 사무실 안에서 살아 움직이는 건 파리 한 마리와 삑삑거리며 돌아가는 팩스기 한 대밖에 없다. 난 잔뜩 풀이 죽은 표정으로 책상 서랍에서 에어로 초콜릿 바 하나를 꺼낸다. 내친김에 플레이크 초콜릿 바도 꺼낸다. 초콜릿 포장지를 벗겨 한입 덥석 베어 무는데 전화벨이 울린다.

"비디오 녹화 준비 끝났어." 리시가 수화기 저편에서 말한다.

"고마워, 리시." 난 초콜릿을 한입 가득 우물거리며 말한다. "네가 최고다."

"너만 못 보게 했다니 너무 심하다."

"나도 그렇게 생각해. 불공평하다고." 난 의자에 몸을 축 늘어뜨리고 에어로 초콜릿을 한입 더 베어 문다.

"어쨌건 너무 신경 쓰지 마. 이따가 저녁에 같이 보면 되잖아. 제미마도 혹시나 몰라서 자기 방에 있는 비디오로 녹화를 한다고 했으니까 마음 푹 놓고."

"제미마가 이 시간에 웬일로 집이래?" 난 놀라서 묻는다.

"하루 종일 집에서 피부 관리를 하시려고 병가를 내셨단다. 아, 너희 아버지가 전화하셨다." 리시가 조심스럽게 말한다.

"어, 그래?" 갑자기 불안해진다. "아빠가 뭐라고 하셨는데?"

사원 가족의 날에 그 난리를 친 후에는 부모님과 통화를 한 적이 없다. 차마 전화를 할 용기가 나질 않는다. 너무 괴롭고 또 한편으로는 창피해서 전화를 걸 수가 없었다. 어차피 부모님은 케리 언니 편을 드실 게 뻔하니까.

그래서 그 다음주 월요일 아빠가 회사로 전화를 하셨을 때 난 정말 바쁘다며 나중에 다시 전화를 드리겠다고 말한다. 물론 다시 전화를 걸었을 리가 없다. 집으로도 진화가 왔기에 똑같은 짓을 반복해 버렸다.

언젠가는 부모님과 얘기를 해야 할 테지만 지금 당장은 그러고 싶은 마음이 조금도 없다. 이렇게나 행복한데 좋은 기분을 망치고 싶지 않다.

"인터뷰 예고편을 보셨나 봐." 리시가 말한다. "방송 보고 잭 얼굴을 알아보신 모양이야. 너도 아는지 궁금해서 전화하셨다고 했어. 그리고……" 리시는 잠시 머뭇거린다. "몇 가지 문제에 대해서 너에게 꼭 하실 말씀이 있으시다네.”

“어.” 난 메모장을 본다. 메모해 놓은 전화번호 위로 나도 모르게 소용돌이 모양의 낙서를 가득 해 놨다.

“어쨌거나 부모님께서도 방송을 보실 거래.” 리시가 말한다. “너희 할아버지도.”

하, 지화자. 세상 사람들 모두가 TV에 나온 잭을 볼 모양이군. 날 뺀 세상 사람들 모두가.

난 전화를 끊고 새로 들여 놓은 커피 기계에 커피를 뽑으러 간다. 기계 주제에 꽤 맛있는 카페오레를 만든단 말이지. 난 다시 사무실로 돌아와 쥐 죽은 듯 고요한 사무실 안을 둘러보다가 일어나서 아르테미스의 접란에 오렌지 주스를 부었다. 기왕 분풀이할 거, 복사기 토너 가루도 잔뜩 털어 넣어 주었다.

그러고 나니 좀 너무했나 싶다. 화초가 나한테 뭐 잘못한 게 있다고.

“미안.” 난 접란 이파리 하나를 쓰다듬으며 말한다. “네 주인이 못돼서 네가 고생하는구나. 하지만 너도 네 주인이 나쁘다는 건 이미 알고 있겠지?”

“숨겨 놓은 남자에게 혼잣말이라도 하는 거야?” 뒤에서 빈정대는 목소리가 들린다. 난 그 냉혹한 어조에 충격을 받고 고개를 돌린다. 코너가 문가에 서 있다.

“코너! 여기서 뭘 하는 거야?”

“TV 인터뷰 보러 가는 길에 한마디 해 주려고 들렀어.” 코너는 사무실 안으로 들어와 잡아먹을 듯한 시선으로 날 노려본다. “너 나한테 거짓말 했더라.”

흐억, 뭐냐, 이게. 코너가 눈치를 챘나? 혹시 사원 가족의 날에 뭔가를 본 거 아냐?

"그게 무슨 말이야?" 난 불안한 목소리로 묻는다.

"디자인 부서 트리스탄과 잠시 대화를 했지." 코너가 씨근덕거리며 언성을 높인다. "트리스탄은 게이라고 하더라고! 그러니까 네가 만나는 사람이 트리스탄일 리가 없는 거지."

기가 막혀 말이 나오지가 않는다. 내가 정말로 디자인 부서의 트리스탄을 만난다고 생각했던 거야? 아니, 표범무늬 핫팬츠를 입고 핸드백을 들고 콧노래로 바브라 스트라이샌드의 히트곡을 부르고 다니는 남자가 어떻게 게이가 아니라고 착각할 수 있었던 거야? 딱 보기만 해도 게이 티가 철철 흐르잖아?

"트리스탄은 아냐." 난 황당한 표정을 감추고 정색을 한다.

"그럴 줄 알았지!" 코너는 시험에서 만점을 받았는데 그 다음에 뭘 어떻게 하면 좋을지 모르는 학생 같은 표정을 짓는다. "어쨌거나 왜 나한테 거짓말을 한 건지 이해가 가질 않아." 코너는 상처받았지만 꺾이지 않겠다고 말하는 듯한 표정으로 고개를 치켜든다. "그게 전부야. 석어노 우린 서로에게 솔직한 관계라고 생각했었어."

"코너, 그게 말이지…… 너무 복잡해서 얘기를 할 수가 없는 거야."

"알았어. 마음대로 해. 어차피 네 사생활이니까."

잠시 침묵.

"난 이만 가 볼게." 코너는 박해받는 순교자의 표정을 실감 나게 지어 보인 뒤 돌아선다.

"잠깐만!" 난 불쑥 외쳤다. "잠깐만 기다려 봐. 코너, 내 부탁 하나만 들어 줘." 난 코너가 돌아설 때까지 기다렸다가 한껏 비굴한 표정을 짓는다. "미안하지만 내가 잠깐 회장님 인터뷰 방송을 보고 올 때까지 전화 좀 받아 주면 안 될까?"

지금 이 순간 코너가 내 부탁을 순순히 들어 줄 리가 없다는 건 알지만, 매달릴 사람이 코너밖에 없어서 어쩔 수가 없다.

"뭘 어쩌라고?" 코너가 황당하다는 표정으로 날 본다.

"전화 잠깐 받아 주면 안 돼? 딱 30분만. 그래 주면 정말 고마울 텐데……."

"나한테 어떻게 그런 부탁을 할 수가 있어?" 코너는 기가 막힌 모양이다. "나한테 회장님이 얼마나 중요한 의미를 갖는지 너도 잘 알잖아! 엠마, 네가 도대체 어쩌다가 그런 인간이 되었는지 모르겠다."

코너가 씨근덕거리며 사무실에서 나간 뒤 난 20분 동안 가만히 사무실에 앉아 있었다. 부장에게 온 메시지가 여러 개, 닉에게 온 메시지 한 개, 캐롤린에게 온 메시지 한 개. 편지 몇 통을 관련성 별로 나누어 철하고 우편 봉투에 주소를 쳐 넣었다. 그러고 나니 더 이상 참을 수 없다는 생각이 든다.

말도 안 돼. 정말 이건 웃기지도 않다고. 기가 막혀. 난 잭을 사랑해. 잭도 날 사랑하잖아. 그러니까 그 인터뷰를 봐야 하는 사람은 바로 나 아냐? 회의실에서 방송을 보며 잭을 응원해 줘야 하잖아. 난 커피 잔을 들고 복도를 쪼르륵 달려간다. 회의실 안이 발 디딜 틈 없이 북적거린다. 난 간신히 방 제일 뒤쪽으로 슬금슬금 밀고 들어가 미식축구 경기 얘기를 하고 있는 두 남자 사이에 비집고 선다. 방송을 보지도 않을 거면서 왜 여기로 왔대? 잡담을 할 거라면 당신네들 사무실에서 하란 말이야.

"자기 여기에서 뭐 하는 거야?" 그 옆에 서 있던 아르테미스가 날 보며 말한다. "전화는 어쩌고?"

"대표 없는 곳에 과세할 수 없는 법이죠."(No taxation without representation. 미국이 영국의 식민지에서 독립하는 과정 중에 나온 말로, 식민지는 영국 의회에 대표를 보내지 않기 때문에 영국 의회도 식민지에 과세할 권리가 없다는 헌정적인 원칙을 담고 있다-역주) 난 냉랭하게 한마디 한다. 이 경우에 적합한 표현은 아닌 것 같지만 (솔직히 말하면 그게 무슨 뜻인지도 모른다만) 어쨌거나 그 말 한 마디에 아르테미스가 입을 닥쳤으니 된 것 아닌가.

사람들 머리에 가려 화면이 제대로 보이지 않아 까치발을 하고 목을 쭉 뺀다. 간신히 화면에 눈길이 닿는다. 청바지에 흰 티셔츠를 입은 잭이 방송국 스튜디오의 의자에 앉아 있는 모습이 보인다. 잭의 등 뒤로 '비즈니스계의 기린아' 란 글자가 들어간 파란색 배경막이 있고 똘똘하게 생긴 사회자 두 명이 잭과 마주보고 앉아 있다.

아, 저기에 잭이 있다. 내가 사랑하는 남자가 있다.

TV 화면 속의 잭이 같이 잔 이래 처음 보는 모습이란 것을 불현듯 깨닫는다. 화면 속 잭의 얼굴이 따스해 보인다. 스튜디오 조명 아래 잭의 검은 눈동자가 반짝거린다.

아아, 잭에게 키스해 주고 싶어.

여기에 아무도 없었다면 난 아마 TV까지 걸어가 화면에 입을 맞췄을 거다. 정말 그러고도 남았을 거다.

"여태까지 무슨 질문이 나왔어요?" 난 살짝 아르테미스한테 묻는다.

"어떤 식으로 일을 하느냐고 물었어. 어디서 영감을 받느냐, 피트

레이들러와의 관계는 어땠느냐, 뭐 그런 거.”

“쉿!” 누군가가 외친다.

“피트가 죽은 후엔 참 많이 힘들었죠.” 잭이 말한다. “저뿐 아니라 모두가 힘들었습니다. 하지만 최근에…….” 잭은 잠시 뜸을 들인다. “최근에 제 삶이 완전히 변해 버렸어요. 그래서 다시 좋은 아이디어가 떠오르고 있습니다. 요샌 하루하루가 아주 즐거워요.”

온몸에 소름이 짜르르 돋는다.

내 얘기를 하는 거야. 내 얘기가 분명해. 나 때문에 삶이 완전히 변해 버렸대! 우와, 어쩐대. 저건 ‘사로잡혀 버렸다’ 보다 더 로맨틱한걸?

“스포츠 음료 시장에서는 이미 상당한 성공을 거두셨습니다만, 앞으로는 여성 고객들을 겨냥한 시장에 진출하실 예정이시라고요?” 남자 사회자가 묻는다.

“뭐?”

갑자기 방 안이 웅성거린다. 사람들은 서로 얼굴을 본다.

“앞으로 여성 시장을 노리는 거예요?”

“언제부터 그렇게 된 거야?”

“난 진작 알고 있었다니까.” 아르테미스가 잘난 척을 한다. “사실 몇몇 사람들은 벌써부터 알고 있었지.”

난 멍하니 화면을 쳐다보다가 갑자기 잭의 사무실에 모여 있던 사람들을 떠올린다. 그래서 난소를 들먹거렸던 거구나. 이야, 이거 상당히 흥미로운데? 새로운 모험이야!

“좀 더 자세하게 설명해 주실 수 없습니까?” 남자 사회자가 묻는다. “여성을 겨냥한 청량 음료인가요?”

“아직까지는 초기 단계입니다만 아주 다양한 제품을 출시할 예정입니다.” 잭이 말한다. “음료수, 의류, 향수. 아주 독창적인 시각을 가지고 시작하려고 합니다.” 잭은 남자를 보며 씩 웃는다. “모두들 아주 고무되어 있죠.”

“주 고객층은 어떤 계층으로 설정하셨습니까?” 남자가 대본을 보며 묻는다. “스포츠 우먼이 대상입니까?”

“전혀 아닙니다.” 잭이 말한다. “저희의 주 고객층은…… 거리에서 흔히 만날 수 있는 여자입니다.”

“‘거리에서 흔히 만날 수 있는 여자’ 라고요?” 여자 사회자가 허리를 꼿꼿하게 세우고 조금 기분 나쁘다는 듯 되묻는다. “정확하게 어떤 말씀이시죠? 거리에서 흔히 만날 수 있는 여자란 어떤 여자를 의미하나요?”

“20대 여성입니다.” 잭이 한참 후에 말한다. “직장에 다니고, 출퇴근 시에는 지하철을 이용하고, 저녁에 외출을 했다가 집으로 돌아갈 때에는 야간 버스를 타는…… 평범하고 특별할 것 하나 없는 보통 여성이죠.”

“그린 여싱이라먼 수천 멍도 넘쵸.” 남성 사회자가 미소를 머금고 말한다.

“하지만 팬서의 제품들은 전통적으로 남성 취향 아니었습니까?” 여자 사회자가 회의적인 표정으로 말을 받는다. “경쟁이나 남성적인 가치를 중시해 오던 팬서 사가 여성 고객들을 타깃으로 하는 시장에 진출하여 성공을 거둘 수 있을 거라 생각하십니까?”

“철저한 시장 조사와 연구 분석을 마쳤습니다.” 잭이 자신있게 말한다. “주 고객층이 어떠한가에 대해서는 잘 알고 있다고 자부합니다.”

“연구 분석이라고요!” 여자는 코웃음을 친다. “하지만 그 조사 결과라는 것도 결국은 여성이 무엇을 원하는지 남성의 시각으로 바라본 것 아닌가요?”

“그렇게 생각하지 않습니다.” 여전히 여유 있게 대답은 하지만 잭의 얼굴에 희미하게 짜증이 섞여 지나가는 것을 난 놓치지 않는다.

“여태껏 새 시장으로의 확장을 꾀하다가 실패를 맛본 회사가 많았습니다. 팬서는 다른 회사의 전철을 밟지 않을 거란 확신이 있으신지요?”

“네, 확신합니다.” 잭이 말한다.

저 여자 도대체 뭐가 문제야? 왜 그렇게 공격적인 건데? 난 속으로 씨근덕거린다. 그럼 설마 천하의 잭 하퍼가 성공할 거란 확신도 없이 무턱대고 뛰어들었을까.

“제 생각엔 시장 조사란 것이 많은 여성들을 아주 간단한 카테고리 하나로 묶은 다음에 몇 가지 질문을 던진 것에 지나지 않나 싶은데요. 그런 기본적인 조사로 얻어낸 결과가 얼마만한 의미를 가질까요?”

“저희 연구 결과의 극히 일부분만 두고 말씀을 하시는군요.” 잭이 담담하게 말한다.

“과연 그럴까요?” 여자 사회자는 의자 등받이에 등을 기대고 고집스럽게 팔짱을 낀다. “팬서 같은 회사가, 아니 잭 하퍼 씨 같은 남자가 정말로 여성의 심리를 읽을 수 있다고 생각하십니까? 그것도 하퍼 씨 표현을 빌리자면 평범하고 특별할 것 하나 없는 20대 여성의 심리를요?”

“물론입니다!” 잭이 여자의 눈을 똑바로 응시하며 말한다. “저는 그 여성에 대해서 속속들이 알고 있습니다.”

“그 여성이라고요?” 여자는 눈썹을 치킨다.

“그런 여성이 무슨 생각을 하는지도 잘 압니다.” 잭이 말한다. “그 여성의 취향을 압니다. 무슨 색깔을 좋아하는지, 어떤 음식을 좋아하는지, 뭘 마시는지, 인생에서 뭘 기대하는지 압니다. 12사이즈의 옷을 입지만 10사이즈가 되길 바라죠. 그 여성은…….” 잭은 양팔을 활짝 벌리고 잠시 생각을 정리한다. “그 여성은 아침에 치리오 시리얼을 먹고 카푸치노에 플레이크 초콜릿 바를 담갔다 먹죠.”

난 화들짝 놀라 플레이크 초콜릿을 막 커피 잔에 담그려고 하는 내 손을 내려다본다. 그러고 보니…… 난 오늘 아침에 분명히 치리오를 먹었다.

“현대인들은 완벽하고 화려한 이미지에 둘러싸여 삽니다.” 잭은 손짓을 하며 말한다. “하지만 이 여성은 그런 허구가 아닌 실체입니다. 헤어스타일이 유난히 마음에 안 드는 날도 있고, 드라이가 평소보다 잘된 날도 있습니다. 불편하고 갑갑하다고 생각하면서도 T자 팬티를 입죠. 운동 계획표대로 열심히 운동을 하다가 어느 순간에는 포기해 버리고 말아요. 비즈니스 잡지를 읽는 척하며 그 아래 연예 잡지를 숨겨서 읽기도 합니다.”

난 멍하니 TV 화면을 바라본다.

저기…… 잠깐만. 저 얘기들, 모두 어디서 한번 들어 본 얘기 같지 않아?

“이야, 꼭 하는 짓이 자기 같네.” 아르테미스가 말한다. “전에 엠마가 《마케팅 위크》 밑에다가 《오케이!》를 감춰놓고 읽는 거 봤는데." 아르테미스는 비웃는 얼굴로 날 보다가 내 손에 들린 플레이크 초콜릿을 보고 만다.

"옷을 좋아하지만 그렇다고 명품족은 아니죠." TV에서 잭은 계속 말을 이어나간다. "평소에 입는 옷은 보통 청바지에……."

내 리바이스 청바지를 보는 아르테미스의 눈이 점점 커진다.

"……머리엔 항상 꽃무늬가 들어간 헤어 악세서리를 하고……."

난 몽롱한 정신으로 손을 들어 헝겊 꽃이 달린 헤어밴드를 만져 본다.

설마…….

설마 지금 잭이 묘사하고 있는 인물이…….

"웬…… 일…… 이…… 니……." 아르테미스가 천천히 말한다.

"왜?" 아르테미스와 나란히 서 있던 캐롤린이 아르테미스의 시선을 좇다가 갑자기 표정을 바꾼다.

"어머어머! 엠마! 자기 얘기구나!"

"아니에요." 그렇게 말했지만 이미 목소리는 정상이 아니다.

"엠마 맞잖아!"

몇몇 사람들이 서로 옆구리를 쿡쿡 찔러 대더니 내 쪽을 바라본다.

"매일 각기 다른 별점을 열다섯 개씩 읽고 그중에서 제일 마음에 드는 걸 고르죠……." 잭의 목소리가 들린다.

"엠마 맞네! 하는 짓이 딱 엠마네!"

"……어려운 교양서적의 뒤표지 줄거리 요약만 읽고서 책을 다 읽은 척할 때도 있고……."

"그래, 내 진작 알았지. 엠마가 《위대한 유산》을 안 읽었을 줄 알았다니까!" 아르테미스가 의기양양하게 말한다.

“……달콤한 셰리를 좋아하고…….”

“달콤한 셰리?” 닉이 기겁을 하며 외친다. “진짜로 그런 걸 마신단 말이야?”

“엠마래!” 회의실 저편에서 다른 사람들이 웅성거리는 소리가 들린다. “엠마 코리건 얘기래!”

“엠마?” 캐티가 도저히 못 믿겠다는 표정으로 날 쳐다본다. “하지만…… 하지만 엠마는…….”

“절대 엠마는 아냐!” 갑자기 코너가 외치더니 웃음을 터뜨린다. 코너는 회의실 저 건너편에서 벽에 기대어 서 있다. “다들 어떻게 그런 허무맹랑한 생각을 할 수 있어? 엠마는 8사이즈야. 12사이즈가 아니라고!”

“8사이즈?” 아르테미스는 기가 막힌다는 듯 코웃음을 친다.

“8사이즈라고? 엠마가?” 캐롤린이 키득거린다. “이야, 그거 굉장히 웃긴 농담이네!”

“엠마, 8사이즈 아냐?” 코너가 어리둥절한 표정을 짓는다. “저번에 나한테 말할 땐…….”

“나도…… 내가 그렇게 말했다는 건 알아.” 닉 침을 꼴깍 삼킨다. 얼굴이 후끈후끈 달아오른다. “하지만 난…… 난 사실…….”

“정말로 중고 가게에서 옷을 사 놓고 새 옷인 척해?” 캐롤린이 TV 화면을 보다가 신기하다는 표정을 짓는다.

“그렇지 않아요!” 난 어설프게 변명을 한다. “아니, 그러니까, 가끔씩…… 아주 가끔 그럴 때는 있지만…….”

“몸무게는 61킬로그램이지만 다른 사람들에게는 56킬로그램이라고 말하죠.” 잭의 목소리가 들린다.

뭐? 어떻게 저런 얘기를!

온몸이 충격 때문에 오그라든다.

"그런 적 없어!" 난 TV에 대고 격렬하게 외친다. "61킬로나 나간 적 없다고! 내 몸무게는…… 끽해야 58…… 점 5킬로그램인데……." 사람들 모두가 쳐다보는 시선을 느끼고 난 말꼬리를 흐린다.

"……크로셰를 무척 싫어하고……."

방 저편에서 숨 넘어가는 소리가 들린다.

"크로셰를 싫어해?" 캐티가 도저히 자기 귀를 못 믿겠다는 표정을 짓는다.

"아냐!" 난 기겁을 하며 빙글 돌아선다. "거짓말이야! 난 크로셰 좋아해! 너도 내가 크로셰를 얼마나 좋아하는지 알잖아."

캐티는 화가 머리끝까지 난 채 회의실에서 나가버린다.

"카펜터스 노래를 들으며 눈물을 흘리죠." 잭이 화면에서 계속 떠든다. "아바를 좋아하지만 재즈는 굉장히 싫어하고……."

안 돼. 안 돼. 안 돼…….

코너는 마치 내가 자기 가슴에 말뚝을 박기라도 한 듯한 표정으로 날 바라본다.

"재즈를…… 싫어했어?"

왜, 모두들 앞에서 혼자 속옷만 입고 서 있는데 달아나고 싶어도 발이 떨어지지 않는 꿈을 꿀 때가 있지 않나. 지금이 딱 그 짝이다. 발이 떨어지지 않는다. 인정사정 안 봐 주는 잭의 목소리를 듣고 있자니 차라리 죽어 버리는 게 낫다는 생각이 들지만 어쩌지도 못하고 뚫어져라 앞만 바라보고 있다.

내 비밀들. 내 개인적이고 은밀한 비밀들이 TV에서 낱낱이 벗겨지고 있다. 워낙에 심하게 충격을 받은지라 TV에서 흘러나오는 말소리들이 귀에 하나도 들어오지 않는다.

"누군가와 처음으로 데이트를 할 땐 행운의 속옷을 꼭 입고…… 아파트 룸메이트에게서 명품 신발을 빌려 신고는 자기 신발인 척하고…… 킥복싱을 하는 척하고…… 자신이 과연 진실한 기독교인인가 회의를 가지고 있고…… 자기 가슴이 너무 작은 게 아닐까 걱정을 하는……."

난 더 이상 견딜 수가 없어서 눈을 질끈 감아 버린다. 내 가슴. 잭 하퍼가 내 가슴에 대해 얘기한다. 그것도 TV에서.

"외출해서는 굉장히 세련된 여자인 척하지만, 실제로 자기 침대에는……."

갑자기 겁이 나서 기절할 것만 같다.

안 돼. 안 돼. 제발 그 말만은 안 돼. 제발, 제발…….

"……바비 인형 그림이 들어간 커버를 씌워 놓았죠."

온 사방에서 웃음소리가 터져 나온다. 난 양손에 얼굴을 묻는다. 이건 그냥 창피한 수준을 넘은 거다. 원래 내가 바비 인형 침대 커버를 쓴다는 건 그 누구에게도 알려져선 안 되는 거였다. 그 누구에게도.

"그 여성은 섹시합니까?" 사회자의 질문에 심장이 덜컹 내려앉는다. 난 화면을 쳐다본다. 다음 대답이 두려워 숨도 쉴 수가 없다. 또 이상한 소리를 하는 거 아냐?

"굉장히 관능적인 여성입니다." 잭이 재깍 대답하자 회의실 안 사람들이 모두들 날 본다. "이 여성은 핸드백 안에 콘돔을 넣어 가지고 다닐 정도로 현대적인 여성이죠."

이럴 수가. 이보다 더 끔찍할 순 없다고 생각할 때마다 한층 더 끔찍한 얘기가 쏟아져 나온다.

엄마가 이 방송을 보신다고 했는데. 우리 엄마가.

"하지만 아직까지는 자신의 잠재력을 완전하게 발휘하지 못하고 있습니다…… 지금 자신의 모습에 만족을 느끼지 못해서 그런 것 같기도 합니다……."

코너를 쳐다볼 수가 없다. 그 누구도 쳐다보질 못하겠다.

"여러 가지 다양한 시도를 즐기는 여성입니다. 가끔은…… 글쎄요, 이렇게 말해도 될지 모르겠지만, 제일 친한 친구를 향해 동성애적인 환상 같은 것을 품고 있을지도 모르죠."

안 돼! 안 돼! 온몸에 경련이 일 것 같다. 집에서 리시가 이 방송을 보다가 토끼눈을 뜨고 헉 하면서 손으로 입을 막는 모습이 눈앞에 선하다. 리시는 분명 이게 자기 얘기라는 걸 알 거다. 아아, 이제 리시의 얼굴을 어떻게 보지?

"꿈 얘기라고요, 네?" 모두들 입을 딱 벌리고 날 쳐다보는 바람에 난 간신히 그렇게 외친다. "환상이 아니라 내가 꾼 꿈이었다고요. 엄연히 다른 얘기에요!"

TV에 몸을 던지고 싶다. 양팔로 화면을 가리고 싶다. 잭의 입을 막고 싶다.

그런다고 무슨 소용이 있겠어? 지금 전국 수백 만 가정에 수백 만 대의 TV가 켜져 있을 텐데. 전국의 시청자들이 지금 이 방송을 보고 있겠지.

"이 여성은 사랑과 로맨스의 존재를 믿습니다. 언젠가는 자신의 삶이 멋지게 변할 거란 믿음도 있고요. 다른 모든 사람들처럼 이 여성도 꿈과 희망을 가지고 있고 두려움과 걱정거리를 가지고 있습니다. 가끔은 무척이나 세상이 겁날 때도 있겠지요. 가끔은 아무도 자신을 사랑하지 않는다고 느낄 때도 있어요. 자신에게 가장 소중한 사람들에게서 영원히 인정을 받지 못할지도 모른다는 두려움을 가지고 있기도 하지요."

화면에 비친 잭의 따스하고 진지한 표정을 바라보고 있자니 갑자기 눈물이 고인다.

"하지만 이 여성은 용감하고 마음씨가 고와요. 끝까지 고개를 숙이지 않고 자신의 삶을 직시합니다……." 잭은 갑자기 꿈에서 깨어나듯 고개를 젓고는 사회자를 보며 미소를 짓는다. "아…… 죄송합니다. 왜 갑자기 이런 얘기를 했는지 모르겠군요. 얘기에 푹 빠져 조금 지나쳤던 것 같네요. 다른 얘기를……." 갑자기 사회자가 잭의 말을 자른다.

조금 지나쳤다고.

얘기에 푹 빠져 조금 지나쳤다고.

그게 조금 지나친 거라면 히틀러도 조금 지나쳤던 거게?

"색 하퍼 씨, 저희와의 인터뷰에 응해 주신 것에 감사드립니다." 사회자가 말한다. "다음 주에는 동기 부여 비디오의 카리스마 제왕 어니 파워스와의 인터뷰 편을 보내드리겠습니다. 지금까지 시청해 주신 시청자 여러분께도……."

사회자가 인사를 하고 프로그램 주제가가 흘러나오는 동안 모두들 화면을 쳐다본다. 그러곤 누군가가 앞으로 나서서 TV를 끈다.

일순간 회의실 안에 완벽한 적막이 흐른다. 모두들 입을 벌리고 날 바라본다. 내가 무슨 변명을 하기를 기다리는 것처럼. 내가 노래

나 춤이라도 선보이길 기다리는 것처럼. 몇몇은 딱하다는 얼굴을 하고 있고 몇몇은 호기심이 그득한 표정을 짓는다. 몇몇은 진짜 재미있는 구경거리라도 봤다는 표정을 짓고 있고, 몇몇은 '내가 엠마가 아닌 게 얼마나 다행이야' 하는 안도의 표정을 짓는다.

갑자기 동물원의 원숭이가 어떤 심정일지 이해가 간다.

내 평생 다시는 동물원에 가지 않으리.

"그런데…… 그런데 난 도저히 이해가 안 가네." 회의실 저편에서 목소리가 들린다. 모두의 고개가 코너 쪽으로 홱 돌아간다. 이건 마치 테니스 경기를 관전하는 것 같다. 코너가 새빨개진 얼굴로 잔뜩 혼란스런 표정을 지으며 날 바라본다. "어떻게 잭 하퍼가 엠마에 대해 그렇게 많은 걸 아는 거지?"

헉. 코너가 맨체스터 대학을 훌륭한 성적으로 졸업했다는 건 잘 알지만 가끔가다 보면 머리 돌아가는 게 진짜 느리다.

사람들의 고개가 다시 내 쪽으로 휙 돌아온다.

"난…….' 창피해서 온몸이 따끔거린다. "왜냐면 우리가…… 우리는…….'

차마 말할 수가 없다. 죽어도 못 한다.

말할 필요가 없다. 서서히 코너의 표정이 완전히 다른 성질의 것으로 바뀌기 시작한다.

"이럴 수가." 코너는 유령이라도 본 표정으로 날 바라본다. 거대한 유령이 온몸에 쇠사슬을 휘감고 우어어어! 소리를 지르기라도 한 것처럼.

"이럴 수가." 코너는 다시 한번 말한다. "아냐. 난 못 믿겠어."

"코너…….' 누군가가 코너의 어깨에 손을 얹지만 코너는 어깨를 흔들어 떨쳐 낸다.

"코너, 정말 미안해." 난 기어 들어가는 소리로 말한다.

"설마, 농담이겠지!" 회의실 구석에서 남자 하나가 외친다. 이 남자는 코너보다 더 둔한 모양이다. 지금에야 이해를 했다는 표정을 짓는다. 그 남자가 날 본다. "둘이서 그럼 얼마나 사귄 거야?"

그 말에 모두들 말문이 터진다. 갑자기 회의실 안에 있는 모든 사람들이 내게 질문을 던지기 시작한다. 사람들이 떠들어 대는 소리에 머릿속이 빙글빙글 돈다.

"회장이 영국에 온 게 그것 때문이었어? 엠마를 보려고?"

"회장이랑 결혼할 거야?"

"어머, 그러고 보니 몸무게가 60킬로가 넘을 것 같진 않다⋯⋯."

"정말로 바비 인형 무늬 침대 커버를 가지고 있어?"

"동성애적인 환상을 품고 있다며? 그 환상에 나오는 사람은 엠마랑 엠마 친구 딱 둘뿐이야? 아니면⋯⋯."

"회장이랑 사무실에서 섹스해 본 적 있어?"

"그래서 코너를 찬 거였어?"

여기까지가 한계다. 여기서 나가야겠다. 지금 당장.

사람들의 시선을 외면하며 난 비틀비틀 회의실을 나섰다. 복도를 지나면서, 몽롱한 머리로 당장 핸드백을 들고 회사에서 나가야겠다는 생각만 한다.

난 텅 빈 마케팅부서 사무실 안으로 들어간다. 여기저기에서 전화벨이 미친 듯이 울어 댄다. 이런 상황에서도 버릇은 어쩔 수 없는지 그 전화들을 무시해 버릴 수가 없다.

"여보세요?" 난 아무 거나 가까운 곳에 있는 전화기를 집어 든다.

"딱 걸렸어!" 제미마가 화난 목소리로 외친다. "아파트 룸메이트 한테서 명품 신발을 빌려 신고는 자기 신발인 척했단 말이지. 그게 그럼 누구 신발이겠어. 설마 리시 신발을 신고 나갔다는 말은 아니 겠지?"

"저기, 제미마, 나중에…… 미안…… 나 끊어야겠어." 난 다 죽어 가는 소리로 말하며 수화기를 내려놓는다.

더 이상 전화는 받지 마 핸드백 들고 얼른 가자.

떨리는 손으로 핸드백 지퍼를 닫는데 내 뒤를 따라 사무실 안으 로 들어온 사람들이 울려 대는 전화를 받는다.

"엠마, 할아버님이시라는데." 아르테미스가 손으로 전화기를 막 으며 말한다. "야간 버스가 뭐 어째서 다시는 엠마를 안 믿으시겠다 는데?"

"브리스톨 크림 홍보부에서 엠마를 찾아." 캐롤린이 말한다. "달 콤한 셰리 한 상자를 무료로 보내 주고 싶다는데, 어느 주소로 보내 면 되냐는데?"

"도대체 그 사람들이 내 이름은 어떻게 알았대요? 벌써 거기까지 소문이 난 건가요? 아니면 교환원이 회사로 전화하는 사람들한테 내 이름을 죄다 팔았대요?"

"엠마, 아버님 전화야." 닉이 말한다. "지금 당장 엠마와 통화를 하셔야겠다는데……."

"못 해요." 온몸이 마비된 것 같다. "아무와도 말 못 하겠어요. 전 이만…… 전 이만……."

난 재킷을 움켜쥐고 사무실에서 뛰어나가다시피 한다. 복도를 지 나 계단 쪽으로 간다. 인터뷰 방송을 보고 자기 사무실로 돌아가던 사람들이 종종걸음으로 지나가는 날 빤히 쳐다본다.

"엠마!" 계단에 다 왔을 때 피오나라는 잘 알지도 못하는 여자가 내 팔을 잡는다. 피오나는 몸무게가 140킬로그램쯤 나가는 여자인데 사무실에 더 큰 의자를 갖다놓고 출입문도 더 넓혀야 한다는 캠페인을 벌이고 있다. "자신의 몸을 수치스럽게 여겨선 안 돼. 기쁘게 받아들이라고! 조물주께서 엠마에게 준 몸이잖아! 매주 토요일에 워크숍을 하는데 거기 나오고 싶거든……."

난 기가 막혀서 그 여자의 팔을 뿌리치고는 또각거리며 대리석 계단을 내려간다. 그런데 1층에 도착하니 이번에는 또 다른 사람이 내 팔을 잡는다.

"저기요, 어느 중고 가게를 주로 애용하는지 가르쳐주면 안 돼요?" 이번에는 얼굴도 본 적 없는 여자다. "항상 보면 옷을 아주 잘 입는 것 같던데……."

"나도 바비 인형 좋아해!" 경리부의 캐롤 핀치가 갑자기 내 앞에 나타나며 말한다. "우리 같이 동호회라도 만들까, 엠마?"

"나…… 정말 가 봐야 해."

난 그들을 피해 마구 달려간다. 하지만 어디선가 끊임없이 사람들이 나타나 내 앞을 가로막는다.

"나도 서른이 넘어서야 내가 레즈비언인 줄 알게 되었어……."

"자신이 과연 진실한 기독교인인가에 대해 혼란을 느끼는 사람은 많아요. 여기, 우리 성경 공부 모임 팸플릿이에요……."

"그만 좀 해요!" 난 고통스럽게 외친다. "날 좀 가만히 내버려두면 안 돼요?"

난 현관을 향해 달린다. 사람들의 목소리가 날 따라오며 대리석 바닥에 반사되어 메아리를 남긴다. 묵직한 유리문을 밀어 여는데 경비인 데이브가 어슬렁거리며 다가와 내 가슴을 뚫어져라 들여다본다.

"내 눈에는 괜찮아 보이는구만." 데이브가 기운 내랍시고 하는 말이다.

난 마침내 유리문을 밀고 길가로 달려 나간다. 앞만 보고 한참을 달리다가 멈춰 서서 근처에 있는 벤치에 주저앉는다. 그러곤 양손에 얼굴을 묻었다.

온몸이 아직도 충격에서 깨어나질 못한다.

제대로 생각조차 할 수가 없다.

평생 이렇게 창피했던 적은 없다. 이렇게 망신살 뻗치기도 처음이다.

사랑이 아니었어

다시 발코니로 나가는데 온몸이 부들부들 떨린다. 모든 게 이런 식으로 끝나 버리다니 도저히 믿어지지 않는다. 완벽하기 이를 데 없던 내 로맨스가 하루 아침에 산산조각으로 깨어져 버렸다.

"괜찮아요, 엠마?"

벤치에 한 5분을 앉아 멍하니 인도만 바라보는 중이다. 머릿속이 빙글빙글 돈다. 정신이 없다. 사람들이 걸어 다니고, 버스가 부르릉 거리고 자동차들이 지나 다니는 일상의 소음을 뚫고 누군가의 목소리가 귓가에 들린다. 남자 목소리나. 난 눈을 뜬다. 밝은 햇빛이 눈부셔 눈을 몇 번 깜박거리고는 왠지 낯익은 녹색 눈동자를 흐릿한 시선으로 쳐다본다.

갑자기 누구인지 깨닫는다. 스무디 바에서 일하는 에이단이다.

"괜찮아요?" 에이단이 묻는다. "왜 그래요?"

몇 초 동안 난 대답을 할 수가 없다. 내 감정들이 바닥에 이리저리 널려 있다. 마치 홍차 쟁반을 떨어뜨린 것처럼. 어느 것부터 먼저 주워 담아야 할지 알 수가 없다.

"괜찮냐는 질문에 대한 답은 '아니요' 겠네요." 난 마침내 말한다. "괜찮지 않아요. 괜찮은 거랑은 거리가 멀어요."

"어." 에이단이 긴장하는 표정이다. "그럼…… 내가 뭐 도와줄 수 있는 거……."

"에이단이라면, 진심으로 믿었던 남자가 TV에 나와 자신의 모든 비밀을 다 까발려 버렸는데 괜찮을 수 있겠어요?" 난 떨리는 목소리로 말한다. "가족과 친구와 동료들이 모두 다 보는 앞에서 그런 수모를 겪었는데 당신이라면 괜찮을 수 있겠어요?"

침묵이 흐른다. 에이단은 어안이 벙벙한 모양이다.

"에이단이라면 어떻겠어요?"

"에…… 아마 괜찮지 않겠죠?" 에이단은 얼른 분위기에 맞춘다.

"내 말이 그거예요! 예를 들어 누군가가 대중들 앞에서 에이단이…… 에이단이 여자 속옷을 입는다고 밝혔다면 기분이 어떻겠어요?"

에이단의 얼굴이 창백하게 질린다.

"여자 속옷 입은 적 없어요!"

"에이단이 그렇지 않다는 거 알아요!" 난 차근차근 말한다. "뭐, 사실 실제로 어떤지야 난 모르지만, 어쨌거나 잠시만 자신이 그런다고 가정해 봐요. 그런데 그걸 누군가가 TV 비즈니스 인터뷰에서 시청자들한테 죄다 말해 버렸다면 기분이 어떨 것 같아요?"

에이단은 뚫어져라 날 바라본다. 드디어 뭔가를 알 것 같다는 표정이 에이단의 얼굴을 스치고 지나간다.

"저기, 잠깐만요. 그 잭 하퍼 씨의 인터뷰, 그 사람이 말하던 여자가 엠마였어요? 우리도 가게에서 그 방송을 봤어요."

"하, 잘했네요!" 난 양손을 허공에 번쩍 치켜든다. "정말 잘했어요. 그렇게 재미난 방송을 못보고 넘어갔으면 아마 평생 두고두고 후회했을 거예요."

"그럼 그게 진짜 엠마였군요? 하루에 별점을 열다섯 개씩 읽고 거짓말로……." 내 표정을 보고 에이단은 멈칫한다. "미안. 미안해요. 정말 큰 상처를 받았겠네요."

"네. 마음이 많이 아프네요. 화도 많이 났고요. 창피하기도 하고."

그리고 또 혼란스럽기도 하다. 너무나도 혼란스럽고 너무나도 충격적이고 너무나도 어리둥절하다. 정신이 하도 없어서 벤치 위에 균형을 잡고 앉아 있기조차 버겁다. 고작 몇 분 사이에 내 인생이 송두리째 변해 버렸다.

난 잭이 날 사랑한다고 생각했다. 난 잭이…….

난 잭과 내가…….

가슴이 찢어질 것 같아 손에 얼굴을 묻는다.

"그런데요, 그 사람이 어떻게 엠마에 대해 그렇게 잘 아는 거죠?" 에이단이 조심스럽게 묻는다. "혹시 엠마랑 그 사람…… 사귀는 거예요?"

"비행기 안에서 만났어요." 난 어떻게든 내 자신을 추슬러 보려고 노력하며 고개를 든다. "그리고…… 비행기 안에서 내내 내 자신에 대해 털어 놓았죠. 그리고 나서 데이트도 몇 번하고, 난 정말……." 목소리가 갈라진다. "난 정말 진심으로…… 무슨 말인지 알죠?" 내 뺨이 새빨갛게 물든다. "이번엔 정말인 줄 알았어요. 하지만 알고 보니 그 사람은 내게 흥미가 있었던 게 아니었던 거죠. 진심으로 날 대했던 게 아니었던 거예요. 그저 거리에서 흔히 마주치는 평범한

20대 여자가 어떤 사람인지 알고 싶었던 것뿐이에요. 주 고객층을 파악하기 위해서. 여성들을 겨냥한 상품들을 팔기 위해서.”

처음으로 깨닫는다. 눈물 한 방울이 뺨을 타고 흘러내리고 그 뒤를 따라 또 한 방울이 주르륵 흐른다.

잭은 날 이용한 거였어.

그래서 나보고 저녁을 함께 먹자고 했던 거였어. 나한테 그렇게 호기심을 가지고 이것저것 알고 싶어 했던 이유도 그거였어. 내가 하는 말이 다 신기하고 재미있던 건 다 그 때문이었던 거야. 그래서 내게 사로잡혔던 거였어.

사랑이 아니었어. 잭한테는 비즈니스였던 거야.

나도 모르게 목을 놓아 울고 만다.

“미안해요.” 난 꺽꺽대며 말한다. “미안해요. 그저…… 너무 충격을 받아서.”

“괜찮아요.” 에이단이 안됐다는 목소리로 말한다. “자연스러운 반응이에요.” 그러면서 고개를 흔든다. “기업이 어떻게 돌아가는지 난 잘 모르지만, 꼭대기까지 올라가려면 분명히 많은 사람들을 밟고 올라가야 했을 거예요. 성공하려면 잔인한 구석이 있어야 할 테죠.” 에이단은 내가 어떻게든 울음을 그쳐 보려고 노력하는 모습을 지켜본다. “엠마, 내가 조언 하나만 해도 될까요?”

“뭔데요?” 난 눈물을 훔치며 묻는다.

“킥복싱을 하면서 울분을 쏟아요. 지금 이 순간의 분노를 거기에 쏟아 부어요. 상처받은 마음을 그렇게 달래는 거예요.”

난 기가 막힌 눈으로 에이단을 쳐다본다. 아니, 방송을 제대로 보기나 한 거야?

"에이단, 난 킥복싱 안 한다고요!" 난 소리를 빽 질러 버린다. "킥복싱 안 해요, 알겠어요? 해본 적도 없다고요!"

"네?" 에이단은 혼란스러운 표정을 짓는다. "하지만 전에는……."

"거짓말이었다고요!"

짧은 침묵이 흐른다.

"아, 맞다." 에이단이 마침내 입을 뗀다. "뭐…… 그래도 괜찮아요! 킥복싱보다 좀 덜 과격한 걸로 하면 되니까. 태극권 같은 것도 괜찮고……." 에이단이 날 애매한 시선으로 바라본다. "저기, 뭐 마시지 않을래요? 마음을 진정시킬 수 있는 거 어때요? 망고바나나 스무디에 카모마일 꽃을 섞고 거기에 진정효과가 있는 육두구 같은 걸 넣어 줄게요."

"사양할게요." 난 코를 팽 풀고 심호흡을 한 뒤 가방을 챙겨 일어선다. "지금은 그냥 집에 가는 게 좋을 것 같아요."

"괜찮겠어요?"

"괜찮을 거예요." 난 억지로 미소를 짓는다. "괜찮아질 거예요."

물론 그것도 역시 거짓말이었다. 난 전혀 괜찮지가 않다. 집으로 가는 전철에서 좌석에 앉는데 뺨에 눈물이 주르륵 주르륵 흘러내린다. 턱 끝에서 똑똑 떨어진 굵은 눈물방울이 치맛자락에 떨어진다. 주위 사람들이 흘끔흘끔 보지만 난 개의치 않는다. 저 정도로 내가 신경을 쓸 리가 없잖아? 상상조차 불가능한 최악의 시나리오로 온갖 수모와 수치를 겪을 만큼 겪지 않았던가. 그러니 몇몇 사람들이 여기저기에서 신기한 눈으로 날 쳐다본들 조금도 신경이 쓰이지 않는 게 당연하다.

난 완전 바보가 된 느낌이다. 바보 머저리.

영혼의 공명은 무슨 얼어 죽을 영혼의 공명. 상대방이 나한테 관심이 없는데 어찌 천생연분이 될 수가 있어. 날 한번도 사랑하지 않은 남자와 어떻게 천생연분일 수가 있냐고.

상처를 헤집은 듯 다시 예리한 아픔이 덮쳐서 난 가방 속을 더듬거려 휴지를 찾는다.

"걱정 말아요, 아가씨." 내 왼쪽에 앉은 몸집이 좀 있는 여자가 말한다. 여자는 파인애플 무늬가 박힌 헐렁한 나염 원피스를 입고 있다. "그렇게 눈물 흘릴 가치도 없는 남자유! 집에 가서 세수를 하고 홍차 한 잔 마시고 나면……."

"남자 문제 때문에 운다는 보장은 없잖아요?" 짙은 색 정장을 입은 여자가 상당히 공격적으로 말한다. "그런 건 정말 케케묵은, 남성 중심주의에서 나온 시각이라고요. 여자가 살다 보면 눈물 흘릴 일이 한두 가지겠어요? 음악이나 시 한 줄에 감동을 할 수도 있는 거고, 세계의 기근 문제에 가슴이 아플 수도 있는 거고, 중동의 정치 상황이 걱정될 수도 있는 거잖아요." 여자는 기대로 가득한 시선으로 내 대답을 기다린다.

"남자 때문에 우는 거 맞는데요." 난 느릿느릿 대답한다.

전철이 멎자 짙은 색 정장의 여자는 한심하다는 표정으로 우리를 쓱 꼬나본 뒤 내린다. 파인애플 옷을 입은 여자도 한심하다는 표정을 지어 준다.

"세계의 기근!" 여자는 팽 코웃음을 친다. 그 소리에 난 나도 모르게 키득거리는 소리 비슷한 것을 낸다. "자아, 자, 걱정할 거 하나 없어요, 아가씨." 여자는 내 어깨를 쓰다듬는다. 난 눈꼬리를 닦는다. "집에 가서 홍차 한잔 진하게 마시고, 초콜릿 비스킷 몇 개 집어먹고, 엄마와 시시콜콜한 얘기를 하다 보면 그런 건 금방…… 아, 엄마는 계시는 거 맞죠?"

"계시긴 한데 지금은 서로 대화를 피하는 중이에요." 난 고백한다.

"그럼 아버지는?"

난 말없이 고개만 도리도리한다.

"저런…… 그럼 제일 친한 친구 어때? 제일 친한 친구 없는 사람은 없잖아!" 파인애플 옷 여자는 내게 그것 봐라, 힘내라 하는 표정을 짓는다.

"네, 제일 친한 친구는 있어요." 난 꼴깍 침을 삼킨다. "하지만 그애도 조금 전에 내가 자기한테 은밀하게 동성애적인 환상을 품고 있었다는 방송을 본지라 어떻게 될지 모르겠네요."

파인애플 여자는 아무 말 없이 날 한참 바라본다.

"홍차 한잔 마셔요." 여자는 마침내 아까보다는 훨씬 더 자신감 있는 목소리로 말한다. "그리고…… 행운을 빌어요, 아가씨."

전철역에서부터 발을 질질 끌며 집으로 돌아간다. 집 앞 모퉁이에서 잠깐 멈춰 서서 코를 팽 풀고 몇 차례 심호흡을 한다. 꽉 막힌 것 같던 가슴의 통증이 조금은 누그러든다. 그러고 나니 마음이 조마조마 두근두근 긴장이 된다.

잭이 방송에서 하는 말을 분명히 들었을 텐데 무슨 낯으로 리시를 보지?

리시와는 정말 오랫동안 알고 지낸 사이다. 리시 앞에서 창피한 꼴을 보인 것도 한두 번이 아니다. 하지만 그 무엇도 오늘 일에 견줄 수준은 아니었다.

리시의 부모님 화장실 바닥에 온통 토해 버렸을 때보다 더 심하다. 내가 거울에 비친 내 모습에 입맞추며 섹시한 목소리로 '넌 너무 섹시해' 라고 말하는 모습을 리시에게 들켰을 때보다 더 창피하다. 학창 시절에 수학 담당이신 블레이크 선생님에게 밸런타인데이 카드를 쓰다가 들켰을 때보다 훨씬 더 죽고 싶단 생각이 든다.

그럴 가능성은 정말 극히 희박하지만, 리시가 방송을 보다가 갑자기 무슨 일이 생겨 외출을 해서 집에 없기만을 바라고 또 바랐다. 하지만 내가 아파트 문을 여는 순간 부엌에 있던 리시가 현관까지 나오는 게 아닌가. 리시의 얼굴을 본 순간 난 모든 사태를 파악한다. 리시 역시 당황해서 어쩔 줄 모르고 있다는 것을.

이렇게 되고 말았구나. 잭은 날 배신한 것만으로도 모자라 내 제일 친한 친구와의 우정마저 짓밟아놓은 거다. 나와 리시와의 관계는 이제 절대 예전의 모습으로 돌아갈 수 없을 거다. 영화 〈해리가 샐리를 만났을 때〉와 같다. 친구 사이에 섹스가 끼게 되면 더 이상 친구로 남을 수 없는 거다. 왜냐면 이제 우린 서로와 자고 싶어질 테니까.

아니, 조금 전 생각 취소. 지금 무슨 헛소리를 하는 거야? 우리가 왜 같이 자고 싶어진다는 건데. 우리가 원하는 건…… 아니지, 지금의 논점은 우리가 뭘 원치 않느냐는 거니까…….

아우. 헷갈려. 내가 왜 이러지? 이건 좀 불길한데.

"어머." 리시가 바닥만 내려다보며 말한다. "어…… 음…… 왔어?"

“응.” 난 기어 들어가는 목소리로 말한다. “차라리 조퇴하는 게 나을 것 같아서 왔어. 사무실에 있기가…… 너무 힘들어서…….”

난 말꼬리를 흐린다. 잠시 침묵이 흐른다. 언제 폭탄이 터질지 몰라 가슴이 조마조마해서 견딜 수가 없다.

“너도…… 본 모양이구나.” 난 마침내 입을 연다.

“으응. 봤어.” 리시는 여전히 바닥만 내려다본다. “나…….” 리시는 헛기침을 한다. “만약에 내가 아파트에서 나가길 원하면…… 그렇게 할게.”

뜨거운 것이 왈칵 치민다. 이럴 줄 알았어. 우리의 21년 우정이 이렇게 끝나는구나. 내 작디작은 비밀 하나가 새어나간 덕분에 우리의 모든 것이 끝나 버렸다.

“괜찮아.” 엉엉 소리 내어 울고 싶다. “그냥 차라리 내가 나갈게.”

“아냐!” 리시가 어색하게 외친다. “내가 나갈게. 뭐, 네가 잘못한 것도 아니잖아, 엠마. 잘못이 있다면 오히려…… 널 혼란스럽게 만들고 오해를 살 만한 행동을 한 내 쪽에 있는 거지.”

“뭐?” 난 리시를 멍하니 바라본다. “리시, 넌 그런 적 없어!”

“아냐, 내가 잘못한 거야.” 리시는 무척이나 괴로운 표정을 짓는다. “정말 미안해. 네가 나한테…… 그런 감정 품고 있었던 줄은 정말 몰랐어.”

“그렇지 않대도!”

“하지만 이젠 알겠어. 나 집 안에서 반쯤 벗고 돌아다니고 그랬잖아. 네가 그런 날 보면서 얼마나 괴로웠을까.”

“그런 적 없어.” 난 얼른 말한다. “리시, 난 레즈비언이 아냐.”

“그럼 바이섹슈얼이라고 하든가, 아니면 양성애자라고 하든가.

네가 쓰고 싶은 표현을 써.”

“바이섹슈얼 아니래도! 양성애자건 뭐건 그것도 아니란 말이야.”

“엠마, 이러지 않아도 돼.” 리시가 내 손을 꼭 잡는다. “네 성 정체성을 창피하게 여기지 마. 그리고 난 있지, 네가 어느 쪽을 선택하건 관계없이 100퍼센트 네 편이야.”

“양성애자가 아니라니까! 그리고 내 편 들어 줄 필요도 없어! 꿈 한번 꾼 것뿐이야. 평소에 그런 환상을 가지고 있는 게 아니라, 어쩌다가 내 의지와는 상관없이 굉장히 이상한 꿈을 딱 한번 꿨던 것뿐이라고. 고작 그런 꿈 한번 꿨다고 내가 레즈비언이 되어야 하는 거야? 그런 꿈 한번 꿨다고 내가 남몰래 널 짝사랑하고 있었다는 게 되는 거야? 아무런 의미도 없는 꿈이었다고.”

침묵이 흐른다. 리시는 잠시 당황한 표정이다. “어, 그런 거구나. 난 네가…… 에…… 그러니까…… 무슨 말인지 알지?” 리시는 헛기침을 한다. “난 또 네가…….”

“아니라니까! 그냥 그런 꿈 한번 꾼 게 전부야. 그것도 진짜 딱 한 번이었다고.”

“어, 그래.”

이번에는 꽤 오랜 침묵이 흐른다. 리시는 내내 자기 손톱만 뚫어져라 열심히 들여다본다. 난 손목시계 버클에 시선을 고정한다.

“저기, 네 꿈속에서 우리 진짜로…….” 리시가 마침내 말문을 연다.

“어, 뭐, 대략.” 난 솔직하게 대답한다.

“나…… 잘하던?”

“뭐?” 난 입을 떡 벌리고 리시를 본다.

“꿈속에서 말이야.” 리시는 뺨을 새빨갛게 물들이며 날 똑바로 바라본다. “나 괜찮았냐고.”

“저기, 리시…….” 난 곤란하다는 표정을 짓는다.

“꽝이었지? 그랬지? 내 그럴 줄 알았다니까!”

“무슨 소리야, 네가 꽝이었을 리가 없잖아!” 난 외쳤다. “넌 굉장히…… 진짜로 너 아주…….”

꿈속에서 레즈비언으로서의 내 제일 친한 친구가 얼마나 끝내 줬느냐, 뭐 이따위 말도 안 되는 얘기를 내가 하고 있다는 게 믿어지지 않는다.

“저기, 이 얘기 그만 하면 안 될까? 안 그래도 오늘 창피해서 죽는 줄 알았는데 꼭 이런 얘기까지 해야 하는 거야?”

“아, 맞다. 참, 그랬지.” 갑자기 리시가 후회로 가득한 표정을 짓는다. “미안, 엠마. 안 그래도 너 지금 기분이…….”

“창피하고 수치스러워서 죽고 싶고 배신감을 느낄 거라고?” 난 억지로 미소를 짓는다. “아닌 게 아니라, 지금 내 기분이 딱 그렇네.”

“그럼 회사에서도 그 방송을 본 사람이 있는 거야?” 리시가 딱하다는 듯 묻는다.

“회사에서도 그 방송을 본 사람이 있냐고? 리시, 회사 사람들 모두가 다 봤어. 그게 내 얘기라는 것도 전부 다 알고! 다들 날 비웃더라. 정말 회사 옥상에서 투신 자살이라도 하고 싶었다고…….”

“어쩜 좋니.” 리시는 괴롭다는 표정을 짓는다. “정말이야?”

“진짜 죽고 싶었어.” 수치심이 새삼 밀려드는 바람에 난 두 눈을 질끈 감는다. “내 평생 이렇게 망신살 뻗쳐 보기도 처음이었어. 완전히…… 발가벗겨진 느낌이었다고. 온 세상 사람들 모두 내가 T자 팬티를 갑갑하게 생각한다는 걸 알아 버렸어. 내가 킥복싱을 안 한다는 것도, 찰스 디킨스 소설을 읽은 적이 없다는 것도 알았다고.” 목소리가 점점 갈라지기 시작하더니 난 어느새 목을 놓아 꺼이꺼이 울기 시작한다. “죽고 싶어. 네 말이 맞았어, 리시. 난 왜 이렇게…… 바보니. 처음부터 잭은 날 이용할 생각밖에 없었던 거야. 나한테 진심으로 관심을 가졌던 게 아니었어. 난 그저…… 마케팅 연구 대상일 뿐이었던 거야.”

“그건 모르는 거잖아!” 리시가 당황하며 말한다.

“모르긴 뭘 몰라! 나도 이젠 안다고. 그래서 나한테 사로잡혔다는 소리를 한 거였어. 내가 하는 말에 그렇게 열심히 귀 기울여 줬던 게 다 그것 때문이었던 거야. 날 사랑해서 그런 게 아니야. 내가 자신이 노리는 주 고객층이란 걸 깨달았기 때문이었어. 바로 옆에 있었으니 얼마나 편리했겠어? 그게 아니라면 거리에서 흔히 볼 수 있는 평범한 여자 따위에게 잭 하퍼 정도의 인간이 시간을 허비할 이유가 없지!” 난 또 한번 엉엉 소리를 낸다. “자기 입으로도 방송에서 말했잖아, 안 그래? 난 특별할 것 하나 없는 여자라고.”

“그렇지 않아.” 리시가 격하게 말한다. “넌 특별할 것 하나 없는 여자가 아냐!”

“아냐! 그 말이 딱 맞아. 난 평범하고 아무것도 아닌 여자야. 거기다가 머리까지 나쁘지. 난 정말 너무 쉽게 믿어 버렸어. 정말로 잭이 날 사랑한다고 생각했다고. 아니, 정확하게 따져서 사랑까지는 아니었지만.” 얼굴이 달아오르는 게 느껴진다. “하지만…… 무슨 말인지 너도 알지? 잭이 나와 같은 마음인 줄 알았다는 거야.”

“알아.” 리시 역시 금방이라도 울음을 터뜨릴 것 같은 표정이다. “네 마음 다 알아.” 리시는 내게로 한 걸음 다가와 날 꼭 끌어안는다.

그러고는 갑자기 어색하게 뒷걸음질을 친다. “혹시 내가 이런다고 네가 불편한 건 아니지? 그러니까 내 말은, 내가 이렇게 한다고 네가…… 흥분되거나 하는 건…….”

“리시, 마지막으로 한번만 더 말하겠는데 나 레즈비언 아니라니까!” 난 정말 화가 머리끝까지 나서 외친다.

“알았어!” 리시가 얼른 대답한다. “알았다고. 미안.” 리시는 다시 한번 날 끌어안았다가 일어선다. “일어나.” 리시가 말한다. “술이라도 한잔 해야지.”

우린 콧구멍만 한 발코니로 나간다. 맨 처음 이 아파트를 세낼 때 집주인은 ‘커다란 지붕 달린 테라스’가 딸려 있다고 거짓말을 했다. 우린 볕 잘 드는 곳에 앉아 리시가 작년에 면세점에서 산 독주를 마신다. 한 모금 마실 때마다 입 안에 불이 붙은 듯 화끈거리지만 5초만 참으면 금세 온몸을 따스하게 데워 주는 훈훈한 온기로 변한다.

“왜 눈치를 못 챘을까.” 난 술잔을 늘여다보며 말한다. “그 사람처럼 잘나가는 백만장자가 나 같은 여자한테 진심으로 관심을 가질 리가 없다는 걸 왜 몰랐을까.”

“난 도저히 믿을 수가 없어.” 리시가 한숨을 내쉬며 말한다. 이번이 몇 번째일까, 한 천 번쯤 한숨을 쉬는 것 같다. “그게 다 거짓말이었다는 거 난 못 믿겠어. 그렇게나 로맨틱했는데. 미국으로 돌아가려다가 마음을 바꾼 것 하며…… 그때 그 버스 사건도 그렇고…… 너한테 그 분홍색 칵테일을 구해다 준 것도 그렇고…….”

"바로 그렇지." 또다시 눈에 눈물이 고이는 걸 느끼고 억지로 눈을 깜박거려 눈물을 참는다. "그래서 더더욱 수치스러운 거지. 내가 뭘 좋아할지 정확하게 판단하고 있었다니까. 비행기 안에서 내가 코너에게 싫증을 느끼고 있다는 얘기를 그 사람한테 했어. 내가 흥미진진하고 신나고 멋진 로맨스를 바란다는 걸 알았던 거지. 내가 좋아한다고 했던 것만 골라서 내 앞에 갖다 바쳤으니 내가 어떻게 안 넘어갈 수가 있겠어? 그걸 다 진심이라고 믿어 버렸던 거야. 그렇게 믿고 싶었으니까."

"그 사람이 한 모든 일이 다 쇼였다고 생각해?" 리시가 입술을 깨문다.

"당연하지." 난 눈물을 글썽거리며 말한다. "일부러 내 뒤를 쫓아다니면서 내가 하는 행동을 하나하나 관찰했어. 내 삶으로 들어오고 싶었을 테지. 그때도 봐. 집으로 들어와서 내 침실 안을 살펴보던 거 기억하지? 왜 그렇게 관심이 많나 했어. 보나마나 다 자세하게 써 놨을 거야. 아마 주머니에 녹음기를 넣고 다녔을지도 모르지. 난 바보같이…… 그 사람을 내 삶 속으로 초대해 버렸어." 난 술을 한 모금 꿀꺽 마신 뒤 부르르 진저리를 친다. "다시는 남자 안 믿을 거야. 다시는."

"정말 괜찮은 남자 같아 보였는데." 리시가 서글프게 말한다. "그 사람이 그렇게 못된 꿍꿍이를 가지고 있었다니 믿을 수가 없어."

"리시……." 난 고개를 든다. "잔인하지 못하고, 다른 사람들 머리를 밟고 올라서지 못하는 사람들은 그 사람처럼 꼭대기까지 가지도 못해. 원래 사는 게 그런 거야."

"진짜 그렇네." 리시가 미간을 찌푸리며 날 본다. "네 말 듣고 보니 그렇다. 하, 참. 굉장히 우울한 얘기다.”

“거기 엠마야?” 제미마가 하얀 가운을 입고 얼굴에 팩을 바른 모습으로 발코니에 나타난다. 제미마는 날 보더니 화난 표정으로 눈을 가늘게 뜬다. “거짓말쟁이 아가씨가 돌아오셨구만. 뭐? 네 옷 빌려 입은 적 없어? 내 프라다 끈 샌들에 대해서도 어디 한 마디 해보시지?”

지금 이 상황에선 거짓말 해봐야 도움될 거 하나 없겠지?

“그 샌들, 앞코가 너무 뾰족하고 불편하더란 말을 해야 하나?” 내가 어깻짓을 하며 말하자 제미마는 숨을 헉 들이마신다.

“그럴 줄 알았어! 내 진작부터 이럴 줄 알았지. 너, 내 옷 훔쳐 입었지? 내 조세프 점퍼도 입었지? 내 구찌 백도 들었지?”

“어떤 구찌 백?” 난 제법 뻔뻔스런 표정으로 되묻는다.

잠시 제미마는 할 말을 잃은 표정이다.

“내 백 전부 다!” 마침내 말을 잇는다. “너, 내가 고소할 수도 있다는 거 알아? 이것 좀 봐!” 제미마는 내 앞에 종이를 불쑥 들이민다. “지난 3개월 동안 나 아닌 다른 사람이 입었던 걸로 추정되는 옷들의 목록이야.”

“아, 옷 몇 벌 가지고 진짜 난리네.” 리시가 말한다. “엠마가 지금 얼마나 기분이 안 좋은지 알아? 자기를 사랑하는 줄 알았던 남자한테서 완전히 배신에다 모욕을 당했다고.”

“어머, 놀라워라. 충격이 커서 기절할 것 같네.” 제미마가 잔뜩 비꼬아서 말한다. “내가 이렇게 될 거라고 말했지? 내가 말 했어, 안 했어? 남자한테 네 얘기를 하면 안 된다고 말했잖아. 그래 봐야 문제밖에 안 생긴다고 그랬지? 내가 경고했어, 안 했어?”

"그냥 약지에 다이아몬드 반지 끼고 다닐 일은 없을 거라고밖에 안 했어!" 리시가 바락 외친다. "그 남자가 TV에 나와서 온 세상에 대고 얘의 은밀한 비밀을 몽땅 다 폭로해 버릴 거란 말은 한 적 없어. 제미마, 이 상황에선 좀 더 친구를 걱정하는 게 도리 아니니?"

"아냐, 리시. 제미마 말이 맞아." 난 처절하게 말한다. "제미마가 했던 말이 구구절절 옳았던 거야. 내가 입만 다물었더라면 이런 일은 벌어지지도 않았을 거야." 난 술병을 들어 내 잔에 넘치게 술을 따른다. "남녀관계는 전쟁인 거 맞아. 체스 게임인 거 맞아. 내가 무슨 짓을 했나 보라고! 내가 가진 체스 말들을 판 위에 한꺼번에 쏟아 부었잖아. '여기, 전부 다 가져가세요!' 한 거지." 난 술을 꿀꺽꿀꺽 마신다. "남자와 여자는 서로 아무 말도 하면 안 되는 거였어. 아무 말도 하면 안 돼."

"그 말엔 동의한다." 제미마가 말한다. "난 나중에 결혼할 사람한텐 되도록 아무 얘기도 하지 않으려고 해." 그 순간 제미마의 손에 들린 무선 전화기가 삐리릭 울린다.

"여보세요." 제미마가 전화를 받는다. "누구요? 카밀라요? 아, 네…… 저기, 잠깐만 기다리세요."

제미마는 손으로 송화구를 막으며 토끼눈으로 날 본다. "잭이래!" 제미마가 입 모양을 만들어 보인다.

난 기가 막힌다는 표정으로 제미마를 본다.

잠시 동안 잭이 이 세상에 아직도 존재하고 있다는 것조차 까맣게 잊고 있었다. TV 화면에서 미소를 머금고 고개를 끄덕이며 날 파멸로 이끌던 잭의 얼굴이 떠오른다.

"엠마는 당신이랑 통화하길 원치 않는다고 말해 버려!" 리시가 분통을 터뜨린다.

"아냐! 차라리 얘기를 하는 게 나아." 제미마가 말한다. "안 그러면 이 사람은 자기가 이겼다고 생각할걸?"

"하지만 그래도……."

"나 줘." 난 전화기를 제미마의 손에서 낚아챈다. 심장이 두방망이질을 친다. "여보세요." 난 최대한 침착하고 냉랭한 목소리로 전화를 받는다.

"엠마, 나야." 귀에 익은 잭의 목소리. 전혀 예상치도 않게 무수한 감정들이 걷잡을 수 없이 밀려든다. 울고 싶다. 뺨이라도 때려 주고 싶다. 잭에게도 상처를 주고 싶다…….

하지만 간신히 내 자신을 다잡는다.

"다시는 하퍼 씨와 얘기하고 싶지 않아요." 난 그렇게 말한 뒤 전화를 끊고 헐떡거린다.

"잘했어!" 리시가 외친다.

바로 그 순간 전화가 다시 울린다.

"엠마, 부탁이야." 잭이 말한다. "잠깐만 내 말을 들어 줘. 몹시 기분 상했으리란 거 알아. 하지만 내세 잠시만 설명할 기회를 주면……."

"내 말 못 들었어요?" 난 얼굴을 붉히며 언성을 높인다. "당신은 날 이용하고 내게 수치심을 안겨 줬어요. 다시는 당신과 말하고 싶지도 않고, 보고 싶지도 않고, 당신 소식 듣고 싶지도 않고 또……또……."

"만지고 싶지도 않다고 그래!" 제미마가 옆에서 지도에 들어간다.

"당신과 손끝 하나 스치고 싶지 않아요, 다시는. 알겠어요?" 난 전화를 끊고 집 안으로 들어가 거칠게 전화선을 뽑아 버린다. 그러곤 핸드백 속에서 울기 시작한 내 휴대전화를 꺼내 떨리는 손으로 전원을 꺼 버린다.

다시 발코니로 나가는데 온몸이 부들부들 떨린다. 모든 게 이런 식으로 끝나 버리다니 도저히 믿어지지 않는다. 완벽하기 이를 데 없던 내 로맨스가 하루아침에 산산조각으로 깨어져 버렸다.

"괜찮아?" 리시가 걱정스럽게 묻는다.

"괜찮은 것 같아." 난 의자에 무너지듯 앉는다. "좀 떨리긴 하지만."

"엠마." 제미마가 자기 손톱을 들여다보며 말한다. "지금 널 재촉하려거나 하는 건 아니지만 뭘 해야 하는지는 알고 있겠지?"

"뭐? 그게 무슨 소리야?"

"아, 복수를 해야지, 복수를!" 제미마는 고개를 들고 단호하게 말한다. "그 인간도 당해 봐야할 거 아냐."

"어우, 야." 리시는 얼굴을 찡그린다. "복수하는 게 더 추하지 않니? 그냥 깨끗하게 등 돌리고 마는 게 낫지 않아?"

"깨끗하게 등 돌린다고 하늘에서 돈이 떨어져, 남자가 떨어져?" 제미마는 코웃음을 친다. "등 돌린다고 그 인간이 정신 차릴 줄 알아? 등 돌린다고 그 인간이 자기가 왜 널 배신했던가 땅을 치고 후회할 줄 알아?"

"엠마와 난 원래 도덕적으로 흠 잡힐 짓은 하지 않는 걸 원칙으로 삼아 왔어." 리시는 지지 않고 맞선다. "조지 허버트가 이렇게 말했지. 잘 사는 게 최고의 복수라고."

제미마는 멍한 표정으로 잠시 눈을 깜박인다.

"그거야 내가 알 바 아니고." 제미마는 마침내 그렇게 말하며 날 본다. "도움이 필요하다면 기꺼이 돕겠어. 사실 이렇게 말하긴 좀 뭐하지만 복수는 내 전공이거든……."

난 리시의 시선을 피한다.

"대충 어떤 방법이 있는데?"

"차를 긁어 놓거나 양복을 가위질해 놓거나, 그 집 응접실 커튼 안쪽에 생선을 꿰매 붙여 놓고 썩기를 기다리거나……." 제미마는 늘상 외우고 다니는 시 구절을 암송하듯 술술술 읊어 댄다.

"부잣집 아가씨들 학교에서 그런 것도 가르치던?" 리시가 눈을 떼구르르 굴린다.

"왜 이러셔, 난 진정한 페미니스트라고." 제미마가 반박한다. "여자의 권리는 여자가 나서서 챙겨야 하는 거야. 있지, 우리 엄마는 아빠와 결혼하기 전에 어떤 과학자를 사귀셨다가 그 남자에게 완전히 버림받다시피 하셨대. 결혼하기로 해 놓고선 결혼식 3주 전에 파혼을 선언하더라나 뭐라나. 기가 막히지? 그래서 엄마는 어느 날 밤 그 남자 실험실에 몰래 숨어들어 가서 선기 제품의 플러그란 플러그는 죄다 뽑아 놓으셨다는 거야. 당연히 그 사람이 연구하던 건 다 엉망이 되어 버렸지. 엄마는 항상 입버릇처럼 말씀하셔. 그 정도면 에머슨도 따끔한 교훈을 얻었을 거라고 말이야."

"에머슨?" 리시는 믿어지지 않는다는 목소리로 되묻는다. "에머슨이라면…… 그 에머슨 데이비스를 말하는 거야?"

"그래, 맞다! 성이 데이비스라던 것 같다."

"천연두의 치료법을 발견한 거나 다름없는 바로 그 에머슨 데이

비스?"

"그러게, 건드릴 만한 사람을 건드렸어야지." 제미마가 도도하게 턱을 치켜든다. 그러더니 다시 날 바라본다. "엄마에게서 전수받은 또 한 가지 비법은 고추기름을 쓰는 거야. 무슨 수를 써서건 그 남자랑 다시 잘 기회를 만들어. 그런 다음에 이렇게 말하는 거야. '마사지 오일 같은 거 좀 발라줄까?' 그 다음엔 그 고추기름을 그 자식의…… 어딘지 알지?" 제미마는 눈을 반짝인다. "제일 중요한 곳이 아파 보면 자식도 정신을 차리겠지!"

"너희 어머니가 너한테 이런 얘기를 해 주셨다고?" 리시가 묻는다.

"응." 제미마가 말한다. "진짜로 뼈가 되고 살이 되는 조언 아니니? 내 열여덟 살 생일에 엄마가 날 불러 앉혀 놓고서 남녀 관계에 대해 말씀해주실 게 있다고 하시는 거야."

리시는 기막혀하며 제미마를 바라본다.

"그러고 나서 너한테 남자 성기에 고추기름을 바르란 말씀을 하셨단 말이야?"

"나한테 잘못을 했을 때에만 그러란 거지." 제미마는 짜증 섞인 목소리로 말한다. "도대체 넌 문제가 뭐야, 리시? 그럼 넌 남자가 자기 멋대로 널 짓밟아도 그냥 곱게 보내줘야 한다는 거야? 페미니즘 정신은 어디로 가고?"

"그렇다는 게 아니라, 난 단지…… 고추기름 따위를 쓰는 게 진정한 복수는 아니라는 거지!"

"그럼 너라면 어떻게 할 건데, 똑똑이 아가씨?" 제미마가 허리에 양손을 척 걸치며 묻는다.

“좋아.” 리시가 말한다. “만약에 내가 진짜로 치사하게 복수를 하겠다 치면…… 뭐, 개인적으로는 아무것도 안 하고 넘어가는 게 그리 큰 실수라고 생각하진 않지만…….” 리시는 잠시 호흡을 고른다. “난 그 사람이 했던 그대로 해 주겠어. 그 사람의 비밀을 까발릴 거야!”

“그거…… 제법 괜찮은 아이디어네?” 제미마는 못마땅하지만 어쩔 수 없다는 투로 인정한다.

“수치스럽게 만들어 주는 거야.” 리시가 조금은 악랄한 표정을 짓는다. “망신살 뻗치게 만들어 주는 거야. 자기가 당하면 어떤 기분인지 알려 주는 거지.”

둘이서 기대에 찬 표정으로 날 바라본다.

“하지만 난 그 사람 비밀을 아무것도 모르는데?”

“그럴 리가 없어!” 제미마가 말한다.

“한 가지 정도는 알 거 아냐!”

“진짜 몰라.” 다시금 창피하다는 생각이 든다. “리시, 네 말이 맞았어. 우리 관계는 완전 일방통행이었다고. 난 내 비밀은 하나도 남김없이 다 딜어놓았는데 그 사람은 내세 한 마니도 하시 않았어. 내겐 아무 말도 해 주질 않았다고. 우린 천생연분이 아니었어. 나 혼자 헛된 망상을 품었던 거라고. 난 왜 이렇게 모자란 거지?”

“엠마, 그렇지 않아.” 리시는 날 달래듯 내 손에 자기 손을 포갠다. “넌 그냥 그 사람을 믿었던 것뿐이야.”

“믿은 거나 모자란 거나 그게 그거지.”

“그래도 한 가지쯤은 아는 게 있을 거 아냐!” 제미마가 닦달을 한다. “그 사람이랑 잠까지 잤는데 어떻게 아무것도 모를 수가 있어!

뭔가 비밀이 있을 거야. 뭔 약점이라도 있을 거 아냐."

"그래, 아킬레스의 뒤꿈치 같은 거." 리시의 말에 제미마는 무슨 뚱딴지 같은 소리냐는 표정을 짓는다.

"아니, 꼭 발에 관계된 게 아니라도 돼." 제미마는 그렇게 말하며 나한테 '리시가 미쳤나 봐' 하는 표정을 지어 보인다. "아무 거나 괜찮아. 뭐든 괜찮으니까, 생각을 좀 해보라고!"

난 눈을 꼭 감고 기억을 더듬어 본다. 술을 너무 많이 마셔서 어찔어찔하다. 비밀이라…… 잭의 비밀…… 뭐가 있을까…….

스코틀랜드. 갑자기 한 줄기 조리가 서는 생각이 머리를 스치고 지나간다. 난 번쩍 눈을 떴다. 기분이 한껏 들뜬다. 그래. 내가 알고 있는 잭의 비밀이 있었구나. 그거야!

"뭔데?" 제미마가 묻는다. "뭐 기억난 게 있어?"

"그 사람이……." 난 갑자기 어찌할 바를 모르며 말을 멈춘다.

잭에게 약속을 했는데. 말하지 않겠다고 약속했잖아.

약속을 한 게 뭐 어때서? 그래서? 그게 어쨌다는 거야? 다시 가슴이 옥죄어 온다. 내가 왜 그 약속을 지켜야 하는 건데? 그 인간은 내 비밀을 온 사방에 다 떠벌렸잖아, 안 그래?

"잭은 스코틀랜드에 갔다 왔어!" 난 마침내 당당하게 말한다. "비행기 안에서 처음 만났을 때 말이야. 나중에 자기가 스코틀랜드에 있었다는 걸 비밀로 해 달라고 했어."

"왜?" 리시가 묻는다.

"나도 몰라."

"스코틀랜드에서 뭘 했던 건데?" 제미마가 끼어든다.

"몰라."

잠시 침묵이 흐른다.

"흠." 제미마가 골똘히 생각하는 표정을 짓는다. "그 얘기가 밖으로 나가도 별로 큰 타격은 없지 않겠어? 스코틀랜드가 이상한 데도 아닌데 말이야. 다른 거 없어? 예를 들어…… 가슴털이 가발이라든가, 뭐 그런 거?"

"가발 가슴털?" 리시는 웃음을 푸핫 터뜨린다. "아니면 사실 대머리라서 머리에 가발을 쓴다거나!"

"그런 걸 쓰고 다닐 리가 없잖아." 난 분통 터지는 표정을 짓는다. 아니, 애네들은 내가 가발 쓰고 다니는 남자를 만났을 거라고 생각하는 거야?

"음, 별수없지. 아무 거나 만들어 내야지, 뭐." 제미마가 말한다. "있지, 우리 엄마가 그 과학자랑 사귀기 전에는 정치가를 만났나 봐. 그런데 그 남자가 엄마에게 정말 못되게 굴었다네? 그래서 엄마는 하원에 그 사람이 공산당 쪽에서 뇌물을 받았다는 헛소문을 퍼뜨리셨대. 항상 그렇게 말씀하시지. '데니스도 그거면 정신을 차렸겠지!' 라고."

"실나…… 데니스 르웰린을 말하는 거 아니시?" 리시가 묻는다.

"어, 아마 그 사람이었던 것 같다."

"그 쫓겨난 내무장관 말이야?" 리시가 기겁을 하며 묻는다. "누명을 벗겠다고 평생을 노력하다가 결국엔 정신 병원에 입원한 그 사람?"

"그러게, 건드릴 사람을 건드렸어야지, 우리 엄마를 왜 건드려?" 제미마는 다시 턱을 치켜들며 말한다. 제미마의 주머니에 있던 타이머가 울린다. "아, 이제 발 씻을 시간이네!"

제미마가 집 안으로 들어가는 걸 보며 리시는 눈을 굴린다.

"미쳤어." 리시가 말한다. "쟨 정말 제정신이 아냐. 엠마, 너 절대로 잭 하퍼에 대해 거짓으로 소문을 만들면 안 돼. 알겠지?"

"그럴 일 없어!" 난 억울한 목소리로 말한다. "날 뭘로 보는 거야? 어쨌거나……." 난 술잔을 바라본다. 온몸의 기운이 쭉 빠진다. "그런데 나 무슨 야무진 꿈을 꾸는 거니. 내가 잭 하퍼한테 무슨 수로 복수를 하겠어? 내가 뭘로 그 사람에게 상처를 줄 거냐고. 약점이라곤 하나도 없는 인간인데. 그런 거물급 백만장자한테 내가 뭘 하겠어." 나는 우울한 기분으로 술을 쭉 들이켰다. "난 특별할 거 하나 없고…… 시시하고…… 평범한…… 보통 사람인데."

되찾은 가족

정말 뭐가 어떻게 되어 가는 건지 알 수가 없다. 난 혼란스런 표정으로 아빠와 엄마를 바라본다. 그리고 다시 아빠를 본다. 그리고 다시 천천히 엄마를 본다. 기묘한 느낌이다. 하지만 정말 몇 년 만에 제대로 서로를 만나는 것 같은 기분이 든다.

그 다음날 아침에 눈을 뜨니 겁이 나서 죽을 것 같다는 생각이 든다. 학교에 가기 싫어하는 어린애와 똑같다. 그것도 숙취로 괴로워하는 어린애.

"못 가." 8시 30분이 점점 다가온다. "회사 사람들 얼굴 절대로 못 보겠어."

"힘내. 넌 할 수 있어." 리시가 내 재킷 단추를 잠가 주며 타이른다. "괜찮을 거야. 넌 당당하게 행동해."

"사람들이 날 괴롭히면?"

"사람들이 왜 널 괴롭혀? 다 네 친구들이잖아. 그리고 벌써 다 잊었을 거야."

"그럴 리가 없어! 그냥 집에서 너랑 같이 있으면 안 돼?" 난 칭얼거리며 리시의 손을 잡는다. "나 오늘 착하게 굴게. 약속할게."

“엠마, 설명했잖아.” 리시는 조곤조곤 날 달랜다. “오늘은 나도 법원에 나가 봐야 한다니까.”

리시는 자기 손을 쥔 내 손가락을 푼다. “하지만 네가 퇴근할 때쯤엔 돌아와 있을게. 오늘 저녁은 진짜 맛있는 걸로 먹자. 착하지?”

“응.” 난 기어 들어가는 소리로 말한다. “있지, 초콜릿 아이스크림 먹어도 돼?”

“물론이야.” 리시는 현관문을 연다. “자, 이제 가 봐. 괜찮을 거야.”

난 집에서 쫓겨나는 개가 된 심정으로 계단을 내려가 아파트 출입구를 연다. 길가로 한 걸음 나서는데 길 옆에 밴 한 대가 멈춰 선다. 파란색 제복을 입은 남자가 내 평생 본 것 중 가장 커다란 꽃다발을 들고 내린다. 짙은 녹색 리본이 잔뜩 묶인 꽃다발을 들고, 남자는 우리 집 주소를 읽는다.

“저기요, 엠마 코리건 양을 찾고 있는데요.” 남자가 말한다.

“전데요?” 난 놀라서 대답한다.

“찾았다!” 남자는 미소를 지으며 펜과 필기판을 내민다. “오늘 무슨 특별한 날인가 봐요? 여기에 서명을 해 주시면…….”

난 휘둥그레진 눈으로 부케를 바라본다. 장미, 프리지아, 커다랗고 예쁜 보라색 꽃…… 마치 치어리더 응원 꽃술을 연상시키는 죽여주는 검붉은 꽃…… 진녹색 잎사귀…… 아스파라거스를 닮은 흐린 녹색의 뭔가…….

그래, 내 비록 이 꽃의 이름들을 다 알지는 못 한다만 이거 한 가지는 안다. 이 전부가 무지하게 비싼 꽃들이라는 것.

이런 걸 내게 보낼 만한 사람은 딱 한 명뿐이다.

“잠깐만요.” 난 남자가 내민 펜을 받지도 않고 말한다. “누가 보낸 건지 먼저 알아야겠는데요.”

난 꽃다발에 붙은 카드를 떼어내 봉투를 열고는 카드 안에 쓰인 기나긴 메시지는 읽지도 않고 제일 아래쪽에 있는 보낸 이의 서명을 확인한다.

잭.

울화가 치민다. 아니, 나한테 그런 짓을 해 놓고 이런 허접한 꽃다발 하나로 전부 다 무마할 수 있다고 생각한 거야?

아, 그래, 알았어. 정정하지. 무지하게 크고 호사스런 꽃다발이다만.

하지만 중요한 건 그게 아니잖아?

“죄송하지만 받지 않겠어요.” 난 도도하게 턱을 치켜든다.

“아니, 이런 꽃다발을 거절하세요?” 배달원이 눈을 동그랗게 뜬다.

“네. 보낸 사람에게 고맙지만 사양하겠다고 전해 주세요.”

“이게 무슨 일이야?” 옆에서 리시의 목소리가 들려서 돌아보니 리시가 꽃다발을 보며 입을 딱 벌리고 있다. “죽인다. 이거 잭이 보낸 거야?”

“응. 하지만 받지 않을 거야.” 난 그렇게 말하며 배달원을 쳐다본다. “도로 가져가세요.”

“잠깐!” 리시가 꽃다발 포장지를 잡으며 외친다. “향기만이라도 한번 맡아보자.” 리시는 꽃다발에 얼굴을 묻고 깊이 숨을 들이마신다. “이야! 진짜 끝내 준다! 엠마, 너도 이 꽃향기 맡아 봤어?”

“싫어!” 난 발끈하며 외친다. “냄새도 맡기 싫어.”

“이렇게 끝내 주는 꽃다발은 정말 처음 본다.” 리시는 배달원을 쳐다본다. "그럼 이 꽃들은 다 어떻게 되는 거예요?"

"글쎄요." 남자는 어깻짓을 한다. "아마 폐기 처분되지 않을까 싶네요."

"저런." 리시는 날 본다. "이렇게 예쁜데 정말 아깝다……."

잠깐만. 설마 지금 나더러…….

"리시, 난 못 받아!" 내가 외친다. "나보고 이걸 어떻게 받으란 거야? 이걸 받으면 그 사람은 내가 아무렇지도 않은 줄 알 거 아냐."

"그래, 네 말이 맞다." 리시는 마지못해 대답한다. "그래, 돌려보내야겠네." 리시는 벨벳 같은 분홍색 장미 꽃잎을 손끝으로 톡 건드린다. "그래도 정말 아깝다……."

"뭘 돌려보내?" 뒤에서 날카로운 목소리가 들린다. "지금 농담하는 거지?"

참 나, 이거야 원. 이번에는 제미마가 흰색 가운을 걸치고 길거리에 서 있다. "돌려보내면 안 돼!" 제미마가 외친다. "내일 저녁에 내가 파티를 열 거란 말이야. 화병에 꽂아 놓으면 딱 좋겠다." 제미마는 꽃다발에 붙은 상표를 읽는다. "스마이드 앤드 폭스! 이게 얼마짜리 꽃다발인지 알기나 해?"

"얼마짜리인지 내가 알 게 뭐야!" 난 버럭 소리친다. "잭이 보낸 거잖아! 이런 거 받을 수 없어."

"왜 안 돼?"

제미마는 정말 상식이라곤 없는 애다.

"왜냐면…… 왜냐면 이런 건 기본 아니니? 내가 이 꽃을 받으면 그건 완전히 '당신을 용서해 줄게요'라는 뜻 아냐?"

"꼭 그렇지만은 않아." 제미마가 말한다. "이 꽃을 받아도 '당신을 용서 못 해요’란 뜻일 수 있어. 혹은 ‘귀찮게 꽃다발을 돌려보내는 짓은 안 하겠어요. 당신은 내게 그 정도 의미도 되지 않는 남자니까요’란 뜻도 된다고.”

우리 세 사람은 잠시 그 말을 곱씹어 본다.

문제는 꽃다발이 이만저만 예쁜 게 아니라는 거다.

“받을 겁니까, 말 겁니까?” 배달원이 묻는다.

“난……” 아, 미치겠다. 정말 혼란스럽다.

“엠마, 이 꽃다발을 돌려보내면 네가 약하다는 걸 인정하는 거야.” 제미마가 단호하게 말한다. “집 안에 그 사람을 연상시키는 물건을 차마 아무것도 남겨 둘 수 없어서 돌려보내는 것 같잖아. 하지만 이 꽃을 받으면 ‘난 당신 따위에겐 아무런 관심도 없어!’라고 말하는 거랑 똑같다고. 넌 당당하게 그 사람을 거절하는 거야. 강한 모습을 보이는 거지. 넌…….”

“아, 알았어. 받으면 되잖아!” 난 배달원에게서 펜을 받아 든다. “서명하겠어요. 하지만 그 사람에게 꼭 좀 전해 주겠어요? 이걸 받았다고 내가 그 사람을 용서했단 의미는 아니라고. 그 사람이 냉소적이고 내정하고 여자를 이용하는 경멸받아 마땅한 인간이란 점은 변하지 않는다고요. 게다가 제미마가 내일 파티를 여는 것만 아니었어도 받아서 당장 쓰레기통에 처넣었을 거라고 전해 주세요.” 난 시뻘겋게 상기된 얼굴로 헐떡거리며 서명을 끝낸다. 어찌나 힘을 주어 눌러 썼던지 볼펜에 종이가 조금 찢어지기까지 한다. “내가 한 말 다 기억할 수 있죠?”

배달원은 멍한 얼굴로 날 본다.

“아가씨, 난 그냥 배달만 하는 사람이라고요.”

"아, 맞다!" 리시는 갑자기 그렇게 말하더니 필기판을 받아들고 내 이름 아래 '편견 없이 수령함'이란 말을 대문자로 갈겨쓴다.

"이게 무슨 뜻인데?" 내가 묻는다.

"이건 말이지, 법률 용어로 '널 절대로 용서하지 않겠어, 이 개자식…… 하지만 꽃은 받아 둔다'는 뜻이야."

"그래, 그리고 복수하는 것도 잊지 마." 제미마가 단호한 목소리로 거든다.

햇살 가득한 상쾌한 아침이다. 정말 런던이 세상에서 제일 살기 좋은 도시란 착각을 하게 만드는 날씨다. 하지만 날씨가 아무리 좋아도 전철역에서 회사까지 걸어가는 내 기분은 조금도 나아지질 않는다.

그래, 리시가 한 말이 맞을지도 몰라. 회사 사람들은 어제 그 사건을 몽땅 다 잊었을지도 모른다고. 어차피 그렇게 중요한 사건도 아니었잖아? 그렇게 재미난 일도 아니었잖아? 분명 또 다른 가십거리가 새로 생겼을 거야. 그래. 다들 미식축구…… 얘기를 하고 있을 수도 있잖아? 정치 얘기나, 뭐 다른 얘기를 하고 있을 수도 있고. 그래, 바로 그거야.

나름대로 낙천적인 마음가짐으로 유리문을 열고 회사 로비로 들어간다. 고개를 들고 당당하게 걷는다.

"……바비 인형 침대 커버래요!" 로비 건너편에서 그런 소리가 들린다. 경리부 남자 직원이 '방문' 배지를 단 여자에게 얘기를 하고 있다. 여자는 남자의 말에 열심히 귀를 기울인다.

"……잭 하퍼랑 여태 그렇고 그런 사이였던 거야?" 위쪽에서 누군가의 목소리가 들린다. 여사원 몇몇이 계단을 올라가며 그런 얘기를 하고 있다.

"난 오히려 코너가 불쌍해." 한 명이 대꾸한다. "정말 딱하게 됐지 뭐야……."

"……재즈를 좋아하는 척했대." 누군가가 엘리베이터에서 내리며 말한다. "아니, 도대체 왜 그런 짓을 했을까?"

오케이. 그러니까…… 아직 다들 잊은 게 아니었군.

낙천적이던 기분이 먼지처럼 흩어진다. 뒤돌아 집으로 달려가 평생 이불 뒤집어쓰고 살까 잠시 고민해 본다.

하지만 사람이 그렇게 살 수는 없다.

일단 매일 그러고 있다 보면 일주일도 안 되어 지겨워질 게 뻔하다.

게다가 둘째로…… 난 이 사태를 이겨 내야 한다. 해야만 한다.

주먹을 불끈 쥐고 난 천천히 계단을 올라가 복도를 걷는다. 나랑 엇갈려 지나가는 사람들은 전부 노골적으로 호기심을 드러내며 날 쳐다보거나 아니면 안 보는 척하면서 슬쩍슬쩍 훔쳐본다. 내가 지나가는 길 보고 허둥지둥 입을 닫는 사람들도 최소한 나섯 명은 보인다.

마케팅부서 앞에 다다른다. 난 심호흡을 하고 사무실 안으로 들어간다. 최대한 멀쩡한 표정을 지으려고 애쓴다.

"안녕하세요." 난 재킷을 벗어 내 의자에 걸치며 말한다.

"엠마!" 아르테미스가 한껏 빈정대며 반가운 척을 한다. "이게 누구야!"

"아, 좋은 아침이야, 엠마." 부장이 자기 사무실에서 나와 날 위아래로 훑어본다. "괜찮아?"

"네."

"혹시…… 나하고 얘기하고 싶거나 그렇진 않고?" 놀랍게도 부장은 진심으로 날 걱정하는 표정이다.

하지만 솔직히 나보고 어쩌라고? 부장 사무실로 들어가 부장을 붙잡고 꺼이꺼이 울면서 '잭 하퍼 그 개자식이 날 이용했어요'라고 말하라고?

그건 나중에, 나중에 진짜 상황이 절박해지면 그때 가서 생각해보지.

"아뇨." 얼굴이 따끔거린다. "말씀은 감사하지만 괜찮습니다."

"다행이군." 부장은 좀 더 사무적인 말투로 말한다. "자네가 어제 사라진 건 어제 하루 재택 근무를 하기로 결정을 해서 그런 거 맞지?"

"어…… 네." 난 헛기침을 한다. "맞습니다."

"그럼 일 처리는 다 했겠군?"

"어…… 네. 많이 했어요."

"잘했네. 나도 그럴 거라 짐작했지. 자, 그럼 가서 일 봐. 나머지 사람들." 부장은 사무실 안을 쓱 둘러본다. "내가 한 말 잘 염두에 두도록."

"네." 아르테미스가 냉큼 대답한다. "잘 기억하고 있어요!"

부장이 자기 사무실로 들어가고 난 뒤 난 컴퓨터를 켜며 뻣뻣한 자세로 모니터만 들여다본다. 괜찮을 거야. 난 내 자신에게 말한다. 일에만 집중하자. 하루 종일 일에 푹 빠져 있으면…….

갑자기 누군가가 콧노래치곤 꽤나 큰 소리로 흥얼거린다. 귀에 익은 곡조다. 이건…….

이건 카펜터스 아냐.

코러스 부분에선 사무실 안의 다른 사람들까지 가세한다.

"당신에게 가까이이이이이이……."

"엠마, 괜찮아?" 닉의 물음에 난 불안한 표정으로 고개를 든다. "손수건 필요 없겠어?"

"당신에게 가까이이이이이이……." 모두가 입을 모아 다시 한번 그 부분을 부른다. 누군가가 숨을 죽이고 키득거리는 소리도 들린다.

아무런 반응도 보이지 않겠어. 내가 무슨 반응을 보이면 저것들은 더 좋아할 것 아냐.

난 최대한 침착하게 메일 서버에 접속한다. 그러곤 허걱 숨을 들이마신다. 평소 아침에 메일을 체크해 보면 많아봐야 대략 열 통 정도가 들어와 있는 게 고작이었다. 그런데 오늘은 아흔다섯 통의 새 메일이 있는 게 아닌가.

아빠: 제발 말 좀 하자……

개룰: 우리 바니 클럽에 가입할 사람을 두 명 더 구했어!

모이라: 진짜 편한 T자 팬티 파는 데를 아는데……

샤론: 도대체 얼마나 사귄 거야?!!

피오나: RE: 바디 워크숍에 대해……

끝도 없는 이메일의 리스트를 스크롤하던 중 갑자기 심장이 덜컥 내려앉는다.

잭한테서 온 메일이 세 통.

어쩌지?

읽어 봐야 하나?

내 손가락이 마우스 위에서 어찌할 줄을 모른다. 잭에게 변명할 기회를 한번이라도 주는 게 예의일까?

"아, 엠마." 아르테미스가 시치미를 뚝 떼고 천연덕스럽게 다가와 내 앞에 쇼핑백을 내려놓는다. "아, 여기 점퍼 하나 있는데, 혹시나 엠마가 입으려나 해서 말이야. 진짜 예쁜데 나한테는 좀 작거든. 아마 엠마한테는 맞을 거야. 왜냐면……." 아르테미스는 잠시 뜸을 들이며 캐롤린과 눈을 마주친다. "……8사이즈거든."

그러더니 두 사람은 갑자기 배꼽을 잡고 웃어 댄다.

"고마워요." 난 대답한다. "잘 입을게요."

"나 커피 가지러 가는데." 퍼거스가 일어서며 말한다. "뭐 필요한 사람?"

"아, 난 브리스톨 크림으로 한 잔 부탁해." 닉이 신나서 외친다.

"오호호호, 웃겨라." 난 낮게 중얼거린다.

"아, 엠마. 그 얘기 하려다 잊었네." 닉이 어슬렁거리며 내 책상으로 다가온다. "행정부에 새로 온 비서 아가씨 말이야. 못 봤어? 죽여 주던데."

닉은 날 보며 슬쩍 윙크를 한다. 난 한동안 그 말의 의미를 이해하지 못하고 멍하니 닉을 바라보기만 한다.

"머리도 짧게 잘라 잔뜩 세우고, 헐렁한 작업복 바지 입고 다니는 게 딱 부치(레즈비언 중 남자 역할을 하는 여자—역주)던데?"

"좀 그만 해요!" 난 버럭 소리를 친다. 얼굴이 후끈 달아오른다. "난 레즈비언이…… 난…… 다들 그만 좀 못 해요?"

손이 부들부들 떨린다. 난 잭이 보낸 이메일들을 연달아 클릭해서 삭제해 버린다. 변명할 기회는 무슨 염병할 기회. 이런 인간은 그럴 가치가 없다.

난 일어나서 사무실을 나간다. 헉헉 숨을 몰아쉬며 여자 화장실로 들어가 문을 쾅 닫는다. 거울에 이마를 갖다댄다. 온몸에서 용암처럼 잭 하퍼에 대한 증오가 꾸역꾸역 밀려나온다. 내가 지금 어떤 상황에 처했는지 당신은 알아? 당신이 나한테 무슨 짓을 했는지 알기나 해?

"엠마!" 누군가의 목소리에 난 화들짝 놀라 정신을 차린다. 누구의 목소리인지 알아차리는 순간 더럭 겁이 난다.

들어오는 소리도 못 들었는데 캐티가 화장실 안에 들어와 있는 게 아닌가. 조그만 화장품 파우치를 들고 내 뒤에 서 있다. 거울에 비친 내 얼굴 옆에 캐티의 얼굴이 비친다…… 웃음기라고는 전혀 찾아볼 수 없는 얼굴. 영화 〈위험한 정사〉의 한 장면이 떠오른다.

"너 크로셰 안 좋아한다며?" 캐티가 기묘한 목소리로 묻는다.

흐어어억. 어떻게 해. 어쩜 좋아. 내가 뭔 짓을 한 거지? 난 캐티에게서 어태껏 그 누구도 본 적 없는 잔인한 면을 이끌어낸 거냐. 서순진한 얼굴로 크로셰 코바늘을 꺼내들고 날 찌르겠지. 머릿속에 별별 잔인한 장면이 다 그려진다.

"캐티." 심장이 마구 쿵쾅거린다. "캐티, 제발 내 말 좀 들어 봐. 난 그런 의도로…… 단 한번도 그렇게 말한 적은……."

"엠마, 변명하려고 하지 마." 캐티가 한 손을 치켜든다. "우리 두 사람 모두 진실을 아는데 이제 와서 그래 봐야 소용없잖아."

"회장이 착각한 거야!" 난 얼른 말한다. "다른 거랑 착각을 했던 거야! 내가 했던 말은 내가 그…… 저…… 크레슈(탁아소)를 싫어한다는 거였어. 생각만 해도 끔찍하잖아, 그 많은 아기들을 조그만 방에 밀어 넣고…….”

“있지, 어제는 기분이 상당히 나빴어.” 캐티가 등골이 오싹한 미소를 지으며 내 말을 자른다. “퇴근하자마자 집으로 곧장 가서 엄마한테 전화를 걸었지. 그랬더니 우리 엄마가 뭐라고 하셨는지 알아?”

“어?” 난 어리둥절해하며 조심스럽게 묻는다.

“엄마 말씀이…… 엄마도 크로셰를 싫어하신다는 거야.”

“뭐?” 난 빙글 돌아서서 입을 딱 벌리고 캐티를 쳐다본다.

“우리 할머니도 싫어하신대.” 캐티의 얼굴이 살짝 붉어진다. 이제는 내가 아는 원래의 캐티인 것 같다. “친척들도 다들 싫어한다는 거야. 모두들 너처럼 몇 년 동안 좋아하는 척만 했던 거였어. 이제와 생각해 보니 앞뒤가 맞지 뭐야!” 캐티가 언성을 높인다. “있지, 지난 크리스마스 때 할머니께 소파 커버를 떠서 선물로 드렸거든? 그런데 나중에 할머니가 집에 도둑이 들어서 그걸 훔쳐 갔다고 하시더라고. 하지만 생각을 해 봐. 어떤 도둑이 할 일이 없어서 크로셰 소파 커버 따위를 훔쳐 가겠니?”

“캐티, 뭐라고 할 말이 없다…….”

“왜 진작 말하지 않았어? 왜 여태껏 입 다물고 있었냐고. 난 바보같이 사람들이 원치도 않는 선물을 해 왔잖아.”

“아아, 미안. 정말 미안해, 캐티!” 진심으로 후회가 밀려든다. “정말 너무 미안해. 그냥…… 너한테 상처를 주기가 싫어서 그랬던 것뿐이야.”

"네가 내 생각을 해서 그랬다는 건 알아. 하지만 이젠 더더욱 바보가 된 느낌이라고."

"어, 뭐, 지금 그런 사람이 너 하나는 아니잖아. 나도 진짜 바보가 된 것 같은데."

문이 열리더니 경리부의 웬디가 들어온다. 웬디는 잠시 머뭇거리며 우리 두 사람을 바라보고는 입을 열었다가 다물더니 칸막이 안으로 들어가 버린다.

"그래, 넌 좀 어때. 괜찮아?" 캐티가 목소리를 낮추고 묻는다.

"괜찮아." 난 살짝 어깻짓을 한다. "그렇지 뭐……."

그래, 얼마나 괜찮으면 사무실에서 동료들 얼굴도 쳐다볼 수가 없어서 이렇게 화장실에 숨어 있겠니.

"회장이랑은 얘기했어?" 캐티가 조심스럽게 묻는다.

"아니. 나한테 무지막지하게 큰 꽃다발을 보냈더라. 기가 막혀서. 그러면 모든 게 다 괜찮을 줄 알았나? 보나마나 그것도 자기가 주문하지도 않았을 거야. 아마 스벤한테 주문하라고 시켰겠지."

변기 물 내려가는 소리가 들리더니 웬디가 칸막이에서 나온다.

"이…… 이게 그때 내가 밀한 마스카라야." 캐티가 얼른 얘기를 돌리며 내 손에 마스카라를 쥐어 준다.

"고마워." 내가 대답한다. "그러니까, 이게…… 음…… 숱도 많고 길어 보이게 해 준단 말이지?"

웬디는 기가 막힌다는 듯 눈을 떼룩 굴린다.

"안 그래도 돼." 웬디가 말한다. "난 아무것도 못 들었으니까!" 그러고는 손을 씻어 말리더니 날 뚫어져라 바라본다. "엠마, 그럼 여태껏 잭 하퍼를 만난 거였어?"

"아니." 난 퉁명스럽게 대답한다. "그 사람은 날 이용하고 날 배신했고 내게 거짓말을 했어. 그 사람을 평생 다시는 못 봐도 아쉬운 거 하나도 없어."

"아, 그래?" 웬디가 밝은 목소리로 말한다. "그냥 궁금했던 것뿐이야. 있지, 혹시 나중에 회장님과 얘기할 기회가 되면 내가 홍보부로 가고 싶어 하더란 말 한마디만 해줄래?"

"뭐?" 난 기가 막힌 표정으로 웬디를 바라본다.

"그냥 슬쩍 한 마디만 해줘. 난 정말 커뮤니케이션 쪽에 강하거든. 아마 홍보부 쪽이 나한테는 더 잘 맞을 것 같아."

슬쩍 한마디만 해달라고? 뭘 어떻게 하라고? '잭, 다시는 당신과 만나고 싶지 않아요. 아, 그건 그렇고 웬디는 자기가 홍보부 쪽 일에 더 잘 맞을 것 같다네요.' 이렇게 말하라고?

"글쎄……." 난 마침내 입을 연다. "그건…… 내 능력 밖의 문제인 것 같아."

"어머, 넌 정말 자기밖에 모르는구나, 엠마." 웬디가 씨근덕거린다. "내가 뭐 그렇게 큰 부탁을 한다고 그래? 언제 그런 비슷한 주제로 대화할 기회가 있으면 그냥 내가 홍보부로 옮기고 싶어 한다고 말 한마디 해 달라는 게 전부잖아. 그냥 말 한마디만 하면 되는데, 그게 뭐 그렇게 어렵다고 생색을 내?"

"웬디, 꺼져!" 캐티가 외친다. "엠마 좀 가만히 내버려둬."

"부탁 하나 한 것 가지고 왜 이래?" 웬디가 외친다. "뭐, 넌 지금 너 혼자 잘났다고 생각하지?"

"아냐!" 난 놀라서 외친다. "그런 게 아니라……." 하지만 웬디는 이미 문 쾅 닫고 화장실을 나간 상태다.

“하.” 목소리가 떨린다. “기가 막히는구만. 이젠 모두들 날 비웃을 뿐 아니라 미워하기까지 하겠네.”

난 땅이 꺼져라 한숨을 내쉬며 거울에 비친 내 모습을 바라본다. 어쩌다가 일이 이렇게까지 엉망이 되어 버렸는지 아직도 믿어지지가 않는다. 내가 믿어 왔던 모든 것들이 다 거짓이었던 거다. 내 완벽한 남자 친구는 여자 등이나 쳐먹는 냉소적이기 그지없는 인간이고 꿈같은 내 로맨스는 모조리 다 연극이었던 것이다. 정말 평생 그렇게 행복했던 적이 없었는데 지금의 난 바보에 머저리에 비웃음이나 사는 존재로 전락하고 말았다. 죽고 싶다.

아, 어쩜 좋아. 또 눈물이 나오려고 한다.

“엠마, 괜찮아?” 캐티가 당황해서 날 본다. “여기 티슈 있어.” 캐티는 자기 화장품 주머니를 뒤진다. “그리고 부기 가라앉히는 데 좋은 아이 젤도 있어.”

“고마워.” 난 침을 꿀꺽 삼키며 말한다. 아이 젤을 눈에 좀 찍어 바르고 심호흡을 몇 번 했더니 다시 마음이 좀 진정되는 것 같다.

“난 네가 진짜로 용기 있다고 생각해.” 캐티가 날 보며 말한다. “네가 오늘 회사에 출근했다는 것 자체가 놀라워. 나 같으면 창피해서 나오지도 못했을 거야.”

“캐티.” 난 돌아서서 캐티를 보며 말한다. “어제 말이지, 내 개인적이고 은밀한 비밀들이 TV로 전국에 중계 방송됐어.” 난 팔을 활짝 벌려 본다. “그거보다 더 창피할 일이 뭐 있겠니?”

“아, 여기 있네.” 캐롤린이 화장실 안으로 들어오며 말한다. “엠마, 부모님이 보러 오셨어.”

헉. 믿을 수 없어. 정말 믿고 싶지 않아.

우리 부모님이 내 책상 앞에 서 계신다. 아빠는 회색 정장을 입고 계시고 엄마도 하얀 재킷에 남색 치마 정장 차림. 두 분이 커다란 꽃다발을 안고 계신다. 사무실 모두가 우리 부모님을 마치 희귀 동물 보듯 쳐다보고 있다.

아니, 지금 그 말 정정. 지금은 사무실 안 모두가 고개를 돌려 날 보고 있다.

"엄마." 목소리가 갑자기 꽉 잠겼다. "아빠."

두 분 여기서 뭘 하시는 거야?

"엠마!" 아빠는 평소처럼 밝은 목소리로 말하려고 노력을 하시는 것 같다. "그냥 지나가는 길에…… 널 보려고 들렀지."

"아, 네." 난 멍하니 고개를 끄덕인다. 마치 우리 부모님이 평소에도 자주 이렇게 회사에 찾아오셨던 것처럼.

"선물 가져왔다." 엄마가 어색하게 미소를 지으신다. "네 책상에 꽃이라도 꽂아 주려고." 엄마는 머뭇거리며 내 책상 위에 꽃다발을 내려놓으신다. "여보, 엠마 책상 좀 봐요. 멋지죠? 책상 위에…… 컴퓨터도 있네요!"

"그러게!" 아빠는 컴퓨터를 툭툭 손바닥으로 두드리신다. "아주…… 아주 멋진 책상이네, 그래."

"여기 계신 분들이 다 네 친구 분들인가 봐?" 엄마는 사무실 안을 둘러보며 미소를 지으신다.

"응, 뭐." 아르테미스가 우리 엄마한테 애교 넘치는 미소를 짓는 걸 보고 난 얼굴을 구긴다.

"며칠 전에도 말했지만 말이다." 엄마가 계속 말씀하신다. "넌 정말 뿌듯하겠다. 이렇게 큰 회사에서 일을 하다니 말이다. 널 부러워 하는 아가씨들도 많을 거야. 그렇죠, 여보?"

"암, 물론이지." 아빠가 말씀하신다. "그래, 넌 정말 잘 하고 있는 거다, 엠마."

난 당황해서 아무 말도 못 한다. 아빠의 눈을 들여다본다. 아빠는 날 보면서 어색하고 부자연스럽게 미소를 지어 보이신다. 꽃다발을 매만지는 엄마의 손끝이 희미하게 떨리고 있다.

부모님이 잔뜩 긴장하고 계신다. 그 사실을 깨닫는 순간 난 소스 라치게 놀란다. 우리 부모님 두 분이 모두 긴장하고 계시는구나.

어떻게든 이 상황을 자연스럽게 넘겨 보려고 애를 쓰는데 부장이 자기 사무실에서 나온다.

"엠마, 손님들이 오신 모양이지?" 부장이 날 쳐다보며 눈썹을 치 킨다.

"아…… 네." 내가 말한다. "부장님, 이쪽은…… 음…… 제 부모 님이세요."

"만나서 반갑습니다." 부장이 정중하게 말한다.

"어머, 저희 때문에 방해가 되신 건 아닌가 몰라요." 엄마가 허둥 거리며 말씀하신다.

"무슨 말씀을." 부장은 그렇게 말하며 엄마에게 환한 미소를 지어 보인다. "이를 어쩌죠? 평소에 직원 가족들이 찾아오셨을 때 쓰는 방을 새로 단장하는 중이라서요."

"어머!" 엄마는 부장이 진담을 하는 건지 농담을 하는 건지 감을 잡지 못하시는 모양이다. "이를 어째요?"

"그러니까 엠마, 부모님 모시고 어디 밖에라도 나가지 그래? 좀 일찍 점심 먹는 셈 치지, 뭐."

난 시계를 본다. 지금 시각이 9시 45분이다.

"감사합니다, 부장님." 난 정말 진심으로 말한다.

모든 것이 다 비현실적이다. 비현실을 넘어 초현실로 가고 있다.

평소라면 사무실에 있어야 할 오전 근무시간에 난 지금 부모님과 함께 거리를 걷고 있다. 부모님과 도대체 무슨 얘기를 해야 하나 고민을 하면서. 부모님과 나, 이렇게 달랑 셋이서만 있어 본 게 도대체 얼마 만인지 기억도 나지 않는다. 할아버지도 없이, 케리 언니도 없이, 네브 형부도 없이 이렇게 셋뿐이었던 게 얼마 만이더라. 최소한 15년은 된 것 같다.

"여기 들어가면 되겠네요." 난 이탈리아 커피 전문점 앞에 멈춰 서서 말한다.

"그래!" 아빠가 얼른 동의를 하시며 가게 문을 여신다. "어제 네 친구 잭 하퍼 씨를 TV에서 봤다." 아빠가 아무렇지도 않게 덧붙이신다.

"그 사람 제 친구 아니에요." 난 퉁명스럽게 대답한다. 엄마와 아빠는 서로 시선을 교환하신다.

우리가 테이블에 앉자 웨이터가 메뉴를 가져다준다. 그리고 침묵이 흐른다.

어떻게 하지? 이젠 내가 긴장이 된다.

"그래서……." 난 입을 열다가 잠시 멈칫한다. 내가 하고 싶었던 말은 '왜 오셨어요? 지만 그렇게 물으면 좀 예의가 없어 보이지 않을까 싶다. "런던에는 웬일이세요?" 난 대신 그렇게 묻는다.

“아, 그냥 널 보러 왔지.” 엄마가 돋보기를 끼고 메뉴를 들여다보며 말씀하신다. “음, 난 홍차나 한 잔 마셔야지…… 그런데 이건 뭐냐? 프라파라테?”

“난 레귤러 커피 한 잔.” 아빠는 메뉴를 보고 얼굴을 찡그리신다. “그런데 그런 게 있기는 한가?”

“없으면 그냥 카푸치노 시켜서 숟가락으로 거품 걷어내면 되잖아요.” 엄마가 말씀하신다. “아니면 에스프레소에 뜨거운 물 한 잔 부어 달라고 하면 돼요.”

기가 막힌다. 하루 종일 여기에 앉아 커피 얘기만 하다 가시려고 차를 300킬로미터도 넘게 몰아서 여기까지 오셨나?

“아, 그 얘기를 하니 생각났다.” 엄마가 갑자기 말씀하신다. “널 주려고 뭘 가져왔지. 그렇죠, 여보?”

“아…… 그래요?” 난 놀라서 묻는다. “뭔데요?”

“자동차란다.” 엄마는 대답하신 다음 우리 테이블 앞에 다가온 웨이터를 쳐다보신다. “여기요, 난 카푸치노 한 잔하고, 레귤러 커피 되나요? 남편은 그걸로 한 잔, 그리고 엠마는…….”

“차?” 난 기가 막혀 멍하니 그 말반 되풀이한다.

“차?” 웨이터는 멍한 표정으로 날 쳐다본다. “홍차 말씀이십니까?”

“아…… 저기 카푸치노 주세요.” 난 건성으로 대답한다.

“그리고 모듬 케이크 하나 주시고요.” 엄마가 말씀하신다. “그라치에!”

“엄마…….” 웨이터가 사라지고 나자 난 한 손으로 머리를 감싼다. “무슨 말 하는 거야, 나한테 차를 사 주셨다고?”

"아무래도 너도 차가 있어야 돌아다니는 데도 편할 거 아니니. 아버님 말씀이 옳다. 버스 타고 다니는 건 안전하지가 못해요."

"하지만…… 난 차를 몰 여유가 없다고." 난 바보처럼 대답한다. "기름값도 못 댈 텐데…… 내가 아빠한테 빌린 돈은 어쩌고? 또……."

"그 돈은 잊어버려라." 아빠가 말씀하신다. "그 돈은 너한테 그냥 준 셈 치기로 했다."

"네?" 난 더더욱 어리둥절한 표정으로 아빠를 본다. 도대체 뭐가 어떻게 된 영문인지 알 수가 없다. "아빠, 그럴 수는 없어요! 아직도 갚을 돈이……."

"글쎄, 갚을 필요 없다니까." 아빠가 갑자기 언성을 높이신다. "그건 깨끗하게 잊어버리라니까. 넌 우리한테 빚진 거 하나도 없다. 한 푼도 빚진 거 없어."

정말 뭐가 어떻게 되어 가는 건지 알 수가 없다. 난 혼란스런 표정으로 아빠와 엄마를 바라본다. 그리고 다시 아빠를 본다. 그리고 다시 천천히 엄마를 본다.

기묘한 느낌이다. 하지만 정말 몇 년 만에 제대로 서로를 만나는 것 같은 기분이 든다. 마치 오랜만에 다시 만나 인사를 하고…… 처음부터 다시 시작하는 느낌이랄까.

"내년에 같이 휴가를 가는 게 어떨까 싶은데." 엄마가 말씀하신다. "우리랑 함께."

"우리…… 만?" 난 엄마 아빠를 번갈아 바라본다.

"그래. 우리 셋이서만 가는 게 어떨까 싶어서." 엄마는 조심스럽게 미소를 지으신다. "재미있을 것 같지 않니? 아, 물론 다른 계획이 있으면 어쩔 수 없지. 의무감 때문에 억지로 따라올 필요까지는 없어.”

“아니야! 가고 싶어!” 난 얼른 대답한다. “정말 가고 싶어. 하지만…… 하지만…….”

차마 케리 언니는 어쩌고 우리끼리 가느냐는 말은 할 수가 없다.

잠시 침묵이 흐른다. 그동안 엄마 아빠는 서로를 쳐다보더니 다시 시선을 돌리신다.

“케리가 안부 전하더구나!” 엄마는 밝은 목소리로 말하고는 얼른 주제를 돌려 버리신다. 그러곤 헛기침을 하신다. “케리는 말이다, 내년에 홍콩에 한번 가 볼까 하는 모양이더라. 자기 아버지가 거기 계시잖니. 아버지를 못 본 지도 거의 5년은 족히 넘었을 텐데 말이야. 이제는…… 부녀가 화해를 하고 함께 시간을 보내는 것도 좋겠지.”

“어, 응.” 난 멍하게 대답한다. “그것도 괜찮겠네.”

믿을 수가 없다. 모든 것이 바뀌어 버렸다. 식구들 모두가 허공으로 떠올랐다가 갑자기 착지를 하며 자기 위치에서 벗어나 버린 것 같다. 모든 게 예전과는 완전히 다르다.

“엠마, 우린 말이나…….” 아빠는 그렇게 말분을 꺼내다가 잠시 머뭇거리신다. “우린…… 그러니까 그동안 우리가 너무…… 여태까지 우리가 너한테…….” 아빠는 말을 멈추고 열심히 코끝을 문지르신다.

“카푸치이노 나왔습니다.” 웨이터가 내 앞에 잔을 내려놓으며 말한다. “레귤러 커어피, 카푸치이노…… 커피 케에에이크…… 레몬 케에에이크…… 초콜릿…….”

“고마워요!” 엄마가 웨이터의 말을 끊으신다. “여기서부터는 우

리가 알아서 할게요." 웨이터가 다시 사라지고 나자 엄마는 날 바라
보신다. "엠마, 우리가 하고 싶은 말은 말이다…… 우린 널 아주 자
랑스럽게 생각한다는 거다."

어쩜 좋아. 어떻게 해. 눈물이 나올 것 같다.

"응." 난 간신히 대답한다.

"그리고 말이다, 우린……." 아빠가 말씀하신다. "그러니까, 내가
하고 싶은 말은 우리 둘 다…… 그러니까 네 엄마랑 난……." 아빠
는 헛기침을 하신다. "우린 항상…… 언제나…… 우리 둘은……."

아빠는 말을 멈추시고 호흡을 고르신다. 난 감히 아무 말도 할 수
가 없다.

"엠마, 내가 하려는 말은 말이다." 아빠가 다시 시작하신다. "너
도 잘 알겠지만…… 우리 모두 다 알고 있는 거지만…… 그러니까
그게……."

아빠는 또 말을 멈추고 냅킨으로 얼굴에 흐르는 땀을 닦으신다.

"사실 말이다…… 그게……."

"여보, 딸한테 사랑한다는 말 한번 하기가 그렇게 힘들어요?" 보
다못해 엄마가 외치신다.

"널…… 널…… 사랑한다, 엠마!" 아빠는 목멘 소리로 말씀하신
다. "에잇." 아빠는 거칠게 눈을 문지르신다.

"저도 사랑해요!"

"그거 보라니까요!" 엄마가 눈꼬리를 찍으며 말씀하신다. "그러
게, 내 말대로 여기 오길 잘했죠?" 엄마는 내 손을 꼭 쥐신다. 난 아
빠의 손을 꼭 쥐었다. 우린 어색하게 서로를 끌어안는다.

"그럼요…… 우린 모두가 삶을 이루는 성스러운 연결 고리잖아

요.” 감정이 북받쳐서 난 말한다.

“뭐?” 두 분이 의아하다는 얼굴로 날 쳐다보신다.

“아, 아무것도 아니에요. 상관없어요.” 난 손을 놓고 커피를 한 모금 마신 뒤 고개를 든다.

그 순간 심장이 멎는 줄로만 안다.

잭이 커피숍 문 앞에 서 있는 게 아닌가.

당신은 내 인생을 망가뜨렸어

"그런데 말이죠, 잭, 그런 건 진짜 남녀관계가 아니에요. 진정한 남녀관계는 양방향 통행이라고요. 남녀관계에서 제일 중요한 건 동등함과 신뢰예요."
난 목구멍 뒤쪽에 느껴지는 뜨거운 눈물을 참고 삼킨다.

유리문을 통해 잭을 쳐다보는데 심장이 가슴을 뚫고 나올 것만 같다. 잭이 손을 내밀어 가게 문을 열고 들어선다.

잭이 우리 테이블로 다가온다. 갖가지 감정들이 밀려든다. 내가 사랑한다고 생각했던 남자가 여기에 있다. 날 완전히 이용해먹은 남자가 여기에 있다. 잭을 본 충격이 사라지고 나자 해묵은 수치심과 아픔이 밀려들어 날 집어삼키려 한다.

하지만 난 굴복하지 않겠다. 강한 모습을 보이리. 자존심을 지키리.

"무시하세요." 난 부모님께 말한다.

"누구?" 아빠는 고개를 돌리신다. "아!"

"엠마, 잠깐 얘기 좀 할 수 없을까?" 잭이 진지한 표정으로 묻는다.

“전 얘기하고 싶지 않은데요, 회장님.”

“방해해서 죄송합니다.” 잭이 부모님을 바라본다. “따님과 잠깐만 얘기를 하고 싶은데요…….”

“난 아무 데도 못 가요!” 난 화가 나서 외친다. “지금 부모님과 커피 마시느라 바쁜데요.”

“부탁이야.” 잭이 옆 테이블에 앉으며 말한다. “해명을 하고 싶어. 사과하고 싶어.”

“해명한다는 것 자체가 불가능한 것 같은데 뭘 해명하시겠다는 거죠?” 난 엄마 아빠만 뚫어져라 바라본다. “저 사람은 없는 셈 치세요. 계속 하던 얘기나 하죠.”

침묵. 부모님은 슬쩍 시선을 교환하신다. 엄마가 아빠에게 뭐라고 입 모양을 만들어 보이신다. 그러다가 내가 쳐다본다는 것을 깨닫자마자 얼른 커피 잔을 입에 가져가신다.

“그냥…… 계속 하던 얘기나 해요!” 난 애걸하듯 말한다. “저, 엄마.”

“응?”

머릿속이 하얗다. 아무 생각도 나지 않는다. 잭이 손만 뻗으면 닿을 거리에 앉아 있다는 것밖에 생각나지 않는다.

“골프는 어때?” 내가 마침내 묻는다.

“아…… 골프…… 재미있지.” 엄마는 슬쩍 잭을 쳐다보신다.

“저 사람 보지 마!” 난 이를 악물고 말한다. “아…… 저…… 아빠?” 난 굴하지 않고 꿋꿋하게 대화를 하려고 노력한다. “아빠는 요새 골프 어떠세요?”

“잘…… 치고 있지.” 아빠가 조금 부자연스럽게 대답하신다.

“주로 어디서 치십니까?” 잭이 깍듯하게 묻는다.

“회장님은 왜 남의 얘기에 끼고 그러세요!” 난 그렇게 외치며 홱 돌아앉는다.

침묵이 흐른다.

“어머, 내 정신 좀 봐!” 엄마가 연기하는 게 다 티가 나는 어설픈 목소리로 말씀하신다. “시간이 벌써 이렇게 되었네! 여보, 우리…… 저기…… 저기…… 조각 전시회에 가기로 했잖아요.”

뭐시라?

“잘 보고 간다, 엠마…….”

“가시면 어떻게 해요!” 난 당황해서 외치지만 아빠는 벌써 지갑에서 20파운드짜리 지폐를 꺼내 테이블에 올려놓으신다. 엄마는 일어나서 재킷을 입기에 바쁘시다.

“말을 좀 들어 주려무나.” 엄마는 내 귀에 속삭이고 내 뺨에 입을 맞추신다.

“잘 있어라.” 아빠는 어색하게 내 손을 꼭 쥐신다. 그리고 30초 만에 사라져 버리신다.

부모님이 어떻게 내게 이러실 수가 있어?

“음.” 가게문이 닫히는 소리가 들리자 잭이 입을 연다.

난 잭의 얼굴이 안 보이게 아예 의자까지 돌려 놓고 앉는다.

“엠마, 제발 부탁이야.”

이번에는 아예 의자를 좀 더 돌려 벽을 보고 앉는다. 이 정도면 자기도 느끼는 바가 있겠지.

하지만 문제는 너무 돌아앉아서 카푸치노 잔에 손이 안 닿는다는 거다.

“여기.” 고개를 돌려 보니 잭이 의자를 바로 내 옆에 당겨다 앉고는 내 카푸치노 잔을 내밀고 있다.

“날 좀 내버려두세요!” 난 벌컥 화를 내며 자리에서 일어선다. “할 얘기 없어요. 아무 말도 하고 싶지 않아요.”

난 핸드백을 들고 커피숍을 나와 거리로 나선다. 잠시 후 어깨에 손이 와 닿는다.

“적어도 무슨 일이 있었는지나 얘기하면 안 될까…….”

“무슨 얘기를 해요?” 난 빙글 돌아서서 잭을 쳐다본다. “당신이 날 어떻게 이용했나 얘기하자고요? 당신이 날 어떻게 배신했나 얘기하자고요?”

“알아, 나도 내가 당신을 창피하게 만들었다는 건 인정해. 하지만…… 그게 그렇게 큰일이야?”

“그게 그렇게 큰일이냐고요?” 난 도저히 내 귀를 믿을 수가 없다. “당신은 내 삶으로 뛰어 들어왔어요. 내게 정말 믿을 수 없이 꿈같은 로맨스를 선사했죠. 내가 당신을 사…….” 난 얼른 말을 멈춘다. 숨이 가쁘다. “당신은 나한테 사로잡혔다고 말했죠. 당신은 내가…… 당신을 소중하게 여기노록 만들었어요…… 난 당신 말 한 마디 한 마디를 다 믿었다고요!” 내 의지와는 상관없이 목소리가 떨린다. “정말 당신을 믿었어요, 잭. 하지만 내가 그러고 있는 내내 당신은 다른 속셈이 있었던 거죠. 시장 조사를 위해 날 이용한 거였어요. 여태껏 당신은 날…… 이용만 했다고요.”

잭은 날 바라본다.

“아냐.” 잭이 마침내 말한다. “잠깐만 기다려 봐. 엠마가 잘못 알고 있는 거야.” 잭이 내 팔을 붙잡는다. “그런 게 아니었어. 처음부터 당신을 이용하려고 했던 게 아니었다고."

도대체 어떻게 저런 뻔뻔스러운 소리를 할 수 있는 걸까.

"거짓말 말아요!" 난 잭의 손에 잡힌 팔을 확 잡아 빼고는 횡단보도 신호등 단추를 미친 듯이 눌러 댄다. "새빨간 거짓말 말아요. 인터뷰에서 내 얘기를 한 게 아니었다고는 당신도 부정 못 할 거예요. 그때 내 얘기를 했다는 거 부정하지 말아요." 다시금 수치심이 확 밀려든다. "당신이 했던 말 전부가 내 얘기였어요. 하나같이 내 얘기가 아닌 게 없었다고요!"

"알아." 잭이 자기 머리를 감싸 쥐고 말한다. "내 말 좀 들어 봐. 그때 내가 엠마 얘기를 한 게 아니었다고 말하진 않겠어. 당신을 머릿속에 떠올렸다는 건 부정하지 않아…… 하지만 그렇다고 그게……." 잭은 고개를 든다. "난 하루 종일 당신 생각을 한다고. 그게 진실이야. 난 항상 당신 생각만 해."

횡단보도 신호등이 건너가라고 삑삑 소리를 낸다. 신호등이 나보고 얼른 걸어가란다. 잭이 쫓아오건 말건 상관없이 가란다. 하지만 우린 움직이지 않는다. 나도 마음 같아선 잭을 버리고 가고 싶다. 하지만 내 몸이 말을 듣지 않는다. 내 몸은 좀 더 많은 얘기를 듣고 싶어 하는 모양이다.

"엠마, 피트와 내가 처음에 팬서를 만들었을 때 우리가 어떻게 일을 했는지 알아?" 잭의 검은 눈이 불타오를 듯 이글거린다. "우리가 어떤 방식으로 결정을 내렸는지 알아?"

난 말하고 싶으면 해보라는 투로 살짝 어깻짓을 한다.

"우린 우리 자신을 모델로 삼았어. 우리라면 이걸 살까? 우리라면 이걸 마음에 들어 할까? 우리라면 이 제품에 흥미를 나타낼까?

하루 종일 서로에게 그런 질문을 했지. 매일매일 몇 번이고, 지겨워질 때까지.” 잭은 잠시 망설인다. “지난 몇 주간 난 새 여성용 제품 개발에 푹 빠져 있었어. 정신을 차려 보면 난 항상 내 자신에게 이런 질문을 하고 있더군…… 엠마라면 이걸 마음에 들어 할까? 엠마라면 이걸 마실까? 엠마라면 이걸 살까?” 잭은 잠시 눈을 감았다 뜬다. “그래. 당신은 내 머릿속을 파고들었어. 그래, 일을 하면서도 당신을 생각했어. 엠마, 난 원래 일과 생활을 구분 못 하는 사람이야. 그게 나야. 그렇다고 내 생활이 진실이 아니란 뜻은 아니야.” 잭이 머뭇거린다. “그러니까 당신과 나의 관계가…… 우리가 함께 가졌던 것들이…… 진실이 아니었단 뜻은 아니라고.”

잭은 깊이 숨을 들이마시며 호주머니에 손을 찔러 넣는다.

“엠마, 난 당신에게 거짓말 한 적 없어. 당신을 속인 적 없어. 난 정말로 그 비행기 안에서 당신과 만난 그 순간부터 당신에게 사로잡혀 버렸어. 당신이 날 쳐다보면서 ‘내게 G스팟이 있는지 없는지도 아직 모르는데!’ 라고 말한 그 순간부터 당신한테 빠져 버렸다고. 사업 구상 때문이 아니라 그 사람이 당신이었기 때문에. 당신이란 여자에게, 당신 인생의 모든 소소한 부분에.” 잭의 입가에 희미한 미소가 스치고 지나간다. “당신이 매일 아침 여러 별점 중에서 제일 마음에 드는 걸 고르는 것부터 어네스트 P. 레오폴드가 보낸 편지를 만들어 내는 것까지. 벽에 붙은 당신의 운동 계획표도. 당신이란 여자와 관련된 모든 것들에.”

잭은 뚫어져라 내 눈을 들여다본다. 목구멍이 꽉 죄어 온다. 머릿속이 혼란스럽기 그지없다. 한순간 마음이 흔들리는 걸 느낀다.

하지만 정말 딱 한순간뿐이다.

"잘 알아듣겠어요." 난 떨리는 목소리로 말한다. "하지만 당신은 날 창피하게 만들었어요. 당신 때문에 난 수치스러워서 죽는 줄 알았다고요!" 난 돌아서서 길을 건너기 시작한다.

"그렇게까지 많이 떠들어 대려던 의도는 없었다고." 잭이 날 따라오며 말한다. "아니, 원래는 아무 말도 안 하려고 했어. 내 말 믿어 줘, 엠마. 나도 당신 못지않게 후회하고 있다고. 인터뷰가 끝나자마자 난 그 부분을 삭제해 달라고 요구했어. 방송국에서도 편집을 해 주겠다고 약속을 했다고. 난……." 잭은 고개를 내젓는다. "나도 모르겠어. 그 여자 사회자가 날 그런 쪽으로 몰고 갔나…… 얘기를 하다 보니 나도 모르게 조금 오버했나 봐."

"좀 오버를 했다고요?" 다시금 분노가 머리끝까지 치민다. "잭, 당신은 내 모든 비밀을 하나도 남김없이 까발렸다고요!"

"알아. 그래서 미안해……."

"온 세상에 대고 내 속옷 얘기를 했어요…… 내 성경험을 얘기하고…… 내 바비 인형 침대 커버 얘기를 했어요……."

"엠마, 정말 미안해……."

"내 몸무게까지 말했어요!" 목소리가 거의 비명에 가깝다. "그것도 몸무게를 불려서 잘못 말하기까지 했다고요!"

"엠마, 진짜로, 진심으로 미안해……."

"미안하단 말로는 모자라요!" 난 휙 돌아서서 잡아먹을 듯한 얼굴을 잭에게 바짝 들이민다. "당신이 내 인생을 완전히 망가뜨려 놓았다고요!"

"내가 당신 인생을 망가뜨렸어?" 잭은 알 수 없다는 표정을 짓는다. "당신 인생이 망가졌어? 사람들이 당신에 대한 진실을 아는 게 그렇게도 끔찍한 일인 거야?"

"난…… 난……." 왠지 빈틈을 찔린 것 같아 난 잠시 허둥거린다. "당신은 내가 아닌데 내 기분이 어땠는지 어떻게 알아요?" 난 다시 정신을 가다듬고 공격을 재개한다. "모두가 날 비웃는다고요. 회사 사람들 전부가. 아르테미스는 날 놀리고……."

"해고할게." 잭이 단호하게 말한다.

난 화들짝 놀라서 지금 상황도 잊고 조금 키득거리는 소리를 냈다가 얼른 기침을 하는 척하며 소리를 가린다.

"그리고 닉도 날 놀리고……."

"닉도 해고하지, 뭐." 잭이 잠깐 생각을 하는가 싶더니 말한다. "이건 어때? 당신을 놀렸던 사람들은 전부 다 해고할게."

이번에는 정말 참지 못하고 웃음소리를 내고 만다.

"그러고 나면 아무도 안 남을걸요?"

"그럼 어때. 그 정도면 나도 정신을 차리겠지. 다음번에는 그렇게 생각 없는 짓 하지 말라는 교훈을 톡톡히 얻을 거야."

눈부신 햇살 속에서 우리는 잠시 서로를 응시한다. 심장이 마구 두근거린다. 무슨 생각을 해야 좋을지도 알 수가 없다.

"행운을 가져오는 히스 사실라우?" 분홍색 맨투맨을 입은 여자가 갑자기 알루미늄 호일에 싼 나뭇가지를 내 얼굴에 들이민다. 난 짜증스럽게 고개를 젓는다.

"행운의 히스 사실라우, 사장님?"

"그 바구니째 다 사죠." 잭이 말한다. "행운이 좀 많이 필요하거든요." 잭은 지갑에서 50파운드짜리 지폐를 두 장 꺼내 여자에게 건네고 바구니를 받는다. 그 와중에도 내게서 단 한번도 눈길을 떼지 않는다.

"엠마, 용서만 해 주면 정말 해 달라는 대로 다 할게." 여자는 봉 잡았다는 표정으로 혹시나 잭이 마음을 바꿀까 봐 냉큼 달아난다. "점심 같이 할까? 술이라도 한잔 할까? 스무디…… 라도 마실까?" 잭이 어설프게 미소를 짓는다. 하지만 난 미소를 지을 수가 없다. 너무나 머릿속이 복잡해서 웃을 수가 없다. 용서해 주기 싫다는 마음과 잭을 믿고 싶다는 마음이 전쟁을 벌인다. 잭을 용서해 주고 싶다. 하지만 아직까지는 뭐가 뭔지 알 수가 없다. 뭔가 아직도 꺼림칙한 구석이 남는다.

"모르겠어요." 난 코끝을 문지르며 말한다.

"내가 방송에 나가 완전히 죽을 쑤기 전까지는 우리 잘되고 있었 잖아."

"과연 그럴까요?" 내가 묻는다.

"아니었어?" 잭은 머뭇거리며 히스 바구니 너머로 날 본다. "난 잘되고 있는 줄 알았는데."

머릿속이 웅웅거린다. 꼭 하고 싶은 말이 있었는데. 꼭 짚고 넘어가야 할 일이 있었는데. 서서히 머릿속에서 한 줄기 생각이 형태를 잡아 간다.

"잭…… 스코틀랜드에는 왜 갔던 거예요? 그러니까, 우리가 제일 처음에 만났을 때 말이에요."

순식간에 잭의 표정이 바뀐다. 잭은 얼굴을 굳히더니 시선을 돌린다.

"엠마, 미안하지만 그 얘기는 할 수가 없어."

"왜요?" 난 최대한 가볍게 말하려고 노력한다.

"너무…… 복잡해."

"좋아요, 그럼." 난 잠시 또 생각을 한다. "스벤과는 황급히 어딜 간 거였어요? 그때 데이트하다가 스벤과 떠나버렸을 때 말이에요."

잭은 한숨을 쉰다.

"엠마……."

"그러면 그때 계속 전화를 받았던 날은요? 그건 무슨 전화였어요?"

이번에는 대답하려는 노력조차 보이질 않는다.

"그렇군요." 난 머리카락을 쓸어 넘기며 침착하려고 애쓴다. "잭, 혹시 그런 생각 안 해 봤어요? 우리 여태 만나면서 당신은 내게 자기 얘기를 거의 한 마디도 한 적이 없다는 거?"

"그건…… 내가 좀 폐쇄적인 성격이라서 그래. 그게 그렇게 큰 문제야?"

"나한텐 큰 문제예요. 난 당신한테 모든 얘기를 다 했어요. 당신이 말했다시피 난 내가 무슨 생각을 하는지, 내가 무슨 걱정을 하는지 하나도 빠짐없이 다 말했어요. 그런데 당신은 내게 아무 얘기도 해 주지 않네요."

"그렇지 않아." 잭은 여전히 성가신 바구니를 끌어안은 채 내게 다가선다. 그 바람에 히스 가지 몇 개가 바닥으로 떨어진다.

"거의 아무 얘기도 안 해 줬다고 정정하죠, 그럼." 난 잠시 눈을 감고 생각을 정리한다. "잭, 남녀 관계란 말이죠, 서로가 대등해야 하고 서로가 서로를 믿어야 하는 거예요. 한 사람이 자기 비밀을 털어놓으면 다른 한 사람도 비밀을 털어놓아야 하는 거예요. 아주 간단하게 한 가지만 놓고 말하자면, 당신은 방송에 나올 거란 말조차 내게 해 주지 않았다고요.”

“아, 그건 정말 아무 생각 없이 한 바보짓이었다니까!” 쇼핑백을 여섯 개나 든 여자가 잭에게 부딪치고 지나가는 바람에 히스가 후두둑 바닥으로 떨어진다. 잭은 짜증이 나서 지나가는 오토바이 택배원의 짐바구니에 히스를 모조리 부어 버린다. “엠마, 지금 과민반응을 보이는 거라고.”

“난 당신한테 내 비밀을 하나도 남김없이 말했어요.” 난 굴하지 않고 고집스럽게 말한다. “당신은 내게 하나도 말해 준 게 없고요.”

잭은 한숨을 쉰다.

“엠마, 내 생각에 그건 좀 다른 것 같은데…….”

“뭐라고요?” 난 기겁을 하며 잭을 바라본다. “왜…… 왜 그 두 가지가 다르다는 거죠?”

“당신이 이해를 해 줘야 해. 내 인생에는 아주 복잡하고…… 아주 중요하고…… 아주 미묘한 것들이 많단 말이야…….”

“그리고 내게는 없고요?” 로켓포를 발사하듯 말이 튀어나가 버린다. “제 비밀은 회장님 비밀보다 덜 중요하다고 생각하시나 보죠? 회장님께서 TV에 나가 실수로 제 비밀을 다 까발렸다고 해도 제 비밀이란 건 워낙에 하찮은 것들이라 저는 상처를 덜 받을 거라 생각하시나 보죠?” 온몸이 부들부들 떨린다. 분노로 그리고 실망감으로. “왜냐면 회장님은 중요한 거물이시고 전…… 저를 뭐라고 표현하셨죠, 회장님?” 눈물이 눈 속을 둥둥 떠다니는 게 느껴진다. “특별할 것 하나 없는 여자? 평범하고 특별할 것 하나 없는 여자라고 하셨던가요?”

잭이 움찔한다. 정곡을 제대로 찔렀다는 느낌이 온다. 잭은 한참 동안 눈만 감고 있다. 더 이상은 아무 말도 안 하려나 보다고 생각한다.

"그런 단어를 쓰려던 의도는 아니었어." 잭이 이마를 문지르며 말한다. "그 말을 내뱉은 순간 난 다시 주워 담고 싶었어. 난…… 난…… 그런 이미지에서…… 그것과는 정말 판이하게 다른 뭔가를 끌어내려고 했던 거였어." 잭은 고개를 든다. "엠마, 당신 진짜 몰라서 이러는 거 아니지? 내가 설마 진심으로……."

"다시 한번 물을게요!" 심장이 마구 두근거린다. "스코틀랜드에선 뭘 했던 거예요?"

침묵. 잭의 눈을 보며 잭이 절대로 말할 생각이 없음을 읽는다. 나에게 이게 얼마나 중요한 문제인지 알면서도 잭은 내게 말해 줄 마음이 없는 거다.

"알겠어요." 목소리에 맥이 빠진다. "좋아요. 보아하니 난 당신에게 별로 중요한 존재가 아닌가 보네요. 나란 존재가 그렇죠, 뭐. 비행기 안에서 당신을 심심치 않게 해 준 재미난 여자. 당신 사업 구상에 아이디어를 주는 여자."

"엠마……."

"그런데 말이죠, 잭, 그런 건 진짜 남녀관계가 아니에요. 진정한 남녀관계는 양방향 통행이라고요. 남녀관계에서 제일 중요한 건 동등함과 신뢰예요." 난 목구멍 뒤쪽에 느껴지는 뜨거운 눈물을 참고 삼킨다. "그러니까 가서 당신 수준에 맞는 사람을 찾아 보세요. 당신의 그 소중하디소중한 비밀을 함께 공유해 줄 사람이 어딘가 분명히 있을 거예요. 나로서는 절대로 무리인 것 같으니 그렇게 하시죠."

잭이 무슨 말을 더 하기 전에 난 홱 몸을 돌려 걷기 시작한다. 뺨을 타고 눈물 두 방울이 흘러내린다. 발 아래 행운의 히스가 짓밟힌다.

그날 저녁에는 꽤 늦게까지 회사에 묶여 있다가 집으로 돌아온다. 아까의 말다툼에 여전히 가슴이 아프다. 머리는 욱신거리고 금방이라도 울음이 터질 것 같다.

아파트 현관문을 열고 들어가니 리시와 제미마가 동물 권리 문제를 놓고 목청 터져라 논쟁을 벌이고 있다.

"글쎄, 밍크들은 자기네들이 코트로 만들어지는 과정을 진짜 좋아한다니까……." 응접실 문을 열고 들어가는데 제미마가 그런 말을 하고 있다. 두 사람은 말을 멈추고 고개를 든다. "엠마! 괜찮아?"

"아니." 난 소파에 주저앉아 리시가 자기 엄마한테서 크리스마스 선물로 받은 모포를 잡아채 내 몸에 꽁꽁 두른다. "잭이랑 대판 싸웠어."

"잭이랑?"

"그 사람을 만났니?"

"그 사람이…… 뭐, 사과하러 왔더라."

리시와 제미마는 시선을 교환한다.

"그런데 어떻게 됐어?" 리시가 무릎을 끌어안으며 묻는다. "뭐라고 하던?"

난 몇 초 동안 아무 말도 하지 않고 그 사람이 정확하게 무슨 말을 했는지를 떠올리려고 노력한다. 머릿속이 온통 뒤죽박죽이다.

"잭이…… 자긴 단 한번도 날 이용하려고 했던 적 없대." 난 마침내 대답한다. "내가 자기 생각 속을 자꾸 파고든대. 회사에서 날 놀렸던 사람들은 한 명도 빠짐없이 해고해 버리겠다고도 했어." 그 말을 하니 입에서 저절로 킥킥 웃음이 튀어나온다.

"진짜?" 리시가 말한다. "히야. 그거 진짜 로맨틱……." 리시는 얼른 헛기침을 하며 미안하다는 표정을 짓는다. "미안."

"일이 그렇게 된 건 정말 너무 미안하다, TV에서 그런 말을 하려던 의도는 없었다, 그리고 우리의 관계는…… 어쨌거나 많은 말을 했어. 그래 놓고선 갑자기……." 다시 혈압이 올라가며 맥박이 미친 듯이 빨라진다. "자기가 가진 비밀들이 내 비밀들보다 훨씬 더 중요하다는 말을 하더라."

제미마와 리시가 헉 소리를 내며 분통을 터뜨린다.

"뭐시라?" 리시가 외친다.

"죽일 놈!" 제미마가 말한다. "무슨 비밀이?"

"스코틀랜드 얘기를 물었어. 데이트 중에 갑자기 어딜 간 건 또 뭐였냐고." 난 리시의 눈을 똑바로 바라본다. "나한테 쉬쉬했던 그 모든 것들 말이야."

"뭐라고 하던?" 리시가 묻는다.

"아무 말 안 하더라." 갑자기 창피한 기분이 든다. "그치 말로는 너무나노 '미묘하고 복잡한' 문제라서 차마 말씀하실 수가 없으시단다."

"민감하고 복잡해?" 제미마가 눈을 반짝반짝 빛내며 날 본다. "잭한테 미묘하고 복잡한 문제가 있다고 했단 말이지? 왜 진작 그런 말 안 했니? 엠마, 이 정도면 완벽해! 그게 뭔지 알아내서 너도 방송이나 신문에 대고 터뜨려 버려!"

난 제미마를 바라본다. 심장이 미친 듯이 두근거린다. 아, 그래. 제미마 말이 맞다. 이건 할 수 있을 것 같다. 잭에게 복수를 해 줄 수

있을 것 같다. 내 눈에서 눈물 뽑아 낸 것만큼 잭도 피눈물을 흘리게
해 줄 수 있다.

"하지만 그게 뭔지는 전혀 모르는데." 내가 마침내 말한다.

"알아내면 되잖아! 그건 별로 어렵지 않아. 중요한 건 그 인간이
뭘 감추고 있다는 걸 네가 안다는 거야."

"그래, 분명히 냄새가 좀 나긴 한다." 리시가 진지하게 말한다.
"전화를 그렇게 많이 받고도 내용은 하나도 말 못 해 주는 거라든
가, 데이트를 하다 말고 이유 없이 딴 곳에 가 봐야 한다고 하거
나……."

"데이트를 하다 말고 이유 없이 가 봐야 한대?" 제미마가 눈을 초
롱초롱 빛낸다. "어디로? 무슨 말 안 했니? 뭐 엿들은 것도 없어?"

"없어!" 난 살짝 얼굴을 붉히며 말한다. "당연히 없지. 날 뭘로 보
는 거야…… 내가 사람들 얘기나 엿듣는 인간으로 보여?"

제미마가 날 빤히 본다.

"내 앞에서 시치미 떼지 마. 난 널 알아. 분명히 뭔가를 들었을 거
야. 말해 봐, 엠마. 뭘 들은 거야?"

머릿속에서 그날 일을 다시 되새겨 본다. 벤치에 앉아 분홍색 칵
테일을 마신다. 얼굴 위로 산들바람이 스치고 지나간다. 잭과 스벤
이 내 뒤에서 목소리를 낮게 깔고 두런두런 얘기를 하고 있다…….

"별것 아니었어." 난 마지못해 대답한다. "그냥 뭔가를 어디로 옮
겨야 한다는 얘기랑…… 작전 B로 간다는 거…… 그리고 뭐가 굉장
히 긴급을 요한다는 거……."

"뭘 옮겨?" 리시가 의심스런 표정을 짓는다. "돈을?"

"몰라. 그리고 다시 비행기를 타고 글래스고로 가 봐야 한단 얘기

도 한 것 같아.”

“나, 참, 기가 막혀서. 엠마, 넌 그럼 이 얘기를 여태 쭉 알고 있었다는 거야? 이거 분명히 아주 중요한 얘기일 거야. 중요한 얘기일 수밖에 없어. 정보가 조금만 더 많았더라면 얼마나 좋아.” 제미마는 짜증스럽게 한숨을 내쉰다. “엠마, 너 혹시 녹음기나 뭐 비슷한 거 없었어?”

“그런 걸 왜 가져가!” 난 기가 막혀 하하 웃는다. “데이트를 하러 가면서 그런 걸 왜 가져가니? 난 평소에 데이트할 때 녹음기나…….” 제미마의 표정을 보니 난 도저히 믿을 수가 없어서 말을 채 끝맺을 수가 없다. “제미마, 너 설마…….”

“매번 그러는 건 아냐.” 제미마는 변명하듯 어깻짓을 한다. “뭐, 가져가 두면 요긴하게 쓰일 만하다는 생각이 들 때만…… 어쨌거나 그건 중요한 문제가 아니고. 중요한 건 우리 손에 정보가 있다는 거야, 엠마. 모든 게 다 네 손에 있어. 이게 무슨 내용인지 알아 봐. 그러고 나서 그 사람 비밀을 언론에 까발려 버려. 그러고 나면 잭도 누가 진정한 승자인지 깨닫겠지. 그게 바로 복수란 거야!”

난 단호한 표정을 짓고 있는 제미마를 바라본나. 갑사기 속에서 희열 같은 것이 보글보글 끓어오르는 느낌이다. 그래, 이걸로 보복을 하는 거야. 그럼 잭도 정신을 차리겠지. 그러면 진짜 잘못한다고 생각하겠지! 더 이상 날 아무것도 아닌 무시해도 좋을 사람으로 치부하지 않겠지! 두고 보자고. 정신 차리게 해 줄 테니까.

“저기…….” 난 바짝 마른 입술을 핥는다. “어떻게 하면 될까?”

“일단은 우리끼리 최대한 정보를 모아 봐야지.” 제미마가 말한다. “그리고 나선, 음, 내가…… 여러 방법으로 정보를 모을 수 있는 사람들을 아니까 거기다가 부탁을 하자.” 제미마는 살짝 윙크를 한다. “그 방면으로 프로인 사람들 있어.”

“사립 탐정들 말이야?” 리시가 기막혀한다. “그게 진짜야?”

“그러고 나서 우리가 확 까발려 버리는 거야. 우리 엄마가 모든 종류의 언론사에 다 줄이 닿아 있으니까……”

머리가 쿵쿵 울린다. 나 지금 진짜 이 계획을 실행하려고 하는 거니? 정말로 잭에게 복수를 하려고 하는 거니?

“일단은 쓰레기통 같은 데에서 시작하는 게 제일 좋아.” 제미마가 전문가인 척 나선다. “사람들 쓰레기를 뒤져 보면 진짜로 별거별거 다 나온다.”

그 말을 듣는 순간 잠시 날아갔던 이성이 다시 내게 찾아든다.

“쓰레기통?” 난 경악을 한다. “쓰레기통은 절대 못 뒤져! 그리고 생각해 보니까 우리 이제 그만 하는 게 좋겠어. 이건 정말 미친 생각이야.”

“왜 이제 와 갑자기 몸을 사리고 그래?” 제미마가 발끈해 소리치며 머리카락을 휙 뒤로 넘긴다. “그 방법이 아니면 네가 무슨 수로 그 사람 비밀을 캐낼 건데?”

“그 사람 비밀 따위 알고 싶지 않을 수도 있는 거잖아.” 자존심이 아프다. “내가 더 이상 관심이 없을지도 모르는 거잖아.”

난 두르고 있던 모포를 꼭 움켜쥐며 비참한 심정으로 내 발가락을 내려다본다.

그래. 잭에겐 내게 털어놓을 수 없는 커다란 비밀이 있다잖아. 내가 알 게 뭐야. 얘기하기 싫으면 자기 혼자만 간직하라 그래. 말하기 싫다는 걸 캐고 다닐 정도로 품위없고 저열한 짓은 나도 하기 싫다고. 쓰레기통을 뒤지는 짓 따위는 할 수 없어. 나랑 상관없는 일이야. 그 사람이 어떻게 되건 내가 알 게 뭐야.

"그냥 다 잊고 싶어." 얼굴이 일그러진다. "그 사람 잊고 싶어."

"그러면 안 돼!" 제미마가 외친다. "바보 같은 소리 하지 마, 엠마. 이번이야말로 제대로 복수할 수 있는 기회라고. 잡을 수 있는데 왜 망설여?" 제미마가 무슨 일에 이렇게 열을 내는 모습은 처음 본다. 제미마는 핸드백 속에서 조그만 연보라색 스미드선 수첩과 티파니 볼펜을 꺼낸다. "지금 우리에게 있는 정보가 뭐지? 글래스고…… 작전 B…… 뭘 옮겨야 한다는 거……."

"스코틀랜드에 팬서 지사가 있거나 한 건 아니지?" 리시가 진지하게 묻는다.

난 고개를 돌리고 기가 막힌다는 표정으로 리시를 본다. 리시도 노트를 꺼내 뭔가를 끼적거리면서 즐겨 푸는 그 두뇌 퍼즐에 골몰했을 때와 똑같이 생각에 잠긴 표정을 짓고 있다. 내가 보고 있자니 리시가 노트에 '글래스고', '옮긴다', '작전 B'란 단어를 써놓고 여백에 '스코틀랜드'의 철자를 써 놓은 뒤 모두 조합해 무슨 새 단어를 만든다.

진짜 할 말이 없구만.

"리시, 뭐 하는 거야?"

"그냥…… 뭐 이것저것." 리시는 얼굴을 붉힌다. "난 가서 인터넷을 검색해 볼게. 혹시 모르니까."

"야, 너희 둘 이제 그만 좀 해!" 내가 버럭 외친다. "잭이 나한테 비밀을 얘기해 주기 싫다잖아…… 그럼 나도 듣고 싶지 않다고."

갑자기 피곤이 엄습한다. 온몸이 상처투성이가 된 것 같다. 잭의 비밀스러운 삶에는 관심 없다. 더 이상 생각하고 싶지도 않다. 뜨거운 물에 몸을 담근 뒤 잠이나 자고 싶다. 그 사람을 만났다는 사실조차 잊고 싶을 뿐이다.

새로운 삶이 시작되다

그게 전부가 아니다. 내가 도대체 어떻게 된 건지 나조차도 알 수가 없다. 완전히 새로운 인간이 된 느낌이다. 그래, 내가 부장 머그잔을 좀 깼으면 어때? 누가 뭐라고 할 건데? 내 몸무게가 얼마인지 남들이 좀 알면 또 어때? 누가 신경을 쓰는데?

물론 그게 가당키나 한 일인가.

잭을 기억에서 지울 수가 없다. 말다툼 내용이 머릿속에서 떠나질 않는다.

원치도 않는데 불쑥불쑥 잭의 생각이 떠오른다. 햇빛 속에서 날 보던 잭의 시선. 행운의 히스를 시던 모습.

난 지금 침대에 누워 있다. 가슴을 두근거리며 몇 번이고 몇 번이고 반복해 그 광경을 떠올린다. 매번 가슴이 찡하고 아파 온다. 매번 실망감을 느낀다.

난 잭에게 내 모든 얘기를 다 털어놓았다. 정말 모든 것을. 그런데도 잭은 단 한 가지조차⋯⋯.

아냐. 아냐.

나랑 더 이상 상관없어.

다시는 생각하지 않을래. 그 사람은 자기 알아서 멋대로 살라고 그래. 비밀이 그렇게 중요하면 아무한테도 말하지 말라 그래.

그래, 내 행운을 빌어 주마. 잘 살아라. 이제 내 머릿속에서 그만 나가 주셔야겠어.

영영 바이바이하자고.

난 어두운 천장을 잠시 바라본다.

그건 그렇고 그 얘기는 또 뭐야? 사람들이 내 비밀을 알아 버리는 게 그렇게 큰 일이냐고?

그래. 마음대로 얘기해라, 마음대로. 아우, 그 사람 생각은 그만 하자니까. 끝난 일이잖아.

다음 날 아침 난 홍차를 마시려고 부엌으로 걸어가며 굳게 결심을 한다. 이제부터는 잭에 대한 생각조차 하지 않겠노라고. 이게 끝이다.

"자, 가설을 대강 세 개로 압축해 봤어." 리시가 잠옷 바람으로 부엌까지 달려와 헐떡거리며 노트를 치켜든다.

"뭐?" 난 멍한 표정으로 리시를 본다.

"잭이 숨기고 있는 비밀 말이야. 세 가지로 요약을 해봤다고."

"세 가지뿐이야?" 제미마가 하얀 가운 차림으로 손에 스미드선 수첩을 들고 그뒤에 나타난다. "난 여덟 가지인데!"

"여덟?" 리시는 자존심에 상처를 받았다는 듯, 도전을 받은 듯한 표정을 짓는다.

"난 듣고 싶지 않거든." 난 말한다. "너희 둘, 내 말 좀 들어봐. 나 그동안 굉장히 힘들었어. 그러니까 내 의사를 좀 존중해서 그만둬 달라고."

두 사람은 무슨 뚱딴지 같은 소리냐는 표정으로 나를 보다가 이내 무시하고 서로를 쳐다본다.

"진짜 여덟 개야?" 리시가 다시 묻는다. "어디서 여덟 개나 나온 거지?"

"어이, 좀 진정하셔. 네 거나 내 거나 별반 차이 있기야 하겠어?" 제미마가 리시를 달랜다. "너부터 말해보지 그래?"

"알았어." 리시는 여전히 분하다는 표정으로 헛기침을 한다. "첫 번째 가설. 주식회사 팬서의 본사를 스코틀랜드로 완전히 이전할 계획이다. 그래서 부지를 답사하려고 스코틀랜드에 갔던 건데 괜히 네가 그 얘기를 해서 소문이 퍼져 나가길 원치 않는 거다. 두 번째 가설. 무슨 탈세나 횡령 사건에 연루되어 있다……."

"뭐?" 난 리시를 쳐다본다. "그건 도대체 어디서 나온 거야?"

"작년에 주식회사 팬서를 감사했던 회계사들을 조사해 봤어. 최근에 아주 커다란 비리 사건에 연루되어 있더라. 물론 그렇다고 그게 무슨 의미가 있다는 건 아니지만, 잭이 굉장히 쉬쉬 하면서 뭘 옮긴다는 얘기를 한다며……." 리시가 얼굴을 찡그린다. 난 혼란스런 표정으로 리시를 본다.

잭이 무슨 범죄를 저질렀다고? 아냐. 그럴 리가 없어. 그럴 사람이 아냐.

물론 그랬거나 말았거나 내가 알 바는 아니지만, 뭐.

"내 귀에는 그 두 가지 다 가능성이 극히 희박한 것처럼 들리는데?" 제미마가 눈썹을 꿈틀거리며 잘난 척을 한다.

"그럼 네 가설은 뭔데?" 리시가 씨근덕거리며 묻는다.

"당연한 거 아냐? 성형수술이지." 제미마가 의기양양하게 말한다. "주름살 제거 수술을 받고 아무에게도 들키고 싶지 않아서 상처가 아무는 동안 스코틀랜드에서 요양을 한 거지. 그리고 작전 B의 B가 무엇의 약자인지도 알아냈어."

"뭔데?" 난 조심스럽게 묻는다.

"보톡스의 B지!" 제미마는 신이 나서 말한다. "그래서 갑자기 데이트를 하다 말고 휘리릭 가 버린 거야. 잔주름을 펴려고. 예약 환자가 갑자기 예약을 취소하는 바람에 의사에게 잠깐 시간이 빈 거지. 그걸 누군가가 잭에게 귀띔을 해준 거고……."

제미마는 평소에 도대체 무슨 생각을 하고 사는 앨까?

"잭이 보톡스를 왜 맞아!" 내가 말한다. "주름살 제거 수술은 또 왜 받고?"

"그거야 우린 알 수 없는 거지!" 제미마가 답답하다는 표정을 짓는다. "최근에 찍은 사진과 옛날 사진을 한번 비교해 봐. 분명히 달라진 곳을 찾을 수……."

"여보셔, 마플 양." 리시가 눈을 디룩 굴리며 말한다. "나머지 일곱 개 가설은 그럼 어떤 거야?"

"어디 보자……." 제미마가 수첩을 넘긴다. "아, 이거 꽤 괜찮은 거다. 잭은 마피아 출신이다." 극적인 효과를 위해 잔뜩 뜸을 들인다. "아버지가 총에 맞아 돌아가셔서 다른 패밀리를 말살할 계획을 짜고 있다."

"제미마, 그건 영화 대부의 줄거리지." 리시가 말한다.

"어쩐지." 제미마가 얼굴을 찡그린다. "어디서 많이 들어본 내용이다 싶었지." 제미마는 펜을 들어 직직 줄을 긋는다. "그럼 이건 어때? 잭에겐 자폐증에 걸린 형이 있다……."

"그건 레인맨이고."

"아쒸." 제미마는 얼굴을 찡그리며 자신의 목록을 들여다본다. "그럼 이것도 아니겠고…… 이것도 아니고……." 제미마는 펜으로 자꾸 뭔가를 지워 나간다. "좋아. 하나 남았다." 제미마는 고개를 치켜든다. "잭에게 딴 여자가 있다."

난 번개를 맞은 듯한 기분으로 제미마를 바라본다. 다른 여자. 그 생각은 한번도 못 했는데.

"나도 그게 마지막 가설이었어." 리시가 미안하다는 표정을 짓는다. "다른 여자가 있다."

"두 사람 다 잭한테 다른 여자가 있을지도 모른다는 생각을 했단 말이야?" 난 두 사람의 얼굴을 번갈아 바라본다. "도대체…… 도대체 왜?"

내가 왠지 왜소해진 느낌이다. 바보 멍청이가 된 기분이다. 여태껏 잭이 날 가지고 놀았던 거야? 난 내가 생각했던 것보다 더 어리석고 순진했던 거야?

"그게 제일 그럴싸하다고 생각했어." 제미마는 어깻짓을 한다. "스코틀랜드에 있는 어자와 남들 모르게 불륜의 관계를 가지고 있다. 널 처음 만났을 때 아무도 몰래 그 여자를 만나러 갔다 오는 길이었다. 여자가 계속 잭에게 전화를 건다. 어쩌면 전화로 말다툼을 하고 있었던 걸지도 모르지. 그러다가 여자가 연락도 없이 갑자기 런던에 찾아온다. 그래서 잭은 널 만나다 말고 그 여자를 만나러 가 버린 거지."

리시는 새하얗게 질린 내 얼굴을 본다.

"하지만 회사 이전 건일 수도 있어." 리시는 어떻게든 날 달래려

고 애쓴다. "혹은 진짜 무슨 탈세나 횡령 같은 일에 연루되었을 수
도 있고."

"그 사람이 뭘 하건 난 관심 없어." 얼굴이 후끈 달아오른다. "내
가 상관할 바 아니잖아. 자기 일이니까 자기 마음대로 하라고 그
래."

난 냉장고에서 우유팩을 꺼낸 뒤 문을 쾅 닫는다. 손이 조금 떨린
다. 기분이 정말 묘하다. 복잡하다. 그게 전부 딴 여자가 있어서 양
다리를 걸친다는 징조였단 말이지?

좋아. 알 바 아냐. 다른 여자 만나고 싶으면 만나라 그래. 나랑 상
관없어.

"왜 네가 상관할 바가 아니야!" 제미마가 말한다. "복수할 거라
면……."

진짜 미치겠구만.

"복수할 생각 없다니까, 알겠어?" 난 돌아서서 제미마를 노려본
다. "그런 건 정신 건강에 해로워. 난 얼른…… 상처를 치유하고 극
복하고 싶다고."

"너, 복수의 다른 말이 뭔지 아니?" 제미마가 얼굴을 바짝 들이대
고 묻는다. "그건 바로 '종지부를 찍는다' 라고!"

"제미마, 종지부를 찍는 거랑 복수는 같은 개념이 아닌 것 같은
데." 리시가 말한다.

"내 사전엔 그래." 제미마가 턱을 치켜든다. "엠마, 넌 내 친구야.
난 내 친구가 개자식에게 얼토당토않은 취급을 당했는데 그냥 가만
히 앉아서 괴로워만 하는 꼴 못 봐. 그 자식도 당해 봐야 한다고. 벌
받아 마땅한 인간이라고!"

난 약간 걱정되는 표정으로 제미마를 쳐다본다.

"너 설마 무슨 짓을 하려는 건 아니겠지?"

"왜 아냐?" 제미마가 말한다. "나보고 가만히 팔짱만 끼고서 네가 괴로워하는 모습을 지켜보라고? 그렇게는 못 해. 여자의 우정이란 건 그런 게 아냐, 엠마!"

크어어억. 제미마가 분홍색 구찌 정장을 입고 잭의 쓰레기통을 뒤지는 장면이 떠오른다. 손톱줄로 잭의 차를 긁어놓는 장면도 생각난다.

"제미마…… 아무것도 하지 마." 난 갑자기 더럭 겁이 난다. "제발. 그런 거 난 원하지 않아."

"일시적인 생각일 뿐이야. 나중에는 분명 나한테 두고두고 감사할……."

"아니라니까. 제미마! 정말 바보 같은 짓 하지 않겠다고 나한테 약속해."

제미마는 고집스럽게 이를 악문다.

"약속하라니까!"

"알았어." 제미마는 마침내 눈을 굴리며 말한다. "약속할게."

"쟤 지금 등 뒤에서 손가락 꼬아서 십자 만들었다. 거짓말이야." 리시가 참견한다.

"뭐?" 난 정말 기가 막혀서 제미마를 바라본다. "제대로 약속해! 너한테 진짜 소중한 뭔가를 걸고 맹세하란 말이야."

"알았어, 알았다고." 제미마는 입술을 쭉 내민다. "알겠어, 네가 이겼어. 내 미우미우 포니스킨 가방을 걸고 아무것도 하지 않겠다고 맹세할게. 하지만 너 지금 큰 실수 하는 거야."

제미마는 쿵쾅거리며 자기 방으로 돌아간다. 난 착잡한 심정으로 그 뒷모습을 쳐다본다.

"쟤 완전 사이코 아니야?" 리시가 의자에 주저앉으며 말한다. "도대체 우리가 왜 저 애를 룸메이트로 받아준 거지?" 그러고는 홍차를 홀짝인다. "아, 기억난다. 왜냐면 처음에 이사 들어올 때 집세를 1년치 선불로 내겠다고 해서……." 리시는 내 얼굴을 본다. "너 괜찮아?"

"설마 쟤가 정말로 잭한테 무슨 짓을 하지는 않겠지?"

"안 할 거야." 리시가 날 안심시킨다. "쟨 어차피 말뿐이잖아. 저러다가 또 남자 하나 만나면 싹 다 잊어버릴 걸, 뭐."

"그렇겠지?" 난 진저리를 쳤다. "그래, 네 말이 맞아." 난 아무 말 없이 내 잔만 들여다본다. "리시, 정말로 잭이 숨기고 있던 게 다른 여자였을까?"

리시는 입을 연다.

"아냐. 상관없어." 난 리시가 대답하기 전에 얼른 말한다. "뭐든 내가 알 바 아니지."

"그래." 리시는 딱하다는 듯 미소를 짓는다.

사무실에 도착하니 아르테미스가 눈을 반짝거리며 날 쳐다본다.

"좋은 아침!" 아르테미스는 캐롤린과 눈을 마주치더니 키득거린다. "자기 요새는 어려운 책 안 읽어?"

어허허. 정말 아주 우습구만. 사무실의 다른 사람들은 이제 슬슬 날 놀려먹는 짓에도 싫증이 난 것 같은데 오직 아르테미스만이 재미있어 죽겠는 모양이다.

"아, 그렇게 듣고 보니 생각나네요. 읽은 게 있어요." 난 밝은 목소리로 말하며 재킷을 벗는다. "최근에 진짜로 마음에 드는 책을 한 권 읽었어요. 제목이 뭐더라. '아무도 안 보는 줄 알고서 몰래 코를 파는 왕재수 밥맛 직장 동료를 어떻게 하면 좋을까?' 였던 것 같은 데요."

사무실 안에서 웃음소리가 터져 나온다. 아르테미스는 시뻘겋게 얼굴을 붉힌다.

"그런 적 없어!" 아르테미스가 날카롭게 반박한다.

"아니, 내가 언제 그게 아르테미스란 말 한 마디라도 했나요?" 난 시치미를 뚝 떼고 컴퓨터를 켠다.

"외부 회의에 갈 시간이야, 아르테미스." 부장이 사무실에서 서류 가방과 잡지를 들고 나오며 말한다. "아, 닉, 그건 그렇고 말이지." 부장이 심상치 않은 표정을 짓는다. "가기 전에 한 마디만 하겠는데, 도대체 자네는 무슨 생각으로 팬서 바 쿠폰 광고를, 어디냐……." 부장이 잡지 표지를 보고 제목을 읽는다. "……주간 볼링지에 실었나? 자네가 실은 거 맞지? 팬서 바는 자네 담당이니까."

갑자기 심장이 덜컹 내려앉는다. 난 고개를 빳빳이 치켜든다. 우쒸. 이걸 어쩌냐. 부장한테 걸릴 줄은 또 몰랐지.

닉은 내게 험상궂은 표정을 짓고 난 정말 미안하다는 표정을 지어 준다.

"아, 네." 닉이 입을 뗀다. "네, 뭐, 팬서 바는 제 담당이니까 제가 싣기는 했습니다만 그게 어쩌다 보니……."

어쩌지. 닉 혼자 뒤집어쓰게 내버려둘 수는 없잖아.

"부장님." 난 떨리는 목소리로 손을 어색하게 치켜든다. "그게 말이죠, 사실은⋯⋯."

"이 말 해 주려고 그랬지." 부장이 닉을 보며 씩 웃는다. "진짜 대단한 아이디어였어! 쿠폰 광고에 대한 독자들의 반응을 방금 받았는데 말이지, 형편없는 발행 부수에 비한다면 정말⋯⋯ 폭발적인 반응이더구만!"

난 놀란 표정으로 부장을 쳐다본다. 광고가 효과가 있었다고?

"정말입니까?" 닉은 자기도 깜짝 놀랐다는 티를 최대한 내지 않으려고 애쓰는 기색이 역력하다. "아, 그거 참⋯⋯ 잘됐네요!"

"아니, 자네는 도대체 어디서 아이디어를 얻었기에 십대들을 겨냥한 제품을 영감탱이들에게 팔아먹을 생각을 한 거냐고?"

"그게 말입니다." 닉은 내 쪽은 볼 생각도 않고 커프스버튼만 만지작거린다. "사실은 좀 도박이긴 했습니다. 하지만 상황이 상황이다 보니까⋯⋯ 그냥 낚싯줄이라도 드리우는 심정으로⋯⋯ 새로운 고객층을 찾아볼까 하는 생각에⋯⋯."

잠깐만 기다려 봐. 지금 닉이 무슨 말을 하는 거래?

"하여튼 자네 도박이 성공을 거뒀어." 부장은 닉에게 흡족한 표정을 지어 보인다. "안 그래도 조금 전에 들어온 스칸디나비아 쪽 시장 조사 결과와 딱 맞아떨어지더라고. 어쨌거나 갔다 와서 보세. 좀 더 자세히 의논을 하자고⋯⋯."

"물론입니다." 닉은 입이 찢어져라 웃는다. "언제쯤 돌아오십니까?"

안 돼! 닉이 어쩌면 저럴 수가 있어? 완전히 내 뒤통수를 치는구만.

"잠깐만요!" 난 참지 못하고 벌떡 일어선다. 나도 내 행동에 놀랄 정도다. "잠깐만 기다리세요! 그건 제 아이디어였잖아요!"

"뭐?" 부장이 얼굴을 찡그린다.

"주간 볼링 지 광고 말이에요. 그거 제 아이디어였다고요. 내 말 틀렸어요, 닉?" 난 닉을 똑바로 쳐다본다.

"아, 뭐 그 비슷한 얘기를 한 기억은 있긴 해." 닉은 차마 내 눈을 똑바로 보지 못한다. "하지만 정확하게 기억은 안 나네. 어쨌거나, 엠마가 뭘 잘 모르나 본데 원래 마케팅이란 공동 작업이라서 말이지……."

"날 가르치려 들지 말아요! 이게 무슨 공동 작업이에요? 처음부터 100퍼센트 내 아이디어였잖아요. 우리 할아버지를 위해서 실어 달라고 부탁했던 건데!"

헉. 그 말은 안 하려고 했는데 실수다.

"처음에는 부모님, 이제는 할아버지." 부장이 날 바라본다. "엠마, 이번 주 주훈이 '온 가족을 회사로 끌어들입시다' 였던가?"

"아뇨! 그게 저……." 부장의 시선 앞에 얼굴이 달아오른다. "부장님께서 팬서 바 생산을 포기할 거라고 하시기에 할아버지랑 친구 분늘이 팬서 바를 솜 싸게 사재기하실 수 있게…… 서번에 그 큰 회의 때에도 제가 그런 말 했잖아요. 저희 할아버지가 팬서 바를 무척 좋아하신다고요! 할아버지뿐 아니라 할아버지 친구 분들도 다들 좋아하신다고요. 저라면 팬서 바 마케팅 대상을 십대가 아니라 노년층으로 잡았을 거예요."

잠시 침묵. 부장은 적잖이 놀란 표정을 짓는다.

"스칸디나비아에서도 똑같은 결론을 내렸다고 하더군." 부장이 말한다. "새로운 시장 조사 결과가 그렇다더라고."

"아. 네…… 그럼 그렇게 하시면 되겠네요."

"그러면 노년층이 팬서 바를 왜 그렇게 좋아하는지 혹시 자네는 알고 있나, 엠마?" 부장은 진심으로 관심을 보인다.

"물론 알고 있죠."

"노년층의 구매력 증가 때문이죠." 닉이 잘난 척을 하며 끼어든다. "연금을 수령하는 노년 인구의 증가에 따라……."

"그런 게 아니래도요!" 난 성마르게 외친다. "그런 것 때문이 아니라…… 아니라……." 아우, 이 얘기를 한 걸 할아버지가 아시면 난 정말 맞아 죽을 텐데. "이유는…… 팬서 바는 먹어도 의치가 빠지지 않기 때문이에요."

놀란 듯 잠시 아무 말도 못 하던 부장이 갑자기 고개를 뒤로 젖히고 껄껄 웃어 댄다. "의치라고!" 부장이 눈물까지 닦으며 말한다. "이야, 그거 진짜 아무도 예상치 못했던 이유로구만. 훌륭해, 엠마! 천재적이야. 의치란 말이지!"

쿡쿡 웃는 부장을 난 멍하니 쳐다본다. 갑자기 피가 머리로 몰린다. 처음 경험하는 기묘한 느낌이다. 속에서 뭔가가 차곡차곡 쌓여 가는 느낌. 이러다가 마침내 내 몸이 터져 나갈 것 같은 느낌.

"저 그럼 승진시켜 주시는 거예요?"

"뭐?" 부장이 고개를 번쩍 든다.

내가 지금 진짜로 그렇게 말했어? 그 소리를 입 밖에 낸 거야?

"승진시켜 주시는 거예요?" 목소리가 조금은 떨리지만 난 당당하게 묻는다. "제가 제 힘으로 기회를 만들어 낼 수 있다면 승진시켜 주겠다고 하셨잖아요. 그렇게 말씀하지 않으셨어요? 이번 건은 제 스스로 기회를 만든 거 아닌가요?"

부장은 날 빤히 바라보며 눈을 깜박인다.

"엠마 코리건." 부장이 마침내 말한다. "정말이지…… 대단해. 날 깜짝 놀라게 만드는구만."

"그 말은 그럼 승진시켜 주신다는 건가요?" 난 끈질기게 묻는다.

사무실 안에 침묵이 감돈다. 모두들 부장의 대답을 기다린다.

"하, 어때, 뭐." 부장이 눈을 굴린다. "좋아! 승진시켜 주지. 됐나?"

"아뇨." 난 나도 모르게 그렇게 대답한다. 심장이 미친 듯이 두근거린다. "더 있어요, 부장님. 제가 부장님 월드컵 기념 머그잔을 깼어요."

"뭐라고?" 부장은 놀라서 말문을 잃은 표정이다.

"정말 죄송해요. 새로 사 드릴게요." 난 숨까지 죽이고 입만 벌리고 있는 사무실 동료들을 둘러본다. "그리고 저번에 복사기에 종이 걸리게 만든 사람도 저예요. 솔직히 말하면…… 매번 다 저였어요. 그리고 저 엉덩이……." 난 할 말을 잃고서 입을 벌린 사람들 사이를 헤치고 걸어가 T자 팬티 엉덩이 사진이 복사된 종이를 알림판에서 뜯는다. "저예요. 이젠 더 이상 여기에 붙여 놓지 말아 주셨으면 좋겠어요." 난 휙 돌아섰다. "아르테미스, 그 접란 말인데요……."

"내 접란이 뭐?" 아르테미스가 미심쩍다는 표정을 짓는다.

난 아르테미스를 본다. 버버리 트렌치코트에 명품 안경으로 휘감고 '내가 너보다 잘났어' 하는 표정을 짓고 있는 아르테미스를.

아냐. 괜히 분위기에 휩쓸리면 안 되지.

"그 접란이 왜 그렇게 말라 가는지 도대체 이유를 알 수가 없네요." 난 아르테미스에게 미소를 짓는다. "회의 잘 갔다 오세요."

하루 종일 날아갈 것만 같다. 상쾌함과 충격이 한데 뒤섞인 감정이다. 내가 승진을 하게 되었다니 도저히 믿을 수가 없다. 나도 이제 마케팅부 주임이 되는 거다!

그게 전부가 아니다. 내가 도대체 어떻게 된 건지 나조차도 알 수가 없다. 완전히 새로운 인간이 된 느낌이다. 그래, 내가 부장 머그잔을 좀 깼으면 또 어때? 누가 뭐라고 할 건데? 내 몸무게가 얼마인지 남들이 좀 알면 또 어때? 누가 신경을 쓰는데? 옥스팸 쇼핑백을 행여나 누가 볼까 봐 책상 아래 꼭꼭 숨기던 예전의 구질구질한 엠마는 가라. 이제는 그 쇼핑백을 당당하게 자신의 책상에 걸쳐 놓을 수 있는 새롭고 자신만만한 엠마의 시대가 온 거다.

난 부모님께 전화를 걸어 승진을 했다는 말씀을 드렸다. 부모님이 어찌나 기뻐하시던지! 한 번 더 런던에 오실 테니 함께 근사한 레스토랑에서 축하 파티를 하자고 하신다. 그리고선 엄마와 잭 얘기를 아주 오랫동안 했다. 평생을 가는 관계도 있고 며칠 만에 끝나버리는 관계도 있는 거라며, 원래 사는 게 다 그런 거라고 엄마가 말씀하셨다. 그러고는 엄마가 처녀 적에 파리에서 만나 이틀 동안 짧은 불장난을 했던 남자 얘기를 해 주셨다. 그런 육체적인 열락은 정말 처음 경험해 보셨다며, 하지만 오래가지 못할 관계라는 걸 처음부터 직감했다고 하셨다. 그래서 더더욱 자극적이었다고.

마지막으로 이런 얘기를 꼭 아빠에게 할 필요는 없다는 말씀까지 덧붙이셨다.

뭐랄까. 상당히 충격이었달까. 엄마와 아빠는 항상…… 그러니까 적어도…… 그런 생각은 절대…….

뭐 어쨌거나.

엄마 말씀이 옳다. 살다 보면 아주 짧은 만남도 경험하게 되는 법. 잭과 나의 관계는 애당초 잘될 리가 없었던 거다. 이제는 마음이 상당히 정리가 되었다. 잭을 거의 잊은 것 같다. 심장이 미친 듯이 벌렁거린 것도 오늘은 딱 한번, 복도 끝에서 잭을 본 거라 착각했을 때뿐이다. 놀란 가슴을 진정시키는 데도 별로 시간이 오래 걸리지 않았고.

오늘부터 내 새 삶이 시작된다. 어쩌면 오늘 밤 리시의 춤 공연에 갔다가 새로운 남자를 만날지도 모르지. 아주 키 크고 멋진 변호사라도 만날지 누가 알아? 그래. 그런 사람이라면 분명히 번쩍거리는 멋진 스포츠카를 몰고 직장까지 날 마중 나와 줄 거야. 난 잭 따위는 쳐다보지도 않고 머리를 휙 뒤로 넘기며 환한 표정으로 건물을 내려가는 거다. 잭은 물론 자기 사무실 창가에 서서 그런 내 모습을 내려다보며…….

그마아아아안. 거기서 왜 또 잭이 나오는 거야. 난 이제 잭을 다 잊고 정리했다니까. 왜 자꾸 잊어버리고 그래?

또 잊어버리지 않게 아예 손바닥에 써 놓자.

벗겨진 잭의 비밀

3미터도 안 떨어진 곳에 잭이 서 있는 게 아닌가. 평소처럼 청바지에 스웨터를 입은 잭의 모습이 정장을 차려입은 변호사들 틈바구니에서 너무 확 튄다. 잭의 검은 눈과 내 눈이 마주치는 순간 또다시 가슴에 예리한 고통이 느껴진다.

리시의 공연은 블룸즈버리에 있는 조그만 소극장에서 열린다. 값비싼 정장을 차려입은 변호사들이 극장 앞 정원을 가득 메우고서 휴대전화를 귀에 대고 떠들어 댄다.

"……클라이언트가 협의 내용을 받아들이길 거부……."

"……4조에 특히 유의, 콤마 찍고, 그럼에도 불구하고……."

그 누구도 극장 안으로 들어갈 생각을 하지 않기에 난 가져온 꽃다발을 리시에게 주려고 무대 뒤편으로 돌아간다. (원래는 리시의 공연이 끝난 후에 무대 위로 꽃다발을 던지려고 했지만 장미꽃이라서 가시가 리시의 스타킹에 걸리기라도 하면 올이 나갈 것 같아서 그냥 이리로 가져왔다.)

허름한 복도를 걷는데 반짝이 의상을 입은 사람들이 자꾸 어깨를 부딪치고 지나간다. 좁은 통로라서 그런지 음악이 울린다. 머리에 푸른 깃털을 꽂은 남자가 벽에 다리를 대고 스트레칭을 하며 탈의실에 있는 누군가와 잡담을 나눈다. "그래서 머저리 같은 검사 자식에게 1983년에 밀러 V. 데이비의 판례를 보면……." 남자는 갑자기 말을 멈춘다. "제기랄. 첫 스텝이 뭐였는지 까먹었다." 남자의 얼굴이 창백하게 질린다. "헉, 하나도 기억이 안 나네. 지금 농담이 아니라고! 처음에 주테를 하고…… 그 다음에 뭐더라?" 남자는 날 바라본다. 날 본다고 대답이 나오냐?

"에…… 피루에트 아닐까요?" 난 어물거리며 그렇게 말한 뒤 얼른 그 자리를 뜨려다가 다리 찢기를 하고 있는 여자에게 걸려 넘어질 뻔하기까지 한다. 마침내 탈의실 안에 의자를 가져다 놓고 앉아 있는 리시의 모습이 눈에 들어온다. 짙은 무대화장을 한 얼굴. 반짝이까지 뿌린 눈화장. 리시 역시 머리에 파란색 깃털을 꽂고 있다.

"리시!" 난 문가에서 외친다. "끝내 준다! 멋져! 네 눈화장 진짜……."

"못 하겠어."

"뭐?"

"못 하겠다고." 리시는 쥐어짜듯 밀하며 가운을 입는다. "아무것도 기억이 나질 않아. 머릿속이 텅 비었다고."

"너만 그런 게 아냐." 난 리시를 달랜다. "밖에 서 있던 남자도 똑같은 얘기를 하고 있던데……."

"아니. 진짜로 아무것도 기억이 안 난다고." 리시가 눈을 희번덕거리며 말한다. "다리가 막대기처럼 뻣뻣해. 숨이 안 쉬어져……." 리시는 볼터치용 브러시를 들고 황망하게 바라보다가 다시 내려놓는다. "내가 왜 이걸 한다고 그랬지? 왜 그랬지?"

"어…… 재미있을 거 같아서?"

"재미?" 리시가 게거품을 문다. "이게 재미있어? 말도 안 돼. 헉." 갑자기 리시의 표정이 변하더니 문을 열고 화장실 안으로 뛰어들어간다. 잠시 후 리시가 헛구역질을 하는 소리가 들린다.

뭔가가 조금 이상한걸? 원래 춤은 건강에 좋은 거 아니었어?

리시가 다시 탈의실로 들어온다. 창백한 얼굴로 온몸을 부들부들 떨고 있다. 난 걱정스런 표정으로 리시를 바라본다.

"리시, 괜찮아?"

"못 하겠어." 리시가 말한다. "진짜 못 하겠다고." 그러더니 갑자기 단호한 표정을 짓는다. "난 지금 집에 갈 거야." 리시는 옷걸이에 걸린 자기 옷을 움켜쥔다. "나 갑자기 몸이 안 좋아졌다고 말해 줘. 긴급 상황이었다고……."

"집으로 가서 어쩌자는 거야!" 난 경악하며 리시의 손에 들린 옷을 다시 빼앗는다. "리시, 괜찮을 거야! 생각을 좀 해 봐. 네가 여태 껏 커다란 법정에서 수많은 사람들 앞에 서서 기나긴 변론을 늘어놓은 게 한두 번이야? 네가 한 번 말실수를 하면 죄 없는 사람이 감옥에 가야 할지도 모른다는 중압감 속에서 변론을 펼친 게 한두 번이냐고?"

리시는 한심하다는 표정을 짓는다.

"그야 그렇지만 그건 쉽잖아!"

"에……." 난 주위를 미친 듯이 둘러본다. "있지, 지금 그만두면 평생 후회할 거야. 그때 끝까지 버텨서 무대에 섰어야 했는데, 항상 그렇게 생각할 거라고."

잠시 침묵. 깃털로 뒤덮인 리시의 머릿속에서 여러 가지 생각이 오가는 광경이 눈에 보이는 것 같다.

"그래, 네 말이 맞아." 리시는 마침내 그렇게 말하며 쥐고 있던 옷을 놓는다. "좋아. 해보겠어. 하지만 넌 보지 마. 그냥…… 공연이 끝난 다음에 만나자. 아냐, 그것도 싫다. 아예 멀찌감치 떨어져 있어. 어디 딴 데 가 있어."

"알았어." 난 머뭇거리며 말한다. "네가 정말 그러길 원하면 난 갈게……."

"아냐!" 리시가 빙글 돌아선다. "가면 안 돼! 마음 바꿨어. 네가 봐 주지 않으면 난 춤 못 춰!"

"알았어." 난 아까보다 더 머뭇거리며 대답한다. 그때 벽에 달린 스피커에서 '공연 15분 전입니다!'란 방송이 흘러나온다.

"난 이만 가 볼게." 난 말한다. "넌 몸이나 좀 풀고 있어."

"엠마." 리시가 내 팔을 움켜쥐며 이글거리는 눈으로 바라본다. 어찌나 세게 잡았는지 손가락이 팔에 파고들어 아프다. "엠마, 앞으로 내가 또 이런 짓 하겠다고 말하거든 그때는 꼭 날 말려줘. 내가 뭐라고 그래도 들은 척도 하지 말고 말려. 알았지? 약속해."

"약속할게." 난 우물거리며 말한다. "약속해."

세상에. 리시가 저렇게 허둥대는 모습은 정말 내 평생 처음 본다. 다시 밖으로 나와 보니 쫙 빼입은 사람들의 수가 아까보다 더 늘어나 있다. 이제는 나까지 다 긴장이 된다. 리시는 춤을 추는 건 고사하고 제대로 서 있을 수도 없는 것 같았는데.

하느님, 리시가 제대로 공연을 마칠 수 있게 해 주세요. 부탁이에요.

리시가 놀란 토끼마냥 무대 위에서 스텝을 다 까먹고 꼼짝도 못하는 끔찍한 광경이 머릿속에 떠오른다. 관객들은 멍하니 리시를 쳐다보기만 한다. 그런 생각을 하는 것만으로도 속이 뒤틀린다.

그런 일이 일어나게 내버려두지 않겠어. 만약에 뭔가 잘못되면 내가 소란을 일으켜서 사람들 주의를 끌면 되잖아. 그래. 심장마비가 일어난 척을 하는 거야. 바로 그거다. 바닥에 쓰러지면 사람들 시선이 잠깐 내 쪽으로 쏠리겠지. 하지만 우리는 영국인이니까 그런 소동으로 공연이 중단되는 일은 없을 거야. 사람들이 다시 무대를 쳐다볼 때쯤엔 리시도 아마 스텝을 기억해 낼 거다.

혹시 만약 날 응급실로 싣고 가면 그냥 이렇게 말하자. "갑자기 가슴이 꽉 죄어 오는 게 죽는 줄 알았어요!" 내가 아팠다는데 누가 뭐라고 하겠어? 내가 꾀병이었다는 걸 증명할 순 없잖아.

혹시나 무슨 특별한 기계 같은 걸로 검사를 해서 내가 꾀병이었다는 걸 알아내면 그때는 둘러대면 그만이지. 이렇게…….

"엠마."

"왜요?" 난 아무 생각 없이 대답한다. 그러고는 정말 심장 마비를 일으킬 뻔한다.

3미터도 안 떨어진 곳에 잭이 서 있는 게 아닌가. 평소처럼 청바지에 스웨터를 입은 잭의 모습이 정장을 차려입은 변호사들 틈바구니에서 너무 확 튄다. 잭의 검은 눈과 내 눈이 마주치는 순간 또다시 가슴에 예리한 고통이 느껴진다.

아무렇지도 않게 행동해. 난 얼른 스스로에게 말한다. 종지부를 찍기로 했잖아? 오늘부터 새 인생을 시작하기로 했잖아.

"여기엔 웬일이에요?" 난 심드렁한 어조로 묻는다.

"엠마 책상 위에 팸플릿이 놓여 있었어." 잭은 내게서 눈을 떼지 않은 채 팸플릿을 치켜든다. "엠마, 정말 얘기 좀 하고 싶어."

가슴이 욱신 쑤신다. 뭐야, 자기가 말을 걸면 내가 순순히 들어 줄 거라 생각했던 거야? 죄송하지만 난 지금 좀 바쁘다고요. 이제는 당신을 다 잊었다고요. 그런 생각은 못 하셨나 보죠?

"저…… 동행이 있어서요." 난 최대한 정중하게, '당신 참 딱하네'란 투로 말한다.

"정말?"

"물론이죠. 그러니까 이만……." 난 어깻짓을 하며 잭이 가 버리길 기다린다. 하지만 잭은 꼼짝도 하지 않는다.

"누군데?" 잭이 묻는다.

헉. 거기서 왜 그런 걸 묻는 건데. 난 잠시 어찌할 바를 몰라서 조금 당황한다.

"저기…… 저 사람요." 난 마침내 저 멀리서 우리를 등지고 서 있는 키 큰 남자를 손가락으로 가리킨다. "이만 가 봐야겠네요."

난 고개를 높이 치켜들고 빙그르 돌아서서 그 남자 쪽으로 다가간다. 그래, 일단 몇 시냐고 물어 본 다음에 잭이 사라질 때까지 어떻게든 대화를 나눠야겠다. (아주 즐거운 것처럼 한두 번 웃음도 터뜨려주자.)

좋아. 그 남자와는 이제 몇 미터 안 남았다. 그런데 그 순간 그 남자가 내 쪽을 휙 돌아보는데 그 손에는 휴대전화가 있고 누군가와 한창 통화중이다.

"저기요!" 난 남자를 부르지만 남자는 내 목소리를 듣지도 못 한다. 날 멍한 표정으로 보더니 계속 통화를 하며 어딘가로 걸어가 사람들 사이로 묻혀 버린다.

그래서 난 그 자리에 홀로 남겨지고 만다.

내가 미친다.

몇 초가 마치 몇 십 년처럼 느껴진다. 난 마침내 최대한 자연스럽게 돌아선다.

잭은 여전히 그 자리에 서서 내 쪽을 바라보고 있다.

난 씨근덕거리며 잭을 노려본다. 창피해서 죽을 것만 같다. 만약에 잭이 날 비웃으면…….

하지만 잭은 날 비웃지 않는다.

"엠마……." 잭은 진지한 얼굴로 몇 발자국 앞까지 다가온다. "당신이 했던 말, 그 말이 머릿속을 떠나지 않아. 당신한테 왜 좀 더 많은 애기를 하지 않았을까. 그런 식으로 당신을 밀어내는 게 아니었는데."

놀라움. 그리고 그 뒤를 따라오는 상처받은 자존심. 그래서, 이젠 내게 자기 애기를 하시겠다 이거야? 좀 늦으셨네요. 이젠 당신 애기에 관심도 없거든요.

"아무 애기도 할 필요 없어요. 당신 일은 당신이 알아서 하는 거잖아요, 잭." 난 거리를 두는 미소를 짓는다. "나하고는 상관 없는 일이에요. 어차피 듣는다고 내가 뭘 알아듣기나 하겠어요? 굉장히 복잡한 이야기라면서요. 난 원래 머리가 굉장히 나빠서……."

난 단호하게 돌아서서 그 자리를 피한다.

"하다못해 설명이라도 하고 싶어." 잭의 건조한 목소리가 내 꽁무니를 따라온다.

"설명할 필요 없다니까요!" 난 꼿꼿하게 고개를 치켜든다. "다 끝난 애기예요, 잭. 그러니까 우리 이제 그만 서로의 길을…… 아아악! 이거 놔요!"

잭은 내 팔을 잡고 거칠게 날 돌려세워 자기를 쳐다보게 한다.

"나도 이유가 있어서 여기에 온 거라고, 엠마." 잭이 근엄하게 말한다. "스코틀랜드에서 뭘 하고 있었는지 엠마한테 말해 주려고 온 거야."

커다란 충격이 내 머리를 강타한다. 하지만 난 최대한 멀쩡한 척, 아무렇지도 않은 척을 한다.

"당신이 스코틀랜드에서 뭘 했는지 내가 왜 궁금해해야 하는데요?" 난 간신히 그렇게 말하고 잭의 손에서 팔을 비틀어 빼낸다. 그러고는 휴대전화를 쥐고 떠들어대는 변호사들 사이를 요리조리 헤치고 나아간다.

"엠마, 당신한테 말하고 싶어." 잭이 내 뒤를 쫓아온다. "정말로 말하고 싶다고."

"난 이제 더 이상 알고 싶지 않다니까요!" 난 도도하게 대답하며 돌아서서 잭을 쳐다본다. 그 바람에 바닥에 깔린 자갈이 옆으로 파바박 튄다.

우린 결투하는 사람들처럼 서로를 마주보고 서 있다. 가슴팍이 들썩거린다.

당연히 알고 싶지.

내가 알고 싶어 한다는 걸 이 남자도 알고 있다.

"좋아요, 그럼." 난 마지못한 척 어깻짓을 한다. "그렇게까지 말하고 싶으면 해 봐요."

잭은 아무 말 없이 날 한적한 구석으로 안내한다. 그리로 걸어가는데 내가 걸친 허세가 하나씩 벗겨지는 게 느껴진다. 이제는 슬슬 걱정이 든다. 아니, 아예 겁까지 난다.

나 정말 잭의 비밀을 알고 싶은 걸까?

리시가 말했던 대로 무슨 범죄에 연루되어 있는 거라면 어쩌지? 혹시 나보고도 그 일에 가담하라고 하면 그때는 정말 어쩌지?

혹시나 잭이 진짜로 남에게 말 못 할 수술을 받은 거라면 어쩌지? 그 얘기를 듣고 내가 실수로 웃음을 터뜨리기라도 하면?

정말로 다른 여자가 있는데 그 여자랑 결혼을 하겠다는 말 같은 걸 하려고 온 거라면 그때는 진짜 어쩌지?

날카로운 통증이 가슴을 후벼 파지만 난 모르는 척한다. 어쩔 수 없어. 정말로 그런 거라면…… 그냥 쿨하게 행동하자. 처음부터 알고 있었던 것처럼. 아냐, 나도 양다리를 걸쳤던 것처럼 말해 주자. 그래, 그거다. 씁쓸한 미소를 지으며 잭을 쳐다보자. 그리고 이렇게 말하는 거다. "어머, 잭, 우리가 그렇게 진지하게 만나는 관계는 아니지 않았나요? 다른 사람을 만나선 안 되는 거라는 건 몰랐네요……."

"좋아." 잭이 돌아서서 날 바라본다. 그 순간 날 결심한다. 잭이 나보고 비밀을 지키라고 하건 말건, 만약에 잭이 살인을 저지른 거라면 난 반드시 경찰에 신고를 하고야 말겠다고.

"그러니까, 이런 거야." 잭은 깊이 숨을 들이마신다. "누굴 좀 만나려고 스코틀랜드에 갔었어."

심장이 발등까지 떨어진다.

"여자로군요." 아차 하는 사이에 내 입에서 말이 나간다.

"아니, 여자는 아냐!" 잭이 표정을 바꿔더니 날 빤히 바라본다.

"그렇게 생각했던 거야? 내가 양다리를 걸쳤다고?"

"난…… 알 수가 없는 거니까요."

"엠마, 다른 여자 따위는 없어. 내가 만나러 갔던 사람은……." 잭은 조금 머뭇거린다. "어떻게 얘기하면…… 가족이라고 할 수 있지."

가족? 패밀리?

흐어어억. 제미마가 했던 말이 맞았구나. 난 진짜 마피아와 만났던 거였어.

아냐. 정신만 똑바로 차리면 돼. 빠져나갈 수 있어. 증인 보호 프로그램 같은 것도 있잖아. 새 이름은 메간이라고 하자.

아니, 클로에가 좋겠다. 클로에 데 수자 어때?

"좀 더 정확하게 말하자면…… 아이야."

아이라고? 머리가 또 한 바퀴 돌아간다. 잭한테 아이가 있었어?

"이름은 앨리스라고 하지." 잭이 희미한 미소를 머금고 말한다. "네 살짜리 여자애야."

잭에게 아내와 아이까지 있었는데 그걸 나만 몰랐단 말이야? 그게 잭의 비밀이었단 말이야? 내 이럴 줄 알았어. 이럴 줄 알았다고.

"당신한테……." 난 바싹 마른 입술을 축인다. "아이가 있었어요?"

"아니, 내 아이는 아니야." 잭은 한참 바닥을 내려다보다가 고개를 든다. "피트의 아이야. 피트한테 딸이 있었지. 앨리스는 피트 레이들러의 딸이야."

"하지만…… 하지만……." 난 혼란스런 표정으로 잭을 쳐다본다. "하지만…… 피트 레이들러한테 아이가 있었다는 얘기는 금시초문인데요?"

"아무도 모르지." 잭은 날 빤히 바라본다. "그래서 비밀이었던 거야."

정말 내가 기대하고 예상했던 것과는 너무나도 다르다.

아이라고. 피트 레이들러한테 숨겨진 아이가 있었다고?

"하지만…… 어떻게 아무도 그 애의 존재를 모를 수가 있었죠?" 바보처럼 난 그렇게 묻는다. 우린 지금 북적거리는 사람들에게서 더 멀리 떨어진 벤치에 앉아 있다. "아니, 그 애를 본 사람이 한 명쯤은 있었을 거 아니에요?"

"피트는 정말 괜찮은 놈이었어." 잭은 한숨을 내쉰다. "하지만 장래를 약속하거나 하는 일에는 원래 젬병이었지. 마리가 (앨리스의 엄마야)아이를 가졌다는 걸 깨달았을 때 두 사람은 이미 헤어진 후였어. 마리는 자존심이 강한 타입이랄까. 자기 혼자서 아이를 낳아서 기르기로 한 거지. 피트도 아이 양육비는 댔나 봐. 하지만 아이에겐 별로 관심이 없었어. 자기가 아이 아버지가 되었다는 사실도 모두에게 감추고 다녔지."

"당신한테도요?" 난 잭을 빤히 쳐다본다. "당신도 아이가 있다는 걸 몰랐단 말이에요?"

"피트 녀석이 죽고 난 뒤에야 알게 됐어." 잭의 얼굴이 살짝 굳는다. "난 피트를 진심으로 좋아했어. 하지만 아무리 소중한 친구라고 해도 나에게 그런 얘기를 감췄다는 건 쉽게 용서가 되질 않더군. 어쨌거나 피트가 죽은 뒤 몇 달이 지나서 마리가 아이를 안고 내 앞에 나타났지." 잭은 땅이 꺼져라 한숨을 내쉬었다. "뭐, 우리 기분이 어땠을지는 엠마도 대강 짐작은 갈 거야. 충격을 받았다는 말로는 설명할 수가 없지. 어쨌거나 마리는 기왕 이렇게 된 거, 아이의 존재를 그 누구에게도 알리지 말자고 했어. 앨리스를 보통 아이들처럼 키우고 싶다고 했어. 피트 레이들러의 사생아인 게 밝혀지는 건 원치 않는다고. 앨리스가 막대한 유산을 상속받을 상속녀로 크는 건 원치 않는다고.”

머리가 아찔하다. 고작 네 살배기 아이가 주식회사 팬서의 피트 레이들러의 지분을 상속받는다고? 그게 다 얼마야?

“그럼 그 아이가 전부 상속하는 건가요?” 난 머뭇거리며 묻는다.

“전부는 아냐. 하지만 상당 부분을 받겠지. 피트의 가족들이 꽤 많은 부분을 양보했거든. 어쨌건 그래서 마리는 앨리스가 언론에 노출되는 걸 더더욱 원치 않는 거야.” 잭은 양팔을 펼친다. “물론 언제까지나 감출 수만은 없겠지. 언젠가는 기자들도 냄새를 맡을 테고. 이 얘기가 새어나가면 언론에선 난리가 날 거야. 앨리스의 이름은 세계적인 갑부들의 명단에서도 상위권에 오르겠지…… 주위에서 다른 아이들이 앨리스를 괴롭힐지도 모르고…… 더 이상 평범하게 자랄 수가 없겠지. 그런 걸 견딜 수 있는 아이들노 있어. 하시만 앨리스는…… 그렇지가 않아. 앨리스는 천식도 심하고 몸이 약하거든.”

잭의 얘기를 들으며, 난 피트 레이들러가 죽은 뒤 언론에서 난리가 났던 것을 떠올린다. 그때 피트 레이들러의 사진은 모든 신문의 표지를 장식했다.

“난 이 애를 좀 과보호하는 경향이 있어.” 잭이 씁쓸한 표정을 짓는다. “그건 나도 안다고. 심지어 마리도 내가 그렇다고 말할 정도니까. 하지만…… 내겐 그만큼 소중한 아이야.” 잭은 먼 곳을 바라본다. “피트가 남긴 유일한 핏줄이니까.”

갑자기 그 말에 가슴이 뭉클해진다.

“그럼, 그때 계속 전화가 오고 그랬던 것도 이 얘기와 관계된 거였어요?” 난 조심스럽게 묻는다. “데이트하다 말고 중간에 떠나야 했던 것도 그 때문이고요?”

잭은 한숨을 쉬었다. “마리와 앨리스가 며칠 전에 교통사고를 당했거든. 심각한 건 아니었지만 아무래도 피트가 교통사고로 죽었다 보니…… 걱정이 많이 되었지. 두 사람이 최고의 치료를 받게 하고 싶었어.”

“그렇네요.” 난 얼굴을 찡그린다. “충분히 이해가 가요.”

잠시 침묵이 흐른다. 내가 들은 이야기들의 조각을 퍼즐 맞추듯 하나씩 끼워 맞추려고 노력한다. 도대체 전체가 어떻게 되는 이야기인지 짜 맞춰 보려고 노력한다.

“하지만 이해가 안 가요.” 난 말한다. “그렇다고 당신이 스코틀랜드에 갔다 온 것까지 비밀로 해야 해요? 어차피 아무도 아이의 존재를 모르는데 누가 짐작이나 하겠어요?”

잭은 씁쓸한 표정을 짓는다.

“사실 그건 내 실수였어. 나름대로 비밀로 한답시고 사람들한테는 그날 파리에 갔다 온다고 말했거든. 비행기도 일부러 가명으로 탑승했고. 아무도 모를 거라고 생각했지. 그런데 회사로 가 보니…… 엠마가 거기에 있잖아.”

“심장이 덜컹 내려앉았겠네요.”

“그건 아냐.” 잭은 날 똑바로 쳐다본다. “어떤 기분을 느껴야 하는 건지도 모르겠더라고."

잭이 한 말의 의미를 깨닫고 난 얼굴이 붉어지는 것을 느낀다. 어색하게 헛기침을 한다.

"그래서…… 어……." 난 시선을 돌리고 말한다. "바로 그래서……."

"난 그저 엠마가 사람들에게 그 얘기를 하는 걸 원치 않았을 뿐이야. 내가 파리가 아니라 스코틀랜드에 있었다는 걸 엠마가 실수로 누군가에게 얘기라도 한다면, 왜 행선지를 숨겼어야 했는지 호기심을 품을 사람도 있을 테니까." 잭은 고개를 내젓는다. "할 일 없는 사람들이 어디까지 희한한 소리를 해 댈 수 있는지, 정말 엠마는 상상도 못 할 거야. 별의별 소리를 다 들었지. 회사를 팔아 치울 작정이다…… 내가 게이다…… 마피아다……."

"에…… 정말요?" 난 뜨끔해서 머리카락을 매만지며 묻는다. "참, 별별 웃긴 사람들이 다 있네요!"

여자 두 명이 우리 옆을 지나가는 바람에 두 사람 다 잠시 입을 다문다.

"엠마, 진작 얘기 못 해 줘서 미안해." 잭이 나지막하게 말한다. "당신이 상처 받았다는 거 알아. 내가 당신을 밀어내는 것처럼 느꼈을 거야. 하지만…… 이건 정말 가볍게 남에게 할 수 있는 성질의 이야기가 아니었어."

"아니에요!" 난 얼른 대답한다. "이해해요. 오히려 내가 너무 경솔했다는 생각이 드네요."

난 괜히 발끝으로 땅만 툭툭 찬다. 굉장히 창피한 기분이 든다. 잭이 나에게 아무것도 아닌 일을 감출 리가 없다는 걸 왜 몰랐을까.

너무나도 중요한 얘기이기 때문에 섣불리 말하지 못한다는 걸 왜 몰랐을까. 복잡하고 미묘한 문제라고 했던 잭의 말은 진실이었던 것이다.

"이 얘기를 아는 사람은 정말 몇 명 안 돼." 잭은 진지하게 내 눈을 응시한다. "정말 내가 믿는, 아주 특별한 몇몇 사람들뿐이라고."

잭의 시선 어딘가가 나를 감동시킨다. 목구멍이 꽉 죄어 온다. 잭을 쳐다보자니 얼굴에 홍조가 피어오르는 게 느껴진다.

"안 들어가세요?" 누군가가 큰 소리로 묻는 바람에 우리는 화들짝 놀라 고개를 든다. 블랙진을 입은 여자가 우리 쪽으로 다가온다. "공연 시작합니다!" 여자가 미소를 지으며 말한다.

갑자기 좋은 꿈을 꾸는데 누가 뺨을 때려 깨어난 기분이다.

"어…… 난 가서 리시의 공연을 봐야 해요." 난 여전히 멍한 기분으로 대답한다.

"아, 그렇지. 그럼 가 봐요. 정말로 그 얘기 하려고 온 거니까." 잭은 천천히 일어서다가 다시 날 본다. "딱 한 가지만 더." 잭은 아무 말 없이 내 얼굴을 지그시 본다. "엠마. 지난 며칠간 쉽지 않았을 거라고 생각해. 내가 그런 짓을 했는데도…… 엠마는 여태껏 입을 다 물어 줬지. 정말 사과하고 싶어. 다시 한번."

"괜…… 찮아요." 난 간신히 대답한다.

난 잭이 돌아서서 천천히 걸어가는 뒷모습을 지켜본다. 온몸이 두 갈래로 찢어지는 것 같다.

자신의 비밀을 얘기해 주러 여기까지 오다니. 그렇게 중요하고 큰 비밀을 내게 말해 주다니.

굳이 그럴 필요는 없었는데도.

아, 하느님. 하느님…….

"잠깐만요!" 정신을 차리기도 전에 난 잭을 불러 세운다. 잭은 즉각 돌아선다. "괜찮으면…… 괜찮으면 공연 보고 갈래요?" 잭이 잔잔한 미소를 짓는 것을 보자 가슴이 따뜻해진다.

함께 자박거리며 자갈 위를 걷다가 난 용기를 내어 잭에게 말을 건다.

"잭, 나도 할 말 있어요. 조금 전에…… 조금 전에 당신이 했던 말 말이에요. 저번에 당신이 내 인생을 망쳐 놓았다고 내가 말했죠?"

"응. 기억해." 잭이 씁쓸하게 말한다.

"그거, 내가 잘못 생각했던 것 같아요." 왠지 너무 어색해서 난 헛기침을 한다. "내가…… 틀렸어요." 난 잭을 쳐다본다. "잭, 당신은 내 인생을 망쳐놓지 않았어요."

"정말?" 잭이 묻는다. "그럼 내게 다시 기회가 있는 거야?"

나도 모르게 키득키득 웃고 만다.

"설마!"

"설마? 그게 대답이에요?"

잭은 눈을 휘둥그레 뜨고 날 응시한다. 조금은 두렵다. 조금은 희망을 갖는다. 조금은 염려스럽다. 한참 동안 우린 아무 말도 하지 않는다. 절로 숨이 가빠진다.

갑자기 잭의 시선이 내 손에 꽂힌다. "난 이제 잭을 다 잊었어." 잭이 내 손에 쓰인 글을 읽는다.

허걱. 이게 아니지!

내 얼굴이 홍당무가 된다.

다시는 손바닥에 내 뭐 써 놓나 봐라. 또 그러면 내가 인간이 아니다.

"이건 그냥……." 난 헛기침을 한다. "그냥 낙서를 해 놓은 거예요…… 별로 의미는……."

갑자기 휴대전화가 요란하게 울린다. 다행이다. 누군지는 몰라도 내 당신을 영원토록 사랑하리. 난 얼른 휴대전화를 꺼내 통화 버튼을 누른다.

"엠마, 넌 앞으로 평생 나한테 고마워할 거야!" 제미마가 큰 소리로 말한다.

"뭐?" 난 멍하니 전화기를 바라본다.

"내가 널 위해 모든 걸 다 정리했지!" 제미마가 의기양양하게 말한다. "알아, 알아. 고마워서 죽을 것 같지? 나 없으면 어떻게 살까 고민되지?"

"뭐라고?" 갑자기 불안감이 엄습한다. "제미마, 너 지금 무슨 소리 하는 거야?"

"바보, 무슨 소리긴, 잭 하퍼한테 복수하는 얘기지! 네가 바보같이 아무것도 안 하겠다고 해서 이 몸이 대신 나서 주셨지."

난 손가락 하나 까딱할 수가 없다.

"저기, 잭…… 잠깐만요." 난 잭에게 환한 미소를 지어 보인다. "전화…… 좀 받아야겠네요."

후달후달 떨리는 다리로 난 잭이 통화 내용을 듣지 못하게 저쪽 구석까지 달려간다.

"제미마, 아무것도 안 하겠다고 약속했잖아!" 난 목소리를 잔뜩 죽이고 외친다. "미우미우 포니스킨 백을 걸고 맹세한다며?"

"난 미우미우 포니스킨 백 따윈 없지롱!" 제미마가 의기양양하게 외친다. "내가 가진 건 펜디 포니스킨 백이라고!"

미쳤구만. 제미마는 완전 제정신이 아니다.

"제미마, 무슨 짓을 한 거야?" 난 간신히 묻는다. "뭘 한 건지 말해 봐!"

걱정이 되어서 가슴이 조마조마하다. 제발 잭의 차를 긁어 놓은 게 아니기를. 제발.

"눈에는 눈이라고, 엠마! 그 자식이 널 완전히 배신했잖아? 그러니까 우리도 똑같이 해 주는 거야. 나 지금 여기 믹이란 사람과 같이 있어. 이 사람 데일리 월드 지 기자거든?"

피가 차디차게 식는다.

"가십 잡지 기자?" 난 쥐어짜듯 말한다. "제미마, 너 돌았어?"

"촌스럽게 굴지 마. 왜 그렇게 생각이 편협하니?" 제미마가 날 꾸짖는다. "엠마, 가십 잡지 기자야말로 우리들의 진정한 친구라고. 이런 사람들은 사립 탐정 못지않단 말이야…… 그것도 공짜로 일해 주기까지 하지! 믹은 전에도 우리 엄마를 위해 여러 가지를 해 줬다나 봐. 뭘 추적하는 데는 정말 그 누구도 못 따라오지. 그런 믹이 잭 하퍼의 비밀 얘기에 무지무지 관심을 가지고 있지 뭐니? 우리가 아는 건 다 얘기해줬어. 그런데 믹이 먼저 너랑 통화를 하고 싶대."

기절할 것 같다. 이런 일이 내게 일어난다는 게 믿어지지 않는다.

"제미마, 내 말 들어 봐." 난 지붕에서 뛰어내리려는 정신병자를 달래듯 낮은 목소리로 얼른 달랜다. "난 잭의 비밀이 뭔지 알아내고 싶지 않아, 알겠니? 다 잊고 싶다고. 제발 그 사람 좀 말려 줘."

"내가 왜?" 말투가 꼭 화가 난 여섯 살짜리 아이 같다. "엠마, 왜

자꾸 구질구질하게 그래? 남자한테 당하고 나면 꼭 그만큼 보복을
해야 하는 거라니까. 혼쭐을 내줘야 한다고. 우리 엄마가 항상 말씀
하시길……." 갑자기 끼이이익 하며 타이어 밀리는 소리가 들린다.
"아이고! 사고 났다. 내가 다시 걸게."

전화가 끊긴다.

두려움 때문에 온몸이 굳는다.

미친 듯이 제미마의 번호를 다시 눌러 보지만 곧장 음성 사서함
으로 연결될 뿐이다.

"제미마." 난 삐 소리가 나자마자 말한다. "제미마, 너 빨리 그만
둬! 이러면 안……." 잭이 내 앞에 잔잔한 미소를 머금고 나타나는
바람에 난 얼른 입을 다문다.

"공연 지금 시작이라는데." 잭이 내 얼굴을 집요하게 살핀다. "괜
찮아?"

"네." 난 목 졸린 소리로 간신히 대답하며 휴대전화를 가방에 넣
는다. "다…… 괜찮아요."

또 한 번의 오해

오케이. 일단은 파티장으로 들어가 아무렇지도 않게 행동을 하자. 그러다가 틈만 나면 전화를 걸어 보는 거다. 그래도 소용이 없으면 나중에 직접 제미마를 만날 때까지 기다려 보자. 어차피 내가 할 수 있는 일은 없다. 괜찮을 거다. 정말 괜찮을 거야.

공연장으로 걸어가는데 머리가 어질어질한 것이, 이러다가 정신 줄을 탁 놓아 버리는 게 아닐까 싶기도 하다.

내가 무슨 짓을 했지? 도대체 내가 무슨 짓을 한 거냐고?

잭의 그 소중한 비밀을 도덕심은 결여되고 복수에 눈만 벌건, 프라나로 온몸을 휘감은 사이코에게 넘겨주고 만 거다.

잠깐만. 좀 진정 좀 하자. 이 얘기를 도대체 몇 번째 하는 거냐. 제미마는 사실 제대로 아는 게 아무것도 없다. 그러니까 이 기자란 작자 역시 아무것도 못 캐낼 확률이 높다는 거. 아니, 말이야 바른 말이지, 뭐 실마리라도 제대로 쥐어야 뒤를 캐 보던가 할 게 아닌가?

하지만 기자가 뭘 알아내면? 어쩌다가 우연히 진실을 알게 되면? 그리고 기자한테 정보를 제공한 사람이 결과적으로는 나란 사실을 잭이 알게 된다면?

생각만 해도 욕지기가 치민다. 속이 울렁거린다. 내가 왜 제미마한테 스코틀랜드 얘기를 했을까. 왜, 왜?

맹세컨대, 앞으로 다른 사람에게 비밀 얘기를 하면 난 인간이 아니다. 다시는, 절대로, 죽어도. 아무리 하찮은 이야기라도. 아무리 화가 나 있을 때라도.

아니…… 아예 앞으로는 입을 완전히 봉하고 살자. 생각해 보니 이 주둥이를 잘못 놀려서 문제가 생긴 게 벌써 몇 번째던가. 애당초 내가 비행기 안에서 나불거리지만 않았더라면 이런 복잡한 일에 얽혀들지도 않았을 것 아닌가.

벙어리가 되겠다. 차라리 말수 적고 신비한 분위기를 연출하는 게 낫지. 사람들이 질문을 하면 난 고개만 끄덕이거나 아니면 종이에 애매한 답변을 쓰겠다. 사람들은 내 답변을 보고 고민을 하겠지. 혹시 거기에 무슨 숨겨진 뜻이 담겨 있지나 않나 고민하며…….

"이게 리시인가?" 잭이 공연 프로그램에 적힌 이름을 가리키며 묻는 바람에 난 화들짝 놀라 거의 펄쩍 뛰다시피 한다. 난 잭이 손가락으로 가리킨 이름을 보며 입을 꼭 다물고 고개만 끄덕거린다.

"오늘 공연하는 사람들 중에 또 아는 사람은 없어?" 잭이 묻는다.

난 아무 말 없이 '그야 모르죠'란 식의 어깻짓을 해 보인다.

"그럼…… 리시는 도대체 얼마 동안 연습을 한 거야?"

난 망설이다가 손가락 세 개를 꼽아 보인다.

"3?" 잭이 모르겠다는 표정을 짓는다. "3년? 3개월? 3일? 뭐?"

난 손짓으로 '달'이란 의미를 전달하려고 한다. 잭이 어리둥절한 표정을 짓기에 다시 한번 손짓을 했더니 잭은 완전히 혼란스런 표정을 짓는다.

"엠마, 무슨 문제 있어?"

난 펜을 찾아 주머니를 뒤지지만 불행히도 가지고 있는 펜이 없다.

오케이. 말 안 하는 건 이만 포기.

"대강 세 달 정도요." 난 소리를 내어 말한다.

"그렇군." 잭은 고개를 끄덕이더니 다시 프로그램 팸플릿을 들여다본다. 아무것도 의심하지 않는 잭의 담담한 얼굴을 보며 난 죄책감에 시달린다. 죄책감이 내 몸 밖으로 흘러넘치는 것 같다.

그냥 말해 버릴까.

아냐. 그럴 수는 없어. 말 못 해. 뭐라고 말을 한단 말이야? "잭, 그건 그렇고, 나보고 지켜 달라고 했던 그 중요한 비밀 있잖아요? 그게 어떻게 되었는지 한번 맞혀 봐요……." 이럴 수는 없잖아?

입을 다물고 있는 방법밖에 없다. 왜, 영화에 보면 뭘 너무 많이 알고 있던 인물이 제거되는 경우가 있지 않나. 하지만 제미마의 입은 어떻게 막지? 난 이미 미쳐 버린 인간 미사일을 발사해 버렸는데. 그 미사일은 지금 가장 커다란 타격을 줄 수 있는 곳을 찾아 런던 상공을 순회하고 있다. 어떻게든 그 미사일을 다시 불러들이고 싶지만 버튼을 눌러봐도 작동을 하질 않는다.

오케이. 이성적으로 생각해 보자고. 괜히 겁부터 낼 필요는 없어. 오늘 밤에는 아무 일도 일어나지 않을 거야. 계속 휴대전화로 전화를 걸어 보자. 통화가 연결되는 대로 딱 잘라 한 마디로 하지 말라고 해야겠다. 그래도 내 말을 듣지 않으면 다리몽둥이를 부러뜨려 놓는 수밖에.

낮고 빠른 드럼 소리가 스피커를 통해 장내에 울려 퍼진다. 그 소리를 듣고 난 다시 한번 깜짝 놀라 움찔거린다. 무슨 소리만 나면 깜짝깜짝 놀라는데 아주 미치겠다. 완전히 정신이 나가 있어서 우리가 왜 여기에 있는지 그 이유조차 잊고 있었다. 극장 안이 어둡다. 웅성웅성 잡담을 나누던 관객들이 공연이 시작되기를 기다리며 숨을 죽인다. 드럼 소리가 점점 더 커져 가는데 무대 위에선 아직 아무 일도 일어나지 않는다. 암전.

드럼 소리가 쿵쾅쿵쾅 요란하다. 나까지도 바짝 긴장이 된다. 뭔가 불길한 예감이 든다. 도대체 언제들 나와서 춤을 추려나? 막을 열기는 할 건가? 도대체 언제…….

눈부신 조명이 갑자기 무대를 비춘다. 사람들 모두 놀란 모양인지 작게 헉 소리를 낸다. 조명이 어찌나 밝은지 잠시 앞이 안 보이기까지 한다. 쿵쿵거리는 음악 소리가 극장 안을 메우고 검정색 반짝이 의상을 입은 솔로 무용수가 빙빙 돌고 펄쩍펄쩍 뛰며 무대 중앙으로 나온다. 히야. 누군지는 몰라도, 꽤 하는데? 난 밝은 조명 아래 눈을 껌벅거린다. 솔로 무용수가 남자인지 여자인지도 구분이 안 가는…….

허억, 저거 리시 아냐.

난 놀라서 앉은자리에 그대로 못 박혀 꼼짝도 하지 못한다. 머릿속에 들어 있던 잡다한 생각들이 단숨에 날아가 버린다. 리시한테서 눈을 뗄 수가 없다.

리시가 저런 걸 할 수 있는지는 몰랐다. 정말 꿈에도 몰랐다! 어릴 때 둘이 같이 발레 좀 배우고 탭댄스 좀 배운 게 전부인데. 하지만 이후론 우린 한번도…… 나 역시도…… 도대체 20년도 넘게 알고 지냈던 사람이 춤을 추는지 못 추는지도 모르고 살았단 말이지?

리시는 아마 장폴일 것으로 짐작되는 가면 쓴 남자와 천천히 힘찬 춤을 선보인다. 너무나도 훌륭하다. 그러더니 지금은 펄쩍펄쩍 뛰며 리본 비슷한 것을 들고 주위를 빙글빙글 돈다. 관객들 전부가 다 입을 벌리고 리시에게 빠져든다. 리시의 온몸에서 빛이 나는 것 같다. 리시가 이렇게 행복해하는 모습을 본 게 정말 몇 달 만이던가. 쟤가 내 친구예요. 너무너무 자랑스럽다.

헉 하는 사이에 나도 모르게 눈물이 고인다. 이젠 콧물까지 나오려고 한다. 이런, 휴지도 없는데. 너무너무 창피하다. 뭐야, 아기 예수 탄생 연극을 하는 자기 아이를 보고 감동해서 훌쩍거리는 엄마들 같은 꼴을 해야 하는 거야? 그런 다음에는 캠코더를 들고 무대 앞으로 달려가서 '애야, 아빠한테 손 흔들어야지!' 뭐 이런 소리를 하게 되는 건가?

오케이, 거기까지. 정신 차리자고. 안 그러면 예전에 대녀인 에이미를 데리고 디즈니 만화영화 타잔을 보러갔을 때 짝 난다. 극장에 불이 꺼지자마자 에이미는 콜콜 잠이 들었고 내가 흘린 눈물은 홍수가 되어 극장 바닥을 흘러갔었다. 눈 땡그랗게 뜬 네 살짜리 꼬마들이 입을 딱 벌리고 나를 빤히 쳐다보았었다. (굳이 변명을 하자면 타잔이란 만화는 상당히 로맨틱한 내용을 담고 있다. 게다가 타잔은 섹시하기까지 하다.)

누군가가 내 손에 뭔가를 쥐어 주는 느낌이 든다. 고개를 들어보니 잭이 내 손에 손수건을 쥐어 주는 게 아닌가. 난 손수건을 받았고, 받아 드는 순간 잭의 손가락이 잠시 내 손가락을 꼭 잡아 준다.

공연이 끝나고 나서 난 완전히 기분이 머리끝까지 들뜬 상태다.

리시는 단독으로 인사를 했고, 잭과 난 미친 듯이 박수를 치며 미소 가득한 얼굴로 서로를 응시한다.

"내가 울었단 말 아무한테도 하지 말아요." 난 박수 소리 위로 잭에게 외쳤다.

"걱정 마." 잭은 그렇게 말한 뒤 씁쓸한 표정을 짓는다. "이번엔 정말이야. 약속."

막이 내리고 사람들이 자리에서 일어나서 재킷이니 핸드백을 챙겨 들기 시작한다. 풍선처럼 한껏 부풀었던 가슴에서 공기가 새어나가고 근심이 다시 그 자리를 채운다. 다시 제미마한테 연락을 해 봐야 할 텐데.

출구로 나가 보니 공연 관람객들이 줄을 지어 정원 반대편에 있는 불 켜진 방으로 줄줄이 들어가는 모습이 보인다.

"리시가 파티에서 보자고 했어요." 난 잭에게 말한다. "그러니까 음…… 잭은 어디 다른 데서 기다려요. 난 가서 잠깐 인사만 하고 올게요."

"엠마 정말 괜찮은 거야?" 잭이 기묘한 표정을 짓는다. "불안해 보여."

"괜찮아요." 난 말한다. "좀 흥분한 것뿐이에요!" 난 젖 먹던 힘까지 쥐어짜 잭을 납득시킬 수 있을 만큼 환한 미소를 지어 보인다. 그러고는 잭이 어느 정도 멀어지고 나자 얼른 제미마의 휴대전화 번호를 누른다. 역시 또 음성 사서함으로 연결된다.

다시 전화번호를 누른다. 다시 사서함.

정말 짜증이 나서 비명을 지르고 싶다. 앤 도대체 어디에 있는 거야? 뭘 하는 거야? 어디에 있는지도 모르는데 어떻게 찾아서 입을 막아?

꼼짝도 않고 그 자리에 서서 엄습하는 불안과 공포를 무시하려 애쓰며 앞으로 어떻게 해야 할 것인가 열심히 작전을 짠다.

오케이. 일단은 파티장으로 들어가 아무렇지도 않게 행동을 하자. 그러다가 틈만 나면 전화를 걸어 보는 거다. 그래도 소용이 없으면 나중에 직접 제미마를 만날 때까지 기다려 보자. 어차피 내가 할 수 있는 일은 없다. 괜찮을 거다. 정말 괜찮을 거야.

시끌벅적하고 요란한 파티다. 공연에 나왔던 댄서들이 전부 의상을 그대로 입고 참석한 상태다. 관람객들도 대부분은 이리로 온 것 같고 그 외에도 몇몇 못 보던 사람들이 어딘가에서 나타난다. 웨이터들이 음료수를 들고 돌아다닌다. 여기서도 조잘, 저기서도 조잘, 시끄럽기 그지없다. 파티장 안으로 들어가 봤지만 아는 얼굴이 보이지 않는다. 와인 잔을 하나 받아들고 사람들 틈을 어떻게든 비집고 들어간다. 여기저기에서 대화 소리가 단편적으로 들린다.

"……의상 죽여줘……."

"……도대체 리허설할 시산은 언제 낸 거야?"

"……판사님은 전혀 타협을 안 하시더만……."

그 순간 리시가 눈에 들어온다. 리시는 얼굴을 발그레 물들이고 잘생긴 변호사 타입의 남자들에게 둘러싸여 빛을 발하고 있다. 남자들 중 한 명은 뻔뻔스럽게도 노골적으로 리시의 다리를 눈여겨본다.

"리시!" 내가 외친다. 리시가 돌아보자 난 꼭 끌어안아 준다. "네가 이렇게 춤 잘 추는 줄 몰랐어! 정말 끝내 줬어!"

"아냐. 안 그래." 리시는 얼른 그렇게 대답하며 리시다운 표정을 짓는다. "난 완전히 공연을 망쳐 놓았⋯⋯."

"그만!" 난 리시의 말을 자른다. "리시, 정말로 판타스틱했어. 너 환상적이었다고."

"하지만 맨 처음에는 완전히 꽝이었⋯⋯."

"네가 꽝이었다는 말 좀 하지 말라고!" 난 거의 소리를 지르다시피 한다. "넌 죽여 줬어. 말해봐. 내 말 따라서 해 봐, 리시."

"에⋯⋯ 음." 리시가 마지못해 미소를 짓는다. "좋아. 난⋯⋯ 죽여줬다!" 그러고는 신이 나서 웃음을 터뜨린다. "엠마, 내 평생 이렇게 기분 좋아 보긴 처음이야! 있지, 멤버들끼리 내년에는 아예 순회공연을 할 계획까지 잡아 놓고 있다고."

"하지만⋯⋯." 난 리시를 빤히 바라본다. "다시는 하고 싶지 않다고 했잖아. 네가 또 이런 말을 하면 무슨 수를 써서라도 말려 달라며."

"에이, 그거야 그냥 공연 전에 겁이 나서 한 소리지." 리시는 가볍게 손을 내젓다가 갑자기 목소리를 바짝 낮춘다. "그건 그렇고 나 잭 봤어." 리시는 날 뚫어져라 바라본다. "어떻게 되어 가는 거야?"

그 순간 심장이 쿵 내려앉는다. 제미마 얘기를 해야 하나?

아냐. 그 얘기를 하면 리시는 오히려 더 허둥댈 게 뻔해. 어쨌거나 지금 우리 두 사람이 할 수 있는 일은 아무것도 없잖아.

"잭이 나랑 얘기하려고 여기까지 찾아왔어." 난 머뭇거린다. "나한테⋯⋯ 자기 비밀을 고백하려고."

"농담이지?" 리시는 숨을 헐떡이며 손으로 입을 딱 막는다. "그래⋯⋯ 그래서 뭐래?"

"말할 수가 없어."

“말할 수가 없다고?” 리시는 믿어지지 않는다는 표정을 짓는다. “아니, 그 얘기를 나한테 지금 못 하겠다고 하는 거야, 너?”

“리시, 진짜로 말 못 해.” 난 괴로운 표정을 짓는다. “정말로…… 너무 복잡하다고.”

뭐냐, 이거. 꼭 잭이 말하는 것 같잖아.

“뭐, 알았어.” 리시가 투덜거린다. “몰라도 사는 데는 하등 지장 없으니까. 어쨌거나…… 두 사람 다시 사귀는 거야?”

“모르겠어.” 난 얼굴을 붉힌다. “어쩌면.”

“리시! 정말 대단했어!” 정장을 차려 입은 여자 둘이 리시에게 달려온다. 난 리시에게 미소를 짓고는 리시가 여자들과 얘기를 할 수 있게 뒤로 슬쩍 물러나 공간을 내어 준다.

잭은 어디에도 보이지 않는다. 그럼 제미마한테 전화나 해볼까?

난 조심조심 휴대전화를 꺼내다가 갑자기 뒤에서 누가 “엠마!”라고 부르는 바람에 화들짝 놀라 전화기를 가방 안에 넣고 만다.

뒤를 돌아본 나는 깜짝 놀라지 않을 수가 없다. 정장을 입은 코너가 와인 잔을 들고 서 있는게 아닌가. 위에서 내리쬐는 스포트라이트 아래 코너의 금발이 반들반들 윤을 발한다. 고너기 새 넥타이를 매고 있다는 게 한눈에 들어온다. 파란색 바탕에 커다란 노란 땡땡이무늬. 우엑, 꽝이다.

“코너! 여기엔 어쩐 일이야?” 난 여전히 놀란 목소리로 묻는다.

“리시가 나한테 팸플릿을 보내 줬어.” 코너가 조금 변명조로 말한다. “뭐, 리시하고는 원래부터 사이가 좋았으니까. 와 보는 것도 괜찮을 것 같아서. 여기서 엠마를 만나서 기쁘네.” 코너가 어색하게 덧붙인다. “가능하면 엠마와 얘기를 좀 하고 싶은데.”

코너는 날 사람들에게서 멀찌감치 떨어진 문 쪽으로 끌고 간다. 난 조금 불안한 마음으로 그 뒤를 따라간다. 잭이 TV에 나온 이래로 코너와 제대로 말을 해본 적은 이번이 처음이다. 내가 어디에서든 우연히 코너를 볼 때마다 걸음아 날 살려라 반대 방향으로 도망 갔기 때문에 그랬던 게 크긴 하다만.

"뭔데?" 난 마침내 돌아서서 코너를 쳐다본다. "무슨 얘기를 하고 싶은 건데?"

"엠마." 코너는 정식으로 연설이라도 하려는 것처럼 목청을 가다듬는다. "난 말이지, 우리가 사귀고 있을 때 네가…… 내게 진실하지 않은 게 아닌가 하는 느낌을 떨칠 수가 없었어."

그 정도론 약하지. 방송 못 봤어? 난 완전히 거짓말로 점철된 인생을 산 여자 아니냐.

"그 말 맞아." 난 부끄러워하며 동의한다. "코너, 그런 일이 일어나서 난 정말로, 정말로 미안하게 생각하고 있……." 갑자기 코너가 엄숙하게 손을 치켜든다.

"상관없어. 어차피 지난 일이니까. 하지만 지금은 내게 솔직하게 말을 해 줬으면 고맙겠거든."

"물론이야." 난 진지하게 대답한다. "그래야지."

"나 최근에…… 새로 누군가를 만나기 시작했어." 코너가 조금 뻣뻣하게 말한다.

"어, 그래?" 난 놀라서 외친다. "잘됐다! 코너, 나 정말 진심으로 기뻐. 그 사람 이름이 뭔데?"

"프랜시스카."

"그럼 어디서 만난……."

"내가 묻고 싶은 건 섹스에 관한 거야." 코너가 몹시 곤란하다는 표정으로 내 말을 자른다.

"아, 그래." 난 그 질문에 조금 당황해서 내색을 않으려고 포도주를 한 모금 마신다. "그렇구나."

"그…… 쪽에 관해선 내게 솔직했던 거야?"

"에…… 그게 무슨 말이지?" 난 최대한 시간을 벌어 보려고 가볍게 말한다.

"침실에서는 내게 솔직했던 거냐고." 코너의 얼굴이 시뻘겋게 달아오른다. "아니면 그것도 연기였어?"

헉. 그런 생각을 하고 있었던 거야?

"코너, 너랑 자면서 오르가슴을 연기했던 적은 없어." 난 목소리를 깔고 말한다. "정말 가슴에 손을 얹고 말하겠는데 그런 적 없어."

"음…… 잘됐네." 코너는 어색하게 코끝을 문지른다. "그거 말고 또 속인 건 없었어?"

난 애매한 표정을 짓는다. "정확하게 그게 무슨 뜻인지……."

"혹시 내……." 코너는 헛기침을 한다. "……테크닉 중에 별로 안 좋은데도 괜히 좋은 척했던 건 없었냐고?"

끄아아아악. 제발 그런 질문은 이제 그만 좀 해 줘.

"그게 말이지, 정말…… 기억이 잘 안 나네." 난 어떻게든 어물쩍 넘어가 보려고 한다. "아, 벌써 시간이 이렇게 되었나? 난 이만 가 봐야겠어……."

"엠마, 말해 봐!" 갑자기 코너가 열을 올린다. "난 새로운 여자를 만나기 시작했다고. 그러니까 과거에 내가…… 뭘 잘못했는지 알아야 다시는 그런 실수를 반복하지 않지."

난 땀으로 번들거리는 코너의 얼굴을 바라보며 갑자기 무지막지 양심의 가책을 느낀다. 맞는 말이다. 솔직해지자. 이제야 드디어 코너에게 솔직해질 수 있는 거다.

"좋아." 난 그렇게 대답하며 코너에게 바짝 다가선다. "그 왜, 혀를 써서 하던 거 있지?" 난 목소리를 더더욱 낮춘다. "그거 왜…… 날름날름 하는 거. 가끔은 말이지, 그렇게 하면…… 웃고 싶어질 때가 있어. 그러니까 새 여자 친구한테는 되도록이면 그건 하지 않는 게……."

난 코너의 표정을 보고 차마 말을 잇지 못한다.

어쩌냐. 벌써 했구만.

"프랜시스카는……." 코너는 딱딱하기 그지없는 목소리로 말한다. "프랜시스카는 내가 그렇게 하면 진짜로 흥분이 된다던데."

"아, 뭐, 그럴 수도 있지!" 난 얼른 사태를 수습한다. "여자들마다 다 다른 거니까. 사람 몸도 다르고…… 모두 다…… 취향이 다른 거니까."

코너는 날 빤히 본다.

"프랜시스카도 재즈가 좋다고 했어."

"뭐, 그럴 수도 있는 거잖아! 세상에 재즈를 좋아하는 사람들이 얼마나 많은데."

"프랜시스카는 내가 우디 앨런 영화를 보며 대사를 한 마디 한 마디 다 따라 하는 게 귀엽대." 코너는 붉게 달아오른 얼굴을 문지른다. "그것도 거짓말이었을까?"

"아냐. 그럴 리가 있겠어……." 난 어쩔 줄 몰라 하며 말꼬리를 늘인다.

“엠마…….” 코너는 도저히 알 수 없다는 표정을 짓는다. “세상 모든 여자들한텐 다 비밀이 있는 거야?”

허걱, 이럼 안 되는데. 나 때문에 코너는 여성 불신증에 걸려 버린 건가?

“아냐!” 난 외친다. “절대 그런 거 아냐! 진짜로, 내가 특이한 케이스일 거야, 코너.”

파티장 입구에 눈에 익은 금발이 흘끗 보이는 것 같아 난 더 이상 말을 잇지 못한다. 심장이 멎는 느낌이다.

설마…….

저게 설마…….

“코너, 나 이만 가 봐야 해.” 난 그렇게 말하며 얼른 입구 쪽으로 달려간다.

“프랜시스카는 자기가 10사이즈라고 했단 말이야!” 코너가 내 뒤에 대고 애처롭게 외친다. “그건 무슨 뜻이야? 선물을 사려면 무슨 사이즈를 사 줘야 하는 거야?”

“12사이즈!” 난 어깨너머로 외친다.

맞다. 진짜로 세미바다. 제미마가 로비에 서 있다. 쟤가 여기서 뭘 하는 거야?

문이 다시 열리는 순간 난 충격으로 기절하는 줄로만 착각한다. 제미마 옆에 남자가 하나 서 있다. 짧게 자른 머리, 청바지, 반들거리는 눈동자. 어깨에 카메라를 둘러메고 흥미진진한 표정으로 주위를 둘러보고 있다.

“엠마.” 누가 날 부른다.

“잭!” 난 빙글 돌아선다. 잭이 애정을 담뿍 담은 눈으로 미소를 머금은 채 날 보고 있다.

"괜찮아?" 잭이 손끝으로 내 코를 톡 건드리며 묻는다.

"그럼요!" 난 부자연스럽게 밝은 목소리로 대답한다. "당연한 얘기죠!"

어떻게든 이 상황을 타개해 나가야 한다. 이젠 어쩔 수가 없다. 할 수밖에 없는 거다.

"잭…… 미안하지만 물 한 컵만 갖다줄래요? 난 잠깐 여기에 있을게요. 좀 어지럽네요." 내 말에 잭은 걱정스런 표정을 짓는다.

"그것 봐. 뭔가 이상하다고 생각했다니까. 집에 데려다줄 테니까 나가자고. 잠깐만 기다려. 내가 차를 대기시킬게."

"아뇨. 그 정도까진…… 필요 없고요, 난 여기 있고 싶어요. 그냥 물이나 좀 떠다 줘요. 네?" 잭이 자꾸 가자고 보챌까 봐 난 그렇게 못을 박는다.

잭이 물을 가지러 가자마자 난 로비 쪽으로 서둘러 발걸음을 옮긴다. 하마터면 누군가의 발에 걸려 넘어질 뻔하기도 한다.

"엠마!" 제미마가 환한 표정으로 날 반긴다. "잘됐네! 안 그래도 널 찾는 중이었거든. 자, 이쪽은 믹. 믹이 몇 가지 질문을 할 거야. 잠깐만 이 방을 좀 빌리자." 제미마는 로비 옆에 있는 조그만 사무실로 들어가려 한다.

"아냐!" 난 제미마의 팔을 잡는다. "제미마, 제발 좀 가라. 응? 그냥 가 줘!"

"내가 왜?" 제미마는 팔을 홱 뿌리치고 믹을 보며 눈을 데구루루 굴린다. 믹은 얼른 사무실 안으로 들어와 문을 꼭 닫는다. "내가 그랬죠, 애가 이런 반응 보일 거라고?"

“믹 콜린스라고 합니다.” 믹이 내 손에 명함을 쥐어 준다. “만나서 반가워요, 엠마. 정말 걱정할 필요는 하나도 없어요, 알겠죠?” 믹은 이런 상황은 수도 없이 겪었다는 듯, 꺼지라며 히스테리를 부리는 여자 달래는 건 일도 아니라는 듯 넉살 좋게 미소를 짓는다. 하긴 직업이 직업이니만큼 이런 일 어디 한두 번 겪었겠어? “잠깐만 앉아서 말 좀 합시다…….”

믹이란 남자는 말을 하며 껌을 짝짝 씹는다. 스피어민트 향 껌 냄새에 욕지기가 치민다.

“저기요, 무슨 오해가 있었던 것 같아요.” 난 최대한 점잖게 말하려고 노력한다. “죄송하지만 기사거리가 될 만한 이야기는 없는 것 같은데요.”

“그건 두고 봐야 알 일이죠.” 믹이 친근한 척 미소를 짓는다. “아가씨는 그냥 아는 대로만 말해 주면…….”

“그게 아니라니까요! 정말 아무것도 할 얘기가 없어요.” 난 제미마를 바라본다. “너, 내가 아무 짓도 하지 말라고 그랬잖아? 나한테 약속까지 해 놓고 어떻게 이럴 수가 있어?”

“엠마, 닌 왜 그렇게 깽깽거리기만 하니.” 제미마는 미을 보며 짜증난다는 표정을 짓는다. “내가 왜 꼭 나서야 했는지 정말 모르겠어? 내가 말씀드렸죠? 그 잭 하퍼란 개자식이 내 친구에게 무슨 짓을 했는지. 꼭 본때를 보여 줘야겠어요.”

“물론이죠.” 믹은 그렇게 말하며 고개를 한쪽으로 젖히고 날 내려다본다. “상당히 매력적이군요.” 믹이 제미마에게 말한다. “인터뷰에 사진을 싣는 것도 괜찮을 것 같네요. 거물 사업가와의 뜨거운 밤. 이야, 돈 좀 되겠어요.” 믹이란 작자가 날 보며 말한다.

"싫다니까요!" 난 기겁을 하며 말한다.

"엠마, 그만 좀 빼라니까!" 제미마가 버럭 외친다. "너 지금 안 하면 후회할 거야. 혹시 또 아니? 잘하면 평생 먹고살 걱정 안 해도 될지도 모르잖아?"

"지금 이대로도 충분하다니까!"

"얘가 진짜 머리가 왜 이렇게 안 돌아가? 모니카 르윈스키가 1년에 얼마나 버는지 너 알기나 해?"

"너 미쳤어?" 난 경악을 한다. "넌 정말 제정신이 아니야."

"엠마, 난 널 위해서 이러는 거라니까."

"아니라니까!" 얼굴이 화끈 달아오른다. "나…… 나 잭이랑 다시 사귈지도 모른단 말이야!"

30초간 침묵. 난 숨을 멈추고 제미마를 바라본다.

"이 바보야, 그러면 더더욱 인터뷰를 해야지!" 제미마가 외친다. "이렇게 해 놔야 다시는 잭이 널 배신하지 않을 거 아냐? 누가 주도권을 쥐고 있는지 잭의 뇌리에 똑똑하게 박아 놔야 돼. 믹, 시작하세요."

"엠마 코리건과의 인터뷰. 7월 15일 화요일 저녁 9시 40분." 난 뻣뻣하게 굳은 채 말도 못 하고 믹의 얼굴을 쳐다본다. 믹이 소형 녹음기를 내 앞에 들이민다.

"잭 하퍼와는 비행기 안에서 처음 만났다고 했죠? 어디에서 출발해서 어디로 도착하는 비행기였는지 말씀해 주시겠습니까?" 믹은 날 보며 씩 웃는다. "자연스럽게 말하세요. 친구와 통화라도 하듯이."

"그만 하자니까요!" 난 버럭 소리를 지른다. "그냥 가세요! 가라고요!"

"엠마, 유치하게 왜 이래?" 제이마가 신경질적으로 말한다. "네가 도와주건 말건 믹은 이 비밀이 뭔지 결국 알아내고 말 거야. 그러니까 차라리 도와주고……." 문고리가 돌아가는 소리에 제미마는 얼른 입을 다문다.

방 안이 빙글빙글 돈다.

제발, 제발 부탁이니까,지금 저게…….

문이 천천히 열린다. 숨을 쉴 수가 없다. 손가락 하나 까딱할 수가 없다.

내 평생 이렇게 두려웠던 적이 있었던가.

"엠마?" 잭이 물잔을 양손에 하나씩 들고 들어온다. "기분 좀 괜찮아? 어떤 걸 좋아하는지 몰라서 생수랑 탄산수를 한 잔씩 가져……."

잭이 말꼬리를 흐리며 혼란스러운 표정으로 제미마와 믹을 번갈아 바라본다. 어리둥절한 표정으로 잭은 내 손에 들린 믹의 명함을 꺼내 읽는다. 잭의 시선이 돌아가는 녹음기에 닿고 그 순간 잭의 표정이 서서히 변한다.

"선 이만 실례하도록 하죠." 믹이 제미마를 보며 눈썹을 치킨다. 믹은 녹음기를 꺼서 자기 호주머니에 넣고는 메고 온 가방을 집어든 뒤 방에서 슬쩍 빠져나간다. 한순간 아무도 말을 꺼내지 못한다. 머릿속에서 쿵쿵 울리는 맥박 소리만이 들릴 뿐이다.

"지금 그 사람 누구였어?" 잭이 마침내 입을 연다. "기자?"

항상 반짝이던 잭의 눈동자가 불이 꺼진 듯 침침하기만 하다. 자신의 영역을 침범당한 사람 같은 표정이다.

"저…… 잭……." 난 탁한 목소리로 말한다. "그런 게…… 당신이 생각하는 그런 게……."

"도대체 왜……." 잭은 어찌 된 상황인지 이해를 해보려고 고민하듯 미간을 문지른다. "도대체 왜 엠마가 기자와 얘기를 하고 있었던 거지?"

"왜일 거 같아요, 뻔한 거 아니에요?" 제미마가 당당하게 끼어든다.

"네?" 잭이 혐오감 가득한 표정으로 제미마를 바라본다.

"거물 백만장자라 뭐든 자기 마음대로 할 수 있을 줄 알았죠? 우리 같은 서민들은 마음대로 해도 될 줄 알았어요? 남의 은밀한 비밀을 온 동네방네 떠벌려서 온갖 수모를 겪게 해도 무사히 넘어갈 줄 알았죠? 안됐네요. 그렇게는 못 해요!"

제미마는 잭에게 몇 걸음 다가가 팔짱을 끼고 고개를 치켜들더니 몹시도 뿌듯한 표정을 짓는다. "엠마는 당신한테 복수할 기회만을 노려 왔어요. 그런데 이제야 그 기회를 잡은 거죠! 알고 싶으시다니 말씀드리죠. 네, 조금 전 그 사람 기자였어요. 어쩌죠, 기자가 당신 일에 관심을 갖기 시작했으니? 스코틀랜드의 비밀이 온 신문에 도배가 되고 나면 배신당하는 게 어떤 기분일지 당신도 똑똑히 알게 될 테죠! 그때가 되면 정말 자신이 큰 잘못을 저질렀다는 걸 깨닫게 될 거예요! 엠마, 너도 뭐라고 가만히 있지만 말고 한 마디 해!"

입이 딱 붙어서 아무 말도 할 수가 없었다.

제미마의 입에서 스코틀랜드란 단어가 나온 순간 변하던 잭의 표정을 난 똑똑히 보았다. 순식간에 바뀌고 말았다. 그 충격받은 표정이라니. 잭은 날 똑바로 쳐다본다. 잭의 눈에서 점점 불신의 빛이 강해지는 게 보인다.

"당신은 자기가 엠마를 안다고 생각하는 모양이신데 착각하신 거예요." 제미마는 쥐를 이리저리 찢어발기며 좋아하는 고양이처럼 신이 나서 떠들어댄다. "우리 엠마를 과소평가하신 거예요, 잭 하퍼 씨. 엠마의 능력을 완전히 과소평가하신 거라고요."

입 닥쳐! 난 속으로 외친다. 그건 사실이 아니에요! 잭, 난 절대…… 그런 짓은 절대로…….

하지만 온몸의 근육 하나 내 힘으로 움직일 수가 없다. 침조차 삼킬 수가 없다. 난 그 자리에 못 박힌 채 속수무책으로 잭을 쳐다보기만 할 뿐이다. 분명히 내 얼굴엔 죄책감만이 가득하겠지.

잭이 입을 열었다가 닫는다. 그러고는 돌아서서 문을 열고 밖으로 나간다.

그 작은 방 안이 순식간에 고요해진다.

"아이, 신나라!" 제미마가 손뼉까지 치며 좋아한다. "이걸로 저 자식도 정신 차렸을 거야!"

그 말을 듣는 순간 내 몸을 마비시켰던 주문이 깨진다. 다시 몸이 움직인다. 이젠 숨도 쉴 수 있다.

"너……." 난 온몸이 바들바들 떨려서 말조차 제대로 이을 수가 없다. "이 바보…… 생각이라곤 조금도 없는…… 이 나쁜 년!"

그 순간 문이 벌컥 열리며 리시가 눈을 휘둥그레 뜨고 고개를 내민다.

"방금 무슨 일 있었어?" 리시가 묻는다. "조금 전에 잭이 이 방에서 나가는 걸 봤어. 얼굴이 말이 아니더라!"

"저 계집애가 여기에 기자를 끌고 왔어!" 난 제미마를 손짓하며 고통스럽게 울부짖는다. "삼류 쓰레기 가십 잡지 기자를! 그런데 내가 그 작자랑 이 방에 있는 걸 잭이 본 거야. 잭은 아마…… 어쩜 좋아, 잭이 도대체 무슨 생각을 했겠어…….”

“이 바보 같은 멍청아!” 리시가 제미마의 따귀를 철썩 갈긴다. “도대체 무슨 생각을 한 거야?”

“아야! 왜 그래? 난 엠마가 복수하는 걸 도운 죄밖에 없단 말이야.”

“그 사람은 내 적이 아니란 말이야, 이 바보…….” 눈물이 나올 것만 같다. “리시…… 나 어쩜 좋지? 어떻게 해?”

“가.” 리시가 걱정스런 눈으로 날 본다. “아직은 잭을 잡을 수 있을지도 몰라. 어서 가.”

난 미친 듯이 뛰쳐나와 정원을 가로지른다. 미친 듯이 숨을 쉰다. 폐가 타들어 가는 것 같다. 큰길 앞에서 난 좌우를 마구 살핀다. 그 순간 저쪽에 서 있는 잭의 모습이 눈에 들어온다.

“잭, 기다려요.”

잭은 휴대전화로 통화를 하며 걷고 있다. 내 목소리에 잭은 굳은 얼굴로 날 돌아본다.

“그래서 스코틀랜드 이야기에 그렇게 지대한 관심을 가졌던 건가?”

“아니에요!” 난 창백하게 질린 얼굴로 말한다. “그런 게 아니에요! 잭, 제발 내 말 들어요. 아직 아무도 모른다고요. 아무 말도 안 했어요. 맹세할게요. 그 사람들에게 아무것도…….” 난 제대로 말도 할 수가 없다. “제미마가 아는 건 당신이 스코틀랜드에 갔다 왔다는 거 그거 하나뿐이라고요. 갠 그냥 허세를 부린 거였어요. 난 진짜 아무 말도 안 했다고요."

잭은 아무 말도 하지 않는다. 날 한참 바라보더니 등을 돌리고 다시 걷기 시작한다.

"신문 기자를 부른 건 제미마라고요! 내가 아니란 말이에요!" 난 애타게 외치며 잭의 뒤를 뛰다시피 쫓아간다. "난 그 애를 막으려고 했던 거예요…… 잭, 날 알잖아요! 내가 당신한테 이런 짓을 할 리가 없다는 거 알잖아요. 그래요, 제미마에게 당신이 스코틀랜드에 갔었다는 말은 했어요. 그때는 나도 화가 났고, 상처를 받았고…… 그래서 그런 말을 흘렸던 거예요. 실수였다고요. 하지만…… 하지만 실수는 당신도 했잖아요. 난 당신을 용서해 줬잖아요."

잭은 날 보지도 않는다. 나에게 기회를 줄 마음은 조금도 없는 것 같다. 잭의 은색 자동차가 인도 앞에 멈춰 선다. 잭은 뒷좌석 문을 연다.

두려움이 밀려든다.

"잭, 난 아니란 말이에요." 난 흥분해서 외친다. "난 절대 아니에요. 제발 날 좀 믿어줘요. 그러려고 스코틀랜드 얘기를 물은 게 아니었다고요! 당신 비밀을…… 팔아 버리려고 그린 게 아니라고요!" 눈물이 줄줄 얼굴을 타고 흘러내린다. 난 거친 몸짓으로 눈물을 닦는다. "그렇게 커다란 비밀인 줄도 몰랐단 말이에요. 난 당신이 하찮은 비밀 몇 개만 얘기해 줬어도 상관없었을 거라고요! 아무 거나 상관없었다고요! 난 그냥 당신에 대해 알고 싶었던 게 전부였어요…… 당신이 나에 대해 알 듯이."

하지만 잭은 날 돌아보지 않는다. 자동차 문이 무겁게 닫힌다. 천천히 차가 출발한다. 난 인도에 홀로 남겨진다.

누구에게나 비밀은 있다

우리는 어둡고 텅 빈 정원 끝자락을 천천히 걷는다. 들리는 소리라곤 자갈을 밟는 우리 두 사람의 발소리와 미풍에 나뭇잎 흔들리는 소리, 그리고 끝없이 얘기를 늘어놓는 잭의 건조한 목소리뿐.

한참 동안 움직일 수가 없다. 바람을 얼굴에 맞으며 넋을 놓고 서서 잭의 차가 사라진 곳만 멍하니 지켜볼 뿐이다. 잭의 목소리가 머릿속에서 왱왱 울린다. 잭의 얼굴이 아직도 눈앞에 선하다. 날 낯선 타인 바라보듯 하던 잭의 표정.

격통이 온몸을 꿰뚫어서 난 눈을 감는다. 참을 수가 없다. 시간을 뒤로 돌릴 수만 있다면…… 내가 제미마에게 좀 더 강하게 말하기만 했어도…… 제미마가 날 사무실로 이끌 때 단호하게 뿌리치기만 했다면…… 잭이 나타났을 때 내가 얼른 설명만 했어도……

하지만 난 아무것도 하지 못했다. 그래서 이젠 너무 늦고 말았다.

공연 뒤풀이 파티에 참석했던 손님들이 파티장을 나서서 길가로 나온다. 다들 신나게 웃고 있다.

"저기, 괜찮으세요?" 그중 한 명이 걱정스런 얼굴로 날 보며 묻는 바람에 난 화들짝 놀란다.

"네." 난 간신히 대답한다. "괜찮아요. 감사합니다." 난 다시 한번 잭의 자동차가 사라진 쪽을 바라본다. 그러곤 억지로 몸을 돌려 천천히 파티장을 향해 걷는다.

리시와 제미마는 아직도 그 작은 사무실 안에 틀어박혀 있다. 리시의 호된 비난에 제미마는 겁을 먹고 잔뜩 찌그러져 있다.

"……자기만 아는 나쁜 년! 넌 도대체 언제나 철들래? 너만 보면 진짜 속이 다 뒤집혀, 알아?"

예전에 누군가에게서 들었던 말이 기억난다. 일단 법정에 서면 리시는 한번 물면 안 놓는 투견이 된다고. 그 말을 들었을 때는 도저히 이해가 가질 않았다. 하지만 이리저리 서성거리며 분노로 눈을 번득이는 리시를 보니 나조차도 겁이 날 지경인데 다른 사람들은 오죽하랴.

"엠마, 제발 리시 좀 말려 줘." 제미마가 애원한다. "나한테 소리 좀 그만 지르라고 말해줘."

"어떻게 됐어?" 리시가 날 쳐다본다. 행여나 하는 한 줄기 희망을 품은 표정. 난 말없이 고개만 젓는다.

"잭이……."

"가 버렸어." 난 침을 꿀꺽 삼킨다. "지금은 아무 말도 하고 싶지 않아."

"아아, 엠마." 리시가 입술을 깨문다.

"그러지 마" 난 떨리는 목소리로 말한다. "너 자꾸 그러면 나 울지도 몰라." 난 벽에 기대어 몇 차례 심호흡을 하며 어떻게든 마음을 추스르려고 노력한다. "재랑 같이 온 사람은?" 난 마침내 턱 끝으로 제미마를 가리키며 묻는다.

"쫓겨났어." 리시가 고소하다는 듯 말한다. "발레복을 입은 휴 모리스 판사 사진을 찍으려고 까불기에 변호사들이 그 인간을 둘러싸고 밖에다 던져버렸지."

"제미마, 내 말 잘 들어." 난 여전히 뉘우치는 기색이라곤 하나도 없는 제미마의 푸른 눈을 똑바로 응시한다. "그 기자, 이번 일에서 완전히 손떼게 해. 네가 책임지고 막아."

"이미 처리했어." 제미마가 뿌루퉁하게 말한다. "리시가 시켜서 벌써 얘기 끝냈어. 더 이상 파고들지 않기로 약속했어."

"약속을 지킬 거란 보장이 어디 있는데?"

"우리 엄마 성미를 건드릴 만한 짓은 하지 않을 거야. 뭐, 엄마가 던져주는 이야기 같은 게 워낙 짭짤하니까."

난 리시를 보며 '저 말 믿어줘야 해?' 하는 표정을 지어 보인다. 리시는 모르겠다는 듯 어깻짓을 한다.

"제미마, 내가 경고할게." 난 문 앞까지 걸어갔다가 돌아서서 엄한 표정을 짓는다. "이번 일이 새어나간다면…… 한 마디라도 새어나간다면…… 난 네가 잘 때 코를 곤다는 걸 온 세상에 다 떠벌리고 말겠어."

"난 코 따윈 안 골아." 제미마가 새침하게 말한다.

"너 코 골아." 리시가 거든다. "특히 술을 많이 마신 날은 정말 심해. 그리고 네 도나 카란 코트, 그 옷 네가 아울렛에서 샀다는 거 온 동네방네 다 퍼뜨릴 거야."

그 말에는 제미마도 숨을 헉 들이마신다.

"그런 적 없어!" 제미마가 얼굴을 새빨갛게 물들이며 외친다.

“아니긴 뭘 아냐. 내가 쇼핑백을 봤는데.” 내가 끼어든다. “그리고 또 있어. 네가 전에 식당에서 냅킨이 아니라 서비엣(냅킨의 우아하지 못한 표현-역주) 달라고 했다는 것도 소문 낼 거야.”

제미마는 손으로 입을 탁 막는다.

“……그리고 네 진주, 천연이 아니라 양식 진주란 것도…….”

“……네가 디너파티를 열 때마다 직접 요리하지 않고 출장 요리사를 부른다는 것도…….”

“……네가 윌리엄 왕자랑 찍은 사진이 사실은 합성이란 것도…….”

“……그리고 앞으로 네가 만나는 모든 독신 남자들마다 붙잡고 네가 노리는 게 결혼 반지란 얘기를 해 줄 거야!” 난 그렇게 말을 맺고 리시에게 도와줘서 고맙다는 신호를 눈짓으로 보낸다.

“알았어!” 제미마는 울먹이며 말한다. “알았다고! 진짜로 손떼겠다고 약속해. 맹세하겠어. 제발 아울렛 얘기는 아무에게도 하지 말아 줘. 제발. 나 이제 그만 가 봐도 될까?” 제미마는 리시에게 자비를 구하는 표정을 짓는다.

“가도 좋아.” 리시가 오만하게 대답하자마자 제미마는 걸음아 나 살려라 방에서 달아난다. 문이 닫히는 순간 난 리시를 쳐다본다.

“제미마랑 윌리엄 왕자랑 찍은 사진이 진짜 합성이야?”

“응! 내가 전에 얘기 안 해 줬어? 예전에 제미마 컴퓨터를 잠깐 빌려 쓰다가 실수로 무슨 파일을 열어 버렸거든. 그런데 거기에 원본이 있더라고. 다른 여자 몸뚱이에 자기 얼굴만 떼어다가 붙인 거였어!”

터져 나오는 웃음을 막을 수가 없다.

"하여간 정말 할 말이 없게 만드는 애라니까."

난 다리에 힘이 빠져서 의자에 주저앉는다. 잠시 적막이 흐른다. 문 반대편 파티장에서 왁자지껄 웃음소리가 들려 온다. 현재 법조계의 문제를 놓고 농담을 하는 모양이다.

"네 말 전혀 안 듣던?" 리시가 마침내 묻는다.

"응. 그냥 가 버렸어."

"그건 좀 너무한 거 아냐? 아니, 넌 그 사람한테 네 비밀을 몽땅 털어놓았잖아. 넌 그래 봐야 비밀 딱 하나를……."

"넌 몰라." 난 칙칙한 갈색 카펫을 내려다본다. "잭이 나한테 해 준 말은 그냥 아무 생각 없이 할 수 있는 얘기가 아니었어. 그 사람한텐 진짜로 중요한 얘기였다고. 그 얘기 하나 해 주려고 날 찾아 여기까지 온 거였어. 날 진심으로 신뢰한다는 걸 나한테 보여 주려고." 난 힘겹게 침을 삼킨다. "그런데 그 얘기를 하자마자 내가 그걸 기자한테 나불거리는 꼴을 본 거잖아."

"하지만 넌 아무 말도 안 했잖아!" 리시가 내 편을 든다. "엠마, 이건 아예 처음부터 네 잘못이 아니었다고!"

"아니, 내 잘못이야!" 눈에 눈물이 고인다. "내가 그냥 잠자코 입 다물고 있었으면 괜찮았을 텐데, 제미마에게 아무 소리 안 했으면 됐을 텐데……."

"어차피 네가 아무 말 안 한다고 가만히 있었을 애냐." 리시가 말한다. "이게 아니었으면 넌 지금 아마 자동차 긁어 놓은 죄로 잭에게 고소를 당했을걸? 아니면 국부 치명상이나."

난 떨리는 목소리로 웃는다.

갑자기 문이 벌컥 열리며 아까 무대 뒤에서 봤던 깃털 꽂은 남자가 안으로 들어온다. "리시! 여기 있었네. 지금 식사가 시작됐어. 음식이 꽤 맛있어 보이니까 얼른 나와."

"알았어. 고마워, 콜린. 나 금방 나갈게."

남자가 나간 뒤 리시는 날 바라본다.

"뭐 좀 먹을래?"

"입맛이 없네. 너나 가서 먹어. 공연하느라 힘써서 배고플 거 아냐."

"아닌 게 아니라 배고파 죽을 것 같다." 리시가 날 보며 걱정스런 표정을 짓는다. "넌 어쩔 건데?"

"난…… 그냥 집에 가지, 뭐." 난 최대한 기운찬 미소를 지어 보이려고 애쓴다. "걱정하지 마, 리시. 난 괜찮을 거야."

집으로 갈 생각이었는데, 막상 밖으로 나오니 발이 떨어지질 않는다. 팽팽하게 감긴 스프링처럼 온몸이 긴장되어 있다. 다시 파티장 안으로 들어가서 사람들이랑 잡담을 나누긴 싫다. 그렇다고 사방이 벽으로 막힌 내 침실 안에 틀어박히기도 싫다. 아직은 그러고 싶지 않나.

난 결국 정원을 가로질러 텅 빈 공연장 안으로 들어가는 길을 택한다. 문이 열려 있어서 어렵지 않게 안으로 들어갈 수 있었다. 불이 꺼진 극장 안을 더듬거리며 객석 중앙까지 들어가 호사스런 푹신한 보라색 좌석에 피곤한 몸을 앉힌다.

불이 꺼지고 아무도 없는 텅 빈 무대를 바라본다. 두 눈에서 굵은 눈물방울이 툭 떨어져 내 볼을 타고 흐른다. 내가 이렇게 기막히게 일을 망쳐놓았다는 걸 아직도 믿을 수가 없다. 잭이 진짜 그런 생각을 했다는 걸…… 내가 그런 짓을 할 거라고 생각했다는 걸…….

충격을 받은 잭의 얼굴이 자꾸만 눈앞에 떠오른다. 그 순간이 지금 현재 경험하는 것처럼 생생하게 떠오른다. 무력감. 어떻게든 설명을 하려 하지만 떨어지지 않는 입.

그 순간부터 다시 시작할 수만 있다면…….

갑자기 끼익 소리가 들린다. 극장 문이 천천히 열린다.

누군가의 실루엣이 극장 안으로 들어와 멈춰 서는 모습을 난 긴장하며 쳐다본다. 실낱같은 희망을 품은 내 심장이 미친 듯이 두방망이질을 한다.

잭이다. 잭이어야만 해. 잭이 날 찾으러 온 거야.

침묵 속의 몇 초가 너무나도 길고 고통스럽다. 온몸이 뻣뻣하게 굳는다. 왜 아무 말도 하지 않는 거지? 제발, 뭐라도 좋으니 말 좀 해요.

나한테 본때를 보여 주려고 돌아온 건가? 내가 다시 사과를 하길 기다리는 걸까? 미칠 것 같다. 이건 숫제 고문이다. 아무 말이나 해요. 난 속으로 기도한다. 정말 아무 말이라도 상관없으니까…….

"아아, 프랜시스카……."

"코너……."

뭐? 난 실눈을 뜨고 초점을 맞추려고 노력한다. 그 실망감은 이루 말할 수가 없다. 바보. 병신. 잭이 아니잖아. 한 사람의 실루엣이 아니라 두 사람이잖아. 코너와 그 새 여자 친구란 사람인 모양이다. 두 사람은 지금 한창 열을 올리며 서로를 탐하고 있다.

난 한층 우울해져서 좌석에 몸을 묻고 귀를 막으려고 노력한다. 하지만 소용이 없다. 귀를 막아도 들릴 건 다 들린다.

"이렇게 하면 좋아?" 코너의 나직한 목소리가 들린다.

"음……."

"진짜로, 진짜로 좋은 거야?"

"물론이지! 그만 좀 물어!"

"미안." 다시 침묵. 간헐적으로 '으으음' 소리가 들리는 게 전부다.

"이러면 어때?" 다시 코너의 목소리.

"좋다고 말했잖아."

"프랜시스카, 제발 솔직하게 말해 줘, 응?" 코너가 언성을 높인다. "사실은 별로 좋지도 않은 건데 좋다고 하는 거라면……."

"좋다고 했잖아! 코너, 왜 이래? 문제가 뭐야?"

"왜 이러냐고? 문제가 뭐냐면 말이지, 네 말을 못 믿겠다는 거야."

"내 말을 못 믿겠다고?" 여자가 언성을 높인다. "도대체 내 말을 왜 못 믿는 건데?"

불현듯 후회가 밀려든다. 이건 다 내 잘못이다. 내 거짓말로 내 생활만 파탄이 난 게 아니라 저 두 사람의 관계도 파탄이 나는구나. 뭔가를 해야겠다는 생각이 든다. 어떻게든 두 사람 사이를 내가 이어 주고 만다.

난 헛기침을 한다. "에…… 죄송한데요……."

"누구얏?" 프랜시스카가 외친다. "거기 누구 있어요?"

"저예요, 엠마. 코너와 전에 사귀던."

갑자기 극장 안에 불이 켜진다. 빨강머리 여자가 불 켜는 스위치에 손을 얹고 씨근덕거리며 날 바라본다.

"도대체 여기서 뭐 하는 거예요? 우릴 염탐이라도 하는 거예요?"

"아니에요!" 난 얼른 대답한다. "정말 미안해요. 그러려던 건 아닌데…… 두 사람 대화를 엿듣고 말았네요……." 난 침을 꼴깍 삼킨다. "저기요, 코너가 괜히 저러는 게 아니에요. 저 사람은 그냥 그쪽 분이 솔직히 말해 주길 바라는 거예요. 진짜로 원하는 게 뭔지 알고 싶은 것뿐이라고요." 난 기운을 쥐어짜 '같은 여자끼리 당신을 이해한다'는 표정을 짓는다. "프랜시스카…… 뭘 원하는지 솔직히 말해 주세요."

프랜시스카는 황당하다는 표정으로 날 쳐다보다가 코너를 본다.

"저 여자 좀 가라고 그래." 그 여자가 날 손가락질하며 말한다.

"아." 난 그 대답에는 좀 당황한다. "에, 네. 죄송해요."

"기왕 나갈 거 불 좀 끄고 가요." 프랜시스카는 말하며 코너를 끌고 객석 맨 뒷자리로 간다.

헉, 진짜로 여기서 할 작정인가?

얼른 자리를 떠야겠다. 난 허둥거리며 가방을 집어 들고서 좌석 사이의 통로를 비집고 출구 쪽으로 후닥닥 달려간다. 문을 열고 불을 끈 뒤 로비를 통해 정원으로 나간다. 극장 문을 닫고 하늘을 향해 고개를 든다.

그 순간 난 그 자리에 얼어붙고 만다.

믿어지지 않는다. 진짜로 잭이다.

잭이 날 향해 걸어온다. 뚜벅뚜벅 빠른 발걸음으로, 단호한 표정을 지은 채. 내가 뭘 생각하거나 마음의 준비를 할 겨를도 없다.

심장이 마구 두근거린다. 무슨 말이라도 해야 하는데, 뭐라도 해야 하는데, 하다못해 울기라도 해야 하는데…… 아무것도 할 수가 없다.

잭이 자갈 위를 자박거리며 다가와 내 앞에 멈춰 서더니 내 어깨를 움켜쥐고 날 뚫어져라 바라본다.

"난 어두운 게 싫어."

"네?" 전혀 예상치 못했던 말.

"난 어두운 게 무섭다고. 어릴 때부터 그랬어. 혹시나 몰라서 항상 침대 아래에 야구 방망이를 넣어 놓고 살지."

난 뭐가 어떻게 된 영문인지 몰라 잭을 본다.

"잭……."

"난 캐비아가 싫어." 잭은 주위를 둘러본다. "그리고…… 내 형편없는 프랑스어 발음이 창피스러워."

"잭, 도대체 무슨 말을……."

"손목의 흉터는 열네 살 때 맥주캔을 따다가 생긴 거야. 어릴 때 프랜신 숙모의 식탁 아래 몰래 껌을 붙여 놓곤 했어. 내 첫 여자는 리사 그린우드란 이름의 애였어. 그애 삼촌네 헛간에서 첫경험을 치렀지. 하고 난 뒤엔 내 친구들에게 보여주고 싶으니까 하고 있는 브래지어를 나한테 주면 안 되겠냐고 물었어."

그 말에 내 입에서 웃음소리가 새어나왔다. 그래도 잭은 여전히 내게 시선을 고정한 채 굴하지 않고 말을 이어 나간다.

"어머니가 크리스마스 선물로 사 주신 넥타이는 한번도 맨 적이 없어. 항상 지금보다 키가 4-5센티미터만 더 컸으면 좋았을 거란 생각을 해. 난…… 종속적 관계(도박이나 술 등에 중독된 사람에 의해 상대편이 좌지우지되는 상태를 뜻하는 심리학 용어-역주)란 말의 의미를 몰라. 내가 슈퍼맨이 되었는데 하늘을 날다가 떨어지는 꿈을 자주 꿔. 가끔은 이사회 모임에서 주위를 둘러보면서 '이 인간들은 다 누구야?'란 생각을 할 때가 있어."

잭은 숨을 들이마시며 날 바라본다. 일찍이 잭의 눈이 이렇게 새카맣게 보인 적은 없었다.

"비행기 안에서 여자 하나를 만났어. 그리고 그 여자 때문에…… 내 인생이 송두리째 바뀌고 말았지."

몸속에서 뜨거운 뭔가가 치민다. 목구멍이 꽉 죄어 온다. 머리가 욱신거린다. 울지 않으려고 기를 써 보지만 내 얼굴은 제멋대로 일그러진다.

"잭." 난 울음을 참아 보려고 침을 꿀꺽 삼킨다. "난 정말로…… 난 진짜 그 기자한테……."

"알아." 잭은 고갯짓 한번으로 내 말을 막는다. "엠마가 그러지 않았다는 거 알아."

"난 절대……."

"엠마가 그럴 리가 없다는 거 알아." 잭이 녹아들 듯 부드럽게 말한다. "엠마가 그런 사람이 아니란 걸 알아."

이제는 더 이상 참을 수 없다. 안도감 때문에 눈물이 홍수가 되어 얼굴에 흘러넘친다. 잭이 안단다. 이젠 괜찮아.

"그럼……." 난 어떻게든 자제력을 되찾으려 노력하며 눈물을 훔친다. "그럼…… 이젠…… 이제는…… 우리……." 차마 말을 끝맺을 수가 없다.

길고 견디기 힘든 침묵이 흐른다.

잭이 아니라고 말한다면 어떻게 해야 할지 나도 알 수가 없다.

"음, 대답은 나중으로 미루는 게 어때?" 잭이 지극히 엄숙한 표정으로 말한다. "아직도 당신에게 할 말이 많거든. 그런데 그걸 다 듣고 나면 나한테 정이 떨어질지도 몰라."

난 떨리는 목소리로 하하 웃는다.

"나한테 전부 말할 필요는 없어요."

"없기는." 잭이 단호하게 말한다. "난 꼭 말해야 할 것 같은데? 좀 걸을까?" 잭이 정원을 손짓한다. "왜냐면 얘기가 꽤 길거든."

"그래요." 여전히 목소리가 조금 떨린다. 잭이 팔을 내민다. 몇 초 후 나도 손을 뻗어 그 팔을 잡는다.

"에…… 어디까지 했더라?" 정원 쪽으로 걸어가며 잭이 말한다. "아, 맞다. 이 얘기는 진짜로 아무한테도 하면 안 돼." 잭은 내 키에 맞춰 바짝 허리를 숙이며 목소리를 낮춘다. "난 사실 팬서 콜라 별로 안 좋아해. 펩시를 선호하지."

"말도 안 돼!" 난 경악을 한다.

"가끔은 말이지, 팬서 콜라 캔에다가 펩시 콜라를 부어서……."

"말도 안 돼요!" 난 코까지 크르렁 골며 웃는다.

"진짜라니까. 말했잖아, 듣고 나면 정 떨어질지도 모를 거라고……."

우리는 어둡고 텅 빈 정원 끝자락을 천천히 걷는다. 들리는 소리라곤 자갈을 밟는 우리 두 사람의 발소리와 미풍에 나뭇잎 흔들리는 소리, 그리고 끝없이 얘기를 늘어놓는 잭의 건조한 목소리뿐. 내게 모든 것을 털어놓는 잭의 목소리.

에필로그

요새 난 정말 사람이 달라진 기분이다. 완전히 새로 태어난 것 같다. 난 예전의 엠마가 아니라 새로운 엠마다. 과거보다 훨씬 더 마음을 열게 되었고 또 솔직해졌다. 내가 배운 교훈은 이거다. 친구나 동료나 사랑하는 사람들에게 진실하지 못한 삶에 무슨 의미가 있나?

요새 내가 숨기는 일들은 진짜로 하찮은 것들이다. 그나마도 몇 개 되지도 않는다. 아마 한 손가락으로도 다 셀 수 있을 거다. 어디 보자, 일단 생각나는 것부터 세어 볼까.

1. 엄마가 머리카락에 새로 블리치를 넣으셨는데 솔직히 별로다.

2. 리시가 생일날 만들어준 그리스식 케이크는 정말 내 평생 먹어본 것 중 제일 역겨웠다.

3. 엄마 아빠와 함께 휴가를 가려고 제미마의 랄프 로렌 수영복을 몰래 빌

려 입었는데 어깨끈 하나를 끊어먹었다.

4. 자동차를 타고 가다가 하마터면 '런던 주위를 둘러싼 저 커다란 강 이름이 뭐예요?'라고 물을 뻔했다. 다행히 말을 하기 전에 그게 런던 순환도로란 걸 깨달았기에 망정이지.

5. 지난주에 리시와 스벤이 나오는 진짜 요상한 꿈을 꿨다.

6. 아르테미스의 접란에 아무도 몰래 비료를 주기 시작했다.

7. 금붕어 새미가 또 바뀌었다고 확신한다. 그게 아니면 갑자기 지느러미가 어디서 솟아났게?

8. '엠마 코리건, 마케팅부 주임'이라고 쓰인 명함을 생판 모르는 사람들에게 마구 나눠 주는 짓을 그만둬야 할 텐데 도대체 말처럼 쉽지가 않다.

9. 한층 진일보한 프로세라마이드란 게 뭔지 전혀 모른다. (그럼 한층 후퇴한 프로세라마이드란 것도 있나? 그럼 그건 또 뭐지?)

10. 어젯밤에 잭이 "무슨 생각 하고 있어?"라고 물었을 때 "아, 아무 생각도 안 했는데……"라고 대답했지만 사실이 아니다. 난 앞으로 낳을 우리 아이들의 이름을 짓고 있었다.

하지만 남자 친구에게 몇 가지 비밀을 감춘다고 해서 크게 이상하거나 할 건 없다. 그런 건 지극히 정상적인 거다.

다들 그런 건 알고 있지 않나?

―끝―